貝爾蘭
和
北方地區
格利斯（阿德加藍）
拉德羅斯
艾洛因湖
林（多索尼安）
洛斯藍
辛姆林
梅斯羅斯防線
瑞萊山
隆恩山脈（林頓山脈）
艾格隆狹道
多爾迪尼
辛姆拉德
埃洛斯渡口
小吉理安河
大吉理安河
海倫佛恩湖
吉隆河
艾莫斯谷森林
明霓國斯
伊斯托拉德
薩吉理安
吉理安河
多米得山
貝磊勾斯特
諾格羅德
矮人路
阿斯卡河
薩恩渡口
東貝爾蘭
梭洛斯河
隆恩山脈
歐西瑞安
藍達爾
伊瑞伯山
里勾林河
因那斯森林
貝爾索爾河
杜爾溫河
嘉蘭島
阿督蘭特河
吉理安河

露明山脈
攔魔絲
希斯隆
寧尼阿赫裂口
專吉斯特狹灣
威斯林山脈
堡壘
米斯林湖
西瑞安泉堡
米斯林山脈
米斯林
西瑞安島
多爾露明
威斯林山脈
莫都因河
乾河
內佛瑞斯特
林內溫湖
內佛瑞斯特沼澤
艾佛林湖
泰格林河
克瑞沙格林
貝西阿赫
歐貝爾山
凡雅瑪
塔拉斯山
金理斯河
納羅格河
泰格林渡口
泰格林壑谷
貝西爾森林
淌德哈拉谷
西貝爾蘭
法拉斯
納國斯隆德王國
德能平原
路斯山
林威爾溪
納國斯隆德
西瑞安沼澤
法羅斯高地森林
貝松河
貝松巴
伊葛拉瑞斯特
寧瑞斯塔
南寧格河
西瑞安瀑布
納羅格河
塔斯仁谷
西瑞安河
阿佛尼恩
寧白希爾樺樹林
巴拉爾角
巴拉爾灣
巴拉爾島
貝烈蓋爾海
N

在納國斯隆德的劫掠中，芬朵菈絲在圖林面前被帶走

曼威的巨鷹

大海

維拉所造的巨燈

庫維因恩湖畔

維林諾的光照在「西方大海」上

芬國盼帶領眾人橫越西爾卡瑞西海峽

第一個旭日上昇的黎明

梅德羅斯在安戈洛墜姆山上獲救

伊歐爾歡迎雅瑞迪爾

費拉剛與比歐的族人

尼多瑞斯森林的月光

露西安騎著胡安逃走

魔苟斯懲罰胡林

航海家埃蘭迪爾

忠實者的船隊

圖林與其黨人被領到路德山

烏歐牟在圖爾面前現身

TOLKIEN

精靈寶鑽

The Silmarillion

托爾金 J.R.R Tolkien 著
克里斯多福・托爾金 Christopher Tolkien 編
泰德・納史密斯 Ted Nasmith 插畫
鄧嘉宛 譯

譯序

鄧嘉宛

創新之書

一九五一年末，在《魔戒》與《精靈寶鑽》已經完稿多時，而大西洋兩岸仍遲遲不肯按托爾金的要求將兩書同時出版，心焦的托爾金於是寫了一封長達萬言的信給美國出版商，闡明他創作這整個神話世界的緣起與故事始末：

> 我從早年就對自己所愛之鄉土沒有屬於自己的故事感到悲傷。希臘、羅馬、塞爾特、德國、斯堪地那維亞、芬蘭都有根植於自己語言的神話，唯獨英文沒有；亞瑟王的故事是英國的，不是英文的，因此無法取代我的失落感……。我要為英文寫一則神話，一則遙遠的傳奇，以精靈的眼睛來看天地初開以降的一切事……。更重要的是，我要在這則神

> 話中清楚明確地包含基督教的信仰。我相信所有的傳奇與神話，如同所有的藝術，絕大部分是源自於「真相」（truth），卻以隱約的方式反映出道德與宗教上的真理（或錯誤）。這些故事是全新的……①

是的，這些故事是全新的。在接下來的五十年中，這些故事享譽全球，代代相傳，閱讀人口以億計算，一掃當年無人願意出版的窘困。這兩巨冊神話中的《魔戒》，因爲有哈比人②，也因爲完整易讀，而得以在一九五四及五五年出版。但是耗盡托爾金畢生之力的《精靈寶鑽》，一直拖到作者去世四年後的一九七七年才得問世，全球讀者在看完《魔戒》後的惆悵與疑惑，那種好像不應該只有這樣的感覺，終於得到紓解；然後，大家萌生了更多的問題，更多的想像，然後有了奇幻文學。

從這本融合了宇宙論、神話學以及悲劇的《精靈寶鑽》，讀者可以看見托爾金所架構的神話世界，其格局的恢弘精深，實在令人嘆爲觀止。事實上，《精靈寶鑽》在不得出版後，托爾金開始不斷補述及改寫，終其一生沒有完成。托爾金的兒子克理斯多福在父親去世後開始整理遺稿，

---

① Humphrey Carpenter, ed. *The Letters of J. R. R. Tolkien*（《托爾金書信集》, New York : Houghton Mifflin, 2000）, pp. 144-147.

② 托爾金之所以會寫《魔戒》，是應出版商的要求爲 *The Hobbit*（中譯：《魔戒前傳：哈比人歷險記》）寫續集，因爲這書於一九三七年出版後，在歐美兩地熱賣。

他先按父親遺願編出了這本較完整的《精靈寶鑽》，接著又陸續編出了《未完成的故事》（*Unfinished Tales*）以及十一本的「中土世界的歷史」③，有興趣的讀者不妨找來看看。

美好事物的墮落

以精靈的觀點所記述的史書《精靈寶鑽》，筆調深沈，與《魔戒》哈比人的輕鬆敘事十分不同。這本托爾金在一次世界大戰時於戰壕中構思，後來因戰壕熱躺在醫院中寫下片段，於一九二六年正式開筆並在一九三七年之前就已完稿的遠古神話④，說的是一則悲傷的墮落故事；美好的事物墮落衰亡，不論是造物者還是旁觀者，內心的遺憾與難過都是難以言喻的。

首先是集一切優點於一身的精靈。不死不滅又大有力量的種族（包括神靈），在仙境樂園中之所以會走向墮落，很大一個誘因在於佔有。貪戀他人之物固然危險，一心想要獨佔屬於自己的

---

③這十一本書是《失落的故事：一》，《失落的故事：二》（*The Book of Lost Tales: Part Two*），《貝爾蘭的詩歌》（*The Lays of Beleriand*），《中土世界的變遷》（*The Shaping of Middle-earth*），《失落的路》（*The Lost Road and Other Writings*），《陰影歸來》（*The Return of the Shadow*），《艾辛格的叛變》（*The Treason fo Isengard*），《魔戒之戰》（*The War of the Ring*），《索倫的敗亡》（*Sauron Defeated*），《魔苟斯的戒指》（*Morgoth's Ring*），以及《寶石之戰》（*The War of the Jewels*）。

④見克里斯多福·托爾金所編《失落的故事：一》（*The Book of Lost Tales: Part One*）中的〈序言〉（Harper Collins, 1994, pp.7-9.）

事物，也會導致可怕的後果。精靈中最優秀的諾多族王子費諾製造了奇特的精靈寶鑽，索倫的師傅魔苟斯在貪妒之中奪寶殺人，於是費諾發下可怕的誓言，鼓動全族百姓背叛諸神，離開樂園，回到中土向魔苟斯發動一次又一次的戰爭，終於導致整個諾多族落入萬劫不復的深淵。

然後是大有力量的人類。人類如果能活五百歲，沒有疾病的侵害，又很慢才衰老，這樣不是很好嗎？故事中那群雖會死亡，但是集智力、能力、財力與勢力於一身的努曼諾爾人，走向墮落的最主要誘因，來自於禁令。愈是有力量的人，愈不能忍受禁令。在第一紀元的正邪大戰中，那些幫助精靈抵擋邪惡魔苟斯的人類，最後得到諸神賞給他們智慧、能力與長壽；但是與此同時，諸神也設下他們不得涉足不死樂園的禁令。於是，這群人類在走到文明最顛峰之際，因爲捨不得自己所擁有的一切，而拒絕邁向死亡，因爲怕死而盲目，被騙破壞了禁令；獲罪於天，無所禱也，滅亡降臨。

死亡不好嗎？托爾金說死亡是一項禮物，是神給人脫離時間之下日益衰頹之世界的禮物。不死的精靈必須永遠跟世界綁在一起，不論世界變成什麼樣子，他們都與它共存亡。面對令人疲憊與厭倦的事物，既不能改變又不能脫離，永遠不能脫離，天底下還有比這更恐怖的事嗎？

奇特的勝利方式

精靈失敗，人類失敗，愈覺得自己力量強大傲視群倫的人就敗得愈慘。於是，托爾金在《魔戒》中寫了一支全新的，這世界過去從來沒有過的子民：哈比人。托爾金筆下這群最具吸引力的哈比人，不但會死，而且力小智微，成天除了忙著吃喝快樂，幾乎沒有別的大事；反正天塌下來有比他們高大兩倍以上的種族頂著。

不料，這群看來甚是無用的弱小之輩，在面對引誘與邪惡的壓迫下，竟是唯一能夠反敗爲勝的種族。有趣的是，他們的致勝之道與我們今日的概念相差甚遠。哈比人無兵無馬，無財無勢，出了家門甚至會迷路；他們之所以能打贏正邪對抗的大戰，除了勇敢，靠的純粹是善良、忠誠、犧牲、喜樂的心、堅定的愛以及永遠懷抱希望。

住在這個喧囂急躁昏亂的小島上，拼命競爭功課與工作的我們，面對這群哈比人，面對他們的致勝之道，他們身上的平凡美德，我們究竟是羨慕效法，還是覺得前面兩個種族的力量比較有用？或許最好是有財（才）有勢又善良喜樂。嗯，這也不是沒有啦，托爾金故事中那些西方樂園裡的諸神好像就是這樣。

閱讀托爾金

閱讀托爾金的樂趣可以有三層。第一層是純粹享受閱讀樂趣，看一個好故事，讀完就完了。第二層是探究作者架構創作故事的源頭；托爾金以舊約聖經爲藍本寫了《精靈寶鑽》，以新約聖經爲藍本寫了《魔戒》；喜歡托爾金的人不妨找本聖經讀讀當中的故事，可能會有意想不到的收穫。如果還有餘力，可以閱讀啓發托爾金甚深的英文古詩《貝奧武夫》（*Beowulf*），只是不知有無好的中文譯本。

第三層難度就高了，那是得下點功夫去認識精靈語，甚至構成精靈語的歐洲與近東地區的古文。我曾拿了幾個人名地名去問了一下我的舊約神學教授 Dr. W. H. Bicksler，他也是近東古文學家，他問我：「妳在翻譯北歐神話嗎？這些名字看起來很像：喔，不，Ilúvata 這個字是亞述文，Ilú 是亞述文中的「神」，vatar 是亞述文中的「父親」。眞有意思，妳在翻譯什麼啊？」

你說呢？要我不對托爾金佩服得五體投地，很難。

故事中的語言

托爾金是語言學家，精通古歐洲語言，他寫這些神話的另一個目的，是爲自己發明的精靈語言找一個使用的舞台。他假託哈比人比爾博之手，在瑞文戴爾將精靈文的史書翻譯成人類的通用語（也就是英文），讓後人得以一窺那早已消逝的遠古世界。

問題在於，美麗的精靈文在翻譯成中文時，經常變成一長串既無意義又難記的怪名稱。我根據一份托爾金自己所寫，論及翻譯《魔戒》中各精靈語名稱的"Guide to the Names in *The Lord of the Rings*"⑤來進行本書的翻譯，同時也盡量保持某些已在《魔戒》新譯本中多次出現的譯名，以免對讀者造成太大的困擾。另外，我將原書的索引加上了編號，同時參考數種資料⑥，隨

---

⑤ Jared Lobdell, ed., "Guide to the Names in *The Lord of the Rings*," *A Tolkien Compass*.（LaSalle: Open Court, 1975）, pp. 153-201.

⑥ 這些資料有 Robert Foster 所寫的 *The Complete Guide to Middle-Earth*.（London: Harper Collins, 1993），以及 www.glyphweb.com/arda/default.htm 以及 www.uib.no/people/hnohf/ 兩個網站。另外我也去過 Google 網站的新聞群組，到 rec.arts.books.tolkien 去貼問題，獲得不少熱心人士的精彩回答。

著每個新名詞的出現寫了簡單的譯註，希望不是給讀者帶來更多的負擔。

我寫註根據三個原則：㈠讓讀者在看到精靈語名稱時盡可能認識它的意思，如果作者沒在該名稱後立即加上解釋，我便簡述其意；㈡把跟《魔戒》有關的人物、事件、地點加上連結，讓讀者可以迅速掌握本書與《魔戒》的關係；㈢對一些因宗教或文化差異而可能產生的閱讀障礙，以及故事不同版本的差異，加上說明。托爾金所建構之神話世界的深奧，有一大部分表現在語言與名稱的變化上，若是輕易跳過，殊爲可惜。

如果精靈文難學，在現世又無用（嗯，這世界上還眞有人學也有人用）⑦，那麼學英文讀原版的《魔戒》也很好，享受原味精華；畢竟，譯本跟原文總是存在著差距。

致謝

最後，感謝林載爵總編輯接受建議出版此書，讓讀者有福再次讀到托爾金的鉅作。感謝主編艾琳體諒我無法提早交稿，而必須迫使自己在火燒眉毛的情況下編書。謝謝美姝耐煩的審校，抓出我好些盲點與錯別字，讓我中英文都大有進步。另外，要感謝法國的托爾金學者 Edward. J. Kloczko 在幾處疑難點上的查證解明，以及特別謝謝介紹我看《魔戒》並且一路領我閱讀托爾金的朋友 Constantine Pinakoulakis，without your guidance and help，I never could have down the work。

---

⑦ 見 www.uib.no/people/hnohf/.

最最後，我要感謝恩師朱西寧先生。朱老師帶領我信了耶穌，我的人生從那一刻起完全不同。在朱老師的鼓勵下，大學聯考英文考兩分的我，後來讀了關渡基督書院的英文系，苦熬到畢業，後來居然從事翻譯工作。

一九九八年復活節前的一個傍晚，我從英國飛抵自幼夢寐以求的希臘，認識了C. P.；兩天後朱老師在台灣過世。希臘行的最後一日，C. P.將一本英文版的《魔戒》放在我手中。二〇〇二年復活節過後幾日，朱老師過世四年後，未完成的遺作《華太平家傳》發表；當天傍晚艾琳來電告知我《精靈寶鑽》取得版權，進行翻譯無慮。事就這樣成了。希臘人說命運，中國人說緣分，基督徒說恩典；我相信兩位文學大師必在天父座前歡聚暢談。願榮耀都歸給祂。

二〇〇二年十月

於　唭哩岸

前言

《精靈寶鑽》在其作者過世四年後，終於出版了。故事述說的是那段遠古的年代——也可稱之爲世界的第一紀元所發生的事。《魔戒》所記述的是第三紀元結束前，所發生的一些轟轟烈烈的事；但是《精靈寶鑽》是往上追溯更深遠的、過去的傳奇；那時，第一位黑暗大君魔苟斯仍居住在中土大陸，高等精靈們一次又一次向他發動戰爭，想要奪回精靈寶鑽。

不過，《精靈寶鑽》不只是記述與《魔戒》相關的早期事件而已，書中概念的全部要點與精髓，本身也極早就出現了。事實上，早在半個多世紀前就有了，雖然那時它不叫做《精靈寶鑽》；這故事的一些斷簡殘篇，最早可追溯到一九一七年，大都是鉛筆匆匆記下的、這部神話的中心故事。但是它從未發表過（當然，有些片段可在《魔戒》中瞥見），並且，在我父親一生長長的年歲裡，他從未放棄它，即使在他晚年，他也始終沒有停筆。在早年，《精靈寶鑽》一直被當作只是一個龐大故事的架構，每個環節互相牽連，少有大更動；在許久之前，它就成爲他日後作品的固定傳統與背景。但事實上，這故事本身遠遠超過了一個固定的框架內容，並且，即使是在涉及它所描繪之世界的本質上，一些特定的基本思想概念也不是始終不變的；同樣的一則傳說，會以不同的風格，不同的長短內容，重述，再重述。於是，各則傳說的變化與版本，不論是在宏觀綜覽還是在幽微細節上，都隨著時間的推展而愈發盤根錯節、層層疊疊、四處瀰漫，以至於要有一個最終、確定的版本，看來是做不到了。除此之外，這些古老的傳說故事（如今，「古老」不單指它們源自遙遠的第一紀元，也指我父親的年歲老邁了），也成了他那最深奧之思的寶庫與傳達媒介。在他晚年的作品中，神話與詩歌都潛沈到他既有的神學與哲學思想背後去了：也因此造成無法相容的風格與基調。

在我父親過世後，想辦法把這些作品整理出版的責任，落到了我身上。而我也清楚看到，企圖將這些變化多端的文本出版成一本單行本，以顯示《精靈寶鑽》眞的是一個持續演變推展超過了半個世紀的創作，只會使讀者愈看愈糊塗而已，也會淹沒整個故事的精髓。因此，我決定先整理出一本在我看來最連貫、本質上最前後一致的內容。在這過程中，本書最後幾章（從〈圖林・特倫拔之死〉開始）的篩選尤其困難，有許多年那些故事始終都沒什麼更動，但在某些方面卻與書中其他更完整的概念格格不入。

讀者不必在書中找尋完整的一致性（不論是《精靈寶鑽》一書本身，還是《精靈寶鑽》與其他我父親已出版的作品之間），否則只會耗費無數時間和不必要的力氣。此外，我父親後來將《精靈寶鑽》視爲一則編纂與摘要的故事，是從古老傳說裡那得以倖存的龐大又變化多端的素材中（有詩歌、編年史和口傳故事）長久編纂來的；這個概念，事實上也一直與本書的眞實歷史相似，這故事有許多早期的散文與詩歌做基礎，當發展到了某個程度，便有確實的概略敘述，而非單有理論而已。這或許要歸因於敘述速度的變化與各處細節的完整性不同之故，譬如，關於安戈洛墜姆是幾時崩塌的，魔苟斯是幾時被推翻的，除了渺遠的第一紀元之結束的記載外，在圖林·特倫拔的故事中，對此事地點與動機的記載有相當的差異；另外在風格與描述上也有好些不同，有些晦澀不明，有些則缺乏聚合性，完全連不在一起。再舉一例，在〈維拉本紀〉裡，我們必須假設，其中有大部分必定是艾爾達精靈住在維林諾的遠古年代裡所寫成的，但它在往後的年代裡遭到了修改；因此，這解釋了該篇章的觀點與時態何以不停地變來變去，那些天上的神靈一下近在眼前，在世界上來來去去，一下又遠在天邊，成了只存在於記憶中的消失神靈。

因此，雖然本書的書名必須稱爲《精靈寶鑽》，但其內容所包含的不只〈精靈寶鑽爭戰史〉而已，同時也還包含了另外四個短篇故事。列在本書一開始的〈埃努的大樂章〉以及〈維拉本紀〉，確實是跟《精靈寶鑽》有密切的關係；但是列在最後的〈努曼諾爾淪亡史〉以及〈魔戒與第三紀元〉，則是（這一定要強調）完全分開與獨立的。之所以將這兩篇故事放進來，是按照我父親明確的意思；因爲加入這兩篇故事，整部歷史因之得以從〈埃努的大樂章〉，也就是天地世界的開始，一直走到第三紀元結束時，魔戒攜帶者從希斯隆的海港啓航離去。

本書中所出現的特定名詞極其繁多，因此我在書後列了一份完整的索引；但那些在第一紀元的故事中扮演了重要角色的人物（精靈和人類）卻不是很多，我爲這些人物列了家譜表。此外，那些看來頗爲複雜，不同部族精靈的名稱也列了表；另外附上的還有精靈名詞的發音方法，以及構成這些名詞的一些要素；然後還有一張地圖。讀者需要注意的是，這張地圖東邊那座稱之爲隆恩山脈、林頓山脈或藍色山脈的大山，在《魔戒》的地圖中卻出現在最西邊。另外書中還附有另一張小地圖，這張地圖是幫助讀者清楚諾多精靈在返回中土大陸後，各精靈王侯所建小王國的位置。爲了不使本書過於龐大，我沒再加上別的註釋或評註。事實上，我父親所寫下卻未出版的關於三個紀元的故事敘述、語言資料、歷史資料與哲學思想，十分豐富，我希望將來能有機會出版這當中的某些部分。

在整理出版本書的困難與疑惑中，蓋伊・凱（Guy Kay）在一九七四至一九七五年時與我一同工作，給了我極大的協助。

克里斯多福・托爾金 Christopher Tolkien

目次

AINULINDALË
埃努的大樂章

始有一如①，「獨一之神」，其名在世間稱爲伊露維塔②；祂首先自意念中創造了衆埃努③，「神聖的使者」，他們在萬物被造之前與祂同在。祂向他們說話，向他們提出樂曲的主題。於是他們在祂面前開聲歌唱，令祂十分歡喜。有相當長的一段時間，他們各自獨唱，偶而也有幾位一同和聲，其餘則傾聽；因爲他們只個別瞭解伊露維塔在創造自己時那單一的意念，而隨著他們逐步瞭解手足同儕的旋律，他們也逐漸成長。他們彼此傾聽愈久，瞭解便愈深，歌聲就愈和諧一致。

一日，伊露維塔召聚所有的埃努到他面前，向他們宣布了一個浩大非凡的主題，對他們揭開比過往祂所啓示之事更加偉大玄妙的事理，其初始的光榮與終了的壯麗，令埃努們大爲驚奇；因此，他們向伊露維塔躬身敬禮，靜默侍立。

於是伊露維塔對他們說：「如今我向你們宣布的這主題，我願汝等和聲共創一偉大樂章。我已用『不滅之火』④點燃你們，汝等當各盡所能裝飾這主題，各以自己的思維和才能，勉力爲

---

① 一如（Eru），昆雅語，意思是「獨一的一位」，「祂是獨立存在的」。祂是托爾金所創造的整個神話世界中的上帝。托爾金因其信仰之故，在故事中引用了許多基督教的概念。另見索引300。

② 伊露維塔（Ilúvatar），昆雅語，意思是「衆生萬物之父」。另見索引435。

③ 埃努（Ainu），昆雅語（複數是Ainur），意思是「神聖的使者」。也就是我們所知的天使，他們的數量極其龐大，並且按其本身力量的大小有權責高低之分。另見索引14。

④ 不滅之火（Flame Imperishable），伊露維塔獨有的創造的能量，又稱爲「秘火」（the Secret Fire）。在《魔戒》中，甘道夫在凱薩督姆橋前面對炎魔時，曾言明他是秘火的僕人。

之。我將靜坐傾聽，爲那透過你們而被召喚出來的絕美詩歌感到欣喜。」

於是，埃努們的聲音，如同各種豎琴與詩琴，各種木管與銅管，各種提琴與管風琴，以及無數放聲高歌的合唱團，開始將伊露維塔的主題譜成偉大的樂章。一首交織無窮的和諧旋律如潮滾滾揚起，遠遠穿越傾聽之耳到達至高與至深之處，整個伊露維塔的居所滿溢著這和聲，這樂章及其回聲飄盪進入了「空虛之境」⑤中，然而它並不是空的。自從埃努發聲唱作樂曲以來，再沒有一首能比得上這樂章，不過，據說在世界結束之後，衆埃努和伊露維塔的兒女所組成的合唱團，將在伊露維塔面前合唱出比這更偉大的樂章。那時，伊露維塔的主題將全然正確地展現出來，在衆生取得其不朽存在的一刻，所有被創造出來的事物將完全明白自己在所屬群體裡的最終目的，並且彼此將完全瞭解對方的恰當位置，那時，伊露維塔欣喜莫名，將把秘火賜給他們。

但是現在伊露維塔靜坐傾聽，有好長一陣子，一切在祂聽來極爲美好，整首樂章沒有任何瑕疵。不過當樂章繼續演奏下去，米爾寇⑥的心中卻升起一股念頭，他想把自己想像出來卻跟伊露維塔的主題不協調的事物交織入樂曲中，好使他所頌唱的部分能增添更多的力量與光彩。米爾寇是千千萬萬個埃努中，能力最強、知識最豐富的一位，其他埃努所各別擁有的天賦，他都多少有一點。他常進入「空虛之境」去尋找「不滅之火」，在他內心裡，那股想要創造屬於自己的事物

⑤ 空虛之境（the Void），沒有伊露維塔和不滅之火的地方。

⑥ 米爾寇（Melkor），昆雅語，意思是「大能者」。一切黑暗敗壞都從他開始。在《魔戒》中他被稱爲馬爾寇。另見索引513。

的慾望愈來愈強烈；在他看來，伊露維塔似乎毫不在意那「空虛之境」，而他對它的空無一物卻愈來愈不耐煩。可是他找不到「不滅之火」，因爲那火存在於伊露維塔之內。不過，由於他常獨自遊蕩，他內心也開始醞釀出許多跟同儕不同的念頭。

如今他把這些念頭交織入音樂裡，不協調的旋律立刻層層環繞在他四周，許多靠近他的埃努因爲無法和聲而大感沮喪，他們的思維被打亂了，樂曲也唱得七零八落，不成章法；不但如此，有些埃努甚至放棄了自己原有的想法，開始調整自己的去配合他的。於是米爾寇造成的雜音愈傳愈遠，原本的樂章也陷入狂亂的音樂之洋，不過伊露維塔依舊靜坐傾聽，直到他的寶座前似乎醞釀起一場凶猛的風暴，黑色的巨浪一波接一波在無盡的憤怒中互相爭鬥，怎麼都不肯止息。

於是，伊露維塔起身，許多埃努看到他臉上露出微笑；他舉起左手，一個嶄新的主題開始在風暴中顯現，跟先前的主題類似卻又不盡相同，它匯聚能力，充滿了嶄新的美。但米爾寇的噪音更加高漲，與這新的主題糾纏拼搏，這次所引起的衝突比先前的更凶猛狂暴，以致於許多埃努在震驚之餘都住了口，米爾寇漸漸佔了上風。於是，伊露維塔再次起身，這回埃努看到他神情凝重；他舉起了右手，看啊！第三個主題緩緩流入了這場混亂中，它跟前兩個都不一樣。一開始時它顯得既溫柔又甜美，如同漣漪般蕩漾開來的聲音形成優雅細緻的重重旋律，怎麼衝撞打壓都抑止不了，它自身形成的力量極其博大精深，情況最後轉爲兩首樂曲同時在伊露維塔的座前進行，但它們聽起來完全不同。一首既開闊、優美又深奧，十分緩慢，並且揉合了無限的哀傷，又從這哀傷中產生了無以倫比的美。另一首如今自成一體，不過卻十分喧鬧、空泛又不停地重複；談不上和諧，比較像是一堆同時大聲嚷嚷的喇叭，不停高吹著幾個單調刺耳的音符。這喧鬧企圖用凶猛的音量淹沒另一首樂曲，不過它最成功的幾個樂句，聽起來仍是取自另一首曲調，自編自導入它那煞有其事的曲子裡。

這激烈的衝突進行到一半，整個伊露維塔的殿堂都震動顫抖起來，這震動遠遠傳散到無限空寂之中，但是殿堂依舊屹立不搖；伊露維塔第三次起身，祂臉上的神情可怕得令人不敢注視。這次祂高舉雙手，一股和聲如伊露維塔眼中的光芒般穿透而出，比穹蒼更高比深淵更深，埃努們的樂章嘎然而止。

於是，伊露維塔開口說道：「大能非凡的埃努啊，你們當中最有能力的是米爾寇；但他要知道，所有的埃努都要知道，我是伊露維塔，汝等所唱之曲，我將更進一步展現，使汝看見汝等所成就之事。至於你，米爾寇，將看見所有樂曲的終極之源皆在我，否則無一樂曲得以成形，更無人能不顧我意，任意更改樂曲。任何人企圖更改樂曲，都只會證明我所創造的萬事萬物比他的更加美妙，遠遠超過他的想像。」

埃努們聞言皆感懼怕，但他們還是不理解所聞之言的眞正意思；米爾寇滿面羞愧，無地自容，他的內心逐漸由羞惱轉成惱怒。伊露維塔在光輝燦爛中起身，離開祂爲埃努們所造的美麗境地；埃努們都跟隨祂前去。

他們來到「空虛之境」，伊露維塔對他們說：「看啊，你們的樂章！」接著向他們展現出一幅景象，讓他們看見先前以耳聽見的；他們眼前出現了一個新宇宙，在空無中央有一球體顯現，存立不墜於空虛之中，卻不屬於空虛。就在他們一邊觀看一邊讚嘆驚奇中，這宇宙展開了它的歷史，在他們看來，它是活的，且不斷成長。埃努們屏氣凝神、鴉雀無聲地凝視了好一陣子之後，伊露維塔再次開口說道：「看啊，你們的樂章！這是你們吟唱之歌謠所生成的；你們每一位都會在眼前我的設計中，找到彷彿是你們自己設計或添加的一切。而你，米爾寇，將會發現所有你心中秘密盤算的念頭，都在其中顯露無遺，你將看到它們也成了整體的一部份，對整體的榮耀有所貢獻。」

隨後伊露維塔又向埃努們說了許多其他的事，他們因爲記得伊露維塔的話，並瞭解自己所創作之樂曲，因此知道了更多過去、現在及將來的事，只有少數一些事情他們無法看見，不論是個別思考還是共同會商，都無法參透。因爲伊露維塔除了對自己以外，沒有向任何人揭示祂所有的一切，而且在未來的每個時代裡，都會有無法預知的新事物出現，因爲這些新事物並非源自過去。因此，當這新世界的景象展現在他們面前時，埃努們看見其中包含著他們未曾想過的事物。他們充滿驚奇地看著即將來臨的「伊露維塔的兒女」，還有爲這群兒女所準備的居住之地；他們還看到努力創作樂曲的自己，也在忙著預備這居住之地，但他們卻不知道它的創造，除了美麗之外，還有別的目的。這群兒女是伊露維塔獨自構想創造出來的，他們隨著第三主題而來，不包含在伊露維塔最初所提出的主題之內，所以眾埃努跟他們的出現沒有絲毫關連。因此，埃努們愈看就愈愛他們，那是一種與他們全然不同的生命，從這群陌生又自由的兒女身上，他們看見伊露維塔的心智所反映出的全新面向，並從其中學到一點祂的智慧，這智慧原本是他們見不到的。

所謂伊露維塔的兒女，首先誕生的是精靈，繼之而來的是人類。在充滿耀眼光芒的宇宙中，在廣闊無垠的空間與無數旋轉的火焰中，伊露維塔在時間的深處與無數星辰中選擇了一個地方，做爲他們的居住之地。對於只思考雄偉功績，而非詳實精準的埃努而言，它眞是個不起眼的小地方，他們在看到整塊阿爾達⑦時，恐怕只會將它當作一支柱子的地基，在上面建造一根通天的圓錐形巨柱，直到頂端比針尖還細爲止；有些埃努一心只想著還在塑造的宏偉宇宙，卻不在意其間萬物的微細精準。但是當他們看見這塊居住之地，以及在其中出現的伊露維塔的兒女，他們當中最偉大的幾位，便逐漸將全副心思與意念都轉到這塊地方來。這其中又以米爾寇最想得到它，從一開始，他就在埃努所創作的樂章中扮演著最重要的角色。不過他僞裝自己的想法，控制住全身上下忽冷忽熱的陣陣騷動，甚至欺騙自己，說他想去那裡安排布置好一切美好的事物，以迎接伊露維塔兒女的到來。但他其實十分渴望征服精靈與人類，要他們都臣服於他的意志，他嫉妒伊露維塔所賦予他們的才能；他希望自己也有臣僕，被他的子民稱爲君王，做所有其他意志體的主宰。

但是其他的埃努目不轉睛地注視著浩渺宇宙中這個精靈稱之爲阿爾達，也就是地球的居住之地時，他們心中充滿了歡喜，看到那許多的美麗色彩，他們個個眼中都閃耀著快樂的光芒；不過，因著大海澎湃的聲音，他們的內心都感到一股極大的動盪。他們觀察風向和氣流，觀看鑄造

---

⑦阿爾達（Arda），昆雅語，意思是「領土、疆域」。阿爾達是一個平面，外部四面環海，內部包含至少兩塊大陸地——東邊人類所居住的中土大陸與西邊諸神所居住的阿門洲，這兩塊陸地之間有大海分隔；這是天地初創時的模樣。後來，因爲邪惡的入侵與人類的叛變，阿門洲被挪走隱藏，從此東西海洋相連，人類向西航行時再也找不到西方的仙境樂園。另見索引73。

阿爾達的物質，有鐵有石，有金有銀，還有許多其他的物體，其中最令他們讚嘆不已的是水。據艾爾達⑧說，在這地球上，汪洋深水比其他任何物質都存留著更多埃努樂章的回聲；許多伊露維塔的兒女依然毫不停歇地傾聽著大海的聲音，但卻不明白他們爲什麼聆聽。

對這汪洋深水，埃努們中被精靈稱之爲烏歐牟⑨的，已將他的全部心思都轉向其中；在所有的埃努中，唯有他在音樂上受到伊露維塔最深的教導。埃努們中最高貴的是曼威⑩，他的心思意念總沈浸在風與氣當中。奧力⑪所想的是大地的結構，伊露維塔賜給他的知識與技能只比賜給米爾寇的少一點；不過奧力對自己所做出來的東西愉快又得意，他對所造之物並無佔有之心，也無控制之意；因此他會分贈而非囤積它們，他無憂無慮，總是繼續不斷發明創作新的事物。

這時伊露維塔對烏歐牟說：「你看到了嗎？在時間深處的那片小疆域上，米爾寇已在你的領域裡發動了戰爭。他用冰冷嚴寒覆蓋了土地，卻不能摧毀你所有美麗的泉源和清澈的湖泊。看啊，下雪了，結冰了！米爾寇已經毫不節制地開發出炎熱與烈火，但他不能使你的願望乾涸，也

---

⑧ 艾爾達（Eldar），昆雅語，意思是「星辰的子民」，特指凡雅、諾多和帖勒瑞三支蒙受召喚前往阿門洲的精靈部族。在《魔戒》中稱爲艾達族。另見索引248。

⑨ 烏歐牟（Ulmo），昆雅語，意思是「降下大水者」。精靈與人類視他爲海神；諸神中他是最關心與同情他們的一位。另見索引755。

⑩ 曼威（Manwë），昆雅語，意思是「良善、純淨」。他是米爾寇的兄弟，是奉命前往阿爾達的眾埃努中，力量最強大的一位。他是阿爾達的君王，米爾寇一直想要奪取他的王國。另見索引507。

⑪ 奧力（Aulë），昆雅語。他精通一切物質，熱愛創作新事物，通曉一切金屬鍛造的藝術。另見索引96。

不能徹底壓制住大海的樂聲。你看高空光耀的雲朵，變幻不停的雲霧，你聽雨水落在大地的聲音！在這些雲霧中，你將更親近你最親愛的朋友曼威。」

烏歐牟回答道：「一點不錯，現在衆水變得比我所想像過的還要清澈，我內心最隱密的念頭裡從沒產生過雪花，在我所有的樂曲裡，也未包含雨滴。我會找尋曼威，一同攜手創作無數的旋律，永遠討您歡喜！」因此曼威和烏歐牟從一開始就是盟友，始終忠誠信實地辦妥伊露維塔所託付的一切。

就在烏歐牟說著話，所有的埃努仍然凝視著那景象時，它卻從他們眼前被取走隱藏了；就在景象消失的那一刻，他們看見了一種新的東西，黑暗，那是他們之前除了想像以外從未親眼見過的。但是他們已經對那美麗的景象一見傾心，全神貫注在那即將展開、成爲存在實體的宇宙，他們全部的心思意念都充滿了那幅景象。不過，當那景象被取走之時，它的歷史還不完整，時間的循環也還沒完全定好。有人說，那幅景象在人類統治的全然實現與精靈的消失離去之前終止，因此，雖然埃努們的樂章包含了一切，維拉⑫們卻未看見末後時代或宇宙結局的情景。

景象的隱沒在埃努當中引起一陣陣騷動；於是伊露維塔召喚他們，說：「我知道你們腦中所

---

⑫維拉（Vala），昆雅語（複數是Valar），意思是「大有力量者」。他們是埃努當中能力最強的十四位，他們選擇進入物質宇宙，完成伊露維塔所託付的工作。當他們在阿爾達上取了肉身形體出現時，精靈與人類視他們爲諸神。在《魔戒》中他們被稱爲「主神瓦拉」。另見索引770。

渴望的，汝等先前所見之景象將會成眞，不但在汝等的思想裡，也在汝等的具體本質內，並且還有其他。因此我說：一亞⑬！讓這一切存在吧！我將把『不滅之火』送入『空虛之境』中，它將存在於宇宙的中心，宇宙將因此成爲實體；你們當中願意的，可以進入其中。」剎那之間，埃努們看見遠處閃現一團光芒，彷彿中心閃耀著一團火焰的雲朵。他們知道這不再只是景象而已，乃是伊露維塔創造了一個新的事物：一亞，宇宙創立了。

這一切完成之後，埃努們當中有一些仍與伊露維塔同住在宇宙的範圍之外；但另一些，其中包括埃努之中許多最強與最美麗的，他們告別了伊露維塔，進入了物質界。從那時起，他們的力量就受到這宇宙的牽制與束縛，將永遠存在這宇宙之內，直到它完成的一日；這情況或許是伊露維塔預定的，或許是因爲他們的熱愛所導致的必然結果，從此，他們和宇宙互爲彼此的生命，兩者缺一則不存在。因此，他們被稱爲維拉，是維繫宇宙存在的力量。

當維拉們進入一亞，他們先是震驚錯愕，隨即大失所望，因爲其中幾乎什麼也沒有，不像他們原本所見的景象，這時一切才剛要開始，尙無具體實象，而且四處漆黑一片。原來，在時間之外的永恆殿堂中，他們所頌唱的樂章是思維的具體成形與開花結果，後來他們所看見的美景也只是一種預示而已；如今他們進入了時間之內，這時間才剛剛開始。維拉們意識到先前所見的宇宙只是預示的景象和前奏，一切要靠他們來完成，他們也必須做到。於是，他們在空曠無垠、未曾

---

⑬一亞（Eä），昆雅語，意思是「它就是」或「存在」。指可見的物質宇宙。另見索引223。

被探索的荒涼之境中，開始了辛勤的工作。無數的歲月流逝，也無人記憶，直到在時間的深處，在浩渺宇宙的中間，伊露維塔兒女的居住之處終於完成了。這件工作主要是由曼威、奧力以及烏歐牟合力做成的；不過，米爾寇從一開始就來到宇宙中，並且四處擾亂已經完成的部分，把他看上的東西都轉變成他私自的用途，並且四處點燃大火。那時地球還很年輕，充滿了火焰，米爾寇望之垂涎不已，於是他對其他的維拉說：「這應該是我的王國，我要將它據爲己有！」

在伊露維塔的心智中與米爾寇同出一源的兄弟曼威，是伊露維塔展開對抗米爾寇噪音的第二主題中的主旋律，這時他召集了許多力量強弱不等的埃努來到阿爾達，助他一臂之力，以免米爾寇一直妨礙他們完成工作，讓地球的創造功虧一簣。曼威對米爾寇說：「汝言差矣，汝不應將此王國據爲己有，衆使者在此所費之心力絲毫不亞於汝。」於是米爾寇和其他的維拉起了強烈的衝突；彼時米爾寇雙拳難敵四手，因此他退離了阿爾達轉往別處，繼續做他想做的，不過他內心深處始終念念不忘佔據阿爾達做自己的王國。

維拉們之所以進入宇宙，是因爲他們愛伊露維塔的兒女，想要與他們來往，於是他們按著在伊露維塔預示景象中所見精靈與人類的模樣，爲自己取了肉身的形體和色澤，不過他們的模樣要比精靈和人類雄偉壯觀許多。此外，他們的形體是來自他們對起初宇宙的知識，而不是根據後來具象宇宙的模樣。他們本來不需要有形體，他們取用形體就如同我們穿著衣飾，人不穿著衣飾並不損及其存在。因此，有時候維拉在大地上行走時並不穿著形體，那時就連艾爾達也無法清楚看見他們，即便他們就近在咫尺。不過當維拉們想要穿上形體時，他們有的取了男性的模樣，有的取了女性的模樣。他們起初被造時在本質性情上就有差異，不過形體的選擇是各隨己意，他們的本質並不因這樣的選擇而改變；這就像我們可以選擇穿扮男裝或女裝，但我們的本質不會因此變爲男人或女人一樣。這些偉大神聖的使者每一次在裝扮自己的時候，完全不像伊露維塔兒女中的帝王或皇后那樣；有時候，他們可以按著自己的思維來裝飾所顯現的形體，以宏偉壯觀的模樣現身。

這些維拉吸引了許多同伴加入，有些力量比他們小，有些力量幾乎跟他們的一樣強，他們一同辛勤努力，整頓出地球的形狀，控制抑止它的動盪與混亂。而米爾寇在遠處將他們所完成的一切都看在眼裡。那時維拉以極有能力的可見形體在大地上行走，他們以宇宙爲衣裳穿戴在身上，看起來燦爛奪目、美妙絕倫，並且充滿了喜悅，地球的騷亂已經被平息了，大地呼應他們的欣喜，像花園一樣盛放。米爾寇內心的嫉妒愈演愈烈，於是他也取了可見的形體，但是由於他的性情及內心深處的憤恨，那形體顯得既黑暗又恐怖。然後他降臨到阿爾達，其身形比其他任何一位維拉都更巨大更有力量，彷彿由深海中拔起的高山，峰頂直衝雲霄，上面不但覆蓋冰雪，並且環繞著濃煙與烈火；他雙眼中的光芒宛如烈焰，可以高溫燒毀一切，也可以極寒穿透萬物。

第一場維拉和米爾寇爭奪阿爾達土權的戰爭從此開始。精靈們聽說了這些翻天覆地的爭鬥，但所知甚少。這裡所記載的都是艾爾達精靈在維林諾⑭時，居住在該地的維拉告訴他們的，維拉並且教導了他們各樣的知識，只是對在他們出現之前所發生的各樣戰爭，所言甚少。不過艾爾達

---

⑭ 維林諾（Valinor），昆雅語，位在阿門洲的中央，是維拉們在阿爾達的家。在《魔戒》中稱爲瓦林諾。另見索引775。

之間依舊流傳著，維拉們不管米爾寇怎麼干擾搗亂，始終竭盡所能統治管理地球，為即將來到的首生兒女預備好地方。每次維拉建造好大地，米爾寇就前往拆毀；維拉掘出谷地，米爾寇就讓它隆起；他們雕鑿堆高山脈，他就把山脈推倒踏碎；他們挖出海洋，他就填海使水氾濫；反正他就是要讓一切都不得生長與安寧。只要維拉一開始創作建造，米爾寇就前往破壞拆毀它們。不過維拉們的辛勞終究沒有全部化為泡影；雖然他們在每個地方所做的每個作品，都無法完全按照當初他們所計畫的來完成，萬物的色彩和形狀都跟他們原來企圖做成的不太相同，但地球還是漸漸有了自己的模樣，並且逐步穩固下來。終於，伊露維塔兒女們的家在時間的至深處與無數的星辰間被奠定了。

VALAQUENTA
維拉本紀
——艾爾達傳說中關於維拉與邁雅的記載

起初，獨一之神一如，也就是精靈語稱之爲伊露維塔的那一位，自其意念中創造了埃努，並讓衆埃努聚集在祂面前合唱一首偉大的樂章。宇宙從這樂章中展開，伊露維塔讓埃努所唱的樂曲成爲可見的景象，他們看見它如同一團閃閃發亮的光出現在黑暗中。許多埃努對這美景一見傾心，他們看見它顯現、開始和持續的過程。隨後，伊露維塔將他們所見的美景轉爲具體的物質存在，並將這存在安置於虛空之中，又將秘火安設在宇宙的中心燃燒；精靈稱它爲一亞。

於是，喜愛它的埃努都在時間之始進入宇宙；他們的任務是完成宇宙的創造，他們所看見的那幅視覺美景，要靠他們的努力來完成它的具體存在。他們在宇宙中辛勤工作了無數時光，所費時日甚久，遠非精靈和人類所能想像，直到預定的時間到了，他們建造了阿爾達——地球王國。然後他們降臨到地球上，以大地爲衣穿上形體，居住在其中。

關於維拉

埃努當中最偉大的幾位，精靈稱他們爲維拉，意思是「阿爾達的力量」，人類稱他們爲諸神。維拉共有七位王者，七位女王，精靈稱她們爲維麗①。以下所記載的是他們的精靈語名字，不過這名字是在維林諾的精靈所說的，中土大陸的精靈對他們有不同的稱呼，他們的名字在人類

①維麗（Valië），昆雅語（複數是Valier），七位女性的維拉。另見索引773。

當中更是繁多。這七位王者的名字，按其力量大小的順序是：曼威、烏歐牟、奧力、歐羅米、曼督斯、羅瑞安和托卡斯；七位女王是：瓦爾妲、雅凡娜、妮娜、伊絲緹、薇瑞、威娜和妮莎。米爾寇已被除名，不列在維拉當中，他的名字在地球上無人提及。

曼威和米爾寇本是兄弟，在伊露維塔的思維中同出一源。從一開始，在所有進入宇宙的埃努當中，力量最強的就是米爾寇；但曼威卻是伊露維塔最親愛的一位，他也最瞭解伊露維塔的計畫與目的。他被指定爲萬王之首，在時間達到完滿之前，他是阿爾達這塊領域的君王，統治居住在其中的萬物。在阿爾達，從至高的穹蒼到至深的深淵，從阿爾達最遙遠的朦朧邊界到吹拂草地的微風，一切的風和雲，以及大地上流動的空氣，都令他感到心曠神怡。因此他的別名是甦利繆②，「阿爾達氣息的主宰」。他喜愛空中疾飛的鳥兒，強壯的翅膀，牠們也都聽從他的召喚。

與曼威同住的是繁星之后瓦爾妲③，她對宇宙的每一塊區域都瞭若指掌。她的美遠非筆墨所能形容，因爲伊露維塔的光依然在她臉上閃爍。光是她的力量，也是她喜樂的泉源。她從宇宙的

② 甦利繆（Súlimo），昆雅語，意思是「氣息，風」。另見索引691。

③ 瓦爾妲（Varda），昆雅語，意思是「提升」。她是維拉中最美的一位，又是維麗中力量最強者。她喜愛光，在漆黑的天空中創作了繁星，因此她成爲諸神中精靈的最愛。中土大陸的精靈喚她伊爾碧綠絲（Elbereth），常在遇到危險劫難時呼求她的幫助，她也總是回應他們。在《魔戒》中，她曾回應山姆的求救，透過凱蘭崔爾贈給佛羅多的星光寶瓶，救山姆脫離屍羅和半獸人的魔掌。另見索引779。

深遠之處前來幫助曼威；因爲她早在創作大樂章之前就認識米爾寇，並且拒絕了他，米爾寇對她又恨又怕，在伊露維塔所造的一切生靈中，米爾寇最怕的就是她。曼威和瓦爾妲很少離開彼此，他們始終居住在維林諾。他們的宮殿座落在地球上最高的泰尼魁提爾山④，終年覆蓋著冰雪的山巔歐幽洛雪⑤之上。每當曼威登上他的王座向外眺望，如果瓦爾妲在他身旁，他的眼力就可以穿透迷霧、黑暗，越過廣闊的海洋，看得比任何眼睛更遠。如果瓦爾妲有曼威在身邊，她的聽力也是無人可及，全地球由東到西，由高山到深谷，包括米爾寇最黑暗的地底洞穴；一切的聲音她都能聽見。所有居住在這宇宙中的偉大神祇裡，精靈最愛也最尊敬的就是瓦爾妲。他們稱她伊爾碧綠絲，在中土大陸的黑暗中呼喊她的名字求救，在繁星升空時作曲歌頌她。

烏歐牟是眾水的主宰。他沒有配偶，也沒有固定的居所，總是在大海或深水中隨意自由來去。他的力量僅次於曼威，在創造維林諾之前，他是曼威最親近的朋友；但在那之後，除非有什麼重大的事情爭執不下，他很少前往維林諾參加維拉們的會議，因爲整個阿爾達都在他腦海裡，因此他不需要任何固定的棲處。此外，他不喜歡在大地上行走，也很少像同儕一樣穿上肉身的形體。如果一如的兒女看見他，多半都會嚇得半死；因爲這位破水而出的大海主宰十分可怕，彷彿呼嘯的巨浪跨上陸地，頭戴黑色泡沫羽冠，身披由銀灰至墨綠的閃亮鱗片。曼威的號角十分嘹

---

④泰尼魁提爾（Taniquetil），昆雅語，意思是「雪白山巔」。阿爾達上最高的一座山，位在阿門洲東邊近海處。艾爾達精靈常稱它爲歐幽洛雪。另見索引696。

⑤歐幽洛雪（Oiolossë），昆雅語，意思是「終年覆蓋白雪的」。另見索引605。

亮，但烏歐牟的聲音則深如汪洋；那至深之處的世界，唯有他見過。

不過，烏歐牟深愛精靈與人類，從來不曾離棄他們，即便是在衆維拉對他們大發烈怒的時候，他也沒有棄他們於不顧。他不時以肉眼看不見的形貌前往中土大陸沿岸，或沿著河流深入內陸，用白貝殼製成的大號角烏露慕瑞⑥吹奏音樂；所有聽到這些樂曲的人將永誌難忘，這些樂曲會縈繞在他們的心頭，使他們永遠渴望海洋。不過通常烏歐牟只用流水般的樂聲向中土大陸的居民說話。他統管全地球一切海洋、湖泊、河流、泉源和池塘；因此，精靈說，烏歐牟的靈魂在大地的血管裡四處奔跑流動。他透過這樣的管道得知各方的消息，包括最深最遠的地方，全阿爾達的需要與悲傷，他都以這樣的方式知道；若非如此，曼威無從得知全地球之事。

奧力的力量僅次於烏歐牟，他掌管所有創造阿爾達的物質。他從一開始就與曼威和烏歐牟一同工作，每一塊大地的面貌都是他設計的。他是鍛造金屬的巧匠，是一切工藝的大師，他喜歡製作各種巧妙的東西，不論古老巨大的事物還是新奇微小的東西，他始終樂此不疲。深藏在地心的寶石，暴露在地表的黃金，雄偉豎立如牆的山脈，巨大的海底盆地，全都是他的作品。

向他學習最多巧藝的是諾多精靈，他也始終都是他們的朋友。米爾寇十分嫉妒他，因爲奧力在思維和力量上跟他最像；他們之間的爭鬥由來已久，米爾寇總是不斷毀壞或污損奧力的作品，令奧力在搶救修護上疲於奔命。他們雙方都渴望創造出從沒人想到過的全新事物，也樂於聽到別

---

⑥烏露慕瑞（Ulumúri），昆雅語。爲邁雅索瑪爾（Salmar）所製作的。另見索引756。

人讚美他們的技巧。但是奧力對一如始終忠貞不渝，始終順從一如的吩咐；他從來不嫉妒別人的創作，觀賞之後還會給予意見。

然而米爾寇把精神和力氣都花在嫉妒和憤恨上，到了最後，他除了扭曲他人的思維創作，自己什麼也做不成，於是他便把所有的精神和力氣拿來損毀他人的作品。

奧力的妻子是雅凡娜⑦，「百果之后」。她熱愛大地上所生長的萬物，從最古老森林中的參天巨木到石頭上的青苔，或最小最無人知悉的黴菌，數不盡的物種和品類，全都清清楚楚存在她腦子裡。維拉諸后中雅凡娜的地位僅次於瓦爾妲。

以女人的身形來看，她非常高大，身上裹著一襲翠綠長袍；不過她經常改變自己的外形模樣。有人看過她像一棵挺立在穹蒼下的大樹，以太陽爲冠冕；從每一根枝椏灑下一滴金色的露珠，落在荒蕪的土地上，於是大地生長出綠色的植物，上面結出飽滿的穀粒；大樹的根四面八方伸入屬於烏歐牟的衆水之中，曼威的風在它的樹葉間呢喃。她的艾爾達語別名叫做齊門泰芮⑧，「大地之后」。

---

⑦ 雅凡娜（Yavanna），昆雅語，意思是「果實的賞賜者」。她是威娜的姊姊，是維林諾雙聖樹的創造者。阿爾達上的第一批種子是她播下的，她守護一切生長的東西，特別是植物。她極其痛恨米爾寇，因爲他扭曲破壞她所創作的一切。另見索引793。

⑧ 齊門泰芮（Kementári），昆雅語。另見索引450。

靈魂的主宰費安圖瑞⑨是一對兄弟，他們通常被稱爲曼督斯⑩和羅瑞安⑪，但這稱呼其實是他們居處的名稱，他們的本名是內牟⑫和伊爾牟⑬。

哥哥內牟住在維林諾西邊的曼督斯，他是冥府的監督，被殺亡靈的召喚者。他記得一切的事，從不遺忘；除了伊露維塔獨自裁決的命運之外，他知道一切眾生的結局。在維拉當中，他是命運的審判官，不過他只按曼威的吩咐宣布他所掌管的命運與他的判決。編織女神薇瑞⑭是他的妻子，她將所有發生在時間之內的事都編織成故事的網絡，隨著歲月流逝，曼督斯的廳堂不斷擴增，薇瑞的織錦也掛滿其中。

弟弟伊爾牟是想像與夢的主宰。在維拉所居住的土地上，他的花園羅瑞安是全世界最美的地方，其中充滿了許多的神靈。溫柔的伊絲緹⑮是他的妻子，她掌管一切創傷的醫治，讓疲憊者恢

---

⑨費安圖瑞（Fëanturi），昆雅語，意思是「靈魂的主宰」。另見索引312。

⑩曼督斯（Mandos），昆雅語，意思是「囚禁的堡壘」。他掌管亡靈所居住的冥府。他從伊露維塔啓示他的樂曲中得知眾生的命運，並執行審判。他完全冷靜公平，不動感情，在他從無商量轉圜的餘地。另見索引506。

⑪羅瑞安（Lórien），昆雅語，意思是「夢土」。另見索引484。

⑫內牟（Námo），昆雅語。另見索引558。

⑬伊爾牟（Irmo），昆雅語，意思是「慾望，或慾望的主宰」。另見索引442。

⑭薇瑞（Vairë），昆雅語，意思是「編織者」。另見索引766。

⑮伊絲緹（Estë），昆雅語，意思是「休息」。她掌管醫治，使人得歇息。另見索引302。

復精神。她穿一襲灰衣；賞賜睡眠與安寧給眾生。她從不在白日出現，白日她在羅瑞林湖中小島的樹蔭下安眠。所有維林諾的居民，都從伊爾牟和伊絲緹的泉水中恢復精神和體力。維拉們也常常前往羅瑞安，在那裡卸下阿爾達的重擔，獲得安靜與休息。

能力比伊絲緹強的妮娜⑯是費安圖瑞的姊妹，獨居的她瞭解悲傷，並爲阿爾達受米爾寇破壞的每一處創傷哀悼。她的悲傷如此浩大，如同大樂章所揭示的，以致於她的樂曲在中途便轉爲悼歌，這哀悼之聲在宇宙起始之前就交織入每個主題裡。但她並不爲自己哭泣，傾聽她的亡靈在悼歌中學會憐憫，並得以抱持希望，忍耐等候。她的宮殿在極西之地，位於世界的邊緣；她很少去遍地都是歡笑的維利瑪城⑰，而比較常去離家較近的曼督斯城堡，所有在曼督斯等候的亡靈都向她哀哭傾訴。她給他們帶來力量，並將他們的悲傷轉變爲智慧。從她住處的窗戶可望出世界邊緣的圍牆。

力氣最大，立下許多英勇功績的是托卡斯⑱，他的別名是阿斯佗多⑲，意思是「驍勇善戰」。他是最後一位前來阿爾達的維拉，在對抗米爾寇最初的幾場戰爭中助眾神一臂之力。他十

---

⑯ 妮娜（Nienna），昆雅語。她關心所有一切悲哀受苦的生靈，同情他們，帶給他們希望。另見索引583。

⑰ 維利瑪（Valimar），昆雅語，意思是「維拉的家」。位在維林諾的中央，是維林諾唯一的城。另見索引774。

⑱ 托卡斯（Tulkas），昆雅語。他是維拉中最強壯的一位，特地前來阿爾達幫助眾神對抗米爾寇。另見索引736。

⑲ 阿斯佗多（Astaldo），昆雅語。另見索引91。

分喜愛摔角和比力氣；他從不需要駿馬，因爲他比所有用腿奔跑的動物跑得更快，而且他從不疲乏。他有金色的頭髮和鬍鬚，以及健壯的身軀；他的雙手就是他的武器。他既不留心過去也不注意將來，對討論出主意完全沒興趣，不過他是個非常可靠的朋友。歐羅米的妹妹妮莎⑳是他的妻子，她不但輕盈靈活，也是飛毛腿。她喜愛步履輕快的鹿，鹿群也喜愛跟隨她在曠野中奔跑；但她跑得比牠們還快，宛如疾奔的箭矢，秀髮在空中翻飛。她最喜歡跳舞，常在維利瑪終年長青翠綠的草地上舞蹈。

歐羅米㉑也是一位力量強大的維拉，他雖不像托卡斯那般強壯，但發怒時卻更可怕。不論是在運動比賽還是在打仗，托卡斯總是笑哈哈的，即便是發生在精靈出生之前的那些戰爭，當他與米爾寇面對面拼鬥時，他也還是笑個不停。歐羅米熱愛中土大陸各個地方，他非常捨不得離開中土大陸，是最後一個前往維林諾的維拉。在遠古的時日裡，他常越過山脈返回東方，帶著他的大軍奔跑在中土的山丘和平原上，追獵可怕的野獸和妖怪，他十分喜愛駿馬和獵犬，還喜愛所有的樹木，因此他又被稱爲奧達隆㉒，辛達精靈稱他爲托隆㉓，意思是「森林的主宰」。他的座騎名

⑳妮莎（Nessa），昆雅語。另見索引581。

㉑歐羅米（Oromë），昆雅語，意思是「吹響的號角」。他是偉大的狩獵者，熱愛中土大陸，經常騎著愛馬在其間追獵米爾寇屬下的妖怪。他和托卡斯是兩位立下最多勇猛功蹟的維拉。人類稱他貝瑪（Béma）。另見索引617。

㉒奧達隆（Aldaron），昆雅語，意思是「百樹之王」。另見索引18。

㉓托隆（Tauron），辛達語。另見索引711。

叫納哈爾㉔，在日光之下牠雪白耀眼，在夜裡則全身散發銀光。歐羅米的號角被命名爲維拉羅瑪㉕，其宏亮的響聲宛如火紅上升的太陽，或像劈開雲層的閃耀電光。維拉羅瑪的響聲勝過歐羅米大軍中的所有號角，就連雅凡娜在維林諾所造的森林中也可聽見。歐羅米訓練他的部屬與獵犬追獵米爾寇的邪惡下屬。年輕的威娜㉖是歐羅米的妻子，她是雅凡娜最小的妹妹。她所經之處百花吐蕊，她所望見的花朵盛放相迎；她所到之處百鳥歡唱齊鳴。

以上所記載的是維拉和維麗的名字，以及對他們相貌的簡短描述，這是艾爾達精靈在阿門洲㉗所見諸神的相貌。當他們現身在伊露維塔的兒女面前時，雖然形貌尊貴而優美，但他們的美麗與力量仍然像是蒙上了一層面紗，不曾完全展露。就艾爾達所知道的，如果這裡記載的還太少，那實在是因爲世間無一物可用來比擬諸神的本體眞像；他們曾經展現過眞正的形貌，但那是遠在我們思維之外的時間與疆域中。他們當中，力量最大也最尊貴的有九位；但是其中有一位已經被除名，其餘的八位被稱爲雅睿塔爾㉘，「阿爾達的主神」。他們是：曼威和瓦爾妲、烏歐

㉔納哈爾（Nahar），昆雅語，通體雪白的駿馬，是所有駿馬的祖先。另見索引557。

㉕維拉羅瑪（Valaróma），昆雅語，意思是「維拉的號角」。另見索引772。

㉖威娜（Vána），昆雅語。百花的守護神。另見索引777。

㉗阿門洲（Aman），昆雅語，意思是「蒙受祝福的，免於邪惡的」。位在極西之地，處於貝烈蓋爾海（Belegaer）與伊凱亞海（Ekkaia）之間的大陸，維林諾位於阿門洲的中心地區。另見索引22。

㉘雅睿塔爾（Aratar），昆雅語，意思是「崇高又尊貴的」。另見索引71。

牟、雅凡娜和奧力、曼督斯、妮娜，以及歐羅米。雖然曼威是他們的領袖，率領他們一起效忠一如，但他們在權力與威嚴上地位同等；他們凌駕其他萬物之上，高過衆維拉與邁雅㉙，也高過其他任何伊露維塔差派入一亞的使者。

關於邁雅

隨著維拉一同進入宇宙的還有其他的神靈，他們也是從起初就存在，與維拉同屬一類，但力量與等級次於維拉。他們被稱爲邁雅，意思是「維拉的下屬」，是他們的僕從和助手。他們的數量究竟有多少，精靈並不清楚，伊露維塔的兒女只知道少數幾位的名字。因爲不論是在阿門洲，還是在中土大陸，邁雅很少以可見的肉身形體出現在精靈和人類的面前。

在遠古的歷史裡，居住在維林諾的邁雅當中，爲首幾位的名字尚被人記得的有：瓦爾妲的婢女伊爾瑪瑞㉚，曼威的傳令官和掌旗官伊昂威㉛，他的臂力凌駕阿爾達上一切的生靈。不過所有

㉙ 邁雅（Maia），昆雅語（複數爲Maiar）。他們是維拉創造宇宙和阿爾達的助手。《魔戒》中最著名的兩位邁雅，一是甘道夫，一是索倫。另見索引502。

㉚ 伊爾瑪瑞（Ilmarë），昆雅語。另見索引433。

㉛ 伊昂威（Eönwë），昆雅語。另見索引283。

的邁雅當中，最爲伊露維塔的兒女所熟悉的是歐希㉜和烏妮㉝。

歐希是烏歐牟的僕人，他是中土大陸四方海洋的主宰。他喜愛海岸和島嶼，卻不愛下潛到深海中，曼威的風總讓他感到歡欣鼓舞；大海上的風暴令他開心，他常在洶湧的波濤中開懷大笑。他的妻子烏妮是衆海洋之后，她的長髮披散飄盪在世間所有的水域。她喜愛海洋中的一切生物，以及其中所生長的海草。水手在大海上呼喊她的名字，因爲她能平靜風浪，約束狂野的歐希。努曼諾爾人長期以來都在她的保護下生活，他們尊敬她如同尊敬維拉一般。

米爾寇痛恨海洋，因爲那是他無法征服的地方。據說，在創造阿爾達時，他曾極力拉攏歐希到他麾下，他承諾：只要歐希肯聽從他的指揮，就會得到像烏歐牟一樣的力量，統管全地上的海洋與河川。因此，在遠古有一段時日裡，大海瘋狂暴動，摧毀了許多陸地。不過，烏妮在奧力的懇請之下規勸約束了歐希，將他帶到烏歐牟面前，請求他的原諒並回到他這一邊，從此歐希一直對烏歐牟保持忠誠。不過，他始終未放棄那股對狂暴激烈行爲的喜愛，因此，他偶爾會在沒有主人烏歐牟的命令之下，放任自己的怒氣在海中掀起滔天巨浪。所以，那些依海爲生，住在岸邊的人或航海的水手，雖然喜歡他，卻從來不信任他。

㉜歐希（Ossë），昆雅語。他和帖勒瑞族精靈十分友好，教導他們建造船艦。在第二紀元開始時，他從海中舉起努曼諾爾島給前來的人類居住。他的辛達語名字是蓋瑞斯（Gaerys）。另見索引621。

㉝烏妮（Uinen），辛達語，意思是「屬於水的」。她溫柔又充滿了同情心，經常平靜風浪，保護航海的人。另見索引749。

美麗安㉞是另外一位邁雅的名字，她服侍威娜和伊絲緹。在她前往中土大陸之前，她長年住在羅瑞安，照顧伊爾牟花園中繁花盛開的樹木。不論她去哪裡，夜鶯都圍繞著她歌唱。

邁雅當中最有智慧的是歐絡因㉟。他也住在羅瑞安，但他所思考的事經常使他前往妮娜的住所，他向她學會了憐憫和耐心。

有關美麗安的故事，記載在〈精靈寶鑽爭戰史〉㊱當中。但是歐絡因的故事則未提及；雖然他很喜愛精靈，卻經常隱形往來其中，要不就以跟他們相同的模樣出現，他們不知道自己內心突然看見的美景或智慧原來是來自於他的激勵。在往後的歲月裡，他成了所有伊露維塔兒女的朋友，對他們所受的苦深表憐憫；那些聽從他的人會從絕望中覺醒，拋開一切有關黑暗的想像。

關於敵人

最後要說的是米爾寇，他起初是一切大能者之首。但他已經喪失了這樣的稱謂；精靈當中的

㉞美麗安（Melian），昆雅語，意思是「愛的禮物」。另見索引512。

㉟歐絡因（Olórin），昆雅語。他就是《魔戒》中的甘道夫。甘道夫曾向法拉米爾提過這個他年少時在西方聖地所用的名字。另見索引607。

㊱〈精靈寶鑽爭戰史〉（*Quenta Silmarillion*），昆雅語。Quenta 翻譯出來是「歷史」；Silmarils 是三顆蘊藏了雙聖樹之璀璨光芒的寶石，該字的意思是「以閃亮的物質所製成的燦爛寶石」。另見索引635與681。

諾多族在他惡毒的怨恨中受盡了苦楚，但他們不願意稱呼他的名字，而將他取名為魔苟斯㊲，「宇宙的黑暗大敵」。

伊露維塔賜給了他極大的能力，他和曼威是手足兄弟。所有其他維拉所擁有的力量與知識，他都擁有一些，但他把它們轉成邪惡的目的，把力量浪費在殘暴不仁的行為裡。他垂涎阿爾達及其中的一切，渴望得到曼威的王權，主宰所有其他維拉所管轄的領域。

他驕傲自大，藐視自己以外的一切，因此自榮耀中墜落，成了大肆破壞、毫無憐憫心腸的惡神。他將理解萬物的智慧轉變成詭詐，扭曲萬物為他所利用，到最後他終於變成一個沒有羞恥的騙子。起初他想得到光，但當他發現他無法獨自佔有光的時候，他退而利用火，在黑暗中燃起一團大火球。在阿爾達上他最常利用黑暗來進行邪惡的工作，於是黑暗中充滿了恐懼，令阿爾達上的一切生靈害怕不已。

他叛變的力量極其強大，在湮沒於遠古的時光中，他對抗曼威和其他維拉一段相當長的時間，控制了阿爾達上絕大部分的陸地。當然他並非孤立無援。在他還身披燦爛榮光的偉大年歲裡，他吸引了許多的邁雅跟隨，他們繼續效忠，跟著他一同墮入黑暗之中；後來他又用謊言和奸詐，腐化了其他的生靈，使他們成為他的僕從與奴隸。在這些墮落的邁雅中，最可怕的是維拉歐

㊲魔苟斯（Morgoth），昆雅語和辛達語都如此稱呼他，意思是「黑暗的敵人」。另見索引541。

卡㊳，「火焰的災難」，在中土大陸他們被稱爲巴龍格㊴，意思是「恐怖的惡魔」。

在他衆多的僕人當中，力量最大，名號也最響亮的，就是被艾爾達精靈稱爲索倫㊵的邁雅，辛達精靈稱他爲殘酷的戈索爾㊶。他起初是奧力手下的邁雅，也始終是邁雅中的飽學之士。所有米爾寇在阿爾達上所幹的壞事，不論是破壞行動或詭計欺騙，索倫全都有份，有很長的一段年歲，他邪惡的程度僅次於他的主人，因爲他是爲主人而不是爲自己辦事。但在後來的歲月中，他崛起猶如魔苟斯的魅影，如他惡毒的鬼魂繼續糾纏著世界，到最後也步上魔苟斯的後塵，墮入空虛之中。

有關維拉的記載於此結束

㊳維拉歐卡（Valaraukar），昆雅語，意思是「力量強大的惡魔」。另見索引771。
㊴巴龍格（Balrog），辛達語，意思是「恐怖的力量或大能的惡魔」。也就是《魔戒》遠征小隊在摩瑞亞礦坑內所遇上的，令勒苟拉斯嚇得手軟的「炎魔」。另見索引103。
㊵索倫（Sauron）昆雅語，意思是「令人憎惡的」。另見索引667。
㊶戈索爾（Gorthaur），辛達語，意思是「既可厭又可怖的」。另見索引360。

QUENTA SILMARILLION

精靈寶鑽爭戰史

第一章　天地之初，萬物之始

根據智者①間的傳述，第一場大戰在阿爾達尚未全部創造完成，大地上還未有生長或行走的萬物之前，就發生了，並且是米爾寇佔了上風。不過，就在戰鬥進行到一半時，有一位力大無窮、剛勇無比的神靈②，在宇宙深處聽到「小王國」發生了戰爭，於是前來助衆維拉一臂之力，阿爾達立時充滿了他的笑聲。來的果然就是強壯的托卡斯，他的怒氣猶如狂風，足以驅散一切擋路的烏雲和黑暗；米爾寇面對他的憤怒與大笑，只能夾著尾巴逃跑，放棄了阿爾達，天下於是太平了很長一段時日。托卡斯留下來成爲阿爾達王國的維拉之一；但是米爾寇也沒閒著，他在遙遠的黑暗中策劃他的陰謀，並且從此對托卡斯恨之入骨。

---

① 智者（The Wise），通常指那些擁有高深智慧，知曉許多事物的精靈，如《魔戒》中的甘道夫、薩魯曼、凱蘭崔爾、愛隆、瑟丹等人。

② 原文是 spirit。

那時，維拉們爲海洋、陸地以及山脈帶來秩序，雅凡娜也終於能將她長久以來所設計與發明的各種種子播到地裡。由於所有的火焰都被壓制並埋到太古的山丘下，但如今大地需要光，所以奧力在雅凡娜的請求下，爲自己所造衆海環繞的中土大陸創造了兩盞巨燈。隨後瓦爾妲將光充滿在巨燈內，曼威且封它們爲聖③，於是衆維拉將兩盞巨燈放在兩根遠高過後世所有高山的擎天柱上。維拉們將名爲伊露因④的巨燈放置在中土大陸的北方，另一盞放在南方的稱爲歐爾莫②；因此，在那段恆久不變的歲月裡，維拉之燈的光芒流洩遍滿在地球上。

雅凡娜所播下的種子開始迅速發芽生長，大地上開始長出爲數衆多大大小小的不同植物，各種青苔、青草和巨大的羊齒類，林中大樹的頂端直入雲霄，彷彿活生生的山脈，它們的樹根裹在綠色的微光中。百獸前來居住在茂密的草原上，有的住在河邊，有的住在湖畔，牠們在林中的樹蔭下散步。不過，當時尚無盛開的繁花，也無吟唱的百鳥；它們還在雅凡娜的胸懷裡，靜候自己來臨的時刻，而她的想像力實在是太豐富了。當時地球的中央地帶是最多采多姿之處，因爲兩盞巨燈的光芒在那裡交會、融合。那裡有一座極大的湖泊，湖中的奧瑪倫島⑥是衆維拉在阿爾達上

---

③原文是be hallowed。「封……爲聖」意指舉行一個祝福禱告的儀式，經過這個儀式之後，被祝福的事物或人將變得更爲美好，並具有新的涵意或特殊的能力。

④伊露因（Illuin），昆雅語，有「藍色」之意。另見索引432。

②歐爾莫（Ormal），昆雅語，意思是「極高的黃金」。另見索引613。

⑥奧瑪倫（Almaren），昆雅語。另見索引20。

所建立的第一個家。彼時萬物尚新，一切如此年輕，鮮嫩的綠在衆創造者眼中仍然新奇，他們心滿意足了許久許久。

就在維拉們歇下勞苦，欣賞自己所設計創造出之萬物的生長與展現時，曼威舉辦了一場盛大的筵席，衆維拉以及他們手下所有的神靈，在曼威的邀請下一同前來赴宴。不過奧力和托卡斯顯得相當疲倦，因爲他們自始至終不曾歇息片刻，奧力以巧藝、托卡斯以力氣，不斷幫助每位維拉的創造。從一開始，米爾寇便在邁雅中間埋伏了自己收買的秘密幫手與奸細，如今他知道萬物都創造好了；長久以來，他在遙遠的黑暗中不斷累積內心的憎恨，嫉妒他的同輩所創造出來的事物，他一心只想收伏他們聽命於他。因此，他在浩瀚的宇宙中招募了許多神靈，扭曲他們的心思意志以聽從他的使喚，他認爲宇宙中屬他最強。如今他見自己的機會終於來了，他靠近阿爾達往下觀看，地球上一片欣欣向榮的春光美景，只令他內心的憎恨更加深重。

那時維拉們正聚集在奧瑪倫島上，無懼於邪惡的侵擾，又因爲伊露因的光芒，因此沒看到北方出現了米爾寇從遠處投下的陰影；他現在的模樣已經像「空虛之境」的黑夜一樣黑暗。根據傳頌的歌謠，在這場阿爾達的春之筵席上，托卡斯與歐羅米的妹妹妮莎結爲連理，她在衆維拉面前，在奧瑪倫的青翠草原上，翩翩起舞。

心滿意足又十分疲倦的托卡斯，不久就睡著了。米爾寇等的就是這一刻，他帶領手下大軍越過「黑夜之牆」⑦，進入中土大陸的最北邊；歡樂中的維拉們絲毫沒有察覺他的來到。

米爾寇開始挖掘建造堡壘，他的工程深入黑暗山脈的地底，伊露因的光芒在那裡既黯淡又冰冷。他所建的這座堅固堡壘名爲烏塔莫⑧。雖然維拉們尚未察覺異狀，但是米爾寇的邪惡及其憎恨所帶來的毀壞，已經逐步流洩而出，阿爾達的春天開始遭到了荼毒。綠色植物生病腐爛，河流被水草和爛泥堵塞，發臭有毒的沼澤出現了，蟲蠅在其間孳生；森林變得黑暗而危險，恐懼在當中出沒；野獸變成長出銳角與獠牙的妖怪，殘殺使大地染上了鮮血。於是，維拉們明白米爾寇確實回來作祟了，他們開始四處搜尋他的藏匿地點。但是米爾寇先發制人，他篤信烏塔莫固若金湯，也相信手下大軍會所向無敵，因此率先發動戰爭，在衆維拉還沒準備好之前就出手給予重擊。他率軍攻擊伊露因和歐爾莫，推倒擎天柱，打破兩盞巨燈。在推倒猶如大山的擎天柱時，大地崩裂坍塌，衆海奮然翻騰；兩盞巨燈從高空墜落摔碎在地，其中的火焰席捲了整個地球。阿爾達的形狀以及其上均勻對稱的海洋與陸地，全部毀於一旦，維拉們的第一個設計從此再也沒能復原。

米爾寇趁著大混亂與黑暗潛逃藏匿，不過他十分害怕，因爲在喧囂翻騰的大海上他聽見曼威

---

⑦黑夜之牆（Walls of the Night），在第一與第二紀元時，阿爾達是一個平面而非球體，黑夜之牆是阿爾達最外圍的邊界，越過黑夜之牆就進入了「空虛之境」。

⑧烏塔莫（Utumno），昆雅語。米爾寇所建的這座地底堡壘，是一切邪惡恐怖事物的大本營。烏塔莫中聚集了大群的炎魔以及無數的半獸人。另見索引765。

的聲音猶如颶風颳過，大地在托卡斯的大步前進中震動不已。不過他在托卡斯逮住他之前先一步躲進了烏塔莫，銷聲匿跡了好一陣子。衆維拉這次之所以沒逮住他，是因爲他們必須將大部分的力氣用來挽救山崩地裂的地球，以免他們的心血全部化爲灰燼。從這次災變之後，他們就很怕發動戰爭會再次撕裂大地，除非他們知道伊露維塔的兒女居住在何處，否則不會輕舉妄動，然而所有的維拉都不知道伊露維塔的兒女幾時才會出現。

阿爾達的春天就這樣結束了。維拉在奧瑪倫島上的住處已經完全被毀，不過他們在地球上並無永久的居所。因此，他們離開了中土大陸，遷居到所有陸地中最西邊的一塊，位在世界邊緣的阿門洲上。阿門洲的西邊海岸面對「外環海」⑨，這海在精靈語中稱爲伊凱亞⑩，它環繞在阿爾達王國的周圍。這海究竟有多寬多大，除了維拉，沒有人知道；越過這海就到達了「黑夜之牆」。阿門洲的東邊海岸是貝烈蓋爾海⑪，也就是「西方大海」的盡頭。由於米爾寇已經返回中土大陸，而他們一時之間又拿他不下，維拉只得爲自己的居住地設下屏障。他們在阿門洲的海岸

---

⑨外環海（the Outer Sea），環繞在阿爾達周圍的大洋，它的外緣又環繞著黑夜之牆。當阿爾達的形貌整個改變時，外環海也也有了新的模樣。另見索引625。

⑩伊凱亞（Ekkaia），昆雅語。另見索引244。

⑪貝烈蓋爾海（Belegaer），辛達語，意思是「浩瀚無邊的大洋」，位在阿門洲與中土大陸之間。另見索引115。

上築起了地球上最高的一座山脈佩羅瑞⑫，在佩羅瑞山脈的最高峰上，曼威安設了他的王座。精靈將那座聖山取了許多不同的名字，有的稱它爲泰尼魁提爾，有的稱它永遠雪白的歐幽洛雪，或伊麗瑞納⑬，意思是「衆星所環繞的」；稍後辛達族精靈用自己的語言稱它爲幽洛斯山⑭。曼威和瓦爾妲從位於泰尼魁提爾山上的宮殿向外張望時，甚至可以橫越地球，望見東方的盡頭。

在佩羅瑞這座山牆內，衆維拉建立了他們的王國維林諾，他們在其中建立了自己的宮殿、城堡、花園以及高塔。在這片受到保護的土地上，衆維拉將所有自浩劫中搶救出來的美麗事物，都安置在其中，並創造了極大的光源；他們又再新造了許多美麗的東西，因此維林諾變得比中土大陸在阿爾達的春天所展現出來的美景更加令人賞心悅目。這片土地上充滿了祝福，因爲永生不朽的神靈居住在其中，那裡的萬物永不衰殘，連一朵花或一片葉子都沒有玷污，一切生長的都無害無病；所有的石頭及水源也都被封爲聖。

當維林諾建設完成，維拉們的府邸也都蓋好之後，他們在中央平原上建立了百鐘齊鳴的維利

⑫佩羅瑞（Pelóri），昆雅語，意思是「很高的圍籬」。北、東、南三面環繞保護著維林諾。另見索引628。
⑬伊麗瑞納（Elerrína），昆雅語。另見索引262。
⑭幽洛斯山（Amon Uilos），辛達語。另見索引33。

瑪城。在西城門前有一座稱爲依希洛哈⑮或克洛萊瑞⑯的碧綠山丘，雅凡娜封它爲聖，隨即久坐在它翠綠的草坪上頌唱力量之歌，將大地上所有她思及的生長萬物都放入歌曲中。妮娜卻是沈默地思考，以眼淚澆灌腳下的土壤。那時衆維拉聚集在那裡聆聽雅凡娜的歌唱，他們各自靜坐在自己的王座上，這些王座圍成一個圓形，精靈稱之爲麥哈納薩爾⑰，「判決圈」，它是維拉們每次召開會議與施行審判的地方。雅凡娜．齊門泰芮在衆維拉面前歌唱，他們靜坐觀看。

就在他們的注目下，山丘上破土生出兩株細長的芽苗，彼時除了雅凡娜的頌唱，大地上萬籟俱寂。在她的歌聲中，兩株優美的樹苗長高茁壯，並且含苞待放；從此世界上有了維林諾的雙聖樹⑱。在雅凡娜所造的千萬種植物中，雙聖樹最負盛名，每一則遠古的傳說都記載了它們的命運。

雙聖樹中的一棵有著墨綠色的樹葉，葉背閃耀著銀光，在他那數不盡的花朵上，每一朵都含有發出銀色光輝、不斷落下的露珠，他飄動的樹葉在地面投下點點銀光。另一棵樹的葉子是嫩綠色的，像新生的山毛櫸，她每一片樹葉的葉緣都閃爍著金光。她的花朵像一串串金黃的火焰，在

---

⑮依希洛哈（Ezellohar），昆雅語。另見索引304。

⑯克洛萊瑞（Corollairë），昆雅語，意思是「夏之丘」或「綠丘」。另見索引172。

⑰麥哈納薩爾（Máhanaxar），昆雅語。另見索引500。

⑱維林諾的雙聖樹（the Two Trees of Valinor）。這兩棵樹在整個托爾金的神話世界中佔有極其重要的位置；托爾金本人十分愛樹，這兩棵樹是他的得意之作。另見索引748。

每一根枝枒上搖盪，這些排列成串的燦爛小號角，在搖曳中灑落陣陣的黃金雨。雙聖樹所開的花不但帶來溫暖，也帶來極其燦爛的光芒。維林諾的雙聖樹被取了許多不同的名字，發出銀色光輝的那棵常被稱爲泰爾佩瑞安⑲，又叫做希爾皮安⑳或寧魁羅提㉑；散放金色光芒的一棵被稱爲羅瑞林㉒，又叫做梅利納達㉓或庫露瑞恩㉔。

在七個時辰之內兩棵樹的光芒由虧轉盈，再由盛逐漸減弱；他們個別會在另一棵的光芒完全熄滅之前一個時辰醒來，開始發光。因此，在維林諾每天兩次各有一個時辰，因爲兩棵樹的光芒都十分微弱，並且金銀交織融合，因此全境充滿了柔和的光輝。泰爾佩瑞安比較年長，首先含苞待放，他第一次開花吐蕊的時辰，閃爍的銀色微光爲維林諾帶來了首度的黎明，由於時間在維林諾從來不曾被計算過，這時刻於是被命名爲「時辰之始」，維拉從此開始計算他們治理維林諾的歲月。於是，在第一日以及往後每一個歡樂的日子，直到維林諾轉爲黑暗爲止，泰爾佩瑞安的花朵在第六個時辰閉合，羅瑞林則在第十二個時辰閉合。維拉在阿門洲的計日法爲一天十二個時辰，兩樹第二次的柔光交織做爲一日的結束，那時羅瑞林的光逐漸減弱，泰爾佩瑞安的光逐漸明

---

⑲泰爾佩瑞安（Telperion），昆雅語，意思是「銀色的」。另見索引716。
⑳希爾皮安（Silpion），昆雅語，意思是「閃閃發亮的」。另見索引679。
㉑寧魁羅提（Ninquelótë），昆雅語，意思是「銀色繁花」。另見索引590。
㉒羅瑞林（Laurelin），昆雅語，意思是「金色歌謠」。另見索引466。
㉓梅利納達（Malinalda）昆雅語，意思是「金色的樹」。另見索引505。
㉔庫露瑞恩（Culúrien），昆雅語，意思是「金紅如火的」。另見索引176。

亮。從雙聖樹所散發出來的光，在向空中散發或向地底沉落之前，會停留持續許久；瓦爾妲用巨大的桶子將泰爾佩瑞安的露珠與羅瑞林的雨水收聚起來，一桶桶或金或銀的水露，彷彿一座座光輝閃爍的湖泊，因此維拉的領土上處處可見明亮的光輝與水源。維林諾歡樂的歲月由此開始計算，而這也是時間計算之始。

時光流轉，當時間漸漸接近伊露維塔所預定的首生兒女將要來臨時，中土大陸仍躺在一片星光閃爍的穹蒼下，那些星辰是瓦爾妲於遠古時在宇宙中辛勤工作的結果。米爾寇居住在黑暗的地底，但他仍然會離開巢穴，以各種可怕又充滿力量的形體在大地上四處遊蕩，從最高的山巔到最深的地底熔爐，他操控寒冰與烈火；在那些日子裡，大地上一切的殘酷、暴力與死亡，都是由他一手策劃促成。

維拉們極少離開美麗又歡樂的維林諾，越過山脈前往中土大陸，但是他們仍然關心與喜愛佩羅瑞以東的那塊大地。居住在「蒙福之地」[25]中央地區的奧力，經常日以繼夜地忙碌著。在創造這塊土地並其中的萬物上，他都出了大力，他創造了許多形狀美麗又姣好的作品，有的是公開造作，有的是秘密進行。有關大地以及其中一切物質的知識與學問，都源自奧力——包括那些只能瞭解卻不能運用的知識，或所有有關工藝的學問：從編織技藝，木匠工藝到冶金巧技，以及所有

---

[25] 蒙福之地（Blessed Realm），這詞主要是指維林諾，有時也泛指整個阿門洲。另見索引128。

耕田種地的農務知識；不過農人的工作以及所有一切有關生長結實的事物，同時也歸奧力的妻子雅凡娜．齊門泰芮所管。奧力又被稱爲諾多㉖之友，在往後的年日裡，諾多精靈向他學到最多東西，他們是精靈中最具巧思技藝的一族。他們也把伊露維塔所賜給他們這族的才能發揮得淋漓盡致，在奧力的教導下青出於藍；他們喜歡發明語言文字，會刺繡出各種物體的形貌，又喜愛雕刻與繪畫。諾多族也是第一個能夠打造出寶石，懂得鑲嵌技術的精靈部族；在他們所打造的一切寶石中，最光彩奪目的是「精靈寶鑽」，可惜它們全都失落了。

維拉當中地位最高也最神聖的是曼威．甦利繆，他坐在阿門洲邊界上的最高處，心中從未忘記海洋另一邊的那塊大地。他的寶座安設在泰尼魁提爾的峰頂上，那是世界上最高的山脈，位在大海的邊上。形體如巨大隼鷹的神靈在他的宮殿中翱翔來去，他們眼睛可以看見深海的深處，穿透地底隱藏的洞穴。因此他們可以爲曼威帶來阿爾達各地所發生的消息；不過，還是有一些事情瞞過了曼威及其部屬的眼睛，那是米爾寇黑暗的心思，隱藏在無法穿透的黯影中。

曼威從來沒想過爲自己博取名譽，也不嫉妒權位和力量，他只想以和平治理全地並其間的萬物。在所有的精靈中他最愛凡雅族㉗，他們也從他學會了詩與歌；吟詩作詞給曼威帶來極大的樂

㉖諾多（Noldor），昆雅語，意思是「知識淵博的」。聽從諸神召喚，遷往西方的三支精靈部族中的一支。另見索引597。

㉗凡雅（Vanyar），昆雅語，意思是「明亮美麗的」。他們是西遷的艾爾達精靈中人數最少也最先抵達的部族。另見索引778。

趣，歌曲是他的音樂。他的形體是藍色的，雙眼之中閃爍著藍色的火焰，諾多精靈用青玉和藍寶石爲他做了一根權杖；他被指定爲伊露維塔的代表，是維拉、精靈以及人類世界的君王，領導衆生對抗米爾寇的邪惡。與曼威同住的是天仙絕色的瓦爾妲，她的辛達語名稱是伊爾碧綠絲，「衆維拉之后」，群星的創造者；在他們充滿祝福的宮殿中還住著一大群的神靈。

獨居的烏歐牟不住在維林諾，除非有重大的事情需要開會決議，否則他也很少前來阿門洲；從阿爾達一創始，他就住在外環海，至今依然。他統治全地上流動的衆水，所有的潮汐，所有彎曲前進的河流，一切盈滿的泉源，以及穹蒼下一切蒸發的露珠和降在每塊土地上的雨水。在深海中他默默思考著偉大又可畏的樂曲；這樂曲的回聲帶著悲傷與歡喜，在大地所有的血脈中奔馳；若豔陽下的噴泉充滿了喜樂，它的源頭則源自地球根基中那深不可測的悲傷古井。帖勒瑞㉓精靈向烏歐牟學得最多，因此他們的音樂總是含著哀傷與魔力。索瑪爾㉔隨同烏歐牟一起來到阿爾達，他爲烏歐牟所造的號角，聽過其聲之人永世難忘；另外還有歐希與烏妮，烏歐牟讓他們統治所有的內海與波濤，此外還有許多神靈幫助他。因此，藉由烏歐牟的力量，雖然米爾寇的黑暗佈滿大地，生命仍然透過許多秘密的泉源流傳著，地球沒有因此死亡。所有一切迷失在黑暗中，遠離維拉之光四處漂流的人，烏歐牟都能聆聽到他們的聲音。他也從來沒有棄中土大陸於不顧，不

㉓帖勒瑞（Teleri），昆雅語，意思是「最後的、最慢的」。他們是西邊的艾爾達精靈中人數最多，動作最慢的一支。另見索引715。

㉔索瑪爾（Salmar），昆雅語。他是一位邁雅。另見索引664。

論世界發生何種動亂、毀壞與改變，他從來沒有停止對它的關懷，過去如此，現在如此，將來也如此，直到世界結束之時。

在那段黑暗的時期裡，雅凡娜也同樣不願完全離棄那片土地；因爲一切生長在那裡的植物都是她的寶貝，她爲自己在中土大陸所創造的作品被米爾寇所毀傷而深深哀悼。因此，每隔一段時日，她就會離開奧力的住所及繁花遍地的維林諾，前往中土大陸，醫治米爾寇所造成的傷害。每當她從中土大陸歸來，總會催促維拉們向米爾寇的邪惡統治宣戰，他們一定得在首生的兒女來到之前進行這件事。萬獸的馴獸師歐羅米也會不時前往中土，在黑暗無光的森林中縱馬奔馳；他帶著弓箭與長矛，宛如雄偉的獵人，追獵射殺米爾寇統治下的一切妖孽與怪獸，他的駿馬納哈爾在深幽黯影中閃亮如白銀。沈睡的大地在牠的黃金馬蹄下震動顫抖，在大地的依稀微光中，歐羅米會在阿爾達的平原上吹響他的大號角維拉羅瑪，群山迴盪著號角聲，邪惡的妖孽無不聞聲而逃，米爾寇自己更是畏懼瑟縮在烏塔莫中，預感即將臨到的憤怒。不過每次當歐羅米離開之後，米爾寇的僕役又會再度聚集，大地又再度充滿了陰影與詭詐。

以上所記載的就是地球起初的樣貌，以及天地之初治理者的事蹟，這一切都發生在伊露維塔的兒女所認識的世界之前。伊露維塔的兒女是精靈與人類；由於埃努並不完全清楚他們進入到大樂章的那個主題，因此，沒有一個埃努膽敢對這群兒女的模樣性情動手腳。也因爲這緣故，維拉對於這群親屬，比較像是長輩或領導者，而不是操控他們的主宰；也因此每當埃努處理精靈與人類的事情時，如果這群兒女不聽從引導，埃努會竭力強迫他們，然而這麼做的結果，不論埃努起初是出於什麼樣的善意，結局通常都不是太好。埃努們確實比較喜歡精靈，因爲伊露維塔造他們在本質上就比較像埃努，只不過力量與身形比較小；對於人類，伊露維塔給了他們奇怪的禮物。

據說，在維拉們離開之後，萬籟俱寂，伊露維塔獨坐沈思。然後，祂他開口說：「看啊，我喜愛那地球，它將做爲昆第[30]與亞塔尼[31]的居所！昆第將是大地上最美麗的生靈，他們將比我其他的兒女擁有、孕育並創造出更多美麗的事物；他們將在這世界中獲得極大的快樂。但對亞塔尼，我要給他們一個全新的禮物。」於是，祂定意使人類的心靈尋求超脫這世界，並且在這世界找不到安息；但是人類在這世界的衆多力量與變化當中，能夠擁有改變自己命運的品德，不受限在埃努的大樂章中所預定衆生萬物的命運之內；在人類的經營與管理之下，萬物的形貌與作爲都將達到完全，而這世界也將達到完滿、實踐了它最後與最小的任務。

不過伊露維塔知道，人類被放在世界諸多力量的混亂騷動中，常常會迷失，而不會和諧地善用他們的天賦。於是祂說：「他們生平所行的所有事蹟，到了末了，依舊會加增我創造的榮耀。」不過精靈卻相信人類常常使曼威憂愁，而曼威最瞭解伊露維塔的心思。在精靈看來，人類很像埃努中的米爾寇，雖然米爾寇用人類作他的奴隸，但他對人類始終又恨又怕。

伴隨著自由天賦所賜下的是，人類在這世界上只存活短暫的片刻，並且不受這世界的束縛，他們很快就離開了世界，往何處去精靈一無所知。精靈則會一直活到時間結束之日，因此，他們

㉚ 昆第（Quendi），昆雅語，意思是「說話者」；也就是精靈。另見索引634。

㉛ 亞塔尼（Atani），昆雅語，意思是「次來者」；也就是人類。另見索引95。

對地球及整個世界的愛戀，將會隨著時間的流逝而愈發孤單與痛苦，時間愈久悲傷愈深重。因爲精靈是不死的，除非被殺或在悲傷中耗盡（這兩者在他們看來是臣服於死亡之下），他們會一直存留到世界死亡之時；歲月不會消磨他們的力量，除非活了十萬年後有的或許會顯出疲態。被殺或耗盡的精靈會被聚集在維林諾曼督斯的殿堂中，或許由那裡返回人世。但是人類及其子孫是眞正死亡離開世界；因此人類又被稱爲世界的客旅，或流浪者。死亡是他們的命運，是伊露維塔所賜的禮物，隨著時間不斷地流逝，連諸神也會羨慕這個禮物。但是米爾寇將自己的陰影籠罩在死亡上，將死亡與黑暗混淆，將善變爲惡，將希望轉成恐懼。不過在很久很久以前，維拉在維林諾上已經對精靈宣布過，人類將會加入埃努的第二樂章；然而伊露維塔尚未揭曉在世界終了之後祂對精靈的打算，而米爾寇也還沒找出答案。

第二章 奧力和雅凡娜

據說，矮人的起源是奧力於中土大陸一片黑暗時所創造的；因爲奧力太渴望那群兒女的來到，好傳授他一切的學問和手藝，因此他不願再等伊露維塔的構思完全成就的時刻。由於奧力並不清楚那些將到之兒女的模樣，所以他造了後來我們所見模樣的矮人，又因爲那時米爾寇的力量仍然籠罩著地球，因此他希望自己所造的人不但身強體壯，並且心智剛強。但是他害怕別的維拉會責備他的創造，因此他始終是秘密進行——在中土大陸深山的一處洞穴中，他創造了矮人最初的七位祖先。

伊露維塔知道發生了什麼事，就在奧力大功告成，非常心滿意足，並開始教導他爲矮人發明的語言的那一刻，伊露維塔開口向他說話；奧力聽到祂的聲音，不禁呆若木雞。伊露維塔的聲音對他說：「汝爲何做出這樣的事呢？爲何意圖作成汝明知是超越自己權限與力量的事物呢？汝之存在與天賦皆爲我所賜予，僅此而已；因此，汝以心血及雙手所造之物，將受限於汝之存在本質，唯有當你要他們動時他們才能動，如果你的思想移往他處，他們將閒懶呆立終日。這會是你想要的嗎？」

奧力回答說：「我並不想要這樣的主宰權。我衷心盼望所造之物不同於我，使我可以疼愛並教導他們，他們也可以看見您所創造的一亞有多美。依我所見，阿爾達極大，有足夠的空間讓萬物同享共處，如今絕大部分地方仍舊空無一物，寂靜無聲。我的急躁使我做了愚蠢的事。但我內心熱切於創造事物的本能乃是您給我的；小孩子憑自己微薄的瞭解模仿父親做事，從來沒有嘲弄與蔑視之意，他會如此模仿父親，乃因他是他父親的兒子啊。現在我該怎麼辦，才能讓您不會永遠都生我的氣呢？就如孩子對父親，我把這些小東西獻給您，他們是您所造之手所做的成品。您可按己意裁決他們。或者，我應該把自己揣測而造之物摧毀？」

奧力說完，隨即拿起一把巨大的鐵鎚要打碎所造的矮人，但還沒下手就忍不住哭了起來。因著他的謙卑，伊露維塔對奧力並他的渴望心生憐憫；所有的矮人在鐵鎚下瑟縮成一團，十分害怕，他們俯首懇求慈悲。於是伊露維塔的聲音又對奧力說：「汝之造作已成定局，我接受汝所獻上的。汝豈不見所造之物已有了他們自己的生命，並用他們自己的聲音說話嗎？因此，他們將不畏懼汝之打擊，也不聽從你的任何命令。」奧力聞言拋下鐵鎚，轉憂爲喜，他向伊露維塔道謝，說：「願一如祝福我的作品，並且加以改良！」

但是伊露維塔再次開口說：「正如我在宇宙創始之初，將思維創造成存在的衆埃努，同樣這時我也接受你所創造的，並賜給他們一塊存活之地；然而我不會在你的傑作上做任何改良，你怎麼造他們，他們就是什麼模樣。他們在我所構思的首生子女之前出現，但我不願爲此感到困擾，而你的操之過急也不會獲得回報。現在，他們當沈睡在黑暗的岩石地底，直到首生的兒女在地球上醒來；在那之前，你與他們都必須等待，雖然這等待似乎很漫長。當時候到了，我會喚醒他們，他們也將視同汝之子女；從此你我的子女之間必常有衝突，但他們仍是我選擇收養的孩子。」

於是奧力捧起矮人的七位祖先，將他們放置在不同的地方，讓他們沈睡；然後他返回維林諾，等候漫長的歲月過去。

由於矮人是在米爾寇的力量籠罩大地的年日出生的，奧力把他們造得十分強壯堅忍。因此矮人像石頭一樣堅硬，性情十分頑固，與他人爲敵爲友皆決定迅速，他們比所有其他人種都更吃苦耐勞，能承受辛苦勞動、跋涉、飢餓與身體的傷痛；他們並且十分長壽，遠遠超過人類存活的年歲，不過他們並非永生不死的。從前居住在中土大陸的精靈說，死掉的矮人會歸回當初製成他們的泥土和岩石；不過矮人自己不相信這種說法。他們說，創造他們的奧力（他們稱他爲曼霍）非常關心愛護他們，會將死者聚集到曼督斯殿堂中獨立開來的一處地方，他並且向他們的祖先宣布過，在世界終了時，伊露維塔會封他們爲聖，在祂的兒女中爲他們預備一個位置。他們的角色將是侍奉奧力，在「末日決戰」①後幫助奧力重建阿爾達。矮人還說，他們的七位祖先後來又以親族的模樣復活歸來，再度擔負起他們遠古時的名號：他們當中最爲後人所知的是都靈，他的子孫

---

①末日決戰（the Last Battle），在世界結束時會發生的一場戰爭，存在於宇宙中的黑暗勢力將被完全徹底擊潰。

是對精靈最友好的一族，他們的家鄉位在凱薩督姆②。

奧力雖然瞞著其他的維拉辛苦創造了矮人，不過到最後他還是向雅凡娜坦白，告訴了她一切。雅凡娜對他說：「一如眞是慈悲。我看得出來，現在你眞是心花怒放，其實本該如此；因爲你不單獲得了寬恕，並且得到慷慨的賞賜。但是，由於你將這事瞞著我直到完成，因此你的兒女將不會喜愛我所喜愛的事物。他們首先會喜愛他們雙手所創作的東西，就跟他們父親一樣。他們會挖掘土地，卻對土地上生長的一切植物毫不在意。許多樹木將遭到他們無情鐵器的咬囓。」

不過奧力回答說：「伊露維塔的兒女也會做同樣的事，他們會吃大地所生長的，也會用它們來蓋房子。雖然妳領域中的萬物本身就很有價值，即便沒有那群兒女，也無損於它們的價值；但是一如會給祂兒女管轄支配的權力，他們將會使用他們能在阿爾達上找到的一切——不過依著一如的本心，他們使用時將會帶著敬意和感激。」

「除非米爾寇使他們的心變黑，否則他們會感激的。」雅凡娜說。但她內心沒有因此得以平靜，反而充滿悲哀，害怕將來中土大陸不知會變成什麼模樣。因此，她來見曼威，她並未背叛奧力，吐露他所告知之事，但她向曼威陳情說：「阿爾達之王啊，奧力告訴我說，那群兒女來臨之

---

②凱薩督姆（Khazad-dûm），矮人語。意思是「矮人的大殿堂」。凱薩督姆是矮人所鑿建過最偉大的殿堂，爲都靈一族的居住地；在日後黑暗的年代，也就是《魔戒》的年代，它又被稱爲「摩瑞亞」。另見索引452。

後，將會隨心所欲管轄支配我所辛苦創造的萬物，這是眞的嗎？」

「這是眞的。」曼威說：「但妳爲何有此一問呢？妳並不需要奧力來教導妳啊？」

雅凡娜聞言沈默不語，她反省自己的心思意念，然後回答說：「因爲想到將要來臨的年日，我心實在焦慮難安。所有我造作的一切都是我的寶貝。難道米爾寇所造成的破壞還不夠多嗎？難道我所發明的一切都逃不過他人的支配管轄嗎？」

「若能如妳所願，有什麼是妳想要保留的呢？」曼威說：「在妳所有的領域中，妳最寶貴的是什麼呢？」

「它們都各有各的長處。」雅凡娜說：「並且彼此間環環相扣，互有貢獻。不過奇爾瓦③可以逃跑或防衛自己，可是生長在地的歐瓦④卻不行。它們當中我最寶貝的是樹木。它們生長的時間很漫長，可是要砍伐卻很快，除非它們的枝枒會結出果實以爲報，否則很少人會對它們的消失感到惋惜。所以，我想清楚了。讓樹木可以爲所有生根在地的植物發言，並且懲罰所有糟蹋它們的人！」

「這眞是個奇特的想法。」曼威說。

---

③奇爾瓦（kelvar），昆雅語，意思是「會快跑的東西」。指除了伊露維塔的兒女、恩特人以及矮人之外，雅凡娜所照顧管理的所有動物；其中最高等級的是曼威的巨鷹。另見索引449。

④歐瓦（olvar），昆雅語，意思是「根生於地，會成長的東西」。雅凡娜所創造管理的植物，最高等級的歐瓦是樹木。另見索引608。

「但它是在樂章裡。」雅凡娜說：「當您和烏歐牟在天上堆積厚雲與降下雨水時，我舉起所有大樹的枝枒承接它們，有些大樹在風中和雨中向伊露維塔歌唱。」

於是曼威靜坐沈思，雅凡娜的想法進入他心裡生根發芽；這一切伊露維塔都看在眼裡。曼威感到大樂章彷彿再次響起，環繞著他，如今他注意到許多先前聽見卻沒留心的事。最後，那幅景象更新了，現在它看來並不遙遠，而他自己就身在其中，他又看見萬物都被高舉在伊露維塔的手中；那手伸入景象中，從那手裡出現許多原本隱藏在衆埃努心中的美妙事物，直到這一刻才向他展現開來。

曼威清醒過來，他下到依希洛哈山丘上，在雙聖樹下雅凡娜的身旁坐下來。曼威說：「齊門泰瑞啊，一如說話了，祂說：『難道有維拉以爲我沒有聽見全部的樂曲嗎？即使是最後一個聲音所發的最後一個音符，我都聽見了。看啊！當我的兒女甦醒時，雅凡娜的想法也會同時甦醒，它將從遠方召來許多的靈，他們將在奇爾瓦與歐瓦當中出沒，他們有些會在世間定居，並得到萬物的尊敬，他們所發正義的怒氣會非常可怕。他們存在的年日是：當首生兒女的力量仍然強盛，次生的兒女還很年輕時。』現在妳記起來了嗎？齊門泰瑞，妳的思維之歌並不總是獨唱。妳我的思維豈非曾經相遇，然後一同展開翅膀，如同大鳥在雲間翺翔一般嗎？那也會在伊露維塔的關注下發生，在那些兒女醒來之前，將有如同西方主宰之大鷹般翺翔的羽翼出現。」

雅凡娜聞言喜出望外，她站起來，將雙臂伸展向天，說：「齊門泰瑞的樹將高拔上天，王的群鷹將在其上築巢！」

曼威同樣起身，他是如此高大，以致於他向雅凡娜說話的聲音彷彿清風由天而降。

「不，」他說：「只有奧力所造的樹才夠高。群鷹將在大山之上築巢，聆聽那些仰天呼喚我們的聲音。而在森林中行走的將是百樹的牧人⑤。」

於是曼威與雅凡娜互相道別，雅凡娜回到奧力身邊，他正忙著打造東西，將融化的金屬倒入模型裡。「一如眞是太慷慨了。」她說：「現在你的子女可要當心了！將有一股力量行走在眾森林中，他們的憤怒會在遭遇危險時湧起。」

「除非他們需要木材，否則不會有事的。」奧力說完，又回頭去忙他的鍛造去了。

---

⑤百樹的牧人（the Shepherds of the Trees），他們就是《魔戒》中的樹人。另見索引676。

第三章　精靈的出現與囚禁米爾寇

在十分悠長的一段歲月裡，維拉們居住在阿門山脈以西，充滿雙聖樹光輝的喜樂中，但是整個中土大陸卻籠罩在微弱的星光下。在兩盞巨燈照耀時所生長的萬物，這時都停止生長了，因為大地再度陷入黑暗之中。但最古老的生物已經出現了：海洋中有巨大的海草，大地上有巨樹投下陰影；在黑夜籠罩的山谷裡，有古老又強壯的生物居住在其間。這片大地與森林，除了雅凡娜和歐羅米，其他的維拉很少前來。雅凡娜會在陰影中行走，悲傷嘆息，因為阿爾達春天的應許與生長都停止了。她使許多已在春天生長的東西進入沈睡，因此它們不會衰老，可以繼續等候將會來臨的甦醒時刻。

但在北方，米爾寇整軍經武，晝夜不歇，他監視大地，不停地忙碌；被他扭曲的邪惡生物開始在四處出現，黑暗沈睡的森林中，開始有妖孽與可怕的鬼怪出沒作祟。他在烏塔莫中召聚了所有的惡魔，它們原是米爾寇在光鮮亮麗的年日裡追隨他的神靈，如今在他墮落後變得跟他極為相像：它們的心是烈焰，但覆蓋於外的形體卻是黑暗，它們握有火焰的鞭子，所到之處充滿了恐怖與驚駭。日後在中土大陸它們被稱爲炎魔。在這段黑暗時期，米爾寇另外繁殖孵育出許多不同種類與形狀的怪物，使世界飽受困擾；他在中土大陸的勢力範圍，如今不斷向南延伸。

此外，米爾寇又在距離西北方海岸不遠處建立了一處堅固堡壘與一支鐵甲部隊，以對抗任何可能來自阿門洲的攻擊。這座堡壘交由索倫指揮，他是米爾寇手下的第一大將。這座堡壘名叫安格班①。

終於，維拉們聚在一起商議了，因爲他們開始對雅凡娜與歐羅米從中土大陸帶回的消息感到困擾。雅凡娜在衆維拉面前開口說：「諸位阿爾達的大能者啊，伊露維塔所揭示的景象十分短暫，又很快就消失了；因此，我們在這短短的年日裡無法猜出那指定的時刻。但有一件事是可以確定——那時刻就要來臨了，在這個時代裡，我們的盼望將會揭曉，那群兒女必要甦醒。難道我們將任由他們所居住的大地荒涼又充滿邪惡嗎？難道在我們享有光明的同時，卻任由他們行走在黑暗中嗎？難道在曼威坐在泰尼魁提爾山上爲王時，要任由他們稱米爾寇爲主嗎？」

托卡斯大聲喊道：「絕不！讓我們立刻發動戰爭！我們豈非已經休息得太久了，我們的力量不是都恢復了嗎？難道要讓他獨自對抗我們到永遠嗎？」

在曼威的要求下，曼督斯開口了，他說：「不錯，伊露維塔的兒女將在這個時代出現，但是

①安格班（Angband），辛達語，意思是「鐵的囚牢」。位在英格林山（Ered Engrin）西南角的後方，爲一巨大地底堡壘，是精靈寶鑽爭奪戰中米爾寇的大本營。另見索引50。

他們尚未到來。此外，首生的兒女命定要在黑暗中來臨，他們首先看到的將是天上的繁星，在這支種族開始衰微時，才會有大光出現。當他們急需幫助的時候，必要呼喊瓦爾妲的名。」

於是瓦爾妲起身離開會議，從泰尼魁提爾的高處向外張望，看見點點繁星下，中土大陸的黑暗顯得既遙遠又朦朧。於是瓦爾妲展開一場大規模的勞動，自從維拉來到阿爾達後，她所做過的事情中以這件的規模最大。她從裝滿泰爾佩瑞安銀色露珠的大桶子裡取材，做成許多更明亮的星星，為首生兒女的到來做預備；因著這項在時間深處和在一亞中的勞動，她被稱為婷托律②，意思是「點燃光明者」，後來精靈又稱她為埃蘭帖瑞③，「星辰之后」。她在此時造了卡尼珥④和路尼珥⑤，奈娜爾⑥和蘭拔爾⑦，奧卡琳奎依⑧和以琳彌瑞⑨；她並將許多其他遠古的星辰聚集起

② 婷托律（Tintallë），昆雅語。這是瓦爾妲最古老的名字之一。另見索引728。
③ 埃蘭帖瑞（Elentári），昆雅語。瓦爾妲的別名。另見索引260。
④ 卡尼珥（Carnil），昆雅語，意思是「紅色的」。這是一顆紅色的星辰。另見索引157。
⑤ 路尼珥（Luinil），昆雅語，意思是「藍色的」。這是一顆藍色的星辰。另見索引490。
⑥ 奈娜爾（Nénar），昆雅語。另見索引576。
⑦ 蘭拔爾（Lumbar），昆雅語。另見索引491。
⑧ 奧卡琳奎依（Alcarinquë），昆雅語，意思是「榮耀的」。另見索引16。
⑨ 以琳彌瑞（Elemmírë），昆雅語，意思是「寶石星辰」。另見索引253。

來，在阿爾達的天空中排列成星座——威爾沃林⑩，帖魯米迪爾⑪，梭洛奴米⑫，安拿瑞瑪⑬，以及繫著閃亮腰帶的米涅爾瑪卡⑭，以此預言世界終了時的「末日決戰」。在北方的高空上，她排列了冠狀的七顆大星做爲對米爾寇的挑戰，它被稱爲維拉科卡⑮，意思是「維拉的鐮刀」，米爾寇厄運難逃的記號。

據說，就在瓦爾妲辛勤無數年日，終於大功告成，米涅爾瑪卡第一個大步跨上天空，希露因⑯的藍色火焰閃爍在世界邊緣薄霧籠罩的上空時，伊露維塔首生的、地球的兒女，甦醒了。就在閃爍著星光的庫維因恩⑰——「甦醒之水」的湖畔，他們從伊露維塔的沈睡中醒來。彼時尚無言語，萬籟俱寂，他們雙眼首先看見的是天上的繁星。因此，他們永生永世熱愛星光，並且對瓦

---

⑩ 威爾沃林（Wilwarin），昆雅語，意思是「蝴蝶」。這星座可能是我們今天所見的仙后座。另見索引790。

⑪ 帖魯米迪爾（Telumendil），昆雅語，意思是「天空的情人」。另見索引717。

⑫ 梭洛奴米（Soronúmë），昆雅語，意思是「如鷹般的」。這星座可能等同於我們所見的天鷹座。另見索引687。

⑬ 安拿瑞瑪（Anarríma），昆雅語。另見索引40。

⑭ 米涅爾瑪卡（Menelmacar），昆雅語，意思是「天空中的劍客」，也就是獵戶星座。另見索引517。

⑮ 維拉科卡（Valacirca），昆雅語。這把「維拉的鐮刀」也就是我們所見的大熊星座；哈比人稱它「大鐮刀」或「北斗七星」。另見索引767。

⑯ 希露因（Helluin），辛達語，意思是「冰藍色的」。一顆藍色的星辰。另見索引406。

⑰ 庫維因恩（Cuiviénen），昆雅語。是內陸海西爾卡東邊的一處水灣，位在歐羅卡尼山下。另見索引175。

爾妲．埃蘭帖瑞的尊崇遠勝過所有其他的維拉。

在世界的遷換流轉中，大地與海洋的形狀曾經崩毀又重建，河流改道，山巒變貌；庫維因恩也因此不復存在。但精靈之間傳說它位在中土大陸的東邊，靠近北方，它的湖灣有一邊與內陸海西爾卡⑱相連，那海就位在以前豎立巨燈伊露因的山腳下，是米爾寇推倒了伊露因。有許多河流從東方高地流向庫維因恩灣，精靈們甦醒後聽見的第一個聲音是流水聲，以及流水沖刷在石頭上的響聲。

他們在這星空下水邊的第一個家居住了許久，充滿好奇地在地球上四處遊走；他們開始發聲說話，爲所有他們所看見的東西取名字。他們稱呼自己是昆第，意思是「會用聲音說話的」，彼時他們尚未遇見其他也會說話或歌唱的生物。

有一天，歐羅米又騎著納哈爾到東方來狩獵，當他轉往北方來到西爾卡的海邊，從東邊歐羅卡尼⑲山脈的陰影下經過時，納哈爾突然長嘶一聲停下來。歐羅米十分詫異，於是靜坐不出聲，星空下一片沈寂的大地上，他聽到遠方似乎傳來許多歌唱的聲音。

就在如此偶然的情況下，維拉終於發現了他們長久以來所等待的。歐羅米看著眼前的精靈，充滿了驚喜，這群生物是如此出乎意料之外、如此奇特非凡、如此無法預知；這種感覺將會永遠跟隨著維拉。在宇宙尚未創造之前，雖然可從大樂章中預知或從遠處預先看見景象中的萬物，但

---

⑱ 西爾卡（Helcar），昆雅語，意思是「冰一般寒冷的」。另見索引403。

⑲ 歐羅卡尼（Orocarni）昆雅語，意思是「紅色的山脈」。另見索引614。

實際上在不同時間進入一亞的埃努，將會出其不意地遇上某些嶄新又事先未被告知的事物。

伊露維塔這群首先出生的兒女，身形比他們日後的子孫高大強壯，唯獨美麗代代不曾稍減，因爲在昆第年歲尚輕時，他們的美遠勝過伊露維塔所造的萬物，而且這美麗並不凋謝或消逝，仍然存在西方⑳，而且因爲悲傷與智慧而更豐富。歐羅米一看見昆第就愛上了他們，並以他們的語言爲他們取名爲艾爾達，意思是「星辰的子民」；不過這名稱後來只用在那些跟隨他西行的精靈身上。

但這時許多昆第對他的來臨都充滿了恐懼——這是米爾寇做的好事。從日後的種種跡象來看，智者斷言，始終隨時留意四方的米爾寇，是第一個發現昆第的埃努，他派出黑暗邪惡的神靈去監視及攔截他們。因此，在歐羅米發現他們之前好些年，就已經發生不少這樣的事——如果有精靈獨自或三三兩兩離群遊蕩，就會從此消失不見，再也沒有回來；有些昆第說是大怪獸把他們抓走了，因此所有的人都非常害怕。事實上，至今在西方仍存有一些最古老的精靈歌謠，述說著庫維因恩湖旁山丘上行走的黑暗身影，或突然橫過天空遮蔽星辰的陰影；還有黑暗的騎士騎在瘋狂的馬上追逐那些遊蕩者，抓住他們，把他們活活吃掉。由於米爾寇對歐羅米的四處馳騁又恨又怕，因此不論他是確實派手下扮成騎士，還是四處散播謠言，目的都是要昆第避開歐羅米，以免他們碰上他。

---

⑳原文是the West，指位在大海西邊的維林諾，不是我們今天概念中的西方。

因此，這是何以當納哈爾嘶鳴止步，歐羅米確實來到他們當中時，有些昆第嚇得躲起來，有些則飛奔逃跑，從此迷失在荒野裡。但那些鼓起勇氣留下來的，看見這位疾奔而來的雄偉騎士並無黑暗的陰影尾隨，臉上反而有阿門的光輝閃耀；於是，所有最高貴的精靈都受到吸引趨近他。

不幸被米爾寇誘捕的精靈，確切的下場很少人知道。那些被活捉入烏塔莫洞穴中的，有誰知道米爾寇的黑暗企圖？不過伊瑞西亞㉑的智者確知一事，就是所有落入米爾寇手裡的昆第，在烏塔莫被攻破之前，都被囚禁在該處，他緩慢殘酷地折磨他們，直到他們敗壞邪惡，甘心受他奴役為止；因此，在滿懷對精靈的譏嘲與妒恨之下，米爾寇從這些奴隸中繁殖出了醜陋邪惡的半獸人㉒，他們後來成為精靈最勢不兩立的死敵。根據智者所言，半獸人是在伊露維塔兒女出現之後才有的，並且以倍數滋生；因為在創世之前，米爾寇在大樂章中展開背叛之後，他就創造不出任何有生命或類似生命的東西。在半獸人黑暗的內心深處，他們極其厭惡這位主人，他們是在恐懼中侍奉這位使他們既悲慘又痛苦的始作俑者。這或許是米爾寇所做過最卑劣的一件事，也是伊露維塔最憎惡的一件。

㉑伊瑞西亞（Eressëa），昆雅語，意思是「孤獨島」。帖勒瑞精靈居住的海島。另見索引298。

㉒半獸人（Orcs），譯者在此沿用《魔戒》中對這種醜怪兇殘之物種的譯名。在歐洲古老的傳說裡，他們是一種妖魔鬼怪，非關野獸或人類。在托爾金的神話中，由於他們源自精靈，因此不但非常強悍勇猛，而且不會自然衰老而死。他們兇殘嗜血，憎恨一切美好的事物，最大的樂趣是破壞和殺戮。他們怕光，多半只在夜間活動，喜歡生吃捕獲的生物，包括人類，身上有很濃重的腐臭味。他們也分成好些不同的部落，彼此間不但互相仇視，也會互相廝殺。另見索引611。

歐羅米在昆第當中逗留了一段時日，隨後他快馬加鞭疾馳過陸地與海洋，返回維林諾，將這消息帶到沃瑪爾㉓，並提到攪擾庫維因恩的黑暗陰影。維拉們聽到精靈的消息都非常高興，不過高興中又帶著疑惑；他們展開冗長的辯論，想找到一個最好的辦法來守護昆第，免於米爾寇的陰影。但歐羅米報告完後立刻啓程回到中土大陸，跟精靈們住在一起。

曼威坐在泰尼魁提爾山上沈思良久，並且尋求伊露維塔的建議。然後他下山來到沃瑪爾，召聚所有的維拉來到判決之環，就連居住在外環海的烏歐牟也來了。

於是曼威開口對維拉們說：「在我心中，伊露維塔的建議是這樣的——無論要付出何等的代價，我們都應當再次擔負起阿爾達的統治權，將昆第從米爾寇的陰影中解救出來。」托卡斯聞言大是高興，奧力卻感到悲傷，因他預見了世界將再度在這場戰爭中分崩離析。但是維拉們已經準備好離開阿門前去爭戰，他們下決心要攻垮米爾寇的堡壘，把整件事情做個了結。米爾寇永遠不會忘記這場戰爭是爲了精靈的緣故而打的，是他們導致了他的失敗被擒；然而精靈根本沒參與那些戰役，他們對這場在他們出現初期由西方大軍發動前來攻打北方的事，知道的非常少。

米爾寇在中土大陸的西北方遇上了維拉的進攻，那塊區域幾乎完全毀於一旦。西方大軍以迅雷不及掩耳之勢贏得了第一仗，米爾寇的僕役落荒逃回烏塔莫。於是維拉穿越中土大陸，並在庫

㉓沃瑪爾（Valmar），維拉們居住的城市，又稱「維利瑪」。另見索引776。

維因恩設下了警衛；昆第除了看見地球在他們腳下震動怒吼，衆水遷流改道，並北方有大火閃電之外，絲毫不知諸神的這場大戰。烏塔莫的圍攻戰十分慘烈，並且爲時甚久，多場戰役發生在堡壘的大門前，精靈對此只聽到些許的傳聞。中土大陸的形狀在那段時期發生了巨大的變化，分隔中土與阿門洲的「大海」㉔也在那時變得更寬更深；海岸破碎坍塌，形成一個向南的深水海灣。在這大海灣與遠處北方的西爾卡瑞西㉕海峽之間，有許多的小海灣形成，西爾卡瑞西海峽是中土大陸與阿門洲最接近之處。這些小海灣中又以巴拉爾灣㉖最大；巴拉爾灣是大河西瑞安㉗的出海口，西瑞安河發源自北方新隆起的高地多索尼安㉘，以及環繞在希斯隆㉙周圍的山脈。更偏遠的北方大地在這些年日裡完全是一片荒涼廢棄的焦土；位在該處的烏塔莫挖掘得超乎想像之深，它那盤根錯節的坑道及洞穴裡，佈滿了火焰及米爾寇手下難以計數的大軍。

㉔原文是 the Great Sea，特指位在中土大陸與阿門洲之間的貝烈蓋爾海。

㉕西爾卡瑞西（Helcaraxë），昆雅語，意思是「堅冰之牙」。這個位在極北方、分隔兩塊大陸的海峽，充滿了漂浮的碎冰。伊凱亞海與貝烈蓋爾海在此交會，故此處海水洶湧，常有大霧。另見索引404。

㉖巴拉爾灣（Balar），辛達語。巴拉爾島位在這個海灣中，該海島是《魔戒》中所提及的造船者瑟丹以及精靈王吉爾加拉德年幼時躲避戰禍的地方。另見索引102。

㉗西瑞安（Sirion），辛達語，意思是「河流」。它是貝爾蘭地區最大的一條河流，在諸神對米爾寇發動的第二次戰爭中，隨著貝爾蘭的毀滅而消失。另見索引685。

㉘多索尼安（Dorthonion），辛達語，意思是「松樹之地」。另見索引210。

㉙希斯隆（Hithlum），辛達語，意思是「迷霧之地」。另見索引421。

但是，到了最後，烏塔莫還是被攻破了，所有的廳堂都被掀了屋頂，米爾寇退入了最深一處的洞穴。於是托卡斯大步上前，彷彿維拉中的冠軍選手，跟米爾寇展開激烈的摔角，並將他臉朝地摔個狗吃屎；他們用奧力所鑄的巨大鐵鍊安蓋諾爾㉚將他捆住，帶回囚禁；世界從此得以平靜了許多年歲。

然而，維拉並未發現所有隱藏在安格班與烏塔莫底下那些偽裝起來的巨大洞穴與地窖。許多邪惡的東西仍在其間逗留，有一些如鳥獸四散逃入了黑暗中，徘徊在荒涼廢棄的世界裡，等候更邪惡的時刻來臨；還有，維拉們沒找到索倫。

此外，在戰爭結束後，北方已成廢墟，升騰而起的煙霧形成了又大又厚的雲層，遮蔽了天空中的繁星。維拉們把米爾寇綁了手腳，矇住眼睛，拖回維林諾，將他帶到判決圈當中。他在曼威跟前俯首請求原諒，但他的請求被拒絕了，他被打入曼督斯那銅牆鐵壁的大牢裡；任何生靈，無論是維拉、精靈還是凡人，一旦被關入該處，永遠無法逃脫。牢房個個堅固深廣，都建在阿門洲的最西邊。在米爾寇所造成的破壞被恢復一新，或他可再度上訴請求原諒之前，他被判定要在牢中監禁數千年之久㉛。

㉚ 安蓋諾爾（Angainor），昆雅語，意思是「鐵鑄的」。另見索引49。

㉛ 原文是three ages long。研究托爾金的專家學者及讀者，都無法確切斷定這「three ages」到底是多久，因為作者沒說。有些歐美讀者接受以阿門洲雙聖樹的時間來做計算，每一百「雙聖樹年」是一個「age」，所以米爾寇被關了三百個雙聖樹年，相當於日後以太陽年來計算的數千年。

之後，維拉們再度聚集討論，而且分成兩派展開辯論。以烏歐牟爲首的一些維拉認爲，昆第應當不受外力干涉，按他們的意願自由往來於中土大陸上，以他們的天賦才能管理那片大地，治癒其上的傷痛。但是絕大部分的維拉卻爲昆第擔心，認爲他們是處在一個被閃耀星光所蒙蔽的危險世界裡；此外，他們心中充滿了對精靈之美的喜愛，非常渴望得到精靈的伴隨。因此，最後結果是，維拉將召喚昆第前來維林諾，讓他們聚集在諸神的膝下，永遠得享雙聖樹的光芒。這時曼督斯終於打破沈默，說：「就如此決定吧。」這項召喚，帶來了日後所發生的許多悲傷與禍患。

不過，起初精靈都不肯聽從這項召喚，因爲除了歐羅米之外，他們所見過的維拉都是滿懷憤怒正要前去開戰，他們的模樣讓精靈十分害怕。因此，歐羅米再次被派去見他們，他在他們當中選了幾位代表，前往維林諾爲自己的族人陳情；這些代表是英格威㉜、芬威㉝和埃爾威㉞，他們後來都成了精靈族的君王。他們來到維林諾，立刻對維拉的威嚴與榮耀充滿了敬畏，並對雙聖樹的燦爛華美產生了極大的渴望。隨後歐羅米將他們帶回庫維因恩，於是他們在自己族人面前陳述所見，並勸告大家聽從維拉的召喚，一同移居到西方去。

就這樣，精靈族發生了第一次的大分裂。英格威的族人，以及絕大部分芬威與埃爾威的族人，都因著爲領導者的規勸而動搖，願意跟隨歐羅米離開中土大陸；這群精靈，就是日後衆所周

㉜英格威（Ingwë），昆雅語。他是艾爾達精靈的最高君王。另見索引439。

㉝芬威（Finwë），昆雅語。他諾多精靈的君王。另見索引319。

㉞埃爾威（Elwë），昆雅語。他日後成爲中土大陸辛達精靈的最高君王。另見索引273。

知的艾爾達，這名稱是歐羅米起初爲他們這個種族以他們自己的語言所取的名字。另外有相當多的一群精靈拒絕了召喚，他們偏好星光和廣闊的中土大陸勝過雙聖樹的傳言；這些精靈被稱爲亞維瑞㉟，意思是「不情願的」或「固執己見的」；他們這時與艾爾達分離，從此不再相見，直到千年之後。

如今艾爾達準備好離開他們在東方的第一個家，展開迢遙的偉大旅程；他們分成了三大部族。由英格威所領導的最小一支部族最先動身，他是所有精靈族中地位最高的大君王。他進入維林諾，成爲諸神的臣民，所有的精靈都尊敬他的名號；他從此再沒回來，也沒再看一眼中土大陸。他的族人是凡雅精靈；他們是白皙美麗的精靈㊱，深受曼威與瓦爾妲的喜愛，人類當中只有極少數幾位曾見過他們。

第二支抵達的是芬威的子民，諾多精靈，有智慧的一群。他們是知識淵博的精靈㊲，是奧力的朋友；他們在流傳的歌謠中極富盛名，因爲他們曾在北方那片古老的大地上辛苦爭戰許久，有著極其痛苦與悲傷的際遇。

最大的一支部族最後到達，他們被稱爲帖勒瑞精靈，因爲他們在路上走走停停，耽擱了許

㉟ 亞維瑞（Avari），昆雅語，這個字還有另一個意思：「拒絕者」。另見索引98。
㊱ 原文是 Fair Elves；這支部族貌美、金髮、白晰，人數最少，對諸神最忠順。
㊲ 原文是 Deep Elves；這支部族熱愛學習各種新知識與技藝，出過最多心慧手巧的工藝家；精靈寶鑽與魔戒都是出自諾多精靈的手。

久，而且不是一心一意想要離開昏暗的中土大陸到光明的維林諾。他們十分喜愛水源，那些終於抵達西邊海岸的帖勒瑞，完全被大海迷住了。因此，他們成了阿門洲的海洋精靈，又稱佛瑪瑞精靈㊳，因爲他們在浪花旁創作音樂。由於人數衆多，他們有兩位領袖：埃爾威・辛歌羅㊴（意思是「灰斗篷」）以及他的兄弟歐威。

這些就是分別在雙聖樹的時代陸續抵達極西之地的三支艾爾達部族，他們又被稱爲卡拉昆第㊵，「光明精靈」。另外還有一些艾爾達精靈確實加入了西遷之行，卻在長途跋涉中迷了路，或轉離了隊伍，或流連在中土大陸的海邊；就如日後所說的，他們絕大部分是帖勒瑞族的精靈。他們大多居住在海邊，或在世界的山林中漫遊，然而他們的心卻渴望著西方。這些精靈被卡拉昆第稱爲烏曼雅㊶，因爲他們從未踏上阿門洲與蒙福之地；他們又把烏曼雅和情況類似的亞維瑞都稱爲摩瑞昆第㊷，「黑暗精靈」，因爲他們從未見過日月誕生之前，存在於這世界上的光輝。

據說，當爲數極衆的艾爾達精靈啓程離開庫維因恩時，歐羅米騎著納哈爾走在他們前頭，他

㊳佛瑪瑞（Falmari），昆雅語，意思是「那些乘風破浪者」。另見索引310。

㊴辛歌羅（Singollo），這是「庭葛」（也就是「灰斗篷」）這名詞的昆雅語說法。另見索引684。

㊵卡拉昆第（Calaquendi），昆雅語。同義詞爲「雅曼雅」（Amanyar），與烏曼雅相對。另見索引150。

㊶烏曼雅（Úmanyar），昆雅語，意思是「非阿門洲的」。另見索引758。

㊷摩瑞昆第（Moriquendi），昆雅語，這個名詞包含所有沒踏上過阿門洲的精靈。另見索引544。

的白色駿馬有著黃金打造的馬蹄鐵；在繞過北方的西爾卡海後便轉向西行。在他們前面，北方天空因爲戰爭所帶來的破壞，仍被濃重的黑雲所遮蔽，因此在這地區看不見任何的星星。於是他們當中有很大一群因爲害怕而後悔了，他們回頭離去，從此被大家所遺忘。

艾爾達的西遷之行曠日費時，進展緩慢；無人計算他們在中土大陸究竟走了多遠的路，多半時候是疲乏困頓又前行無路。此外，這群艾爾達一點也不急著往前走，因爲他們對所見的每一種事物都充滿了好奇，又想在每個經過的地方與河畔定居下來；雖然他們還是願意繼續漫遊，但是對於旅程的終點，許多人是害怕大過希望。因此，每當歐羅米有其他的事要忙而離開他們時，他們就會停下來不肯繼續前進，直到他返回引導他們爲止。終於，在艾爾達精靈以此態度進行西遷多年之後，他們穿越一座森林，來到了一條比他們以前所見過的任何河流都要寬闊的大河旁；河對岸那高聳直入天際的山脈彷彿穿透了群星的國度。據說，這條河後來被稱爲安都因㊸，它是中土大陸東西疆域的界河。對面的山脈是希賽格利爾㊹，「迷霧中的高塔」，聳立在伊利雅德㊺的

㊸安都因（Anduin），辛達語，意思是「大河」。另見索引45。

㊹希賽格利爾（Hithaeglir），辛達語，意思是「霧中的尖峰」，也就是《魔戒》中咕嚕所躲藏的迷霧山脈。另見索引419。

㊺伊利雅德（Eriador），辛達語，意思是「土地」。位在迷霧山脈與藍色山脈之間，在第一紀元時很荒涼，只有人類居住在該處，精靈幾乎不知道這個地方。第二紀元時此地是索倫的勢力範圍，後來努曼諾爾人在此建立了北方王國。在第三紀元時伊利雅德有了較多的人口與開發，《魔戒》中哈比人所居住的夏爾就位在伊利雅德西邊。另見索引299。

邊界上；這山脈在當時比日後更加險峻可畏，它們是米爾寇豎立起來要阻擋歐羅米前來的。帖勒瑞族精靈在大河的東岸居住了許久，他們想要留在那裡，不過凡雅族和諾多族最後都過了河，歐羅米帶領他們進入穿越山脈的小徑。在歐羅米走了之後，帖勒瑞族精靈抬頭看到對面黑影幢幢的高山，不禁恐懼起來。

於是，在歐威所領的族人中，一路上始終走在最後，名叫藍威㊻的精靈，決定放棄西遷之行，他帶走相當數目的一群族人，順著大河往南而去，其他的帖勒瑞精靈從此不知他們的下落如何，直到滄海桑田，千年過去。那些就是所謂的南多精靈㊼；他們成爲一支分別出來的部族，除了喜愛水源與多半定居在瀑布和溪流旁之外，他們與其他親族再無相似之處。從樹木到藥草，從飛鳥到走獸，他們對各種生物所擁有的豐富知識，遠勝過其他部族的精靈。多年之後，在月亮即將出現之前，藍威的兒子丹耐索㊽終於又帶領部分族人向西而行，越過了迷霧山脈進入到貝爾蘭㊾。

㊻ 藍威（Lenwë），昆雅語。另見索引470。

㊼ 南多精靈（Nandor），昆雅語，意思是「那些回頭者」。他們屬於帖勒瑞精靈的一支。另見索引561。

㊽ 丹耐索（Denethor），辛達語，意思是「鷹」。另見索引194。

㊾ 貝爾蘭（Beleriand），辛達語，意思是「巴拉爾灣的腹地」。這塊區域主要是辛達精靈的居住地，也是庭葛所建多瑞亞斯王國的所在地，它被流貫其間的西瑞安大河分爲東、西兩部分，整塊區域在第一紀元結束時諸神對抗米爾寇的大戰中幾近全毀。另見索引118。

終於，凡雅族和諾多族的精靈們越過了隆恩山脈[50]，也就是「藍色山脈」，它位在伊利雅德與中土大陸最西邊的疆土之間，這一大片區域日後被精靈稱爲貝爾蘭；最前方的一支隊伍越過了西瑞安谷地，下達巴拉爾灣與專吉斯特狹灣[51]之間的大海邊。然而，眼前的大海讓他們產生了極大的恐懼，許多人因此退縮進入森林或貝爾蘭的高地。歐羅米見狀決定返回維林諾尋求曼威的協助，於是他起身離開了他們。

另一方面，大隊的帖勒瑞精靈在埃爾威·辛歌羅的不斷催促下，越過了迷霧山脈[52]，穿過了寬廣的伊利雅德，因爲他急著返回維林諾去瞻仰所見過的光芒；而且他也不願與諾多精靈分開，因爲他與他們的首領芬威建立了深厚的友誼。因此，多年之後，帖勒瑞族也終於越過了隆恩山脈，進入了西貝爾蘭地區。他們在那裡留了下來，在西瑞安大河邊居住了好一陣子。

---

[50] 隆恩山脈（Ered Luin），辛達語。在《魔戒》中稱爲伊瑞德隆。另見索引292。

[51] 專吉斯特狹灣（Drengist），辛達語。這座狹灣切穿山脈深入內陸。另見索引214。

[52] 迷霧山脈（Misty Mountains），第三紀元的通用語。另見索引536。

第四章　庭葛與美麗安

美麗安是一位邁雅，同屬維拉一族。她居住在羅瑞安花園，在同族的邁雅當中，再沒有誰比她更美麗、更有智慧、或更會吟唱使人迷醉的歌曲。據說，每當柔光籠罩的時辰來臨，美麗安在羅瑞安開口唱歌時，所有的維拉都會放下手中的工作，維林諾的鳥兒也忘了歡笑，沃瑪爾的百鐘沈寂，連噴泉也都止息無聲。夜鶯總是與她同行，她教牠們唱歌；她喜愛參天巨樹所投下的深幽陰影。在宇宙尚未創造之前，她就是雅凡娜的近親。當昆第在庫維因恩湖旁醒來時，她動身離開了維林諾，前往「那一地」①；在那裡，她和鳥兒的歌聲，充滿破曉之前沈寂的中土大陸。

如今，如前所述，帖勒瑞精靈在西瑞安河對岸的東貝爾蘭休息了很長一段時日之後，旅程逐

---

①原文是 the Hither Lands，也就是「中土大陸」，居住在阿門洲的神靈與精靈經常用這個詞彙，或用「外地」（the Outer Lands）來稱呼對岸的中土大陸。另見索引420。

漸接近了終點；那時仍有許多的諾多精靈流連在西邊的土地上，那地的森林日後被稱為尼多瑞斯②和瑞吉安③；帖勒瑞族的領袖埃爾威經常穿越這些巨大的森林，到諾多精靈居住的地方去找他的朋友芬威。有一次，正當他獨自穿越星光下的艾莫斯谷④森林時，突然聽到了夜鶯的歌聲。於是有股魔力落到了他身上，他停下腳步不動，從遠處傳來的朦朧夜鶯聲中，他聽到了美麗安的聲音，那歌聲使他心中充滿了奇妙與渴望之情。他因此完全忘記了他的百姓與他腦中所有要做的事，隨著那些鳥兒在大樹的陰影中穿梭，深入艾莫斯谷森林，直到迷了路。不過，到了最後，他還是來到了一片仰天開敞的林間空地上，美麗安站在那兒；他走出黑暗望向她，阿門洲的光輝閃耀在她的臉上。

她一語未發；內心滿懷愛戀之情的埃爾威走到她面前，執起她的手，立刻迷上了她。於是，他們如此靜靜站立了許多年；光陰荏苒，在他們開口說出任何話語之前，艾莫斯谷森林的樹木已經長得更加高大森幽，他們上方天空的星辰也多次移轉了位置。

因此，帖勒瑞族的百姓始終沒有找到埃爾威，而如同後來所記載的，歐威負起了領導帖勒瑞族西遷的任務，離開了這地。埃爾威．辛歌羅在漫長的有生之年裡，再也沒有跨海抵達維林諾；

---

② 尼多瑞斯（Neldoreth），辛達語，意思是「山毛櫸樹林」。美麗安的女兒露西安在此地出生，長大後也在此地遇見了貝倫；他們兩人之間動人的愛情記載在本書第十九章。另見索引574。

③ 瑞吉安（Region），辛達語，意思是「冬青樹」或「帶刺的小灌木」。另見索引645。

④ 艾莫斯谷（Nan Elmoth），辛達語，意思是「星光昏暗的山谷」。另見索引560。

在他和美麗安一同創建的王國尚存之時，美麗安也不曾返回故土。因著美麗安，那在創世之前就與伊露維塔同在的埃努，從她傳下了一條融合了精靈與人類的血脈。後來，埃爾威成為一位著名的君王，統治著所有居住在貝爾蘭的艾爾達精靈；他們後來被稱為辛達精靈⑤，也就是「灰精靈」，「微光中的精靈」，他是那位灰斗篷君王，辛達語稱之為埃盧·庭葛⑥。美麗安是他的王后，她比一切中土大陸的兒女更有智慧；他們位在多瑞亞斯的隱密宮殿稱為明霓國斯⑦，「千石窟宮殿」。美麗安將極大的力量借給了庭葛，而他在艾爾達中本是大有能力的領袖；在所有的辛達族精靈中，只有他一人親眼見過雙聖樹繁花盛開的日子。因此，雖然他是烏曼雅精靈的君王，他卻不屬於摩瑞昆第，而是屬於光明精靈，是中土大陸上的大能者。庭葛與美麗安的愛情，使這世界獲得了一位空前絕後、美貌無雙的伊露維塔的孩子。

⑤辛達精靈（Sindar），昆雅語（單數是Sinda），意思是「灰色的一群」。這是流亡返回中土大陸的諾多精靈為留在中土大陸沒去阿門洲的帖勒瑞精靈所取的名稱。由於獲得王后美麗安的指導，他們成為中土大陸的精靈中最有智慧的一群。另見索引682。

⑥埃盧·庭葛（Elu Thingol），辛達語。埃盧是埃爾威的辛達語名。另見索引267與722。

⑦明霓國斯（Menegroth），辛達語。這是辛達精靈王庭葛請矮人為他在岩石中鑿建出來的地下宮殿。另見索引515。

第五章　艾爾達瑪與艾爾達的王子們

陸陸續續，凡雅族與諾多族的大隊人員，終於來到了中土大陸的西邊海岸。這些海岸的北方，在諸神大戰之後的遠古時期，更朝西偏彎過去，走到阿爾達的最北端時，只有一道窄窄的海峽隔開這片大陸與對面的阿門洲，也就是維林諾的所在地。不過，這道狹窄的海峽充滿了許多大小不一的堅冰，這是因爲米爾寇凶猛的冷酷與嚴寒所導致的。因此，歐羅米沒有將艾爾達的大隊人馬帶往太遠的北方，而是領他們到了風光明媚的西瑞安河流域；這塊地區，日後被稱爲貝爾蘭。艾爾達在這些海岸旁第一次見到了伸展無盡的汪洋大海，他們充滿了驚奇，也忍不住感到恐懼；這片又寬、又黑、又深的水域，就橫在他們與阿門洲的山脈之間。

這時，烏歐牟在維拉們的提議下來到了中土大陸的這些海岸旁，向那些等在岸邊，瞪視著漆黑波浪的艾爾達們說話；由於他的話，以及他用貝殼號角所爲他們吹奏的音樂，他們對海洋的恐懼開始轉變爲渴望。於是，烏歐牟拔起大海中間的一座孤島，這島是伊露因傾倒時落在海中生成的，遠離兩邊的大陸；在僕從的幫忙下，烏歐牟將這座宛如一艘巨大船艦的孤島，停穩在西瑞安河所流入的巴拉爾灣裡。凡雅族和諾多族的精靈們一一上了島嶼，島嶼被推拉過海洋，他們終於來到了阿門洲山脈下狹長的海岸；他們受到歡迎，進入維林諾，共享其中的歡樂。另一方面，那座島嶼的東北角，因為深卡在西瑞安河口的淺水處，因此在移動時碎成了數塊留在原地，據說，那就是巴拉爾島的由來，那是日後歐希常來的地方。

然而帖勒瑞族依然還在中土大陸上，他們住在遠離海濱的東貝爾蘭，等他們得知烏歐牟的召喚時，為時已晚。他們當中還有許多人不停地找尋埃爾威，在沒有找到他們的領袖之前，都不願意離開。不過，當他們得知英格威、芬威以及他們的族人都已經離開時，有許多的帖勒瑞族開始趕路，朝貝爾蘭的海岸前進，隨後便住在西瑞安河口，懷念那些早已離開的朋友；他們選了埃爾威的兄弟歐威作他們的王。他們在西海岸居住了許久，歐希與烏妮前來與他們作了朋友；歐希坐在靠近陸地的一塊大石上，教導他們，讓他們學會了一切有關海洋的學問與音樂。因此，從起初就喜愛水源，是所有精靈族群中最會唱歌的帖勒瑞族，從此之後深深迷戀上了海洋，他們的歌聲中充滿了海浪拍打海岸的聲音。

如此經過了許多年，烏歐牟最後聽從了諾多族及其君王芬威的再三懇求；他們因與帖勒瑞族分開這麼久感到十分傷心，不斷懇求烏歐牟將他們帶到阿門洲來。如今絕大多數的帖勒瑞精靈確實願意離開了，然而當烏歐牟返回貝爾蘭的海邊，要帶他們前去維林諾時，歐希與烏妮卻感到萬分悲傷；由於歐希看管照顧的範圍是中土大陸所有的海洋與海岸，一想到自己所管轄的領域裡再也聽不見帖勒瑞族的聲音，他就很不高興。他說服了其中一部分的精靈留下來；這些是法拉斯瑞姆①，「法拉斯的精靈」，他們日後多半居住在貝松巴②與伊葛拉瑞斯特③的海港，是中土大陸的第一批水手與造船者。造船者瑟丹④是他們的王。

另外，埃爾威．辛歌羅的親人與朋友也都留下未走，繼續找尋他的下落，如果烏歐牟和歐威願意再等久一點，他們十分樂意啓程前往維林諾去見雙聖樹的光輝。可是，最後歐威還是走了，絕大部分的帖勒瑞族上了海島，烏歐牟拉著海島離去。所有埃爾威的朋友們都被遺留了下來；他們稱自己是伊葛拉斯⑤，「被遺棄的子民」。他們在貝爾蘭的森林或山丘定居下來，而不是住在海邊，因爲那是令他們傷心的地方；然而對阿門洲的渴望始終存留在他們心底。

但是，當埃爾威從長久的恍惚中清醒過來後，他帶著美麗安離開了艾莫斯谷森林，然後在那地區中央的森林中定居下來。雖然他非常渴望能夠再見到雙聖樹的光輝，但在美麗安的臉上他見到了阿門的光，彷彿自清澈無塵的鏡中看見一般，而這光已讓他感到滿足。他的親朋好友見他歸來，無不高興前來相聚，他們驚訝地發現，他的高貴俊美一如往昔，但如今看起來彷彿邁雅的君

---

①法拉斯瑞姆（Falathrim），辛達語，意思是「海岸邊的居民」。另見索引309。

②貝松巴（Brithombar），辛達語，意思是「貝松河的居住地」。另見索引144。

③伊葛拉瑞斯特（Eglarest），辛達語。法拉斯的諸多海港之一。另見索引239。

④造船者瑟丹（Cirdan the Shipwright），辛達語。「瑟丹」這個名字的意思就是「造船者」。他是辛達精靈中最有智慧的人；他在戰亂中撫養吉爾加拉德長大；爲埃蘭迪爾造船使他航向維林諾；在第三紀元時又迎接前來中土的甘道夫；總之，他做了許多看不見卻相當重要的事。另見索引167。

⑤伊葛拉斯（Eglath），辛達語。這名詞專指那些因爲深愛埃爾威而留下來的帖勒瑞精靈。另見索引240。

主，他的頭髮變成銀灰色，身量高過伊露維塔所有的兒女；一個極端的命運已在前等著他。

當下歐希跟隨在歐威子民之後，當他們來到艾爾達瑪⑥（意思是「艾爾達的家」）海灣時，他出聲呼喚他們；他們認得他的聲音，於是乞求烏歐牟停止他們的航行。烏歐牟答應了他們的要求，命令歐希將海島的底部固定在海床上。對此烏歐牟早有心理準備，因為他瞭解帖勒瑞族的心，當初他就反對維拉們的決議，認為還是讓昆第留在中土大陸上比較好。維拉對他的辛苦並不領情；芬威知道帖勒瑞族不會上岸之後，感到十分難過，然而當他知道埃爾威被遺棄在那邊時，他更加傷心，他知道除非是在曼督斯的殿堂，他們今生永遠不會再相見了。那座島嶼被固定住不再移動，就這麼孤伶伶地立矗在艾爾達瑪海灣中；因此它被稱為伊瑞西亞島⑦，「孤獨之島」。於是，帖勒瑞族精靈按著他們心中所願，居住在佈滿星辰的穹蒼下，但又舉目可見阿門洲與那永生之地的海岸。由於長時間居住在孤島上，帖勒瑞族的語言變得跟凡雅及諾多族不太一樣。

對那些先到的精靈，維拉給了他們一塊地居住。為了讓他們在維林諾園內雙聖樹花朵的光芒中，仍然可以不時前往觀看星辰，於是，巨大的佩羅瑞山牆又開出了一條通道，艾爾達們在通往

---

⑥ 艾爾達瑪（Eldamar），昆雅語。這片艾爾達精靈在西方所擁有的居住地，包括了卡拉克雅地區，佩羅瑞山脈以東的海岸，以及伊瑞西亞島。另見索引247。

⑦ 伊瑞西亞島（Tol Eressëa），昆雅語。另見索引731。

海邊的一處深谷中堆起一座綠色的山丘，稱它爲圖納⑧。山丘的西面有雙聖樹的光照耀其上，使山丘東面的陰影顯得更長；山丘的東面望向艾爾達瑪海灣以及孤獨之島，還有陰暗不定的海洋。從此，透過卡拉克雅⑨這條光明的通道，蒙福之地的光輝流洩而出，將黑暗的波濤點亮成金色與銀色，這光觸及孤獨之島，島的西岸開始變得翠綠長青。島上並且開出了第一批阿門山脈以東的美麗花朵。

在圖納山頂上，精靈們建造了一座有白色牆垣的梯型城市：提理安⑩。城中最高的一座塔是英格威的高塔：明登・艾爾達麗瓦⑪，他的銀色燈光遠照到霧氣迷濛的大海上。罕有凡人的船舶見過它細長的閃光。在圖納山上的提理安城，凡雅和諾多精靈安居許久，情誼甚篤。由於維林諾的所有事物中，他們最愛那棵白樹，於是雅凡娜按著泰爾佩瑞安的形象爲他們造了一棵較小的，本身並不發光但仍盛開繁花的白樹；辛達語稱它爲佳拉西理安⑫。這棵樹種在明登塔下的廣場上，生長得茂盛非凡，在艾爾達瑪四處可見它的後裔，後來有一棵移植到伊瑞西亞島上，長得欣

---

⑧ 圖納（Túna），昆雅語。另見索引740。

⑨ 卡拉克雅（Calacirya），昆雅語，意思是「光之裂罅」。這是諸神爲了精靈的緣故，特別將佩羅瑞山脈打穿一條通道，讓維林諾的光可以照到精靈居住的地方來。另見索引149。

⑩ 提理安（Tirion），昆雅語，意思是「偉大的瞭望塔」。另見索引730。

⑪ 明登・艾爾達麗瓦（Mindon Eldaliëva）昆雅語，意思是「艾爾達的高塔」。這座提理安城中最高的塔上，放有一盞銀色的巨燈。另見索引532。

⑫ 佳拉西理安（Galathilion），辛達語，意思是「白如明月的樹」。另見索引332。

欣向榮，被命名爲凱樂博恩⑬；時移事往，從這棵樹往下傳，有了日後努曼諾爾⑭的白樹寧羅斯⑮。

曼威和瓦爾妲最喜愛白皙的凡雅族精靈，而諾多族則是奧力的最愛，他和手下常在他們當中走動。諾多族的知識與技能日精月進，他們的求知慾愈來愈旺盛，並且很快就青出於藍，超越了他們的老師。他們的語言不時在變，又極其熱愛詞彙，始終不停地爲所有他們所知道與想像的事物找尋更貼切的名稱。終於，有一回，芬威家族中的瓦石匠在採石場開採石塊（因爲他們喜歡建造高塔）之時，第一次發現了地底的寶石，於是開挖帶回無數形形色色的寶石；他們發明了各種工具來切割打磨這些寶石，將它們雕鑿成許多不同的形狀。他們並不儲藏這些寶石，而是四處分送他人，整個維林諾因他們的忙碌而增添了更多的美麗。

諾多族後來又返回了中土大陸，而這個故事主要是述說他們的事蹟；因此，以下要記述他們的王室親族，這些名號日後代代傳述於貝爾蘭精靈的口中。

⑬凱樂博恩（Celeborn），意思是「白樹」或「銀樹」。另見索引158。

⑭努曼諾爾（Núumenor），在第二紀元時，人類中的登丹人所建立盛極一時的王國。另見索引601。

⑮寧羅斯（Nimloth），辛達語，意思是「盛開白花的」。另見索引586。

芬威是諾多族的君王。芬威的兒子有費諾⑯、芬國盼⑰和費納芬⑱；不過，費諾的母親是迷瑞爾・希倫迪⑲，而芬國盼與費納芬的母親是凡雅族的茵迪絲⑳。

費諾無論是手藝或口才都是高人一等，比他兩個弟弟擁有更多的知識；他的精神猶如一把燃燒的烈焰。芬國盼是他們當中最強壯，個性最忠誠堅定，並且最勇敢的一位。費納芬長得最俊美，並擁有最智慧的心靈；他後來跟帖勒瑞族的君王歐威的兒子們結爲好友，並且娶了歐威的女兒，澳闊隆迪㉑的天鵝公主伊珥雯㉒爲妻。

費諾的七個兒子是高大的梅斯羅斯㉓，歌聲可遠傳至內陸與大海的偉大歌者梅格洛爾㉔；白

---

⑯費諾（Fëanor），辛達語，意思是「火焰的魂魄」。他是精靈寶鑽的製造者，一切是非都是由他而起。另見索引311。

⑰芬國盼（Fingolfin），昆雅語。他是整個精靈族中，唯一膽敢單刀赴會單挑魔苟斯的人。另見索引316。

⑱費納芬（Finarfin），昆雅語。另見索引314。

⑲迷瑞爾・希倫迪（Míriel Serindë），昆雅語，意思是「如珠寶的女子」。另見索引533。

⑳茵迪絲（Indis），昆雅語。另見索引438。

㉑澳闊隆迪（Alqualondë），昆雅語，意思是「天鵝港」。另見索引21。

㉒伊珥雯（Eärwen），昆雅語，意思是「大海的公主」。另見索引231。

㉓梅斯羅斯（Maedhros），辛達語。費諾的長子，是七兄弟中比較講情義的一個。另見索引494。

㉔梅格洛爾（Maglor），辛達語，費諾的次子，個性溫和不好戰。另見索引496。

皙的凱勒鞏[25]，黝黑的卡蘭希爾[26]；手藝靈巧的庫路芬[27]，他繼承到最多他父親的巧手；以及雙胞胎兄弟安羅德與安瑞斯[28]，他們不論長相或性情都很相像。後來他們成了中土大陸的森林中偉大的獵人；另一名偉大的狩獵者是凱勒鞏，在維林諾時他是歐羅米的朋友，經常跟著歐羅米的號角出獵。

芬國昐的兒子是芬鞏[29]和特剛[30]，芬鞏後來成為中土北方諾多精靈的君王，特剛是貢多林[31]的君王；他們的妹妹是白公主雅瑞希爾[32]。她比哥哥們年幼許多，不過等她完全長大成人時，她不但美麗，而且十分高大強壯，最喜歡在森林中馳騁打獵。因此，她常常跟費諾的兒子，她的堂哥

㉕ 凱勒鞏（Celegorm），辛達語，費諾的三子，喜歡狩獵。另見索引164。

㉖ 卡蘭希爾（Caranthir），辛達語，費諾的四子，是七兄弟中脾氣最壞的一個。另見索引154。

㉗ 庫路芬（Curufin），昆雅語，意思是「巧藝」。費諾的五子，七兄弟中他繼承到父親最多的手藝，他是精靈三戒的製造者凱勒布理鵬的父親。另見索引177。

㉘ 安羅德（Amrod）與安瑞斯（Amras），辛達語。費諾最小的兩個兒子。另見索引34、35。

㉙ 芬鞏（Fingon），辛達語。虎父無犬子，他在戰爭中面對炎魔仍然面不改色，力戰到底。他的昆雅語名字是芬達卡諾（Findakáno）。另見索引317。

㉚ 特剛（Turgon），辛達語，意思是「大軍的指揮官」。從他家中出了諾多精靈的救星。另見索引744。

㉛ 貢多林（Gondolin），辛達語，意思是「隱藏的岩石」。有關隱密之城貢多林，是托爾金二十出頭動筆創作神話故事時，最早寫成的篇章。另見索引353。

㉜ 雅瑞希爾（Aredhel），辛達語，意思是「高貴的精靈」。另見索引75。

們玩在一起，不過她的愛情沒有給他們任何一人。她又被稱爲雅芬妮爾㉝，「諾多族的白公主」，因爲她的膚色極爲白皙，頭髮卻十分烏黑，她從不盛裝打扮，只穿銀色與白色。

費納芬的兒子是忠實的芬羅德㉞（後來他更名爲費拉剛㉟，「洞穴之主」），歐洛佳斯㊱，安格羅德㊲和艾格諾爾㊳；他們四個跟芬國盼的兒子最親近，彷彿親兄弟一般。他們還有一個妹妹，凱蘭崔爾㊴，她的美貌勝過芬威家族中一切的女性；她的頭髮閃爍著金光，彷彿是將羅瑞林聖樹的光輝網留在她髮上。

在此必須說一下帖勒瑞族最後是如何上了阿門洲的陸地。他們在伊瑞西亞島上住了非常長久

㉝雅芬妮爾（Ar-Feiniel），辛達語。雅瑞希爾的別名。另見索引76。

㉞芬羅德（Finrod），辛達語，意思是「頭髮聞名的」。他是偉大的旅行者，也是第一個遇見人類的艾爾達。他的昆雅語名字是「芬達瑞托」（Findaráto）。另見索引318。

㉟費拉剛（Felagund），矮人語，意思是「洞穴的主人」。這是矮人給芬羅德取的名字，因爲他住在大山洞納國斯隆德中。另見索引313。

㊱歐洛佳斯（Orodreth），辛達語。另見索引615。

㊲安格羅德（Angrod），辛達語，意思是「鋼鐵聞名的」。另見索引56。

㊳艾格諾爾（Aegnor），辛達語，意思是「猛烈的火焰」。他的昆雅語名字是艾卡納羅（Aikanáro）。另見索引5。

㊴凱蘭崔爾（Galadriel），辛達語，意思是「光明公主」。她就是《魔戒》中遠征小隊遇見的森林中的精靈女王。她的昆雅語名字是Altariel。另見索引331。

的一段歲月，漸漸地，他們的心思改變了，受流洩到海上照耀著孤獨之島的光芒吸引。他們的內心掙扎於對海浪的樂聲的熱愛，以及渴望再次見到自己的親族與維林諾的燦爛美麗；到了最後，對光的渴望勝過了其他。於是，烏歐牟服從其他維拉的意志，派了這群精靈的朋友歐希去執行任務，這時歐希對曾經教導他們造船的工藝感到頗爲懊悔；當精靈們把船造好準備啓程時，歐希送給他們許多雙翼強壯有力的天鵝當作道別的禮物。這些天鵝拉著帖勒瑞族的白色船隊航行過無風的大海，如此，他們終於在最後來到了阿門洲，在艾爾達瑪的海岸邊登陸。

他們就住在海邊，時時可以前去瞻望雙聖樹的光輝，走在沃瑪爾的黃金街道，爬上提理安的水晶階梯，攀上綠色山丘圖納的山頂。不過絕大部分時候，他們駕著輕快的白船在艾爾達瑪海灣中航行，或者是在岸邊踩踏浪花玩耍，他們髮上的光輝連綠色山丘都可望見。諾多族送給他們許多的寶石，有貓眼石、鑽石和白水晶，他們把寶石散佈的海岸上或拋撒在池塘裡；那些年歲裡，艾蘭迪㊵的海岸眞是美得不可思議。他們也爲自己從海中打撈了許許多多的珍珠，以珍珠裝飾殿堂，歐威在澳闊隆迪（天鵝港）的家中綴滿了珍珠，他們所居住的這座城市處處燈火閃爍，這也是他們船隻的停泊港。他們的船是按著天鵝的模樣造的，有黃金製的鳥嘴，雙眼鑲著黃金與黑玉。天鵝港的入口是一座由大海刻蝕出來的天然石拱門，它就横在艾爾達瑪的疆界上，在卡拉克雅的北方，這裡星辰的光芒既清楚又明亮。

㊵ 艾蘭迪（Elendë），昆雅語。艾爾達瑪的別名。另見索引255。

隨著時間過去，凡雅族愈來愈喜愛維拉們的地方，以及雙聖樹盛放的光芒，於是他們放棄了圖納山上的提理安城，從此移居到曼威的山上，或住在維林諾的平原上與森林裡，跟諾多族漸行漸遠。另一方面，對星光下的中土大陸的記憶，仍存留在諾多族的心裡，他們住在卡拉克雅，或住在可以聽得見「西方大海」聲音的山丘或谷地裡；雖然他們當中有許多仍不時前往維拉們的居住地，四處長途旅行探索陸地、河流以及所有生物的秘密，但圖納的居民和澳闊隆迪的百姓在這些日子裡確實建立起了良好的友誼。芬威是圖納的王，歐威是澳闊隆迪的王，但英格威始終是所有精靈的「最高君王」㊶。他在泰尼魁提爾山上做曼威的弟子，在他身旁事奉他。

費諾和他的兒子們很少長住一地，總是在維林諾四處旅行探索未知，他們的足跡遠至黑暗的邊界與外環海那寒冷的岸邊。他們經常到奧力的宮殿中當座上客，不過凱勒鞏比較常去找歐羅米，他在那裡習得許多有關飛鳥與野獸的知識，並知道所有牠們的語言。所有阿爾達王國中的生物，除了那些屬米爾寇的兇殘與邪惡的生物，都生活在阿門洲的大地上；那裡還有許多奇特的物種是中土大陸從未見過的，並且可能永遠也見不到了，因爲世界的模樣已經整個改變了。

㊶原文是 the High King。High 這個字在托爾金的故事裡常表示地位、學識、能力「最高」之意。例如，艾爾達精靈又被稱爲 High Elves，因爲他們曾見過聖樹的光，曾被神靈親自指導過，因此在各方面都「高過」中土大陸的精靈。在英國或是與英國有淵源的文化中也會見到這樣的用法；例如：英國國教中有 High Church，而澳洲的最高法院叫 High Court，在新加坡還有一種叫做 High tea 的下午茶。

第六章　費諾與米爾寇獲釋

至此，三支艾爾達宗族最後終於都在維林諾團聚，米爾寇也被囚禁起來了。這是蒙福之地的全盛時期，它的榮耀與喜樂豐盛滿溢，這段年歲在記錄上爲時甚久，在記憶中卻十分短暫。在這些日子裡，艾爾達們在身量與心智上都完全長大成熟，諾多族的知識與技藝更是達到空前，這段漫長的歲月充滿了他們快樂工作的結果，許多美妙又驚奇的新事物在他們手中被創造出來。諾多族是第一個想到發明文字的宗族，提理安的盧米爾①是著名的博學大師，他是首位以合適的符號來記錄語言和歌謠的精靈，有些符號可用來鐫刻在金屬或石頭上，有些則可用筆或毛筆來書寫。

就在艾爾達瑪的這段期間裡，芬威最鍾愛的長子在圖納山上提理安王的家中誕生了。他被取

---

① 盧米爾（Rúmil），昆雅語。他是學者與詩人，不但發明了文字，也寫下了「埃努的大樂章」。他雖是諾多精靈，卻沒有加入流亡的一群。另見索引662。

名爲庫路芬威②，但他的母親喚他費諾，意思是「烈焰的魂魄」；所有有關諾多族的故事中，都有關於他的記載。

他母親名叫迷瑞爾，由於她那超群針黹與編織的手藝，因此別號希倫迪；她靈巧的雙手，比一切的諾多族人更擅於製作精細巧妙的東西。芬威和迷瑞爾的愛情非常甜蜜穩固，因這愛情是在蒙福之地最快樂的時日裡開始的。但是，懷著這個兒子卻耗盡了迷瑞爾的精神與體力；當孩子出生後，她渴望能從生活的重擔裡得到解脫。在她爲兒子取名之後，她對芬威說：「我再也無法生養孩子了；我本來能夠生養眾多的力氣，已經全都給了費諾了。」

芬威聽了十分難過，那時諾多還是一個年輕的宗族，芬威很希望能在蒙福的阿門洲多養一些孩子；因此他說：「在阿門洲一定有治好妳的辦法吧？所有的疲憊在這裡都能得到歇息。」可是，迷瑞爾繼續一天天憔悴下去，芬威只得去尋求曼威的幫助，曼威將她送到羅瑞林的伊爾牟手中。芬威十分難過要與妻子分離（可是他想這只是暫時的），因爲母親必須離開她襁褓中的兒子，怎麼看都是一件不幸的事。

「這確實很不幸。」迷瑞爾說：「我也十分傷心難過，可是我實在是太衰弱了。請你不要爲這件事以及所有將來可能會發生的事，責怪我。」

於是她去了羅瑞林的花園，在那裡躺下來安睡；雖然她看起來像是睡著了，但靈魂實際上已

---

②庫路芬威（Curufinwë），昆雅語，意思是「身懷巧藝的」。另見索引178。

經離開了她的身體，靜靜去了曼督斯的殿堂。伊絲緹的侍女照顧著迷瑞爾的身體，使它不見任何的枯萎；可是她始終沒有歸來。芬威因此活在悲傷中，他常到羅瑞林的花園，坐在銀柳樹下他妻子的身旁，呼喚著她的名字。可是這一點用都沒有；在歡樂的蒙福之地上，他是唯一不快樂的人。過了一陣子之後，他就不再去羅瑞林了。

從此之後，他把所有的愛都給了兒子。費諾成長得十分迅速，彷彿他的身體裡有一把神秘的火在燃燒似的。他長得非常高大，容貌英俊非凡，喜歡發號施令，他的雙眼光芒銳利，頭髮如烏鴉般漆黑閃亮；對所有他所追求的目的，他會不眠不休、堅定不移，直到達成爲止。他決定要做的事，很少會聽他人的規勸而改變，若用武力更不成。在諾多族的歷史上，論心智的聰明狡猾與手藝的高超卓絕，他是空前絕後的一位。他年輕的時候，在文字符號的發明上就勝過了盧米爾，他發明了那些寫出他自己名字的字母，艾爾達從此一直都使用這些字母；他同時也是第一個發現如何將大地所出產的寶石，用技藝打磨得更瑰麗燦爛的諾多精靈。費諾所製造的第一批寶石是完全無色的，但置於星光下時，就會激發出藍色與銀色的火光，甚至比希露因還要明亮；他還製造了許多水晶，透過這些水晶，可以望見遠方的物體，微小卻清楚，彷彿有了曼威的巨鷹的雙眼一般。費諾的手與腦，很少有停下休息的時候。

他很年輕就娶了諾丹妮爾③，偉大的金屬匠瑪哈坦④的女兒，在諾多族所有的工匠中，瑪哈

③ 諾丹妮爾（Nerdanel），昆雅語。她沒有隨著費諾離開阿門洲。另見索引580。
④ 瑪哈坦（Mahtan），昆雅語。他應當也沒隨著費諾離開阿門洲。另見索引501。

坦是奧力的最愛；費諾從瑪哈坦學到許多關於金屬與石頭所能製造器物的本事。諾丹妮爾意志也十分堅定，但她比費諾有耐心，她只想瞭解而非控制他人的心智；起初，當費諾心中的火太過熾熱時，她還能約束他；可是他後來的作爲是令她十分悲傷，以致於二人漸漸疏遠了。她爲費諾生了七個兒子；她的性情只傳給了他們當中幾個，而非全部。

終於，芬威娶了第二個妻子，美麗的茵迪絲。她是凡雅族精靈，是最高君王英格威的親戚，她有高挑的身材與一頭金髮，從任何一方面來看，都完全不像迷瑞爾。芬威十分愛她，並且再度快樂起來。不過迷瑞爾的陰影並未完全離開芬威的家，也沒離開他的心；費諾始終都是芬威最關注的人。

對於父親的再婚，費諾不是很高興；他不喜歡茵迪絲，對茵迪絲的兩個兒子，芬國昐與費納芬，同樣無甚好感。他不跟他們住在一起，而是四處探索阿門洲，要不然就忙著他最喜歡的各種巧藝與知識。對於日後由費諾所領導而發生的那些不幸的事件，許多人認爲是導因於芬威家庭的不和，他們評斷道，如果芬威能夠忍受喪妻之痛，善盡父親之責，對能力高超的兒子感到心滿意足的話，費諾所走的路可能會完全不同，或許能夠就此避免那極大的惡事；芬威家族中的悲劇與兄弟鬩牆之事，永遠銘刻在諾多族精靈的記憶裡。不過，茵迪絲兩個兒子非常偉大而光榮，他們的孩子也是；如果沒有他們，艾爾達的歷史將會大爲失色。

就在費諾以及所有諾多族的工匠快樂工作，孜孜不倦的努力之時，就在茵迪絲的兒子完全長大成人之時，維林諾的全盛時期也即將結束了。因爲，當初被衆維拉判處單獨囚禁的米爾寇，已經在曼督斯的殿堂中，服完了數千年的刑期。終於，誠如曼威所應允的，他再度被帶到衆維拉的寶座前。當他看到他們的榮耀與喜樂，嫉妒充滿了他的胸懷；當他看到坐在諸神腳前的伊露維塔的兒女，憎恨立時充滿了他的心；當他看到遍地滿是美麗炫目的寶石時，他的貪慾蠢蠢欲動；但是他把這一切想法都隱藏起來，將復仇之事暫時延緩。

在沃瑪爾的城門口，在曼威的腳前，米爾寇卑躬屈膝懇求原諒，發誓他只要能在維林諾當個自由人就好了，他將幫維拉做所有的事，而頭一件就是彌補他在這世界上所造成的許多傷害。於是妮娜開口幫他說情；但曼督斯卻一言不發。

曼威接受了他的道歉；不過維拉們不准他離開他們的視線與警戒，他被迫要住在沃瑪爾城門口的範圍內。在那段時期裡，米爾寇在言語和行為各方面都表現良好，不論是維拉還是艾爾達精靈，都從他的意見與幫忙中大得益處，只要他們開口，他從不拒絕。因此，一段時日之後，他便獲得了往來全地的自由；在曼威看來，米爾寇已經痊癒了，邪惡已經完全離開他了。由於曼威是全然不受邪惡侵擾的，因此他無法瞭解邪惡是何物，並且他知道從一開始，在伊露維塔的意念中，米爾寇跟他幾乎是完全一樣；他沒有看見米爾寇的心機有多深沈，而且沒有預料到所有的愛都已經永遠離開他了。不過，烏歐牟沒有上當，托卡斯更是無論何時只要見到死敵米爾寇經過就忍不住握緊了拳頭；托卡斯不會輕易動怒，同樣也不會輕易遺忘。但是他們都順服曼威的裁決；那些護衛權威反對背叛者，絕不能讓自己也變成叛徒。

如今米爾寇心中最恨的是艾爾達，一方面是因為他們是如此美麗又充滿了快樂，另一方面，正是因為他們，才造成了他的敗落與維拉的興盛。因此，他竭盡所能地假裝喜歡他們，樂於跟他們交朋友，他提供學問與力氣，幫他們做任何他們想要達成的大事。不過凡雅族精靈始終對他心存疑慮，因爲他們住在雙聖樹的光輝中，對自己所擁有的一切感到心滿意足；他對帖勒瑞族則不想費心，認爲他們沒多大用處，他們太弱了，不足以做爲他復仇陰謀的工具。然而他向諾多族說明他們向來不知的知識，使諾多族感到雀躍不已；他們當中有些聽進了他所說的話，如果他們從來沒有聽說這些話最好。米爾寇後來宣稱，費諾秘密地向他學了許多技藝，費諾的作品曾蒙受他的指導；其實他是出於貪慾與嫉妒而說了謊，因爲在所有的艾爾達族精靈中，再無一人像芬威的兒子費諾那般將米爾寇恨之入骨，他是第一個稱米爾寇爲魔苟斯的人；雖然他陷入了米爾寇惡毒的網羅裡，但在違逆維拉一事上，他既未跟米爾寇商量，也沒採納過他的任何意見。費諾單單是被他心中的那把火所驅使，一意孤行，而且動作迅速；阿門洲上無論大小，他既未要求任何人的援手，也不尋求任何人的忠告，除了有很短一陣子，他還肯聽從智慧的妻子諾丹妮爾的規勸。

第七章　精靈寶鑽與諾多族的動亂

在那段時期，精靈製造了最著名的一件作品傳世。正處於盛年的費諾，心中興起了新的念頭，或者說，一些事先已經預知的命運陰影，逐漸接近籠罩住他。他不斷思考，雙聖樹的光輝，這蒙福之地的榮耀，該如何永遠保存不滅。於是，他展開了一場漫長又辛苦的工作，殫精竭慮，運用他所有的力量、知識、與精微的技巧，終於創作出了「精靈寶鑽」。

它們的模樣看起來像是三顆巨大的鑽石。但是，除非直到末了，直到在日頭被造之前消亡的費諾折返，靜候在亡靈的殿堂，不再見於親族之間；直到太陽成爲過去，月亮永不升起之時，製成這三顆寶石的物質才會揭曉。雖然它們看起來像是透明的鑽石，但實際上卻比鑽石還要堅硬，因此，無法用暴力或阿爾達王國上的任何物質擊毀。不過，對其中所蘊藏的聖光而言，其晶瑩剔透的外殼就像伊露維塔之兒女的軀體一般，是其內在之火的住所，這火蘊藏在軀體之中，卻也佈滿在軀體的每個部位，它乃是這軀體的生命。精靈寶鑽的這股內在之火，是費諾融合了維林諾雙聖樹的光輝所製成的，那光至今仍活在它們裡面，然而雙聖樹早已枯萎，光芒早已消散了。因此，即便是在最深最黑暗的寶庫中，精靈寶鑽所放射出來的光芒，仍如瓦爾妲的星辰一般閃亮，何況，它們眞的是活物，它們喜愛見到光，它們會吸收光，然後放射出比先前更燦爛千百倍的七彩光芒以爲報。

所有居住在阿門洲的生靈，看到費諾的作品時，無不充滿讚嘆與欣喜。瓦爾妲封這三顆寶石爲聖物，從此之後，沒有任何肉身凡軀，或任何不潔淨的手，或任何邪惡的事物可以觸碰它們，否則必定燒成焦黑和枯萎。曼督斯並且預言，阿爾達的命運，包括大地、海洋與空氣，都與它們緊鎖在一起。費諾的心，也很快就跟他所創作的這些東西緊鎖在一起。

米爾寇垂涎這些精靈寶鑽，只要一想到它們的光，那些光就像火一般不斷齧噬著他的心。從那時候開始，他的慾火便愈燒愈熾，使他更迫切找尋毀了費諾，和破壞維拉與精靈友誼的辦法。不過他繼續用甜言蜜語和狡猾的詭計來掩飾自己的目的，因他那時所穿的仍是外貌姣好的形體，無人得以查知他腹中的惡毒。他費盡時日佈局，剛開始時進展十分緩慢，不見效果；不過，他所撒下的謊言，到最後不會毫無收成，不久之後就會有人起來代他散佈，那時他就可以高枕無憂了。米爾寇早就注意到有些耳朵會聽進他的話，有些舌頭會誇大他們所聽見的；他的謊言從朋友傳給朋友，彷彿知道這些秘密並加以傳述，正證明了傳述者的智慧。在未來的日子裡，諾多族爲他們側耳傾聽的愚行付上了十分悲慘的代價。

當米爾寇看見有許多人傾向他，便經常到他們當中走動，他美麗的言詞會有人幫他拾綴編織，在如此微妙的運作中，許多聽見這些話的人，事後都相信那是他們自己原有的想法。米爾寇會從他們心中召喚出一幅幅美景，那片位在東方的廣大疆域，他們可按自己的意願以自由和力量來統治。於是，流言蜚語如野火燎原般擴展，都說維拉把艾爾達帶到阿門洲來是因爲他們嫉妒，害怕昆第的美麗與伊露維塔所賦予與他們的力量，在他們人數增多並遍滿全地時，將強到維拉無法統治他們的地步。

另外，雖然維拉知道人類會在這段時期出現，精靈對此卻一無所知，因爲曼威尚未告訴他們這件事。但是米爾寇偷偷告訴他們人類將到，要看維拉的沈默能被扭曲到何等邪惡的地步。關於人類，他自己幾乎一無所知；在大樂章進行時，他全神貫注於自己的想法上，對伊露維塔的第三個主題只隨便瞄了兩眼。可是在精靈間，傳言現在已經變成是曼威軟禁他們，好使人類來臨之後取代他們擁有中土大陸；因爲在維拉看來，壽命短又脆弱的人類，比較容易統治，如此就能把伊露維塔賜給精靈的產業矇騙到手。這些話裡是有一小部分的事實，不過維拉向來無法輕易左右人類的意志；可是這些邪惡的話語，有許多的諸多精靈相信，或者半信半疑。

因此，就在衆維拉警覺到之前，維林諾的平和已經遭到了荼毒。諸多精靈開始抱怨反對諸神，還有好些變得十分驕傲自大，忘了他們現在所擁有的知識與產業，不知有多少是維拉送給他們的。想要擁有自由與廣大疆域的欲望，前所未有地在費諾的心中熊熊燃起；米爾寇在暗中高興得哈哈大笑，他的謊言已經達到了預定的效果，他恨費諾勝過所有其他的人，他渴望精靈寶鑽超過一切。不過他還不愁煩如何得到它們。當有盛大的宴會舉行時，費諾會戴上它們，它們在他額上發出耀眼的光芒；其他時候，它們被深鎖在他位於提理安的金庫中，嚴密看守著。因爲費諾對精靈寶鑽的喜愛已經轉變成一種貪婪的愛，除了他父親與七個兒子之外，他吝於將它們展示在他人眼前；他幾乎已經忘了，寶石中所蘊藏的光不是由他而來的。

芬威的兩個大兒子，費諾和芬國昐，是大有威望的王子，受到全阿門洲的敬重；不過現在他們不但驕傲，還互相嫉妒對方的權利與產業。米爾寇眼見機不可失，又在艾爾達瑪四處散佈新的謊言，這些流言蜚語很快傳到費諾的耳中，說芬國昐與他的兒子們密謀竄奪芬威及費諾身爲長子的領導權，將在維拉的默許下取代他們的位置，因爲維拉對精靈寶鑽收藏在提理安而不是聽命交給他們監管一事，感到非常不悅。但在芬國昐與費納芬這邊所聽到的卻是：「當心啊！迷瑞爾那驕傲的兒子從來就不喜歡茵迪絲的小孩。如今他握有大權，已經把他父親控制在手裡了。要不了多久，他就會把你們掃地出門，踢出圖納！」

當米爾寇看到這些謊言不斷鬱積，驕傲與忿怒在諾多族中間被喚起，他便告訴他們，要爲自己準備武器；自那時起，諾多族開始製造各種的刀槍劍戟。他們也製造了許多盾牌，上面展示著不同家族的徽號，彼此互相競爭；這些盾牌是他們唯一會帶著出門的，其他的武器都是暗藏在家裡，不對外人吐露，雙方都以爲只有自己接獲了警訊。費諾又開始秘密鍛造，連米爾寇都不知道這件事；他爲自己和兒子打造了兇狠的長劍，以及裝飾著紅色羽毛的高頭盔。在往後的年日裡，瑪哈坦深深懊悔當初他教了諾丹妮爾的丈夫他從奧力那裡所學來的一切冶金學問與技術。

如此，米爾寇以謊言、惡語、以及騙人上當的勸告，在諾多族的內心裡引燃了紛爭；他們的爭吵失和到最後終於結束了維林諾的盛世，及其古老的最後光榮。如今費諾公開說一些反叛維拉的話，大聲呼喊著他要離開維林諾回到外面那個世界去，而且，如果諾多族願意跟隨他的話，他將解救他們脫離這種奴役的生活。

提理安城起了空前未有的動盪不安，芬威對此非常的憂愁，於是召喚所有的王子前來商議。

芬國昐急忙趕來，他站在大廳上開口說：「父王，您難道不約束一下我們王兄庫路芬威的傲氣嗎？他被稱爲烈焰的魂魄，此話當眞不錯。然而他有什麼權利代表我們所有的百姓發言，彷彿他就是王？當年乃是您在衆昆第面前發言，規勸他們接受維拉的召喚前來阿門洲；也是您帶領所有的諾多族穿過中土大陸迢遙千里的危險，來到艾爾達瑪的光中。如果至今您仍無悔於當初所言所行，您至少還有兩個兒子會敬重您當初的決定。」

不過芬國昐話未說完，費諾已經一腳跨進了大廳，而且全副武裝——頭上戴著高高的頭盔，身側配著一把巨大的長劍。「哼，果然如我所料，我的異母兄弟一如往常，搶先一步來向我父親告狀。」說完他轉身面對芬國昐，拔出長劍對他大吼道：「給我滾出去，滾到適合你的地方去！」

芬國昐向芬威鞠躬告辭，不發一言也不看費諾一眼便轉身離去。不過費諾緊跟不放，他在王的大廳門口將對方擋下來，提起那把閃閃發亮的長劍頂住芬國昐的胸口，說：「你的眼睛給我放亮一點，兄弟！這傢伙可是比你的舌頭還利。下次你要再敢竄奪我的位置霸佔我父親的愛，它說不定會幫諾多族除掉一個想要當衆奴隸主人的人。」

芬威的宅邸就在明登俯視著的大廣場旁，有許多人聽見費諾所說的話。不過芬國昐仍然不發一語，他緊閉雙唇穿過圍觀的群衆，去找他的兄弟費納芬。

如今，諾多族的騷動在維拉面前也瞞不住了，由於這動盪的種子是在暗中撒下的，因此，當費諾第一次公開發言抵擋維拉時，維拉們就認定他是那位鼓吹不滿的煽動者，雖然整個諾多族都變得十分驕傲，他的自大與固執己見卻是赫赫有名的。曼威對此相當傷心，但他什麼也沒說，仍舊繼續觀察。維拉將艾爾達帶到自己的土地上，完全不是出於強迫，他們可留可走，也許維拉們會認爲離開是一件愚蠢的事，但他們絕不會出手加以干涉。可是如今費諾所做的事卻不能置之不理，維拉們有的驚愕有的生氣，因此他被召喚到沃瑪爾的城門口，在他們面前回答所有他說過的話與所做的事。另外，所有其他知道這件事或沾上邊的人，也都被召喚前去。在判決之環當中，費諾站在曼督斯面前，被下令回答所有問他的問題。到最後，眞相逐漸大白，米爾寇的惡毒被揭穿了；托卡斯二話不說跳起來直接去抓他，要把他帶到眾人面前來受審。然而此事費諾難脫干係，他是破壞維林諾和平的人，並且對自己的親人拔劍相向。因此曼督斯對他說：「汝肆言奴役，倘若這是奴役，汝將永難逃脫其掌。因曼威乃是阿爾達之王，非單阿門洲而已。故汝之言行皆爲非法，不論汝在阿門洲與否。如是之故，此乃命運之判決：汝既已出威嚇之言，當離開提理安城十二年；在這些時間內深加反省，記住汝之身分與本事。日期度滿之後，此事當歸於平靜，因錯誤已得到匡正；除非，還有他人追究你。」

於是芬國盼說：「我不再追究我的兄弟。」但是費諾什麼也沒說，一語不發地站在眾維拉面前。隨後他轉身離開了議會，並且動身離開維林諾。

與他一同離開加入放逐行列的還有他的七個兒子，他們在維林諾北方的山丘上建造了堅固的住處與藏寶庫。在佛密諾斯①的藏寶庫裡，堆積著大批的寶石，還有武器，而精靈寶鑽被緊鎖在

---

①佛密諾斯（Formenos），昆雅語，意思是「北方的要塞」。另見索引325。

鐵造的密室裡。諾多的君王芬威也搬來與他們同住，因爲他深愛費諾，捨不得與他分離；在提理安的諾多族便由芬國昐來統治。如此一來，雖然費諾的言行帶來了這樣的結果，但米爾寇的謊言看來成了事實。米爾寇所播下的苦毒並未消失，日後仍存在費諾與芬國昐的衆子心中很長一段時日。

米爾寇眼見事跡敗露，立刻走爲上策，開始四處東躲西藏的日子；托卡斯的搜索於是都落了空。從此，維林諾的居民感覺到雙聖樹的光輝似乎變黯淡了，自那時起，所有聳立的物體，影子都加深變長了。

據說，有很長一段時期，維林諾再沒見到米爾寇的影子，也沒聽到任何有關他的傳言，直到有一天，他突然出現在佛密諾斯，在費諾的家門口與他談話。他花言巧語地假裝很講朋友情義，催促費諾重新考慮脫離衆維拉的束縛；他說：「看吧，過去我所說的都是眞的，你被判處流放眞是太不公平了。倘若費諾的心仍是自由的，仍像當初他在提理安所說的那般勇敢，那麼我將助他一臂之力，帶他離開這塊狹窄之地。我也是一位維拉，而且強過那些高傲坐在維利瑪城的維拉們。我向來一直都是諾多族的朋友，諾多族乃阿爾達所有居民中最有本事又最勇敢的一群。」

此時費諾心中的怨恨尚未從曼督斯所給他的羞辱中恢復過來，他不發一語地看著米爾寇，心中沈思著是否還要信任他會幫助自己逃離此地。米爾寇眼見費諾開始動搖了，又知道他的心是被精靈寶鑽所轄制，於是開口給予最後一擊：「此處確實是個堅固的堡壘，防守也夠嚴密；可是只要是在維拉的土地上，你千萬別以爲精靈寶鑽會有安全的一天！」

他萬萬沒有想到自己的詭詐竟會過了頭，他的話太深入了，竟喚醒了他意料之外的凶猛怒火。費諾瞪視著米爾寇，他雙眼中的怒火燒穿對方英挺的容貌，穿透對方隱藏的心思，看見了他迫切想要得到精靈寶鑽的貪慾。費諾對他的憎恨壓倒了恐懼，他咒詛米爾寇，命令他滾遠一點，他說：「你這個曼督斯的階下囚，給我滾離我的家門！」接著他便當著全宇宙中最強大可畏的神靈之面，甩上了自家大門。

米爾寇滿面羞辱地離去，他知道目前他還自身難保，想要復仇的時機還沒到；不過他的心卻早已氣得發黑。芬威對此事感到恐懼萬分，急忙差人將消息送去沃瑪爾給曼威。

當佛密諾斯的使者到達時，維拉們正坐在城門口商議，為不斷增長的幢幢黑影憂心。歐羅米和托卡斯聞訊立刻起身，不過就在他們展開行動的同時，艾爾達瑪的使者也到了，告知眾人米爾寇匆匆穿過卡拉克雅離去，圖納山上的精靈看見他忿怒得猶如充滿閃電的烏雲。他們說他隨即轉向北方，澳闊隆迪的帖勒瑞精靈看見他的陰影掃過他們的港口，朝阿瑞曼②去了。

因此，米爾寇離開了維林諾，雙聖樹又繼續閃亮了一段時日，全地不見陰影，充滿了光明。不過維拉打探敵人的消息都落了空。遠方彷彿聳現一朵烏雲，一陣陣陰冷的風徐徐吹起，阿門洲上所有居民的喜樂如今已被一股疑懼給破壞了，他們恐懼不知會有什麼樣的邪惡將要臨頭。

---

②阿瑞曼（Araman），昆雅語，意思是「阿門的外緣或邊緣」。另見索引66。

第八章　維林諾變為黑暗

曼威聽到米爾寇所採行的路線，認爲米爾寇打算逃回他在中土大陸北方的老巢去；歐羅米和托卡斯立刻全速趕往北方，看是否能及時逮住他。可是越過了帖勒瑞族的海岸後，在北邊那片靠近冰封的無人荒地上，他們卻找不到任何有關他的蹤跡或訊息；從此之後，阿門洲的北方屏障便增加了雙倍的警戒。但那卻一點用也沒有，因爲追捕才一展開，米爾寇就已經轉回來了，他悄悄潛往遠處的南方。由於他此時尚屬維拉之一，可以隨時改變外貌，或根本不穿上肉身形體，就如他其他的兄弟們一樣；不過，不久之後，他便永遠失去了這項能力。

就這樣，他在肉眼無法看見的情況下來到了黑暗的阿維塔①地區。那塊狹長的土地位在艾爾達瑪灣的南方，佩羅瑞山脈東方的山腳下，那片狹長又淒涼的海岸一直向南伸展，黑暗無光，從

---

①阿維塔（Avathar），昆雅語，意思是「陰影」。另見索引99。

未經過任何勘探。那裡，就在垂直的山壁下和冰冷漆黑的海水旁，有著全世界最深最厚的黑影；在那隱密無人知曉的阿維塔，昂哥立安②悄然深居。艾爾達精靈不知道她是幾時出現的；不過有人說，在很久很久以前，她也是米爾寇起初引誘墮落的神靈之一，在米爾寇頭一次滿心嫉妒俯視著曼威的王國時，她從阿爾達外圍的黑暗中降下定居。她隨即否定了米爾寇的主權，不肯爲他所役使，想要作自己慾望的女王，把所有的事物都拿來填補自己的空虛。她後來逃到南方，躲避維拉們的攻擊和歐羅米手下的狩獵者，他們向來警戒北方，南方長久以來都不受注意。她盡可能地匍匐潛近蒙福之地的光，她對那光既飢渴又痛恨。

她取了像是蜘蛛怪獸的外型，住在一處峽谷中，在峭壁上編織她黑色的蛛網。她在那裡吸收所有她能找到的光，然後繼續編織那面朦朧也窒息的黑網，直到再也沒有光進入她的巢穴，她陷入了極度飢餓的狀態。

如今米爾寇來到阿維塔找她；他再度穿上烏塔莫暴君的外型：一個高大可怖的黑暗魔君。從此之後，他始終是這模樣，再變不了了。在黑暗中，在連曼威立於最高的山上也無法望見的陰影裡，米爾寇和昂哥立安籌劃著他的復仇計畫。當昂哥立安明白米爾寇的目的後，開始掙扎於慾望與極大的恐懼中；她不願去招惹阿門洲那些令人害怕的主宰以免惹火上身，她也不想暴露她的行藏。因此，米爾寇對她說：「照我所說的去做；等整件事情完成之後，如果妳還覺得餓，我一定

---

②昂哥立安（Ungoliant），昆雅語，意思是「蜘蛛形狀的」。她是《魔戒》中佛羅多與山姆遇上的蜘蛛怪獸的祖先。另見索引762。

會給妳任何妳要求的東西，並且是雙手奉上。」這話他只是隨便說說而已，他向來如此，心裡卻在暗笑。這是他大賊騙小賊上鉤的一貫伎倆。

昂哥立安編織了一張黑暗的大斗蓬罩住米爾寇和自己，準備出發：只見一塊黑暗無光的東西，彷彿是空無一物，眼睛無法穿透看見，那就是虛空。她開始編織蛛網，一絲接一絲，從一處山壁攀到另一處山壁，攀越突出的石塊和尖峰，一直向上攀升，不斷匍匐攀爬，直到最後爬上了黑門提爾③的峰頂，它是這個區域裡最高的一座山，距離北方的泰尼魁提爾十分遙遠。這裡維拉未設警戒，因爲佩羅瑞山脈以西是一片躺在微光中的空蕩大地，從山脈的東邊望出去，除了被遺忘的阿維塔，只有發出幽暗水光的茫茫大海。

伏在高山頂上的昂哥立安編了一條長長的梯繩垂下去，米爾寇順著梯子爬到山頂上，站在她旁邊，往下察看那片「守護的疆域」④。他們眼下是歐羅米的森林，西邊是雅凡娜那閃閃發亮的田野與草原，諸神豐饒的金色麥田。但是米爾寇瞪視著北方遠處那片閃亮的平原，沃瑪爾正臥在泰爾佩瑞安和羅瑞林的柔光互相交織的銀色黎明中。米爾寇哈哈大笑，輕快躍下西邊陡長的山坡；昂哥立安緊跟在側，用黑暗遮蓋他們的行蹤。

那時正是慶祝收成的時節，米爾寇對此知之甚詳。雖然季節的運轉與潮汐的起伏都是按維拉的旨意在運行，維林諾卻沒有死亡的冬天，維拉們選擇住在阿爾達王國，它只是廣大宇宙中一塊

---

③黑門提爾（Hyarmentir），昆雅語，意思是「南方守望者」。另見索引428。

④原文是 the Guarded Realm，維林諾的別名。

很小的疆域；宇宙的壽命是時間，時間始於一如的第一個音符，將終於最後一個和弦。一如過往（就如在大樂章中所記載的），維拉們高興起來時便穿上類似伊露維塔兒女的肉身形體，因此他們也吃也喝，他們收聚大地上所生長的雅凡娜的果實，這大地是他們按一如的旨意所造的。

因此，雅凡娜定下維林諾上萬物生長開花與結果的時期；每回第一次收成時，曼威都會在泰尼魁提爾大擺宴席來讚美一如，而全維林諾的居民都會歡聚在山上一同奏樂高歌。

現在就是那歡慶的時刻，曼威這次舉辦的宴席，是自艾爾達來到阿門洲之後最盛大隆重的一次。雖然米爾寇的逃脫預示了將來的辛勞與悲傷，事實上也確實無人敢說，在他再度被擒伏之前，阿爾達還要受到多少的災難，但曼威這次決定要先治好諾多族中分裂之惡；他下令所有的諾多精靈都要前來泰尼魁提爾山上的宮殿，將他們兩位王子之間的嫌隙放到一旁，完全忘掉他們敵人所散播的謊言。

前來赴宴的有凡雅族，提理安的諾多族也都到了，邁雅們齊聚一堂，每位維拉以威嚴和美麗盛裝出席；他們在節節高昇的殿堂中對曼威和瓦爾妲高聲歌唱，或在面向雙聖樹的西邊翠綠山坡上歡然跳舞。那一天，沃瑪爾城的街道空無一人，提理安的階梯悄然無聲，大地安睡在和平中。只有山脈另一邊的帖勒瑞族精靈仍在海邊歌唱，他們既不注意季節，也不留心時間，他們不在意阿爾達的統治者，也不管落到維林諾上的陰影，因為一如過往，這陰影沒有干擾他們。

只有一件事使曼威的計畫變得美中不足。費諾確實來了，曼威特別要他前來；但芬威沒來，其他住在佛密諾斯的諾多精靈也都沒來。芬威說：「只要禁令繼續加在我兒費諾身上一日，使他不得返回提理安，那麼我就不作王，也不見我的百姓。」費諾身上沒穿參加宴會的華服，也沒戴任何美麗的飾物，不見任何的金銀與寶石；他拒絕讓眾維拉以及艾爾達看見精靈寶鑽，把它們鎖在佛密諾斯那銅牆鐵壁的密室裡。現在，他在曼威的座前跟芬國盼面對面，開口表示和解；芬國盼也一筆勾消兄長對他的拔劍相向。芬國盼並且進一步伸出手來，說：「我先前所承諾的，我現在實踐。我原諒你，不再記恨過去。」

於是費諾伸手相握，但一語不發。芬國盼又說：「雖然我們是一半血緣的兄弟，但在我心中你是百分之百的長兄。由你領導，我會跟隨。但願不再有新的不幸分裂我們。」

「我聽見了。」費諾說：「誠如所願。」但他們並不知道，他們的話將要承擔怎樣的後果。

據說，就在費諾和芬國盼站立在曼威面前時，柔光交織的時刻到了，兩棵聖樹都散放出光芒，寂靜的沃瑪爾城裡充滿了銀色與金色的光輝。也就在這個時辰，米爾寇和昂哥立安匆匆越過維林諾的原野，彷彿烏雲輕捷略過陽光照耀的大地，雙雙來到碧綠的依希洛哈山丘前。

昂哥立安的黑暗高漲到雙聖樹的樹根前，米爾寇一躍上了山丘，拿出黑色的長槍猛刺入聖樹的核心，使其重創，聖樹的汁液彷彿鮮血般大量流出，噴灑在山丘上。昂哥立安趴過去用力吸取，她那漆黑的尖嘴不停輪流貼在雙聖樹的傷口上，直到將他們完全吸乾；而她體內那死亡的毒液則注入他們的經絡裡，使他們從樹根、樹枝到樹葉都一一枯萎，最後整棵死亡。

可是她還是飢渴不已，於是她一個接一個把瓦爾妲的井全都喝光，涓滴不留。昂哥立安一邊喝，一邊噴出黑色的煙霧，並且不斷膨脹，變成一個連米爾寇都感到害怕、極其巨大醜惡的怪物。

極大的黑暗籠罩了維林諾。那一天所發生的事，大部分記載在「奧都迪耐伊」⑤當中，為凡雅族的艾倫米瑞⑥所著，所有的艾爾達精靈都知道。然而，沒有一則歌謠或故事能完全道盡繼之而來的恐怖與悲傷。光熄滅了；但繼之而來的黑暗，卻比失去光更甚。那個時辰的黑暗似乎不是因為缺乏光，而是它是一種實體存在：它是一種滅掉光的惡毒，具有刺透眼睛的力量，能夠侵入心靈和思想，絞殺每一股意志。

瓦爾妲從泰尼魁提爾往下望，看見一股黑影猶如幽暗的高塔陡然升騰而起；整個沃瑪爾像是沈沒在暗夜的大海中。轉眼間只剩聖山像島嶼一樣孤伶伶立在一個沈沒的世界裡。所有的歌聲都停止了。維林諾一片死寂，聽不見任何聲音，除了遠方隨風越過山脈傳來帖勒瑞精靈的哭泣聲，彷彿海鷗冰冷悽厲的哀叫。那個時辰，東方吹來陣陣寒風，大海的陰影一波接一波衝擊著屹立不動的海岸。

曼威從高處的寶座向外張望，唯獨他的雙眼能穿透黑夜，直到他看見極遙遠處有一團比黑暗更深的無法穿透的黑暗，相當龐大，正以極快的速度奔向北方；因此，他知道那是米爾寇，來過又走了。

追擊於是展開。大地在歐羅米大軍的馬蹄下震動不已，納哈爾蹄下所冒出的火花是第一道返

---

⑤ 奧都迪耐伊（Aldudénië），昆雅語，意思是「雙聖樹的輓歌」。艾倫米瑞書寫完成之後，這故事在艾爾達精靈間廣為流傳。另見索引19。

⑥ 艾倫米瑞（Elemmíre），昆雅語。另見索引254。

回維林諾的光。但是很快的，追上昂哥立安所噴出之烏雲的維拉騎士，立刻陷入什麼也看不見的錯愕裡，他們在黑暗中混亂四散，不知該往那個方向去才對；維拉羅瑪的聲音遲疑動搖，終至衰微。托卡斯是另一個落入黑暗網羅的神靈，他立在黑暗中對著空氣揮拳，力量完全無法施展。等到那股黑暗過去，追捕已經來不及了——米爾寇已經不見蹤影，他的報復完全成功了。

第九章　諾多精靈的逃亡

不久之後，大家全都在判決圈聚集；維拉們坐在黑暗中。不過現在瓦爾妲的星辰又在空中閃爍，空氣已經清新起來了；因爲曼威的風驅散了死亡的濃霧，擊退了大海的陰影。雅凡娜起身站在依希洛哈上，這座綠色的山丘如今一片光禿焦黑，她用雙手撫摸著聖樹，但他們已經焦黑死亡了，她所觸及的枝幹斷裂墜落在她腳前。許多哀悼的聲音響起；這些哀悼者覺得自己彷彿被迫飲盡米爾寇倒給他們的悲傷之杯中最後的一滴殘渣。但事實並非如此。

雅凡娜在衆維拉面前開口，說：「雙聖樹的光芒已經死了，如今只存在費諾的精靈寶鑽中。他眞是有遠見啊！即便是伊露維塔座前最厲害的大能者，對於某些事物，他們也只能完成一次，無法重複。我所創造出來的雙聖樹之光，在這宇宙中我無法再造了。不過，只要有原先一點點的光，我就能使聖樹在樹根完全腐爛之前重新活過來。因此，我們的傷痛應當能夠得以痊癒，米爾寇的惡毒將會落空。」

於是曼威開口說：「芬威的兒子費諾，雅凡娜所言你聽見了嗎？你願意答應她的請求嗎？」

在一片冗長的死寂中，費諾始終不發一語。終於，托卡斯忍不住了，他大吼：「說，諾多！有人能拒絕雅凡娜嗎？精靈寶鑽中所蘊藏的光輝，當初難道不是由她創造出來的嗎？」

但是工匠之王奧力說：「不要急躁！我們要求的是比你所知更大的事。讓他安靜地慢慢想吧。」

於是費諾開口了，他憤恨地喊：「微渺者跟大能者一樣，有些功績也只能完成一次，無法重複，而他的心已經完全融入了。也許我能打碎我的寶石，但我再也無法做出同樣的寶石了。如果我必須打碎它們，我是在打碎我的心，那我寧可被殺，做第一個在阿門洲死於非命的艾爾達。」

「你不是第一個。」曼督斯說，然而當時無人聽懂他的話。四下又陷入一片沈寂，費諾在暗中不停沈思；在他看來，眼前自己正被圍困在一群敵人當中，米爾寇講過的話又回到他心裡——精靈寶鑽的處境並不安全，維拉們會打它們的主意。「他難道不也是個維拉嗎？」他心裡想：「他豈不也瞭解他們的想法？沒錯，盜賊最會窩裡反！」於是他開口大聲說：「我不會心甘情願交出這些寶物。如果維拉要以力強奪，那我就明白，他們跟米爾寇眞是同一夥的。」

於是曼督斯開口說：「汝出此言，覆水難收。」妮娜聞言，起身走上依希洛哈，掀開頭上罩著的灰色斗蓬帽，用她的淚水洗去昂哥立安的褻瀆；她爲世界所遭受的苦難與阿爾達所受的蹂躪吟唱哀歌。

就在妮娜哀悼聖樹的時候，一群報信的使者從佛密諾斯趕來，這些諾多精靈帶來了新的噩耗。他們述說一陣令人眼盲的黑暗向北迎面撲來，有股可畏的無名力量行走在當中，黑暗就是由這股力量所發出來的。還有，米爾寇也身在其中，他前往費諾的家，在大門前殺害了諾多族的君王芬威，使這蒙福之地發生了第一起的流血慘劇；芬威之所以被害，因爲他是唯一一個面對恐怖黑暗沒有逃跑的人。他們說，米爾寇隨後闖入了固若金湯的佛密諾斯，奪走了諾多族存放在該處寶庫中所有的珠寶，當然，也包括了精靈寶鑽。

費諾聞訊直跳起來，在曼威面前他舉手大聲咒詛米爾寇，將他命名爲魔苟斯，「宇宙的黑暗大敵」；從今以後，艾爾達精靈只知道他這個名稱。費諾同時也咒詛曼威的召喚，以及他前來泰尼魁提爾的時辰，他認爲如果自己留在佛密諾斯，就算最後米爾寇肯定也會殺了他，但他在悲憤交加的瘋狂中，必然會讓對方付出相當的代價。費諾咒詛完，立刻拔腳奔離了判決圈，衝入了黑暗中。對他而言，他父親比維林諾的光芒或他雙手所造舉世無雙的寶石更加珍貴萬分；不論精靈或人類，所有身爲人子者，還有誰比他更珍視自己的父親？

在場的許多人都對極度痛苦的費諾感到難過不已，但他所失去的並非只涉及他一人而已；雅凡娜在山丘旁忍不住落淚，擔心那股黑暗會永遠吞噬掉維林諾之光的最後一絲光芒。雖然維拉們尚未完全明白究竟是怎麼回事，但他們意識到是米爾寇從阿爾達外找來了幫手。精靈寶鑽已經被奪走了，在人看來，無論費諾會對雅凡娜答應與否，都爲時已晚。但是，如果他在佛密諾斯的噩耗傳來之前，就先答應了雅凡娜的請求，那麼後來發生在他身上的事，可能會完全不同。如今，諾多族的厄運正逐步逼近了。

與此同時，魔苟斯在維拉的追擊下逃到了荒涼的阿瑞曼。這片北方的土地和南方的阿維塔一樣，都是位在佩羅瑞山脈與大海之間；不過阿瑞曼比較寬，愈靠近北方的冰洋就愈冷。魔苟斯和昂哥立安急急穿越這片區域，經過濃霧滿佈的歐幽幕瑞①來到了西爾卡瑞西海峽，這個位在阿瑞曼和中土大陸之間的海峽，佈滿了吱嘎作響的碎冰；他跨越了海峽，終於回到睽違已久的中土大陸的北方。他們繼續一同前進，因爲魔苟斯無法擺脫昂哥立安，她的黑色雲霧仍舊包圍著他，她身上所有的眼睛也都盯著他不放；他們一同越過了專吉斯特狹灣北方的地區。如今魔苟斯愈來愈接近安格班的廢墟，他曾在安格班建立了他西邊最大的一座堡壘；昂哥立安窺破了他的指望，曉得他會想辦法逃離她的掌握，於是她把他攔下來，命令他實踐先前所答應的事。

「黑心惡魔！」她說：「我已經按照你所說的辦到了。但是我仍然非常飢餓。」

「那妳還想要什麼呢？」魔苟斯說：「難道妳想要把全世界都吞進妳的肚子裡去嗎？我可沒這樣答應妳。我乃是這世界的主宰。」

「我要的不多。」昂哥立安說：「我只要你從佛密諾斯奪來的全部珍寶。不錯，你曾說過你會雙手奉上。」

然後她便強迫魔苟斯交出身上帶著的所有寶石，他憤恨又勉強地一顆顆交出來，她便一顆接一顆吞下去；這些美麗的寶石就此永遠消失了。昂哥立安的飢餓與黑暗繼續有增無減，她的貪婪仍舊未被撫平。「你才給了我一隻手上的東西。」她說：「那是你的左手。現在把你的右手張開來。」

① 歐幽幕瑞（Oiomúrë），昆雅語。另見索引606。

魔苟斯的右手中緊緊握著精靈寶鑽；那些寶石雖然被鎖在水晶匣裡，卻已經開始燒灼他的手，使他緊握的右手疼痛不堪。雖然如此，他還是不願張開手來。「絕不！」他說：「妳已經得到妳該得的了。是我給了妳力量，妳才完成了工作。現在我不需要妳了。這些東西不該妳所有，妳也不該看見。它們永遠歸我所有。」

可是昂哥立安已經長得非常龐大，而他卻因為釋出好些力量而身形減小。於是昂哥立安翻臉對付他，用黑雲將他纏緊，使他陷入她黏稠的蜘蛛網裡，將他層層捆縛，打算一舉勒死他。魔苟斯在痛苦中發出恐怖尖叫，那聲音在群山之間不住迴盪；因此，那地區又被稱為攔魔絲②；由於他喊叫的回音從此存留在該處，因此若有人在那地區大聲喊叫，都會把它們喚醒，使位在大海與山巒之間的那整片荒地，充滿了痛苦呼喊的聲音。魔苟斯在那個時刻所發出的痛苦大喊，是北方世界有史以來所聽過最巨大也最嚇人的聲音；群山震動，大地顫抖，岩石紛紛崩裂墜落。在地底深處那些被遺忘了的地方，也都聽到了喊叫聲。在安格班的廢墟底下，那些維拉在急速進攻中沒有完全深入的漆黑地穴裡，仍有許多炎魔潛伏躲藏著，一直在等候牠們主人的歸來。現在，牠們迅速躍起，像一團烈火風暴疾掃過希斯隆來到了攔魔絲。牠們揮動火焰的鞭子打爛昂哥立安的蜘蛛網，她見狀忍不住感到畏懼，隨即轉身逃跑，並且噴出大量的黑霧遮掩自己的行蹤。她從北方逃到了南邊的貝爾蘭，在戈堝洛斯山脈③底下落腳，由於她在該處所散佈的恐怖，那個黑暗的山

---

② 攔魔絲（Lammoth），辛達語，意思是「群集的聲音」。另見索引460。

③ 戈堝洛斯山脈（Gorgoroth），辛達語，意思是「有鬼魅作祟的」。另見索引357。

谷日後被稱爲蕩國斯貝谷④，「恐怖死亡谷」。另外，早在安格班開始挖掘興建的年日，那個山谷中便來了一群長相如蜘蛛的殘酷邪惡生物，昂哥立安與牠們交配，然後吞噬掉牠們。即便是在昂哥立安離去，前往南方世界無人記憶之處，她的後代子孫仍然居住在恐怖死亡谷裡，繼續織吐那令人厭憎的蜘蛛網。關於昂哥立安的命運，沒有任何故事記載。不過有人說，早在很久以前，她那毫無止境的飢餓，使她最後也把自己給吞吃掉了。

因此，雅凡娜所害怕的，精靈寶鑽會落入寂滅之地的情況並未發生；但是它們仍在魔苟斯的掌握中。他在獲得自由之後，再度聚集所有能找到的猛將殘兵，進駐安格班的廢墟。他在那裡重新大興土木，挖掘更深更廣的地穴與地牢，並在它們的大門上方堆聳起三座巨大陡峭的山峰——安戈洛墜姆⑤，從此以後，大量濃濁惡臭的煙氣便日日盤繞在山峰上。魔苟斯的野獸與惡魔大軍，還有長久以來一直不斷繁殖的半獸人部族，都在大地之中以倍數孳長茁壯。自此開始，黑暗的陰影籠罩了貝爾蘭。另一方面，深居在安格班內的魔苟斯爲自己打造了一頂巨大的鐵王冠，並且自稱是宇宙之王；他將精靈寶鑽鑲嵌在王冠上，做爲他君臨天下的標誌。他的雙手因爲碰觸那些神聖的寶石而被灼得焦黑，從此再也沒有復原；不但如此，燒灼的疼痛永遠不會消退，他因疼痛所產生的怒氣也從來沒有減低。他戴上那頂王冠之後從來不曾取下，然而王冠的重量卻給他帶來要命的疲憊。除了一次秘密行動之外，他從來不曾離開他所統管的北方疆域；事實上，他很少

---

④ 蕩國斯貝谷（Nan Dungortheb），辛達語。另見索引559。

⑤ 安戈洛墜姆（Thangorodrim）辛達語，意思是「嚴酷殘暴的山群」。另見索引720。

離開堡壘的地底洞穴⑥，始終坐在他北方的王座上統治大軍。在他所有的統治年日裡，他也只親身出戰過一次。

如今，他的憎恨比起他在烏塔莫接近被擒的那段年歲裡更加深重，這股憎恨完全吞噬了他，而統治那群奴隸以及用邪惡的欲念激發驅使牠們，也幾乎耗盡了他的精力。不過他仍是一位維拉，他雄偉的力量始終存在，雖然他的莊嚴已經轉爲恐怖，但是在他面前，除了那些最勇敢無畏，力量也極強大者，凡人皆會陷入充滿恐懼的黑暗中。

當知道整個追擊行動已經落空，魔苟斯已經成功逃離了維林諾之後，衆維拉在黑暗中依然長坐在判決圈中，所有的邁雅與凡雅精靈都站立在旁，默默流淚。但是絕大部分的諾多精靈都返回了提理安，哀悼他們美麗的城市陷入了一片黑暗。從幽暗海域吹來的迷霧，穿過朦朧的卡拉克雅峽谷，籠罩在城中的塔樓上，明登高塔上的燈光在這一片幽暗中顯得分外蒼白。

這時，費諾突然出現在城中，並且召喚所有的人登上圖納最高處的王宮前；不過，判他放逐不准回城的禁令尚未取消，他的出現是公然反抗背叛維拉。因此，大批群衆迅速聚集前來要聽他會說什麼；於是，所有爬上山丘的階梯與街道都燃起了光，因爲聚集過來的群衆皆人手一支火把。費諾善於詞藻，輕而易舉就可征服人心。那天晚上，他發表了一席令諾多族永生難忘的演

---

⑥托爾金在描述安格班時，多次使用 the pit 的說法。pit 這個字指的是地底深處的洞穴、坑道、或礦坑，但它還有深淵絕境，以及地獄的含意；因此，那些被魔苟斯抓來囚禁折磨的美麗精靈，在離開這處地獄時，多半已經變成了可怕的半獸人。

講。他所說的話既兇狠又殘忍，充滿了憤怒與驕傲；聽到這些話的諾多精靈無不群情激憤，為之瘋狂。他絕大部分的憤怒與憎恨是針對魔苟斯而發，然而他所說的絕大部分內容，卻恰恰來自魔苟斯的謊言。這時的他，在遭受殺父之仇與奪寶之恨的雙重煎熬下，心神渙散幾近瘋狂。現在他要求所有的諾多精靈尊他為王，因為芬威已死，而他又極其嫌惡維拉的命令。

「為什麼？諾多族的全體子民啊，」他大聲喊道：「為什麼我們要長久服侍那些嫉妒的維拉？他們既不能保護我們的安全，又不能保護他們自己的領土不受敵人的侵害。雖然他現在成了他們的敵人，但是他們雙方豈非同出一源的兄弟？因此，復仇召喚著我，不過就算事情不是今天這等模樣，我也絕對不會繼續跟殺我父親奪我珍寶者的手足兄弟住在同一塊土地上。但我不是這群驍勇善戰的百姓中唯一的勇士；難道你們不是在一夕之間失去了你們的君王嗎？再想想看，被拘禁在高山與大海之間的這塊狹窄土地上，你們還有什麼沒有失去？」

「這裡曾經光明盛放，而維拉卻吝惜把光帶給中土大陸，如今，黑暗覆蓋了一切。難道我們要待在這裡終日無所事事地悲傷，做一群幽暗的子民，在迷霧中懷念過往，將無用的淚水灑在不知感恩的大海上嗎？還是我們應該回自己的家？位在明亮星空下的庫維因恩，有甜蜜的流水，四周的大地廣闊無邊，自由的百姓可隨意來往其間。這一切都還在那裡等著我們，我們何其愚蠢地拋棄了它。來吧！動身上路吧！讓懦夫繼續留在這座城市！」他演說了許久，同時不斷催促諾多精靈跟隨他，靠著他們的勇敢去贏得自己的自由，爭取位在東方那片廣闊的土地，以免尚失時機。他所說的正回應了米爾寇的謊言，說維拉將他們騙到這地軟禁起來，好使後來的人類能夠統治中土大陸。許多的艾爾達精靈頭一次聽到有繼之而來的人類。「雖然這條路遙遠又艱苦，」他大喊著說：「但我們最後必得公平為償！告別奴役吧！同時也告別安逸！告別軟弱！告別你所有的珍寶！我們會再製造更多的珠寶出來。讓我們輕裝簡行，但是別忘了攜帶你的刀劍！我們將走得比歐羅米更遠，忍受得比托卡斯更久，我們的追擊將永不回頭。我們會緊追著魔苟斯直到地球的盡頭！他必要面對無止盡的戰爭和永不消逝的仇恨。但是當我們征服得勝，重新奪回精靈寶鑽之日，我們，獨獨我們，將成為那無瑕之光的主人，成為阿爾達之美麗與歡樂的主宰。再也沒有別的種族能夠驅逐我們！」

然後，費諾發了一個可怕的誓言。他的七個兒子也義無反顧地站到他身邊一同發下這誓言，他們出鞘的長劍在眾火把的照耀下，殷紅得彷彿染滿鮮血。他們一同發下一個無人可破、無人可奪的誓言，就算憑伊露維塔的名也不能；如果他們不遵守誓言，永無止盡的黑暗將臨到他們身上；他們指著曼威、瓦爾妲、以及聖山泰尼魁提爾的名為證發誓——若有誰敢奪取或保有屬於他們的精靈寶鑽，不論對方是維拉、惡魔、精靈或人類，包括尚未出生者，若有任何的生靈，不論偉大或渺小，是善還是惡，他們都將懷著復仇與憎恨之心直追到天涯海角，直追到世界結束之日。

如此發下誓言的是梅斯羅斯、梅格洛爾和凱勒鞏，庫路芬和卡蘭希爾，以及安羅德和安瑞斯，他們都是諾多族的王子。許多聽到這可怕話語的人，都忍不住感到恐懼。因為誓言一旦發下，無論善惡，都是不能反悔的，它將緊緊糾纏著發誓者或毀誓者，直到世界結束。因此，芬國盼與他的兒子特剛開口駁斥費諾，兇狠的口舌之戰再起，憤怒使雙方再一次到達拔劍相向的邊緣。還好向來言語溫和的費納芬開口了，他想辦法使諾多精靈們冷靜下來，勸他們先停下來稍做考慮，因為事情一旦做了，就沒有挽回的餘地；他的兒子歐洛佳斯，也以相同的態度勸說眾人。芬羅德則與他的朋友特剛站在同一陣線；但是，那天站在激辯的眾王子中唯一的女性，高大勇敢的凱蘭崔爾，卻迫不急待地想要動身。她沒有發下任何誓言，但費諾論及中土大陸的那一番話已經打動了她的心，她渴望去見識一下那片廣闊無防衛的大地，以及按照自己的意思統治一方疆域。跟凱蘭崔爾有著同樣想法的還有芬國昐的兒子芬鞏，雖然他一點也不喜歡費諾，但對方所說的話也同樣打動了他的心；會跟芬鞏一同進退的還有費納芬的兒子安格羅德和艾格諾爾，他們向來如此。不過他們幾位都保持沈默，沒有開口頂撞自己的父親。

在經過一長串的辯論之後，費諾佔了上風，聚集在該處的諾多精靈，大部分都被他點燃了嚮往新事物與陌生國度的慾望。因此，當費納芬再次勸他們不要衝動行事時，一股極大的反對聲浪響起：「不！讓我們出發吧！」立刻，費諾和他的兒子們開始著手準備出發。對那些膽敢走這條黑暗道路的人而言，幾乎無一能預見前途的景況。這整件事決定得實在是太倉促了；因為費諾不斷驅使他們，生怕他們的心一旦冷靜下來後，他那番話語的力量將會減弱，其他的勸言就會開始生效；況且，不論他話說得多麼高傲，他始終沒有忘記維拉的力量。然而沒有任何消息從沃瑪爾傳來，曼威仍然保持沈默。他不願禁止或攔阻費諾的意圖；因為眾維拉對自己被控對艾爾達懷有不良企圖，或違反他們的意願將他們囚禁在此的指責言論，深感委屈。因此他們現在只是靜坐觀看，因為他們仍然不信費諾有本事控制大批的諾多精靈聽從他的意願。

事實也的確如此，當費諾開始叫諾多精靈們整隊出發時，衝突立刻再起。雖然費諾說服了眾人離開此地，但這絕不表示所有人都同心一意尊他為王。芬國昐和他的兒子們向來極受群眾愛戴，如果他不跟著去，他的家族成員和大部分提理安的居民，都拒絕動身上路離開。因此，到了最後，大批的諾多精靈分成了兩隊，分別踏上了他們悲苦艱辛的道路。費諾和他的跟隨者是先鋒，但追隨在芬國昐之後的是更多的子民；芬國昐實在是違反了自己的智慧而動身的，一方面是因為他的兒子芬鞏竭力主張要去，另一方面是因為他不願和自己的百姓分開，他們熱切想去，而他也不想讓他們被費諾輕率莽撞的說辭驅使。還有，他始終沒有忘記自己在曼威座前所說的話。隨著芬國昐一同出發的還有費納芬，他之所以動身，理由跟他哥哥一樣，但他卻是走的最勉強的一個。自從來到維林諾之後，諾多族已經增長成一支人口十分龐大的部族，不過這時還是有一小部分人拒絕上路：他們有些是因為深愛維拉（當中又以奧力為最），有些是因為深愛提理安城，以及他們在此地所製造的許多事物；這些拒絕離去的人，沒有一個是因為害怕道路危險而留下的。

不過，就當眾人高唱凱歌，費諾舉步要踏出提理安城時，曼威的使者終於到了，說：「你們要聽我的勸，不要跟從費諾愚蠢的決定。別再前進吧！這是一個邪惡的時刻，道路將把你們帶到無法預見的悲傷深淵。你們這場探險將無任何維拉會施以援手，但他們也不會攔阻你們；這點你們應該明白：你們是自由地來到此地，因此也能自由離去。但是你，芬威的兒子費諾，將因你所發的誓言而被流放。米爾寇所播下的謊言，你將在痛苦悔恨中一一忘卻。正如你所言，他是個維拉；因此你所發的誓言將完全落空，因為只要一亞尚存一日，你就無法勝過任何一位維拉，即使你所指著發誓的一如把你造得比現在還強三倍，你也勝不了他。」

費諾聞言仰天大笑，然後開口，不是對著傳令的使者，而是對諾多精靈們說：「好！你們這群英勇無畏的子民，會一舉放逐你們的太子和他兒子，然後回去過階下囚的日子嗎？如果有人願意跟我走，我會對他們說：你們對前途有悲傷的預感嗎？而我們在阿門洲已經看見何為悲傷。在這塊土地上，我們從歡樂走向悲傷。現在我們將做另一種嘗試：穿過悲傷找到喜樂，或至少找到自由。」

然後他轉過身來面對傳令的使者，大吼道：「你去告訴阿爾達的大君王曼威．甦利繆，如果費諾不能打倒魔苟斯，至少他沒有呆坐悲傷終日，拖延著不去攻擊他。或許一如放在我魂魄中的那把火比你們所知的更猛烈。我對維拉的大敵所造成的傷害，至少會使那些坐在判決圈上的大能者聽了都大吃一驚。不錯，到最後，連他們都會來跟從我。再見！」在那時刻，費諾的聲音是如此大而無畏、剛強有力，就連維拉的傳令使者都忍不住向他鞠躬，表示得到了完全的答覆，然後離去；於是諾多精靈聽從了費諾。因此，他們繼續出發前進；費諾的王室成員匆匆趕在大隊之前，先到達了艾蘭迪的海岸，他們當中無人回頭再瞥一眼綠丘圖納上的提理安城，連一次也沒有。走在他們後面的，是速度較慢、較不急促的芬國昐的大批子民；這當中又以芬羣走在最前面。殿後的是費納芬和芬羅德，以及好些諾多族中最高貴與最有智慧的精靈；他們一邊前進，一邊不斷回頭張望背後那座美麗的城市，直到明登．艾爾達麗瓦的燈火消失在濃重的夜幕裡。自今而後，他們比所有其他的流亡者都更加懷念自己所拋棄的歡樂，他們當中有些人因為捨不得遺棄自己創作的美麗物品，而將之攜帶著一起上路；這些東西，在迢遙長途中成為一種安慰，也成了一種累贅。

如今費諾帶領著大群的諾多精靈向北走，因為他的首要目的是緊追著魔苟斯的蹤跡。此外，泰尼魁提爾山下的圖納，位置鄰近阿爾達的外環，該區域的大海深廣難測，不過愈向北走，分開兩塊大陸的海洋便愈來愈窄，到了最北邊，阿門洲的阿瑞曼荒地與中土大陸的海岸幾近相連。當費諾的頭腦逐漸冷靜下來，並與數人簡短商議後，他意識到接下來會有的情況，這麼大批的百姓是無法走完這趟遙遠的路程到達北方的，就算最後能到，同樣也無法渡海，除非他們有船接應；然而要建造那樣一支龐大的船隊，不知要耗費多少的年日與辛勞，更何況諾多精靈根本沒有造船的本事。因此，他歸納出一個解決辦法——說服與諾多族關係友好的帖勒瑞精靈加入他們的行列。他那反叛的心裡想著，如此一來，維林諾的歡樂將更加失色，而他向魔苟斯發動戰爭的力量將大爲增強。於是，他匆匆趕往澳闊隆迪，對帖勒瑞族精靈展開他在提理安城所做的演說。

但是，不論他怎麼說，帖勒瑞精靈們始終不爲所動。他們對這群情誼深篤的親族與友人竟要離去十分難過，因此他們所採取的動作不是幫助，反而是勸阻；他們不願出借任何船隻，同時也不會違反維拉的意思，幫忙造船。至於他們自己，如今除了艾爾達瑪的海濱，完全不想在別處建立家園，同樣的，除了澳闊隆迪的王歐威之外，他們不想尊他人爲主。而歐威從來不聽信魔苟斯的任何言論，更不歡迎他到自己的城裡來；他依舊相信，烏歐牟和維拉中的那些大能者，將會重新修復魔苟斯所造成的傷害，黑夜將會過去，嶄新的黎明必要來臨。

於是費諾開始發怒了，因爲他心中依舊害怕拖延；他對歐威不客氣地說：「你竟然在我們最需要幫助的時刻宣佈絕交。想當初你們終於抵達這海岸時，曾經何等高興獲得我們所伸出的援手，一群幾乎兩手空空只知終日閒蕩的懦夫。若不是諾多精靈幫你們興建港口與城市，你們至今仍舊住在海邊的陋屋裡。」

但是歐威回答：「我們沒有斷絕與你的友誼。這乃是人在勸阻朋友的愚行時，所採取的措施。如你所言，當諾多族歡迎我們並施予援手時，阿門洲這塊土地就成了我們永遠的家，你我兩族便如兄弟般比鄰而居。但是我們的白色帆船並非來自於你。造船的技術不是諾多族教我們的，我們乃是學自大海的主宰；我們親手製造這些白色的木料，我們的妻女織就了這些白帆。因此，我們不會為了任何盟約或友誼而贈送或出賣這些船隻。芬威的兒子費諾，讓我告訴你，這些船對我們就如寶石對諾多族一樣，它們是我族人的心血結晶，我們不可能再造出同樣美麗的作品。」

費諾聞言立刻轉身離去，他出到澳闊隆迪城外，坐在黑暗中盤算，直等到他的人馬到齊。當他判斷有了足夠的人手之後，便出發前往天鵝港，開始分派人員上到停泊在港邊的船，打算強行奪船出航。帖勒瑞精靈當然反抗不從，他們把上前來的諾多精靈紛紛推下海去。於是，有人拔劍了，船上、港邊堤防上、燈下、甚至是港口雄偉的拱門下，很快便展開了一發不可收拾的激烈打鬥。費諾的人被擊退了三次，雙方都有不少人被殺；但是，這群諾多的先鋒得到了芬鞏及芬國昐的前鋒人員的增援，他們來到港邊發現居然已經開戰，而自己的族人紛紛倒下，於是在沒弄清楚緣由的情況下不分青紅皂白地加入了戰端；事實上，他們當中有些人以為帖勒瑞族是奉了維拉的命令，要把諾多族給攔截下來。

最後，帖勒瑞族被打敗了，澳闊隆迪的水手絕大部分都被惡意地殺害了。因為諾多族在絕望中變得十分兇狠，而帖勒瑞族又不如他們強壯，並且絕大部分人的武器都只是輕型弓箭。於是諾多族奪走了他們的白船，配置槳手盡可能地操控，將船沿著海岸向北划去。事到如今，歐威只能呼喚歐希求助，但是他沒有來，因為維拉不准任何神靈以武力攔阻諾多族的逃亡。但是烏妮為帖勒瑞族的水手悲傷哭泣；大海因此發怒對付那群殺人者，許多船隻被洶湧的波濤擊碎，船上的人也都全數葬身海底。關於發生在澳闊隆迪的那場殘殺親族⑦的慘劇，在哀歌「諾多蘭提」⑧——諾多的墮落——中有更詳細的描述，那是梅格洛爾在失蹤之前所作的哀歌。

即便如此，大部分的諾多族還是逃過了這一劫，當暴風過去，他們又繼續往前行，有些走水路，有些走陸路；但是他們愈往前走，前面的道路就愈險惡。在他們向前邁進了無數個黑夜之後，他們終於來到了這片防禦疆土的北界，豎立在光禿荒涼的阿瑞曼邊界上的，是綿延不盡的山脈與寒冷。就在那裡，他們突然看見一個黑色的身影站在俯視著整片海岸的岩石高處。有些人說那是曼督斯親臨，曼威不可能派出比他更大的傳令官了。他們聽見一個宏亮的聲音，莊嚴可畏，命令他們止步聆聽。於是所有的人都停了下來，諾多族的大批百姓，從這一頭到那一頭，每個人都聽見了這聲音所說的咒詛和預言，這事後來被稱爲「北方的預言」，又稱爲「諾多的厄運」。預言的內容相當黑暗隱晦，諾多精靈當時全不明白，他們要等到那些禍患臨到他們頭上時，才會明白過來；但是所有聽到這咒詛降臨的人，既不能延緩也不會尋求命運和維拉的原諒。

「汝等將灑下無數眼淚；維拉將把維林諾圍起，你們將永遠被阻絕在外，就連你們哀歌的回音也無法穿越這些山脈。維拉的憤怒將籠罩著費諾家族，以及所有跟隨他的群眾，從西邊直到東

---

⑦ 殘殺親族（the Kinslaying），這則悲劇給諾多族帶來了嚴重的後果。另見索引455。

⑧ 諾多蘭提（Noldolantë），昆雅語，內容描述諾多精靈的叛離阿門洲與在中土大陸遭遇的悲慘命運。另見索引596。

方的盡頭。他們所發的誓言將會驅逼他們，同時又出賣他們，甚至奪走他們發誓要追回的那項珍寶。所有他們起初立意良善的行事，到最後都會以災難邪惡收場；親族彼此背信忘義，並且時時活在遭遇背叛的恐懼裡，這一切必會實現。費諾家族將永遠流離失所，遭受剝奪，一無所有。

「汝等以不義的方式流了親族的血，玷污了阿門洲的大地。因此，血債血還，汝等離開阿門洲之後將活在死亡的陰影底下。雖然一如已經命定你們在一亞中不會死亡，也沒有疾病會侵害你們，然而汝等仍會被殺，而且必定被殺：或死於刀劍之下，或死於折磨之中，或死於悲傷哀痛；你們那流離失所的魂魄將返回曼督斯，歲歲年年永居該處，不斷渴望著你們所失去的軀體，就算所有被你們所殺之人爲你們求情，也絕對得不到憐憫。至於那些仍然存活在中土大陸，沒有來到曼督斯的人，將隨著世界的衰老而愈來愈疲憊，彷彿有千斤重擔壓身；汝等也必衰微，在隨後而來那支年輕種族的面前，變得宛如一群懊悔的幽靈。衆維拉如是說。」

於是，許多人變得害怕又沮喪；但費諾聞言更是鐵了心腸，說：「我們已經發了重誓，絕非兒戲。我們會堅守這誓約。威脅我們的災難邪惡不知有多少，背信忘義不過是其中之一；但有一件事我還沒說：如果我們懦弱不前，或因懦弱而畏懼不前，我們終身都將深受怯懦所苦。因此，我說，讓我們出發吧，我要爲這命運加上註腳——我們所創下的功績，將成爲歌謠傳頌千古，直到阿爾達終結。」

不過，費納芬在那個時刻放棄了前進，決定回頭，他內心充滿了懊悔與對費諾家族的苦恨，因爲澳闊隆迪的歐威是他的岳父；許多他的人跟隨著他回頭，在滿懷悲傷中一步步往回走，直到他們再度看見遠方夜暗中發自圖納山丘上明登塔的光芒，並且終於回到了維林諾。他們獲得了維拉的原諒，費納芬接續了在蒙福之地治理殘餘的諾多族的責任。但是他的兒子們沒有跟著他一起回頭，因爲他們不願放棄與芬國盼兒子們的友誼；所有芬國盼的人都繼續前進，覺得自己是受到親屬關係以及費諾意志的強迫，同時也害怕面對維拉所咒詛的命運，因爲他們在澳闊隆迪的殘殺親族事件裡，不是全然無辜的。此外，芬鞏與特剛都是勇敢無畏又心烈如火之人，他們都不願意放棄自己已經插手的任務，如果前途眞是死路一條，那就至死方休。因此，餘下的大隊人員依舊繼續前進，而預言中的邪惡很快就開始作怪了。

諾多精靈們最後終於來到了阿爾達的極北方；他們首先看見了漂浮在海面上的堅冰利牙，因此知道自己逐漸靠近了西爾卡瑞西海峽。阿門洲北方的陸地是彎向東，而東邊恩多爾⑨（也就是中土大陸）的海岸是彎向西，兩塊大陸之間有一道窄窄的海峽，外環海的冰冷海水與貝烈蓋爾海的波濤在此匯聚，這片區域充滿了嚴寒的濃霧，海流中處處都是互相撞擊的冰山，淹沒在水下的堅冰在撞擊中不停發出刺耳的吱嘎聲。這就是西爾卡瑞西海峽，至今尚無任何血肉之軀膽敢行走其間，除了維拉之外，只有昂哥立安走過。

因此，費諾只好暫停前進，一群諾多精靈開始爭辯他們現在該走哪條路。但是他們同時也開始嚐到寒冷的痛苦，凝滯的濃霧完全遮蔽了望見天空星辰的可能；有許多人開始後悔走這條路，開始低聲抱怨，尤其是那些跟隨芬國盼的人，他們咒罵費諾，認爲艾爾達所有的災難都是他引起

⑨恩多爾（Endor），昆雅語，意思是「中間的土地」。另見索引280。

的。費諾也知道群衆在竊竊私語什麼，他召聚他的兒子們一同商議；要逃離阿瑞曼去到恩多爾，他們看見只有兩條路可行——走過海峽，或搭船離去。不過他們認為穿過西爾卡瑞西是不可能的，而船隻又太少。在這段長程中他們失去了不少船隻，如今餘下的船數已不足以將全數的人一次都載運過海；可是又沒有人願意留在這寒冷的西邊海岸讓別人先渡海——遭人背叛的恐懼已經在諾多族中被喚起了。因此，費諾和兒子做了決定，他們將領著所有的船隻趁衆人不備之際突然出航；由於港口那場格鬥之後他們始終保持船隊的主控權，操控船隻的都是搏鬥後倖存的自己人。所以，當西北方吹起一陣強風，費諾一聲暗號，他就帶著所有他認為對自己忠心不二的人悄悄揚帆出海，迅速離開，把芬國盼一行拋棄在阿瑞曼。由於這段海峽不寬，船隻順著東南方向全部渡過了海峽，沒有損失，他們成為整支諾多族中最先登上中土大陸的人員；費諾一行人，最後在深入多爾露明⑩的專吉斯特狹彎登陸了。

當衆人都上了岸，費諾的大兒子梅斯羅斯——在魔苟斯以謊言離間衆人之前，他跟芬鞏本是多年好友——對他父親說：「現在你要分派多少船隻與槳手回去？你想先載誰過來呢？勇猛的芬鞏嗎？」

然而費諾大笑若狂，隨即大聲說道：「一個都不載！對我而言已經全員到齊，那些都是被我拋棄的人，事實證明他們只是一群累贅。就讓那些咒罵我的人，繼續咒詛我吧；讓他們一路哀嚎

---

⑩ 多爾露明（Dor-lómin），辛達語。位在露明山脈與米斯林山脈之間，是希斯隆的一部份。另見索引208。

回到維拉的籠子裡去！把船給我燒了！」費諾命眾人放火燒了帖勒瑞的白船，唯獨梅斯羅斯站在一旁不肯動手。因此，在專吉斯特灣口的羅斯加爾⑪，那曾經在大海上航行過的船隻中最美麗的一群，就這樣被焚燬了，猛烈可怖的大火燒紅了半邊天。芬國昐和他的人看到遠方雲端下閃爍不停的紅光，便知道他們遭到背叛了。這是「殘殺親族」與「諾多的厄運」所結的第一個苦果。

於是，芬國昐明白費諾將他們一行人棄於阿瑞曼，讓他們自生自滅，或充滿痛苦難堪地返回維林諾；但是現在他反而前所未有地想要尋路前往中土大陸，想要再次見到費諾。於是他和大批的跟隨者展開了一段漫長的悲慘跋涉，他們的勇敢與堅忍隨著艱困的環境與日俱增；別忘了他們是一群大有能力的子民，是一如．伊露維塔頭生的、不死的兒女，並且他們才剛剛離開蒙福之地，尚未隨著地球的衰老而疲乏。他們心中的火正旺，在芬國昐與他兒子並芬羅德與凱蘭崔爾的帶領下，他們有膽量深入酷寒的北方；最後，當他們發現前無去路時，他們堅忍不拔地渡過了可怕的西爾卡瑞西海峽與殘酷的冰山。諾多族精靈日後所立下的諸多功績中，少有超越這項在剛毅與痛苦中的涉渡。特剛失去了他的妻子埃蘭薇⑫，另外還有許多人喪命；當芬國昐終於踏上對岸的陸地時，跟隨他的人減少了許多。這些後來踏上岸的人，對費諾和他兒子們厭憎至深；他們在月亮第一次上升時，吹響了成功登上中土大陸的號角。

---

⑪ 羅斯加爾（Losgar），辛達語。另見索引487。

⑫ 埃蘭薇（Elenwë），昆雅語。她是凡雅族精靈。另見索引261。

第十章　辛達族精靈

如前所述，埃爾威和美麗安的力量在中土大陸不斷增強，所有居住在貝爾蘭的精靈，從瑟丹所帶領的水手，到越過吉理安河藍色山脈中漫遊的狩獵者，全都擁戴埃爾威為王；他的百姓用自己的語言稱他為伊盧·庭葛，「灰斗蓬君王」。

他們被稱為辛達精靈，貝爾蘭星光下的灰精靈；雖然他們屬於摩瑞昆第，但是在美麗安的教導與庭葛的統治下，他們成為中土大陸的精靈族中，最美麗、最有智慧與技藝最高超純熟的一群。

在第一時期終了，米爾寇被擒伏後，當地球處在全然和平的狀態，而維林諾的榮耀達到最高峰時，庭葛與美麗安的獨生女露西安誕生了。

雖然中土大陸絕大多數地方都臥在雅凡娜的沈睡中，但是在貝爾蘭，因著美麗安的力量，這地充滿了生命與喜樂，天空的繁星閃爍明亮如銀色的火焰；露西安出生在尼多瑞斯森林中，白色的寧佛黛爾花①盛放歡迎她，大地被這花妝點得猶如遍佈繁星。

在第二時期米爾寇被囚禁的那段期間，矮人越過了隆恩山脈，也就是藍色山脈，進入了貝爾蘭。他們自稱爲凱薩德人②，但是辛達精靈稱他們爲諾格林人③——「矮壯的人民」；或是剛希林人④——「岩石的大師」。諾格林人最古老的居住地在遙遠的東方，但他們在隆恩山脈的東邊，按著他們向來的習慣，在山中爲自己挖掘出許多壯觀的廳堂與府邸；這些城市，他們以自己的語言命名爲嘎比嘎梭爾⑤，以及塔姆薩哈爾⑥。位在北方多米得山⑦高地上的是嘎比嘎梭爾，精靈把它翻譯成自己的語言——貝磊勾斯特⑧，意即「大堡壘」⑨；位在南方的是塔姆薩哈爾，精

---

① 寧佛黛爾（niphredil），辛達語；一種細長莖的白色小花，只生長在尼多瑞斯森林與羅瑞安。另見索引591。

② 凱薩德人（Khazâd），矮人語；奧力創造了矮人之後爲他們取的名字。另見索引451。

③ 諾格林人（Naugrim），辛達語，意思是「矮壯的人民」，爲精靈最常用來稱呼矮人的名稱。另見索引570。

④ 剛希林人（Gonnhirrim），辛達語，意思是「岩石大師的子民」。另見索引356。

⑤ 嘎比嘎梭爾（Gabilgathol），矮人語。另見索引330。

⑥ 塔姆薩哈爾（Tumunzahar），矮人語。另見索引739。

⑦ 多米得山（Mount Dolmed），辛達語，意思是「頭濕濕的」。位在隆恩山脈的中央地帶。另見索引200。

⑧ 貝磊勾斯特（Belegost），辛達語，意思是「雄偉的堡壘」。另見索引116。

⑨ 原文是Mickleburg；mickle是蘇格蘭語，意思是「多」。另見索引521。

靈稱它爲諾格羅德⑩，意思是「中空的堅固城」⑪。矮人所鑿建過最偉大的都城是凱薩督姆，德洛戴爾夫⑫，精靈語稱之爲哈松隆德⑬，日後當它落入黑暗中時被稱爲摩瑞亞；不過它遠在迷霧山脈中，得先越過幅員廣大的伊利雅德才能到達，對艾爾達精靈而言，那只是藍色山脈地區的矮人口中所傳述的一個名稱而已。

諾格林人從諾格羅德城及貝磊勾斯特堡來到貝爾蘭；精靈看到他們眞是驚訝萬分，因爲一直以來，精靈相信中土大陸所有的生物中，只有他們能用語言交談，能用雙手工作，其餘的一切生物若不是飛鳥就是走獸。不過諾格林人所講的話精靈一句也聽不懂，他們的語言在精靈聽來十分笨重累贅，很不悅耳；只有極少數的艾爾達精靈學會講矮人語。相反的，矮人學得很快；事實上，他們學精靈語的意願遠遠大過教異族人說他們自己語言的意願。除了艾莫斯谷的伊歐以及他的兒子梅格林之外，只有少數幾位精靈去過諾格羅德城及貝磊勾斯特堡；但是矮人絡繹不絕地往來於貝爾蘭，他們築了一條大道穿越多米得山的山腰下，大道順著阿斯卡河⑭前進，在薩恩渡口⑮，也就是「碎石渡口」，越過吉理安河，這裡日後是一場大戰的戰場。諾格林人與艾爾達精

---

⑩ 諾格羅德城（Nogrod），辛達語，意思是「矮人的住所」。另見索引595。
⑪ 原文是Hollowbold。另見索引423。
⑫ 德洛戴爾夫（Dwarrowdelf），也就是凱薩督姆。另見索引221。
⑬ 哈松隆德（Hadhodrond），辛達語，意思是「凱薩德人挖鑿的」。另見索引381。
⑭ 阿斯卡河（River Ascar），辛達語，意思是「奔騰的，猛烈的」。另見索引90。
⑮ 薩恩渡口（Sarn Ahtrad），辛達語。另見索引665。

靈之間的友誼向來冷淡，雖然雙方都從彼此的來往中獲得不少利益；但那時橫亙於彼此之間的嫌隙尚未產生，國王庭葛對他們仍然十分歡迎。不過諾格林人後來對諾多族比對任何其他的精靈與人類都更友好，因爲他們崇敬與深愛奧力，並且在他們看來，諾多族所打造的珠寶遠勝過所有其他的財富。當阿爾達還陷在黑暗中時，矮人就已經展開了浩大的工程，即便是在他們先祖的初期年歲裡，他們就對金屬以及岩石擁有精湛傲人的技巧；不過在那段遠古的年日裡，他們喜歡打造的材料是銅和鐵，而非金銀。

另一方面，身爲邁雅的美麗安，自然極有遠見；當第二時期米爾寇遭囚禁的日子滿了之後，她告訴庭葛，阿爾達不會永遠處於和平狀態。因此，庭葛開始思考如何將他的住處造得更像君王的居所，如果邪惡再度在中土大陸醒來，他將需要一個更堅固的住處；於是他尋求貝磊勾斯特堡矮人的建議與幫助。他們十分樂意幫忙，因爲他們彼時的精力仍然充沛，急於展開各樣的新工作；由於矮人向來對他們所做的一切都要求報酬，無論他們是做得高興還是辛苦，在這段時期他們都還是拿得到酬勞。美麗安教導他們許多的事，他們熱切地學習，而庭葛用許多美麗的珍珠來酬謝他們。這些珍珠是瑟丹給他的，巴拉爾島的淺水海域中有極多的珍珠；不過諾格林人從未見過這樣的東西，他們將之視爲珍寶。這些珍珠中有一粒大如鴿蛋，在大海的泡沫中閃耀如明星；它被命名爲寧佛羅斯⑯，貝磊勾斯特堡的矮人首領認爲它的價值勝過金山銀山。

---

⑯寧佛羅斯（Nimphelos），辛達語，意思是「雪白的」。另見索引588。

因此，諾格林人高高興興地爲庭葛辛勤工作了許久，爲他建造住所，按照自己族人的風俗在大地的懷抱中挖鑿出許多深廣的洞穴。在伊斯果都因河⑰穿越的尼多瑞斯森林與瑞吉安森林的中央，有一座隆起的岩石山丘，河流正好從山腳下流過。諾格林人在那裡爲庭葛做了宮殿的大門，他們在河上築了一座石橋，那是整座宮殿的唯一出入口。進了大門之後有無數寬敞的長廊通到許多又高又廣的廳堂與各種舒適的房間，這無數深廣偉大的空間都是自大地的岩石中鑿削出來的，因此這座宮殿被稱爲明霓國斯，意思是「千石窟宮殿」。

在挖鑿興建的過程中，精靈也出了不少力；按照美麗安記憶所及大海對岸維林諾的美妙麗景，精靈和矮人各展所長，一起合作建造了這座宮殿。明霓國斯中所有的廊柱都是按著歐羅米的山毛櫸樹的模樣鑿削出來的，樹幹、樹枝、樹葉一一延展，廊柱上方掛滿一盞盞的黃金燈籠。夜鶯在其間飛翔歌唱，彷彿身居在羅瑞安的森林中一般；另外還有許多銀色的噴泉，大理石的水盆，地板上鋪著彩色的石子。每一面牆上都雕刻著各種野獸與飛鳥，牠們也攀爬在廊柱上，或出現在繁花盤繞的枝枒間。隨著年歲過去，美麗安與衆仕女織繡了各樣的織錦掛在許多牆上，織錦上記載著維拉的事跡，以及阿爾達自開天闢地以來所發生的許多事，還有將要發生之事的陰影。明霓國斯，是大海東方有史以來任何君王所曾擁有過最美麗的居所。

當明霓國斯興建完成，庭葛和美麗安的王國一片祥和太平，諾格林人依然不時越過山脈頻繁

---

⑰伊斯果都因河（Esgalduin），辛達語，意思是「簾幕的河流」。另見索引301。

往來在這片土地上；但是他們很少去到法拉斯，因爲他們討厭大海的聲音，害怕看到海洋。貝爾蘭有許久沒有聽到任何外面世界的消息或傳言。

當米爾寇的囚禁時期接近尾聲時，矮人開始愁煩苦惱，他們向庭葛報告說，維拉並未將北方的邪惡整個斬草除根，那些殘留的餘孽長久以來在黑暗中不斷繁殖，如今他們再次在荒野裡出沒，遊蕩的範圍愈來愈廣。「在山脈東邊的土地上出現了許多兇殘的野獸。」他們說：「你們自古以來居住在那裡的親族，如今都從平原逃到山丘上去了。」

沒多久，那些邪惡的東西或攀越山脈，或從南方穿過黑暗的森林，來到了貝爾蘭。有大群的野狼，或長著野狼的模樣卻直立行走的怪物，以及其他陰暗的兇殘生物；在牠們當中還伴隨著不少的半獸人，他們後來摧毀了貝爾蘭，但這時他們的數量還不是很多，也十分機警，他們細心探查這片土地，等候主人歸來。因此，他們幾時在這地出沒，他們是群什麼樣的生物，精靈都不清楚，甚至以爲他們大概是在荒野中漸漸變壞了或變野蠻了的亞維瑞；他們這種猜測，距離眞相可說只差一步。

因此，庭葛開始考慮製造武器，在此之前他的子民從來不需要武器，而首批武器是諾格林人爲他打造的；諾格林人打造金屬的技藝卓絕，不過他們當中沒有一人的本領超越諾格羅德城中的工匠，那些工匠中最有名的鑄鐵大師是鐵爾恰⑱。諾格林人自古以來就像一群戰士，他們會凶猛

---

⑱ 鐵爾恰（Telchar），辛達語。另見索引713。

地對抗任何迫害他們的敵人，不論對方是米爾寇的僕役，是艾爾達精靈或亞維瑞精靈，是野獸，還是跟他們同種族的其他城市與領主治下的矮人。事實上，辛達精靈很快就學會了他們的鑄鐵技術；唯獨煉鋼的技術矮人是獨冠群雄，就連諾多精靈也無法勝過他們。至於用鐵環編製的鎖子甲，最先發明的是貝磊勾斯特堡的鐵匠，他們打造的本領與成品，向來沒有對手。

因此，這時期的辛達族精靈已經有了良好的武器配備，他們趕逐了所有的邪惡生物，大地又再度恢復了平靜；不過庭葛的兵器庫裡藏滿了大斧、銳箭和利刃，還有高高的頭盔，以及長長的雪亮鎧甲。矮人所造的鎖子甲不會銹爛，始終嶄新閃亮如剛剛打磨好的一般。這一點，隨著時間過去，在庭葛的兵器庫裡得到了證明。

如前所述，西遷的艾爾達精靈中，由歐威所帶領的帖勒瑞族在走到中土大陸西邊土地的邊界大河旁時停了下來，那時藍威帶領部分族人離開了他們。這群由藍威所帶領順著安都因河而下的南多精靈，很少人知道他們的下落。據說，他們有一部分在大河峽谷的森林中居住了許久的年日，有一部分在繼續前進了許久之後，終於到達大河的河口，傍海而居；還有一些則是越過了寧瑞斯山脈⑲，也就是白色山脈，再次向北走，進入了位在隆恩山脈與遠方迷霧山脈之間的伊利雅

⑲ 寧瑞斯山脈（Ered Nimrais），辛達語，意思是「白色號角山脈」。這座白雪覆蓋的山脈是剛鐸王國的屏障，從米那斯提力斯城西邊延伸直達海濱；在第三紀元時是驃騎國與剛鐸兩國人民的避難所，登哈洛與聖盔谷都位在其中，亞拉剛所走的「亡者之道」便是穿越這座山脈。另見引293。

德荒野。如今這些居住在森林中的百姓沒有鐵製的武器，來自北方的兇殘野獸令他們十分恐懼，就如諾格林人在明霓國斯向國王庭葛所報告的一樣。因此，藍威的兒子丹耐索在聽到庭葛的強大與威嚴，以及他統治下的國家充滿和平時，便起來盡他所能地召聚了分散四處的百姓，帶領他們越過山嶺進入了貝爾蘭。庭葛歡迎他們，彷彿見到久別歸來的失散親人，於是他們在歐西瑞安⑳，也就是「七河流域」，住了下來。

在丹耐索來了之後，又過了很長一段的平靜歲月，其間很少有特別要記述的事。據說，在這段時期，庭葛國中最有學問的大師，宮廷詩人戴隆㉑發明了文字符號；那些常來找庭葛的諾格林人學會了這些文字符號，他們對這項發明讚嘆喜愛不已，認爲戴隆的本事高過所有他同族的辛達精靈。藉由諾格林人，「色斯文」㉒越過了山脈傳到東方，被許多不同的人民習得。但是辛達族很少使用文字來記錄他們的事蹟，直到戰亂四起，許多沒有記載成文的事蹟，都隨著多瑞亞斯的毀滅從此永遠消逝了。但是在一切結束之前，燦爛的歡樂生活是不怎麼需要述說的，因爲一切美麗又令人讚嘆的事物還在眼前之際，它們本身就是歷史紀錄，唯有當它們陷入危險，或永遠毀壞了，才以歌謠的形式流傳了下來。

在太平歲月中的貝爾蘭，精靈四處行走，河流潺潺不息，繁星在天空閃爍，夜間的花朵散放

⑳歐西瑞安（Ossiriand），辛達語，意思是「七河之地」。另見索引622。
㉑戴隆（Daeron），辛達語，意思是「陰影」。另見索引181。
㉒色斯文（Cirth），辛達語，意思是「符文」。另見索引170。

香氣；美麗安的美如日中天，露西安的美則像春日的黎明。貝爾蘭的國王庭葛坐在他的寶座上，猶如偉大的邁雅，他的國勢蒸蒸日上，他們的歡樂如同可讓他們天天呼吸的空氣，他們的想像力如潮水般上天下地毫無阻攔。偉大的歐羅米仍然不時前來貝爾蘭，如風般馳騁在山巒間，他的號角聲在星光下遠傳數十哩，精靈們對他燦爛威嚴的容貌與納哈爾急馳時所發的大響聲，都感到十分畏懼；不過他們清楚知道，每當維拉羅瑪的聲音在群山間迴盪時，所有邪惡的東西都會嚇得飛奔而逃。

然而，好景不常，維林諾的盛世步向了黃昏。如前所述，米爾寇在昂哥立安的幫助下，殘害了維拉的雙聖樹，隨即逃返中土大陸；這件事被記載在史書中，也在許多歌謠中傳唱，為眾人所知。在中土大陸北方，魔苟斯和昂哥立安大起內訌，魔苟斯痛苦大喊的回聲穿越了貝爾蘭，令其間居民驚恐瑟縮不已；即使他們無法預知前面會發生什麼事，也已經聽到了死神的聲音。在那之後沒多久，昂哥立安就從北方逃到了庭葛國王的領土上，她的四周環繞著充滿恐怖的黑暗；但因著美麗安的力量，她被阻擋在外，進不了尼多瑞斯森林，而在多索尼安高地南邊懸崖下的陰影中居住了很長一段年日。該地區於是成了人們所知的戈堝洛斯山脈，「恐怖山脈」，沒有人敢經過那地或直接穿越它們；所有的生物與光線來到該處都會窒息而死，那裡所有的流水都含有劇毒。另一方面，如前所述，魔苟斯回到了安格班，將它修建一新，並在新堡壘的出口上方堆疊了不斷發出濃臭煙霧的安戈洛墜姆。魔苟斯堡壘的出入口，距離明霓國斯的橋有一百五十里格㉓——說遠是夠遠，但以威脅度而言卻又實在是太近了。

如今半獸人在黑暗的地底以倍數繁殖成長，既強壯又兇殘，黑暗的主人使他們的內心裡充滿了對破壞和死亡的貪慾；他們從安格班的門洞蜂擁而出，在魔苟斯的黑雲掩護下，悄悄進入了北方高地。於是，突然之間貝爾蘭遭到大軍入侵，攻擊國王庭葛。在庭葛寬闊的國土上，許多精靈自由自在地四處漫遊，或有三兩親族寧靜定居，但每一戶也相距甚遠；唯有位在中央地區的明霓國斯及其四周，以及遠方水手的家鄉法拉斯，才有大批聚居的精靈。來勢洶洶的半獸人南下攻擊明霓國斯的兩側，東邊包括克隆河㉔和吉理安河之間的住戶，西邊從西瑞安河到那羅格河的平原，他們的燒殺擄掠既狠又廣；庭葛被切斷了跟瑟丹的聯繫，瑟丹遠在伊葛拉瑞斯特。因此，庭葛召喚丹耐索；精靈們全副武裝從埃洛斯河㉕對岸的瑞吉安森林以及歐西瑞安地區趕來，在貝爾蘭展開了第一場戰役。半獸人的東路大軍最後被精靈所組的軍隊擊潰，在安德蘭㉖峭壁的北邊以及埃洛斯河與吉理安河之間的半途上被殲滅，僥倖逃過大屠殺的半獸人，在向北逃竄時又遭到來自多米得山諾格林人的斧頭攔截，最後能逃回安格班的實在寥寥無幾。

㉓約等於二百五十公里。里格（league）是舊時的長度單位，一里格約是三英里或五公里。

㉔克隆河（Celon），辛達語，意思是「從高地流下的溪流」。另見索引165。

㉕埃洛斯河（Aros），辛達語。在多索尼安南邊向西流，在艾林優歐注入西瑞安河。另見索引83。

㉖安德蘭（Andram），辛達語，意思是「很長的牆」。另見索引43。

但是精靈也爲這場勝利付出了昂貴的代價。來自歐西瑞安的精靈都只有輕巧的武器，與身著鐵靴、鐵盾，拿著銳利長矛或寬刃大刀的半獸人大軍相比，他們根本不是對手，丹耐索和他最親近的扈從被包圍在伊瑞伯山㉗上，退路都被斷絕，在庭葛的大軍趕到之前，他們均已力戰至死。庭葛爲丹耐索狠狠地報了仇，精靈的大軍從半獸人後方殺來，被殺的半獸人屍體堆積如山。丹耐索的子民深深哀悼他，沒有再立任何新的王。在這場戰役之後，少數歸回歐西瑞安的精靈，帶回去的消息令殘餘的百姓充滿了恐懼；因此，從此之後，他們再也不加入任何公開的戰役，而是機警、秘密地度日。因此他們又被稱爲萊昆第㉘，「綠精靈」，因爲他們總是穿著葉綠色的衣服。他們當中有許多往北進入了庭葛設有防衛的疆域，跟庭葛的子民融合在一起。

當庭葛回到明霓國斯後，得知西方的半獸人大軍獲得了勝利，瑟丹及其族人被逼到了大海的邊緣。於是他撤回所有他召命能及之處，駐守在尼多瑞斯森林與瑞吉安森林的堡壘中的子民，美麗安也進一步以她的力量在整個區域四周築起一道看不見的、充滿迷惑與陰影的牆——美麗安的環帶㉙；從此以後，沒有任何人可以在違反她或國王庭葛的意願下進入他們的王國，除非這人的

㉗ 伊瑞伯山（Amon Ereb），辛達語，意思是「孤山」。伊瑞伯在戰略地理位置上十分重要，它是東貝爾蘭最南端的防禦地，可監視吉理安河，又守住進入都因那斯森林的北邊入口。另見索引27。

㉘ 萊昆第（Laiquendi），昆雅語，意思是「綠精靈」。另見索引458。

㉙ 原文是 the Girdleof Melian，類似我們今天用磁場建立起來的防護牆，但這牆本身是一個空間，闖入的人會迷失在當中。

力量比邁雅美麗安更強大。這片被圍守起來的區域，自古以來一直被稱為伊葛拉多㉚，但從此之後便被稱爲多瑞亞斯㉛，「守護的王國」，環帶之地。在這環帶的內部，還保有警戒中的安寧生活；環帶之外，處處充滿了危險與恐懼，魔苟斯的僕役四處遊蕩，除了設有防衛的法拉斯海港以外，他們四處任意而行。

不過新的情況就快要出現了，中土大陸無人事先預見，不論是窩在其洞穴中的魔苟斯，還是高坐在明霓國斯中的美麗安，都沒有料到；因爲自從雙聖樹死亡之後，就再也沒有任何消息自阿門洲傳來，不論是藉由傳信的使者，還是藉由神靈，或者藉由夢境。就在這同一個時刻，費諾駕著帖勒瑞的白船渡過了大海，在專吉斯特灣口登岸，並且在羅斯加爾放一把火，燒掉了所有的船。

㉚ 伊葛拉多（Eglador），辛達語，意思是「被拋棄之地」。另見索引238。
㉛ 多瑞亞斯（Doriath），辛達語，意思是「圍起來的地」。另見索引206。

第十一章 日月的出現與維林諾的隱藏

據說，在米爾寇逃走之後，眾維拉在判決圈的寶座上沈坐不動了許久；但他們不是像費諾在心思愚昧時所宣稱的，坐在那裡閒懶發呆。對於許多事情的處理，維拉們可以只動腦而不動手，他們不需要開口就能互相交流彼此的思想。因此，在黑暗的維林諾中他們徹夜不眠，他們的思維來回穿梭在一亞之中，直到宇宙的盡頭；但是沒有任何力量或智慧，能減輕他們在親眼目睹邪惡存在的那一刻所湧起的深切悲傷。他們哀悼費諾的折損猶勝哀悼雙聖樹的死亡，費諾的折損是米爾寇惡行中最邪惡的一件。費諾是所有伊露維塔創造的兒女中，不論是心智還是體魄，都是最偉大的，他是最英勇、最有耐力、最俊美、最聰明、最有才能、精力最充沛、心思又最敏銳精細的一位，在他的魂魄之中燃有一把烈焰。他為增添阿爾達的榮華光彩而創作出的美妙作品，大概只有曼威構想得出來。根據同樣不眠不休守在維拉身邊的凡雅精靈說，當報信的使者向曼威回報費諾的回覆時，曼威忍不住低頭落淚。不過，當聽到費諾的最後一句話：至少諾多族所創下的功績將在歌謠中傳頌千古時，曼威抬起頭來，彷彿聽到了暮鼓晨鐘，於是他說：「理當如此！這些歌謠可花了昂貴的代價，不當等閒視之，因爲都是無價之寶。就像一如曾經告訴我們的，那不包含在我們先前構思孕育中的美，將被帶入一亞，如此一來，邪惡的存在反倒是好的了。」

不過曼督斯說：「但邪惡依舊是邪惡。對我而言，費諾很快就要來報到了。」

最後，當維拉們得知諾多精靈確實已經離開阿門洲，返回中土大陸，於是他們起身，開始將彼此所商討的，對米爾寇的邪惡所造成的破壞種種補救措施付諸行動。曼威要求雅凡娜與妮娜施展她們在生長與醫治上所擁有的一切力量，於是她們盡其所能挽救雙聖樹。然而妮娜的眼淚仍然無助於它們致命的創傷；有好長一陣子，雅凡娜獨自在陰影中吟唱。就在一切希望都破滅，雅凡娜的歌聲也難以爲繼時，終於，泰爾佩瑞安那光禿禿的樹枝上開出了一朵巨大的銀花，而羅瑞林也結出了一顆金色的果子。

雅凡娜摘下它們，然後雙聖樹就死了，它們那完全枯槁的樹幹依然站立在維林諾，紀念消逝了的歡樂。雅凡娜將花朵與果實交給奧力，同時曼威也封它們爲聖，奧力和他的手下製造了可以承載它們及保存它們燦爛光芒的飛船；這件事記載在納熙立安①，也就是「日月之歌」當中。維拉將這兩艘船給了瓦爾妲，盼望它們能夠成爲天空的明燈，比古老的衆星更明亮，也更靠近阿爾達；她給它們力量橫越伊爾門②較低的地區，設定它們航行在環繞地球上空的軌道，從西到東，然後復返。

① 納熙立安（Narsilion），昆雅語，意思是「日與月」。另見索引567。

② 伊爾門（Ilmen），昆雅語，意思是「上方」。指繁星所在的外太空。另見索引434。

衆維拉做了這些事，這讓他們憶起了許久之前一片黑暗的阿爾達；如此一來，他們解決了中土大陸的照明問題，同時也用光來攔阻米爾寇的做爲。他們仍然記得那群在甦醒後依舊住在水邊的亞維瑞精靈，同時也沒有完全棄絕流放在外的諾多族；還有，曼威知道人類來臨的時刻近了。據說，正如當初維拉是爲了昆第的緣故而向米爾寇宣戰，如今他們是爲了伊露維塔年幼的兒女——希爾多③，也就是「繼之而來者」——的緣故而克制自己。由於希爾多是會死的，在承受恐懼與動亂上比昆第來得弱，上次攻打烏塔莫的過程，給中土大陸帶來了極其嚴重的破壞，衆維拉害怕再次興師問罪會造成比上次更壞的結果。此外，人類會從北方、南方、還是東方起源，曼威也沒有得到啓示。因此，維拉造了光源，另一方面，他們鞏固自己居住的家園。

光輝的伊希爾④，古老的凡雅精靈如此稱呼月亮，那朵維林諾的聖樹泰爾佩瑞安所開的最後一朵花；而太陽，那顆羅瑞林所結的果子，他們稱之爲燦爛的雅納⑤。但是諾多精靈卻稱它們爲反復無常的瑞娜⑥，以及烈火之心維沙⑦，一個喚醒與消耗的記號；因爲太陽的出現，表示了人類的興起以及精靈的衰微，但月亮卻珍藏著他們的記憶。

---

③希爾多（Hildor），昆雅語，意思是「跟隨者、後來者」。另見索引413。

④伊希爾（Isil），昆雅語，意思是「銀色的光輝」。另見索引445。

⑤雅納（Anar），昆雅語。另見索引38。

⑥瑞娜（Rána），昆雅語，意思是「漫遊者」。另見索引641。

⑦維沙（Vása），昆雅語，意思是「消耗者」。另見索引780。

維拉從邁雅當中選了一位名爲雅瑞恩⑧的少女來導航承載太陽的飛船，又選了另一位青年提里昂⑨來航行月亮。當雙聖樹仍在的年日，雅瑞恩在威娜的花園中照顧金色的花朵，她以羅瑞林燦爛的露珠來澆灌那些花；提里昂則是跟隨歐羅米的獵手，他有一把銀色的弓。他熱愛銀色，當他休息的時候，他會離開歐羅米的森林，前往羅瑞安，躺在伊絲緹的水池旁作夢，浸沐在泰爾佩瑞安搖曳的銀光中。因此，他請求維拉給他這項工作，讓他永遠照顧銀聖樹的最後一朵花。少女雅瑞恩比他更有力量，她之所以獲選，是因爲她既不怕羅瑞林的熱焰，也不會被這些熱焰所傷；從一開始她就是一位火焰的神靈，米爾寇欺騙不了她，也沒辦法把她拉到自己的陣營裡。雅瑞恩的雙眼極其明亮，就連艾爾達精靈也無法直視其雙目；離開維林諾之後她便拋棄了所穿的肉身形體，她的本質猶如一股赤裸裸的烈焰，她那強烈的燦爛光輝極具可畏。

如同雙聖樹中的泰爾佩瑞安，伊希爾首先完成並上升到衆星領域中，是兩個新光源中，較長的光源。於是，有好一陣子，這世界有月光，許多雅凡娜安排沈睡的事物紛紛甦醒騷動起來。魔苟斯的僕役對這新光源感到驚詫不已，但在中土大陸的精靈卻歡喜雀躍地仰望這光。就在月亮從西方上升到黑暗之上的同時，芬國昐吹響了他的銀號角，率衆踏上了中土大陸，大隊人員的陰影投在前面顯得又深又長。

在雅瑞恩的飛船造好之前，提里昂已經橫越天空七次，到達最遠的東方。然後，雅納在榮耀

---

⑧雅瑞恩（Arien），昆雅語。另見索引79。
⑨提里昂（Tilion），昆雅語，意思是「號角」。另見索引727。

中升起，第一次的黎明日出像是在佩羅瑞的山巔上燃起了大火，中土大陸所有的雲層都被點燃了，空氣中充滿了瀑布流水的聲音。對此，魔苟斯確實大爲驚駭，並且從此退入安格班最深一層的洞穴裡，他召回所有的僕役，同時施放出更多更濃重的煙氣與烏雲來遮蔽他的領土，以免受到這顆白日星辰的照耀。

如今瓦爾妲計畫這兩艘飛船應當行經伊爾門，在大地的上方出現；它們應當分別從維林諾出發，向東航行，然後返回；當一個從西方出發時，另一個就從東方回頭。因此一開始日子的交替是依雙聖樹的計日方式計算，從雅瑞恩與提里昂經過地球中央上空的航道，光源交織的時刻開始。不過提里昂相當任性，不但前進的速度不一定，同時還不按照指定的路線走；他被雅瑞恩的燦爛光輝所吸引，總是想辦法要靠近她一點，然而雅納的火焰燒著了他，於是月船的甲板變黑了。

由於提里昂的反覆無常，更因爲羅瑞安與伊絲緹的懇求，他們說睡眠與歇息已經被驅離了地球，天空的繁星也都變得黯淡無光；於是瓦爾妲改變了她的規畫，讓世界在某一段時辰裡依然擁有陰影與柔光。因此，雅納會在維林諾休息一陣子，躺在外環海的清涼懷抱中；於是日落的黃昏時刻便成爲阿門洲最明亮與歡樂的時刻。不過太陽很快就會被烏歐牟的屬下拉下海去，然後匆匆行經地球的下方，再次來到東方爬上天空，以免黑夜過長，讓邪惡在月光下四處橫行。因著雅納的緣故，外環海的海水變熱了，並且熾燃著彩色的火焰，這也使得維林諾在雅瑞恩離開之後，仍然享有一陣子的光亮。不過當她行經地球下方，朝東方前去時，光芒漸漸消逝，維林諾又是一片朦朧，這時維拉會分外悼念羅瑞林的死亡。東方的黎明，只會讓防衛山脈的陰影重重地壓在蒙福之地上。

瓦爾妲命令月亮以同樣的方式航行，從地球下方經過後再從東方升起，不過唯有在日落之後他才能出來。然而提里昂的步調還是像過去一樣快慢不一，並且本性難移，依舊一直想要靠近雅瑞恩；因此，他們經常被看見同時出現在地球的上方，有時候他靠得太近，他的陰影甚至遮蔽了她的亮光，以致日正當中的時刻竟出現了一片黑暗的情況。

從此之後，維拉以雅納的來去計算日子，從當時直到世界改變之日。提里昂很少停留在維林諾，他總是匆匆越過西方大地，匆匆越過阿維塔、阿瑞曼或維林諾，一頭栽進外環海外的裂罅裡，獨自拼命趕往阿爾達根基中的巨大巖穴，然後在那裡徘徊晃蕩許久，直到很晚了才回來。因此，在長夜過後，維林諾的光源仍舊比中土大陸的更燦爛美麗；因爲太陽在那裡休息，天空的光在該地區最接近地球。但不論是太陽還是月亮，都無法召回那古老的光芒，那種雙聖樹在被昂哥立安毒害之前所發出的光輝。那光如今單單活在精靈寶鑽裡。

不過魔苟斯痛恨這新的光源，並且有好一陣子因爲未曾預料到這股來自維拉的重擊而惶惶然。他決定攻擊提里昂，派出黑暗的神靈對付他，於是在眾星軌道下方的伊爾門發生了戰鬥；不過提里昂打了勝仗。對於雅瑞恩，魔苟斯更是膽顫心驚，就連靠近她都不敢，因爲他已經失去力量了；當他變得愈來愈兇狠惡毒，同時不斷將邪惡灌輸到他以欺騙虛謊所孵育出來的邪惡生物後，他那強大的能力就分散進入到他們身上去了，他自己也因此受到大地更大的挾制，不願離開他那黑暗的堅固堡壘出到外面去。他用陰影來隱藏自己和他的僕役，不被雅瑞恩照見，就連她的輕輕一瞥他們都無法忍受；所以，他所居住的地方，從此終年覆蓋著濃臭的煙氣與烏雲。

看到魔苟斯對提里昂發動的攻擊，維拉們開始不安，不知魔苟斯還會想出什麼更兇狠惡毒的方式來對抗他們。他們至今依然記得奧瑪倫的毀滅，所以不願在中土大陸向他開戰；但他們也下定決心，絕不讓同樣的情況發生在維林諾。因此，他們費時重新加強這片土地的防衛，他們將北、東、南三個方向的佩羅瑞山牆增高到最險峻的地步；山脈朝外的一面被打造得極其黝黑光滑，沒有任何可以立足攀爬之處，所有高大的懸崖表面都如玻璃般難以攀爬，每座山峰的頂端都覆蓋著白色的堅冰，永不睡覺的神靈日夜看守著它們，整座綿延的山脈上，除了卡拉克雅，沒有任何的通道。維拉們沒有封死卡拉克雅，因爲艾爾達仍然忠心，並且在山脈的深谷中，綠丘上的提理安城裡，費納芬仍然統治著餘下的諾多精靈。此外，整個精靈種族，包括凡雅族和他們的王英格威，每隔一陣子就必須呼吸到隨風吹越大海而來的故鄉的空氣；同時，維拉也不願把帖勒瑞精靈完全隔絕在外，使他們見不到其他兩族的同胞。因此維拉在卡拉克雅設下了堅固的瞭望塔與許多崗哨，並且在面對沃瑪爾平原的出口處設下了重兵，因此，沒有任何的飛鳥、走獸、人類、精靈，或其他任何居住在中土大陸上的生物，可以通過這樣的重重關卡。

與此同時，就如歌謠「努爾塔力．維林諾瑞瓦」——維林諾的隱藏——所說的，維拉們佈下了魔法島嶼，環繞這些島嶼的海域從此充滿了陰影與迷惑。這些島嶼從北到南呈帶狀像網子般分佈在陰影海域上，在孤獨之島伊瑞西亞前方，向西航來的船隻，只有一艘曾經抵達。很少有船隻能夠從島嶼之間穿過，危險的激流浪濤終年不息地打在漆黑岩石上，發出可怕的聲音，也使整片海域覆蓋著迷霧。水手航行到這裡，在迷濛微光中常會感覺極大的疲倦襲來，同時也對這片海域產生強烈的厭惡；而所有踏上島嶼的人都落入了沈睡當中，他們會永遠沈睡，直到世界改變。於是，就如曼督斯在阿瑞曼向他們所預言的，蒙福之地將對諾多精靈關閉；日後許多向西航行而來的使者，沒有一個能踏上維林諾——只除了歌謠中所傳述過的，那位最偉大的航海家。

第十二章　人類

眾維拉如今在山脈後安靜度日，由於他們已經給中土大陸帶來了光源，從此以後他們對它不聞不問了很長一段歲月；魔茍斯對那片大地的統治奴役，除了英勇的諸多精靈外，沒有遭逢任何的挑戰。維拉當中只有烏歐牟始終念念不忘那群流放者，他透過地球上所有的水源來蒐集他們的消息。

從以太陽計年開始，如今已過了四年了。太陽年既快又短，比在維林諾以雙聖樹來計算的年日短太多了。同時，中土大陸的空氣開始因為萬物的生長與死亡而變得沈重凝滯，一切事物的變化與老化更是匆促非常。在阿爾達的第二個春天裡，土壤與水中充滿了生命，艾爾達精靈的數量增加了，在嶄新的太陽的照耀下，貝爾蘭一片青蔥翠綠，景色宜人。

在第一次旭日上昇的時刻，在中土大陸的東方地區，伊露維塔年幼的兒女在希爾多瑞恩①甦醒了；由於第一次的日出是在西方，人類張開的雙眼於是都轉往那個方向，他們的雙腳在地球上漫遊時，也最常朝那個方向遊蕩。艾爾達精靈稱他們是亞塔尼②，「第二種人民」；另外又稱他們爲希爾多，意思是「跟隨者」，此外他們還有許多的名字：阿佩諾納③，「後出生的」；英格沃④，「生病的」；以及費瑞瑪⑤，「會死的」。精靈又稱他們是篡奪者、異鄉人、變幻難測的、自我咒詛的、暴虐的、怕黑夜的、以及太陽的孩子。這裡的故事中很少提到關於人類的事，除了少數一些人類的先祖，也就是亞塔納泰瑞⑥，在日月年之始遊蕩進入世界北方的情形外，主要記載的都是遠古時候，在人類逐漸興盛與精靈逐漸衰微之前的事蹟。在希爾多瑞恩，沒有維拉來引導人類，也沒有召命叫他們移居到維林諾。人類害怕而非喜愛維拉，他們不明白這些大能者行事的目的，人類跟這些神靈不和，跟世界也爭鬥不休。但是烏歐牟還是考慮到他們，並且按著曼威的意思幫助他們；他的使者常常藉著流水拜訪他們。但是人類不知道如何聽取流水的聲音，他們沒有這樣的本領；在他們與精靈來往之前，他們這方面的本領還更差。因此他們雖熱愛流

① 希爾多瑞恩（Hildórien），昆雅語，意思是「希爾多之地」。另見索引414。
② 亞塔尼（Atani），昆雅語，意思是「次的」。另見索引95。
③ 阿佩諾納（Apanónar）昆雅語。另見索引63。
④ 英格沃（Engwar），昆雅語。另見索引281。
⑤ 費瑞瑪（Fírimar），昆雅語。另見索引320。
⑥ 亞塔納泰瑞（Atanatári）昆雅語，意思是「人類的祖先」。另見索引94。

水，為之心情激動，但卻完全聽不懂水中的訊息。據說，他們沒有多久就在許多地方遇見了黑精靈，而對方也待他們十分友善；於是人類成了這群古老子民的同伴與學徒，他們是四處漫遊的精靈，從未踏上過維林諾，維拉對他們而言，只是一個遙遠的名字與傳說。

這時魔苟斯回到中土大陸的時間還不算長，勢力範圍擴張得還不是很遠，此外他還忙於調查突然出現的亮光。因此，大地與山巒仍然相當平靜，沒什麼危險；到處有新的事物，是雅凡娜在遠古之前發明並在黑暗中種下的，這時終於生長發芽，盛開繁花。人類的兒女向西、向北、向南散佈，四處漫遊，他們的快樂是清晨露珠未乾之時的快樂，當時每一片葉子都是青翠碧綠的。

然而黎明短暫，白晝經常辜負了它應許的明媚時光；北方各支力量展開大戰的日子近了，當諾多精靈和辛達精靈聯合人類一同起來攻擊魔苟斯．包格力爾⑦的大軍時，這片土地在連年戰爭中終於整個毀滅了。在這一切結束之前，魔苟斯在古時所播下的奸詐謊言，以及他無時不在敵人當中撒下的新謊言，加上費諾的誓言與澳闊隆迪那場殘殺所招致的咒詛，都在激烈運作。這些年歲當中所發生的事，在此只會提到一部分，並且絕大多數是關於諾多精靈、精靈寶鑽以及與他們的命運糾纏在一起的人類。那時候人類與精靈在身材體能各方面都十分相似，不過精靈更美麗、更有智慧，以及擁有更多的才能；而那些曾經居住在維林諾，與大能者相處過的精靈，他們的美麗、智慧與才能又遠遠超越了黑精靈，就如黑精靈在這些方面大大超越了會腐朽的人類一樣。中

⑦包格力爾（Bauglir），辛達語，意思是「壓迫者」；貝爾蘭地區的精靈給魔苟斯取的別名。另見索引113。

土大陸的精靈中，只有那些居住在多瑞亞斯的辛達精靈，因著他們王后美麗安與維拉同族，所以他們幾乎可與來自蒙福之地的卡拉昆第相比。

精靈是長生不死的，他們的智慧隨著年歲不斷增長，沒有任何疾病或瘟疫能造成他們的死亡。他們的軀體其實是由地球的物質所造的，所以會毀滅；在這些歲月裡，他們的軀體跟人類的很相似，因爲他們靈魂的火焰才在他們裡面住了沒多久，這火焰會隨時光的流逝，由體內消耗他們。不過人類脆弱得多，很容易在天災人禍中慘遭殺害，受傷之後也比較難復原；人類還會生各種疾病；他們會愈來愈老，然後死亡。他們死後靈魂的際遇如何，精靈都不知道。有些精靈說人類一樣也是去了曼督斯的廳堂，但是他們等候的地方跟精靈的不同；而在伊露維塔之下，除了曼威之外，只有曼督斯知道他們在回憶時光之後，是否前往外環海旁的那些寂靜廳堂。除了曾經將精靈寶鑽握在手中的巴拉漢⑧之子貝倫⑨，沒有任何人類曾從冥府還陽；而他在歸來之後也從未與人類說過話。或許，人類死後的命運不在維拉手中，而埃努的大樂章中也完全沒有預示。

後來，因爲魔苟斯的獲勝，精靈和人類逐漸疏遠了，而這正是他最想見到的，那些依然居住在中土大陸的精靈逐步衰微並消失了，人類霸佔了日光之下的世界。除了那些不時啓航前往西方，從此自中土大陸永遠消失的精靈之外，其餘的昆第遊蕩在大地與海島中的孤寂之處，仰望月光與星光，在森林裡與山洞中，變成了幽微的陰影與記憶。但在時間之初，精靈與人類不但是同

---

⑧巴拉漢（Barahir），辛達語，意思是「高塔的主人」。另見索引108。

⑨貝倫（Beren），辛達語。另見索引124。

盟，並且認爲彼此是近親；人類當中有一些習得了艾爾達的智慧，在諾多精靈中成了勇敢又大能的領導者。就在精靈的光榮與美麗，並他們的命運中，精靈與人類的後裔誕生了，他們是埃蘭迪爾⑩和愛爾溫⑪，以及他們的孩子愛隆⑫。

---

⑩ 埃蘭迪爾（Eärendil），昆雅語，意思是「大海的情人」。另見索引225。

⑪ 愛爾溫（Elwing），辛達語，意思是「放射的星光」。另見索引274。

⑫ 愛隆（Elrond），辛達語，意思是「星辰穹頂」；他就是《魔戒》中瑞文戴爾的主人。另見索引265。

第十三章　諾多族返回中土大陸

如前所述，費諾和他兒子最先流亡回到中土大陸，在攔魔絲——「大回聲」荒野南方專吉斯特狹灣的海岸登陸了。當諾多精靈踏上海灘後，歡呼的聲音響徹雲霄，在群山間不斷迴盪；這歡呼喧鬧匯聚成一股極大的響聲充滿了整個北方海岸；在羅斯加爾燒船的轟然巨響，隨著海風吹入內陸，彷彿喧囂暴動的怒吼，令遠處所有聽到的人無不充滿了驚疑。

看到燃燒所產生之巨大火光的人，不只是被費諾拋棄在阿瑞曼的芬國盼一行而已，還有半獸人與魔苟斯的哨兵。沒有任何故事記述魔苟斯在得知他最勢不兩立的敵人費諾帶著大批人馬由西方前來之後，他內心在想什麼。或許他根本就不怕費諾，那時他還沒跟任何諾多精靈交鋒過；但看起來他很快就能把他們都趕下海去。在月亮上升之前的寒冷星空下，費諾的大隊人馬順著深入露明山脈的專吉斯特狹灣前進，離開海岸，來到了寬闊的希斯隆；他們陸陸續續抵達了狹長的米斯林湖，在湖的北岸紮營，那地區就叫做米斯林①。另一方面，被攔魔絲的呼聲與羅斯加爾的火光所驚動的魔苟斯大軍，穿過了威斯林山脈②——「陰影山脈」，在費諾的人馬尚未安頓好與佈下防衛之前，攻他們個措手不及；貝爾蘭的第二場大戰，就這樣在米斯林的灰色原野上展開。這場戰爭被定名爲「努因吉利雅斯戰役」③，意思是「星光下的戰役」，因爲那時天空還沒有月亮。諾多精靈雖被攻之不備，並且是以寡擊衆，但還是迅速取得了勝利；因爲彼時他們眼中所蘊藏的阿門洲之光尚未熄滅，他們既強壯又身手矯健，在憤怒中更是殺氣騰騰，因此他們的長劍所向披靡，毫不留情。半獸人在他們面前潰不成軍，傷亡慘重地被趕出了米斯林，諾多精靈越過陰影山脈追殺他們直到多索尼安北方的阿德加藍大平原④。

在那裡，另一支魔苟斯派往南方深入西瑞安河谷圍攻法拉斯海港瑟丹的大軍，聞訊回頭趕來支援。不過，費諾的兒子凱勒鞏已經先一步得到他們前來的消息，因此在西瑞安泉旁的山上埋伏了部分人馬，他們從山上殺下來，將這支半獸人大軍全部趕下了西瑞赫沼澤。這項壞消息最後還是傳回了安格班，令魔苟斯十分震驚不悅。那場仗一共打了十天，魔苟斯預備來征服貝爾蘭的整

---

① 米斯林（Mithrim），辛達語。這地名來自於湖名。另見索引539。

② 威斯林山脈（Ered Wethrin），辛達語。它是諾多精靈返回中土大陸後，主要居住地希斯隆的東邊與南邊的界山。另見索引294。

③ 努因吉利雅斯戰役（Dagor-nuin-Giliath），辛達語。另見索引187。

④ 阿德加藍（Ard-galen），辛達語，意思是「綠色的區域」。另見索引74。

支大軍，最後能生還回到安格班的寥寥無幾。

　　但是戰爭的結果中有一則令他非常高興的消息，雖然他好一陣子之後才知道。原來，費諾在怒恨大敵的情況下，對殘餘的半獸人窮追不捨，認為到最後魔苟斯本人必會親自出戰；他在揮劍砍殺之際不停狂笑，對自己膽敢挑戰維拉的憤怒並且踏上這條充滿兇險的路，感到高興不已，說不定他很快就可以報得大仇了。他對安格班，或對魔苟斯在短時間內迅速預備好的強大防禦兵力，毫無所知；不過就算他知道也照樣攔阻不了他，因為他是注定要死的，他心裡的那把怒火將把他吞噬殆盡。他一馬當先遠遠衝在前鋒部隊之前；看到這種情況的半獸人於是窮途反撲，同時從安格班趕來的炎魔也加入攻擊。於是，就在戴德洛斯地區⑤，「魔苟斯之地」的邊界上，費諾被團團包圍了；他身邊只有幾個緊隨著他的朋友。雖然他被烈火團團圍困，身上的傷口愈來愈多，仍毫不驚惶地奮戰了許久；不過到了最後，他還是被炎魔的首領勾斯魔格⑥打倒在地，勾斯魔格後來在貢多林被艾克希里昂⑦所殺。如果不是費諾的兒子帶領援軍在千鈞一髮之際趕到，費諾就會當場死於非命；眾炎魔見情勢不利，便拋下他退回安格班去了。

　　費諾的兒子們將父親抬回米斯林。不過就在他們走到西瑞安泉附近的山坡，正朝翻越山脈的

---

⑤ 戴德洛斯地區（Dor Daedeloth），辛達語，意思是「陰影恐怖之地」。另見索引202。

⑥ 勾斯魔格（Gothmog），牠是魔苟斯最強而有力的戰士之一，牠殺害了兩位諾多精靈的最高君王。另見索引362。

⑦ 艾克希里昂（Ecthelion），辛達語。他是特剛在貢多林的大將之一。另見索引235。

路前進時，費諾叫他們停下來；因爲他知道自己受了致命傷，時候到了。他從威斯林山脈的山坡上望出去，最後一眼所看見的是遠方安戈洛墜姆的尖峰，那是中土大陸上最高的山峰，在死前他知道諾多精靈將永遠也推翻不了它們；但是他咒詛了魔苟斯三次，然後將這咒詛的責任交給他的兒子們，要他們謹守發過的誓約，並且爲他們父親報仇。然後他就死了；不過他的遺體既未下葬也無墳墓，由於他魂魄中的那把火焰燒得太凶猛，因此當它燒盡時他的軀體也都化成了灰燼，如煙一般被風帶走了；他的形貌再也沒有在阿爾達出現，他的亡魂也始終沒有離開曼督斯的廳堂。諾多族中最偉大的一位人物就如此結束了，他的事蹟給他們帶來了最大的名望，也給他們帶來了最悲慘的遭遇。

在米斯林地區，原本住有一些從貝爾蘭向北遊蕩越過山脈而來的灰精靈，諾多精靈碰到他們之後十分歡喜，雙方彷彿久別重逢的親人。不過一開始彼此間的溝通不太容易，在這段爲時上千年的別離中，住在維林諾的卡拉昆第與住在貝爾蘭的摩瑞昆第，兩者的語言已經產生了很大的差異。從米斯林的精靈那裡，諾多精靈得知了多瑞亞斯的王——埃盧·庭葛的勢力，以及防衛其疆域的那圈迷咒環帶；另一方面，發生在北方的這些大事也往南傳到了明霓國斯，以及貝松巴和伊葛拉瑞斯特的海港。於是貝爾蘭所有的精靈，對這支大有力量之親族的到來，無不充滿了驚奇與希望；在他們急需幫助的時刻，這支親族出乎意料地自西方前來，因此一開始時他們都以爲諾多族是維拉派來解救他們的特使。

不過就在費諾去世的那一刻，魔苟斯派了一位使者來見費諾的衆子，不但承認戰敗，同時也提出求和的條件，甚至包括交出一顆精靈寶鑽。於是，身爲長子，高大的梅斯羅斯說服弟弟們假裝接受魔苟斯的條件，然後前往約定的地點跟他的特使碰面；但是諾多族並不像魔苟斯所想的那麼自大。因此雙方碰面時，彼此都帶了超過所約定的大隊人馬，然而魔苟斯派的更多，當中還包括了炎魔。梅斯羅斯中此埋伏，所有他帶去的人都被殺了，他本人在魔苟斯要留活口的命令下，被生擒回安格班。

他的弟弟們得知消息後便撤退回希斯隆紮營，並且加強防衛。另一方面，魔苟斯把梅斯羅斯當作人質，並且傳話說，除非諾多精靈放棄開戰，回到西方或搬遷到遠離貝爾蘭的南方世界去，否則他不會釋放梅斯羅斯。但是費諾的兒子們曉得，不論他們怎麼做，魔苟斯都會食言背信，不會依約釋放他們的大哥；況且他們還受到自己所發誓言的約束，無論如何都不能放棄發動戰爭攻打他們的敵人。於是，魔苟斯把梅斯羅斯吊在安戈洛墜姆的峭壁上，將他一隻手腕銬上精鋼所打造的鐵鍊，鍊子的一端釘死在峭壁的岩石裡。

如今流言傳到了希斯隆的陣營，芬國盼與大隊跟隨他前進的子民，已經橫越了堅冰海峽；與此同時，整個世界對於上升的新月都感到驚奇不已。當芬國盼的大隊人員邁進米斯林時，烈焰萬丈的太陽也自西方升起；芬國盼於是展開他那藍銀雙色的王旗，大聲吹響他的號角，百花在他向前邁進的雙腳下盛開，屬於星辰的時代至此結束了。在這上升的強烈光芒下，魔苟斯的僕役個個飛奔躲入安格班內，芬國盼一行便在敵人躲藏於地底時，毫無阻攔地迅速穿過了戴德洛斯地區。大隊的精靈來到安格班前擂門叫陣，他們吹號挑戰的聲音震動了高聳的安戈洛墜姆；梅斯羅斯在痛苦折磨中聽到了他們的聲音，他大聲呼喊他們，但是聲音卻消散在岩石的回聲中。芬國盼的性情不同於費諾，他對魔苟斯的詭計比較機警，顧慮也比較周到，在不見任何動靜的情況下，他帶領眾人退離了戴德洛斯地區，前往米斯林，因為他聽說費諾的兒子們住在那裡；另一方面，他也想要有陰影山脈做屏障，好讓他的百姓得以休息壯大。現在他已經見識過安格班多麼堅固，知道不能光憑眾號齊發把它震垮。因此他們一直到希斯隆才紮營，在米斯林湖的北岸安頓下來。芬國盼的子民心裡對費諾家的人沒有任何好感，因為他們歷盡千辛萬苦才橫越堅冰海峽，何況芬國盼也認為費諾是有其父必有其子。因此，居住在該處的雙方人馬關係相當緊張，雖然追隨芬國盼與費納芬之子芬羅德的大群百姓，在長途跋涉中傷亡慘重，可是他們人數還是勝過跟隨費諾的人馬，後者見情勢不對，識相地拔營遷居，搬到湖的南岸去住；於是，大湖隔開了他們。許多跟隨費諾的人都對在羅斯加爾燒船一事深感後悔，並且對這群被他們拋棄在北方寒冰上的朋友，竟然身懷無比的勇氣走來到這地，感到驚奇不已；他們真想歡迎這群朋友，卻又因為太羞愧而不敢付諸行動。就這樣，因著籠罩在他們身上的咒詛，諾多精靈在這段魔苟斯尚在遲疑而半獸人又畏懼新烈之光的日子裡，一事無成。不過魔苟斯終於從沈思中醒來，看到他的敵人自起內訌，不由得哈哈大笑。在安格班的洞穴中，他開始製造大量的濃煙與臭氣，這些惡臭的煙氣從鐵山山脈的峰頂冒出來，遠從米斯林都可望見；這世界新生早晨的清新空氣，都被這些濃煙給污染了。一股從東方吹來的風將這些濃煙臭氣帶到了希斯隆，遮蔽了新生的太陽；隨後開始下沈，盤繞在田野山巒間，並且落到米斯林的各處水源中，令這些水變黑有毒。

整個北方的大地因著魔苟斯在地底的鍛造巨響而震動；於是，芬國盼的兒子，勇敢的芬鞏，下定決心要在敵人準備好來攻打他們之前，調解分裂諸多雙方百姓的宿仇。在許久以前，在充滿歡樂的維林諾，遠在米爾寇尚未獲釋，以及謊言尚未瀰漫在他們當中之前，芬鞏和梅斯羅斯就一直是好朋友；雖然芬鞏不知道梅斯羅斯在燒船一事上並未背叛他，想到他們長久的友誼時芬鞏心中仍然激盪不已。因此，他立下了一件在諾多眾王子中名聞遐邇的英勇事蹟——他沒跟任何人商量，獨自出發去找梅斯羅斯；魔苟斯所製造的黑暗正好成爲他的掩護，讓他神不知鬼不覺地來到敵人的老巢前。他不畏艱險爬上了安戈洛墜姆的山腰，絕望地看著一片荒涼的四野，找不到任何裂罅或通道可讓他進入魔苟斯的堡壘。於是，他不顧那些躲在地底墳墓中避光的半獸人，拿出豎琴唱起一首古老的關於維林諾的歌，那是諾多精靈在芬威的兒子們發生嫌隙之前所作的；他的歌聲迴盪在山坳洞穴中，那些地方過去除了恐懼與悲慘的喊聲之外，沒聽過別的聲音。

就這樣，芬鞏找到了他所搜尋的對象。因爲突然間，在他頭頂上方傳來一個遙遠又微弱的聲音，接續了他的歌，那聲音在回應他的歌唱。那正是梅斯羅斯，在痛苦中唱答。芬鞏尋聲一直爬到了吊著他堂哥的懸崖底下，那裡再也沒路可以上去了；當他看到魔苟斯殘酷的作法時，忍不住掉下眼淚來。梅斯羅斯在痛苦絕望中求芬鞏用身上背負的弓箭將他射死；於是芬鞏抽出箭矢，拉開了弓。就在這樣毫無希望的景況中，芬鞏忍不住大聲呼喊曼威，說：「啊，眾羽翼所深愛的大君王啊，讓這箭羽疾飛而去，在諾多急需幫助時給予他們一些憐憫吧！」

他的呼求立刻得到了回應。所有的鳥兒都深愛曼威，牠們不斷將中土大陸的消息帶到泰尼魁提爾山上去，他也派出各類鷹族，命令牠們在北方築巢而居，監視魔苟斯的動靜；因爲曼威對那群流亡的精靈仍然心存憐憫。老鷹們在這段年日裡把許多發生的事帶到曼威悲傷的耳中。因此，就在芬鞏拉開弓箭的同時，衆鷹之王索隆多⑧自天而降，牠是世間所有鳥兒中最巨大的，雙翅伸展開來時全長有三十嚀⑨；牠攔住芬鞏，要他坐到牠背上，然後載著他飛到吊著梅斯羅斯的峭壁前。但是芬鞏沒有辦法鬆開梅斯羅斯手腕上那地獄打造出來的鋼鐵，砍也砍不斷，拔又拔不出來。於是梅斯羅斯再次求他一刀把自己殺了；不過芬鞏心一橫，從他手腕上方砍斷他的手掌救下他，索隆多載著他們回到了米斯林。

梅斯羅斯經過一段時間的調養後，傷口復原了；因爲他生命的火在他裡面燒得正旺，而他的力量是古老大地的力量，那些在維林諾生長的人都擁有這樣的力量。他的身體從所受的折磨中恢復了健康，也變得更強壯，但他所受過的痛苦卻在他內心留下了一個陰影。如今他鍛鍊自己用左手使劍，讓威力達到比以前用右手時更可怕的地步。芬鞏所做的這件事爲他贏得極大的名望，所有的諾多精靈都稱讚他；芬國昐與費諾兩家彼此間的恨惡終於獲得了紓解。梅斯羅斯爲發生在阿瑞曼的背叛乞求原諒，並且放棄了統治全諾多族的王權，他對芬國昐說：「如果我們之間沒有這些怨懟與冤屈，我主，王權的順位也仍舊是你的，在此你是芬威家族中最年長，更是最有智慧的一位。」然而，並不是梅斯羅斯的每一個弟弟都贊成他的作爲。

如此一來，曼督斯所預言費諾家族將被剝奪一切的話，就應驗了；他們不但失去了精靈寶鑽，統治的王權也從長子家落到了芬國昐家，不論是在艾蘭迪還是在貝爾蘭。再度聯合在一起的

---

⑧ 索隆多（Thorondor），辛達語，意思是「鷹王」。另見索引723。

⑨ 一百八十英呎。

諾多族在戴德洛斯的邊界上設下崗哨，將安格班的東、西、南三面都包圍起來；他們並且派出使者向四方深入貝爾蘭地區，與居住其間的居民往來貿易。

對於從西方來了這麼多大有威勢的精靈王子，四處佔領新的土地，庭葛王心裡可不怎麼歡迎；他既不肯開放他的王國，也不肯挪掉迷咒環帶，因爲美麗安的智慧使他聰明地預料到，魔苟斯如此克制不動的情況不會長久的。所有諾多族的王子中只有費納芬的家族對不准進入多瑞亞斯的禁令感到難過；由於他們的母親是澳闊隆迪的伊琊雯，歐威的女兒，因此他們跟國王庭葛可說是近親。

費納芬的兒子安格羅德是第一個來到明霓國斯的流亡者，他以哥哥芬羅德的使者身分前來，與王談了許久，告訴他諾多精靈在北方所立下的功績，以及他們的人數，還有他們的兵力佈屬；但是因著他內心的眞誠與智慧，以及認爲所有的悲劇如今都已化解，因此他沒有吐露一字半句有關殘殺親族的事，也沒說出諾多族流亡的情況與費諾所發的誓約。庭葛王聽進了安格羅德的話；在他走前，庭葛對他說：「你代我傳話給派你來的人。諾多族可以住在希斯隆、多索尼安高地，以及多瑞亞斯東邊那些地廣人稀的土地上；但是不論你們走到哪裡，都會遇到好些我的百姓，我不要他們的自由受到限制，也不允許他們被驅離自己的家園。因此，你們這些從西方來的王子們最好留心一下自己的言行；我乃是貝爾蘭的王，所有想要住在貝爾蘭的人都要把我的話當眞。我不准任何人進到多瑞亞斯來居住，除非被我邀請來作客，或因情勢迫切來尋求我的援助。」

當安格羅德離開多瑞亞斯，帶著庭葛王的口信返回時，諾多的衆王子正聚在米斯林進行商議。庭葛的話在諾多精靈聽來頗冰冷無情，費諾衆子聽了更是生氣；不過梅斯羅斯卻大笑說：

「他可以在他家裡自稱為王，到了外面，他的頭銜是虛幻的。庭葛不過是把他力量不及之處的土地給了我們罷了。沒錯，多瑞亞斯現在是他所統治的王國，他應該很高興與他為鄰的是芬威的子孫，而不是我們所碰到的魔苟斯的半獸人。就讓我們去找我們看得順眼的地方住吧。」

不過，他們兄弟中脾氣最暴躁、最苛刻，又很討厭費納芬兒子的卡蘭希爾卻大聲喊道：「且慢！別聽費納芬的兒子跑到那個黑暗精靈的地洞裡去說長道短，搬弄是非！是誰讓他當我們的發言人去跟他談判了？雖然他們確實也來到了貝爾蘭，他們可別忘得那麼快，就算他們父親是諾多的王族，他們母親可是個外族人。」安格羅德聽到這話大為光火，立刻拂袖離去。梅斯羅斯斥責了卡蘭希爾，但是在場的許多諾多精靈，雙方的人都有，聽到卡蘭希爾的話後都十分憂愁，擔心費諾眾子那兇狠的個性隨時隨地會以輕率的言詞或暴力爆發出來。梅斯羅斯制止了他的弟弟們，他們一行人起身離去，隨後很快就遷離了米斯林，朝東越過了埃洛斯河，一直走到辛姆林山⑩旁的那片大地。那地區隨後被取名為「梅斯羅斯防線」，因為從那裡向北幾乎沒有任何山丘或河流可做屏障來抵擋從安格班來的攻擊。梅斯羅斯和他弟弟們日夜監視著這道防線，盡量聚集所有肯跟隨他們的人；除非必要，他們跟住在西邊的族人幾乎沒有往來。據說，如此防衛的計畫是梅斯羅斯發明的，以降低遭受攻擊的可能，也因為他非常希望攻擊來臨時最大的危險會落在他身上；同時，他個人也繼續和芬國昐及費納芬家保持友誼，他會不時前往他們當中請益會商。但他仍然

⑩辛姆林山（Himring），辛達語，意思是「寒涼」。另見索引416。

受到誓言的約束，雖然那誓言這時靜伏不動。

卡蘭希爾的人民住到越過吉理安河上游的最東邊，位在瑞萊山⑪山下海倫佛恩湖⑫的南邊地區；他們也曾爬上高聳的林頓山脈向東張望，內心充滿了好奇，在他們看來，中土大陸眞是遼闊又蠻荒啊。就這樣，卡蘭希爾的百姓是第一群遇見矮人的諾多精靈，矮人因爲魔苟斯的猛烈攻擊，以及諾多精靈的來臨，而減少了前往貝爾蘭的次數。雖然諾多族及矮人都喜愛鍛造技巧，又熱衷於學習，但是雙方彼此間卻沒什麼感情；因爲矮人是內心極易起憤恨又隱忍不發的種族，而卡蘭希爾既傲慢又不掩飾對諾格林人的輕蔑與厭惡，因此他的百姓也都有樣學樣。不過，由於雙方都害怕也痛恨魔苟斯，所以他們還是結盟，也彼此從這關係獲得不少好處；諾格林人在這些年裡學得許多工藝的秘密，諾格羅德城與貝磊勾斯特堡的金屬與建築工匠，也因此在同族人中變得大大有名，當矮人再度往來於貝爾蘭之間時，他們所走的路首先都要穿過卡蘭希爾的地盤，這使卡蘭希爾獲得了極多的財富。

一轉眼匆匆過了二十個太陽年，諾多精靈的最高君王芬國盼舉辦了一場大宴會；地點靠近艾佛林湖⑬，那是納羅格河⑭的發源地，位在屏障他們的陰影山脈山腳下，風景十分優美。那場宴

---

⑪ 瑞萊山（Mount Rerir），辛達語。另見索引646。

⑫ 海倫佛恩湖（Lake Helevorn），辛達語，意思是「黑色明鏡」。另見索引405。

⑬ 艾佛林湖（Ivrin），辛達語。位在威斯林山南麓。另見索引448。

⑭ 納羅格河（Narog），辛達語。它是西貝爾蘭的大河，在塔斯仁谷注入西瑞安河。另見索引565。

會的歡樂情景，直到日後悲傷降臨時，依舊存留在人們心裡；那場宴會被稱爲「雅德薩德宴會」⑮，意思是「團圓的宴會」。宴會上芬國昐與芬羅德的百姓與族長們幾乎都到了；費諾的兒子梅斯羅斯與梅格洛爾也帶著東邊防線的一些戰士前來；另外還來了許許多多漫遊在貝爾蘭森林裡以及居住在海港邊的灰精靈，海港的王瑟丹也來了。此外，連遠在七河之地，居住在藍色山脈山腳下歐西瑞安的綠精靈也來了不少；但是從多瑞亞斯只來了兩名特使，梅博隆⑯與戴隆，帶來國王的致賀之意。

在「雅德薩德宴會」中眾王子商定了許多立意良善的策略，並且立下聯盟與友誼的誓言；據說，在這場宴會中，使用最普遍的是灰精靈語，就連諾多族都講，因爲他們很快就學會了貝爾蘭所使用的語言，然而辛達族精靈在學習維林諾的語言上卻進展緩慢。諾多族的心情既高昂又充滿了希望，他們當中有許多人覺得，費諾說過的話似乎被修正了，他是要他們來到中土尋求自由以及建立美麗的王國；事實上，接下來當諾多的寶劍仍然防衛貝爾蘭不受魔苟斯的破壞，而魔苟斯的力量也還被擋在安格班的大門外時，精靈們確實過了很長時間的太平歲月。在那段年日裡，在嶄新的太陽與月亮的照耀下，大地充滿了歡喜與快樂；不過，北方的陰影仍然繼續孵育著。

一眨眼又過了三十年，芬國昐的兒子特剛離開了他所居住的內佛瑞斯特⑰地區，前往西瑞安

---

⑮ 雅德薩德宴會（Mereth Aderthad），辛達語。另見索引520。

⑯ 梅博隆（Mablung），辛達語，意思是「強而有力的手」；他的別號就叫「強手」。另見索引493。

⑰ 內佛瑞斯特（Nevrast），辛達語，意思是「這一岸」。另見索引582。

島去找他的朋友芬羅德，兩個暫時厭倦了北方山脈的人，於是沿著河流旅行南下；有一天他們經過了西瑞安河旁的微光沼澤，由於夜晚降臨了，他們便在河岸旁夏夜的星空下入眠。這時烏歐牟沿河來到他們旁邊，使他們沈睡，並且作夢；當他們醒來之後，所夢之事依舊縈繞在他們腦中，但彼此都未向對方提起任何一點夢的內容，因爲印象很模糊，而且兩人都以爲只有自己接獲了烏歐牟所傳來的訊息。從此之後，他們內心始終有股不安，總覺得大難將要臨頭；於是他們常常獨自遊蕩至杳無人跡的荒野裡，四處尋找可以隱藏兵力的地方；他們分別感覺自己受託要爲往後兇險的日子作預備，要奠定一個隱匿之處，因爲魔苟斯終必自安格班傾巢而出，擊潰這些目前鎮守在北方的大軍。

有一陣子，芬羅德和妹妹凱蘭崔爾獲得了舅公庭葛的邀請，在多瑞亞斯作客。芬羅德對明霓國斯的宏偉與國力充滿了驚奇，他見識了宮殿中的財寶與兵器庫，還有無數雕樑畫棟的岩石廳堂；於是他內心生出一個念頭，他要在某座山底深處建造一個秘密居所，其廣闊廳堂的出口將晝夜有人把守。他向庭葛透露自己的想法，把所作的夢告訴他；而庭葛告知他納羅格河有道很深的峽谷，法羅斯森林⑱高地下方，在險峻的西邊河岸旁，也有一些洞穴。當芬羅德離去時，庭葛派給他幾位嚮導，帶他前往那處還沒有人知道的地方。芬羅德就這樣來到了納羅格河的岩洞，他開始按照明霓國斯的模樣，在此興建許多廣大的廳堂與兵器庫；這處要塞被命名爲納國斯隆德⑲。

---

⑱ 法羅斯森林（Taur-en-Faroth），辛達語，意思是「獵人的森林」。另見索引708。

⑲ 納國斯隆德（Nargothrond），辛達語，意思是「納羅格河畔有拱頂廳堂的要塞」。另見索引563。

在興建過程中，芬羅德得到不少藍色山脈矮人的幫助；那些矮人也得到了豐厚的報酬，因為芬羅德從提理安城帶出來的珍寶，遠超過所有其他的諾多精靈。也就在那個時候，矮人為他打造了諾格萊迷爾⑳，「矮人的項鍊」，那是古時矮人所打造的作品中最著名的一件。這件由黃金所打造的首飾，上面鑲滿了無數從維林諾帶來的寶石；由於它蘊藏著一股魔力，所以配戴的人幾乎感覺不到它的重量，不論是誰戴上它，它都顯得優雅可愛。

從此芬羅德與他眾多的百姓便以納國斯隆德為家，矮人為他取名為費拉剛，意思是「鑿洞者」；從此他也用這名字，直到他的年日結束。不過，芬羅德．費拉剛不是第一個住在納羅格河旁這些岩洞裡的人。

芬羅德的妹妹凱蘭崔爾並未隨他一同遷往納國斯隆德，因為她與庭葛王的親戚，住在多瑞亞斯的凱勒鵬㉑戀愛了。因此，她還是留在這個「隱匿的王國」中，跟美麗安住在一起，她從美麗安那裡學到許多有關中土大陸的知識與智慧。

另一方面，特剛所記得的是一座造在山上城，像美麗的提理安，有高塔與樹木，可是他找不到他想要的，於是只好回到內佛瑞斯特，靜坐在海邊的凡雅瑪㉒城中。隔年，烏歐牟親自向他顯

⑳諾格萊迷爾（Nauglamir），辛達語。這條矮人打造的項鍊是另一件稀世奇珍，它後來變成精靈與矮人兩族之間結下世仇的導火線。另見索引569。

㉑凱勒鵬（Celeborn），辛達語，意思是「銀樹」。另見索引159。

㉒凡雅瑪（Vinyamar），昆雅語，意思是「新家」。另見索引783。

現，囑咐他再次單獨前往西瑞安河谷；於是特剛出發前去，在烏歐牟的指點之下他發現了「環抱山脈」所包圍的倘拉登谷㉓，山谷中央有一座岩石山丘。他沒有把這事告訴任何人，仍舊回到了內佛瑞斯特，並且開始秘密計畫，要按著他這些年來在流亡中，內心所思念圖納山上的提理安城，在山谷中建造一座新城。

如今，魔苟斯聽到奸細回報，諾多精靈的王侯們四處遊蕩，無心戰爭，他決定試試敵人的兵力與防衛。於是，在毫無預警的狀況下，他的威勢開始震動，北方在突然之間發生了地震，大地的裂縫冒出火焰來，鐵山山脈也噴吐出火焰；半獸人鋪天蓋地越過了阿德加藍平原往南而來。他們突破了西邊的「西瑞安通道」，東邊也衝過了梅斯羅斯所守山崗與住在藍色山脈外的人所守防線中間的豁口，闖入了梅格洛爾的駐地。不過芬國昐與梅斯羅斯也沒打瞌睡，當其他人在四處搜索失散在貝爾蘭的半獸人時，他們極其兇險地遇上了從兩邊夾攻多索尼安的魔苟斯主力部隊；他們打敗了這支主力，橫越阿德加藍平原追殺他們，直到最後把他們全部殲滅，那時安格班的大門已經在望了。這是發生在貝爾蘭的第三場戰役，它被命名爲阿格烈瑞伯戰役㉔，「光榮戰役」。

這雖是勝利，但也是警告；眾王子也都注意到了，從此以後他們的聯盟更加緊密，彼此增強警戒與防守，派兵圍困安格班，這樣的情況幾乎持續了四百個太陽年之久。在經歷過阿格烈瑞伯戰役之後，有很長一段時間，魔苟斯的僕役無人膽敢冒險離開老巢，他們對諾多精靈的王侯們怕

㉓倘拉登谷（Tumladen），辛達語，意思是「寬闊的山谷」。另見索引738。

㉔阿格烈瑞伯戰役（Dagor Aglareb），辛達語。另見索引184。

得要命；芬國盼誇口說，除非精靈內部發生背叛，自己人出賣自己人，否則只要艾爾達的聯盟存在一日，魔苟斯就永遠無法突襲他們，或趁他們不備之時進攻。但是諾多族既無法拿下安格班，也奪不回精靈寶鑽；在整段圍困的年日裡，戰爭從未眞正止息過，因爲魔苟斯不斷策劃新的災禍，並且不時試探他的敵人。同時，魔苟斯的堅固堡壘也從未被完全包圍過；在鐵山山脈左右兩邊大弧度的屛障下，高聳的安戈洛墜姆可以不斷擴張，由於冰雪封道，諾多精靈根本無法包圍那麼大的範圍。

因此魔苟斯背後的北方從來不會有敵人入侵，而他的密探每次也都由那邊出去，從偏僻的秘密路徑進入貝爾蘭。由於他內心最渴望的是分裂艾爾達，在他們當中散佈恐懼，因此他命令半獸人在抓住任何精靈時都要留下活口，將他們生擒回安格班；這些被擒的精靈，有些在他可怖雙眼的威嚇下，甚至不用戴上手銬腳鐐，就永遠落在無盡的恐懼中，聽他命令作所有的事。因此，魔苟斯得知了許多自費諾反叛之後所發生的事，對看到他所播下的種子在敵人當中引發那麼多的紛爭衝突，他眞是高興的不得了。

在阿格烈瑞伯戰役發生將滿一百年時，魔苟斯努力想趁芬國盼不備時將他攻下（因爲他知道梅斯羅斯的勇猛難當）；他派了一支軍隊進入冰雪覆蓋的北方，他們先轉向西，然後再轉向南，下到專吉斯特狹灣的海邊，所走的正是芬國盼越過冰原後所採行的路線。如此一來，他們就可以從西邊進入希斯隆；不過，他們的行蹤還是被發現了，芬鞏在灣口的山丘上埋伏攻擊他們，絕大部分的半獸人都被趕下了海。這場戰事沒算在大規模的戰役裡，因爲半獸人的數目不是很多，並且希斯隆的人也只有部分參戰而已。從此之後，天下太平了許多年，安格班沒再派出任何明目張膽的攻擊，因爲魔苟斯看出來，半獸人在沒有別的武力支援下是打不過諾多精靈的；因此他在心裡另作新的盤算。

又過了一百年，第一隻烏魯路奇㉕——「北方的火龍」——格勞龍㉖，趁著黑夜從安格班的大門飛出來。那時他還年幼，身量還未完全長成，因爲龍生長得十分緩慢，需要很長的時間才會成年，不過一路上所有的精靈都嚇得逃往威斯林山脈，整個多索尼安都十分震驚；而牠也玷污了阿德加藍平原。希斯隆的王子芬鞏聞訊，帶領一支擅騎的弓箭部隊前去攻擊牠，將牠團團包圍，在牠四周射箭奔馳；由於身上厚厚的鐵甲尚未完全長成，格勞龍受不了不斷射來的箭矢，只得趕快飛回安格班去，多年都沒敢出來。芬鞏再次大得稱讚，所有的諾多精靈都很高興；很少有人看出這件事背後的意義，以及這新東西所帶來的威脅。

另一方面，魔苟斯對格勞龍太早洩漏自己的形跡感到非常不高興。在擊退格勞龍之後，大家過了將近兩百年的太平歲月。在這段時間裡，除了邊界上偶有騷動之外，整個貝爾蘭變得昌盛又富裕。諾多精靈在其北邊部署軍力的防衛下，興建了自己的家園與高塔，製造了許多美麗的事物，寫下許多詩歌、歷史和記載各種學問的書籍。在許多地方，諾多族和辛達族融合在一起，成爲同一種百姓，說同一種語言；但是他們之間仍有一種差異，就是諾多族在心智與軀體上擁有較

㉕烏魯路奇（Urulóki），昆雅語，意思是「很熱的大蟲」。魔苟斯和索倫一共孵育了三種不同的惡龍，這是第一種。另見索引764。

㉖格勞龍（Glaurung），辛達語。牠是第一隻，也是最大的一隻噴火龍。另見索引349。

大的力量，他們比較賢明，是強而可畏的戰士，他們使用石材建築屋宇，喜歡山坡地與開敞的平原。但是辛達族喜歡森林與水畔，他們有比較美麗的聲音，音樂才能也較佳——諾多精靈中只有費諾的兒子梅格洛爾勝過他們；有些灰精靈始終居無定所，一直四處遊蕩，而且他們總是走到哪兒就唱到哪兒。

第十四章 貝爾蘭及其疆域

這裡所記載的是遠古時候諾多精靈返回中土大陸西北地區時，那片大地的模樣；這裡同時也記述了阿格烈瑞伯戰役——也就是發生在貝爾蘭的第三場大戰——之後，艾爾達精靈諸王所分據的區域以及互相聯盟的情形。

米爾寇在過去的年日裡已經在世界的北方豎立過一座英格林山脈①，「鐵山山脈」，做爲他的要塞烏塔莫的屏障；這座山脈就聳立在終年冰雪寒冷之地的邊界上，從東到西延展出一個極大的曲線。在英格林山脈延伸到西邊時，又朝北彎了上去，米爾寇於是在這高山的背後又築了另一座堡壘，以抵擋可能從維林諾來的攻擊。如前所述，當他返回中土大陸後，決定在「鐵獄」安格班的無數地穴中定居下來；由於上次維拉在攻打他的大戰中，急於攻破雄偉的烏塔莫，因此沒費

---

①英格林山脈（Ered Engrin），辛達語。這座由米爾寇所堆造的大山脈，終年爲冰雪所覆蓋。安格班與安戈洛墜姆就在這山脈的最西南端。另見索引288。

力將安格班整個摧毀，也來不及搜索它地底深處的每個洞穴。米爾寇在英格林山脈底下挖了一條巨大的隧道，出口在山脈的南邊；他在出口處建造了一扇堅固的門。在這座大門的上方、後方，直連到山脈，他堆起了三座終年發出隆隆響聲的安戈洛墜姆山，這些山是以他地底鎔爐的煤灰與鎔渣，以及挖掘無數隧道所產生的廢土所堆建的。它們高聳入天，漆黑荒涼，寸草不生；在它們的頂端不斷有充滿臭氣的黑煙冒出來，污染遮蔽了北方的天空。在安格班的大門前，污穢髒亂的廢棄物往南散佈了好幾十哩，覆蓋在寬闊的阿德加藍平原上；不過在太陽來臨之後，平原上長出了茂盛的青草，當安格班遭受圍困而大門緊閉的那些年間，就連這座地獄門前的碎石縫中都發出青色的苗芽來。

在安戈洛墜姆的西邊是西斯羅迷②，「迷霧之地」，這是諾多精靈用自己的語言給這地取的名字，因爲當他們第一次在該處紮營而居時，魔苟斯給那地送來了大量的烏雲；原本住在那些地區的辛達精靈則用辛達語稱該區域爲希斯隆。在安格班仍被圍困的年間，希斯隆雖然空氣冷冽，冬天十分寒冷，但仍不失是個風景優美的地區。希斯隆的西邊聳立著露明山脈，這座「回聲山脈」一直往南延伸到了海邊；在希斯隆的東邊和南邊則是一座轉了個大彎的威斯林山脈，這座「陰影山脈」橫越了阿德加藍平原與西瑞安河谷。

芬國盼和他兒子芬鞏掌理希斯隆，跟隨芬國盼的百姓絕大多數定居在米斯林地區的大湖沿

---

②西斯羅迷（Hísilómë），昆雅語，意思是「迷霧陰影」。另見索引418。

岸；而芬鞏所分派到的是多爾露明，那塊地位在米斯林山脈的西邊。不過他們的主堡壘位在威斯林山脈東邊的西瑞安泉③旁，方便他們監視阿德加藍平原；他們的騎兵在平原上奔馳，甚至直抵安戈洛墜姆的陰影下，他們的馬匹迅速增多，因爲阿德加藍草原的青草豐盛多汁。這些馬匹有許多是從維林諾來的種馬，牠們是由船運抵羅斯加爾的，梅斯羅斯送了一些給芬國盼，做爲他損失的補償。

多爾露明的西邊，在越過回聲山脈之後，深入內陸的專吉斯特狹灣的南邊是內佛瑞斯特，辛達語的意思是「這邊的海岸」。這名字起初指的是海灣南邊所有的海岸，但後變成只指專吉斯特和塔拉斯山④之間的海岸而已。這片區域多年來一直都是芬國盼的兒子，英明的特剛的領域，這片區域面向大海，背靠露明山脈，威斯林山脈從艾佛林湖向西綿延而來的矮丘陵一直伸展到海邊聳起的塔拉斯山，形成一處高立的岬角。在某些人看來，內佛瑞斯特比較是屬貝爾蘭而非希斯隆，因爲它是一塊地勢比較平緩的區域，海上吹來的風給它帶來濕氣，背後的山脈又擋住了自北方吹下希斯隆的寒風。內佛瑞斯特是一塊凹陷的盆地，周圍被群山所環繞，海邊的峭壁海岸又比後方的平原高，也沒有任何河流行經其間；在內佛瑞斯特的中央地區有座大湖，這湖被寬廣的沼

③ 西瑞安泉（Eithel Sirion），辛達語。這裡是西瑞安河的發源地，堡壘蓋在此處具有戰略上的考量。這名字既指堡壘，也指水泉。另見索引243。

④ 塔拉斯山（Mount Taras），凡雅瑪城就建在這山的北麓或山腳下。另見索引698。

澤包圍著，看不出明確的湖岸。那湖名喚林內溫⑤，因爲有衆多各種喜愛高蘆葦與淺水塘的鳥兒在那裡築巢。當諾多精靈來到此地時，已有許多灰精靈住在內佛瑞斯特靠近海岸的地區，尤其是西南方塔拉斯山的周圍；因爲在古老的日子裡，烏歐牟和歐希常常會去那裡。整個內佛瑞斯特地區的人都尊特剛爲他們的王，因此這地的諾多族和辛達族精靈融合最快。特剛所居住的宮殿位在大海旁的塔拉斯山下，他將之取名爲凡雅瑪。

阿德加藍的南邊，是一大片稱之爲多索尼安的高地，從東到西綿延六十里格⑥；高地上長滿了大片的松樹林，尤其是西邊和北邊。從平緩的阿德加藍平原上升到荒涼的高地的中間，在那些頂端高過威斯林山脈的赤裸突岩腳下，分佈著許多的小湖與水潭；高地南邊望向多瑞亞斯的一面卻是個乍然陡落的可怖懸崖。費納芬的兒子安格羅德與艾格諾爾從多索尼安的北坡監視著整片阿德加藍平原，他們又隸屬他們的哥哥，納國斯隆德的芬羅德王所管；他們的人員不多，一方面是因爲土地貧瘠，另一方面是背後那片雄偉的高地，讓他們相信魔苟斯不會輕易想要跨越這座天然的堡壘。

在多索尼安與陰影山脈之間有一道狹窄的河谷，兩旁峻峭的山壁上覆滿了松樹；這座河谷長青翠綠，西瑞安河流經其間，再匆匆往貝爾蘭奔去。芬羅德堅守著西瑞安通道，他在河中的西瑞

⑤林內溫湖（Linaewen），辛達語，意思是「群鳥之湖」。另見索引472。

⑥六十里格大約等於三百公里。

安島⑦上建了一座堅固高大的瞭望塔——米那斯提力斯⑧；不過，在納國斯隆德建立起來之後，他便將這座要塞交給了他弟弟歐洛佳斯駐守。

廣大明媚的貝爾蘭，便座落在歌謠中十分著名的大河西瑞安的東西兩岸；這河發源於西瑞安泉，在抵達群山之間的通道前沿著阿德加藍平原的邊緣走，穿過通道後的西瑞安河，因著兩旁群山所流下的溪水而變得水量十分豐沛。河流由此往南奔騰了一百三十里格，聚集了許多支流的水量，以浩大的水勢抵達它佈滿沙洲的多重出口，流入巴拉爾灣。在西瑞安河從北往南流經的途中，先經過右邊西貝爾蘭的貝西爾森林，這森林位在西瑞安河與泰格林河之間，然後就來到了泰格林河與納羅格河之間的納國斯隆德地區。納羅格河源自多爾露明南面的艾佛林湖，在流經大約八十里格遠後，在塔斯仁谷⑨，所謂的「垂柳之地」，注入西瑞安河。在塔斯仁谷南邊是一大片百花生長的草原，有少數的居民住在那裡；再下去接近西瑞安河口處則佈滿了沼澤與蘆葦島，河口的三角沙洲上，除了群聚的海鳥，沒有別的生物居住。

納國斯隆德的範圍還包括了納羅格河西邊直到南寧格河⑩的那一大片區域，南寧格河在伊葛

---

⑦西瑞安島（Tol Sirion），辛達語。位在西瑞安河中的一座美麗小島。另見索引734。

⑧米那斯提力斯（Minas Tirith），辛達語，意思是「守衛之塔」。芬羅德建在西瑞安島上的要塞，扼守著西瑞安通道（the Pass of Sirion），這通道是北方通往西貝爾蘭的唯一捷徑。另見索引527。

⑨塔斯仁谷（Nan-tathren），辛達語，意思是「柳樹谷」。另見索引562。

⑩南寧格河（River Nenning），辛達語。另見索引577。

拉瑞斯特入海；而芬羅德也成了西瑞安河與大海之間這整片區域，除了法拉斯之外，所有精靈的王。在法拉斯地區仍住著那些喜歡造船的辛達精靈，造船者瑟丹是他們的王；瑟丹與芬羅德彼此間十分友好，雙方結盟，而貝松巴與伊葛拉瑞斯特的海港在諾多精靈的幫助下，也都修建一新。在他們所築起的高大城牆裡，各處城鎮欣欣向榮，港口也以石頭興建了碼頭與防波堤。在伊葛拉瑞斯特西邊的岬角上，芬羅德興建了一座監視著西方海面的寧瑞斯塔⑪，當然後來證明了這是多慮，因爲魔苟斯從來就沒考慮過要造船或發動海戰。他所有的爪牙對水都避之唯恐不及，除非萬不得以，絕不願意靠近大海。納國斯隆德的一些子民在海港精靈的幫助下，建造了新的船隻，並且進一步航行前往探勘巴拉爾島，考慮在那島上興建最後的避難所，如果邪惡眞的降臨時，他們得有後路可逃；不過，他們的命運卻不是永遠守在那裡。

因此，到目前爲止，雖然芬羅德在諾多君王中排行最小，領土卻最大，諾多族王權的繼承順序是：芬國昐、芬鞏、梅斯羅斯，然後才是芬羅德．費拉剛。芬國昐是整個諾多族的最高君王，在他之後的是芬鞏；雖然他們所統轄的區域是北方的希斯隆，然而他們的子民最強壯勇敢，他們是半獸人最怕的對手，是魔苟斯最痛恨的敵人。

西瑞安河的左邊是東貝爾蘭，從西瑞安河到吉理安河到歐西瑞安的邊界，最寬之處約有一百里格；首先，在西瑞安河與明迪伯河⑫之間，位在巨鷹所居住的克瑞沙格林群峰底下的，是空無

---

⑪ 寧瑞斯塔（Barad Nimras），辛達語，意思是「白角塔」。另見索引105。

⑫ 明迪伯河（Mindeb），辛達語。另見索引530。

一物的丁巴爾⑬。在明迪伯河與伊斯果都因河上游之間的那塊地區，是崎嶇不平的蕩國斯貝谷；那塊區域充滿了恐怖，因爲它一邊是美麗安以力量爲多瑞亞斯北邊疆界所築起來的防護牆，另一邊是多索尼安高地陡降下來的「恐怖山脈」戈堝洛斯的陡峭懸崖。先前提過，昂哥立安逃離了炎魔的鞭子之後，來到那地居住了一陣子，將峽谷中佈滿她令人窒息的黑暗，當她離去之後，那裡仍潛藏著她可怖的後裔，四處編織牠們邪惡的網子；從戈堝洛斯山脈所流下的涓涓流水都遭到污染，不明究竟嚐了該地之水的人，內心會充滿瘋狂又絕望的幽暗。因此，所有的生物都會避開那裡，諾多精靈除非情勢迫切才會走那條路，走的時候也都是盡量靠近多瑞亞斯的邊界，盡可能遠離那些鬼怪作祟的山陵。那條古道是很久以前，在魔苟斯返回中土大陸之前就造好的；如果有人行經其間，朝東走向伊斯果都因河，他會來到當年圍困安格班時所築，至今依然屹立的石頭舊橋⑭。然後他會穿過多爾迪尼，「寂靜之地」，越過埃洛西阿赫⑮（意思是「埃洛斯河渡口」），來到貝爾蘭的北邊疆界，那裡住著費諾的幾個兒子。

南邊是設有防禦的多瑞亞斯森林，那是「隱藏的王」庭葛的住處，除非經過他同意，任何人都無法進入多瑞亞斯。北邊較小的那塊是尼多瑞斯森林，以流經東邊和南邊的伊斯果都因河爲

---

⑬丁巴爾（Dimbar），辛達語，意思是「悲傷的家」。這地方長期以來都無人居住，後來成爲半獸人與多瑞亞斯邊界守衛經常交戰的戰場。另見索引195。

⑭舊橋（Iant Iaur），辛達語。另見索引429。

⑮埃洛西阿赫（Arossiach），辛達語。另見索引84。

界，這條顏色深沈的河流在接近這地的中央區域時轉向西行；在伊斯果都因河與埃洛斯河中間的是佔地較廣也較稠密的瑞吉安森林。而明霓國斯這個石窟宮殿，就位在在伊斯果都因河向西流往西瑞安河時轉彎處的南岸；整個多瑞亞斯王國，除了泰格林河與西瑞安河匯流處那片狹長的林地以及微光沼澤之外，其餘區域都在西瑞安河的東邊。那處狹長的林地被多瑞亞斯的居民稱爲尼佛林⑯，「西邊的界線」；森林中長有許多高大的橡樹，這森林也包含在美麗安的環帶內，如此一來，因她對烏歐牟的崇敬，她所喜愛的西瑞安河將有部分完全收納在庭葛勢力範圍之下。

埃洛斯河從多瑞亞斯的西南邊注入西瑞安河，那段流域的兩岸分佈著許多大池塘與沼澤，它們阻住了西瑞安河的流勢，使大河分流成好幾股。這片區域被稱爲艾林優歐⑰，「微光沼澤」，因爲它們終年籠罩在迷霧中，多瑞亞斯的魔咒覆蓋著這塊區域。整個貝爾蘭的北方地區到此都是一片往南傾斜的坡地，但在這裡卻是一段平原，因此西瑞安河在這裡的流勢幾近停止。但是艾林優歐南邊的地勢突然陡降，西瑞安河流域從這處瀑布劃分出上下；若有人在下游從南向北望，會看到一連串綿延無盡的山丘，從納羅格河西邊的伊葛拉瑞斯特一直向東延伸到伊瑞伯山，遠方則是吉理安河。納羅格河穿過這些山丘，切出一道很深的峽谷，水流湍急，但沒有瀑布，河的西岸是隆起的高地法羅斯森林。芬羅德在峽谷西邊短小湍急的林威爾溪⑱自法羅斯森林一頭栽進納羅

---

⑯尼佛林（Nivrim），辛達語。另見索引593。

⑰艾林優歐（Aelin-uial），辛達語。另見索引6。

⑱林威爾溪（Ringwil），辛達語，意思是「寒冷的」。另見索引653。

格河的地方，建造了納國斯隆德。在納國斯隆德峽谷以東約二十五里格處，西瑞安河從經過沼澤後的北方高原以瀑布之姿直落到下方，然後突然間鑽入地底，整條河沒入瀑布水勢的力量所沖擊出來的地底大河道中，一直到往南三里格外的地方再度冒出來，夾雜著巨大的響聲與水沫煙霧將山腳下的石頭穿透成拱門，因此該處被稱爲「西瑞安之門」。

那座分界的綿延山丘被稱爲安德蘭，意爲「長牆」，起自納國斯隆德，綿延直抵東貝爾蘭的藍達爾⑲。不過來到東邊之後安德蘭變得平緩許多，因此吉理安河谷穩定地向南傾斜，整條吉理安河行進的過程中既無瀑布也無急流，但它的流速比西瑞安河快得多。在藍達爾與吉理安河之間，矗立著單獨一座佔地極廣並且坡度和緩的大山伊瑞伯，由於它是單獨聳立在平原上，因此看起來比實際還要高大。居住在歐西瑞安的南多精靈，他們的領導者便陣亡在伊瑞伯山上；在半獸人第一次武裝南下，破壞貝爾蘭星光下的太平歲月時，他聽從庭葛的召喚領軍前往對抗魔苟斯；後來精靈在那次戰爭中大敗敵軍。日後梅斯羅斯便駐防在這山上。但在安德蘭的南方，在西瑞安河與吉理安河之間的是一座糾結廣大的森林，除了偶爾會有少數的黑暗精靈進入遊蕩之外，沒有任何人會進去；這座森林被稱爲「都因那斯森林」⑳。

吉理安是一條大河，它由兩處源頭發展出兩條源流：小吉理安河發源自辛姆林山，大吉理安河源自瑞萊山。大小兩條河流交會成吉理安河，往南流經四十里格地後，其他支流開始紛紛加

---

⑲ 藍達爾（Ramdal），辛達語，意思是「牆的盡頭」。另見索引640。

⑳ 都因那斯森林（Taur-im-Duinath），辛達語，意思是「兩條河之間的森林」。另見索引709。

入；在它抵達出海口前，雖然它的河道與水流量比不上西瑞安河，但其長度有西瑞安河的兩倍長；西瑞安河的水來自希斯隆與多索尼安，這兩處地區的降雨量比東方地區來得多。吉理安河的六條支流皆發源自隆恩山脈，它們是：阿斯卡河（這河後來又更名爲拉斯洛瑞爾㉑），沙洛斯河㉒，里勾林河㉓，貝爾梭河㉔，杜爾溫河㉕，以及阿督蘭特河㉖；這些河流因爲直接自山脈陡降下來，所以水勢都十分湍急。在吉理安河與隆恩山脈之間，從北邊的阿斯卡河起到南邊的阿督蘭特河止，這一方青翠碧綠的鄉野被稱爲歐西瑞安，「七河流域之地」。最南方的阿督蘭特河在行經到半途時一分爲二，之後又再合流，被河水包圍在中間的那塊地區稱爲嘉蘭島，「綠色小島」。貝倫和露西安自冥府歸來後便居住在這島上。

在這些河流的保護下，居住在歐西瑞安的是綠精靈；因爲繼西瑞安之後，烏歐牟愛吉理安河超過西邊地區所有的水源。歐西瑞安的精靈在森林中的生存技巧，是任何陌生人在進入該地區後，從頭走到尾都完全不見他們的身影。他們春夏穿著綠色的衣服，在越過吉理安河後還能聽見

㉑ 拉斯洛瑞爾（Rathlóriel），辛達語，意思是「金色的河床」。另見索引642。
㉒ 沙洛斯河（Thalos），辛達語。另見索引719。
㉓ 里勾林河（Legolin），辛達語。另見索引468。
㉔ 貝爾梭河（Brilthor），辛達語，意思是「閃爍的激流」。另見索引142。
㉕ 杜爾溫河（Duilwen），辛達語。另見索引216。
㉖ 阿督蘭特河（Adurant），辛達語，意思是「雙重河道」。另見索引3。

他們的歌聲；因此諾多精靈將那片鄉野稱爲林頓㉗，「音樂之鄉」，並將從歐西瑞安向東望去的前方山脈取名爲林頓山脈。

多索尼安東邊的貝爾蘭邊界毫無屏障，是最容易進攻之處，那裡的山丘都不夠高，不能從北邊防守吉理安河谷。費諾的兒子以及許多百姓住在那片區域，也就是梅斯羅斯防線及其後方地區，以防魔苟斯從該處突襲東貝爾蘭；他們的騎士常常奔馳在那片廣闊空曠的、位在阿德加蘭東邊的洛斯藍平原㉘上，梅斯羅斯的主要塞蓋在終年寒冷的辛姆林山上；辛姆林山被四周一些較低矮的山丘所環繞，山頂寬廣平坦，光禿禿的沒什麼樹木。在辛姆林與多索尼安之間有一條狹窄的通道，其西邊路段極其險峻，這通道名爲「艾格隆狹道」㉙，從北方吹來的寒風終年貫穿其間，它也是進入多瑞亞斯的關口。凱勒鞏和庫路芬在艾格隆設防，並且在辛姆拉德㉚全地，包括南邊源自多索尼安的埃洛斯河與其源自辛姆林山的支流克隆河之間的區域，都佈有重兵。

大小吉理安河之間的那片區域是由梅格洛爾負責防衛，所有的山勢在此處某一點上全都降了下來，那裡就是在發生第三場大戰前，半獸人進入東貝爾蘭的地方。因此，諾多精靈在該處的平

㉗林頓（Lindon），昆雅語，意思是「歌曲的」。另見索引473。

㉘洛斯藍平原（Lothlann），辛達語。另見索引488。

㉙艾格隆狹道（Pass of Aglon），辛達語。另見索引12。

㉚辛姆拉德（Himlad），辛達語，意思是「寒冷的平原」。另見索引415。

原上佈下許多騎兵；卡蘭希爾與其百姓則駐守在東邊山脈到梅格洛爾豁口之間的區域。瑞萊山，以及其周圍許多較低的山丘，從主山脈林頓往西延伸；在瑞萊山與林頓山脈之間有個夾角，那裡有一座湖，三面籠罩在山巒的陰影裡，只有朝南是開敞的。海倫佛恩湖，湖水又深又黑，卡蘭希爾就住在湖畔；從北方的瑞萊山到阿斯卡河，以及從吉理安河到山脈之間的這一大片區域，諾多精靈稱之爲薩吉理安㉛，意思是「吉理安河那邊的地區」，或稱之爲「多爾卡蘭希爾」，意思是「卡蘭希爾之地」；也就是在這地區，諾多精靈頭一次遇見了矮人。不過薩吉理安從前被灰精靈喚做盧寧平原㉜，「東邊的谷地」。

因此，費諾的衆子在梅斯羅斯的帶領下成爲東貝爾蘭的王，不過彼時他們絕大部分百姓都住在北邊地區，他們只在打獵時才會前來南方的森林綠地。費諾的幼子安羅德與安瑞斯則住在南方，在安格班仍被圍困期間，他們很少到北邊去。這片區域還有其他一些精靈王會不時奔馳其間，甚至不惜長途跋涉前來，因爲這地寬闊又美麗。最常前來此地的是芬羅德．費拉剛，他非常喜愛旅行漫遊，他甚至深入歐西瑞安，與當地的綠精靈交上了朋友。但是沒有任何的諾多精靈，在他們的王國仍然存在時，曾越過林頓山脈到東方去；而在東方地區所發生的事，也一直到很晚才傳到貝爾蘭來。

㉛ 薩吉理安（Thargelion），辛達語，意思是「吉理安河的對面」。另見索引721。

㉜ 盧寧平原（Talath Rhúnen），辛達語，意思是「東邊的平原」。另見索引695。

第十五章 諾多族在貝爾蘭

先前已述，內佛瑞斯特的特剛如何在烏歐牟的指引之下，發現了隱藏的倘拉登谷；那是在（正如後來所知的）西瑞安河上游的東邊，在一圈又高又險峻山脈當中，除了索隆多那群巨鷹，沒有任何生物到過那裡。但在山底深處有一條密道，那是世界仍處於一片黑暗的時期，由谷內往外流入西瑞安河的溪流所沖挖出來的；特剛找到了這條通道，來到了群山包圍的青翠平原上；這座山谷在遠古之時原是一座大湖。特剛知道他終於找到了他要的地方，他決定要在這裡建立一座美麗的城，紀念圖納山上的提理安城；隨後他回到內佛瑞斯特，不動聲色，只在心裡時時沈思要如何來完成這項計畫。

如今，在阿格烈瑞伯戰役之後，烏歐牟當時擺在他心裡的不安又回來了，於是他召喚了子民中許多強壯又有膽識，並且最有才能技術的人，悄悄帶他們到了隱藏的山谷，他們開始在那裡建造特剛長久以來所計畫的城；也在四周佈下崗哨，以免有人從外面進來發現他們的工作，而西瑞安河中烏歐牟的力量也在保護他們。不過絕大部分時間特剛依然住在內佛瑞斯特，直到該城興建完成。在秘密辛苦工作了五十二年之後，該城終於完全竣工了。據說，特剛以維林諾的精靈語將那座城命名為昂督林迪①，「水中音樂的岩石」，因為在山丘上有泉水湧出；但在辛達語中這城的名字被改成了貢多林，「隱藏的岩石」。特剛開始準備離開內佛瑞斯特，離開海邊他位在凡雅瑪的家；這時，烏歐牟再次前來找他，向他說話。烏歐牟說：「特剛，汝今當一舉遷往貢多林，我的力量會留在西瑞安河谷中，以及所有流入該河的水源裡；因此，無人能尋見汝之遷移蹤跡，也無人能在違反汝之意願下尋得隱藏的出入口。所有對抗米爾寇的艾爾達王國中，貢多林將是屹立最久的一處。即便如此，汝切勿太愛汝心所成之謀，汝手所造之工；千萬切記，諾多的真希望乃在西方，來自大海的彼岸。」

烏歐牟又警告特剛，他也同樣會面對曼督斯的判決，那是烏歐牟無力解除的。「因此它一定會應驗；」他說：「諾多的咒詛會在一切結束之前找上你，背信忘義之事將起自汝之宮牆。這座城將有烈火之災。但在這危難臨近之前，從內佛瑞斯特必有一人前來警告汝，在度過烈焰劫毀之後，這人必為精靈與人類生出希望。因此，汝今當在這屋中留下一副盔甲與寶劍，將來他必要找到這副裝備，而這也將成為汝識得那人之證據，不至遭受矇騙。」接著烏歐牟告訴特剛，他該留下什麼樣的頭盔、甲胄以及寶劍。

然後烏歐牟就返回大海去了，而特剛也開始遣送他所統轄的子民，當中包含了三分之一跟隨

---

①昂督林迪（Ondolindë），昆雅語，意思是「岩石之歌」。另見索引610。

芬國盼前來的諾多族，以及更大一群的辛達族；他們一小群一小群秘密地啓程，走在威斯林山脈的陰影下，在無人察覺的情況下來到了貢多林，沒有人知道他們去了何處。特剛是最後動身的一位，當所有的人都走了之後，他帶著家人，靜靜地行經山崗，穿過大山底下的秘密通道，經過重重大門，這些門在他背後一一關閉。

此後多年，除了胡林與胡爾之外，沒有任何人進去過。而特剛所統轄的大群百姓也沒再出來，直到三百五十多年後的「慟哭之年」②。在這環抱的群山之內，特剛的百姓增長興旺，他們運用自己的才能繼續努力工作，於是，位在葛維瑞斯山丘③上的貢多林城被修築得美麗萬分，確實可與大海彼岸的精靈城提理安相比。貢多林的城牆高而雪白，城中階梯光滑潔淨，國王的高塔高聳堅固，晶瑩的噴泉水花四濺。特剛的宮廷前豎立著兩株按著雙聖樹模樣所打造的樹，那是特剛親自以他精靈的工藝打造的；他所造的那株金樹被取名爲葛林高④，那株他造了盛開銀花的樹被取名爲貝爾希爾⑤。但是比全貢多林的美物更美的是伊綴爾⑥，特剛的女兒，她從前被稱爲「銀足」凱勒布琳朵⑦，而她的頭髮金黃閃耀就如米爾寇來到之前的金樹羅瑞林。特剛如此心滿

---

② 慟哭之年（Year of Lamentation），第一紀元的第473年，那年發生了貝爾蘭的第五次大戰。另見索引794。
③ 葛威瑞斯山丘（Amon Gwareth），辛達語。另見索引29。
④ 葛林高（Glingal），辛達語，意思是「懸掛的火焰」或「閃爍不定的光芒」。另見索引350a。
⑤ 貝爾希爾（Belthil），辛達語，意思是「神聖的放射光芒」。另見索引120。
⑥ 伊綴爾（Idril），辛達語，意思是「心思活躍，才氣橫溢」。另見索引431。
⑦ 凱勒布琳朵（Celebrindal），辛達語。伊綴爾的別號。另見索引162。

意足地生活了許久；但內佛瑞斯特卻荒涼廢棄了，始終空蕩蕩地，直到貝爾蘭毀滅。

就在貢多林開始秘密興建的時候，芬羅德．費拉剛也在山中深處忙著鑿建納國斯隆德；不過他妹妹凱蘭崔爾仍住在多瑞亞斯庭葛的家中。美麗安和凱蘭崔爾常不時談論維林諾及過往的歡樂；但在說到雙聖樹死亡的黑暗時刻之後，凱蘭崔爾總是閉口不再繼續往下說了。有一回，美麗安說：「我可以從妳看到，在妳以及妳族人身上籠罩著一種悲哀與災禍，但是我不知道那是什麼。西方所發生過的或正在發生的事，我既無法以思緒穿透得知，也無法以影像看見，因爲有一大片陰影覆蓋著整個阿門洲，甚至向外擴展到大海上。爲什麼妳不對我多說一點呢？」

「那悲哀與災禍已經過去了，」凱蘭崔爾說：「如今我只想談存留在此的歡樂，不想受到記憶的打擾。因爲雖然現在一切看起來都充滿了希望，但或許還有新的悲哀與災禍要來。」

於是美麗安注視著她說：「我不相信一開始眾人所傳述的，諾多是維拉差來的使者，在我們正需要的時候前來。因爲他們絕口不提維拉的事，他們的王也沒有攜帶任何的訊息來給庭葛，不論是曼威的口信，還是烏歐牟的，他們甚至沒有帶來庭葛兄弟歐威的問候，以及他帶去大海彼端族人們的消息。凱蘭崔爾，請告訴我，到底是什麼原因讓高貴的諾多族像被驅趕出阿門洲的流亡者？費諾眾子的身上到底伏有什麼邪惡，讓他們顯得如此傲慢又兇殘？我所說的夠接近眞相嗎？」

「非常接近。」凱蘭崔爾說：「只除了我們是自願離開，而非被維拉驅逐出境。我們不顧維拉的看法，冒了極大的危險前來，只爲一個目的——向魔苟斯復仇，取回他所偷走的東西。」

然後凱蘭崔爾向美麗安說了精靈寶鑽，以及諾多王芬威在佛密諾斯慘遭殺害的事；不過對於費諾所發的誓言，殘殺親族的慘劇，以及發生在羅斯加爾的焚船事件，她仍然一字未吐。但是美麗安說：「妳現在對我說了多一點的事，但我所看見的卻更多。妳想把從提理安出發後，漫漫長路上的黑暗拋在背後，但我看見其中藏有邪惡，而庭葛應當要了解它們。」

「或許吧，」凱蘭崔爾說：「但不是由我這裡得知。」

於是美麗安不再跟凱蘭崔爾談論這些事了；不過她對庭葛說了所有她聽到有關精靈寶鑽的事。「這是一件大事。」她說：「比諾多自己所知道的還要大；因為阿門的光與阿爾達的命運如今都緊繫在這費諾所創造的作品上，而他已經走了。我預言，任何艾爾達的力量都無法將它們尋回；就在寶石被從魔苟斯那裡奪回來之前，世界會在即將來臨的戰爭中變得四分五裂。看哪！正如我所猜測的，它們已經害死了費諾以及許多其他的人；它們已經帶來的，以及將要帶來的死亡，首先落在你朋友芬威的身上。魔苟斯在逃離阿門洲之前殺了他。」

庭葛聞言久久不發一語，內心充滿了悲傷與預感；不過到了最後，他還是開口說：「現在我終於明白諾多為什麼離開西方前來，先前我對此一直充滿了疑惑。他們不是前來幫助我們的（事情實在是湊巧）；維拉任這些留在中土大陸的人自行發展，直到最需要的時刻來臨。諾多是為復仇和追討失物而來。不過更可以確定的是，在對抗魔苟斯的事上，他們將是我們的盟友，現在我們不必擔心他們雙方會有什麼協議與合作。」

但是美麗安說：「復仇取寶當然是他們前來的真理由；但肯定還有別的理由。你要小心費諾的眾子！維拉憤怒的陰影籠罩在他們身上；我看得出來他們做過邪惡的事，不但是在阿門洲，也在他們自己親族的身上。所有諾多王子的身上都籠罩著一股悲傷，雖然那悲傷如今看來似乎已經平息了。」

庭葛聞言答道：「那跟我有什麼關係呢？關於費諾，我聽到的只有傳聞而已，把他說得十分了不起。關於他的兒子，我所聽到的沒一件事是讓人愉快的；但他們同樣能對我們的敵人證明，他們是他致命的死敵。」

美麗安說：「他們的劍與他們的籌算，同樣都是兩刃的利劍。」從此以後，他們再也沒有談起這件事。

沒多久，有關諾多族在來到貝爾蘭之前作過好些惡事的流言蜚語，便在辛達族間傳來傳去。唯一可以肯定的是諾多族爲什麼來，但惡事的眞相卻被加油添醋；彼時辛達族對謊言尙無防備，個個相信自己所聽到的流言，而魔苟斯選擇他們做自己惡意攻擊的首要對象（事後想想這是很有可能的），因爲他們根本不認識他。當瑟丹聽到這些黑暗的故事後，內心深受困擾；他極有智慧，並且很快就看出他們這回所聽聞的，不論是眞是假，都有極大的兇狠陰謀。不過他認爲這陰謀是針對諾多的衆王子而來，起因在於嫉妒。因此，他派人送信給庭葛，告知他所有自己所聽聞的事。

碰巧，此時費納芬的兒子又是庭葛的座上客，因爲他們想見妹妹凱蘭崔爾。庭葛讀信後十分激動，他非常生氣地對芬羅德說：「我的好親戚，你竟敢對我作這樣的事，瞞住我這麼大的秘密。現在我知道諾多族做過的所有惡事了。」

芬羅德回答說：「我王，我對你做過什麼惡事呢？或者諾多族曾在你的國中做過什麼令你如此生氣呢？不論是對你的王權或對你的百姓，他們既未想過也未做過任何惡事啊。」

「伊珥雯的兒子啊，我對你眞是另眼相看。」庭葛說：「你竟敢在雙手染滿殘殺你母親親族之血的情況下，前來你舅公的王國作客，並且連一句辯解之詞也沒有，連一句道歉的話也沒說！」

芬羅德深感有口難言，可是他什麼也沒說，因爲他無法爲自己辯護，除非他控告其他諾多王子的罪行；而他極不願意在庭葛面前這麼做。但是安格羅德心裡卻浮現了卡蘭希爾譏罵他的話，因此他大聲說道：「我王，我不知道您聽到什麼樣的饞言，也不知道您是幾時聽到的；但是我們的雙手絕對沒有沾染鮮血。在聽了兇狠的費諾一席話之後，大家都像喝醉了酒一樣跟著他走，但也很快就清醒了；我們或許愚蠢，但絕對是清清白白而來。我們一路上沒有做出任何邪惡的事，反而是爲我們所做錯的事受了許多的苦；然後又要將這苦楚遺忘。對您而言我們只是背負了一長串故事的人，對諾多而言我們又是可被出賣的——事實與您所知道的正好相反，我們有我們的忠誠要守，故在您面前靜默不言，不料這反倒惹發您的怒氣。現在，我們不要再擔這樣的罪名了，而您也應當知道眞相了。」

於是安格羅德憤恨地述說費諾衆子所做的事，告訴庭葛他們在澳闊隆迪的流血事件，隨後召來曼督斯的判決，以及在羅斯加爾焚船的事。然後他大聲說：「我們這些忍受寒冰之苦跋涉而來的人，爲什麼要背負殘殺親族與背叛者之名？」

「但是曼督斯的陰影也同樣籠罩在你身上。」美麗安說。

庭葛久久不發一語。「你們走吧！」最後他說：「我內心現在如火在燒。如果你們願意的話，稍後可以再回來；我的晚輩們，我不會對你們關起我的門，否則就是陷你們於不義了。同樣的，我也會保持對芬國昐及其子民的友誼，對於他們所捲進的惡事裡，他們已經付上了痛苦的贖價。在憎恨造成這一切的大仇敵中，我們的悲傷或許能被遺忘。不過，注意聽我的話！從今以後，我的耳中絕不願意聽到那在澳闊隆迪殘殺我親族者的語言！同樣的，只要我的王國存在一天，在我國中就不准公開說那種語言。所有辛達族都要聽我的命令，既不准說諾多族的語言，聽到也不准回答。任何膽敢使用那語言者，將等同於殘殺親族者與背叛者，永遠不得饒恕。」

於是，費納芬的兒子們心情沈重地離開了明霓國斯，他們終於體會到曼督斯的話有多麼真實，跟隨在費諾身後的諾多百姓，沒有一個能夠逃過籠罩他們家族的陰影。就如庭葛所言，辛達族都聽命於他，從今以後整個貝爾蘭都拒絕使用諾多族語言，而且避開那些大聲說它的人；那群流亡者在日常生活中已經完全採用了辛達語，西方的高等語言變成只在諾多王族間流傳。從此之後，那語言成了一種學問，始終被其人民所保存。

終於，納國斯隆德興建完成了（但那時特剛還住在凡雅瑪），費納芬的兒子們齊聚一堂慶祝；凱蘭崔爾也離開多瑞亞斯前來納國斯隆德住了一陣子。如今芬羅德．費拉剛王獨缺王后，凱蘭崔爾於是問他為何不娶親。此時，費拉剛突然有一種預感，因此他說：「我曾發過誓，必須以自由之身來完成，然後進入黑暗裡。我的王國不會有任何東西留待兒子來繼承。」

但是，據說，這樣冰冷的念頭是直到那時才襲上他心頭的；事實上，他所心愛的人是凡雅族的雅瑪瑞伊⑧，而她不肯隨他一起流亡他鄉。

---

⑧雅瑪瑞伊（Amarië），昆雅語。另見索引24。

第十六章　梅格林

諾多的白公主，芬國盼的女兒雅瑞希爾·雅芬妮爾，先是和她哥哥特剛住在內佛瑞斯特，隨後也與他一同遷到了隱藏的王國。但是她厭倦了處處設有守衛的貢多林城，愈來愈渴望再次騎馬奔馳在廣闊的大地上，漫步在各地的森林中，就像以前居住在維林諾的時候一樣；在貢多林城完工兩百年之後，她向特剛請求准許她離開。特剛不願答應這項請求，多次拒絕了她；但是到了最後他還是讓步了，說：「如果妳想，妳就去吧，雖然我如此答應妳是非常不智的，並且我敢說，禍患必隨著妳這次的離去而降臨妳我身上。妳離去之後只能去找我們的哥哥芬鞏；而我差派與妳前去的護衛，則應當盡可能迅速返回。」

雅瑞希爾聞言卻說：「我是你妹妹，不是你的臣僕，我會去我喜歡去的地方，不受你的約束。如果你吝於給我一名護衛，我就自己一個人走。」

特剛回答說：「我從不吝惜給妳任何我擁有的事物。我只希望那些知道進入此城秘密通道的人，都安分居住在城內；我信任妳，妹妹，但我怕其他人會不小心說溜了嘴。」

於是特剛指定他家中三名軍隊長陪同雅瑞希爾出城，囑咐他們直接將她送到希斯隆去找芬鞏，如果她肯聽從的話。「要隨時提高警覺。」他說：「雖然魔苟斯仍被圍困在北方，中土大陸還是有許多公主一無所知的危險。」就這樣，雅瑞希爾離開了貢多林；對於她的離去，特剛心裡感到十分沈重。

當他們一行人來到西瑞安河的貝西阿赫渡口①時，她對同行的護衛說：「現在我們要轉向南，而不是向北，因爲我不要去希斯隆；我心裡比較想去找我的老朋友，費諾的兒子。」由於勸不動她，他們只好聽她的命令轉向南行，希望可以獲准進入多瑞亞斯。但是多瑞亞斯的邊界守衛拒絕了他們；因爲除了費納芬家的人，庭葛不讓任何諾多族通過迷咒環帶，尤其不准費諾兒子的朋友進入。因此，邊界守衛對雅瑞希爾說：「公主，妳要找凱勒鞏居住的地方，絕不能穿過庭葛王的領域；只能向南或向北繞過美麗安環帶來走。最快的一條路是從貝西阿赫渡口往東經過丁巴爾，然後沿著多瑞亞斯的北邊疆界走，直到經過伊斯果都因橋以及埃洛斯渡口，然後就到了辛姆林山所屏障的地區。我們相信凱勒鞏與庫路芬就住在那裡，或許妳可以在那邊找到他們；不過妳要走的這條路十分危險。」

於是雅瑞希爾轉回頭，去找那條介於多瑞亞斯北邊防護牆與妖物作祟的戈堝洛斯山谷之間的危險道路；當他們逐漸騎近險惡的蕩國斯貝谷，便陷入了籠罩在該區的陰影中，雅瑞希爾跟她的

①貝西阿赫渡口（Ford Brithiach），辛達語，意思是「砂礫渡口」，位在西瑞安河上游。另見索引143。

護衛不但迷路並且走散了。他們找她找了許久，卻始終沒找到，他們害怕她會被妖物給吞噬了，或是喝了那地溪裡有毒的水。住在峽谷裡的昂哥立安兇殘的後裔，確實被驚動起來追趕他們，他們費了九牛二虎之力才逃過一劫。當他們最後終於回到貢多林，並且說出他們的經歷後，整個貢多林陷入了極大的悲傷；特剛獨自靜坐了許久，在沈默中忍受悲傷與憤怒。

另一方面，雅瑞希爾在找不到護衛後，依舊繼續往前騎，因為她是個不知害怕的人，並且內心非常堅強勇敢，就像芬威所有其他子孫一樣；她依邊界守衛的指點，跨過伊斯果都因河與埃洛斯河，來到了位於埃洛斯河與克隆河之間的辛姆拉德地區，在安格班的圍困尚未遭到突破之前，凱勒鞏與庫路芬居住在那裡。可是雅瑞希爾到的時候他們不在家，而是與卡蘭希爾一同往東騎向薩吉理安去了；不過凱勒鞏的百姓十分歡迎她，待她以上賓之禮，請她安居下來等他們的王子回來。因此，她很滿意地在那裡住了一陣子，能自由自在地漫遊森林，給她帶來極大的快樂；可是隨著一日日過去，凱勒鞏一直不見蹤影，她又開始躁動起來，獨自離開這地，騎得比往常更遠，找尋新的路徑與杳無人跡的林間空地。於是，就在那年快要過完時，雅瑞希爾有一天偶然來到了辛姆拉德的南邊，越過了克隆河，在她察覺之前就陷入了艾莫斯谷森林。

這座森林在遠古之時，當所有的樹木都還幼小的時候，美麗安在中土的微光中曾在這裡行走，林中的魔咒這時依然存在。如今艾莫斯谷森林中的樹是全貝爾蘭中最高大最濃密的，太陽照不進來；在森林裡，住著一位名喚伊歐②的黑暗精靈。許久之前他本是庭葛的親戚，可他總是勞碌不休，對多瑞亞斯的輕鬆日子很是厭煩，因此，當美麗安環帶豎立起來並且將他所居住的瑞吉安森林圈住時，他便逃到艾莫斯谷森林中來了。他住在這座森林深處的陰影中，喜愛黑夜與星辰所散佈的微光。他始終避開諾多族，認爲魔苟斯的返回與騷擾貝爾蘭，都該怪他們；但是他比任何精靈族群跟矮人有更多的來往。矮人從他得知許多艾爾達居住地所發生的事。

從藍色山脈下來的矮人走兩條路經過東貝爾蘭，北邊朝埃洛斯渡口去的那條，會從艾莫斯谷森林旁經過；伊歐會在那裡與矮人碰面，跟他們交談。他們的關係愈來愈好，因此他有時候會前往諾格羅德城和貝磊勾斯特堡這兩座矮人城作客，他學會了許多金屬鍛造的本領，進而成爲這方面的大師；他發明一種金屬，跟矮人所煉的鋼一樣堅硬，但延展性卻極強，他把這種金屬打造得薄而軟，卻還能夠抵擋一切刀槍劍戟的攻擊。他把這種金屬命名爲勾沃恩③，因爲它漆黑閃亮如黑玉，每次他出門的時候，一定穿上全套由勾沃恩所打造的軟甲。伊歐雖然因爲長年的鍛造工作而身形有些佝僂，但他不是矮人，而是帖勒瑞王族中一名身材高大的精靈，面容俊美但神態冷酷；他的雙眼可以穿透極黑暗的地方。有一天，他看到了在艾莫斯谷森林邊緣那些高大樹林中遊蕩的雅瑞希爾．雅芬妮爾，她像幽暗之地中一道閃爍的白光。他覺得她眞是美極了，內心於是生出一股得到她的慾望；因此他在她四周佈下魔咒，讓她找不到出路，反而愈走愈朝向他森林深處

---

② 伊歐（Eöl），辛達語。另見索引282。
③ 勾沃恩（galvorn），辛達語，意思是「會發光的黑色」。另見索引334。

的家。他在那裡進行他的鍛造工作，家中的一些僕人也都跟他們的主人一樣，沈默又形跡隱匿。雅瑞希爾漫遊到終於疲憊時，也來到了他家門口；他出現並自我介紹，歡迎她，並且領她進入屋中。從此她就住在那裡，因爲伊歐娶她爲妻；她的親人此後很久一段時間沒有她的消息。

據說，雅瑞希爾不是完全不情願的，而她在艾莫斯谷森林中的生活，有很長一段年日也不是那麼令她討厭。雖然在伊歐的命令下她不許照見日光，但他們會在星光下或弦月的微光中一同四處漫遊；她也可以獨自隨處遊走，只是伊歐禁止她去找費諾的兒子或其他諾多族人。雅瑞希爾在幽暗的艾莫斯谷森林中爲伊歐生了一個兒子，她在內心用那被禁止的諾多語言爲他取名爲盧米昂④，意思是「微光中的孩子」；但孩子的父親始終沒有給他取名字，直到他十二歲，伊歐才喚他梅格林⑤，意思是「閃爍銳利的目光」，因爲他注意到兒子的眼睛比他的更具刺透力，並且他的心思能夠閱讀出模糊話語背後的內心秘密。

當梅格林完全長大成人，他的外表與身形比較像母親那邊的諾多族，但他的脾氣和思想則像他父親。他十分沈默寡言，除非事情跟他有關，他很少開口；因此，他的聲音有一種力量，可以驅使聽到他的人，打敗反抗他的人。他有高大的身材與漆黑的頭髮，眼睛是黑色的，卻雪亮銳利如同諾多精靈的眼睛，他的膚色十分蒼白。他常跟隨父親前往林頓山脈東邊的矮人城，十分熱切

④盧米昂（Lómion），昆雅語。另見索引478。
⑤梅格林（Maeglin），辛達語。另見索引495。

地學習任何他們肯教他的東西，這當中他最熱衷的是在山脈中找尋金屬礦沙的本事。

不過，據說梅格林比較愛他母親，每當伊歐出遠門，他會一直坐在他母親身旁，聽她講述所有她能夠告訴他的，有關她族人以及他們在艾爾達瑪所做的各種事，還有芬國昐家族中的王子有多麼偉大與勇敢。這些事他都藏在心裡，而所有這些事中他最留心的是特剛，以及特剛沒有繼承人這件事；因爲特剛的妻子埃蘭薇在橫越西爾卡瑞西海峽時身亡，只留下唯一一個女兒——伊綴爾．凱勒布琳朵。

就在述說這些故事的過程中，雅瑞希爾心裡想要再見親人的念頭甦醒過來，她很驚訝過去竟會厭倦貢多林的光輝，陽光下的噴泉，以及春天晴空微風下靑翠的倘拉登草原；因此，當她丈夫及兒子一同出遠門時，她更常待在陰影中。雅瑞希爾所說的故事也引發了梅格林與伊歐之間的第一次爭吵。由於雅瑞希爾絕不肯向兒子透露特剛的所在地，也絕不肯說要用什麼方法才能到達該地，因此梅格林在等待時機，想辦法從她那裡刺探消息，或者閱讀出她不設防時的心思。然而在他尚未成功時，他就想先見見諾多族，想跟他的親戚費諾的兒子們說說話，他們住的並不遠。當他把這念頭告訴他父親時，伊歐卻大發雷霆。「梅格林，你是伊歐家的人，是我兒子，」他說：「你不是貢多林人。這一整片大地都是屬於帖勒瑞族的；我自己絕不會，也絕不准我兒子去跟那些殺害我親族的人打交道，他們是侵略者與篡奪我們家園的人。在這件事情上，你一定要順從我，否則我就把你關起來。」梅格林什麼話也沒說，整個人變得更冷酷沈默，並且從此再也不隨伊歐出門了；而伊歐也不再信任他了。

到了仲夏，矮人按照往年的習俗，邀請伊歐到諾格羅德城去參加宴會；於是他就去了。梅格林與他母親因此可以過一段想去哪裡就去哪裡的自由日子，他們兩人常常騎馬前往森林的邊緣，曬曬太陽；梅格林內心想要永遠離開艾莫斯谷的念頭愈來愈熾烈。因此他對雅瑞希爾說：「公主，趁現在有時間，我們走吧！住在這森林裡對妳我還有什麼希望呢？我們被軟禁在這裡，我在這裡得不到任何益處；我已經學會所有父親能夠教我的，以及諾格林人願意教我的了。我們難道不該前去找尋貢多林嗎？就請妳當我的嚮導，讓我當妳的護衛吧！」

雅瑞希爾聽見這話十分高興，很驕傲地看著自己的兒子；於是他們告訴伊歐的僕人他們要去找費諾的兒子，隨後就策馬向艾莫斯谷森林北邊出發。他們越過了修長的克隆河，進入辛姆拉德地區，再騎往埃洛斯渡口，如此沿著多瑞亞斯的邊界朝西行。

不料伊歐比梅格林所預料的更早一點從東方回來，發現妻兒已經走了兩天了；他的憤怒是如此強烈，以致於在追趕途中不避開白天的太陽。不過當他進入辛姆拉德地區後，他控制住了自己的憤怒，同時謹慎起來，意識到了自己的危險；因爲凱勒鞏與庫路芬都是強而有力的諾多王子，並且他們一點也不喜歡伊歐，而庫路芬的脾氣尤其暴躁。由於監守艾格隆狹道的斥候發現了騎馬前往埃洛斯渡口的雅瑞希爾與梅格林，而庫路芬看出這消息有些不對勁，於是他從狹道南下，在渡口附近紮了營。就在伊歐騎馬橫越辛姆拉德時，庫路芬派出騎士將他給攔了下來，帶回到諾多王子的面前。

庫路芬看著伊歐說：「黑暗精靈，你到我的土地上來幹什麼？大概是很急的事吧，要不然一個如此羞見陽光的人，怎麼會在大白天趕路！」

伊歐知道自己的處境危險，不得不吞下心中冒上來的惡毒言詞。「庫路芬我王，」他說：

「據我所知，我兒與我妻，貢多林的白公主，在我出遠門時前來拜訪你；在我看來，我也當加入他們一同前來拜訪才是。」

庫路芬大聲嘲笑伊歐，並且說：「如果是你陪他們來，他們大概會發覺自己在這裡恐怕不受歡迎；不過，這事無妨，反正他們也不是來拜訪我的。他們在兩天前越過了埃洛西阿赫，然後迅速朝西奔馳。看情況，你所說的話是騙人的；除非，你自己也是蒙人所騙。」

伊歐回答說：「既然如此，我王，請准我離去，讓我親自去查明這事的眞相。」

「我可以讓你走，但我一點也不喜歡你。」庫路芬說：「你走得愈快我愈高興。」

於是伊歐翻身上馬，說：「庫路芬我王，你作了件好事，在你親戚有需要時親切對待他。我回來時會記得的。」

庫路芬聞言沈下臉來。「別在我面前炫耀你妻子的頭銜；」他說：「那些偷了諾多族的女兒，在沒有獲得親族同意與贈禮的情況下強娶她們的人，不配被她們親族的人視同爲親戚。我已經同意讓你走了。走吧，給我滾遠一點。按著艾爾達的法律這次我不殺你。但我奉勸你：現在就調頭回到你所住的黑暗森林裡去；因爲我的心警告我，如果你現在去追趕那些已經不再愛你的人，你將永遠再也不會回到此地來了。」

伊歐快馬加鞭離去，內心對所有的諾多族都充滿了憎恨；如今他知道梅格林與雅瑞希爾是逃往貢多林去了。在憤怒與羞辱的驅使下，他疾馳過了埃洛斯渡口，沿著他們先前走過的路更加拼命地追趕；雖然他們不知道他就緊追在後，雖然他的馬跑得更快，但他始終沒有看見他們，直到他們抵達貝西阿赫渡口，棄馬開始步行。他們之所以會被發覺，實在是運氣太壞所致；那兩匹被棄的馬大聲嘶鳴，伊歐的馬聽見了，便朝牠們奔來；伊歐從遠處瞥見了雅瑞希爾的一襲白衣，並且記下了她所走的方向，找尋那條進入山脈的秘密通道。

雅瑞希爾和梅格林來到了山腳下貢多林外門的黑守衛那裡，他們見到她眞是喜出望外，於是她帶著梅格林穿過七重大門，爬上葛威瑞斯山丘去見特剛。貢多林的王聽著雅瑞希爾所說的一切，充滿了驚訝；然後他看著那位長得很像妹妹的外甥，認為他跟諾多的王子比起來毫不遜色。

「看到雅芬妮爾回到貢多林來，我眞是太高興了。」他說：「如今，我的城將變得比當初我認爲她已一去不返時更美。同時，梅格林在我國中將得到最高的尊敬。」

於是梅格林俯首行禮，尊特剛爲王，願意聽從他一切的吩咐；隨後他便靜默警醒地站立在一旁，因爲貢多林的歡樂與燦爛，遠遠超過他從母親所述故事中所產生的想像，他也十分驚訝這城的力量與其百姓的數量，他還看見許多又奇怪又美麗的事物。但是沒有一樣東西，比王的女兒伊綴爾更吸引他的目光，她就坐在王的旁邊；她像她母親的族人，金黃閃亮的凡雅族，在他看來，她像太陽一樣照亮了國王的整個殿堂。

另一方面，跟蹤雅瑞希爾的伊歐找到了乾河以及秘道，他悄無聲息地潛近，卻撞上了守衛，被抓起來問話。當守衛聽到他說雅瑞希爾是他妻子時，無不驚訝萬分，隨即差人把消息送入城去；信差匆匆趕到王的殿上。

「我王，」他大聲說：「守衛逮捕了一個偷偷潛近到黑門邊的人。他是名身材高大的精靈，一身黑，不苟言笑，是屬於辛達一族的，他說他名叫伊歐，並且宣稱雅瑞希爾公主是他妻子，又要求一定要晉見你。他非常憤怒，我們很難制住他；不過我們遵照您的命令，沒有殺他。」

雅瑞希爾聞言忍不住嘆息：「唉！我一直害怕這件事，伊歐果真尾隨在後。但他跟得可眞是隱密啊，因爲我們進入這條隱匿的路時，完全沒聽見也沒看見有人追蹤在後。」於是她對信差說：「他說的都是眞的。他叫伊歐，我是他的妻子，他是我兒子的父親。請勿殺他，將他帶到王的殿上來，如果王許可的話。」

事情就這麼辦了；伊歐被帶到特剛的殿堂上，他站在王面前，神情既高傲又陰沈。雖然他對所見事物的驚奇一點也不亞於他兒子，但這一切只讓他內心充滿更多對諾多族的憤怒與痛恨。然而特剛以禮待他，起身上前握住他的手，同時一邊說：「歡迎你，我的妹婿，我因此與你執手爲禮。在此你必須住下，再也不准離開我的王國，你可任隨己意居住；因爲我已立下法律，任何找到路進來的人，都再也不准離開。」

但是伊歐將手一把抽回，說：「我不承認你的法律，不論是在東還在西，你和你的族人都無權在這塊土地上佔地爲王或設立規矩。這是帖勒瑞族的土地，你們不但把戰爭與紛擾帶來，斷事更是驕傲又不公正。我一點也不在乎你的秘密，我也不是來刺探你的王國，我只是來要回屬於我的東西：我的妻子跟兒子。如果你認爲你對妹妹雅瑞希爾也有權，那麼她可以留下來；讓鳥兒回到她的籠子裡，反正她很快就會像過去一樣再度感到厭倦。可是梅格林不一樣。你無權留住我兒子。跟我走，伊歐的兒子梅格林！你父親命令你，離開他敵人與殺他親族者的家，否則必遭咒詛！」然而梅格林一句話也沒說。

特剛回到高高的王座上，握住判決的權杖，然後十分嚴厲地說：「黑暗精靈，我不會與你逞口舌之快。你那不見天日的森林是靠諾多族的劍在保護。因此你才有自由在荒野中遊蕩，才可能娶到我的家人；否則，說不定你早就在安格班的坑道中當奴隸了。在這裡我是王，不論你順不順從，我的判決就是法律。這是你的選擇：住在這裡，或死在這裡；對你兒子也是如此。」

伊歐聞言直視國王特剛的雙眼，一點也沒被嚇住，他站立良久，不動不語，整個大殿一片死寂；雅瑞希爾不禁害怕起來，她知道他是個非常危險的人。突然間，彷彿毒蛇吐信，他伸手抓住藏在外套底下的短標槍，一把擲向梅格林，同時大喊道：「我選擇死，我兒也是！你不應該擁有屬於我的東西！」

但是雅瑞希爾閃身擋住了標槍，那槍刺入了她的肩膀；伊歐被一擁而上的侍衛壓倒在地並且綑綁起來，當眾人忙著照顧雅瑞希爾時，他暫且被帶了下去。一旁的梅格林看著他父親，仍舊不發一語。

王決定明天早晨審判伊歐；雅瑞希爾與伊綴爾皆懇求特剛能夠法外施恩。但是到了傍晚，雅瑞希爾的情況惡化了，雖然她的傷勢一點也不嚴重，可是她卻陷入了黑暗昏迷中，到了夜裡她就死了；原來，沒有人想到標槍上有毒，等察覺時已經太晚了。

因此，當伊歐被帶到特剛面前時，他沒有獲得憐憫；他被帶往卡拉督爾⑥，那是位在貢多林城山丘北面的一處懸崖，那裡的岩石都是黑色的，他將從陡峭的城牆上被拋下去。梅格林一直站在一旁，始終沒有說話。伊歐在最後一刻大聲喊道：「你這個孽子！竟然拋棄你父親與他的族

⑥卡拉督爾（Caragdûr），辛達語，意思是「黑色的尖牙」。另見索引153。

人。在這裡你所有的希望都將落空，在這裡你將死得跟我一樣慘。」

他們將伊歐抛下了卡拉督爾，他就如此結束了；對貢多林所有的人而言，這樣的判決十分公正；但是伊綴爾卻感到不安與苦惱，並且從那一天開始，她就不信任這位新來的親戚。不過梅格林在貢多林人中長得高大又體面，受到衆人的稱讚，而且特剛也很喜歡他；他對所有能學的新事物都很熱切，並且學得又快又好，同樣他也有許多東西可以教人。他身邊聚集了一群對採礦和鍛造金屬最有興趣的人；他在艾可瑞亞斯⑦（也就是環抱山脈）找尋礦脈，並且找到豐富的各種金屬礦沙。最令他讚賞的是從艾可瑞亞斯北邊安格哈巴⑧礦脈所開採出來的堅硬鐵沙，鎔鑄金屬與鍛造鋼鐵讓他致富，而貢多林的武裝也因此更加強悍與銳利；這讓他們在未來的情勢裡站在有利的位置上。梅格林在議事討論上也顯得睿智而機警，必要時他更是堅毅而勇敢。這一點在日後得以看見——當第五戰役發生那年，特剛實踐同盟的承諾，敞開大門領軍前往幫助位在北方的芬鞏，當時梅格林不肯留在城裡當攝政王，而是馳上戰場與特剛並肩作戰，證明他的凶猛無懼。

到目前爲止，梅格林的運氣看來都很不錯，他成長爲諾多衆王子中大有能力的一位，在他們王國的著名人士中，除了一人之外，他是最偉大的。但是他並未吐露他的心思；雖然不是所有的事都如他的意，他也隱忍不說，他隱藏他的心思與意念，讓所有的人都無法看透他，只除了面對伊綴爾·凱勒布琳朵時。從他來到貢多林的第一天開始，他內心就生出了一股悲哀，並且日益惡

⑦ 艾可瑞亞斯（Echoriath），辛達語，意思是「圓圈地區」。另見索引234。

⑧ 安格哈巴（Anghabar），辛達語，意思是「挖鐵」。另見索引51。

化，剝奪了他所有的快樂——他深愛伊綴爾的美麗，渴望得到她，卻毫無希望。艾爾達向來是近親不婚的，過去也沒有人想這麼做。然而無論習俗如何，伊綴爾一點都不愛梅格林；當她知道他內心喜歡她之後，她就更不愛他了。在她看來，他心裡面有一種詭譎又怪異的東西，確實正如艾爾達一直以來所相信的：殘殺親族所結出的惡果，曼督斯咒詛的陰影藉此籠罩在諾多族的最後一個希望上。但是儘管歲月流逝，梅格林仍舊注目著伊綴爾，一心等待著，而他的愛在他內心變得陰沈了。隨著時日過去，他更加讓自己的心思充滿別的事物，不規避任何的苦差事或重擔，彷彿他能從中獲得力量一般。

就這樣，在貢多林城中，在充滿歡樂的這個王國中，當它的光輝與榮耀仍然存在時，已經種下了邪惡的黑暗種子。

第十七章 人類來到西邊

諾多族來到貝爾蘭已經三百多年了，在這段悠長的太平歲月裡，納國斯隆德的王芬羅德·費拉剛旅行到了西瑞安河的東邊，與費諾的兒子梅斯羅斯及梅格洛爾一同出遊狩獵。有一天他厭倦了追逐，獨自一人朝遠方那閃亮的林頓山脈走去；他循著矮人路在薩恩渡口越過了吉理安河，再轉向南越過了阿斯卡河的上游，進入歐西瑞安的北方地區。

有一天傍晚，在大山脈底下山麓小丘的河谷中，在沙洛斯泉下方，他看見了隱約的火光，並聽見從遠處傳來了歌聲。對此他感到十分奇怪，因爲居住在這地的綠精靈是不燃火的，而且他們也不會在夜間唱歌。起先他還怕是半獸人突破了北方聯盟的防線，入侵到此，但等他悄悄走近後，他才發覺不是的；因爲歌唱者所用的是一種他不曾聽過的語言，既不是矮人語，也不是半獸人語。於是，費拉剛悄悄站在黑夜的樹影中，往下望向那處營地，他看見了一群陌生人。

這些是跟隨那位大家後來稱之爲老比歐①的人類首領，往西遷移的部分族人。在東方的大地上遊蕩了許多年之後，他終於帶領他們翻過了藍色山脈，成爲第一支進入貝爾蘭的人類；他們唱歌是因爲高興，相信自己已經逃離了所有的危險，終於來到一塊沒有恐懼的土地上。

費拉剛觀看他們許久，喜愛他們的心在他裡面油然而生；但是他還是躲在樹後，直到他們一一入睡。然後他來到這群熟睡的人當中，在無人守望而將熄的營火旁坐下來，拿起比歐放在一旁的粗陋豎琴，開始彈起人類耳朵從來沒聽過的音樂；除了在荒野中遊蕩的黑暗精靈，人類從來沒有老師教導他們藝術。

在費拉剛的彈唱中，熟睡的人一一醒來，每個人都以爲自己是在作某種奇妙的美夢，直到發現身旁的同伴也跟自己一樣醒著在聆聽；但是他們既未說話，也未驚擾費拉剛的彈唱，因爲那音樂與歌聲實在是太美了。精靈王者的話語中充滿了智慧，凡是聆聽的人內心都變得更聰慧；因爲他所唱關於阿爾達的創造，以及越過大海陰影另一方阿門洲的歡樂，隨著歌聲彷彿圖畫般一一展現在他們的眼前，他的精靈語也隨著他們個別的聰慧程度，分別在他們腦海中解譯。

因此，人類稱這位他們第一個遇見的艾爾達精靈費拉剛王爲努萌②，在人類語言中乃「智慧」之意，他們後來又稱他的族人爲努明③，意思是「有智慧的」。事實上，他們起先認爲費拉

---

①老比歐（Bëor the Old），阿督奈克語。三支伊甸人氏族中第一族的族長。另見索引122。

②努萌（Nóm），另見索引598。

③努明（Nómin），另見索引598。

剛是維拉，是謠傳中居住在極西之地的神祇；而這正是（他們當中有些人這麼說）他們之所以向西遷移的原因。費拉剛在他們當中住下來，教導他們眞正的知識，而他們也非常愛他，尊他為王，從此之後始終對費納芬的家族忠心不貳。

由於艾爾達比其他所有的種族更加擅長語言，並且費拉剛也發現他能解讀人類的心思，在他們還沒開口說出來之前就能明白，因此他們所說的話他很容易瞭解。據說，這群人在山脈東邊就已經常和黑暗精靈打交道，並且從中學了不少他們的語言；由於所有昆第的語言都是同出一源，因此比歐與其族人的語言在許多詞彙與變化上都類似精靈語。因此，沒有多久，費拉剛就能跟比歐溝通談話了；當他還住在他們當中時，他們兩人常常在一起交談。但是當費拉剛詢問比歐有關人類的起源和他們的旅程時，比歐只說了一點點；因為事實上他也只知道一點點，他族人的先人很少提及自己的過去，總有一股沈寂落在他們的記憶裡。「有一股黑暗就在我們後面；」比歐說：「我們必須轉過身來背對它，我們不願意再回去那裡，連想也不願意想。我們的心轉向了西方，我們相信會在那裡找到光明。」

但後來艾爾達之間的傳說是，當太陽頭一次昇起，人類在希爾多瑞恩醒來時，魔苟斯的奸細就發現了，這項消息很快就傳入他耳裡，對他而言這是一件大事。於是，他在陰影中偷偷地離開了安格班，將戰爭的事交給索倫，親自前來中土大陸。他跟人類究竟有何往來，事實上艾爾達一無所知，當時不知，事後所知也極少；但是他們可以清楚看見人類心中伏有一股黑暗（就如諾多族心中伏著殘殺親族的陰影以及曼督斯的審判一樣），就連他們首批碰見的那群成為精靈之友的人類也一樣。魔苟斯最大的渴望是腐化或毀滅所有一切新的及美好的事物；他的任務中毫無疑問也包含了這個目的——藉由恐懼和謊言，讓人類變成艾爾達的敵人，將他們自東方引來對付貝爾蘭。但他這項計畫成熟得很慢，並且從未完全成功過；因爲人類（據說）一開始時數量非常少，魔苟斯又擔心艾爾達的聯合與壯大，於是他趕回到安格班，只留下幾個僕役住在人類中間，而他們沒有他那麼厲害與詭詐。

費拉剛從比歐處得知，還有許多其他想法相同的人類也正朝西而來。「還有其他一些跟我同種族的人已經越過了山脈。」他說：「他們走得應該不是太遠；那些跟我們說話不同的哈拉丁④族人，還在山脈東麓的山谷裡，他們想先觀望一下再採取行動。另外還有一些人類講的話跟我們的比較像，我們曾經跟他們打過幾次交道。他們本來走在我們前面，但是我們超越了他們；因爲他們人數衆多，總是一起行動，前進得很緩慢，統治他們的首領叫做馬拉赫⑤。」

如今，住在歐西瑞安的綠精靈對一批批遷來的人類大感苦惱，當他們聽說其中有位渡海而來的艾爾達王時，就派遣使者去見費拉剛。「我王，」他們說：「如果你對這些新來者有影響力，請你要求他們循原路回到他們所來之處，否則就繼續前進。我們不想要有陌生人來破壞我們居住之地的和平。這群人既砍伐樹木，又獵取動物；因此，我們不是他們的朋友，如果他們不走，我們將盡一切所能使他們的日子痛苦難過。」

④哈拉丁（Haladin），三支伊甸人中的第二支氏族。另見索引383。

⑤馬拉赫（Marach），三支伊甸人中的第三支氏族的族長。另見索引508。

於是，在費拉剛的建議下，比歐招聚了所有與他一同遷移的家庭與族人，他們越過了吉理安河，在克隆河東岸艾莫斯谷森林南方，靠近多瑞亞斯的邊境，屬安羅德與安瑞斯的土地上住了下來；此後那地區被稱爲伊斯托拉德⑥，「紮營之地」。一年過去之後，費拉剛想要回自己的家園，比歐請求與他同去；因此他的後半生便隨侍在納國斯隆德王的左右。也正因爲如此，他得到了比歐這個名字，在此之前，他原本名叫巴蘭⑦；在他族人的語言中，「比歐」乃「家臣」之意。他把統治族人的責任交給了長子巴仁⑧，從此之後再也沒有回到伊斯托拉德來。

費拉剛離去之後沒多久，另一群比歐提過的人類就來到了貝爾蘭。首先來到的是哈拉丁族，但在碰上了不友善的綠精靈後，他們轉向了北方，在費諾的兒子卡蘭希爾所管轄的薩吉理安住了下來；他們在那裡安居了一段時間，卡蘭希爾的人根本不注意他們。再隔一年，馬拉赫領著他的族人也越過了山脈；他們是一群高大、像戰士一般的人民，他們有秩序地結伴列隊邁進，歐西瑞安的精靈不敢攔阻他們，只好自己躲起來。然而馬拉赫聽說比歐的族人住在一處翠綠豐饒的土地上，便順著矮人路往下走，在比歐的兒子巴仁及其族人所住區域的東邊與南邊住下來；他們兩族

---

⑥伊斯托拉德（Estolad），辛達語。居住在這地方的人類，在貝爾蘭的第四次大戰中幾乎全被滅絕了。另見索引303。

⑦巴蘭（Balan），另見索引101。

⑧巴仁（Baran），另見索引109。

人民建立了非常好的友誼。

費拉剛自己常常返回拜訪人類；許多其他住在西邊地區的精靈，包括艾爾達族與辛達族，也都迢迢跑到伊斯托拉德來，急著想看預言中老早就說過要出現的伊甸人⑨。當初，在維林諾的敘事中說到將要來臨的人類時，將他們稱為亞塔尼，「次來者」；如今在貝爾蘭的語言裡，這名稱變成了伊甸，但這名稱只包括成為精靈之友的三支家族。

身為諾多最高君王的芬國盼，派遣使者向他們表達了歡迎之意；於是，許多年輕又熱切的伊甸人，紛紛投到艾爾達王侯的麾下去效力。他們當中有馬拉赫的兒子馬列赫⑩，他在希斯隆住了十四年；他學會了精靈的語言，精靈並且為他取名為亞拉丹。

伊甸人並未一直滿足於居住在伊斯托拉德，他們當中有許多人依舊希望繼續向西前進；但是他們不知道路。擋在他們面前的是多瑞亞斯的防護環帶，往南則是西瑞安河那無法穿越的沼澤地區。於是，諾多的三支王族看出人類及其子孫之力量所帶有的希望，派人傳話給伊甸人，只要他們願意，他們可以遷來與自己的族人同住一地。如此一來，伊甸人的遷徙開始了；起初是三三兩兩的走，到後來是整個家族與氏族，他們啓程離開伊斯托拉德，到了大約五十年後，已有成千上萬的人類遷入了精靈王的領土居住。他們當中絕大部分是朝北走遠路，那些路後來被他們走得很

---

⑨ 伊甸人（Edain），辛達語，意思與昆雅語同為「次來者」。三支伊甸人的後裔就是努曼諾爾人，也就是亞拉岡所屬的登丹人。另見索引236。

⑩ 馬列赫（Malach），另見索引503。

熟。比歐的百姓遷到了多索尼安，住在費納芬家族所統治的土地上。亞拉丹的百姓絕大部分往西遷去（馬拉赫始終住在伊斯托拉德，直到壽終正寢）；有部分到了希斯隆，但是亞拉丹的兒子馬國爾和許多百姓越過了西瑞安河進入到東貝爾蘭，他們在威斯林山脈南坡的山谷中居住了一段時日。

據說，這整件事，除了芬羅德・費拉剛之外，沒有人前去與庭葛王會商；庭葛很不高興，一方面是因爲無人知會他，另一方面，是因爲人類出現的消息在傳到他耳中之前，他就一直夢見他們的前來，並且爲此十分苦惱。因此，他命令人類除了北方之外，不許居住在其他地方，而他們所服侍的王子要爲他們的一切言行負責；並且他說：「只要我的王國存在一天，多瑞亞斯就不准有人類進入，就連服侍我所喜愛的芬羅德的比歐家族也不准。」

當時，美麗安對他的話什麼也沒說，但在事後她對凱蘭崔爾說：「不久就會有許多大事發生。將有一名人類，正是比歐家族的人，確實會闖進來，連美麗安的環帶都擋不住他，是那比我力量更大的命運將他送進來的；從這事件所產生出來的歌謠，只要中土大陸存在一日，就會一直存留下去。」

不過在伊斯托拉德仍有許多人類居住，不同家族的人融合在一起，依舊在那裡居住了許多年，直到貝爾蘭遭受毀滅的日子，他們若非隨著一起覆滅，就是逃回了東方。除了老一輩的人認爲他們漂流的日子當在此告終外，仍有許多人想要繼續走自己的路，然而他們害怕艾爾達族以及他們眼中的光芒；於是伊甸人中開始有了衝突不和，這些衝突中，可以察覺魔苟斯的陰影，可以確定的是，他已經知道人類來到了貝爾蘭，並且和精靈交上了朋友。

那些不滿的領袖有比歐家族的貝列格⑪，以及馬拉赫的孫子之一安拉赫⑫；他們公開說：「我們長途跋涉來此，爲的只想逃離中土大陸的危險和居住在那裡的黑暗事物；因爲我們聽到西方有光明可尋。但如今我們知道，原來光明遠在大海的另一端。那個我們不能去的地方，除了一位之外，其餘衆神都居住在歡樂裡。那位黑暗的君王就住在這地，住在我們以及睿智卻凶猛的艾爾達族眼前，而艾爾達族對他發動無止盡的戰爭。他們說，他就住在北方；我們經歷了許多痛苦與死亡才逃離該地。我們不會再走回那條路去。」

於是人類決定集合召開大會，有許多人類前來聚集在一起。

精靈之友回應了貝列格，說：「沒錯，我們所逃離的一切邪惡都是來自那位黑暗的君王；但他想要統治的是整個中土大陸，就算我們現在回頭，他難道就不追我們了嗎？除非他被擊敗，或至少同盟始終維持著；唯有靠著勇敢的艾爾達他才能被擋在北方，或許正是爲了這個目的，爲了幫助艾爾達，我們才被帶到這塊土地上來。」

對此貝列格回答說：「我們的生命已經夠短了，這件事就讓艾爾達去管吧！」這時人群中站

---

⑪亞拉丹（Aradan），辛達語，意思是「國王的人」。另見索引64。

⑫貝列格（Bereg），另見索引123。

起來一個人，樣子看起來很像印拉赫⑬的兒子安拉赫⑭，他口出兇狠的話，讓聽到的人心裡都嚇了一大跳。他說：「這一切都只是精靈的傳說，專門欺騙什麼也不知道的新來者。那個大海沒有對岸。西方也沒有光明。你們是在跟著精靈的愚蠢火光走向世界末日！你們有誰見過諸神？誰又見過北方黑暗的君王？想要統治中土大陸的其實是艾爾達。他們十分貪心，想要得到更多財富，因此拚命挖掘大地的秘密，卻因而驚動了住在地底的東西，引發那些東西的憤怒，這就是艾爾達一直在作的事。就讓半獸人住在他們所擁有的區域，我們住在我們自己的地方。這世界地方夠大，如果艾爾達不來干涉我們的話！」

聽見他話的人都驚駭得呆坐了好半天，恐懼的陰影落在他們的心頭上；於是他們決定要遠離艾爾達所居住的土地。但在事後安拉赫回到了他們中間，並且否認他先前參與過他們的辯論，或說過他們所報告的那些話；因此人類當中又充滿了迷惑和疑問。於是精靈之友說：「現在你們至少會相信這件事——確實有一位黑暗的君王，而他的奸細就潛伏在我們當中；因爲他怕我們，也怕我們會給予他敵人的力量。」

不過人群當中還是有人回答說：「倒不如說他是恨我們，並且我們在這裡住得愈久他就愈恨我們，夾在他跟艾爾達王族的衝突之間，對我們沒有任何好處。」因此，許多仍留在伊斯托拉德

---

⑬印拉赫（Imlach），另見索引436。

⑭安拉赫（Amlach），安拉赫的奇怪言行，很可能是意志軟弱受魔苟斯利用所致；所以他後來才會「後悔了」。另見索引25。

的人開始準備離去；貝列格帶領了千餘名比歐的百姓往南而去，記述這些歲月的歌謠中再沒他們的消息。但是安拉赫後悔了，說：「現在我和那位謊言之王結了仇，至死方休。」於是他往北方而去，投入了梅斯羅斯的麾下。但是他的百姓中那些跟貝列格有一樣想法的人，重新選了一位領導者，帶領他們往回走，越過山脈進入了伊利雅德，從此再沒有消息。

在這段時期裡，哈拉丁仍舊住在薩吉理安，並且過得相當滿意。魔苟斯看見自己藉由謊言和欺騙仍舊無法完全離間人類和精靈，不由得十分憤怒，決定要盡一切可能來傷害人類。於是，他派出一隊半獸人，向東走避過了防守線，再悄悄回頭越過林頓山脈，順著矮人路前進，撲向卡蘭希爾駐地南方森林裡的哈拉丁族。

哈拉丁族是一支散居岡壑的百姓，他們沒有領導管理的領袖，也沒有多人聚居的村落，而是分散各處，自掃門前雪，並不團結。哈拉丁族中有一個名叫哈達德⑮的人，他很有領導能力，並且十分勇敢無懼；他召聚了所有他能夠找到的勇士壯丁，躲避到位在阿斯卡河與吉理安河夾角間的土地上，他在角落的最頂端，跨越兩河築了一座高大的柵欄；他們把所有能夠救出來的婦孺都放到柵欄後方。他們被圍困在那裡，直到糧食都吃盡了。

⑮ 哈達德（Haldad），另見索引384。

哈達德有一對雙胞胎兒女：女兒叫哈麗絲⑯，兒子叫哈達爾⑰，兩人在防衛抗敵上都非常勇敢，哈麗絲可說是女中豪傑，心思堅定又很有力氣。到最後，哈達德在突圍反攻半獸人中被殺身亡，而哈達爾在衝出去搶救父親的遺體以免被剁爛時，也被砍倒在他身旁。於是哈麗絲團結百姓的心，雖然他們看來毫無希望；有些人在情急之下投河想要渡水，卻就此滅頂。七天之後，就在半獸人進行最後一次猛攻並且攻破柵欄時，突然間傳來了許多號角聲，卡蘭希爾帶領他的軍隊從北方南下，把所有的半獸人都趕進河裡溺死。

卡蘭希爾仁慈地對待這些人類，並且給了哈麗絲極高的讚譽；他同時也贈禮補償她所失去的父親與兄弟。雖然一切都已太遲，但是他終於看出伊甸人是何等的勇敢，他對她說：「如果妳願意遷到北方來，將獲得艾爾達的保護和友誼，並且也擁有自己的土地。」

但哈麗絲是個有傲骨的人，不願意受人牽引或統治，而大部分哈拉丁人也都有相同脾氣。因此，她感謝卡蘭希爾的好意，然後說：「我王，我已決定，我們將離開大山的陰影，往西向同種族的人類那裡去。」於是，哈拉丁人聚集了所有活著的百姓，他們有些是在半獸人打來時逃到山林中躲藏起來的；他們收拾了被焚燒的家園中殘餘堪用的東西，並且選哈麗絲作他們的領袖，於是她帶領他們一直走到了伊斯托拉德，在那地方居住了一段時日。

但他們依舊是一群散居的百姓，從此之後被精靈與人類認知為哈麗絲的百姓。哈麗絲在世的

---

⑯ 哈麗絲（Haleth），她是哈拉丁族人所選出的第一位領袖。另見索引388。

⑰ 哈達爾（Haldar），另見索引386。

時候，是這一群人的領袖，她始終沒有結婚；在她之後，領導的權責交給了她兄弟哈達爾的兒子哈丹⑱。過了沒多久，哈麗絲又想往西遷移了；雖然大部分的百姓都不贊成，她還是帶領他們再度前進；在沒有艾爾達的引導與幫助下，他們越過了克隆河和埃洛斯河，走上了位在恐怖山脈與美麗安環帶中間的危險區域。雖然那地區在當時還不像它日後那般兇險，但是凡人在沒有幫助的情況下是無路可走的，哈麗絲帶領百姓歷盡艱難與損失之後才通過，一路上所靠的是她剛強不屈的意志驅使他們往前走。到最後他們終於越過了貝西阿赫渡口，當中有許多人非常懊悔踏上這段旅程；不過如今已經回頭無路了。因此，他們在新的土地上盡可能地展開生活；他們在越過泰格林河⑲之後德能平原⑳的森林中各自圈墾定居，有些人甚至遠行到了納國斯隆德的境內。不過百姓中仍有許多人深愛哈麗絲小姐，願意跟隨她到任何地方去，在她的治理下定居；哈麗絲帶領他們前往在泰格林河與西瑞安河之間的貝西爾㉑森林。在往後那段戰禍連綿的歲月裡，許多她散居各處的百姓都回到了這地。

關於貝西爾森林，雖然它不包括在美麗安的環帶內，但是庭葛宣稱過這是他的領土，因此他也不准哈麗絲住在該處；不過與庭葛關係友好的費拉剛，在聽說了哈麗絲百姓的遭遇後，為她求

---

⑱ 哈丹（Haldan），另見索引385。
⑲ 泰格林河（Teiglin），辛達語，有「水塘」之意。另見索引712。
⑳ 德能平原（Talath Dirnen），辛達語，意思是「有守衛的平原」。另見索引694。
㉑ 貝西爾（Brethil），辛達語，意思是「樺樹」。另見索引140。

得了這份恩情——她及百姓可以在貝西爾自由定居，唯一的條件是，他們必須把守泰格林河渡口，抵擋所有艾爾達的敵人，不讓半獸人侵入他們的森林。對此哈麗絲說：「我父親哈達德與我兄弟哈達爾，如今在哪裡呢？如果多瑞亞斯的王在哈麗絲與那些吞滅她百姓的敵人當中，竟害怕與哈麗絲建立友誼，那麼艾爾達的想法在人類看來眞是太奇怪了。」於是，哈麗絲在貝西爾居住到她離世；她的百姓在森林高地上爲她建了一座青塚，稱爲「土爾・哈列莎」㉒，意思是「仕女墳」，在辛達語中稱爲「雅玟墓塚」㉓。

就這樣，伊甸人都居住到了艾爾達的土地上，這裡一群，那裡一群，有的四處遊蕩，有的與親族或友人群聚成小村落；他們當中絕大部分的人很快就學會了灰精靈語，除了成爲他們自身日用的語言，也因爲他們熱切地想學會精靈的知識與學問。但是過了一段時間之後，精靈諸王看見精靈與人類雜居無序的情況，認爲這樣不好，並且人類需要有自己的領導者來管理他們，因此劃分出給人類自身居住的區域，並爲他們選定領袖來管理。這些人類在戰爭中是艾爾達的盟友，不過他們由自己的領袖領軍。然而還是有許多伊甸人喜歡與精靈爲友，一生都居住在精靈當中；人類的年輕人也經常會撥出數年的時間，在精靈王的麾下聽候差遣。

㉒ 土爾・哈列莎（Tûr Haretha），昆雅語。另見索引742。

㉓ 雅玟墓塚（Haudh-en-Arwen）；Arwen是辛達語中Lady的意思。另見索引398。

如今，瑪拉赫·亞拉丹的曾孫，馬國爾㉔的孫子，哈索㉕的兒子哈多㉖·洛林朵㉗，在年少時進入芬國昐的家中服侍，並且深得君王的喜愛。隨後芬國昐將多爾露明賞給他作領地，他同族絕大部分的百姓聽從他的召喚定居到該地，他也成爲伊甸人領袖中最偉大的一位。在他家中唯一使用的語言是精靈語；不過他們並未忘記自己的語言，並且從這當中發展出了日後努曼諾爾人的通用語。另一方面，在多索尼安，比歐百姓的領導權與拉德羅斯㉘的管理權，交到了比歐的孫子，波隆㉙的兒子波羅米爾㉚手上。

哈多的兒子是高多㉛和剛多㉜；高多的兒子是胡林㉝和胡爾㉞；而胡林的兒子是格勞龍的剋星

㉔馬國爾（Magor），另見索引498。

㉕哈索（Hathol），另見索引397。

㉖哈多（Hador），阿督奈克語，意思是「聰明的」。另見索引382。

㉗洛林朵（Lorindol），辛達語，意思是「金色的頭」。另見索引486。

㉘拉德羅斯（Ladros），位在多索尼安的東北部，是伊甸人第一氏族的居住地。另見索引456。

㉙波隆（Boron），另見索引134。

㉚波羅米爾（Boromir），這名字是辛達語的boro加上昆雅語的mir「珠寶」而成的。另見索引133。

㉛高多（Galdor），辛達語。另見索引333。

㉜剛多（Gundor），辛達語。另見索引377。

㉝胡林（Húrin），辛達語。另見索引427。

㉞胡爾（Huor），辛達語。另見索引426。

圖林㉟；胡爾的兒子是圖爾㊱——蒙受祝福之埃蘭迪爾的父親。波羅米爾的兒子是貝國爾㊲，貝國爾的兒子是貝國拉斯㊳和巴拉漢；而貝國拉斯的兒子是巴拉岡㊴與貝烈岡㊵。巴拉岡的女兒莫玟㊶是圖林的母親，貝烈岡的女兒瑞安㊷是圖爾的母親。而巴拉漢的兒子就是獨手貝倫，他贏得了庭葛女兒露西安的愛情，並且死而復生；他們生了後裔愛爾溫——埃蘭迪爾的妻子，以及往後歷世歷代努曼諾爾的君王。

所有這些人，全都落在諾多厄運的網裡；他們所立下的豐功偉蹟，艾爾達全都將之記載在古時衆君王的歷史中。在那些年歲裡，人類的實力增強了諾多族的力量，令他們希望高漲；彼時魔苟斯被嚴密包圍著，因爲哈多的百姓十分堅毅，能夠忍受嚴寒與在荒野中長途跋涉，毫不畏懼深入遙遠的北方，保持監視敵人的舉動。這三支家族的人類，定居之後人口興旺倍增，當中人數最

㉟ 圖林（Túrin），昆雅語，意思是「能（或想）作主的」。他是托爾金筆下最像希臘悲劇的人物。另見索引745。

㊱ 圖爾（Tuor），辛達語。另見索引741。

㊲ 貝國爾（Bregor），辛達語。另見索引139。

㊳ 貝國拉斯（Bregolas），辛達語，有「迅速的樹葉」之意。另見索引138。

㊴ 巴拉岡（Baragund），辛達語。另見索引107。

㊵ 貝烈岡（Belegund），辛達語。另見索引117。

㊶ 莫玟（Morwen），辛達語，意思是「黑暗的女子」。由於她是胡林的妻子，胡林是多爾露明的領主，因此她又被稱爲「多爾露明的女主人」。另見索引546。

㊷ 瑞安（Rían），辛達語。另見索引649。

多的是金髮哈多的家族，他與精靈的王侯相較毫不遜色。他的百姓是一群身材高大力氣強壯的人民，頭腦敏捷，勇敢又堅定，脾氣來得快去得也快，在伊露維塔所造的人類兒女中，是一支大有力量的子民。他們絕大部分的人是金髮藍眼；但圖林不是，他像他母親，比歐家族的莫玟。比歐家族的人是黑髮或褐髮，有灰色的眼睛；在所有人類當中，他們長得最像諾多精靈，也最得諾多精靈的喜愛；他們心思敏銳，手藝靈巧，理解力強，記憶力佳，他們比較不是大怒大笑的人民，而是比較細膩，很容易受到感動而起共鳴。在森林中囿墾的哈麗絲的百姓跟他們比較像，但是身材沒有他們高大，對於學習知識也不像他們那般熱衷。他們使用很少的詞彙，也不喜歡大批人民群居一處；他們當中有許多人樂於孤獨的生活，當艾爾達的土地對他們還很新奇時，他們經常自由自在地遊蕩於青綠的森林中。然而在西邊這片土地上，他們存在的年日不長，生活也不快樂。

按照人類的壽命來算，伊甸人在來到貝爾蘭之後，他們的壽數增長了；不過老比歐在活了九十三年之後還是過世了，他侍奉費拉剛王一共四十四年。他無傷無哀，純係因爲年老而死，艾爾達精靈生平首次看見人類生命的短暫，看見他們自己完全不知道的衰老而死；他們對失去朋友感到極大的悲傷。比歐最後是心甘情願地放棄了自己的生命，平靜地安息；艾爾達對人類奇怪的命運覺得十分好奇，因爲他們所有的學問中都沒有記載這件事，他們也不知道人類的終局。

就這樣，古代的伊甸人迅速地向艾爾達學習了一切他們所能習得的藝術與知識，他們的子孫在智慧與才能上大爲增長，直到遠遠超越了所有其他的人類，那些人類依舊居住在山脈的東邊，從來沒有見過艾爾達，不曾瞻仰過那些曾經見過維林諾光輝的面容。

第十八章　貝爾蘭的毀滅與芬國盼的殞落

如今，諾多的最高君王，統領北方的芬國盼，看到子民人數衆多又強壯，與他們聯盟的人類也人多勢衆，個個勇猛，這使他再次考慮攻擊安格班；因爲他非常淸楚，只要包圍的圈子不完整，他們就日夜活在危險當中。另外，魔苟斯躲在地底深處的坑洞中忙碌著，拼命發明邪惡的東西，在他揭曉之前，誰也不知他到底在做什麼。芬國盼自以爲他的計畫思慮周詳，因爲諾多族還不明白魔苟斯完全發威時的力量，也不了解他們對他發動沒有外援的戰爭，無論早晚，最後都沒有希望。然而他們的家園是如此美麗，疆土又如此遼闊，絕大多數的諾多精靈對所擁有的事物十分滿意，因此一直依戀現有的日子，對進行攻擊一事始終不積極，因爲他們曉得，不論戰勝戰敗，他們當中有許多人將從此一去不返。所以，芬國盼的建議一直沒什麼人要聽，費諾的兒子則根本完全不理會他。在諾多所有的王族中，只有安格羅德和艾格諾爾跟最高君王有同樣的想法；因爲他們所居住的區域可以淸楚看見安戈洛墜姆，魔苟斯的威脅時時在他們心裡。芬國盼的計畫最後還是不成，大地繼續享有一段時間的太平。

但是，就在比歐與馬拉赫之後，人類的第六代子孫尚未長大成人之時，也就是芬國昐來到中土大陸過了四百五十五年後，他長久以來所害怕的災禍驟然降臨了，事情來得比他所想過最黑暗的恐懼更加可怕與突然。一直以來，魔苟斯秘密地準備著武力，在這過程中，他心中的惡毒隨著時間的過去不斷壯大，對諸多族的憎恨也更強烈；他不但想要一次永遠解決掉仇敵，並且想把他們所建設與裝點得美麗非凡的大地也整個摧毀。據說，由於他的恨意壓倒了他的理智，如果他肯繼續再忍耐得稍微久一點，等到計畫完全妥當之後再出擊，那麼諸多精靈將會完全被摧毀。但是他當時太低估了精靈勇猛的程度，同時也根本還沒把人類放在眼裡。

那年冬天，在一個沒有月亮的黑夜裡，廣闊的阿德加藍平原從諸多駐紮的山腳下一直伸展到安戈洛墜姆的山腳前，在寒冷的星光下顯得一片朦朧，防線上的營火忽明忽滅，守衛的人數也很少；希斯隆營裡的騎士大多在熟睡。突然間，魔苟斯從安戈洛墜姆送出了猶如長江大河滾滾而來的火焰，其速度比炎魔更快，一下子就佈滿了整片平原；鐵山山脈也相繼噴出有毒的彩色火焰，濃煙臭氣立刻佈滿在空氣中，足以致人於死。阿德加藍草原就此全毀了，凶猛的烈焰吞噬了整片翠綠的青草，從此變成一片廢棄的焦土，充滿窒息的煙塵，光禿不毛，毫無生命。因此，它的名字改了，變成了安佛格利斯，「窒息的煙塵」。許多諸多精靈來不及逃到山中躲避，被這股突如其來的大火燒死，他們燒焦的屍骨就荒曝在那沒有遮頂的墳場上。多索尼安高地與威斯林山脈擋住了這股火焰洪流，但是面朝安格班的山坡上，所有的樹木都著了火，燃燒所產生的濃煙在防禦者當中引發了不小的混亂。第四場大戰，班戈拉赫戰役①，「瞬間烈焰之戰」，就此拉開了序幕。

在火焰前方是金色的格勞龍，惡龍的祖先，牠已經完全長大成蟲了；尾隨在牠之後的是一隊炎魔，更後面則是大批黑色的半獸人，他們的數量超過諾多精靈所能想像。他們攻擊諾多族的要塞，擊破了包圍安格班的防線，砍殺所有找到的諾多精靈及盟友——灰精靈和人類。魔苟斯的死敵中，許多最剛勇的人都死在第一天的戰役裡，因爲昏亂而不知所措，遭到驅散後無法再次振作而被個別擊破。從此之後，貝爾蘭的戰亂再也沒有完全停止。不過這場「瞬間烈焰之戰」到了隔年春天時，由於魔苟斯不再猛烈進攻，情況開始趨於緩和。

安格班的圍困就此告終；魔苟斯的敵人不但被驅散，彼此間也被隔斷了聯繫。絕大部分灰精靈放棄了北方的戰事逃往南方；有許多進入多瑞亞斯避難，這使庭葛的王國與實力一時之間大爲增強，而王后美麗安的力量在王國四周所架起的屏障，使邪惡還無法穿透這個隱藏的王國。還有一些則逃到了海港邊的要塞，或是到了納國斯隆德；另外有一些則放棄了貝爾蘭，逃到歐西瑞安躲避，或翻越山脈進入荒野中流浪。戰爭與圍困遭瓦解的流言，傳到了中土大陸東方人類的耳中。

在這場戰爭中，費納芬的兒子首當其衝，遭受到最猛烈的攻擊，安格羅德與艾格諾爾雙雙戰

①班戈拉赫戰役（Dagor Bragollach），辛達語。另見索引185。

死；比歐家族的領袖貝國拉斯，以及極多的人類勇士，也都就此倒在在沙場上。但是貝國拉斯的弟弟巴拉漢卻在較遠的西邊，在靠近西瑞安渡口處跟敵軍廝殺。從南邊匆匆趕來的芬羅德·費拉剛王被敵人切斷了後方大軍，跟一小隊前鋒被包圍在西瑞赫沼澤②附近，眼看就要被生擒或當場死於非命，但是巴拉漢帶著他手下最勇敢的一群人趕來解危，他們持長槍在他四周築成一道人牆，在殺出重圍的過程中損失十分慘重。費拉剛因此得以逃離一死，回到他位在深處的納國斯隆德要塞中；爲此他立下了一個誓言，他將固守與巴拉漢及其百姓之間恆久不渝的友誼，在他們一切的需要上幫助他們，然後他將手上的戒指拔下來給了巴拉漢，做爲所發誓言的憑據。此時巴拉漢已成爲比歐家族的正式領袖，他隨後便啓程回到了多索尼安；不過他的百姓大多已經逃離了自己的家園，前往希斯隆的要塞中避難去了。

魔苟斯這次的攻擊來得十分猛烈，使得芬國昐與芬鞏無法趕去援助費納芬的兒子；希斯隆的大軍在威斯林山的要塞前被擊退，損失也十分慘重，他們拼盡一切力量抵擋半獸人，要塞才未被攻陷。金髮哈多戰死在西瑞安泉的堡壘前，他是芬國昐王的後衛，享年六十六歲，與他一同倒下的是他次子剛多，身上中了無數的箭矢；精靈爲他們哀悼了許久。從此高大的高多繼承了他父親的領導權。由於陰影山脈的龐大與高度，恐怖的火焰被阻住了，又因爲北方精靈與人類的英勇，半獸人與炎魔才未攻下希斯隆，繼續威脅著魔苟斯攻擊大軍的側翼；然而，芬國昐卻被敵軍的人

②西瑞赫沼澤（Fen of Serech），另見索引670。

海給隔斷在他子民之外。

另一邊，費諾的兒子們所面對的戰況極壞，東邊防線幾乎全被攻下。艾格隆狹道遭受猛烈的攻擊，但是魔苟斯的大軍也付出了極重的代價；被擊敗的凱勒葦與庫路芬往西南沿著多瑞亞斯的邊界逃走，最後來到納國斯隆德，尋求芬羅德．費拉剛的庇護。他們所帶來的士兵也增加了納國斯隆德的實力；不過，就後來發生的事來看，如果他們還是留在東方自己的人中間比較好。梅斯羅斯在戰場上神勇超凡，半獸人撞上他都嚇得拼命逃；自從他在安戈洛墜姆遭到殘酷的折磨後，他的靈魂像一把白色烈焰般在他裡面燃燒，他可說是已經死過一次了，沒什麼好怕的。因此，辛姆林山上的要塞沒被攻下，許多最勇敢的戰士，包括多索尼安和東邊防線上的軍兵都保住了性命，集合在梅斯羅斯的麾下；他又將艾格隆狹道封住了一陣子，因此半獸人無法經由該條路線進軍貝爾蘭。但是半獸人在洛斯藍平原上擊敗了費諾子民的騎兵，因爲格勞龍來到該地，突破了梅格洛爾豁口，破壞了大小吉理安河之間的整片地區。半獸人攻下了瑞萊山西坡上的要塞，狠狠報復了卡蘭希爾的駐地薩吉理安，並且玷污了海倫佛恩湖。於是，他們越過了吉理安河，夾帶著烈火與恐懼深入了東貝爾蘭。梅格洛爾加入了辛姆林山上的梅斯羅斯；卡蘭希爾帶著殘存的人馬逃了出來，加入了安羅德和安瑞斯以及他們四散狩獵的百姓，他們一行人繼續退過了南邊的藍達爾。然後在伊瑞伯山上設立了崗哨，保住了部分兵力，另外他們也得到了綠精靈的幫助；彼時半獸人還不曾進入歐西瑞安，都因那斯森林，以及南方的荒野。

如今消息傳到了希斯隆，多索尼安陷落，費納芬的兒子陣亡，費諾的兒子也都被驅離了他們的駐地。於是，芬國盼看到（在他看來似乎如此）諾多將會一敗塗地，這樣的潰敗將使諾多所有的王室從此再也無法恢復；在充滿憤怒與絕望之下，他躍上了他的駿馬羅哈洛③，獨自往前急馳，沒有任何人攔得住他。他像煙塵中的一股疾風穿過了「佛格利斯地區」④，所有望見他迎面馳來的敵人無不驚駭閃避，以為是歐羅米親身來到了這地——由於他整個人充滿了瘋狂的憤怒，以致於他的雙眼如維拉般精光四射。芬國昐單騎直闖到安格班的大門前，大聲吹響了號角，再次搥響那扇黃銅大門，向魔苟斯發出一對一決生死的挑戰。魔苟斯也真的出來了。

那是他在這些連綿的戰爭中，最後一次走出堅固堡壘的大門，據說，他不是很情願接受這項挑戰；雖然他的力量遠大過世上萬物，他還是害怕維拉。可是他在自己的將帥面前不能拒絕這項挑戰；因為群山在芬國昐的號角聲中紛紛震動，而他下達戰書的聲音清楚銳利地傳到了安格班的深處；芬國昐直指魔苟斯是懦夫，是一名只敢驅使一群奴隸賣命的主人。因此，魔苟斯出來了，從他地底的王座慢慢走了上來，他每踏一步所發出的響聲，宛如地底響起了陣陣悶雷。他全身披戴黑色的甲冑出來應戰。站在諾多君王面前的他猶如一座巨大的高塔，帶著鐵王冠，舉著巨大的黑色盾牌，上面有他黑色的紋章，盾牌落在他身上的陰影彷彿暴風雨的烏雲。然而芬國昐在他底下猶如一顆閃亮的星辰；他身著鏽銀的甲冑，藍色的盾牌上鑲著水晶；他拔出他的寶劍瑞及

---

③羅哈洛（Rochallor），辛達語，有「馬匹」之意。另見索引657。

④佛格利斯地區（Dor-nu-Fauglith），辛達語，意思是「煙塵瀰漫之地」；也就是安佛格利斯。另見索引209。

⑤璘及爾（Ringil），辛達語，意思是「寒星」。另見索引651。

爾⑤，劍鋒閃爍猶如寒冰。

於是魔苟斯高高舉起他的葛龍得⑥，「黑暗世界之鎚」，像雷電箭矢般揮砸而下。但是芬國盼一躍避過，葛龍得在地上鎚出了一個大坑，從坑中冒出濃煙和火焰。魔苟斯多次試圖鎚死他，每一次芬國盼都及時躍開，如同自一大片烏雲中閃射而出的電光；他同時也在魔苟斯身上砍出了七道傷口，魔苟斯連續七次發出痛苦至極的號叫，在北方的大地上迴盪，圍在一旁觀戰的安格班大軍個個臉上無不充滿了驚駭。

但是到了最後，王開始累了，魔苟斯舉起整張盾牌向他壓下去。芬國盼三次跪倒在地，又三次站立起身，舉起他已殘破的盾牌，挺起他已受損的頭盔。然而由於地面已經處處都是坑洞與裂口，使他一步不穩仰跌在魔苟斯的腳前；魔苟斯伸出左腳踏住他的頸項，那重量彷彿一座大山當頭壓下。絕望的芬國盼發出最後奮力一擊，將璘及爾完全砍入踩他的那隻腳，隨即噴湧而出的烏黑血液還會冒煙，並且迅速注滿了葛龍得所鎚出的坑洞。

芬國盼，諾多的最高君王，古代所有精靈王中最英勇超凡也最驍勇善戰的一位，就此殞落了。半獸人對這場發生在自家大門口的決鬥沒有任何吹噓；同樣也沒有任何精靈的歌謠傳頌此事，因爲他們的悲傷太深。然而這故事始終被人記得，因爲鷹王索隆多將這消息帶到了貢多林，以及更遠的希斯隆。當時魔苟斯從地上一把抓起精靈王的軀體，折斷他的骨頭，打算將他丟去餵

⑥葛龍得（Grond），另見索引373。

他的狼群；但是索隆多從牠位在克瑞沙格林山顛上的巢穴疾飛而來，牠飛到魔苟斯的頭頂上伸爪抓傷他的臉。索隆多急拍的翅膀聽起來彷彿曼威翅膀的聲音；牠迅速用巨爪抓住王的軀體，瞬間盤升到半獸人箭矢不及之處，帶著王振翼離去。

牠將他放在隱藏之谷貢多林的北方山頂上，特剛前來此處爲他父親建了一座高大的圓錐形石塚。從此之後，沒有任何半獸人膽敢經過或靠近芬國盼的墓塚，直到貢多林的厄運降臨，而背叛卻是出自家門。從那天以後，魔苟斯永遠跛著一隻腳走路，他身上每處傷口所引發的劇痛是永遠治不好的，而他臉上則有索隆多留下的一條條疤痕。

當芬國盼殞落的消息傳到希斯隆，人民的慟哭哀悼直震天地，芬鞏在悲傷中擔負起了芬國盼家族與諾多王國的領導責任；但是他把年幼的兒子愛仁尼安⑦（後來更名爲吉爾加拉德⑧）送去了海港。

現在，魔苟斯的力量已經籠罩了整個北方大地；但是巴拉漢不肯逃離多索尼安，仍舊與他的敵人進行寸土必爭的殊死戰。於是魔苟斯將他的百姓趕盡殺絕，逃離魔掌的人寥寥無幾；該地區北面山坡的整片森林，開始一點一點變成充滿了恐怖與黑暗鬼魅的區域，就連半獸人也萬不得已

---

⑦ 愛仁尼安（Ereinion），辛達語，意思是「王的子嗣」。另見索引296。

⑧ 吉爾加拉德（Gil-galad），辛達語，意思是「輻射的星光」。另見索引342。

才會進入，那地方被稱為「歹都瓦司」⑨，「浮陰森林」⑩，在闇夜籠罩下的森林。生長在該地區的樹木在經過大火焚燒之後，變得焦黑猙獰，它們糾結盤錯的樹根在黑暗中摸索起來像爪子一樣；進入森林的人很快就會兩眼昏暗而迷路，被恐怖的幽靈扼死或追趕到發瘋。

巴拉漢最後彈盡援絕，他的妻子，心思剛強的艾米迪爾⑪（雖然她內心寧可與她丈夫及兒子並肩抗敵也不願逃離）將所有尚存的婦孺集合起來，並給她們武器；隨後她便帶領她們進入了崇山峻嶺之中，經過了許多危險的路，折損了好些人，最後情況悽慘地抵達了貝西爾。他們當中有些接受哈拉丁族人的接待，有些則繼續翻過山嶺到了多爾露明，住在哈多的兒子高多的族人中；其中包括了貝烈剛的女兒瑞安，以及巴拉剛的女兒莫玟，她又被稱為艾列絲玟⑫，意思是「精靈光輝」。

但是她們留在身後的男人，再也沒有人見過。他們一個接一個被殺害，到最後巴拉漢身邊只剩下了十二個人：他兒子貝倫，他兄弟貝國拉斯的兩個兒子貝烈剛與巴拉剛，以及九位忠心的家

---

⑨ 歹都瓦司（Deldúwath），辛達語，意思是「恐怖暗夜的陰影」。另見索引193。
⑩ 浮陰森林（Taur-nu-Fuin），辛達語，意思是「暗夜之下的森林」。另見索引710。
⑪ 艾米迪爾（Emeldir），辛達語。另見索引275。
⑫ 艾列絲玟（Eledhwen），辛達語。另見索引252。

臣，他們的名字永遠流傳在諾多的歌謠中，他們是：拉斯路因[13]和戴路因[14]，達格尼爾[15]和拉格諾爾[16]，吉爾多[17]和鬱鬱寡歡的高爾林[18]，亞薩得[19]和烏西爾[20]，以及年少的哈索迪爾[21]。他們變成一群無望的亡命之徒，一幫絕望之人，既無路可逃，又不肯屈服，他們的家園已經全毀，他們的妻兒若非被捉、被殺，就是逃離了。從希斯隆既未傳來消息，也未傳來希望，巴拉漢一行人像野獸般遭到敵人的追獵；他們退到高地森林上方的光禿之地，在山中小湖與岩間沼澤中流浪，盡量遠離魔苟斯的奸細與詛咒。他們的床是野生的石南，他們的屋頂是陰沈的天空。

在班戈拉赫戰役過了將近兩年之後，諾多族依舊守住西瑞安河源頭往西的西瑞安通道，因爲烏歐牟的力量在那水中，米那斯提力斯在半獸人的進攻下仍然屹立不搖。在芬國昐殞落之後，魔苟斯手下最厲害也最可怕的大將索倫，他的辛達語名字是戈索爾，終於親自出馬來對付歐洛佳

---

[13] 拉斯路因（Radhruin），辛達語，有「火焰」之意。另見索引638。
[14] 戴路因（Dairuin），辛達語，有「紅色火焰」之意。另見索引188。
[15] 達格尼爾（Dagnir），辛達語，意思是「骨頭」。另見索引182。
[16] 拉格諾爾（Ragnor），辛達語。另見索引639。
[17] 吉爾多（Gildor），辛達語，有「星辰」之意。另見索引340。
[18] 高爾林（Gorlim），辛達語。另見索引359。
[19] 亞薩得（Arthad），辛達語。另見索引87。
[20] 烏西爾（Urthel），辛達語。另見索引763。
[21] 哈索迪爾（Hathaldir），辛達語。另見索引396。

斯，西瑞安島上堅固塔的駐守者。索倫現在已經成爲一個威力強大的魔法師，陰魂與幽靈的主宰，他的思維極惡，手段極其兇殘；毀壞一切他所接觸的，扭曲一切他所掌握的，他是狼人的王；他的統轄範圍內盡是恐怖。他以突襲攻取了米那斯提力斯，因爲凡抵擋者皆有恐懼的烏雲落在他身上；歐洛佳斯被迫撤退，逃往納國斯隆德。於是索倫將米那斯提力斯當做魔苟斯的瞭望塔，一個邪惡的堡壘，也是一個威脅；美麗的西瑞安島從此變成了受咒詛的可厭之地，被更名爲堝惑斯島㉒，「狼人之島」。從此之後，沒有任何生物可以穿越該谷地而不被坐鎮在塔中的索倫察覺。

如今魔苟斯控制了西行的通道，他的恐怖充滿了貝爾蘭的田野與森林。他越過希斯隆殘忍地追殺他的敵人，逐步搜索他們藏匿的地點，一個接一個拿下他們的堡壘。半獸人變得愈來愈大膽，毫無攔阻地深入遠地，下到西瑞安河以西及克隆河以東的地區，將多瑞亞斯包圍起來；他們蹂躪所到之處的大地，使得所有的野獸與飛鳥均望風而逃，於是死寂與荒廢由北向南一步步擴散開來。他們抓住了許多諾多與辛達精靈，將俘虜帶到安格班，讓他們作奴隸，脅迫他們以知識與技能爲魔苟斯效力。魔苟斯派出了更多的奸細，他們經過假扮，所說的盡是謊言；他們答應給人報酬來騙人上當，用奸巧詭詐的話語在人與人當中挑起恐懼與嫉妒，唆使他們指控自己的王和領袖是貪得無厭之輩，讓他們彼此互相出賣與背叛。由於在澳闊隆迪殘殺親族所招致的詛咒，這些

㉒ 堝惑斯島（Tol-in-Gaurhoth），辛達語。另見索引735。

謊言多半被當眞相信了；事實上，隨著時代愈來愈昏暗，他們對眞相有了不同的衡量，因爲貝爾蘭精靈的心思與意念都被恐懼與絕望所籠罩。諸多精靈最怕的是被曾在安格班待過的自己人出賣；魔苟斯利用這當中一些人來達成他邪惡的目的，他先假意釋放一些人，讓他們離去，但是他們的意志卻已受到他操控，遊蕩一陣子之後還是會回到他身邊來。因此，假如有俘虜眞正逃脫，回到自己族人中，也會因自己不受歡迎，只好獨自四處漂流，成爲絕望的亡命之徒。

對於人類，只要肯聽魔苟斯所講的話，魔苟斯就會假裝同情他們，說他們的災禍都是因爲效力諸多叛徒而造成的，如果他們肯離開那群叛徒，他們將從中土大陸眞正的主人手裡，因自己的勇敢而得到榮譽與公正的獎賞。不過伊甸人的三支家族並不聽信他的話，就算被捉到安格班受盡折磨也不信。因此魔苟斯滿心憎恨地追殺他們；在各處山嶺中佈滿了他的爪牙。

據說，就在這段時期，黑皮膚的人類首次進入了貝爾蘭。他們有些早已秘密接受魔苟斯的統治，故在他的召喚下前來；但不是所有這群前來的人都是如此，因爲有關貝爾蘭的傳言，包括其土地與水泉，戰爭與富裕，已經傳遍了許多地方，因此人類遊蕩的腳步，在那些日子裡都是往西而行。這些前來的人類長得矮而壯，有長而有力的手臂；他們的皮膚黝黑或土黃，頭髮與眼睛都是黑色的。他們有許多的家族，某些家族跟山脈中的矮人有很深的淵源。梅斯羅斯了解諸多精靈與伊甸人的勢力逐漸衰微，而安格班地洞中所隱藏的力量似乎無窮無盡又不斷推陳出新，因此他和這些新來的人類結盟，並且與他們當中最大的兩位首領玻爾㉓和烏番格㉔結爲朋友。魔苟斯對此非常滿意；以爲一切正如他所計畫的。玻爾的兒子玻拉德㉕、玻拉赫㉖和玻山德㉗跟隨著梅斯羅斯與梅格洛爾，他們始終忠心不貳，讓魔苟斯的希望落空。黝黑的烏番格也有三個兒子，烏法斯㉘、烏沃斯㉙和該受咒詛的烏多㉚，他們跟隨卡蘭希爾，發誓效忠於他，事實卻證明他們是不忠不義之人。

伊甸人和這些東方人互不喜歡對方，彼此也很少往來；這些新來者在東貝爾蘭居住了很長一段時間；而伊甸人中哈多的百姓卻被困在希斯隆，比歐的家族則幾乎完全滅絕。哈麗絲的百姓起先完全沒有受到北方戰爭的打擾，因爲他們住在比較南邊的貝西爾森林；但是如今他們與入侵的半獸人也發生了戰鬥，他們一直是一群剛勇頑強的百姓，不會輕易放棄他們所喜愛的森林。在這段抗敵時期的故事中，哈拉丁人的事蹟獲得很高的榮譽——在米那斯提力斯被攻下後，半獸人經

㉓ 玻爾（Bór），另見索引130。

㉔ 烏番格（Ulfang），另見索引753。

㉕ 玻拉德（Borlad），另見索引132。

㉖ 玻拉赫（Borlach），另見索引131。

㉗ 玻山德（Borthand），另見索引135。

㉘ 烏法斯（Ulfast），另見索引754。

㉙ 烏沃斯（Ulwarth），另見索引757。

㉚ 烏多（Uldor），另見索引752。

由往西的通道長驅直入，他們很有可能一路直殺到西瑞安的河口；但是哈拉丁人的領袖哈米爾因爲跟看守多瑞亞斯邊界的精靈是朋友，所以把消息迅速傳給了庭葛。於是，庭葛的邊界守衛隊隊長，「強弓」畢烈格㉛，帶領了一隊身懷利斧的辛達族精銳埋伏在貝西爾森林裡；哈米爾與畢烈格雙方的伏兵從森林深處突襲半獸人的大軍，在對方毫無防備之下將之摧毀。因此，從北方滾滾而下的這股黑色洪流，在這地區受到了遏阻，此後許多年半獸人都不敢跨越泰格林河半步。哈麗絲的百姓在警戒之下仍舊安居在貝西爾森林中，在他們的防守下，背後的納國斯隆德有了喘息的機會，得以重新聚集它的力量。

在這段時期，多爾露明高多的兒子胡林以及胡爾和哈拉丁人住在一起，他們雙方本是親戚。在班戈拉赫戰役發生之前，伊甸人的這兩個家族曾一同舉辦過一場大宴會，那是金髮哈多的兒子高多以及女兒葛羅瑞希爾㉜和哈拉丁族領袖哈米爾的兒子哈迪爾㉝以及女兒哈瑞絲㉞共同結爲連理。因此，按照當時人類的習俗，高多的兒子被送到貝西爾姑丈家由哈迪爾撫養；他們兄弟兩人都參加了對抗半獸人的戰鬥，那時弟弟胡爾才剛滿十三歲，卻一點也不肯落於他人之後。但在戰鬥中他們被敵軍從大隊中隔斷開來，並且一路被追趕到貝西阿赫渡口，在危急中若不是鎮守在西

㉛ 畢烈格（Beleg），辛達語，意思是「強而有力的，非凡的」；「強弓」是他的別號。另見索引114。
㉜ 葛羅瑞希爾（Glóredhel），辛達語，意思是「金色的精靈」。另見索引350 b。
㉝ 哈迪爾（Haldir），另見索引387。
㉞ 哈瑞絲（Hareth），昆雅語，意思是「仕女」。另見索引395。

瑞安河裡的烏歐牟的力量，他們恐怕不是被俘虜就是被殺害了。一股突如其來的大霧從河中升起，將他們從敵人的眼前隱藏起來，於是他們從貝西阿赫逃到了丁巴爾，在克瑞沙格林群峰陡峭山壁下的山林中逃竄，直到他們被那地的景觀弄迷了路，不知道該如何往前走或回頭。在那裡，索隆多看見了他們，牠派了兩隻老鷹去救他們；老鷹將他們載起，飛過環抱山脈，將他們送到了秘密的倘拉登山谷中那座至今尚未有人類見過的隱藏之城貢多林。

當特剛知道他們的出身之後，熱情接待他們；因爲衆水的主宰烏歐牟，從大海經由西瑞安河送消息到他的夢中來，警告他災難將至，並且建議他要善待哈多家族的子孫，他們必在他有需要之時帶來希望。胡林和胡爾就這樣在王的家中作客，住了將近一年；據說，胡林在這段日子裡學了許多精靈的學問，並且同時也瞭解王的計畫與目的。因爲特剛非常喜歡高多的這兩個孩子，常常與他們在一起說話；事實上，特剛想要把他們永遠留在貢多林，不單是出於喜愛，也是因爲他所下達的法令，沒有任何陌生人，不論是精靈還是人類，在找到路來到這秘密王國及見過這城之後，還可以離開；除非有一天王打開大門出戰，隱藏的子民才會再度出現在世人眼前。

但是胡林和胡爾很想回到自己遭受圍困的百姓當中，與他們一同並肩作戰，分擔悲傷。於是胡林對特剛說：「我王，我們不像艾爾達，我們是會老死的凡人。你們可以忍耐等候數百年，預備在遙遠的將來與敵人決一死戰；但我們的年日十分短暫，我們的希望與力量很快就會衰微。此外，我們也沒有找到前來貢多林的路，我們確實不知道這城的位置在哪裡；我們是在恐懼顫驚中由高空中被送來的，並且蒙您慈悲，我們一路上雙眼都是模糊不清的。」特剛准了他們的請求，不過他說：「如果索隆多願意的話，你們當照所來之路離開。我很難過我們必須道別；不過，在很短的時間內，我是說，在艾爾達看來很短的時間內，我們必會再見面的。」

但是特剛的外甥，在貢多林中大有能力的梅格林，對他們的離去毫不難過，他對他們深受王的寵愛十分嫉妒，因爲他對人類一點好感也沒有，不管對方是屬於哪個家族。他對胡林說：「王的恩典遠大過你們所能想像，如今這條法令比先前鬆動了；否則，你們將毫無選擇在這裡住到老死爲止。」胡林聞言回答他說：「王的恩典的確極大；但是如果我們所說的話還不夠，我們願意對你發誓。」於是兩兄弟發誓永遠不會揭露特剛的計畫，並且會對自己在他國中所見的一切緊守秘密。然後他們就離開了，老鷹在夜間前來將他們載出城，在黎明前將他們送到了多爾露明。他們的族人看見他們眞是喜出望外，因爲從貝西爾來的信差早已報告他們失蹤的消息；但是他們連對自己的父親都不肯吐露自己究竟去了哪裡，只說他們流落在荒野中，但被送他們回來的老鷹所救。於是高多說：「難道你們在荒野中住了一年嗎？還是老鷹把你們安置在牠們的高巢中呢？你們看來不但有東西吃，還長得挺好的，回到家來的模樣一點也不像流浪兒，倒像個小王子。」於是胡林說：「我們能夠回來您就該滿意了；我們是在發誓不吐露一字的情況下才獲准回來的。」高多聽到這話之後，就不再問了，但他和許多人都不斷猜想事情的眞相；過不了多久，胡林和胡爾有神奇經歷的消息就傳到了魔苟斯僕役的耳中。

特剛雖知道安格班攻破了聯盟的防線，但卻不想犧牲任何子民前去參戰；他認爲貢多林的實力夠強，但時機還不夠成熟。但他同時也相信，安格班圍困的結束是諾多族覆滅的開始，除非他們能獲得援助。於是，他派出貢多林人所組成的小隊，秘密到西瑞安河口以及巴拉爾島。他們在那裡造船，然後出海航向極西之地，執行特剛所交付的任務——找尋維林諾，並且尋求維拉的原諒與幫助；這群水手懇求海鳥引導他們。但是大海遼闊又狂野，他們身上又籠罩著咒詛與陰影；而且維林諾早就隱藏起來了。因此，特剛所派去的使者沒有一個到得了極西之地，許多人就此失去蹤影，只有少數幾人返回；而貢多林的厄運已經愈來愈近了。

這些事情逐一傳到魔苟斯的耳裡，他開始對他的獲勝感到不安；他極其渴望得知費拉剛和特剛的消息。他們簡直是憑空消失了，卻又沒死；他心裡恐懼他們不知道會圖謀什麼計策來對抗他。關於納國斯隆德，他確實知道這個名稱，卻不知道它的地點與軍力；關於貢多林他根本一無所知，聽都沒聽過，一想到特剛他就分外寢食難安。因此，他派出比以往更多的奸細進入貝爾蘭；另一方面，他將半獸人的主力全召回安格班，因為他看出自己在重新培養出新的力量之前，一時之間還無法贏得全面的勝利，而且他也錯估了諾多的英勇，更沒把與他們並肩作戰的人類的勇猛算進去。因此雖然他在班戈拉赫一役獲得大勝，重挫他的死敵，接下來幾年也都經常告捷，帶給敵人無數重創，但是他自己的損失在相較之下一點也不比對方少；即使他現在控制了多索尼安與西瑞安通道，艾爾達已經開始從他們起初的錯愕戰敗中恢復過來，重新開始收復他們的失地。就這樣，貝爾蘭的南方地區再度擁有幾年如同過往的短暫和平；而安格班的熔爐又開始日夜加緊趕工。

第四場大戰過去七年後，魔苟斯重新發動了攻擊，他派出為數極眾的一支大軍進攻希斯隆。在攻打陰影山脈通道的那一仗情況十分慘烈，多爾露明的領袖，高大的高多在西瑞安泉堡壘攻防戰中不幸中箭身亡。他乃是代表最高君王芬鞏鎮守該處要塞；他的父親哈多．洛林朵在不久之前也在同一個地方陣亡。他兒子胡林當時才剛剛成年，但在心智與體力上都勇猛過人；他不但驅退了半獸人，在威斯林山脈上對他們展開大屠殺，並且追殺他們直到越過安佛格利斯沙漠。

另一邊的芬鞏王卻費盡一切力量抵禦從北而下的安格班大軍；雙方人馬就在希斯隆平原上展開大戰。芬鞏的人以寡對衆，苦苦抵禦；還好瑟丹的船隊全力趕到了專吉斯特狹灣，法拉斯的精靈在千鈞一髮之際趕來支援，從西邊攻向魔苟斯的大軍。半獸人大軍遭到突破，開始四散奔逃，艾爾達贏得了勝利，他們騎馬的弓箭手追殺半獸人甚至追到了鐵山山脈前。

戰爭過後，高多的兒子胡林接掌了多爾露明的哈多家族，繼續事奉芬鞏。胡林的身材不若他父祖也不如他兒子那般高大；但是他有源源不絕的精力與十分健壯的身體，心思細膩而敏捷，這點很像他母親那邊，哈拉丁的哈麗絲一族。他的妻子是比歐家族巴拉岡的女兒，莫玟・艾列絲玟，她跟貝烈岡的女兒瑞安以及貝倫的母親艾米迪爾一同自多索尼安逃到了此地。

如同隨後所述，與此同時，多索尼安的那幫亡命之徒全部遭到了殺害；唯獨巴拉漢的兒子貝倫逃過一劫，歷經九死一生進入了多瑞亞斯。

第十九章　貝倫與露西安

在那些黑暗的日子裡，在所有臨到我們的悲傷與毀滅的故事中，仍有一些在哭泣中爲我們帶來喜樂，在死亡的陰影中仍存有光明。在所有這些歷史故事裡，精靈認爲最美好的是貝倫與露西安的故事。他們的生平被寫成一首抒情詩歌〈麗西安之歌〉①，意思是「從囚禁中得釋放」；在古詩歌中，除了講述遠古世界的一首，就屬「麗西安」最長了。以下是這故事的簡短記載，以敘述的方式，而非詩歌的形式來呈現。

前已記述，巴拉漢不肯放棄多索尼安，而魔苟斯決定將他整族趕盡殺絕；到最後，全族只剩下他和十二個人。多索尼安森林往南麓延伸到了山脈的沼澤中；在這些高地的東邊有一個湖：艾

---

①〈麗西安之歌〉（Lay of Leithian）；《魔戒》中亞拉岡與勒苟拉斯都唱過有關露西安的歌，但應該都不是這一首。另見索引467。

露因②，湖的四周長滿了野石南，那整片地區從未有人跡，連路也沒有，即使是在那段長長的太平歲月中，也沒有人來到此地居住。但是艾露因湖的水卻令人讚嘆敬畏，湖水在白天清澈澄藍，夜裡則如明鏡般映照著天空的繁星；據說，在遠古之時，美麗安曾親自封它爲聖地。巴拉漢與他那幫亡命之徒退到這裡，將這裡做爲藏匿的窩，而魔苟斯一直無法找到他們。巴拉漢一幫人所行的事蹟開始四處流傳，魔苟斯於是命令索倫要將他們徹底搜出來，不准留下一個活口。

在巴拉漢的同伴中，有一位安格林③的兒子高爾林，他妻子名叫伊莉妮爾④，在災難來臨之前，他們一直深深相愛。當戰事爆發，高爾林從前線回來，發現家園已經被毀，妻子也下落不明；他不知道她是被殺了，還是被擄了。後來他逃去找巴拉漢，在這一幫人中，他是最凶猛又最奮不顧身的人；然而疑慮一直啃噬著他的心，他切切想著伊莉妮爾說不定還活著。有時候，他會悄悄離開大家，回到故居，站在他曾經擁有的家園中；這件事，終於被魔苟斯的爪牙給發現了。

那年秋天的一個傍晚，他在薄暮中又返家了。當他走近時，他似乎看見窗內有燈火；他小心翼翼地靠近，向內窺探。他看見了伊莉妮爾，她的臉上滿是悲傷與飢餓的神情，他似乎還聽見了她喃喃悲泣著他遺棄了自己。然而就在他大聲呼喚她時，燈火突然被風吹滅了。四周傳來陣陣狼號的聲音，他突然感到肩膀被人緊緊抓住，那是索倫的獵人。高爾林就這樣落入了陷阱；他們把

---

② 艾露因湖（Tarn Aeluin），辛達語。另見索引706。
③ 安格林（Angrim），另見索引54。
④ 伊莉妮爾（Eilinel），辛達語。另見索引241。

他帶回去施以酷刑，要從他得知巴拉漢的藏匿之處，以及他們所有的動向。可是高爾林什麼也不說。於是他們向他保證，如果他肯吐露實情，不但會放了他，還會把伊莉妮爾還給他；在酷刑摧殘的痛苦與對妻子的渴念下，他動搖了。於是他們將他帶到恐怖的索倫面前；索倫說：「我聽說現在你肯跟我交換條件了。你的條件是什麼？」

高爾林回答他要找回伊莉妮爾，兩人一同重獲自由；高爾林以爲伊莉妮爾也被他們捉來了。

索倫微笑著說：「你竟肯爲這麼點小事做出那麼大的背叛。就如你所願吧。說！」

當下高爾林遲疑了，可是在索倫目光的恐嚇下，最後他還是說了他所知道的一切。索倫聽完哈哈大笑，隨即奚落高爾林，告訴他先前所見的不過是幻影，是用來誘他入網的巫術；伊莉妮爾早就死了。「不過我還是會如你所願的；」索倫說：「你會去陪伴伊莉妮爾，不必在我底下當奴隸。」然後索倫將他殘酷地殺死。

就這樣，巴拉漢的藏匿處被揭穿了，魔苟斯準備將他們一網打盡。半獸人在黎明前的寂靜時刻來到，在多索尼安最後殘存之人的驚愕中，將他們完全殺害；彼時，只有一個人不在場。巴拉漢的兒子貝倫奉父親之命前往打探及監視敵人的動靜，當他們的藏匿之地遭受攻擊時，他人正在遠方。不過就在前一天晚上，當他夜宿森林中時，他夢見了一群吃腐屍的鷲鳥高踞在一座小湖旁光禿禿的樹枝上，鮮血不斷從牠們的喙上滴落。接著他在夢中又察覺到有個人影在湖的對岸，那是高爾林的幽魂；那幽魂向貝倫述說了自己的背叛與慘死，求他趕快去警告自己的父親。

貝倫驚醒過來，徹夜趕路，在第二天清晨趕回到眾人的藏匿地點。當他奔近時，一群吃腐屍的鷲鳥紛紛振翅飛起，停在艾露因湖旁的赤楊樹上，大聲嘎嘎叫，彷彿是在嘲弄著這一切。

貝倫埋了父親的屍骨，用大鵝卵石堆成一座圓錐墳，他在墳前發誓必要報此大仇。接下來，他先追趕那些殺害他父親與同胞的半獸人，當天夜裡，他在西瑞赫沼澤上方的瑞微爾河⑤旁發現他們的營地，靠著他野地求生的本領，他絲毫未被察覺地接近他們。這群半獸人的隊長正在吹噓自己幹下的好事，他舉起自己砍下要給索倫當做戰利品的巴拉漢的手臂，證明他們的任務精彩達成；那隻手臂的手指上，費拉剛的戒指赫然可見。貝倫再也忍不住從藏身的岩石後跳出來，一刀殺了隊長，奪回手臂和戒指，在命運的幫助下逃了性命——因爲大吃一驚的半獸人對他發射了無數的箭矢。

此後四年多，貝倫仍舊在多索尼安高地上流浪，一名孤獨的亡命之徒；他成了各類飛鳥與走獸的朋友，牠們處處幫助他，沒有出賣他，自那時開始，他不再獵捕牠們爲食，同時，除了魔苟斯的爪牙外，他也不殺生。他不怕死，只怕被捕，因著勇敢與絕望，他逃過了死亡與被捕；而他獨自一人所達成的勇敢事蹟，像野火燎原般傳遍了整個貝爾蘭，那些故事甚至傳進了多瑞亞斯。到最後，魔苟斯懸賞他人頭的價錢，跟懸賞諾多最高君王芬鞏的不相上下；但是半獸人對他只有聞風而逃，哪裡敢去追殺。因此索倫派出一支軍隊去對付他，索倫甚至派出狼人，牠們是索倫把可怕的惡靈囚禁在凶猛動物的身體裡變成的。

---

⑤瑞微爾河（Rivil），辛達語。另見索引656。

於是那片區域到處充滿了兇險邪惡，所有乾淨的動物都離開了；貝倫被窮追不捨，到最後只好逃離了多索尼安。在隆冬大雪籠罩中，他放棄了他生長的土地與父親的墳塚，爬上了高聳的恐怖山脈，進入了戈堝洛斯地區，從遠處望見了多瑞亞斯的疆域。那時他心裡起了一個念頭，他要下山進入那隱藏的王國，那裡至今尚無任何凡人涉足過。

他一路往南的路程眞是恐怖。戈堝洛斯山脈的懸崖極其陡峭，懸崖底下，上升的明月照出一片瀰漫的陰影。再過去是荒涼的蕩國斯貝谷，那是索倫的妖術與美麗安的力量交會較勁之處，遍地布滿了恐怖與瘋狂。那裡還住著昂哥立安的後裔，兇惡的蜘蛛，牠們織吐那看不見的網子，使所有行經其間的生物都難逃被捕的厄運。此外還有一些在日出之前所生的怪獸在那出沒，牠們有許多眼睛，獵食時寂靜無聲。除了死亡之外，從來沒有任何精靈或人類會涉足這片充滿鬼魅作祟的地區。這趟路程並未包括在貝倫所立下的豐功偉蹟當中，因爲他事後從未對人提起，以免那恐怖的情景回來糾纏他；也沒有人知道他如何找到路，穿過了不論人類還是精靈都不敢走的多瑞亞斯邊界的屏障。正如美麗安事前所預言的，他穿過了她佈在庭葛王國四周的迷宮，因爲是偉大的命運將他送進來的。

〈麗西安之歌〉中記載說，貝倫顚躓進入多瑞亞斯時，因爲多年的苦難，加上路途中所受的折磨，盛年的他髮白而背彎。當他漫遊在尼多瑞斯森林中時，他看見了露西安，庭葛與美麗安的女兒，在傍晚初升的明月中，在伊斯果都因河旁一處林間空地上翩然舞蹈。所有痛苦的記憶都離開了他，他像落入了迷離幻境中一般；因爲露西安是所有伊露維塔兒女中最美的一位。她身上那襲藍色的衣裳宛如萬里無雲的晴空，她灰色的眼睛像是傍晚群星閃爍的天空；她的斗篷上繡著金色的花朵，她的頭髮漆黑如暮色中的陰影。她的榮光與美好，就像樹葉上的光芒，像是潺潺溪水，像是這迷離世界上方閃爍的繁星；她臉上有閃亮的光輝。

可是她從他眼前消失了。他像著了魔咒的人一樣，想呼喚卻絲毫發不出聲音；他在森林中遊蕩了許久，像機警的野獸般四處瘋狂尋找她。因爲他不知道她的名字，所以只能在心中不斷以灰精靈語呼喚她「緹努維兒」⑥，夜鶯，暮色的女兒。他那遠遠的一瞥，她那猶如秋風中翻飛樹葉與冬夜山頂閃爍寒星的影像，已令他從此魂牽夢繫，難以忘懷。

春天臨近時的一個黎明，當露西安漫舞在青翠的山岡上時，突然放聲開始歌唱。她的歌聲如此熱切引人，彷彿雲雀穿越黑夜的門檻，望見世界邊牆即將上昇的太陽，在將逝的繁星當中放聲歌唱；露西安的歌聲釋放了被冬天禁錮的大地，冰凍的水泉開始輕吟，她足跡所過之處，花朵從寒冷的大地上破土綻放。

於是失聲的魔咒離開了貝倫，他呼喚她，大喊著緹努維兒；整座森林都迴盪著這名字。她驚訝地停住腳步，看著貝倫向她走來，卻沒有拔足逃跑。當她望著他時，注定的命運落到了她身上，她愛上了貝倫。但是她還是擺脫了他的雙臂，自他眼前消失；那時，天色剛剛破曉。貝倫目眩神馳地倒在地上，彷彿是一名被悲喜交集所擊殺之人；他落入沈睡，猶如落入陰影的深淵，醒來時全身僵冷如石，心中荒涼如遭遺棄。他失魂落魄地在森林中遊蕩，像突然失明之人在黑暗中

⑥緹努維兒（Tinúviel），辛達語，意思是「微光中的女子」。另見索引729。

拼命摸索，伸手要去捕捉那驟然消逝的光芒。就這樣，他爲那落在身上的命運付上痛苦代價；露西安也被他的命運所擄，身爲不死的精靈，她爲了貝倫選擇了死亡，好自由接受他的命運；在所有的精靈中，再沒有人經歷過她那樣大的痛苦。

出乎貝倫的期望之外，露西安回到他所處的黑暗中，爲他帶來光明；在這隱藏的王國裡，他們攜手漫遊了許多日子。從春到夏，露西安經常來到貝倫的身邊，兩人一起靜靜穿越森林；沒有任何其他伊露維塔的兒女曾經有如此的快樂，雖然這樣的時光短暫。

吟遊詩人戴隆也深愛著露西安，他跟蹤她，看見了她與貝倫會面，於是將這事告知了庭葛。庭葛王極爲憤怒，他愛露西安勝過世上萬物，認爲沒有任何精靈王子配得上她；至於會腐朽的人類，連伺候他都不夠資格。他既驚訝又悲傷地詢問露西安；但是她什麼也不回答，直到他發誓他既不會殺害貝倫，也不會囚禁他，她才承認。於是庭葛派人要把貝倫像犯人一般抓來明霓國斯；露西安先他們一步親自將貝倫帶到庭葛面前，彷彿他是尊貴的上賓。

庭葛憤怒又輕蔑地看著貝倫；然而一旁的美麗安卻不發一語。「你是誰？」庭葛王說：「竟然膽敢在沒有受到邀請的情況下，像個小偷般來到我的國家？」

貝倫在明霓國斯的華麗氣派，以及庭葛威勢的震攝下，嚇得一句話也說不出來。於是露西安開口說：「他是人類的領袖，魔苟斯的死敵，巴拉漢的兒子貝倫，巴拉漢一行人所立下的豐功偉蹟，就連精靈都作歌傳唱。」

「讓貝倫自己說！」庭葛說：「你這憂愁不幸的凡人，爲何來此？是什麼讓你拋棄自己的家園來到此地？你豈不知這裡禁止凡人進入？你有什麼理由讓我不嚴懲你的冒失及愚蠢？」

貝倫望著露西安的雙眸，又望向美麗安的臉；他似乎知道自己該說什麼。恐懼離開了他，身爲人類古老家族一份子的驕傲回到了他身上；他開口說：「王上，是我的命運領我到此，我所經歷的危險，精靈中恐怕也沒有幾個有膽去行。在這地我發現了並非自己想尋求的，但既然我找到了，我一輩子都不會放棄。因它遠勝過金銀，超越一切的珠寶。不論是高山巨石、銅牆鐵壁，甚至是魔苟斯的烈火，或是所有精靈王國的權勢，都不能攔阻我擁有這項珍寶；因你女兒露西安是這世界的子女中最美的一位。」

整個大殿一片死寂，所有殿上的人無不瞠目結舌，感到恐懼；他們都以爲貝倫會當場死於非命。可是庭葛開口了，一字一字慢慢地道：「你膽敢說這些話，下場只有死路一條，若非我太早匆匆立誓，你已身首異處了。我後悔發誓不殺你，你這卑劣低賤的人類，在魔苟斯的統治下學會偷偷摸摸，像他的奴隸和奸細一樣潛進來。」

貝倫聞言說：「不論我該不該死，你都可以殺我，但我絕不接受你污衊我是卑劣低賤的人類，或魔苟斯的奸細和奴隸。憑著這枚費拉剛的戒指——這乃是他在北方戰爭中送給我父親巴拉漢的禮物——沒有任何精靈，無論他是國王與否，都不准以這樣的罪名污衊我的家族。」

他的話充滿尊嚴，所有人都望向那枚戒指；他高舉著它，諾多精靈在維林諾所打造的綠色寶石正在其上閃閃發光。那戒指的模樣像兩條交纏的蛇，牠們的眼睛鑲著翡翠，牠們交會的頭，一個上承，一個下含，一同托住一圈金色的花朵；那正是費納芬家族的徽章圖案。於是美麗安靠向庭葛，在他耳邊輕聲勸他不要發怒。「貝倫不該死在你的手上；」她說：「他的命運還要領他走一段遙遠的路，你的命運將在其中與之交會。你要當心！」

但是庭葛沈默地望著露西安，心裡想：「不幸的人類，管他什麼領袖的兒子，不過都是轉瞬既逝之輩，這種人竟敢想要染指妳，豈還容他活命？」於是他打破沈默說：「巴拉漢之子，我看見戒指了。我也看出你很自豪，認爲自己非常了不起。但是你父親的作爲，縱使他所立下的功績於我有益，仍不足以贏得庭葛和美麗安的女兒。你聽著！我同樣也想得到一樣別人所擁有的珍寶。魔苟斯的烈火、銅牆鐵壁以及高山巨石守著一樣珍寶，我會不顧所有精靈王國力量之反對，大膽擁有它。我剛才也聽你說，魔苟斯的一切都嚇不倒你。因此，去從魔苟斯的王冠上摘下一顆精靈寶鑽來給我；然後，如果露西安願意，她可以把自己託付給你。如此你便可以得到我的珍寶。縱使阿爾達的命運全都繫在精靈寶鑽之上，你還是應當覺得我已經夠寬容大量。」

就這樣，他的話注定了整個多瑞亞斯的命運，他的王國陷入了曼督斯的咒詛。聽見這話的人都看出來，庭葛這是省了他發過的誓，換一個方式讓貝倫去送死。他們很清楚，費諾所打造的精靈寶鑽，即便是在聯盟的圍困尚未遭到攻破前，集合全諾多族的力量都無法從遠處瞥見一眼。它們鑲嵌在鐵王冠上，其價值遠超過安格班一切的財寶；寶石的四周有炎魔，有無數的利劍，有堅固的柵欄，有固若金湯的圍牆，還有，它們是在大而可畏的黑暗君王魔苟斯的頭上。

不料貝倫哈哈一笑，說：「小意思。沒想到精靈的君王竟會爲了人工打造的珠寶出賣他們的女兒。庭葛，如果這是你的意願，我會去辦。當我們再度會面時，我將親手交給你一顆從鐵王冠上摘下的精靈寶鑽；如此一來，你就不會小看巴拉漢的兒子貝倫了。」

然後他望向美麗安的雙眼，對方一句話也沒說；於是他向露西安．緹努維兒道別，彎腰向庭葛與美麗安行禮，然後推開身旁的守衛，獨自揚長而去，離開了明霓國斯。

美麗安終於開口了，她對庭葛說：「王啊，你以為所設計謀甚妙，卻終將被這巧計所騙。不論貝倫此去是成是敗，如果我的雙眼尚未昏花，這事於你實在有害。因為你讓自己以及女兒都陷進了厄運。如今多瑞亞斯將跟更大一塊疆域的命運糾纏在一起了。」

但是庭葛說：「我珍愛女兒勝過一切珍寶，我不會將她賣給精靈或人類。不論是希望還是害怕，只要貝倫回到明霓國斯來，我不會讓他見到隔天早晨的太陽，不論我發過什麼誓。」

露西安始終沈默不語，從那一刻起，多瑞亞斯再也沒有聽到她的歌聲。一股憂傷的寂靜籠罩了所有的森林，庭葛王國中的陰影都變長了。

〈麗西安之歌〉中記載貝倫暢行無阻地離開了多瑞亞斯，最後來到了微光沼澤與西瑞安沼地。離開庭葛的王國後，他爬上西瑞安瀑布上方的山嶺，西瑞安河在瀑布下方鑽入地底，水流發出巨大的響聲。他從山嶺上向西張望，在佈滿山頭的漫天水霧中望見了伸展在西瑞安河與納羅格河間的德能平原，「監視的平原」；往前更遠他隱約望見聳立在納國斯隆德上方的法羅斯森林高地。因著窮困、無望、又無人可商量，他轉身朝那地走去。

納國斯隆德的守衛從未停止監視整片平原；平原邊界上的每座山崗都築有隱藏的瞭望塔，身手不凡的弓箭手秘密來回穿梭在平原與森林中。他們的箭矢精準致命，沒有任何事物能瞞住他們的雙眼潛行入境。因此，當貝倫還沒靠近，他們就都注意到他來了，他的性命懸於一髮。貝倫意識到自己的危險，立刻高舉手中費拉剛的戒指；那些獵手的形跡十分隱密，雖然貝倫什麼人影也沒看見，他還是清楚感覺自己正受到監視，於是他不斷大喊著說：「我是巴拉漢的兒子貝倫，費拉剛的朋友，帶我去見王！」

那些獵手沒有殺他，而是聚集在一處將他攔下，命他止步。等他們看清楚戒指，立刻向他躬身行禮，雖然他因爲旅途疲憊，樣子十分難看。他們領他向北行，然後轉向西行，只在夜間出發，以免他們的路被外人發現。當時，納國斯隆德大門前洶湧湍急的納羅格河，既無渡口也未架橋；要進入必須走到更遠的北方，在金理斯河⑦注入納羅格河處，從水流比較平緩的地方渡河，然後向南往回走，精靈們領著貝倫在月光下來到他們隱藏要塞的大門前。

如此，貝倫來到了芬羅德．費拉剛王的面前；費拉剛認得他，完全不需要戒指提醒他關於比歐的族人與巴拉漢。他們進入內室關上門坐下，貝倫述說了巴拉漢的被害，以及他在多瑞亞斯所有的遭遇；當他回憶起露西安以及他們在一起的快樂日子時，忍不住掉下淚來。費拉剛聽了他的故事後既驚奇又不安；他知道自己立過的誓言，正如他曾對凱蘭崔爾說過的，如今前來要求他以性命償還了。他心情極其沈重地對貝倫說：「事情很清楚，庭葛要你死；但他沒有料到這命運的力量遠超過他的謀算，費諾的毒誓又再度活躍起來了。他不明白，精靈寶鑽所受到的那則充滿仇恨誓言的詛咒，會因他指明要佔有寶石而牽動更大的力量使咒詛醒來。而費諾眾子寧可讓所有的精靈王國都變成焦土，百姓生靈塗炭，也絕不會讓任何其他人贏得或擁有一顆精靈寶鑽，因爲那誓言逼迫他們如此。如今凱勒鞏與庫路芬正住在我這裡，雖然我、費納芬的兒子，是這地的王，

⑦金理斯河（Ginglith），辛達語。另見索引346。

但他們在此也擁有極大的勢力，因爲他們帶了不少的人逃到這裡來。雖然他們在我各樣的需要上都表現出友善的態度，但我恐怕他們在知道你的任務後，不會對你有任何的好感與同情。但我親口發過的誓約我會守住；如此一來，我們就全都被捲進去了。」

隨後，費拉剛向他的百姓發言，重述巴拉漢所立下的事蹟，以及他自己所起的誓；他言明自己有義務在巴拉漢的兒子有需要時施以援手，並且他希望自己手下的將領也有人會願意幫忙。這時凱勒鞏起身走到大廳中央，拔出劍來大聲喊道：「如果有人取得或找到精靈寶鑽而據爲己有，那麼無論是友是敵，是魔苟斯手下的惡魔，是精靈，是人類的子孫，還是其他任何阿爾達上的生靈，無論是法律，是愛，是地獄的聯盟，是維拉的大能，或是任何巫術的力量，都不能保護他不受費諾眾子仇恨的追殺。因爲我們宣告過，精靈寶鑽唯獨我們可以擁有，直到世界末日降臨。」

他還說了許多其他的話，其強而有力的程度，絲毫不輸數百年前他父親在提理安城中煽動了諾多的叛變。凱勒鞏說完之後，庫路芬接著發言，他的言詞比較溫和，但是威力同樣強勁，他在眾精靈腦海中召喚出一副烽火四起，納國斯隆德遭戰爭蹂躪成廢墟的景象。他在他們心中所引發的恐懼是如此之大，以致於從今而後，直到圖林的到來，這地區沒有任何精靈參與公開的戰鬥；他們總是埋伏與暗殺，使用巫術與毒箭，他們忘了不可殺害同種族的約束，追殺所有踏上這區域的陌生人。就這樣，他們失去了自古以來精靈所擁有的大而無畏的勇氣與自由，他們的疆域變黑暗了。

不過此刻他們卻嘀咕著費納芬的兒子不能像維拉一樣命令他們，並且紛紛背轉過去不看他。同時，曼督斯的咒詛降臨那對兄弟，他們心裡起了惡念，想要進一步害死費拉剛，如果可能，順便篡奪納國斯隆德的王位；因爲他們本是諾多族王子中，王權順位排在第一的家族。

費拉剛看到眾人離棄他，遂取下頭上納國斯隆德的銀王冠，拋擲在腳下，說：「你們可以毀棄效忠於我的誓言，但我必要守住我的誓約。如果我們所受詛咒的陰影尚未蒙蔽你們當中每一個人，那麼我當可以找到幾個願意跟隨我的，使我不至於像個乞丐一樣被掃地出門。」於是有十個人越眾而出來到他身邊；他們的領導者名叫艾德拉西爾⑧，他彎身拾起王冠，請求王將王冠交付一位指定代理人，直到他返回。他說：「不論發生什麼事，你始終都是我們的王，也是在場其他人的王。」

於是費拉剛將納國斯隆德的王冠交給了歐洛隹斯，讓他弟弟代他治理這地；凱勒鞏與庫路芬什麼也沒說，兩人彼此對望一眼，暗笑著離開了大廳。

秋天的某個傍晚，費拉剛和貝倫帶著他們的十個同伴出發了；他們沿著納羅格河往北走到其源頭艾佛林湖。在陰影山脈下他們碰上了一隊半獸人，他們趁黑夜將這群半獸人除滅在營裡，並且取了敵人的裝備和武器。靠著費拉剛的本領，他們全都裝扮成了半獸人的模樣；靠著這樣的裝扮，他們繼續一直往北前進，冒險闖向位在威斯林山脈與浮陰森林高地中間的西瑞安通道。索倫在高塔上察覺到他們一行人的來臨，懷疑湧上了他的心；因爲他們行色匆匆，居然沒有停下來向

⑧艾德拉西爾（Edrahil），辛達語。另見索引237。

他報告所行的任務，所有魔苟斯的爪牙都奉命在行經該處時要向索倫報備。因此，他派兵把他們攔了下來，將一行人帶到他面前。

接下來便發生了著名的索倫與費拉剛較勁的比賽。費拉剛與索倫比的是吟誦咒語的力量，精靈王的力量是十分強大的；不過，正如〈麗西安之歌〉所記載的，最後索倫還是取得了控制權：

他念起巫師的咒語，
要刺透、敞開、誘出背叛，
要揭發、暴露、洩漏秘密。
剎那間費拉剛隨之搖擺
吟誦定心之歌來回應，
堅持、奮力抵擋魔咒之力，
守住秘密，屹立不搖如塔，
信任未破，自由閃避；
改變情況，扭轉劣勢，
躲避圈套，破解陷阱，
囚牢敞開，捆鎖斷裂。
　他們的吟誦一來一回地較勁。
搖搖擺擺，拉拒對抗，力道越來越強

魔咒不斷增強，費拉剛全力反抗，
他運用所有精靈的力量與異能
注入他所唸誦的詞語。
在迷濛中，他們聽見輕柔的鳥語
在遙遠的納國斯隆德吟啼，
更遠處有大海在嘆息，
海那一方的西方世界裡，沙灘上
啊，珍珠沙灘上有精靈的家鄉。
　迷霧又聚集，黑暗驟升起
在維林諾，鮮血淌滿地
就在大海旁，諾多殺害
白浪騎乘兒，偷取白船與白帆
駕離海港的燈光。狂風哭號，
野狼咆哮，烏鴉振翅逃。
堅冰在大海口中嘎吱叫。
俘虜在安格班中憂傷悲悼。
雷聲隆隆，火光轟轟——
芬羅德在黑座前仆倒。

於是索倫剝去他們身上的僞裝，他們赤身裸體站在他面前，忍不住感到恐懼。不過雖然他們露出了本相，索倫還是無法查出他們的名字，或他們此行的目的。

因此他把他們關到黑暗死寂的地牢中，威脅要將他們殘酷地處死，除非，他們當中有人告知他眞相。他們每隔幾天就會看到黑暗中浮現兩隻閃閃發亮的眼睛，狼人會吃掉他們當中的一名同伴；可是沒有人出賣他們的王。

就在索倫將貝倫關進大牢的那一刻，一股極大的恐懼落到了露西安心上；在前去詢問美麗安之後，她知道貝倫被關入了堝惑斯島上的地牢中，沒有任何獲救的希望。露西安看得出來，這世界上沒有人會對此伸出援手，於是她決定要離開多瑞亞斯親自去找他；她去找戴隆幫忙，不料戴隆又出賣了她，將她的計畫告訴了庭葛。庭葛聞訊既驚又怕，他不願將露西安囚在不見天日之處，以免她枯萎而死，但是他又要關住她，於是他命人在極高的大樹上建了一間小屋，如此一來，她就逃不了了。在離明霓國斯大門不遠之處，生長著尼多瑞斯森林中最高大的一種樹；在整個王國的北半部都生長著這種高大的山毛櫸森林。被選上的這棵巨大的山毛櫸，名叫希瑞洛恩⑨，它的樹身有三根主幹，樹皮極爲光滑，高不見頂；在離地很高之處才開始分叉。小木屋就

---

⑨希瑞洛恩（Hirilorn），辛達語，意思是「仕女樹」。另見索引417。

蓋在希瑞洛恩極高的樹幹中間，露西安被帶往該處；爬上木屋的梯子隨即被移走，小屋並派有人看守。除了庭葛能派僕人將她需要的東西送上去之外，沒有人可以接近。

〈麗西安之歌〉中記述了她如何逃離希瑞洛恩上小木屋；她施展魔幻之力使自己的頭髮長得極長，並用這些頭髮編織了一件外袍，能裹住她的美麗使她變成一團陰影，這長袍上還充滿了令人昏睡的魔力。剩下的一股頭髮她編成一條粗繩，將繩從窗戶垂下；當繩尾在樹下守衛的頭上輕輕搖晃時，他們都落入了沈睡中。於是，露西安從囚禁她的小屋中爬下來，裹著她那襲陰影外袍，避過所有人的眼目，自多瑞亞斯消失。

這段日子，凱勒鞏與庫路芬正巧在德能平原上狩獵；他們之所以這麼做，是因爲索倫在疑心中派了許多野狼進入精靈的疆域。他們兄弟倆於是帶著獵犬上路，同時心裡也想，回程時說不定可以打探到一些費拉剛王的消息。跟隨著凱勒鞏的狼犬中，爲首的一隻名爲胡安⑩。牠不是生在中土大陸的獵犬，而是來自「蒙福之地」的神犬；牠是歐羅米在許久之前送給凱勒鞏的，那時他們還在維林諾，在邪惡降臨之前，牠總是跟隨主人的號角聲一同奔馳。胡安跟著凱勒鞏一同踏上流亡之路，始終忠心耿耿地跟隨他；因此牠也一同落入了諸多的厄運中，天命注定牠將與死亡會面，但這要等牠遇上世界上最巨大的一匹惡狼後，才會發生。

當凱勒鞏與庫路芬在靠近多瑞亞斯西界的森林中休息時，胡安發現露西安像陰影般自白晝的

---

⑩胡安（Huan），可能是辛達語，意思是「大狗」。另見索引424。

樹林中穿過；沒有任何事物可以躲過胡安的眼睛和鼻子，也沒有任何咒語可以困住牠，不論白晝或黑夜，牠都不需要休息與睡覺。牠把露西安帶到凱勒鞏面前，當露西安知道對方是諾多族的王子，是魔苟斯的仇敵時，高興萬分；她吐露自己的身分，並且脫下她的外袍。日光之下她乍現的美是如此驚人，凱勒鞏立刻迷戀上她。他對她甜言蜜語一番，向她保證，如果她肯跟隨他回到納國斯隆德，他一定會幫她任何的忙。當露西安告訴他貝倫和貝倫所負之任務，他完全沒提他已得知這件事，因爲那根本與他無關。

因此，打獵的事暫停，他們一同回到了納國斯隆德，而露西安也被騙了。他們將她軟禁起來，取走她的外袍，禁止她走出房門，不准與兄弟兩人之外的任何人說話。如今，在得知貝倫與費拉剛遭受囚禁毫無獲救的希望後，他們打算讓費拉剛就此一命嗚呼。另一方面，他們囚住露西安，派人告知庭葛，強迫他將女兒嫁給凱勒鞏。如此一來他們就能擴張自己的勢力，成爲諾多諸王子中最強大的一支。他們一點也不想找回精靈寶鑽，不想以智巧取，也不想靠戰爭奪回，但是他們也不容其他人獲得，直到他們把所有的精靈王國都控制在手再說。歐洛佳斯沒有力量反對他們，他們已經說動了納國斯隆德百姓的心；凱勒鞏則不斷派信差去催促庭葛答應婚事。

然而神犬胡安的心沒有詭詐，露西安對牠的喜愛在他們首次相遇時就產生了；牠對她遭到囚禁很是傷心。因此，牠常常到她房中來；夜裡就守護在她門口，因爲牠感覺到邪惡已經潛入納國斯隆德了。露西安在寂寞中常常對胡安說話，跟牠談論貝倫，述說他除了那些聽從魔苟斯的鳥獸外，是其他一切鳥獸的朋友；而胡安聽得懂她所說的一切。牠能聽懂所有能發出聲音的動物的語言；但牠一生直到死前，只被允許開口說話三次。

胡安籌畫要幫助露西安。有一天晚上，牠出現時帶來了她的外袍，同時第一次開口說話，將整個計畫告訴她。然後牠領她從密道離開了納國斯隆德，一起向北逃去；牠屈就自己讓露西安騎在牠背上，像騎馬一樣；半獸人有時也會這樣騎在狼背上。如此一來他們前進的速度大增，因爲胡安奔馳飛快，又從不疲倦。

在索倫的大牢中，貝倫和費拉剛躺在地上，所有陪同他們前來的十位同伴都已經死了；索倫打算把費拉剛留到最後，因爲他看出他是個大有能力與智慧的諾多精靈，他們這一行人的秘密應該就在他的身上。當狼人再度前來要抓貝倫時，費拉剛凝聚所有的力量撲上前，與狼人展開激烈的纏鬥，最後他用雙手和牙齒殺掉了狼人，但他自己也受傷過重，瀕臨死亡。於是他對貝倫說：「如今我將前往我最後的安息之所，就在大海彼岸，阿門山脈另一邊的永恆殿堂中。我將會很久一段時間不會在諾多族中出現；我想，不論生死，我們都不會再見面了，因爲我們兩族人的命運是不同的。再會了！」就這樣，芬威家族中最英挺也最受鍾愛的芬羅德·費拉剛王，履行了他的誓言，死在堝惑斯島上黑暗的地牢中，這島上的高塔正是他當年親手興建的。貝倫在他身旁痛哭失聲，只剩下絕望。

就在同一時刻，露西安來了，她站在通往索倫之島的橋上開始歌唱，這歌聲沒有任何石牆可以擋得住。貝倫聽見了，他以爲自己是在作夢；因爲他看到繁星在他頭頂閃爍，夜鶯在林間歌唱。爲了回應這歌聲，他唱起一首挑戰之歌，是讚美北斗七星的歌曲；那七星又稱爲「維拉的鐮刀」，是瓦爾妲懸掛在北方天空，做爲魔苟斯敗落的記號。唱完這歌，他覺得全身的力量都耗盡了；他跌倒在地，昏死過去。

然而露西安聽到了他回應的歌聲，於是她再唱了一首充滿巨大力量的歌曲。野狼開始咆哮，島嶼窣窣震動。索倫站在高塔上，裹在自己黑暗的思想裡；但他對所聽到的歌聲忍不住微笑，因爲他知道來的是美麗安的女兒。露西安的天仙美貌與她歌聲奇妙的傳言，早就從多瑞亞斯傳遍了各地；他打算把她捉起來，親手交給魔苟斯。如此一來，他必得到大大的賞賜。

於是他派了一隻野狼到橋上去。但是胡安一聲不響就宰了牠。於是索倫一隻接一隻派出他的狼；胡安也一隻接一隻咬斷牠們的咽喉。於是索倫派出最可怕的卓古路因⑪，最古老的惡狼，牠是安格班所有狼人的祖先與頭頭。牠的能力極強，胡安與卓古路因纏鬥了許久，情況兇狠而猛烈。最後卓古路因不敵而逃，回到塔中死在索倫的腳前；牠在死前告訴主人說：「胡安就在外面！」索倫恍然大悟，他跟所有其他人一樣，都知道維林諾神犬已經注定的命運，於是他決定親自披掛上陣，去讓牠的命運應驗。他把自己變成狼人，並且是這世間有史以來最大的一隻；他開門出戰，打算奪回這座橋的通行權。

索倫撲來時的恐怖是如此之大，胡安不由得跳往一旁閃避。索倫於是直撲露西安；在他眼中所射出的兇狠光芒與口中所噴出臭氣的威脅下，露西安忍不住腿軟頭暈，跌倒在地。不過就在他走近時，她一揮手用部分外袍遮住了他的眼睛；一陣昏昏欲睡的感覺突然襲上了他，令他顛躓了

---

⑪卓古路因（Draugluin），辛達語，意思是「狼」。另見索引213。

幾步，胡安趁機撲了上來。於是狼人索倫與胡安展開了一場大戰，他們的狂號與吠叫聲迴盪在四周的山崗上，河谷對岸威斯林山脈中的守衛聽到從遠處傳來的這些聲音，都覺得很不舒服。

然而不論是巫術或咒語，尖牙或毒液，邪惡的伎倆或野獸的力量，都無法打倒維林諾的胡安；牠咬住敵人的咽喉，將他制服在地。於是索倫變換身形，從狼變成大蛇，從妖怪變回他慣常的模樣；可是無論他怎麼變，都無法逃脫胡安的牙爪，除非他肯完全放棄他的肉身形體。就在他那惡臭的靈魂打算脫離黑暗的軀殼時，露西安來到他面前，告訴他將會被剝去他所戀棧的肉體，他的魂魄將戰慄不已地被送回給魔苟斯；她說：「汝之赤裸本體必將永遠忍受他的蔑視，被他的目光刺透，除非汝將這塔的主權讓渡於我。」

於是索倫讓步，露西安取得了該島嶼並其中一切的主宰權；然後胡安鬆口放了他。他立刻化身成吸血鬼，身形之大幾乎遮蔽了月亮，飛逃之際他咽喉流出的血不斷滴在樹梢上，他逃到了浮陰森林，住在該處，用恐怖充滿那片區域。

露西安站在橋上宣告她的主權：緊箍在每塊石頭上的咒語鬆解了，大門轟然倒塌，牆壁應聲斷裂，所有的地牢都掀了頂；許多的奴隸與囚犯在驚訝恐慌中慢慢走了出來，並且紛紛舉手遮眼以抵擋蒼白的月光，他們被囚在索倫的黑暗中實在太久了。但是這群人中沒有貝倫的身影。因此胡安和露西安開始走遍整座島嶼找他；最後，露西安發現他倒在費拉剛身旁。他的痛苦如此之深，以致於整個人僵躺在地無力動彈，也沒有聽見她走近的足聲。露西安以爲他已經死了，她趴下去伸出雙手抱住他，自己也落入了遺忘一切的黑暗中。然而貝倫還是從絕望的深淵中出來，見到光明。他扶起露西安，兩人四目相對，恍如隔世；這時白日已經越過黑暗的山崗，閃耀在他們的頭頂上。

他們將費拉剛埋葬在這座屬於他的島嶼的最高處，這整座島再度乾淨了；而費納芬的兒子，所有精靈王子中最英挺迷人的芬羅德的青塚，始終不受侵犯，直到這片大地破碎改變，整個沉入海底。那時，芬羅德與他父親費納芬，在艾爾達瑪的樹下散步。

如今貝倫與露西安重獲自由，一同穿越森林，重拾他們往日的快樂時光；雖然冬天來臨，卻不侵害他們，露西安所到之處，花朵皆遲遲不肯凋謝，鳥兒也在白雪覆蓋的山丘上歌唱。但是忠心的胡安又回到了主人凱勒鞏身邊；只不過，他們彼此間的感情已經大不如前了。

彼時在納國斯隆德正有一場大騷動。如今有許多被索倫囚禁在島上的精靈都回來了，凱勒鞏無論說什麼都制止不了眾人的譁然輿論。他們切切哀悼費拉剛王的死，述說一位美麗女子膽敢去行費諾兒子不敢做的事；不過也有許多人看出凱勒鞏與庫路芬之所以這麼做，不在於膽怯，而在背叛出賣自己人。因此，納國斯隆德百姓的心從他們的控制中鬆脫開來，再次轉回到費納芬的家族；眾人都聽從歐洛佳斯的領導。雖然有些人很想處死他們倆兄弟，可是歐洛佳斯不允許，因爲流同種族人的血，只會令曼督斯的咒詛更快臨到眾人的頭上。但是他也不讓兩兄弟繼續在他的王國中多待一刻，他並且發誓，自今而後，納國斯隆德與費諾兒子之間，再無任何情義可言。

「如你所願！」凱勒鞏說，雙眼同時冒出威嚇的兇光；但是庫路芬微笑不語。他們隨即上馬，迅速離去，心想說不定可在東邊找到自己的族人。沒有任何人肯跟他們一起走，就連當初跟隨他們一同前來的百姓也一樣；因爲所有的人都看出來，那詛咒是重重落在他們兄弟身上，兇惡緊隨著他們。在這次事件中，庫路芬的兒子凱勒布理鵬⑫，唾棄了他父親的行徑，繼續留在納國斯隆德；但是胡安仍跟在牠主人凱勒鞏的馬後面一起走了。

他們一路向北直奔，打算用最快的速度穿越丁巴爾，沿多瑞亞斯北邊的邊界走最短的路去辛姆林，他們大哥梅斯羅斯還住在那裡。他們希望能用最快的速度通過那段路，因爲它太靠近多瑞亞斯邊界的屏障了；然而唯有如此才能避過蕩國斯貝谷，遠離恐怖山脈的威脅。

據說，貝倫和露西安在漫遊中不知不覺進入了貝西爾森林，最後終於接近了多瑞亞斯的邊界。於是貝倫開始思考他發過的誓；他在違背自己意願之下做了決定，等露西安回到自己的國家，獲得安全之後，他將再度獨自出發。但是她卻不願再次與他分離，她說：「貝倫，你必須在這兩者之間作出選擇：放棄你的誓言與任務，從今以後在大地上漂流過一生；或者信守你的承諾，前去挑戰那坐在王座上的黑暗權勢。但是無論你選擇哪一條路，我都會跟著你，我們的命運應當相同。」

就當他們邊走邊討論這些事，沒有留心身旁狀況時，凱勒鞏與庫路芬策馬穿過森林，急馳而來；他們兄弟從大老遠就看見他們二人了。凱勒鞏擦身過後立刻回馬躍向貝倫，打算一舉將他踏死；庫路芬則勒馬彎身探手將露西安擄到自己的鞍上，他不但強壯，而且騎術十分高超。貝倫見狀奮力一躍躲開了凱勒鞏，同時整個人撲上了急馳而過的庫路芬的馬背上；貝倫的這一躍，在精

---

⑫凱勒布理鵬（Celebrimbor），辛達語，意思是「銀手」。他繼承了祖父的巧手與能力，日後造了精靈三戒，因爲不肯將三戒交給索倫，被索倫殺害。另見索引161。

靈和人類之間名聞遐邇。他從庫路芬背後勒住他頸項猛往後扯，兩個人一同跌下馬；那匹馬隨著拉扯人立而起，一同翻倒，露西安被拋出去摔在草地上。

貝倫勒緊了庫路芬，但他自己也是命在旦夕，凱勒鞏正持矛從他背後衝來。就在那一刻，胡安捨棄了主人，猛撲向凱勒鞏；凱勒鞏的馬大驚閃避，怎麼也不肯再靠近貝倫，因爲那隻神犬實在太可怕了。凱勒鞏大聲咒罵他的狗跟馬，胡安不爲所動。這時露西安從地上爬起來，阻止貝倫殺害庫路芬；於是貝倫奪了他的一切裝備與武器，沒收了他的刀安格瑞斯特⑬。這把掛在他身側的刀，是諾格羅德城的鐵爾恰所打造的，沒有刀鞘，銳利無匹，劈鐵就像砍柴一樣。然後貝倫推開庫路芬，叫他滾回他高貴的親族那裡，他們或許能教他怎麼把勇敢用在正途上。「至於你的馬，」貝倫說：「我就留下來給露西安當座騎；能離開你這樣的主人，牠恐怕高興都來不及。」

庫路芬在光天化日之下詛咒貝倫。「去送死吧，」他說：「而且死得又快又慘。」凱勒鞏拉他上了自己的馬背，兄弟兩人騎馬作勢離去；因此貝倫轉過身，不再理睬他們的惡言惡語。但是內心充滿羞愧與惡毒的庫路芬卻取過哥哥的弓箭，在離去同時回身射出一箭，而且是瞄準了露西安。胡安飛撲上前一口咬住箭矢；但是庫路芬又射了第二箭，貝倫躍身擋在露西安前面，箭矢直貫入他胸口。

據說，胡安追趕費諾的兩個兒子，嚇得他們策馬死命奔逃；等胡安回來時，牠從森林中爲露

⑬安格瑞斯特（Angrist），辛達語，意思是「劈鐵的」。另見索引55。

西安帶來了一些草藥。她用那些草藥止住了貝倫傷口的血，她靠著愛與醫治的本事治好了他；到最後他們終於回到了多瑞亞斯。貝倫知道露西安現在安全了，在誓言與愛情的雙重折磨下，有一天清晨他在太陽上升前起身，將露西安托給了胡安照顧，然後趁著露西安還在青草上沈睡，他極其痛苦地出發了。

他騎馬向北全速奔往西瑞安通道，當他來到浮陰森林邊緣時，他舉目望向一片荒涼的安佛格利斯，並且看見了遠處安戈洛墜姆的尖峰。他在那裡放了庫路芬的馬，告訴牠如今可以遠離恐懼和苦役，自由奔馳在西瑞安河流域的青翠草原上。現在他是眞的獨自一人了，就在深入最後險境的大門前，他作了〈離別之歌〉，讚美露西安及天上的光輝；因爲他深信自己現在不但是告別了所愛之人，同時也是告別了光明。以下是這歌的片段：

甜美的大地與北方的天空，再會了，
你們永遠蒙福，因爲這裡曾經躺過
敏捷的雙足曾在月光下
日光下，在此奔跑跳躍
露西安・緹努維兒
她的美麗超過人口所能述說。
縱使世界全然毀壞
崩解倒退進入洪荒

解體落入古老的空虛深淵，
但它曾經一度的存在仍爲美好，因爲——
黃昏、黎明、大地、海洋——
都曾經見過露西安。

他大聲唱著，不在乎有什麼人會聽見，他反正毫無希望，也無路可逃。

但是露西安聽到了他的歌聲，並且在一路穿越森林前來尋找他時唱歌來回應。因著胡安再次答應成爲她的坐騎，她很快就追蹤到貝倫的痕跡。一直以來，胡安不斷在內心思索，對這兩名牠所深愛又危在旦夕的人，牠能想出什麼好計策。因此牠轉離了索倫的島，再度向北奔馳。同時牠也把自己變成那隻大狼卓古路因的模樣，讓露西安打扮成大蝙蝠瑟林威西⑭。瑟林威西是索倫傳信的使者，經常以吸血鬼的模樣飛往安格班；她那瘦骨嶙峋的大翅膀頂端長著有鉤的鐵爪。打扮成這副外型的胡安與露西安，一路急奔過浮陰森林，所有的鳥獸見了無不飛奔而逃。

貝倫遠遠望見這兩個東西追過來，十分驚愕；他先前以爲自己聽到了緹努維兒的歌聲，如今想來恐怕是個誘他入彀的幻影。但是他們在奔近之後脫去了僞裝，露西安真的向他飛奔而來。於是在沙漠與森林之間，貝倫與露西安又重聚了。有好一會兒他高興得完全說不出話來；但在走了

---

⑭ 瑟林威西（Thuringwethil），辛達語，意思是「幽密陰森的女人」。從她是索倫的搭檔來看，很可能她也是一位墮落的邁雅。另見索引726。

一段路之後，他又開始努力勸她打消念頭，折返家去。

「如今我要第三次詛咒自己在庭葛面前發的誓。」他說：「我寧可他在明霓國斯一刀殺了我，也不願讓自己將妳帶到魔苟斯的陰影下。」

於是，胡安第二次開口說話了；牠規勸貝倫說：「你已無法拯救露西安脫離死亡的陰影，她因爲愛而走向了死亡。你可以轉離你的命運，帶領她過流亡的生活，在你一生中從此再也沒有平安。但是如果你接受既定的命運，那麼露西安若非被你拋棄在後，孤獨而死，就必與你一同挑戰那橫在你面前的命運——縱使看來無望，卻也說不定。我不能再給你進一步的建議，我也不能繼續再跟你往前去。但我的心已經告訴我，你在安格班的大門前所碰上的，我也終必面對。其餘一切對我都是晦暗不明的；但我們三者的路可能還是都會回到多瑞亞斯，在這一切結束之前我們還會碰面的。」

貝倫這時也看出露西安無法被排除在籠罩著他們的命運之外，因此他不再勸阻她了。在胡安的勸告以及露西安的巧手下，貝倫被裝扮成卓古路因的模樣，而她還是吸血蝙蝠瑟林威西。在一切生物眼裡，如今貝倫活脫脫是隻狼人，只除了他冷酷的目光中還閃爍著一股清澈的精神；可是當他看到自己身旁的那隻大蝙蝠及其伸展的翅膀時，他也不禁感到恐怖。於是，他在月光下仰頭號叫，躍下山丘開始奔跑，那隻蝙蝠盤旋飛翔在他頭上。

他們經過了一切危險，直到滿身疲憊地來到了橫亘在安格班大門前那淒涼陰沈的山谷。眼前這條黑色的路上到處佈滿裂罅，不時有盤蛇模樣的生物冒出來。路的兩旁是高聳的峭壁，看來像是爲了戰爭而築起的高牆，峭壁上站滿了吃腐屍的鷙鳥，不斷發出兇狠的叫聲。如今豎立在他們眼前的是難以攻破的大門，這又闊又黑的拱門位在山腳下，其上聳立著千呎高的懸崖。

面對大門他們忍不住驚恐起來，因爲門前站著一個從來沒有人知道的守衛，牠存在的消息尙未流傳出去。曾經到過魔苟斯門前的精靈王子都不知道魔苟斯的這項目的；當那隻從維林諾放出來的神犬參戰，從遠方森林的小徑中傳來牠的吠聲後，魔苟斯回想起了胡安的命運，於是他從卓古路因的幼狼中選了一隻來養，他親手用活人餵牠，並且把自己的力量加在牠身上。這匹狼長得十分迅速，到後來這隻龐然大物什麼窩都爬不進去了，只好躺在魔苟斯的腳下，總是飢餓難當。地獄的火和極度的痛苦進入牠體內，牠心裡開始充滿貪婪的靈，恐怖又強壯，只想折磨他人。牠被取名爲卡黑洛斯⑮，意思是「紅色的胃」，牠也被稱爲安佛理爾⑯，意思是「飢餓的大嘴」。魔苟斯把牠安置在安格班的大門前，永遠淸醒守門，以免胡安闖來。

卡黑洛斯遠遠就看見了他們，並且大起疑心；因爲安格班早已得知卓古路因死亡的消息。當他們走近時，牠命令他們站住，不讓他們進去；牠充滿威脅地走上前，嗅到他們身上有種奇怪的味道。就在這時，突然有股源自露西安神靈血統的神聖力量充滿了她，於是她拋下了噁心的僞裝，踏步上前，她在巨大的卡黑洛斯面前顯得十分渺小，但全身卻散發出可怕的光芒。她舉起手來命令牠沈睡，說：「噢，興風作浪的惡靈，現在落入遺忘的深淵，暫時忘記你那可怕的命運。」卡黑洛斯如遭雷擊般轟然倒地，動也不動。

---

⑮卡黑洛斯（Carcharoth），辛達語。另見索引155。

⑯安佛理爾（Anfauglir），辛達語。另見索引47。

於是貝倫與露西安穿過大門，走下猶如迷宮般的層層階梯；他們一同立下了精靈與人類做過的最偉大事蹟。他們來到最底層魔苟斯的王座前，那是一個被恐怖所掌管的地方，牆上點著火把，四周擺滿了各種折磨與處死人的武器。貝倫以狼形悄悄爬到他的座位底下；但露西安按照魔苟斯的意願揭掉了身上的偽裝，而他忍不住彎下腰來凝視她。露西安沒有被他的目光嚇住，她說出自己的名字，並且說明自己願意像吟遊詩人般為他獻唱。魔苟斯注視著她驚人的美，內心升起了邪惡的慾念，自他從維林諾逃來此地之後，他心中從來沒有想過如此黑暗的計畫。因此，他被自己的惡念所矇騙了，他雙眼望著她，讓她自由的行動，自己同時也在內心享受秘密的快感。突然間露西安躲開了他的視線，在陰影中開始唱起一首超越一切甜美，充滿蒙蔽力量的歌曲，他被迫聆聽；當他的雙眼來回巡移找尋她的身影時，他的眼睛開始昏暗起來。

他宮中的一切都陷入了沈睡之中，所有的火把昏暗搖曳，然後熄滅；但是精靈寶鑽突然從魔苟斯頭頂的王冠上放射出一股白烈的光芒；王冠與寶石的重量令魔苟斯不由得低下了頭，彷彿全世界的重量都壓在他的額上，一切關注、恐懼及慾望的重量齊聚，就連魔苟斯的意志力都承受不了。於是露西安抓住她那件如翼的外袍揮撒向空中，她的聲音變得猶如落入池塘的雨珠，深奧又黑暗。她再把外袍遮到他眼上，令他沈睡作夢，夢境深黑如他曾經一度獨自去過的空虛之境。剎那間他從王座上倒了下來，聲勢猶如山崩，轟隆如雷地倒臥在地獄的地上。鐵王冠發出一陣響聲從他頭上滾了下來。一切陷入一片死寂。

貝倫像一隻死獸般躺在地上；露西安過去伸手搖醒他。他爬起來脫去了狼形，隨即拔出寶刀安格瑞斯特，從鐵王冠上挖下了一顆精靈寶鑽。

他把寶石緊握在手中，那放射的光芒穿透他的手掌繼續流洩出來，他那隻拳頭變得像一盞閃閃發光的燈一般；那顆寶石就這樣讓他握著，沒有傷害他。貝倫心裡這時起了一個念頭，要做超過他所發的誓，將這三顆費諾的寶石全都帶出安格班。但這卻不是精靈寶鑽的命運。他第二次動手時安格瑞斯特應聲折斷，刀刃的碎片有一塊飛打到了魔茍斯的臉頰。他呻吟顫抖了一下，而整支安格班的大軍在睡夢中也都跟著震動了一下。

貝倫和露西安幾乎嚇破了膽，他們開始拼命飛逃，不顧一切死命亂闖，內心只想再度見到光明。他們既未遭到攔截也沒碰上追趕，但到大門口時卻出不去了；卡黑洛斯已經醒來，正充滿暴怒地守在安格班堡壘的大門前。他們還沒看到牠，牠就已經看見他們，並且對飛奔逃命的兩個人衝了過來了。

露西安已經筋疲力竭，既無時間也無力氣再來降服這匹巨狼。但是貝倫擋在她前面，同時高舉起右手中的精靈寶鑽。卡黑洛斯停了下來，有片刻間顯露出恐懼。「滾開，滾得遠遠的！」貝倫大聲說：「這裡是一把會將你以及所有邪惡東西燒毀的火焰。」他邊說邊上前將精靈寶鑽伸向巨狼的眼睛。

卡黑洛斯望著神聖的寶石，並未被嚇住，牠貪噬的靈突然著火般醒來；牠張開大口剎那間咬斷了貝倫的手腕，連手掌帶寶石一併吞下。立刻，牠的五臟六腑充滿了烈火燒灼的疼痛，精靈寶鑽開始灼燒牠那可咒的身軀。牠慘號著飛奔逃離他們，大門前整個山谷的峭壁都迴盪著牠痛苦的號叫。卡黑洛斯瘋狂時比原來更加恐怖百倍，魔茍斯所有住在該山谷中的走狗，以及從山谷出來幾條路上的飛禽走獸，無不嚇得落荒而逃；凡擋在路上被牠碰見的，無一活命，牠一路從北而下，給這世界帶來了大災難。在安格班毀滅之前，貝爾蘭所遭遇過的所有恐怖災難中，以卡黑洛斯的瘋狂最爲可怕；因爲精靈寶鑽的力量在牠腹中發作。

貝倫昏倒在危機四伏的安格班大門前，死亡正一步步靠近他，因爲那匹巨狼的尖牙有毒。露西安用口把他傷口中的毒液吸出來，並施展她最後殘存的力量爲他止血。在她背後，安格班深處起了極大的騷動，憤怒的吼聲響起。魔苟斯的大軍已經醒來了。

收復精靈寶鑽的任務眼看就要以失敗告終，但就在那一刻，山谷高牆的上方飛來了三隻巨大的鳥兒，其勢比風更快。所有四處遊蕩的飛禽走獸都得知貝倫需要幫助，胡安更是親自要求所有的鳥獸注意他們，好給他們帶來及時的幫助。索隆多和牠的同伴已經在魔苟斯的疆域裡盤旋了好一陣子，當牠們看到發瘋的卡黑洛斯以及倒下的貝倫時，立刻迅速俯衝而下，彼時安格班的力量正從沈睡中驚醒過來。

牠們把露西安和貝倫帶上高空，飛入雲端裡。在牠們底下雷聲突然大作，閃電四處飛射，群山不住震動。安戈洛墜姆噴出濃煙和大火，燃燒的火焰如箭般飛射到遠方，許多地方被燒得一片焦爛；住在希斯隆的諸多精靈都戰慄不已。但是索隆多飛在極高的高空中，尋找高天之中的道路；在那裡太陽終日閃爍不受遮蔽，月亮在無雲的繁星中遊走。牠們迅速飛過了安佛格利斯，越過了浮陰森林，來到了隱藏的倘拉登山谷上方。當時萬里晴空無雲無霧，淚眼模糊的露西安望見底下很遠之處有一塊像綠寶石的地方，上面閃著一道白光，那正是特剛所在美麗的貢多林城的光芒。露西安一直哭泣，因爲她以爲貝倫已經死了；他雙眼緊閉，始終不言不語，對自己飛在高空一無所知。最後，巨鷹載他們來到多瑞亞斯的邊境；他們又回到當初貝倫在絕望中悄悄離開熟睡的露西安的幽谷。

巨鷹把貝倫放在露西安身邊，隨即振翅飛回牠們位在克瑞沙格林峰頂的巢中；這時胡安來到她身旁，他們一起照顧貝倫，就像過去照顧由庫路芬所造成的箭傷一樣。只不過，他這次傷得更重，而且傷口有毒。貝倫昏迷了很久，他的魂魄遊蕩在死亡的黑暗邊界上，感覺到極度的痛苦緊追著他，從一個夢境到另一個夢境。然後，就在她的希望幾乎破滅時，他突然醒了；他睜開雙眼，看見樹葉襯著天空，聽見樹底下有人在他身旁輕柔悠緩地歌唱，那是露西安・緹努維兒。原來，春天又到了。

此後，貝倫又被稱爲艾爾哈米昂⑰，意思是「只有一隻手」；他的臉上也留下了深刻的痛苦痕跡。但露西安的愛總算把他從鬼門關前拉了回來；他爬起來，兩人再度攜手偕伴在森林中。他們一點也不急著離開那地，因爲一切看起來如此美好。事實上，露西安情願在野地遊蕩也不願意回去，她寧可忘掉王宮、百姓，以及精靈王國中所有的榮華富貴；貝倫也很滿意地過了一陣子這樣的生活。但是他無法將返回明霓國斯的誓言一直拋在腦後，同樣他也不會在沒有得到庭葛的同意下，永遠將露西安留在身旁。他遵守人類的律法，認爲除非萬不得已，不該違背父親的意願。他同時也認爲，高貴美麗如露西安，不應當讓她像粗魯的人類獵人一樣，一直住在森林裡；她應當像其他的艾爾達王后，有家、有尊貴的名聲、還有美麗的衣飾。因此，過了一陣子之後，他說

---

⑰艾爾哈米昂（Erchamion），辛達語。另見索引286。

服她，兩人的腳步離開了森林野地，朝多瑞亞斯走去，他帶著露西安回家。他們的命運驅使他們這麼做。

整個多瑞亞斯籠罩在一片愁雲慘霧中。自從露西安失蹤之後，全國上下就落入哀傷沈寂。據說，庭葛的吟遊詩人戴隆就在那時離開了多瑞亞斯，四處漂泊，不知所終。在貝倫來到多瑞亞斯之前，他是那爲露西安的歌舞譜寫音樂的人；他深愛露西安，將自己對她所有的愛戀都譜寫在樂曲中。他成爲大海以東精靈族的吟遊詩人之冠，名聲甚至超越費諾的兒子梅格洛爾。在尋找露西安的過程中，他踏上了陌生的路，越過了山脈來到中土大陸的東方，有許多年他在深水旁爲庭葛的女兒、全地最美的露西安作哀歌。

在那段時期，庭葛向美麗安求助；但她已不再對他提出任何建議了，只說他的圖謀所招來的命運，必按它自己的方式運作到底，他現在只能耐心等待而已。後來庭葛知道露西安已經遠離了多瑞亞斯，因爲凱勒鞏偷偷送信給他，告訴他費拉剛已死，貝倫已死，如今露西安在納國斯隆德，凱勒鞏要娶她爲妻。庭葛氣得七竅生煙，隨即派出密探，打算要向納國斯隆德宣戰；不久之後他又得知露西安逃離了魔爪，凱勒鞏與庫路芬被逐出了納國斯隆德。於是他的計畫擱置了，因爲他沒有足夠的力量攻擊費諾的七個兒子；不過他派人去了辛姆林，要求他們幫忙找尋露西安，因爲凱勒鞏既未將她送回給她父親，也沒保護她的安全。

然而他的使者在國境北邊遇上了意料之外的災難：安格班的巨狼卡黑洛斯的猛烈攻擊。在瘋狂中牠一路往南掠奪，先經過佔地甚廣的浮陰森林，從其東邊下到伊斯果都因河的源頭，像一把烈火摧毀沿途的一切。沒有任何東西攔得住牠，連美麗安的環帶也擋不住；因爲是命運，以及在牠腹中折磨牠的精靈寶鑽在催逼牠。他闖進了從未遭受過破壞的多瑞亞斯森林，所有的生物都驚駭奔逃。使者中只有大將梅博隆逃過一死，將這可怕的消息帶回來給庭葛。

就在這黑暗的時刻，貝倫和露西安回來了。他們從西邊匆匆趕來，他們回來的消息先他們一步傳開，彷彿和風將音樂吹送入黑暗的喪家一般。他們最後終於來到明霓國斯的大門前，背後跟了一大群的百姓。於是，貝倫將露西安領到她父親庭葛的王座前；庭葛難以置信地望著貝倫，以爲他已經死了。無論如何，庭葛都不喜歡他，因爲他給多瑞亞斯帶來了災難。貝倫在他面前單膝跪下說：「我照我所說過的話回來了。現在我來要求我當得的。」

於是庭葛說：「你的任務與誓約在哪裡呢？」

貝倫說：「已經都完成了。精靈寶鑽現在就在我手中。」

庭葛說：「拿給我看！」

於是貝倫伸出左手，慢慢張開握緊的拳頭；可是拳頭裡是空的。於是他伸出右手臂；從那一刻起，他稱自己是侃洛斯特⑱，意思是「空手而返」。

見到這一幕，庭葛心軟了；他讓貝倫坐在他左邊，露西安坐在右邊，他們把整個任務的過程述說給他聽，所有在場聽見的人無不充滿了驚異。於是庭葛覺得這名人類不同於其他凡人，當列在阿爾達的偉人中，而露西安的愛情真是一種新穎又奇怪的東西。庭葛也看出來，他們兩人交織

---

⑱ 侃洛斯特（Camlost），辛達語。另見索引152。

在一起的命運，這世界上沒有任何力量可以攔阻。因此，他終於讓步了，於是貝倫在她父親的王座前，執起露西安的手。

然而此刻卻有一個陰影落在多瑞亞斯重獲露西安的快樂上；在得知卡黑洛斯瘋狂的原因後，百姓變得更加害怕，因爲大家看出牠的危險起因於神聖寶石可怕的力量，那是沒有人能夠征服的。貝倫聽說那隻巨狼的瘋狂攻擊後，明白自己的任務尚未完全達成。

由於卡黑洛斯一天比一天更接近明霓國斯，他們於是開始準備獵狼；在所有講述狩獵的故事中，這是最危險的一個。參與這次獵捕行動的有：維林諾的神犬胡安，「強手」梅博隆，「強弓」畢烈格，「獨手」貝倫，以及多瑞亞斯的王庭葛。他們帶人在早晨出發，騎馬越過了伊斯果都因河；露西安留在後方明霓國斯的宮中。有一股黑影落到了她心上，在她看來，太陽像是病了，變得愈來愈黯淡無光。

這群獵人先向東然後轉向北，順著河流行經的路，他們最後在北邊一個黑暗的山谷中追蹤到了巨狼卡黑洛斯，伊斯果都因河在該處從峭壁上奔騰洩下。卡黑洛斯在瀑布下方喝水，以減輕牠腹中燒灼的疼痛；牠大聲號叫，因此他們知道了牠的位置。但是卡黑洛斯也察覺到了他們的來臨，卻不急於攻擊他們。或許，因爲甜美的伊斯果都因河水舒緩了牠的疼痛，讓牠心中那狡詐的惡魔醒了過來；就在他們緩緩策馬前來時，牠閃避躲入一處很深的灌木叢中。他們在整片區域設下守衛，靜靜等候，森林中的陰影都變長了。

貝倫站在庭葛旁邊，突然間，他們發現胡安不見了。隨即一聲巨大的吠叫從灌木叢中傳來；因爲胡安等得不耐煩了，牠很想見識一下那匹狼，於是獨自前往灌木叢中要把牠逼出來。但是卡黑洛斯躲開牠，剎那間從荊棘叢彈射而出，直撲庭葛。貝倫一個箭步掄槍擋在王面前，卡黑洛斯一巴掌掃開長槍，將貝倫撲倒在地，狠狠撕咬他的胸口。就在那時胡安從灌木叢中躍出撲在巨狼的背上，牠們兩個立刻凶猛地打成一團。從來沒有任何獵犬與野狼的拼鬥能跟這場面相比，在胡安的吠叫聲中可以聽見歐羅米的號角聲以及維拉的憤怒，但在卡黑洛斯的號叫聲中則充滿了魔苟斯的恨意與遠超過殘酷剛牙的惡毒。牠們所發出的騷動使高處的岩石紛紛墜落打在伊斯果都因瀑布中，牠們在瀑布前拼戰到死爲止。但是庭葛一點都沒注意牠們，他跪在貝倫身旁，看見他傷得極重。

胡安在那一天殺了卡黑洛斯。但在多瑞亞斯幽密的森林中，預言給牠的命運也應驗了；牠身上的傷是致命的，魔苟斯的劇毒侵入了牠的身體裡。牠走來倒在貝倫身旁，第三次開口說話，在死前向貝倫道別。貝倫沒有說話，只是伸手不停撫摸神犬的頭，他們就這樣死別了。

梅博隆和畢烈格匆匆趕到王的身旁，當他們看到眼前的景象時，不禁拋下武器流下淚來。隨後，梅博隆取過刀子剖開卡黑洛斯的肚腹，狼腹中像是遭了大火，幾乎整個燒空了，然而貝倫那隻握著寶石的手卻沒腐爛。不過當梅博隆伸手去碰時，那隻手消失了，精靈寶鑽整個敞露在眾人眼前，其光芒照亮了他們四周陰影重重的森林。梅博隆迅速又恐懼地取過寶石放在貝倫尚存的左手中；接觸到精靈寶鑽後，貝倫坐了起來，他舉起寶石，請庭葛收下，說：「如今我達成了任務，也完成了我的命運。」然後他就再也沒說話了。

他們將巴拉漢的兒子貝倫．侃洛斯特放在樹枝做成的擔架上抬了回來，胡安就躺在他身旁；夜色降臨時，他們接近了明霓國斯。露西安在大山毛櫸樹希瑞洛恩底下等到了行進緩慢的一行人，擔架旁有人舉著照明火把。她抱住貝倫，親吻他，請他一定要在西方大海那邊等候她；他臨死之前一直定睛望著她的雙眼。然而星光熄滅了，黑暗落到了露西安・緹努維兒的身上。收復精靈寶鑽的任務就這樣結束了；但是〈麗西安之歌〉還沒結束。

在露西安的吩咐下，貝倫的魂魄徘徊在曼督斯的廳堂裡，不願離開這世界，直到露西安來到朦朧的外環海岸向他作最後的訣別，那裡是死去的人類最後停留的地方，離開之後永不復返。露西安的魂魄落入了黑暗中，到最後終於離開了軀體，她靜臥的身體彷彿乍然被摘下的花朵，躺臥在青草上，一時之間還不會枯萎。

於是，冬天像白髮蒼蒼的老人一般臨到了庭葛。露西安來到了曼督斯的殿堂，那是艾爾達亡靈最後的歸處，位在世界最西方的疆界旁。那些在此等候者都靜坐在他們思緒的陰影中。但是她的美遠勝過他們的美，她的悲傷也遠深過他們的悲傷；她在曼督斯面前跪下，對他唱歌。

露西安在曼督斯面前所唱的歌，是有史以來，語言所能編織出的最美的一首歌，這歌的悲傷程度連世界都不忍聽聞。這首歌恆久不滅仍在世界所聽不見的維林諾唱著，所有的維拉聆聽時無不感到悲傷。露西安在歌中交織著兩個主題，艾爾達的悲哀與人類的悲痛，這兩支由伊露維塔所造居住在阿爾達的親族，他們的苦楚激盪在無數繁星之中的地球上。當她跪在他面前時，她的眼淚落在他腳上，彷彿雨水落在石頭上；此時，從不動搖的曼督斯，空前絕後地動容了。

於是他召喚貝倫，正如露西安在他臨死前所說的，他們在越過西方大海之後又重逢了。但是曼督斯沒有能力留住人類的靈魂，他也不能改變伊露維塔兒女的命運；人類不會被限制在這個世界之內，在等候完畢後他們就得離開。因此，他去找維拉之首曼威，曼威受伊露維塔之託治理這整個世界；曼威在內心的最深處思索，伊露維塔的旨意在那裡向他啓示出來。

他給了露西安以下的選擇。其一，因著她的努力與悲傷，她將從曼督斯處獲得釋放，前往維利瑪，在維拉當中居住到世界結束之時，並且忘記她生命中曾經有過的一切悲傷。但是那裡貝倫不能去。因爲維拉不能挽回貝倫的死亡，死亡是伊露維塔賜給人類的禮物。另一項選擇是：她可以帶著貝倫一起返回中土大陸，再次居住在那地，但日子是悲是喜，壽命是長是短都不確定。她將從此成爲會死的凡人，必要再死一次，而他也是；她將永遠離開這個世界，她的美麗將成爲一種記憶，只存留在歌謠裡。

她選擇了第二項，放棄了「蒙福之地」，放棄了與住在該地之精靈與神靈的一切親屬關係；因此，不論前途有多少悲傷在等著他們，貝倫和露西安的命運是永遠融合在一起了，他們的道路一同越過了世界的限制。因此，她是唯一一個眞正死亡的精靈，在很久很久以前就離開了這世界。但是，在她的選擇下，這兩支親族的血脈融合在一起；她成爲艾爾達後來所見許多人的先驅，縱使世界整個改變了，他們所鍾愛的露西安也早就一去不返了。

第二十章　第五戰役——尼南斯・阿農迪亞德

據說，貝倫和露西安回到中土大陸的北方大地，他們在多瑞亞斯的肉身活了過來，像凡人男女一般在一起生活了好些年。見到他們的人既高興又害怕；露西安前往明霓國斯，伸手輕撫庭葛，除去了籠罩他的冬天。然而美麗安看著女兒的雙眸，讀到了寫在那上面的命運，忍不住轉身離去；因爲她知道了，那遠超過世界結束的別離已經橫亘在她們當中，邁雅美麗安當時內心所湧上的悲傷，遠比世間一切失去兒女之父母更加沈重。貝倫和露西安離開了衆人，不擔心飢餓與乾渴，他們一路往前走，越過了吉理安河來到歐西瑞安，居住在阿督蘭特河中央青翠的嘉蘭島上，直到生命結束。艾爾達後來稱那地爲斐恩・伊・古伊納地區①，意思是「生與死之地」。他們在那裡生了漂亮的迪歐・亞蘭尼爾②，後來大家稱他爲迪歐・埃盧希爾，也就是「庭葛的繼承人」

---

① 斐恩・伊・古伊納地區（Dor Firn-I-Guinar），辛達語。另見索引204。

② 迪歐・亞蘭尼爾（Dior Aranel），辛達語。另見索引197和67。

之意。巴拉漢的兒子貝倫返回之後沒有任何人類與他交談過；也沒有人看見貝倫和露西安是幾時離開世界，或葬身於何處。

在那段日子裡，貝倫與露西安的事蹟被寫成了歌謠，在整個貝爾蘭到處傳唱，費諾的兒子梅斯羅斯於是明白魔苟斯不是打不倒的，因此再度振作起來。但是如果他們不趕快再次聯合起來，重新結盟與會商，魔苟斯將會把他們個別擊破，完全滅絕。於是他又開始奔走鼓舞艾爾達掌握時機，這次的結盟被稱為「梅斯羅斯聯盟」。

然而費諾的誓言與誓言所引發的惡事，確實傷害了梅斯羅斯的計畫，他所得到的幫助比原來應當有的少了許多。由於凱勒鞏與庫路芬所行的惡，歐洛隹斯不肯聽信任何費諾兒子的話出兵；納國斯隆德的精靈依舊信任以秘密埋伏或偷襲暗殺來保衛他們的要塞。因此，自納國斯隆德只來了一小隊人馬，由高林③的兒子葛溫多④帶領；葛溫多是個英勇的貴族，他不顧歐洛隹斯的反對，領人前往北方參戰，他對在班戈拉赫戰役中下落不明的兄弟吉米爾⑤深感悲痛。他們配戴芬國昐家族的徽號，編列在芬鞏的旗下；他們全隊人馬，除了一名之外，全部再也沒有回來。

從多瑞亞斯來的幫助更少。梅斯羅斯跟他弟弟們在誓言的約束下，先前曾經送信給庭葛，用

---

③ 高林（Guilin），辛達語。納國斯隆德的貴族。另見索引376。
④ 葛溫多（Gwindor），辛達語。另見索引380。
⑤ 吉米爾（Gelmir），辛達語。另見索引338。

傲慢的語氣要求他立刻交出精靈寶鑽，否則雙方就是勢不兩立的敵人。美麗安勸庭葛把寶石交出去；然而費諾眾子傲慢威脅的話語令庭葛十分生氣，他想到寶石是因著露西安的痛苦與貝倫的血才得來的，更何況先前凱勒鞏與庫路芬還對露西安心懷不軌。每天，他愈注視精靈寶鑽，就愈想永遠保有它；而這正是那寶石的力量。因此，他讓信差帶著輕蔑的答覆回去。對此梅斯羅斯沒有再做任何回應，因為他正忙著在精靈之間展開新的聯盟與合作；但是凱勒鞏與庫路芬公開發誓，如果庭葛不自動交出精靈寶鑽，那麼等他們打贏魔苟斯，必要殺了庭葛，除滅他的百姓。於是庭葛努力加強國界的邊防，同時不肯出兵去打仗，整個多瑞亞斯除了梅博隆與畢烈格之外，也沒有別的人肯去；他們兩人不願置身於這樣的大事外。庭葛准許他們二人離去，只要他們不幫費諾兒子的忙；他們兩人於是加入了芬鞏的旗下。

不過梅斯羅斯得到了諾格林人的幫助，他們不但願意出兵，還願意提供大量的武器；諾格羅德城與貝磊勾斯特堡的金屬匠在這些日子裡真是忙得不可開交。梅斯羅斯也再次將他的弟弟以及所有願意跟隨他們的人都集合在一起；玻爾和烏番格被訓練成作戰指揮官，帶領他們的百姓一同上戰場，他們還從東方召集了更多的百姓來幫忙。另外，位在西邊，向來與梅斯羅斯交情甚篤的芬鞏，採納了來自辛姆林的建議，住在希斯隆的精靈與哈多家族的人類，紛紛開始準備打仗。住在貝西爾森林裡的哈麗絲的百姓，在領袖哈米爾⑥的召聚下，也紛紛磨利斧頭；但是哈米爾在戰

⑥哈米爾（Halmir）；另見索引392。

爭前夕過世，變成由他兒子哈迪爾領軍。這項消息也傳到了貢多林那位隱藏的王特剛耳中。

但是梅斯羅斯在計畫尚未完全布署好之前，就等不及測試他的實力；他將半獸人全趕出了貝爾蘭的北方地區，就連多索尼安也太平了一陣子；但是這卻讓魔苟斯警覺到了艾爾達及其盟友的東山再起，因此加緊計畫除滅他們。他派了更多的奸細與叛徒到他們當中去，這是他目前最好的辦法，他秘密佈下的人類叛軍還深藏在費諾兒子的身邊。

終於，梅斯羅斯召集了所有他能聯盟的精靈、人類與矮人，決定從安格班的東西兩面展開夾擊；他打算明目張膽地公開列陣在安佛格利斯平原上。他希望，當他進一步逼近開戰時，魔苟斯的軍隊會出來應戰，然後芬鞏會從希斯隆的各路出兵；如此他們可以左右夾攻拿下魔苟斯的主力大軍，將他們擊得粉碎。這項計策的訊號是在多索尼安上點燃巨大的烽火。

在仲夏預定出戰的那天早晨，艾爾達的號角萬聲齊發，頌讚上升的太陽；東邊費諾眾子升起了他們的軍旗，西邊則佈滿了諾多最高君王芬鞏的旗幟。芬鞏從西瑞安泉堡壘的城牆上放眼望去，他的大軍分列在威斯林山脈東麓的森林與山谷中，他們藏得很好，敵人不容易看見；但是他知道軍隊的數量極眾。所有居住在希斯隆的諾多精靈都動員了，另外還加上法拉斯的精靈以及葛溫多從納國斯隆德帶來的軍兵，此外，他還有人類的力量：在他右前方的是多爾露明的大軍，統帥他們的是勇猛的胡林及他弟弟胡爾，跟他們並肩而立的還有貝西爾的哈迪爾，以及哈迪爾從森林中召聚來的許多百姓。

芬鞏轉過身來望向安戈洛墜姆，那些尖峰上盤據著烏雲，黑色的濃煙不斷向上噴吐；他知道魔苟斯開始大發雷霆，接受了他們的挑戰。一股懷疑的陰影突然落到了芬鞏的心上；他往東張望，想要用精靈銳利的目光看看是否能夠找到梅斯羅斯的大軍在安佛格利斯平原上所捲起的煙塵。他並不知道，梅斯羅斯在烏多的狡計拖延下，仍然按兵不動，該受咒詛的烏多用安格班來的錯誤攻擊情報欺騙他。

這時，從南方一個山谷接一個山谷隨風傳來了震耳的歡呼聲，精靈和人類充滿驚喜地歡呼著。未蒙召喚，也不曾預料到的，特剛打開了貢多林的大門，領了一萬精壯的軍兵出戰，他們身著閃亮的盔甲，手中所持的長劍與長槍蔚為一片雪亮的劍戟之林。當芬鞏聽到遠方傳來他弟弟特剛的號角聲時，那股陰影消散了，他的心再次振奮起來，於是他大聲喊著說：「Utúlie'n aurë！Aiya Eldalië ar Atanatári, utúlie'n aurë！這日終於來臨了！看啊，精靈的子民與人類的祖先，這日終於來臨了！」山崗上所有聽見他這聲嘹亮呼喊的人，齊聲大聲回應：「Auta i lömë！黑夜已經過去了！」

現在，魔苟斯在探知他敵人的布署與動向後，選擇了他的時刻，他相信他狡詐的下屬會拖住梅斯羅斯，讓他的敵人無法聯手夾擊，然後他派出一支看來聲勢頗眾（但其實只是他所有準備好的實力中的一部份而已）的大軍朝希斯隆開去；這支大軍身著暗褐色的衣鞋，所有的武器都不見光，因此，等到他們被發現時，已經相當深入安佛格利斯沙漠了。

諾多精靈看到他們，心裡都忍不住急躁起來，他們的隊長個個都想衝上去將對方砍殺在當場；但是胡林反對，勸他們當心魔苟斯的狡計，他的實力總是向來超過眼見，他向來不會一下就揭開自己的底牌。因此，雖然梅斯羅斯的信號還是沒有來，己方的大軍開始耐不住，但是胡林仍然要求他們等，寧可任逼近的半獸人分成小隊攻上山崗來。

魔苟斯派到西邊大軍的統帥已經奉命，要不計一切手段盡快將芬鞏的大軍誘出藏身的山嶺。因此，他讓自己的大軍直逼近到西瑞安河畔，從西瑞安泉堡壘的城牆前直佈滿到瑞微爾泉注入的西瑞赫沼澤；芬鞏的前鋒部隊可以清楚看見敵人的眼睛。對於這樣的挑釁沒有人回應，半獸人的譏嘲笑罵，在看到寂靜無聲的城牆及隱藏在後的威脅時，開始膽怯起來。於是，魔苟斯的統帥派騎兵帶著俘虜去談判，他們直騎到堡壘的外廓前，帶去的俘虜是他們在班戈拉赫戰役中生擒來的納國斯隆德的隊長，高林的兒子吉米爾；他們蒙住了他的雙眼。安格班的傳令官把他推上前，大喊道：「我們還有很多這樣的人在家裡，你們若想找到他們的話，得快一點；因為我們回去後肯定會好好對付他們。」然後他們在精靈眼前活生生砍掉了吉米爾的四肢，最後砍掉他的頭，拋下他揚長而去。

事情太湊巧，也太糟糕，站在堡壘外廓上的正是納國斯隆德的葛溫多，吉米爾的弟弟，他的憤怒到此轉為瘋狂，他跳上馬背衝出去，許多騎兵也跟著他往前衝；他們追上並殺了剛才那一小隊的半獸人，隨即奮不顧身的深入敵方大軍中。看到這種情況，整支諾多大軍猶如著了火一般，於是芬鞏戴上他白色的頭盔，吹響他的號角，希斯隆的大軍凶猛地衝出了山崗，躍馬衝鋒。諾多精靈拔出的長劍，閃爍的劍光猶如蘆葦田中點起的一片火海；他們的進攻是如此凶猛與迅速，魔苟斯的計謀險些就要失敗。他送往西方的大軍在能纏住敵人之前就被掃蕩了個乾淨，芬鞏的軍旗一路橫越安佛格利斯沙漠直攻到安格班的城牆前。這支大軍的最前鋒始終是高爾溫與納國斯隆德的精靈，現在已經完全攔不住他們了；他們衝破了城門，殺了守衛，殺上了安格班的台階，魔苟斯在地底深處聽到他們擂門的巨響，也不禁震動。但是他們就在那裡落入了陷阱，全部都被殺害，只除了葛溫多，他們將他生擒入安格班；芬鞏由於距離太遠，根本救不了他們。從安戈洛墜姆四邊的許多通道密門，魔苟斯釋出了他隱忍已久的主力大軍，芬鞏在城牆前被狠狠地擊退了，損失十分慘重。

於是，在大戰開打的第四天，在安佛格利斯的平原上，尼南斯·阿農迪亞德⑦——「無數的眼淚」開始了，沒有任何歌謠或故事能夠述盡它所有的悲傷與哀痛。芬鞏的大軍在沙漠上節節敗退，後衛部隊的哈拉丁領袖哈迪爾戰死沙場，幾乎所有貝西爾的百姓都隨著他陣亡，再也沒有回到他們的森林裡去。當第五天的夜幕降臨時，希斯隆殘存的大軍離威斯林山脈還相當遠，卻已經被半獸人團團包圍了，他們徹夜奮戰直到天亮，一寸一寸往前推進，要盡一切可能殺回去。天亮的時候，希望終於來了。特剛所領貢多林的大軍在號聲中趕來增援；他們一直防守著南邊的西瑞安通道，特剛約束住他大部分的人馬，沒有輕率地衝上前進攻。現在他拚命趕來援助他哥哥；貢多林的大軍全身披戴甲胄，威猛無比，他們的行伍在日光下像一條迅速流動的鋼鐵河流。

兩軍交鋒，王的重裝步兵方陣⑧立刻突破了半獸人的大軍，特剛殺出一條血路來到他哥哥身旁；據說，特剛看見站在芬鞏身旁的胡林，故人在兇險的戰場上重逢，分外令人振奮欣喜。精靈

---

⑦ 尼南斯·阿農迪亞德（Nirnaeth Arnœdiad），辛達語。另見索引592。

⑧ 原文是phalanx，特指古希臘或羅馬的全副武裝的步兵，所結成的密集隊形。每一名這樣的步兵，身上的配備包括鋼鐵的頭盔、甲胄（鐵與皮革）、腰間的配刀（或劍），再加上手上所持的長矛與盾牌，加起來有十幾二十公斤重。

的內心又重新點燃了希望；就在那時候，天亮後的第三個時辰，梅斯羅斯的號角聲終於從東邊傳來了，費諾眾子的軍旗從敵人的後方展開猛烈的攻擊。有些人說，即使到目前這樣的狀況，只要艾爾達所領的全部大軍忠心不貳，他們在那天依然很可能會打勝仗；因為半獸人見勢不妙就開始動搖了，他們停止了進攻，有些甚至已經開始棄甲逃命。但是就在梅斯羅斯的前鋒衝上來與半獸人交鋒時，魔苟斯釋出了他最後一批力量，整個安格班至此空蕩蕩，不剩一兵一卒。

前來參戰的是大群的惡狼、狼人，整批的炎魔、惡龍，以及所有惡龍之父，格勞龍。這隻大蟲的恐怖與力量如今真是可怕，人類與精靈在牠面前被牠噴出的火燒得焦爛；牠來到芬鞏與梅斯羅斯雙方大軍的中間，將他們掃蕩分開，無法會合。

然而，魔苟斯之所以能達成目的，靠的不是惡狼，不是炎魔，甚至不是噴火龍，而是人類的狡詐背叛。就在這一刻，烏番格的詭計揭曉了。許多的東來者⑨在戰場上轉身逃跑，他們的心中充滿了謊言與懼怕；烏番格的兒子們陣前倒戈投向了魔苟斯，費諾眾子突然遭到自己後衛部隊的攻擊，在這場倒戈引起的大混亂中，叛軍甚至逼近到了梅斯羅斯的指揮旗下。但是他們沒有收到魔苟斯答應給他們的報償，梅格洛爾殺了叛軍的領袖，該受咒詛的烏多，玻爾的兒子們殺了烏法斯和烏沃斯，他們自己也險些命喪當場。然而烏多所召來的另一批邪惡的人類，這時從埋伏的東邊山上衝下來，這使梅斯羅斯的大軍遭到三面圍攻，並且被攻破了陣勢驅散開來，大家分別逃

⑨東來者（Easterlings）；另見索引232。

命。命運救了費諾眾子，他們雖然都受了傷，卻沒有一人丟了性命，他們全部聚在一起，召集了殘餘的諾多精靈，諾格林人圍在他們四周用斧頭劈出一條血路，讓他們衝出戰場，遠遠逃向東方的多米得山。

東邊大軍唯一穩穩堅持到最後的是貝磊勾斯特堡的矮人，他們因此聞名全地，得到極高的讚譽。諾格林人比精靈或人類更忍受得住火攻，此外，他們的習俗是在戰爭時戴上可怕的大面具，以此來威嚇敵人，這些裝備使他們挺住了惡龍的進攻。要不是他們，格勞龍和牠的子孫早就把殘餘的諾多精靈燒成焦炭了。當格勞龍攻擊精靈時，諾格林人將牠團團圍住，雖然牠已經成熟的鱗甲十分堅硬，但還是無法抵擋矮人利斧的猛攻；被激怒了的格勞龍轉回頭來擊倒了貝磊勾斯特堡的王阿薩格哈爾⑩，將龐大的身軀朝他重重壓下去，阿薩格哈爾拼盡最後一股力氣將刀刺入龍的肚腹，格勞龍受此重創逃離了戰場，安格班的野獸在驚嚇之餘也全跟在牠後面逃走了。於是矮人抬起阿薩格哈爾的屍體，退離了戰場；他們踏著沈重緩慢的步伐，用低沈的聲音唱著輓歌，彷彿是在自己家鄉中舉行隆重的喪禮一般，他們不再理睬周遭的敵人，而戰場上也沒有人膽敢攔阻他們。

如今，在西邊戰場上，芬鞏和特剛遭到排山倒海而來的敵軍攻擊，如今半獸人的軍力比他們剩餘的兵力還強三倍。而安格班的最高主將，炎魔的首領勾斯魔格也來了；他揮著黑色的大鐵

⑩ 阿薩格哈爾（Azaghâl），矮人語。另見索引100。

楔，隔斷兩支精靈大軍，一邊指揮包圍最高君王芬鞏，一邊將特剛與胡林逼向一旁的西瑞赫沼澤。然後他轉去攻擊芬鞏。那眞是一場猙獰的遭遇戰。最後芬鞏獨自挺立面對他，所有王的近衛隊已經全都戰死在他身旁；他獨自力戰勾斯魔格，直到另一隻炎魔前來加入戰局，揮動火鞭將他完全困在烈焰裡。於是勾斯魔格舉起他黑色的巨斧劈向芬鞏，芬鞏的頭盔冒出一道白色的烈焰，裂爲兩半。就這樣，諾多的最高君王在沙場上倒下了；他們用手上的狼牙棒狠狠將他擊碎在沙塵裡，然後將他那藍銀相間的旗幟擲入淌滿他鮮血的泥沼中。

戰場上大勢已去；但是胡林和胡爾，以及哈多家族剩餘的人員都堅定地跟隨在貢多林的特剛身邊，魔苟斯的大軍一時之間還無法攻下西瑞安通道。於是胡林對特剛說：「我王，快走，趁現在還來得及！您身上存留著艾爾達最後的希望，只要貢多林存在一日，魔苟斯心裡就得繼續害怕。」

但是特剛說：「如今貢多林也隱藏不了多久了；如果它被發現，一定會被攻陷的。」

於是胡爾開口說：「就算它只存在短短的年日，從您家中必要生出精靈與人類的希望來。我王，在死亡的凝視下，且容我向您這麼說：雖然我們在此永別，但從你我之中必要升起一顆希望的新星。珍重再見了！」

特剛的外甥梅格林就站在一旁，清楚聽到這每一句話，也從來沒有忘記；然而此刻他什麼也沒說。

於是特剛接受了胡林和胡爾的建議，召喚了貢多林所有剩餘的軍力，以及他所能找到的芬鞏的人馬，從西瑞安通道往後退去；他的大將艾克希里昂與葛羅芬戴爾⑪守在左右兩邊的側翼上，因此沒有任何敵人可以通過他們。多爾露明的人則如胡林和胡爾所要求的，成爲斷後的人牆；因爲他們內心都不願離開自己北方的家園，如果他們不能戰勝贏回自己的家園，那麼他們寧可挺立在此戰至最後一兵一卒。因此，烏多的背叛得到了匡正；在大戰的所有事蹟中，有關人類祖先援助艾爾達族的記載，多爾露明人的死守不退是最著名的一樁。

就這樣，在胡林與胡爾爲特剛擋住敵軍的情況下，特剛領軍一路向南衝出重圍，馳過西瑞安通道，脫離了戰場，避開了魔苟斯的耳目，消失在崇山峻嶺當中。另一邊，胡林和胡爾兩兄弟聚集了所有哈多家族的人擋在他們身後，他們是一步一步的退，直到他們退過了西瑞赫沼澤，看著瑞微爾溪在他們眼前流過。在那裡，他們一步再也不退了。

於是，安格班的大軍蜂擁而上攻擊他們，半獸人用屍體堆疊成橋越過溪去，包圍希斯隆的人，像一波波的大浪不斷擊打一塊岩石。這是第六天，太陽西沈時分，威斯林山脈的影子變得深黑，胡爾眼睛中了一支毒箭倒下，哈多家族最勇敢的一群人圍在他身旁全部戰死，屍體堆疊成山，半獸人將他們的頭顱全部砍下堆在一起，在夕陽下宛如一朵黃金小丘。

最後只剩胡林一人面對群敵。他拋下盾牌，雙手掄動一把大斧；歌謠中說，斧頭砍在勾斯魔格的食人妖護衛身上，在汩汩黑血中冒起煙來，胡林砍到最後，斧口整個都融掉了。胡林每砍倒

---

⑪葛羅芬戴爾（Glorfindel），辛達語，意思是「金髮」。另見索引351

一個敵人，他就高喊：「Aurë entuluva！那日必要再來！」如此他一共喊了七十次。半獸人大軍在奉魔苟斯之命必須將他生擒的情況下，最後終於將他捉住。那些不斷湧上來伸手捉他的半獸人，只要一沾到他就被砍斷了手臂；那些被他斷手斷臂的半獸人不計其數，到最後他們只好一擁而上將他撲倒在地，將他壓制到無法動彈。然後勾斯魔格上前來將他捆了，一路嘲笑著拖回安格班去。

尼南斯．阿農迪亞德就這樣結束了，彼時，太陽正西沈入大海彼端。夜色降臨了希斯隆，同時從西方刮來了一陣強烈的暴風雨。

魔苟斯大獲全勝，他的計謀完全按著他的心意完成；是人類奪取了人類的性命，背叛了艾爾達的大軍，那些原本應當聯合起來對抗他的，如今彼此心生仇恨與疑懼。從那一天開始，精靈的心便與人類疏遠了，他們現在只信任三支伊甸家族的人。

芬鞏的王國不復存在；費諾的眾子如風中的落葉漂流。他們的兵力四散，聯盟已被摧毀；他們在林頓山脈山腳下的森林野地裡過著漂流的生活，融入了歐西瑞安的綠精靈中，失去了他們自古以來所擁有的光榮與力量。住在貝西爾森林的少數哈拉丁人，仍生活在森林的保護下，哈迪爾的兒子韓迪爾是他們的領袖；但在希斯隆，芬鞏的大軍沒有一人歸來，哈多家族的人也全部沒有返回，沒有任何戰爭的消息與人員下落傳回他們的家園。另一方面，魔苟斯對那些聽命於他的東來者，拒絕給他們所垂涎的沃土貝爾蘭，將他們全部趕去了希斯隆，然後將他們封鎖在那裡，禁止他們離開。這是他賞給他們背叛梅斯羅斯的報酬：劫奪騷擾哈多家族所剩餘的老弱婦孺。殘留在希斯隆的艾爾達族，全部被抓到北方的礦坑中去當奴隸做苦役，只有極少數的精靈逃脫他的魔掌，躲入崇山峻嶺的荒野中。

半獸人和惡狼在整個北方大地上自由來去，甚至往南進入貝爾蘭，遠達「垂柳之地」塔斯仁谷，以及歐西瑞安的邊境，從此沒有人能安全地待在田野與山林中。不過多瑞亞斯還在，納國斯隆德也還隱藏著；但是魔苟斯不太在意這兩處地方，有可能是因為他所知不多，也可能是他的毒計還沒算到他們上頭。許多精靈如今都逃到了海港，在瑟丹的高牆後避難，水手們上下往來於海岸之間，經常迅速登陸打劫他們的敵人。但是到了第二年，冬天快來臨時，魔苟斯派出重兵鎮守希斯隆和內佛瑞斯特，大軍沿貝松河[12]與南寧格河而下，重重報復了整個法拉斯地區，同時圍困貝松巴與伊葛拉瑞斯特。大軍帶有隨行的鐵匠、礦工和火工，他們就地架起巨大的引擎熔爐；雖然他們遭到勇猛頑強的抵抗，到最後還是攻破了城牆。整個海港地區在燒殺劫掠中變成一片廢墟，寧瑞斯塔也倒坍了；瑟丹的百姓絕大部分不是被殺，就是被擄去當奴隸。不過有一部分人乘船從海面上逃走；他們當中包括了芬鞏的兒子愛仁尼安·吉爾加拉德，芬鞏在班戈拉赫戰役後就將他送到海港來。他們與瑟丹一同往南航行到了巴拉爾島，他們在島上的避難所中收容所有能夠逃離前來者。此外，他們在西瑞安河口還保有一處立足之地，有許多輕型的快船隱藏在錯綜複雜的支流中，那些地方長有茂密如林的蘆葦。

[12] 貝松河（Brithon），辛達語，意思是「閃爍的急流」。另見索引145。

當特剛聽到這些消息，他再次派遣使者到西瑞安河口，尋求造船者瑟丹的幫助。在特剛的吩咐下，瑟丹造了七艘快船，他們航向大海往西而去；但是他們沒有傳回任何消息給巴拉爾，到最後，也只有一艘船回來。那艘船的水手在大海中與波濤奮鬥了許久，最後在絕望中返回，卻在望見中土大陸時遇上了猛烈的暴風雨；水手當中有一位被烏歐牟救離了歐希的憤怒，大浪將他載起，拋上了內佛瑞斯特的海岸。他的名字叫沃朗威⑬，是特剛從貢多林派出的使者之一。

如今魔苟斯的思想一直盤踞在特剛身上；在他所有的敵人中，他最想逮住與摧毀的就是特剛，而特剛這次竟然逃掉了。特剛還在的想法令他寢食難安，也毀了他的勝利；在英勇威武的芬國昐家中，如今特剛已正式繼承了諾多最高君王的王權。魔苟斯既痛恨又害怕芬國昐的家族，不單因為他們是他大敵烏歐牟的朋友，也因為芬國昐在他身上所留下的劍傷。在整個芬國昐的家族中，魔苟斯又最怕特剛；遠在眾人仍居住在維林諾時，他的目光就老是落在特剛身上，任何時候只要特剛一走近，就會有一道陰影落到他的靈上，預言著將來總有一天，不知道是哪一天，他的毀滅會從特剛而來。

因此，胡林被帶到了魔苟斯面前，魔苟斯知道他跟貢多林的王交情甚篤；不料胡林竟然公開蔑視譏笑他。於是魔苟斯詛咒胡林和莫玟，以及他們的子子孫孫，將黑暗與悲慘的命運降在他們

---

⑬ 沃朗威（Voronwë），昆雅語，意思是「堅定不移的」。另見索引784。

身上。然後他把胡林從大牢中改囚到安戈洛墜姆最高處的一張石椅上。魔苟斯用力量將他鎖在椅上，站在他身旁再次詛咒他：「現在給我坐好；張開眼睛，仔細看著兇惡與絕望如何落在那片大地中，汝最愛之人身上。汝膽敢奚落我，膽敢挑戰阿爾達命運的主宰，米爾寇的力量。因此，汝將透過我的眼來看，透過我的耳來聽；汝將永遠不得離開此地，直到一切都以悲慘的結局收場。」

事情就如魔苟斯所說的一一發生了；但是沒有傳言記載，胡林是否有爲自己，或爲他的任何親人，懇求魔苟斯的慈悲或死亡。

在魔苟斯的命令下，半獸人大軍前往清理屍橫遍野的戰場；所有陣亡者的屍體，以及他們的甲冑和武器，在安佛格利斯平原中央堆成了一座大山丘，甚至從遠處就可望見。精靈將它稱爲「恩登禁墳丘」⑭，也就是「陣亡者山丘」；或稱它是「尼南斯墳丘」⑮，意思是「眼淚的山丘」。在這個魔苟斯所造成的沙漠中，翠綠又茂密的青草唯獨在這山丘上又長起來了。此後，沒有任何魔苟斯的爪牙敢踏上這一方山丘，在它底下，艾爾達與伊甸人的刀劍腐朽歸回塵土。

⑭ 恩登禁墳丘（Haudh-en-Ndengin），另見索引400。

⑮ 尼南斯墳丘（Haudh-en-Nirnaeth），另見索引401。

第二十一章 圖林・圖倫拔①

貝烈岡的女兒瑞安是高多之子胡爾的妻子；他們兩人在胡爾跟隨哥哥前去參加尼南斯・阿農迪亞德之前兩個月成親。由於胡爾始終沒有消息，因此瑞安逃到山野中，獲得了米斯林地區灰精靈的援助；當她兒子圖爾出生後，她將他托給灰精靈撫養。然後瑞安離開了希斯隆，長途跋涉來到了「恩登禁墳丘」，她爬上丘頂躺下，死在那裡。

巴拉岡的女兒莫玟是多爾露明之主胡林的妻子，在獨手貝倫進入尼多瑞斯森林遇見了露西安的那一年，他們的兒子圖林出生。他們還有一個女兒名喚菈萊絲②，意思是「歡笑」，她哥哥圖

①關於圖林的故事，托爾金一再改寫、補述，至今一共出版了八則；讀者在此讀到的是最完整的一個版本。其餘的故事分別收錄在《未完成的故事》，《失落的故事：二》，《貝爾蘭的詩歌》，《失落的路》，《中土大陸的變遷》中記載了兩則，以及《寶石之戰》當中。

②菈萊絲（Lalaith），辛達語。另見索引459。

林非常愛她；可是在她三歲那一年，希斯隆發生了瘟疫，那是從安格班借風吹送過來的惡疾，莊萊絲感染疫病死亡。

在尼南斯・阿農迪亞德戰後，莫玟仍住在多爾露明，那時圖林已經八歲了，而她也懷有身孕。那段日子實在艱難；那些東來者來到希斯隆，瞧不起哈多家剩餘的老弱婦孺，搶奪他們的土地與家產，兇狠地欺壓他們，奴役他們的孩子。然而多爾露明女主人的美貌與氣質是如此震攝人，那些東來者對她十分畏懼，一點也不敢碰她或她的家業；他們私底下悄悄傳述，說她是個危險的女巫，精通法術，而且跟精靈一夥。然而她如今不但窮困，而且孤立無援，只有一位胡林家的親戚，就是被東來者布洛達③娶爲妻室的艾玲④，還敢偷偷接濟她；莫玟內心一直非常害怕圖林會被抓去當奴隸。她想到要把孩子偷偷送走，去求庭葛王收留他，因爲貝倫的父親巴拉漢是她父親的伯父，何況在大難來臨之前，王與胡林也有朋友的交情。因此，在「慟哭之年」的秋天，莫玟派了兩位年長的家僕帶著圖林翻越山脈離開，吩咐他們要盡可能找到多瑞亞斯王國的入口，把圖林送去給王。圖林的命運就這樣決定了。這整個故事記載在〈胡林子女的故事〉⑤中，它是當時所傳誦的詩歌中最長的一首。此處記載只是簡短的摘述，因爲這故事與精靈寶鑽及精靈的命

---

③布洛達（Brodda）；另見索引146。

④艾玲（Aerin），辛達語。另見索引8。

⑤〈胡林子女的故事〉（Narn i Hîn Húrin），這則相對上最詳細卻不完整的版本收錄在《未完成的故事》中。另見索引564。

運交織在一起；它也被稱爲〈苦難的故事〉，不單因爲事件本身令人傷痛扼腕，也因爲它揭示了魔苟斯・包格力爾最邪惡的手段。

新的一年開始時，莫玟爲胡林生下了一個女兒，將她取名爲妮諾爾⑥，意思是「哀哭」。圖林與陪伴之人經過了重重危險，終於來到了多瑞亞斯的邊界；他們在那裡遇見了庭葛王的邊界守衛隊隊長，「強弓」畢烈格，他領他們去到了明霓國斯。於是，因著尊崇堅定不移的胡林，庭葛收留了圖林，甚至將孩子留在宮中親自教養；他對三支精靈之友的人類家族，態度已經改變了。他也派人送信去北邊的希斯隆，吩咐莫玟離開多爾露明，跟隨使者一同回到多瑞亞斯來；但是莫玟仍然不願離開她與胡林的家。當精靈使者離開時，她將哈多家族最貴重的傳家寶，多爾露明的龍盔，交給他們帶回去。

圖林在多瑞亞斯長得英挺健壯，但他身上始終有一股悲傷。他在庭葛宮中住了九年，在這段時間裡，他的悲傷減輕許多；傳信的使者每隔一陣子就會前往希斯隆，回來時也總是帶來莫玟與妮諾爾的好消息。直到有一天，前往北方的使者始終沒有回來，庭葛於是不肯再派人前去了。圖林對母親與妹妹的情況又憂又懼，於是他鐵定了心，前去找庭葛，要求寶劍與盔甲；他戴上了多爾露明的龍盔，前往多瑞亞斯的邊境防守作戰，他也因此成爲畢烈格・庫薩理安⑦在軍隊中的好夥伴。

---

⑥ 妮諾爾（Nienor），辛達語。另見索引584。

⑦ 庫薩理安（Cúthalion），辛達語，意思就是「強弓」。另見索引180。

如此過了三年，圖林又回到了明霓國斯；由於他自野地歸來，髮長蓬亂，身上的衣甲也都破損了。在多瑞亞斯有一位名叫西羅斯⑧的南多精靈，是庭葛王宮中的長老，長久以來他一直非常嫉妒圖林被庭葛當作養子照顧的殊榮。圖林回來時庭葛不在宮中，晚餐桌上，西羅斯坐在圖林對面，故意譏嘲他說：「如果希斯隆的男人都是如此邋遢兇野，那他們的女人會是什麼樣子呢？難道像鹿一樣光溜溜的跑來跑去，身上只用長髮蔽體嗎？」圖林聞言大怒，抓起桌上的杯子對著西羅斯砸去，西羅斯當場血流滿面，口出更惡之言；圖林拔劍而起，坐在一旁的梅博隆連忙制止他，並斥責了西羅斯。圖林憤然離席，深感自己一個人類處在眾精靈中，十分格格不入。

第二天早晨，當圖林離開明霓國斯要返回邊境去時，西羅斯全副武裝埋伏在林中，從背後偷襲他。兩人一番激戰，圖林打贏了，然後將西羅斯剝個精光，要他像鹿一樣快跑，自己則如獵人在後面追趕。西羅斯邊跑邊大喊救命，卻怎麼也甩不脫圖林，但是也引來許多人追在圖林身後。追來的人中梅博隆跑得最快，他邊跑邊叫圖林住手。魂飛魄散的西羅斯此時奔到一道寬而深的山澗前，想要像鹿一樣一躍而過，卻失足跌落在溪底的大石上，當場摔死。後面趕來的人只看見事情的結果，於是梅博隆要圖林跟他一起回去明霓國斯，接受王的審判，請求王的原諒。圖林對此結果雖然感到遺憾，卻又硬氣不肯辯解，認爲既然自己已被認定是兇手，回去只有被囚禁的分，因此他拒絕了梅博隆的要求；梅博隆知道自己如果硬要攔他，雙方肯定會血濺當場，於是他放了

⑧西羅斯（Saeros），辛達語。另見索引663。

圖林，圖林也迅速離去⑨。他穿越了美麗安的環帶，來到西瑞安河西邊的森林中。在那裡，他加入了一幫無家可歸又毫無希望的亡命之徒當中，他們在這兇險的年代裡於荒野中四處藏身，聯手對付所有擋他們路的人，不管對方是人類、精靈、還是半獸人。

庭葛回宮後，衆人將所發生的事向他稟明。在北邊疆界上久候不見圖林的畢烈格，在返回明霓國斯得知事情經過後，趕緊展開調查，最後他找到目睹事件眞相的證人，還了圖林清白；於是庭葛原諒了他。後來庭葛對畢烈格說：「庫薩理安，我極其難過；我待圖林猶如親生兒子，從過去到將來都不會改變，除非胡林從陰影中歸來，向我要回他的孩子。我不要被人說圖林遭到不公平對待，被趕出了多瑞亞斯在外流浪；我非常愛他，如果他肯回來，我會非常高興的。」

畢烈格回答說：「我會去找圖林，直到找到他爲止；如果我能的話，我會將他帶回明霓國斯來，因爲我也非常愛他。」

於是畢烈格離開了明霓國斯，深入貝爾蘭各地，冒了許多的危險，卻始終打探不到任何圖林的消息。

---

⑨ 這則迫使圖林離開多瑞亞斯的死亡事件，在本書中只簡短幾行帶過，但在《未完成的故事》裡，這件事一共用了八頁的篇幅來敘述。譯者若按本書原文帶過，讀者恐怕會一頭霧水，或以爲作者草率了事。由於大部分讀者不一定有機會閱讀《未》版中的記載，因此譯者在此擅自作主（全書僅此事件而已），按《未》版的記載在此稍加敘述，以使這整件事看起來更清楚。

圖林在那幫亡命之徒當中住了很久，做了他們的首領；他自稱尼散⑩，意思就是「不法之徒」。他們住在泰格林河南邊的森林裡，十分機警；當圖林逃離多瑞亞斯一年之後，畢烈格有一天晚上來到了他們的巢穴。碰巧當時圖林離開了營地，那群亡命之徒抓住善意前來的畢烈格，將他綁在樹上，對他施以酷刑逼供，認爲他是多瑞亞斯王派來的奸細。圖林回來後看見發生的事，十分震驚，對他們這幫人一直以來所作的惡事與不法行爲深感懊悔；他放了畢烈格，重拾過去的情誼。圖林並且發誓，從今以後，除了安格班的爪牙，他們將不再襲擊搶劫其他的種族。

於是畢烈格告訴他，庭葛原諒他的事，並且想辦法不惜一切要說服圖林跟他一同回去多瑞亞斯；他告訴圖林，他們非常需要他的剛勇與力量來幫忙防守北邊的疆界。「前一陣子半獸人找到了一條穿過浮陰森林的路，」他說：「他們修了一條穿過阿那赫⑪的棧道。」

「我不記得有那麼一個地方。」圖林說。

「我們從來沒離開邊境去到那麼遠過。」畢烈格說：「但你曾從遠方望見克瑞沙格林群峰，在它東邊是黑暗的戈堝洛斯山脈。阿那赫通道就位在兩座山脈之間，在明迪伯河源頭上方，那是一條十分危險難走的路；現在有許多半獸人從那邊下來，向來平靜的丁巴爾現在已經落入黑色的魔爪裡了，貝西爾的百姓再也沒有平安日子可過。那裡很需要我們。」

圖林因著內心的驕傲，拒絕了庭葛王的原諒，畢烈格無論怎麼說也無法改變他的心意。他並

---

⑩ 尼散（Neithan），辛達語。另見索引573。

⑪ 阿那赫（Anach），辛達語。另見索引36。

且反過來勸說畢烈格別走，跟他一同住在西瑞安河西邊這片土地上；但是畢烈格不肯，他說：「你眞是鐵石心腸啊，圖林，而且頑固。現在換我了。如果你眞希望強弓會陪在你身邊，就請到丁巴爾來；因爲我會回那裡去。」

第二天早晨畢烈格就離開了，圖林離營陪他走了一段路，卻什麼也沒說。「那麼，胡林之子，就此再會了？」畢烈格說。圖林抬起頭來往西邊望去，看見了遠處高聳的路斯山，不知不覺脫口回答道：「你說過，找你要到丁巴爾去。但是我說，找我要到路斯山來！除此之外，這是我們最後一次道別了。」然後他們就分手了，雖還是朋友之誼，卻十分傷感。

畢烈格回到了千石窟宮殿，晉見庭葛與美麗安，向他們稟明所發生的一切事，唯獨略過了圖林的手下對他施以酷刑的那段。庭葛聽完後深深嘆了一口氣，說：「圖林還要我怎麼樣呢？」

「我王，請准許我離開如今的崗位。」畢烈格說：「我將前去找他，盡可能引導督正他；如此一來，就沒有人敢說精靈是輕言忘義之人。同樣的，我也不願見到一個資質這麼好的人，在野地浪費一生。」

於是庭葛准了畢烈格的請求，讓他去行一切他所願意的事；他說：「畢烈格．庫薩理安！你立下了許多我深爲感激之事；但它們卻比不上你要前去找尋我養子這件事。這次的別離，你可以要求任何禮物，我都不會拒絕你。」

「那麼我需要一把有用的長劍。」畢烈格說：「如今半獸人多半身披厚甲逼近身來，弓箭已經應付不了，而我原有的刀劍也不能跟他們的裝備抗衡了。」

「除了我的配劍阿蘭路斯[⑫]之外，你可以從我的兵器庫中任選你要的。」庭葛說。

於是畢烈格選了安格拉赫爾[⑬]。那是一把非常貴重的寶劍，這把劍之所以如此命名，乃因它是從天空墜落的玄鐵所鍛鑄的，它可劈開地球上一切凡鐵所鑄的事物。中土大陸只有另一把劍與它相同。那把劍沒有記載在這個故事裡，但它鍛造自同樣的礦砂，出自同一位鑄劍師之手；他就是娶了特剛妹妹雅瑞希爾為妻的黑精靈伊歐。他十分勉強地將安格拉赫爾給了庭葛，做為交換他離開多瑞亞斯住到艾莫斯谷森林的代價。這對寶劍的另一把叫做安格威瑞爾[⑭]，他始終保留著，直到它被他兒子梅格林偷走。

就當庭葛將安格拉赫爾的劍柄遞給畢烈格時，美麗安望著那柄劍說：「這劍上潛藏著一股怨毒，鑄劍者那黑暗的心仍舊住在它裡面。它絕不會愛它的主人，也不會跟著你太久的。」

「雖然如此，只要我能，我還是會駕馭它。」畢烈格說。

「庫薩理安，我將賜你另一項禮物。」美麗安說：「它將是你在荒野中的幫助，同時也是你所選擇之人的幫助。」於是她賜給他蘭巴斯[⑮]，精靈行路的乾糧，每一個餅都是泰爾佩瑞安的花

---

⑫阿蘭路斯（Aranrúth），辛達語，意思是「君王的怒火」。另見索引68。

⑬安格拉赫爾（Anglachel），辛達語，意思是「鐵焰」。另見索引52。

⑭安格威瑞爾（Anguirel），辛達語。另見索引57。

⑮蘭巴斯（lembas），辛達語，意思就是「行路乾糧」。當佛羅多一行人離開羅斯洛立安時，凱蘭崔爾也送給他們許多的蘭巴斯。另見索引469。

朵盛放時的飽滿圓形，用銀色的葉子包裹著，綁在上面的繩結有王后的封印；按照艾爾達的習俗，只有王后擁有保存與賜予蘭巴斯的權力。沒有任何東西能比這賞賜更顯示出美麗安對圖林的疼愛；因爲艾爾達過去從來不允許人類吃這種乾糧，以後也很少這麼做。

畢烈格帶著這些禮物離開明霓國斯，回到了北邊疆界，他駐紮的營寨與許多的朋友都在那裡。於是，佔領丁巴爾的半獸人又都被趕了回去，安格列赫爾也很高興能出鞘大開殺戒。當冬天來臨，戰事止息了；有一天，大家發現畢烈格不見了，而且他從此再也沒有回來。

另一邊，當畢烈格離開這群亡命之徒返回多瑞亞斯後，圖林便帶著他們往西離開了西瑞安河谷；他們對這種東躲西藏，害怕被追趕，無法好好休息的日子都感到十分疲倦了，想要找一個更安全的藏身之地。有一天傍晚，他們碰上了三名矮人；矮人遇見這幫兇徒，嚇得飛奔逃命。其中落後的一位被他們抓住並制服，另外有人舉起弓箭朝奔入暮色中的矮人發射。他們捉到的矮人名叫密姆⑯，他在圖林面前請求饒命，所提出的贖價是帶他們到自己躲藏的地方，那裡十分隱密，沒有他帶路絕對找不到。於是圖林饒了他，並且放了他，說：「你家在哪裡？」

密姆回答說：「密姆的家在離地很高的地方，在高山之上；自從精靈給所有的地方都取了新名字之後，那山現在叫路斯山。」

---

⑯密姆（Mîm）；另見索引523。

圖林聞言心中一沈，雙眼緊盯著面前的矮人，久久沒有出聲。最後，他終於開口說：「你帶我們去吧。」

第二天早晨他們出發，跟著密姆前往路斯山。那座高山聳立在西瑞安河谷與納羅格河之間沼地的邊緣，在野生的石南叢上是它昂然聳立的峰頂，陡峭灰色的峰頂上除了覆蓋著一層西列剛草⑰，沒長別的東西。當圖林一幫人走近時，偏西的太陽破雲而出照在山峰上，西列剛草正遍開紅花。對此景象，他們當中有人忍不住說：「那山頂上佈滿了鮮血。」

密姆領著眾人從秘密小徑爬上路斯山陡峭的山坡；在他居住的洞口前，他向圖林鞠躬說：「請進到巴・恩・堂威斯⑱——『贖金之居』來；今後它就叫這個名字。」

這時山洞中走出一名拿著燈火的矮人，他向密姆請安，他們迅速交談了幾句，隨即匆匆沒入洞中黑暗之處；圖林跟著進去，走了相當一段距離後，來到深處一個廳堂，頭頂上吊著黯淡的燈。他發現密姆跪在牆邊石榻旁，扯著鬍子哭號，嘴裡不斷喊著一個名字；臥榻上躺著第三個矮人。圖林上前站到密姆的身邊，想要幫助。密姆抬起頭來，看著他說：「你幫不上任何忙了。這是我兒子奇姆⑲，他中了箭，已經死了。我兒子伊邦⑳告訴我，他是太陽下山的時候死的。」

---

⑰ 西列剛草（seregon），辛達語，意思是「岩石上的鮮血」。另見索引671。

⑱ 巴・恩・堂威斯（Bar-en-Danwedh），辛達語。另見索引111。

⑲ 奇姆（Khîm）；另見索引453。

⑳ 伊邦（Ibun）；另見索引430。

圖林心裡忍不住湧起一股憐憫之情，於是他對密姆說：「唉！如果我能，我一定會召回那支箭矢。這巴．恩．堂威斯如今眞是要叫住的人付贖金了。如果我有了錢財，我一定會付上黃金做爲你兒子性命的代價，在此黃金不是討你的歡心，而是悲傷的紀念。」

密姆聞言站了起來，久久瞪視著圖林。「我聽到你說的話了。」他說：「你說話就像古代矮人的王者一樣，這令我非常驚奇。如今我的心雖然沒有歡喜，卻也冷靜一些了。如果你願意，你可以住在這裡；因爲我要付我的贖金。」

於是，圖林就在路斯山上密姆的秘密住處住了下來；他時常在洞口的青草地上散步，向東、向西、以及向北張望。他望著北方，看著一片濃綠的貝西爾森林環抱著中央的歐貝爾山，他的目光總是忍不住一直朝向那個方向，但他卻不明白爲什麼。因爲他內心比較思念的是西北方，越過一程又一程的路途，在天際的邊緣，他似乎可以瞥見陰影山脈，他家鄉的圍牆。黃昏時圖林總是望向西方的日落，看著殷紅的太陽在薄霧中沉落遠方的海岸，在這山與海岸之間，橫陳在深幽陰影中的是納羅格河河谷。

接下去的一段日子裡，圖林跟密姆談了不少話，他常獨自坐在密姆身旁聽他講述生平的故事跟他所擁有的知識。密姆的祖先在古時候被從東邊偉大的矮人城中驅逐出來，遠在魔苟斯回來之前，那群矮人就往西行進入了貝爾蘭；他們後代的身材都縮小了，冶金的技術也變差了，他們變成以偷竊爲生，總是弓背縮身，偷偷摸摸的行走。在諾格羅德城和貝磊勾斯特堡的矮人往西翻越山脈來到貝爾蘭之前，精靈並不知道他們是什麼，而且會獵捕追殺他們；後來，知道有矮人存在後，精靈就懶得理他們了，精靈用辛達語稱他們是諾吉斯・尼賓㉑，意思是「小矮人」㉒。他們這些小矮人只關心自己，不喜歡別人，如果說他們對半獸人是既怕又恨，他們對艾爾達也一樣，精靈中他們又最痛恨那群流亡者；他們說，諾多精靈竊取了他們的土地與家園。遠在芬羅德・費拉剛渡海而來之前，他們就發現了納國斯隆德的洞穴，並且展開挖鑿擴建的工作。另外在路斯山，也就是「禿頂山」的峰頂下方，這處小矮人居住的洞穴，在不受森林中灰精靈的打擾下，他們動作緩慢的手在漫長的歲月裡也把它挖得深廣許多。但是他們人數一直減少，如今只剩下密姆和他兩個兒子，他們在中土大陸已經快要滅絕了；即使以矮人的壽數來算，密姆都已經很老了，而且被人遺忘。在他的廳堂中，冶金工作已經荒廢，斧頭已經銹爛，他們的名字如今只存在於多瑞亞斯和納國斯隆德的古老故事中。

這一年隆冬時節，大雪從北方撲來，比他們河谷地區任何人所記得的都更深重，路斯山被很厚的積雪所覆蓋；他們說，安格班的勢力增強，導致貝爾蘭冬天天氣變得更壞。只有身體最強壯耐寒的人敢出去；有好些人生病，而每一個人都餓得縮成一團。在一個陰沈昏暗的日子裡，突然有一個十分雄壯威武的人出現在他們當中，他身上所披的斗篷與頭上覆蓋的兜帽上都是白色的積雪；他一語不發的走到火堆旁。當火旁的人紛紛害怕跳開時，他大笑起來，同時掀開了兜帽，在他寬大的斗篷下他帶了很大的一個包裹。在火光的照耀下，圖林再次見到畢烈格・庫薩理安那張

㉑ 諾吉斯・尼賓（Noegyth Nibin）；另見索引594。

㉒ 原文是 Petty-Dwarves，petty 除了可指身材矮小，還有「心胸狹窄」之意。

熟悉的臉。

畢烈格再次回到了圖林身邊，故人重逢，分外歡喜。他從丁巴爾爲圖林帶來了多爾露明的龍盔，認爲它或許能讓圖林再次好好想想自己的人生是否就要在荒山野地裡當這一小幫匪徒的頭頭。可是圖林仍然不願意回多瑞亞斯去；畢烈格讓自己的關愛壓制了智慧，留下來陪伴圖林，沒有離去。在那段冰天雪地的日子裡，他爲圖林的那幫人費心費力做了許多事。他照顧醫治那些受傷和生病的人，給他們吃美麗安所賜的蘭巴斯；他們很快就恢復了健康。雖然灰精靈的技能與知識都比不上從維林諾來的流亡者，但在中土大陸的生活上，他們的智慧遠遠超過人類。由於畢烈格既強壯又能忍受惡劣的環境，思考事情透徹深邃，雙眼銳利，可看得極遠，因此這群亡命之徒都非常尊敬他。但是，密姆對精靈的痛恨，因著他來到巴·恩·堂威斯而愈發暴漲，他和他兒子伊邦坐在家中角落的陰影裡，不跟任何人說話。如今圖林很少把心思放在矮人身上；當冬天過去，春天來臨時，他們有更重的工作要做。

誰知道魔苟斯現在在盤算什麼？誰能丈量他思緒所及之處？誰當過米爾寇，大能的埃努中最強大的一位，如今成爲黑暗之王坐在北方的黑暗寶座上，沈浸在惡毒中斟酌著所有聽到的消息，一眼看穿敵人所做的事情與目的，遠比他敵人中最有智慧者所懼怕的更可怕；這當中唯獨王后美麗安，魔苟斯的思緒經常探向她，卻總是被擋住，無法觸及。

現在，安格班的力量又開始移動了；就像一隻摸索的手，長長的手指是手臂的先鋒，探測著進入貝爾蘭的路。他們穿過阿那赫通道而來，丁巴爾被佔領了，然後是多瑞亞斯的整個北邊疆界。他們也沿著古道而下，一路糟蹋西瑞安河，經過芬羅德曾經建有米那斯提力斯的島，沿著貝西爾森林的邊緣來到泰格林渡口。這條路如此繼續往下走就到了「監視平原」，但半獸人還沒走到那麼遠，那邊的荒野裡住著令人畏懼的隱藏力量，在紅色山頭上有他們尚未察覺的眼睛在監看。圖林又再次戴上了哈多家族的龍盔；整個貝爾蘭到處都在悄悄傳述此事，從森林裡、溪水旁，到每一條山道上，都說在丁巴爾陷落的龍盔與強弓，出乎人們意料之外又崛起了。許多沒有領導者的人，許多失去家產卻仍勇敢的人，內心又燃起了希望，紛紛前來找尋兩名大將。在那段時期，從泰格林河到多瑞亞斯西界的那一整片區域，被稱爲多爾庫爾索㉓，「弓與盔之地」。圖林爲自己取了一個新名字：高索㉔，意思是「令人畏懼之盔」，他的心再次振奮起來。在明霓國斯，在納國斯隆德深處的廳堂中，甚至連隱藏的王國貢多林，都聽到了兩名大將所立下的著名事蹟；當然，安格班也知道了他們的事。對此魔苟斯高興大笑，因著龍盔，胡林兒子的身分對他又不言自明了；沒多久，路斯山四周就佈滿了奸細。

那年將要過完時，矮人密姆與他兒子伊邦離開了巴·恩·堂威斯，到野地裡去撿拾柴薪，預備過冬，結果不幸被半獸人捉住了。於是，密姆第二次向他的敵人承諾，願意帶他們從秘密的小徑前往他位在路斯山上的家；不過他一直想辦法拖延時間，同時堅持半獸人不可殺害高索。半獸人的隊長聽了大笑，然後對密姆說：「胡林那被詛咒的兒子圖林不會被殺害的。」

就這樣，巴·恩·堂威斯被出賣了，密姆領著半獸人在深夜無人察覺的情況下來到。圖林的

㉓ 多爾庫爾索（Dor-Cúarthol），辛達語。另見索引205。

㉔ 高索（Gorthol），辛達語。另見索引361。

許多同伴在熟睡中慘遭殺害；有些人從內部的階梯逃到了山頂上，在那裡拚鬥到死為止，他們的鮮血染滿了覆蓋在岩石上的西列剛草。圖林在打鬥中被敵人拋出的網子網住，他掙扎不脫，最後被制服帶走了。

當一切安靜下來之後，密姆從室內的陰影中爬出來；當太陽衝破西瑞安河的霧氣上升時，他站在山頂那些被殺的人身旁。突然他發現有個躺在地上的人並沒有死，他來回掃視的雙眼被另一雙眼睛瞪回來，那是精靈畢烈格的眼睛。長久積壓在密姆內心的憎恨令他上前踏住畢烈格，奮力從倒在一旁的半獸人身下拔出寶劍安格拉赫爾；但是畢烈格突然掙扎起身奪過寶劍，向密姆刺去；密姆嚇得大叫逃下了山頂，畢烈格在他身後喊道：「哈多家族的復仇會找到你的！」

畢烈格傷得極重，然而他是中土大陸的精靈中極其強壯的一位，而且他還是一位療傷治病的大師。因此他沒有死，他的力量緩緩地復原了；他想要埋葬圖林，卻在死人中找不到他的屍體，也看不到他的人。因此，他知道胡林的兒子還活著，而且被帶往安格班去了。

抱著微渺的希望，畢烈格離開了路斯山，向北循著半獸人留下的痕跡朝泰格林河渡口前進；他越過了貝西阿赫渡口，穿越丁巴爾，朝阿那赫通道趕路。他日夜兼程不眠不休地追趕，距離他們已經不遠了。另一方面，半獸人一路閒蕩，四處打獵，愈往北走愈不怕有人找麻煩。畢烈格因著他大過中土大陸上一切生靈的本領，甚至追蹤到了恐怖的浮陰森林，也沒有放鬆敵人所留下的蹤跡。有一天晚上，當他穿越那片兇險邪惡的區域時，他碰到一個躺在大枯樹底下睡覺的身影；畢烈格在他旁邊停下腳步，發現他竟是一名精靈。他把他喊醒，給他蘭巴斯吃，問他是什麼劫難把他帶到這恐怖的地方來。他說他叫葛溫多，是高林的兒子。

畢烈格很難過的看著他；因爲葛溫多全身充滿了恐懼，整個佝僂枯縮得不成人形。這位納國斯隆德的貴族，當初英姿風發的上戰場，在尼南斯·阿農迪亞德戰役中急躁地直衝到安格班的大門前，在那裡落入陷阱被擄。魔苟斯很少處死他所逮到的諾多精靈，因爲他們開採礦物和打造寶石的本事很好，對他很有用。葛溫多沒有被殺，而是被丟到北方的礦坑中辛勞採礦。透過採礦精靈所知道的秘密通道，他們有時候可以逃出魔爪；因此，畢烈格才會碰上他筋疲力竭又狼狽地倒在浮陰森林裡。

葛溫多告訴畢烈格，當自己躲藏在枯樹間時，曾望見一大隊帶著惡狼的半獸人朝北而去；他們當中有一名人類，雙手被鍊子綁著，他們拖著他，不時揮鞭逼他前進。「他個子很高，」葛溫多說：「跟迷霧籠罩的希斯隆那裡的人類一樣高。」於是畢烈格告訴葛溫多，自己來到浮陰森林是要做什麼；葛溫多勸阻他別去，認爲他將加入圖林的行列，一同落入安格班的折磨。但是畢烈格不肯拋棄圖林，他自己雖感絕望，卻仍在葛溫多的內心裡激起希望，兩人一起出發，追蹤著半獸人直到離開森林；他們站在高地的陡坡上，看著荒涼不毛的安佛格利斯沙丘。黃昏時，半獸人在一處可望見安戈洛墜姆的光禿谷地上紮了營，然後他們在營地四周設下惡狼做步哨，開始喧鬧宴飲。這時遠從西方升起了一股大暴風雨，閃電照亮了遠處的陰影山脈，畢烈格和葛溫多悄悄朝谷地爬過去。

等整個營地都陷入沈睡後，畢烈格取出他的弓，在黑暗中悄然無聲地將惡狼一隻接一隻射死。然後他們冒著極大的危險進入營地，找到被縛了手腳綁在枯樹上的圖林；他的四周射滿了深埋入樹幹的刀子，他則因爲極度的疲倦而睡得不醒人事。畢烈格和葛溫多割斷將他綁在樹上的繩索，兩人一起抬著他離開了谷地；不過他們也只能把他抬到不遠處山坡上的枯樹間，無法走得再遠了。於是畢烈格拔出他的安格拉赫爾劍，用它來斬斷綁著圖林的鐵鍊。命運弄人，當他砍斷圖林的腳鐐時劍鋒偏滑了一下，刺到了圖林的腳；圖林剎那間驚醒過來，充滿了恐懼與憤怒，當他看到一個手執長劍彎著腰的身影，立刻大叫一聲跳起來，以爲半獸人又來折磨他了；在黑暗中他劈手奪過安格拉赫爾劍，殺了畢烈格．庫薩理安，以爲他是敵人。

但是當他站穩，發現他得了自由，準備拿寶貴的性命跟想像中的敵人好好狠拼一場時，天空劈下了一道極大的閃電，在電光中他看了倒臥在血泊中的畢烈格的臉。圖林呆若木雞，僵直如石地瞪視著那可怕的死亡，心裡明白自己做了什麼事。四周不斷劈下的雷電，照出圖林臉上極其可怕的神情，葛溫多嚇得抱頭蜷屈在地，不敢抬起眼來。

可是這會兒谷地裡的半獸人已經驚醒了，整個營地陷入一團哄亂；因爲他們非常害怕西方來的雷電，相信雷電是大海對岸的大敵派來攻擊他們的。隨著閃電颳起了一陣大風，然後大雨傾盆而降，從浮陰森林的高地上橫掃下來。葛溫多大聲喊著圖林，警告他迫在眉睫的危險；圖林完全無動於衷，在這大暴風雨裡他呆坐在畢烈格．庫薩理安的屍體旁，不動也不哭。

天亮時，暴風雨終於朝東邊的洛斯藍移去了，秋天的太陽破雲而出，炎熱熾亮。半獸人認爲圖林已經徹夜逃跑，而所有的痕跡恐怕也都被雨沖刷掉了，因此他們沒費心搜索就匆匆拔營離去；葛溫多望著他們橫越過安佛格利斯，消失在遠方。就這樣，他們空手回到了魔苟斯的巢穴，將胡林的兒子留在背後，讓他癡呆若狂地坐在浮陰森林的斜坡上，背負著一個比他們的枷鎖更重的重擔。

葛溫多拉起圖林，幫他一起埋了畢烈格，他像一個夢遊的人般站起身，兩個人一起將畢烈格抬入一個淺坑中，然後將他那把紫杉木大黑弓貝爾斯隆丁㉕擺在他身旁。但是葛溫多留下了那把可怕的安格拉赫爾劍，說把它拿來向魔苟斯的爪牙報仇，會比埋在土裡有用得多；他同時也留下了美麗安的蘭巴斯，好讓他們在野地裡有力氣行路。

「強弓」畢烈格，遠古時所有居住在貝爾蘭森林中本領最高強，對朋友最眞誠的一名精靈，就這樣死了，死在他最愛的人手中。深切的悲傷蝕刻在圖林臉上，終其一生沒有淡褪。勇氣與力量又回到了納國斯隆德的葛溫多身上，他帶領圖林離開了浮陰森林。在這條痛苦又漫長的回程路上，圖林一句話也沒說，他像行屍走肉，毫無目的地前進；一年漸漸過完，寒冬又降臨了北方大地。葛溫多始終陪在圖林身旁，看著他，領著他；就這樣一路朝西越過了西瑞安河，最後來到艾佛林湖畔，納羅格河就從位在陰影山脈下的這處泉水發源南流。葛溫多在那裡開口對圖林說：「醒來！胡林・沙理安㉖的兒子圖林，在艾佛林的湖畔有著無盡的歡笑。她是源自永不枯竭的水晶泉，由衆水的主宰烏歐牟看守著不受污染，她的美麗乃是烏歐牟在遠古之時親手創造的。」於是圖林跪下掬起水來喝；突然間他仆倒在地，眼淚奪眶而出，終於由癡呆中清醒過來。

他在湖畔爲畢烈格作了一首歌，稱爲〈大弓之歌〉㉗，他大聲唱著，完全不管有沒有危險。

㉕ 貝爾斯隆丁（Belthronding），辛達語。另見索引121。
㉖ 沙理安（Thalion），辛達語，意思是「堅定的、強壯的」。另見索引718。
㉗ 大弓之歌（Laer Cú Beleg），辛達語。另見索引457。

隨後葛溫多將安格拉赫爾劍放到他手中，圖林握著劍，立刻感覺到它的沈重，以及內中所蘊藏的強大力量；然而這劍的劍刃黑暗無光，兩邊的口都是鈍的。葛溫多說：「這是一把奇怪的劍，跟我在中土大陸上所見過兵器都不一樣。事情發生後它也在哀悼畢烈格。別難過了吧。現在我要回到納國斯隆德，費納芬家的麾下，你就跟著我吧，你在那裡會恢復並重新站起來。」

「你是誰？」圖林問。

「一名逃脫的奴隸，在荒野漂流的精靈，被畢烈格遇上，又蒙他安慰與鼓勵。」葛溫多說：「從前我是高林的兒子葛溫多，納國斯隆德的貴族，直到我去參加尼南斯·阿農迪亞德戰役，被安格班俘虜為奴。」

「那你是否見過多爾露明的戰士，高多的兒子胡林？」圖林說。

「我沒見過他。」葛溫多說：「但是他公然反抗魔苟斯的傳言傳遍了整個安格班；因此魔苟斯咒詛了他和他全家。」

「這點我絕對相信。」圖林說。

隨後他們起身出發，離開了艾佛林湖，沿著納羅格河的河岸往南行，直到他們遇到了那地的精靈斥候，被捉起來當作囚犯帶回隱藏的要塞。就這樣，圖林來到了納國斯隆德。

剛開始，葛溫多的族人都認不出他來，當初他離開時既年輕又強壯，如今卻因所受的折磨與勞役，回來時的模樣像人類的老人一般；不過歐洛佳斯王的女兒芬朵菈絲㉘認得他，並且歡迎他的歸來。在他出去參戰之前，她本是愛著他的，葛溫多也深愛她，甚至將她取名爲費麗佛林㉙，意思是太陽照在艾佛林湖上的閃爍光輝。因著葛溫多的緣故，圖林獲得接納進入納國斯隆德，在衆人的尊重中住下來。當葛溫多要告訴大家他的名字時，圖林阻止了他，然後說：「我是森林中的獵人，烏瑪斯㉚之子阿加瓦恩㉛（意思是「命運乖舛」之子，「殺人流血的」）。」於是納國斯隆德的精靈就沒再多問了。

隨著時間過去，歐洛佳斯愈來愈喜歡圖林，幾乎整個納國斯隆德的人心也都傾向他。他年輕，才剛剛成熟，而且他的外表看起來眞有莫玟・艾列絲玟之子該有的俊秀：烏黑的頭髮，灰色的眼睛，雪白的皮膚，他的臉孔長得比當時古代所有的人類都好看。他的言談舉止承襲了古老的多瑞亞斯王國的風範，即便是在精靈當中，他都會被認爲是來自某個古老又偉大的諾多家族；因此，許多人都稱他爲亞達尼西爾㉜，「精靈人」。納國斯隆德的巧匠爲他將安格拉赫爾劍打造一新，因此，雖然這劍的劍身仍是墨黑的，鋒口上卻閃著淡淡的光芒。圖林將這劍取名爲古山

㉘芬朵菈絲（Finduilas），辛達語。另見索引315。
㉙費麗佛林（Faelivrin），辛達語。另見索引305。
㉚烏瑪斯（Úmarth），辛達語。另見索引759。
㉛阿加瓦恩（Agarwaen），辛達語。另見索引10。
㉜亞達尼西爾（Adanedhel），辛達語。另見索引1。
㉝古山格（Gurthang），辛達語。另見索引378。

格㉝，「死亡之鐵」。他在「監視平原」邊界上的戰技與勇敢是如此之好，以致於人人都稱他為摩米吉爾㉞，也就是「黑劍」的意思；精靈說：「摩米吉爾是殺不死的，除非是運氣太壞，或是中了遠方飛來的毒箭。」因此，他們給了他矮人打造的盔甲來防身；他又在兵器庫中發現一個鍍金的矮人面具，雖然想到矮人他情緒就很壞，他還是拿了那個面具，並且在上戰場時總是戴著它，每次敵人看見總是飛奔而逃。

芬朵菈絲的心也轉離了葛溫多，不由自主地愛上了圖林；但是圖林完全沒看出所發生的事。芬朵菈絲在內心痛苦折磨下，變得鬱鬱寡歡，臉帶病容。葛溫多把一切看在眼裡，暗暗思量，有一次終於忍不住對芬朵菈絲說：「費納芬家族的女兒，且讓妳我之間沒有懊悔阻隔；雖然魔苟斯已經毀了我的人生，妳仍然是我的至愛。就讓妳的愛引導妳去吧；但要小心！伊露維塔的大兒女不適合與小的成婚；這麼做也不聰明，因為他們的生命短暫，一眨眼就消逝了，留下我們寡居直到世界的結束。命運不會這樣安排，除非偶有一兩次，由我們無法看見、更高之天命在主宰這樣的事。但是這個人不是貝倫。而他身上確實有一隻命運之手在主宰他，任何雪亮的眼睛都該看見，而那命運是黑暗的。切莫涉入其中！如果妳這麼做，妳的愛將會背棄妳，引妳到悲苦死亡的終局。請聽我的勸告！他真的是厄運之子，殺人流血之人，他的真名是胡林之子圖林，胡林被監禁在安格班，他的親人全都受到了咒詛。千萬不要小看魔苟斯的力量！它豈不是清楚寫在我的身

㉞ 摩米吉爾（Mormegil），辛達語。另見索引545。

上？」

於是芬朵菈絲在內心思量了許久；但是到最後，她只說：「胡林的兒子圖林既不愛我，也不會愛我。」

後來，當圖林從芬朵菈絲那裡得知葛溫多吐露的事後，他非常憤怒，他去找葛溫多，說：「我一直把你當作救我和保護我安全的人來尊敬。但是，朋友，你對我做了極糟糕的事，你透露了我的眞名，把我的厄運再次召到我身上來，我原本是可以隱藏起來的。」

但是葛溫多回答說：「厄運是在你身上，不是在你的名字上。」

當歐洛佳斯知道摩米吉爾竟是胡林・沙理安的兒子時，他向圖林至上最高的敬意，圖林在納國斯隆德的百姓中成了大有威望之人。但是他一點也不喜歡這些精靈埋伏偷襲、暗箭傷人的作戰方式，他渴望公開決一死戰，而他的建議隨著時間過去，在王的心中愈來愈有份量。在這段時期，納國斯隆德的精靈放棄了他們的秘密方式，開始公開迎戰，並且製造儲藏了大量的兵器；在圖林的建議下，諾多精靈在費拉剛的大門前建造了一座橫越納羅格河的大橋，好讓他們的軍兵可以快速過河出去打仗。於是，安格班的爪牙在東邊被趕出了納羅格河與西瑞安河之間的整個區域，在西邊被趕出南寧格河與荒廢了的法拉斯地區。雖然葛溫多再三反對圖林對王的建議，認爲這樣的策略是錯的，結果卻是自取其辱，沒有人理會他的看法，因爲他的力量很弱，也不出門打仗了。就這樣，納國斯隆德暴露了它的所在地，招來了魔苟斯的憤怒與憎恨；不過在圖林的請求下，衆人還是沒有說出他的眞名，因此雖然他的功績傳到了多瑞亞斯和庭葛的耳裡，所講的也都是納國斯隆德的黑劍將軍。

在這段休養生息，希望逐漸升起的日子裡，因著摩米吉爾的功績，魔苟斯的震怒開始影響到西瑞安河的西邊來；最後，莫玟帶著女兒妮諾爾逃離了多爾露明，跋山涉水迢迢來到了庭葛的宮中。壞消息在那裡等著她，圖林早已離去，自從龍盔從西瑞安河以西的區域中消失後，多瑞亞斯再沒接獲任何有關他的消息。但是莫玟和妮諾爾被當作庭葛和美麗安的客人，在多瑞亞斯住了下來，人人都很尊敬她們，待她們如貴賓。

光陰荏苒，從月亮上升至今已經過了四百九十五年，是年春天，納國斯隆德來了兩名精靈，自稱吉米爾㉟和亞米那斯㊱，他們本是安格羅德的屬下，但在班戈拉赫戰役後，他們逃到了南方，投靠了造船者瑟丹。他們長途跋涉帶來幾項消息，一是有大批的半獸人和兇惡的動物集結在威斯林山脈的邊緣，以及西瑞安通道上；二是烏歐牟前去警告瑟丹，言明大禍將要臨到納國斯隆德了。

「您一定要聽衆水之王的話！」他們對王說：「他如此告訴造船者瑟丹：『北方的邪惡已經玷污了西瑞安的泉源，我的力量開始從那些河流的源頭往後退。但有更糟糕的事會發生。因此你要前去告訴納國斯隆德的王：關上要塞的大門，不再外出。將你引以爲傲的石橋拆毀拋入急流中，如此那悄然而來的邪惡或許會無門可入。』」

㉟ 吉米爾（Gelmir），辛達語。另見索引339。

㊱ 亞米那斯（Arminas），辛達語，意思是「皇家之塔」。另見索引81。

歐洛佳斯對兩名使者送來的口信十分煩惱，但圖林卻怎麼也聽不進這些勸言，他尤其反對把橋砸毀。過去這些日子，他已經變成一個既驕傲又嚴苛的人，凡事都要求順著他的意才行。

之後沒多久，半獸人便侵入了貝西爾森林，韓迪爾率領百姓和他們打了起來，韓迪爾遭到殺害，百姓吃了敗仗，全被趕回森林裡。那年秋天，魔苟斯認爲他的時機到了，於是派出他長久以來所預備的大軍去對付納羅格河流域的百姓；噴火惡龍格勞龍飛越了安佛格利斯，來到了西瑞安河北邊的河谷地區爲非作歹。牠玷污了威斯林山脈陰影下的艾佛林湖，然後飛到了納國斯隆德地區，噴火焚燒位在納羅格河與泰格林河之間的德能平原。

於是納國斯隆德的戰士都出戰了，那天圖林策馬騎在歐洛佳斯的右邊，看起來既高大又可怕，全體軍心都很振奮。但是魔苟斯所派來的大軍數量遠遠超過斥候的報告，並且除了圖林因爲帶有矮人的面具，沒有任何人擋得住格勞龍噴火的攻擊。精靈被擊退，並且被半獸人逼到了納羅格河與金理斯河之間的淌哈拉德原野，被圍困在兩條湍急的河流中間。那一天，納國斯隆德大軍所有的驕傲都破滅了；歐洛佳斯在戰場前線上被殺，高林的兒子葛溫多身受重傷，性命垂危。圖林趕來救他，敵人望風而逃；他背負葛溫多脫離戰場，躲入森林中，將他放在草地上。

葛溫多對他說：「我們是兩不相欠了！命運壞的是我，力氣白費的是你；我的傷已經超過任何醫術所能救治，我要離開中土大陸了。雖然我喜愛你，胡林的兒子，但我仍後悔那天從半獸人的手中救了你。然而因著你的英勇與高傲，我才能有愛也有命，而納國斯隆德也還能再屹立一會兒。現在，若你愛我，離開我去吧！盡快趕到納國斯隆德，去救芬朵菈絲。這是我對你最後的勸告：她孤身站在你與你的命運之間。如果你辜負了她，命運一定不會放過你。珍重再會了！」

於是圖林快馬加鞭趕回納國斯隆德，不管碰到多危險的路都盡他一切本事通過；途中樹上的葉子不斷被大風吹落，秋天已經過去，可怕的冬天已經來臨。格勞龍與半獸人大軍遠在他之前抵達，那些留下來守衛要塞的人還不知道淌哈拉德原野上發生了什麼事，敵人就已經突然來到了門前。那天，那座跨越在納羅格河上的石橋終於被證明是個大錯；它造得巨大堅固，無法迅速摧毀，敵人大軍迅速過了橋，格勞龍噴火燒毀了費拉剛的門，將它們推倒，然後長驅直入。

當圖林趕到時，發生在納國斯隆德的燒殺劫掠已經差不多結束了。半獸人已經殺害了所有那些留下來的守衛，並且也洗劫了所有的廳堂與內室，翻箱倒櫃，砸毀一切；那些沒有被殺或被燒的貴婦小姐，全被趕在大門前的階梯上，她們將被帶回去當魔苟斯的奴隸。圖林在這場災難與毀滅當中趕到，沒有人擋得住他；或者說，沒有人企圖去擋他，他砍倒每個擋在他前面的人，直衝過橋，拼命殺開一條血路想朝俘虜奔去。

現在剩下他一個人站在橋頭，少數追逐他的敵人都嚇跑了。就在這時，格勞龍從坍倒的門洞中飛了出來，飛到圖林的背後，在他與橋之間停下來。突然之間，牠開口了，在牠裡面的邪惡之靈說：「你好，胡林的兒子。很高興見到你啊！」

圖林一躍上前，揮劍向牠刺去，古山格的劍鋒彷彿閃出了一道火焰；但是格勞龍擋住他的狂攻，同時張開牠那狹長的蛇眼瞪視著圖林。圖林高舉長劍，毫不畏懼地瞪回去；立刻，他整個人落入了龍眼所發出的魔咒束縛中，僵硬立定如石，不能移動分毫。他就如此站立了許久，彷彿一座石刻的雕像；一人一龍就這樣一語不發地站在納國斯隆德的大門前。不過隨後格勞龍還是開口了，他譏罵圖林說：「胡林的兒子，你所走的路充滿了邪惡。你這不知感恩的養子，亡命之徒，殺害朋友的兇手，奪人之愛的小偷，納國斯隆德的篡奪者，有勇無謀的將軍，遺棄親人的不孝子。你母親與妹妹在多爾露明為奴，過著悲慘窮困的日子。你在此盛裝華服如王子，她們卻只有裹破布；她們日夜渴想著你，你卻一點也不關心。你父親要是知道有你這樣一個兒子，肯定會很高興；他應該要知道。」

圖林在格勞龍的魔咒下句句聽得一清二楚，毫無閃避辯駁的餘地；他彷彿從鏡子中看見被命運惡意撥弄的自己，而且厭惡他所看見的。

就當他被困在龍的視線中，滿心遭受折磨卻又全身無法動彈時，半獸人開始趕著那群俘虜離去，他們來到橋頭經過圖林身邊時，芬朵菈絲大聲喊著圖林的名字；可是直到他們全都過了橋，她的呼喊以及其他人的哭泣聲遠遠消散在往北方的路上後，格勞龍才放了圖林。然而牠的話已經盤踞在他心裡，永遠縈繞在他耳中。

就這樣，格勞龍一瞬間收回牠的凝視，等著看好戲；圖林慢慢抖了抖，像從可怕的惡夢中逐步清醒過來一樣。然後他大喊一聲朝格勞龍撲過去。

格勞龍大笑說：「如果你想死，我會很高興地宰了你。但這對莫玟和妮諾爾恐怕沒多大幫助。你對那女精靈的哭喊完全無動於衷，難道你對自己的血肉之親也是如此無情嗎？」

圖林不理牠的譏刺，迴劍直刺牠眼睛；格勞龍迅速飛起，在他頭頂上盤旋，說：「噢！跟我遇見過的人比起來，你還眞是比他們勇敢多了。若有人說我們不敬重敵手所展現出來的英勇，那必是謊言。看！現在我就放你自由。如果你能，去找你的親人吧。快滾！如果你唾棄這份禮物，那些能活下去講述這段時期歷史的精靈或人類，一定會譏笑你的愚蠢。」

圖林因為仍未完全擺脫龍眼所造成的茫然迷惑，以為自己是被敵人可憐饒過一死，因而相信了格勞龍的話，並且轉身快跑過橋，格勞龍在他背後兇狠地說：「胡林的兒子，加緊你的腳步趕往多爾露明！說不定半獸人又先你一步趕到了該地。如果你為芬朵菈絲耽擱這件事，你將永遠再也見不到莫玟，永遠再也見不到你妹妹妮諾爾；她們會咒詛你的。」

圖林一步不停地開始往北趕路。格勞龍再次大笑，牠已經漂亮完成了主人所交付的任務，現在牠可以取悅一下自己了，於是牠四處噴火，將四周燃成一片火海。隨後牠進入廳內，絕大部分的半獸人還在搜刮財寶，牠將他們全部驅離，要他們開拔上路，同時不准他們帶走任何一丁點財物。

然後牠把那座大橋擊斷，讓石橋坍塌落入滾滾的納羅格河裡，如此一來，這要塞就安全了。牠進到洞廳內將費拉剛寶庫中的各樣珍藏收聚起來，將它們搬到最深處的廳堂裡堆成一堆，然後在這些金銀珠寶上趴下，暫時休息休息。

圖林拼命地向北趕路，穿過了納羅格河與泰格林河之間那片如今一片荒涼的原野，由北而下的寒冬迎面撲向他；那年的大雪在秋末就開始落，春天來得又冷又遲。在他兼程往前趕路中，似乎一直聽到山林田野間不斷迴蕩著芬朵菈絲哀泣呼喚他的聲音，令他心如刀割；但是格勞龍的謊言一直糾纏煎熬他，他腦海中不停浮現半獸人放火燒了他父親的家，或在狠狠折磨莫玟與妮諾爾的景象，因此他堅持他的路，始終沒有轉往其他的方向。

當他風塵僕僕，一身疲憊（他一口氣趕了四十里格㊲的路沒有休息）來到艾佛林湖邊時，被弄污的湖水在寒冬中已經變成一片冰泥沼，這個當初讓他清醒復原的水泉，已經再也無法讓他掬飲了。

就這樣，他頂著風雪艱難地穿過了進入多爾露明的山道，再次回到他兒時的生長之地。然而他只找到一片光禿荒涼；莫玟早就不在了。她的房子破敗寒冷，空蕩蕩的，沒有任何生物住在那裡。於是圖林離開家，去找東來者布洛達，他娶了胡林的親戚艾玲。他碰到從前的一位老僕人，告訴他莫玟已經走了很久了，她帶著妮諾爾逃離了多爾露明，她們的下落大概只有艾玲知道。

於是圖林衝到布洛達家，一腳踏在他桌上，抓住他並拔出劍，命令他快說出莫玟的下落；艾玲告訴他莫玟前往多瑞亞斯去找她兒子去了。「因爲那地有南方的黑劍在保護，不受邪惡的侵害。」她說：「不過他們說他已經離開了。」於是胡林的眼睛明亮起來，格勞龍魔咒中的最後一絲束縛脫落，圖林知道自己上當了，在受騙所引發的憤怒與極度痛苦中，加上他對莫玟的壓迫者的痛恨，黑暗蒙蔽控制了他，他提劍殺了布洛達，以及在他家作客的其他東來者。然後他開始逃亡，還好一些殘存的哈多家族的百姓一路幫助他，使他在大風雪中能夠逃到多爾露明南邊山脈裡一處亡命之徒的藏身地。就這樣，圖林再次離開了童年的家鄉，回到了西瑞安河谷。他的內心痛苦難當，因爲他這次回到多爾露明，只給自己殘存的百姓帶來更大的災難，他們對他的離去無不

㊲等於今日的兩百公里。

如釋重負，露出欣喜的神情。這當中只有一件事令他稍感安慰：靠著黑劍的英勇，多瑞亞斯爲莫玟敞開了大門。他在心裡對自己說：「這樣看來，我所做的一切也不全然盡是邪惡。就算我能早一點趕回來，我還能把她們帶到什麼更好的地方去？如果美麗安的環帶被攻破，最後的一絲希望也就破滅了。啊，有這樣的結果確實比較好。無論我走到哪裡，就給那裡投下一片陰影。就讓美麗安保護她們吧！我會讓她們暫時不受陰影的打擾，平安度日。」

於是，圖林從威斯林山脈下來，開始找尋芬朵菈絲，他往來搜索所有往北經過西瑞安通道的路，在森林中如野獸般機警遊走；卻始終找不到。他來的實在是太遲了；所有的痕跡幾乎都被冬天的風雪掩埋或颳掉了。當他南行來到泰格林河時，碰到了一群被半獸人包圍的貝西爾林中人，半獸人在大開殺戒的古山格劍前只能逃命，他救了他們。他自稱是在森林中流浪的野人，他們於是懇求他前去與他們同住；他告訴他們自己還有任務沒有完成，他在找尋芬朵菈絲，納國斯隆德歐洛佳斯王的女兒。於是，這群林中人的領導者多拉思㊳告訴了他芬朵菈絲已經慘死的消息。他們這群林中人曾埋伏在泰格林河渡口，襲擊帶著納國斯隆德俘虜的半獸人大軍，想要救她們；不料半獸人一不做二不休，一口氣將所有的俘虜都殺害了，芬朵菈絲被一根長槍釘在樹上。她斷氣前說：「告訴摩米吉爾，芬朵菈絲在這裡。」因此他們將她葬在那裡，把墳取名爲「伊列絲墓塚」㊴，意思是「精靈公主之墳」。

㊳ 多拉思（Dorlas），辛達語。另見索引207。

㊴ 伊列絲墓塚（Haudh-en-Elleth），辛達語。另見索引399。

圖林請他們帶自己過去；見到墳墓，他崩潰倒地，落入悲傷的黑暗深淵，幾乎要死。一旁的多拉思從他身上的黑劍（其盛名甚至傳入貝西爾森林深處的人耳中），以及他找尋王女的事，猜到了這個森林野人應當就是納國斯隆德的摩米吉爾，還有流言說，他就是多爾露明的胡林之子。於是這群林中人將他抬了起來，回到他們的居住地。他們住在森林中央的歐貝爾山㊵上一處用柵欄圍起來的地方，稱之爲「布蘭迪爾圍欄」㊶。哈麗絲的百姓因爲戰爭而銳減，如今統治他們的是韓迪爾的兒子布蘭迪爾㊷，他是個脾氣溫和的人，從小就是跛子；對於保護他的百姓，他比較採信偷襲而不是公開與北方的力量作戰。因此，對於多拉思帶回來的消息，他感到十分害怕，當他看到躺在擔架上圖林的臉時，一種不祥的預感落到了他心上。然而看到這個人所受的苦難，他依舊不忍心，於是將他接到自己家中照顧，因爲他懂得醫術。

當春天來臨時，圖林脫離了他的黑暗，再次強壯起來。他開始起來活動，同時決定自己要留下，隱藏在貝西爾，將他的陰影拋在身後，忘記過去。他爲自己取了一個新名字：圖倫拔㊸，那是高等精靈語㊹中「命運的主宰」之意；他懇求這群林中人忘記他是外來的陌生客，同時也別喊

㊵ 歐貝爾山（Amon Obel），辛達語。另見索引30。

㊶ 布蘭迪爾圍欄（Ephel Brandir），辛達語。另見索引284。

㊷ 布蘭迪爾（Brandir）；另見索引137。

㊸ 圖倫拔（Turambar），昆雅語。另見索引743。

㊹ 原文是High-elven speech，也就是昆雅語；高等精靈（High-elven）指那些曾在阿門洲居住過，見過雙聖樹的光，受過諸神指導的精靈。

他其他的名字。但是他還是參與戰事；因爲他受不了半獸人越過泰格林河渡口，或靠近伊列絲墓塚；他要讓半獸人覺得那個地方非常恐怖，教他們避開它。不過他收起了黑劍，改用弓箭和長槍。

有關納國斯隆德的消息如今傳到了多瑞亞斯，一些逃過潰敗與劫掠，在寒冬中生存下來的精靈，分別前來尋求庭葛的庇護；邊界守衛將他們都帶到王的面前。有些人說敵人已經全部退回北方去了，有些人說格勞龍還盤踞在費拉剛的廳堂裡；有些人說摩米吉爾已經被殺害了，有些人說他中了惡龍的魔咒，變得猶如一尊石像，站在納國斯隆德門口。但是所有的人也都說，在納國斯隆德，大家到最後都知道摩米吉爾就是多爾露明胡林的兒子圖林。

莫玟對此非常憂心，決定不聽美麗安的勸告，獨自策馬前去尋找她兒子，打探最新的消息。庭葛得知後立刻派梅博隆帶著許多強壯的邊界守衛去找她，做她的護衛與嚮導，看他們能否打探到什麼消息；不過妮諾爾被吩咐留下來。偏偏胡林家中膽子最大的就是她；在那最壞的時刻，如果莫玟能夠看見她女兒將跟著她走入何等的危險，她或許會回頭。妮諾爾假扮成庭葛的守衛之一，隨著其他人步上了注定不幸之路。

他們在西瑞安河邊追上了莫玟，梅博隆懇求她回明霓國斯去；然而她是命定要死的，因此怎麼也說服不了。這時妮諾爾的裝扮也被揭穿了，她不理會莫玟的命令，不肯回去。梅博隆不得已，只好帶著她們前往微光沼澤的秘密渡口，一行人從那裡過了西瑞安河。在走了三天的路後，他們來到了多年前費拉剛費了大力堆聚起來的一座山丘，伊西爾山㊺，「偵察丘」，它距納國斯隆德的入口一里格遠。梅博隆要莫玟和她女兒等在山上，並且在四周佈好衛士保護她們，然後他在山丘上四望不見敵人的情況下，帶著幾名斥候下山，盡可能悄無聲息地沿納羅格河前去。

然而格勞龍對他們一行人的動靜一清二楚，牠噴著怒火出來，下到河裡；於是巨大的水蒸氣和臭氣從河中升騰而起，梅博隆和他的幾名同伴在視線不明的情況下紛紛迷路。於是格勞龍飛出了納羅格河，往東而來。

等在伊西爾山上的守衛看到惡龍飛來，連忙帶著莫玟和妮諾爾尋路離開，全速朝東往回跑；但是風向將霧氣吹向他們，他們跨下的馬匹因爲惡龍的臭氣全都發了狂，橫衝亂闖完全不聽駕馭，因此，有些人猛撞在樹上身亡，有些則被狂奔的瘋馬帶到了極遠的地方。就這樣，母女兩人也走散了；莫玟從此再也沒有任何消息傳回多瑞亞斯。而妮諾爾，雖然被摔下了馬，卻毫髮無傷，她又尋路走回伊西爾山去，想在那裡等梅博隆。她爬上山丘，脫離了濃霧，見到了陽光。她向西望去，卻直直望入了格勞龍的眼睛裡，那惡龍就把頭擱在山丘頂上。

她的意志與牠拉鋸相抗了一陣子，但牠增強牠的力量，當牠得知她的身分後，更是強迫她注視著自己的眼睛，然後對她施下全然黑暗與遺忘的魔咒。於是，妮諾爾忘記了所有一切發生在她身上的事，她忘了自己的名字，也忘了一切事物的名字。有許多天，她聽不見，看不見，也無法

㊺伊西爾山（Amon Ethir），辛達語。另見索引28。

使用意志移動分毫。格勞龍把她單獨拋在伊西爾山上，飛回納國斯隆德去了。

另一方面，大膽的梅博隆在格勞龍離開之後繼續前進，探索了費拉剛的廳堂；當他出來時，惡龍正往回飛來，他連忙悄悄離開，返回伊西爾山。當他爬到丘頂時，太陽已經沉落，夜幕已經降臨；他發現山丘上只有妮諾爾獨自站在星空下，宛如一座石像。她兩眼直視，聽不見，也不會說話，不過當他牽著她時，她會跟著走。他非常難過地牽著她下了山，開始尋路回去；他認為他們的跋涉恐怕是徒然，因為兩人在失去一切物資又毫無援助的情況下，很可能葬身荒野。

但在路上，梅博隆的另外三名同伴找到了他們，於是一行人緩慢地向北再向東，朝西瑞安河對岸的多瑞亞斯邊界前進，在靠近伊斯果都因河注入西瑞安河處，有一座設有守衛的橋可過。當他們漸漸靠近多瑞亞斯，妮諾爾的力氣便開始慢慢恢復；但是她仍不能說話，也聽不見，他們像牽盲人一般牽著她走。最後，當他們靠近邊界時，她終於閉上了直瞪瞪的雙眼，肯睡覺了。他們扶她躺下，自己也都倒下休息，因為疲憊至極，他們未設任何警戒就都睡著了。就在昏睡中，他們遭到了一小隊半獸人的攻擊；如今半獸人已經大膽到敢遊蕩至多瑞亞斯的邊界來。偏偏，妮諾爾的視覺與聽覺就在那個時刻恢復，半獸人衝過來的呼喊聲將她驚醒，她嚇得跳起來，在他們靠近之前就開始飛奔而逃。

半獸人追趕她，精靈緊跟在後，他們在妮諾爾快要落入魔爪時追上敵人，殺了他們；但是妮諾爾繼續遠遠逃離他們。她像嚇瘋了般拼命的跑，動作比鹿還快，她的衣服在飛奔中被樹石扯得粉碎，赤裸裸地奔出了他們的視線，往北消失。雖然他們找了她好一陣子，還是不見蹤影，也沒發現任何她留下的痕跡。到最後，梅博隆在絕望中只得返回明霓國斯，報告了事情的始末。庭葛和美麗安爲此悲傷了許久；但梅博隆隨後又出發，往來山林荒野中找尋打聽莫玟與妮諾爾的下落，卻總是徒勞無功。

妮諾爾在森林中狂奔至筋疲力竭，然後倒在地上，睡著了。當她醒來時，是一個充滿陽光的早晨，她很高興地浸潤在光中，彷彿光是一種新的東西，她眼中所見周遭的一切全都十分新奇，她完全叫不出它們的名字。她什麼都不記得了，只除了有一股黑暗潛伏在背後，還有一個恐懼的陰影。因此，她在林中行走時機警如獸，卻又因爲沒有食物，也不知該如何找尋食物，飢餓不堪。她最後來到了泰格林河渡口，過了河，趕緊躲到濃密的貝西爾森林中；開始變暗的天令她內心充滿了恐懼，以爲自己逃離的那股黑暗又追上了她。

但那是一陣由南方襲來的暴風雨，在驚嚇中她跑到伊列絲墓塚，整個人趴在墳上緊緊掩住雙耳，逃避可怕的雷聲，暴雨打在她身上將她浸得濕透；她就這樣倒在墳上，如同一隻瀕死的小獸。圖倫拔發現了她；聽到傳聞有半獸人接近，他帶了一些人來到泰格林河渡口，打算進行襲擊。在閃電中他瞥見芬朵菈絲的墳上似乎趴著一個死去的女子，他的心再次受到重擊。那些林中人扶起她，發現她還活著，圖倫拔脫下外套裹住她，一行人將她抱到附近的獵人小屋，燒柴給她取暖，並且給她食物。當她睜開眼睛一望見圖倫拔，她內心立刻舒坦開懷，感覺似乎終於找到了她在黑暗中不停找尋的事物；她緊抓住他，怎麼都不肯放手。可是當他詢問她名字與家人，以及她怎麼會落入這樣不幸的災難時，她變得像個苦惱的孩子，看到有重要的東西損壞了卻不明白爲何會如此，因此忍不住哭起來。圖倫拔見狀只好說：「別擔心。故事以後慢慢再說吧。現在我先幫妳取個名字，叫妳奈妮爾㊻，『淚水姑娘』。」她聽到這名字後搖搖頭，不過卻開口說：奈妮爾。這是她在脫離黑暗後所說的第一句話；從此之後那些林中人就以此稱呼她。

第二天，他們將她帶回布蘭迪爾圍欄；不過當他們走到凱勒伯斯溪㊼奔騰墜入泰格林河處的丁羅斯特瀑布㊽——「多雨的階梯」時，她莫名地大起戰慄，因此那地隨後又被稱爲吉瑞斯瀑布㊾，「戰慄的流水」。在快要走到林中人位在歐貝爾山上的家時，她開始發起高燒。她臥病了很長一段時間，貝西爾的婦女輪流照顧她，她們像教嬰孩一般教她說話。當秋天來臨時，靠著布蘭迪爾的醫術，她的病終於好了，而且她也會說話了；可是她依舊不記得圖倫拔在伊列絲墓塚上發現她之前的事情。但是布蘭迪爾愛上了她，而她的心卻已經給了圖倫拔。

在那段日子裡，林中人沒有受到半獸人的侵擾，圖倫拔也沒有出去作戰，貝西爾森林過了一段平靜的日子。圖倫拔逐漸愛上了奈妮爾，最後向她求了婚。不過奈妮爾沒有馬上答應。因爲布蘭迪爾一直有不幸的預感，雖然他不知道那是什麼，卻再三勸阻奈妮爾不可答應，原因純粹是爲了她好，而不是自己硬要從中作梗，破壞兩人的好事。他同時也向奈妮爾揭露了圖倫拔眞正的身分，他是胡林的兒子圖林；雖然奈妮爾不認得那名字，卻有一道陰影重重壓到心上。

㊻奈妮爾（Níniel），辛達語。另見索引589。

㊼凱勒伯斯溪（Celebros），辛達語，意思是「銀色泡沫」。另見索引163。

㊽丁羅斯特瀑布（Dimrost），辛達語。另見索引196。

㊾吉瑞斯瀑布（Nen Girith），辛達語。另見索引575。

納國斯隆德遭劫至今已過了三年，圖倫拔再次向奈妮爾求婚，發誓他這次一定要娶到她，否則他將再次回到山野中去作戰。奈妮爾快樂地答應了，兩人在仲夏時成婚，貝西爾森林中的人舉辦了盛大的宴席來慶祝。那年年尾，格勞龍派出大批牠管轄的半獸人前來攻擊貝西爾森林；但是圖倫拔坐在家中沒有出戰，因爲他答應奈妮爾，除非他們的家遭到攻擊，否則他不會出去打仗。可是林中人的情況愈來愈糟，於是多拉思前來譴責圖林，他怎能放手不管這些接納他作自己人的百姓。因此圖林決定出戰，並且再度拿出了他封藏的黑劍。他召聚了大批的林中百姓，一舉將半獸人全部逐出了森林。格勞龍因此得知了黑劍在貝西爾的消息，牠細細思量所聽到的事，開始籌畫新的毒計。

隔年春天，奈妮爾懷孕了，整個人變得病奄奄的，時常感到悲傷。與此同時，布蘭迪爾圍欄首次傳來了格勞龍離開納國斯隆德的消息。圖倫拔派出斥候到遠方偵察，他現在只按照自己的意思做事，不太注意貝西爾那邊的狀況了。

夏天將至時，格勞龍來到了貝西爾的邊界上，盤踞在靠近泰格林河西岸；森林中人都十分恐慌，因爲情況很清楚，這隻大蟲不只是路過此地要返回安格班，而是打算攻擊他們，好好報復一下。因此他們請圖倫拔前來會商；他明白地告訴他們，如果他們集合全體的力量向牠進攻，結果將是徒勞一場，只有靠詭計和好運，他們才可能打敗牠。他提議由他先出馬去邊界對付惡龍，其他的人都留守在布蘭迪爾圍欄中，準備好隨時應戰。因爲如果他失敗，惡龍得勝後的第一個動作一定是前來攻擊他們的家園，將他們全數毀滅，他們不可能擋得住牠的。但是如果他們分散逃跑，那麼可能有很多人可以逃過一劫，因爲格勞龍不會住在貝西爾，牠會很快就返回納國斯隆德的。

然後，圖倫拔問有沒有人願意跟他一同去冒險，多拉思應聲而起，但除他之外再無他人了。於是多拉思開口責備這群百姓，同時譏刺布蘭迪爾，說他已經不再扮演哈麗絲家族繼承者的角色了；布蘭迪爾在自己百姓面前喪盡了顏面，內心不免暗暗記恨。但是布蘭迪爾的親族杭索爾[50]起身願意代他前去。於是圖倫拔回家向奈妮爾道別，對此她內心充滿了恐懼與不祥的預感，他們分手的情景令人見了鼻酸；但是圖倫拔還是隨著兩名同伴一起出發往吉瑞斯瀑布去了。

奈妮爾由於忍受不了心中的恐懼，不願意繼續留在圍欄中等候聽聞圖倫拔的吉凶，因此沒多久她便不顧一切前去找他，結果貝西爾有一半人要跟著她一起去。對此布蘭迪爾更是恐懼，他想辦法勸阻她，同時也勸那些要去的人千萬不可衝動，可是他們完全不聽。因此，他宣告了自己的統治權，以及對這群嘲笑他的百姓的愛，他命令他們留下，但他自己因爲深愛奈妮爾，因此取了劍跟在她背後同去。只是他因爲跛足，而遠遠落在奈妮爾之後。

圖倫拔在日落時分來到了吉瑞斯瀑布，他發現格勞龍趴在泰格林河極高的陡岸上，看情形是打算在夜幕降臨後採取行動。他認爲這情勢相當有利，因爲那條惡龍趴在卡貝得・恩・阿瑞斯[51]上方，那是一條河流所切開的深窄峽谷，寬度鹿躍可過；圖倫拔決定不再往前進，要改走峽谷過去。他計畫趁著夜幕悄悄往下爬，在夜色的掩護下先下到山澗，橫越洶湧奔騰的溪水，然後爬上

[50] 杭索爾（Hunthor），辛達語。另見索引425。
[51] 卡貝得・恩・阿瑞斯（Cabed-en-Aras），辛達語。另見索引148。

對岸的峭壁，如此就可避過惡龍的警戒，抵達牠下方。

他決定這麼做，但是當他們在黑暗中來到翻騰的泰格林河邊時，多拉思退縮了，不敢橫越危險的水流，他轉回頭，滿心羞愧地徘徊在森林裡。圖倫拔與杭索爾安全地過了河，喧囂的水聲蓋過了一切其他的聲音，格勞龍正在打瞌睡。但是惡龍在接近午夜時醒過來了，牠大吼一聲噴出一股烈風，拖著牠龐大的身軀往前爬過峽谷的裂罅。圖倫拔與杭索爾在拚命找路往上爬時，差點被牠的熱氣與惡臭給薰死；惡龍爬動時所震落的大石，從高處落下時不幸擊中了杭索爾的頭，他跌落到底下的山澗中，就此消失，成爲哈麗絲家另一位英勇犧牲的人。

圖倫拔在悲痛中使盡全力凝聚意志與勇氣，繼續獨自往上爬，最後來到了惡龍的肚腹下方。他拔出古山格劍，將全身的力量與憎恨，一鼓作氣都刺入大蟲柔軟的肚腹，直沒入劍柄。格勞龍在可怕的劇痛中大聲尖叫，用力抬起牠龐大的身軀翻過裂罅，跌在對岸，拚命翻扭掙扎，牠知道死亡臨近了。牠不斷噴出烈火，把周遭一切都焚成灰燼，直到最後牠的火熄了，身軀也僵趴著不動了。

在惡龍的翻動中，古山格劍脫出了圖倫拔的手，穿透了龍的整個肚腹。圖倫拔想要取回他的寶劍，也想親眼看見仇敵的下場，因此他再次渡過洶湧的溪水，上到對岸，他看到牠全身僵直側翻在地，古山格的劍柄露在牠肚腹外。圖倫拔上前握住劍柄，一腳踏在惡龍的肚腹上，大聲以當年在納國斯隆德遭到的奚落嘲笑回去：「你好，魔荀斯的臭蟲，很高興又見到你啦！去死吧！黑暗吞噬了你，胡林的兒子圖林報得大仇啦。」

然後他拔回他的寶劍，但是隨劍湧出的一股黑血流到了他手上，其中的劇毒開始灼燒他的手。這時格勞龍張開了牠的眼睛，用牠最後所有的惡毒瞪視著圖倫拔；在惡龍雙眼的最後一擊與燒灼的劇痛之下，他昏死過去，長劍就壓在他身下。

格勞龍的尖叫聲迴盪在整個森林中，傳到了等在吉瑞斯瀑布旁的百姓耳裡；當這些前來的人聽到這恐怖的吼叫，又遠遠望見惡龍所造成的大火與毀壞，他們以為牠已經除掉了前去攻擊牠的人，正在慶祝勝利。奈妮爾跌坐在奔騰落下的溪水旁，全身戰慄不止；格勞龍的叫聲召回了她的黑暗，她跌坐在那裡完全無法動彈。

就這樣，布蘭迪爾終於追上了她，跛足使他趕得上氣不接下氣；當他聽到惡龍越過河流擊敗牠的敵人時，他的心立刻對奈妮爾充滿了同情。不過他也想：「圖倫拔死了，但奈妮爾還活著。如今她或許會願意跟我了，我要帶她離開，說不定我們能一同逃出惡龍的掌握。」因此，他在奈妮爾身旁站了好一會兒，然後他說：「走吧！我們該走了。如果妳願意，我會帶領妳。」他牽起她的手，她沈默地站起身，跟隨著他；他們一起沒入了黑夜裡。

當他們沿路往渡口走時，月亮出來了，在地面投下了淡淡的影子；奈妮爾突然說：「我們走的路對嗎？」布蘭迪爾說他其實不知道要走哪一條路，他只想到要趕快逃離格勞龍，逃入荒野裡。

奈妮爾說：「黑劍才是我心愛的丈夫，我只會走那條去找他的路。你想我還會去哪裡？」她甩開他往前跑，來到了泰格林河渡口，望見了蒼白月光下的伊列絲墓塚，一股極大的恐懼攫住了她。她尖叫一聲轉回頭，拋棄了外套，沿河往南奔去，她身上的白衣在月光下閃閃生輝。

還在山崗上的布蘭迪爾看見了她的行蹤，趕緊又追了過去，但是當她跑到格勞龍在卡貝得．

恩·阿瑞斯旁所造成的廢墟時，他還遠遠落後。她看見那隻惡龍倒在地上，但是她一點也沒注意牠，因爲牠旁邊躺了一個人。她奔到圖倫拔身旁，呼喚他，卻沒有得到任何的回應。當她看見他受傷的手，她以淚水洗淨那些傷口，撕下裙襬來包紮；她親吻他，呼喚他的名字，想要把他搖醒。就這時候，格勞龍在死前最後一次睜開了眼睛，說了最後一番話：「妳好，胡林的女兒妮諾爾。我們在一切結束之前又見面了。我讓妳最後終於找到了妳哥哥，妳很高興吧。現在妳該看清楚他，那個在暗中出手的刺客，對敵人狡詐，對朋友不義，對親人又是個咒詛，他是胡林的兒子圖林！但他所做過最糟糕的一件事，妳已經親身體驗了。」

然後格勞龍就斷氣了，牠蒙在她心智上的惡毒消散，她記起了自己一生中所有的事。她低下頭看著圖林，痛哭失聲，最後她哽咽著說：「再會了，我內心重複深愛的人！A Túrin Turambar turun ambartanen：命運的主宰者卻爲命運所主宰了！死亡才是我的幸福！」親眼目睹這最後一幕的布蘭迪爾原本呆立在廢墟邊緣，這時急忙朝她趕過去；她在瘋狂的痛苦與恐怖中衝過他身邊，奔到了卡貝得·恩·阿瑞斯旁縱身躍下，消失在狂野奔騰的流水中。

布蘭迪爾來到邊緣往下望，又立刻充滿了恐懼退開。雖然他已經不想活了，卻仍無法跳下那咆哮奔騰的急流中尋死。從此之後，再也沒有任何人從卡貝得·恩·阿瑞斯往下望，也沒有任何鳥獸會到這裡來，這裡變成光禿一片，草木不生。這地被改名稱爲卡貝得·納瑞馬斯[52]，「恐怖

---

[52] 卡貝得·納瑞馬斯（Cabed Naeramarth），辛達語。另見索引147。

命運的一躍」。

布蘭迪爾顛躓著往吉瑞斯瀑布走去，要把噩耗告訴大家；他在森林中遇見了多拉思，立刻拔劍殺了他：這是他生平首次殺人，也是最後一次。當他來到吉瑞斯瀑布旁，百姓衆口同聲問他說：「奈妮爾走了，你碰到她了嗎？」

他回答說：「奈妮爾永遠走了。惡龍死了，圖倫拔也死了；這對我們都是好消息。」百姓喃喃唸著這幾句話，然後說他瘋了；但是布蘭迪爾說：「聽我把話說完！大家喜愛的奈妮爾也死了。她跳下了泰格林河，完全不想活了。因爲她恢復了記憶，知道自己竟是多爾露明胡林的女兒妮諾爾，而圖倫拔是她哥哥，胡林的兒子圖林。」

不過，就在他話剛說完，百姓紛紛落淚之際，圖林出現在他們面前。惡龍死了之後，籠罩住他的昏迷散去，他陷入了極度疲憊的沈睡中。但是寒冷的夜令他睡得極不安穩，當古山格劍的劍柄滑入他手中時，他整個人清醒過來。他看見有人包紮了他受傷的手，又驚訝自己怎麼還被丟在寒冷堅硬的地上；他呼喚了幾聲，發現沒人答應，只好自己撐起疲憊又虛弱的身體，勉強下了山崗，找尋幫助。

不料百姓見到他，嚇得紛紛往後退，以爲是不肯安息的鬼魂回來了。他見狀說：「怎麼了，快樂一點吧！惡龍死了，而我還活著。可是你們爲何不聽我的勸告冒險跑來這裡？奈妮爾在哪裡？我好想見她。你們該不會把她從家中帶到這裡來吧？」

於是布蘭迪爾告訴他，她確實來了，而且已經死了。但是多拉思的妻子大聲道：「不，我主，他瘋了。他跑來告訴我們你死了，還說那是好消息。可是你還活得好好的。」

圖倫拔聞言十分憤怒，認爲布蘭迪爾因爲嫉妒他們的愛情，所以言行滿懷惡意，想要破壞他和奈妮爾；因此他對布蘭迪爾惡言相向，譏他是跛子。布蘭迪爾再也忍不住，一舉說出了所有他聽見的事實，指明奈妮爾就是胡林的女兒妮諾爾；他對圖倫拔大吼著格勞龍最後所說的話，指責他是自己親人的詛咒，害死了所有庇護與依靠他的人。

圖倫拔落入了狂怒之中，因爲他從這些話裡聽見了厄運追逼而來的足聲；他責怪布蘭迪爾造成了奈妮爾的死亡，如果這些話確實不是他自己捏造的，那麼他就是幸災樂禍地公佈格勞龍的謊言。圖倫拔咒詛布蘭迪爾，拔劍殺了他，然後瘋狂地衝入森林中。狂奔了一陣子之後，他漸漸冷靜下來，發現自己來到了伊列絲墓塚；他在墳前坐下，思索自己一生做過的事，不由得對著墳塚大聲痛哭，要芬朵菈絲回答他。如今，他不知道自己若去多瑞亞斯找尋親人，是否會給她們帶來更大的災禍，或者他該從此拋棄她們，戰死沙場。

就當他坐在那裡發呆時，梅博隆帶著一隊灰精靈越過了泰格林河渡口，他認出了圖林，並且出聲喊他，非常高興看到他還活著。梅博隆是聽見格勞龍出現，正朝貝西爾來，而納國斯隆德的黑劍如今就住在貝西爾，於是他帶人趕來要警告圖林，順便看看是否能幫得上忙。圖林聽他說完，回答道：「你來遲了。惡龍已經被我殺了。」

他們大吃一驚，隨即大大稱讚他。可是他毫無反應，只說：「我想問你一件事：我的家人現在如何？我在多爾露明時聽說她們逃去了多瑞亞斯。」

梅博隆的心立刻往下一沈，但他還是據實告訴圖林莫玟是如何失蹤的，而妮諾爾中了魔咒遺忘了一切，後來如何在多瑞亞斯的邊界逃離他們，逃向了北方。

於是，圖林知道厄運最後還是追上攫獲了他，而他殺害布蘭迪爾是再次的不義；因此格勞龍的話就完全在他身上應驗了。他像將死之人瘋狂地大笑，喊道：「這眞是個痛苦的笑話啊！」然後他叫梅博隆走開，帶著咒詛回多瑞亞斯去。「你此行的任務也是個咒詛！」他大聲說：「事情就缺你來證實。如今黑夜完全降臨了。」

於是他像一陣風般奔離他們，他們驚訝萬分，不明白是什麼瘋病感染了他，但他們還是跟了上去。圖林甩脫了他們，來到了卡貝得・恩・阿瑞斯，耳中聽見那咆哮的流水，眼中看見樹上所有的葉子都已經凋落，彷彿冬天已經降臨一般。他拔出他的長劍，這是他擁有的最後一件物品，他說：「哈，古山格！除了那些駕馭過你的手，你不認也不忠於任何人。沒有任何鮮血能令你退縮。因此，你會想要圖林・圖倫拔的命，給我痛快一死嗎？」

那漆黑的劍鋒響起一個冰冷的聲音說：「是的，我會高興暢飲你的血，如此我就爲我主人畢烈格及布蘭迪爾所流的血伸了冤。我會讓你痛快而死。」

於是圖林將劍柄立在地上，然後撲向古山格的劍尖，而黑劍取了他的性命。梅博隆和精靈們上到山崗，先看見格勞龍已經死亡的龐大身軀，再看到一旁圖林的屍體，不禁難過的掉下淚來。當貝西爾的人紛紛趕到，得知圖林瘋狂與死亡的原因後，無不驚駭萬分。梅博隆悲苦地說：「我也被交織在胡林子女的命運裡，我所帶來的消息殺害了一個我所愛的人。」

他們抬起圖林，發現古山格劍已在他身下斷成了碎片。隨後精靈與人類一同收聚了大批的柴薪堆在惡龍四周，然後放了一把大火，將惡龍燒成了灰。他們在圖林倒下的地方築了一座高高的墳，古山格劍的碎片就陪在他身邊。當作完這一切，精靈爲胡林的子女唱了一首悼歌，並且在墓前立了一塊灰色的大石碑，上面以多瑞亞斯的符文刻著：

圖林·圖倫拔，格勞龍的剋星

底下另外又寫著：

妮諾爾·奈妮爾

但是她不在那裡，也沒有人知道寒冷的泰格林河水將她帶去了何方。

第二十二章　多瑞亞斯的毀滅

圖林．圖倫拔的故事就這樣結束了。但是魔苟斯既未閒著打盹，也未停止爲惡，他對付哈多家族的手段還沒完呢。雖然胡林就在他的眼下，莫玟心神渙散漂流於野，他心狠手辣對付他們的毒計，一天也沒耽延。

胡林極其不幸；魔苟斯對其計策施行的結果知之甚詳，胡林也都知道，但是眞相全都交織著謊言，任何美善的事，不是遭到隱藏，就是被扭曲了。魔苟斯盡一切可能將庭葛與美麗安爲胡林家所做的事蒙上邪惡的陰影；他對庭葛與美麗安是既恨又怕。當他判斷時機成熟時，他釋放了胡林，隨便他要往哪裡去；魔苟斯假裝是在看到敵人全面慘敗後，憐憫他，放了他一馬。他當然是在說謊，他的目的是讓胡林變成他的工具，更進一步展現他對精靈與人類的憎恨，直到他死爲止。

胡林自然不相信魔苟斯的言詞，他很清楚魔苟斯沒有任何的憐憫，但是他還是接受重獲自由，悲傷地離開，黑暗君王的話令他滿心苦恨；這時離他兒子圖林的死，已經一年了。他在安格班一共被囚了二十八年，鬚髮皆白，但腰不彎背不駝，只是模樣變得十分嚴酷無情。他拿著一根黑色的大手杖，配著一把劍，如此回到了希斯隆。那些東來者的領袖們接獲消息，安格班的黑騎士橫越了安佛格利斯沙漠，恭敬地護送一位老人前來。因此，那些東來者沒有伸手加害胡林，讓他自由往來那片地區。他們這麼做非常聰明，胡林殘餘的百姓都避開他，因爲他從安格班被魔苟斯像貴賓與盟友一般送回來。

就這樣，胡林雖然得了自由，但他心中的苦恨卻更多了。他離開了希斯隆，進入山林中。當他遠遠望見白雲繚繞的克瑞沙格林群峰時，他想起了特剛；他突然很想再次見到隱藏的王國貢多林。於是他下了威斯林山脈，全然不知自己的一舉一動都落在魔苟斯爪牙的眼裡。他越過了貝西阿赫渡口，來到丁巴爾，一路走到了環抱山脈幽暗的山腳下。那整片區域既寒冷又荒涼，他站在巨大的石壁下方，環顧四周，面對陡峭的石牆，覺得希望渺茫；他不知道，從前那條外出的通道，現在只剩這副模樣：乾河被封死，拱門被掩埋了。圖林抬起頭來仰望灰濛濛的天空，心想他或許能像許久之前，當他還是孩童時一樣，再次看見那些大鷹；但是他只看見從東方飄過來的陰影，烏雲盤繞在無法穿越的尖峰上，耳中只聽見呼嘯的風來回吹打在岩石上。

其實高空中大鷹的數量比以前加倍，牠們清楚看見圖林遠遠站在山腳下，孤伶伶地立在漸逝的天光中。由於這項消息很重要，索隆多親自將消息直接帶給特剛。但是特剛卻說：「魔苟斯睡著了不成？你一定是看錯了。」

「不，」索隆多說：「如果曼威的大鷹如此容易犯錯，王啊，你的隱藏早在許久之前就曝光了。」

「那麼你帶來的是壞消息；」特剛說：「它只說明一件事，就連胡林．沙理安到最後也屈服在魔苟斯的意志之下了。我心緊閉，排斥這消息。」

但是索隆多走了之後，特剛思索良久，內心十分不安，因爲他記得多爾露明的胡林爲他做過何等的事。於是，他的心敞開了，派大鷹去找尋胡林，如果牠們願意的話，請牠們將胡林帶到貢多林來。但是事情已經太遲了，不論白晝黑夜，牠們從此再也沒有見過他。

胡林在環抱山脈的峭壁前站了許久，內心充滿了絕望，偏西的太陽衝破了雲層，將他的白髮染成一片殷紅。他最後忍不住在荒野裡大聲吼叫，不顧是否有人聽見，他咒詛這無情的大地；最後他爬上高處一塊岩石，面向貢多林大聲呼喊：「特剛，特剛，記得西瑞赫沼澤否！噢，特剛，你在隱藏的大殿上是否聽見？」但是除了呼嘯的風吹過枯乾的草，沒有傳來任何回應。「這風也是如此吹在黃昏的西瑞赫沼澤。」他對自己說。這時西沈的太陽已經落到陰影山脈後面去了，一股黑暗籠罩了他，風停了，荒地裡一片死寂。

然而胡林所說話是有一些耳朵聽見的，並且很快就傳回到北方的黑暗王座上。魔苟斯臉上露出了笑容，現在他很清楚特剛是住在哪個區域了；雖然由於大鷹的守護，他的奸細一時之間還無法探查環抱山脈後的土地。這是胡林的自由所達成的第一件惡事。

夜幕籠罩中，胡林蹣跚爬下了岩石，在悲傷中沈沈睡去。在睡眠中，他聽到莫玟哀哭的聲音，她時常呼喚著他的名字；他感覺到她的聲音似乎由貝西爾傳來。因此，當他第二天早晨醒來，便動身往回走向貝西阿赫渡口；他沿著貝西爾森林隅隅獨行，在一天夜裡來到了泰格林渡口。夜間守衛的哨兵看見了他，卻個個充滿了恐懼，他們以爲自己看見一個從古戰場上歸來的鬼魂，行走時周身籠罩著黑暗；因此，胡林沒有遭到任何攔阻，他最後來到了焚燒格勞龍的地方，並且看見了豎立在卡貝得．納瑞馬斯邊上的大石碑。

胡林沒去看那石碑，他知道那上面寫了些什麼；他的眼睛看著在場的另一個人。在石碑的陰影中坐著一個彎腰抱膝的女人，當胡林靜靜站在她面前時，她掀開頭上罩著的斗篷，仰起臉來。她看起來悲傷又蒼老，但她的雙眼定定望著他，他認得這女人。雖然她的眼神狂亂又充滿了恐懼，但其中所閃爍的光芒仍未熄滅，那光芒曾為她贏得了伊列絲玟的稱號，她是遠古的人類女子中，最美也最不屈服的一位。

「你終於來了。」她說：「我等了許久了。」

「這條路太黑暗，我已經盡一切可能趕來了。」他回答。

「可是你來的太遲了。」莫玟說：「他們都已經不在了。」

「我知道。」他說：「但妳還在。」

可是莫玟說：「卻不久了。我已經耗盡，將會隨著日落而逝。時間不多了，如果你知道，請告訴我，她是怎麼找到他的？」

但是胡林沒有回答，他們並肩坐在石碑旁，再也沒有說話；當日頭落下時，莫玟嘆了一聲，握緊他的手，再不動了。胡林知道她逝去了。他低頭看她，在黃昏朦朧的光線裡，她臉上那些艱辛與悲苦的痕跡似乎都被撫平了。

「她沒有被征服。」他說，伸手闔上她的眼，然後坐在逐步降臨的夜幕中，一動也不動。卡貝得．納瑞馬斯奔騰的流水繼續怒吼著，他卻聽不見，看不見，也沒有任何感覺，他的心已經變成石頭了。一陣淒冷的寒風帶來一陣急雨打在他臉上，他醒過來，憤怒在他裡面冒煙沸騰，控制了他的理性，因此他全心想要爲自己所犯的錯，爲他親人所犯的錯，找人報仇，他的心在極度痛苦中一一控告所有那些曾經與他們有牽連的人。然後他起身，將莫玟葬在卡貝得·納瑞馬斯旁石碑的西邊，然後在石碑上刻下：莫玟·伊列絲玟亦埋骨於此。

據說，在貝西爾有位名叫葛理忽因①的豎琴家與預言者作了一首歌，說那「不幸之碑」永遠不會遭到魔苟斯的玷污，也不會坍倒，直到大海淹沒全地。這事後來眞的應驗了；當維拉的憤怒降臨，在新的海岸線外，莫玟島依然獨自屹立不搖。但是胡林不在其中，他的命運逼他向前，他的背後依舊跟隨著陰影。

胡林越過了泰格林河，往南踏上了通往納國斯隆德的古道；他望見遠方孤立於東的路斯山，知道那裡曾經發生過什麼事。最後他來到了納羅格河邊，如梅博隆一樣，冒險踏著斷落的石橋渡過洶湧的河水；然後，他倚杖站在費拉剛那破敗的大門前。

在此必須一提的是，在格勞龍離開後，小矮人密姆尋路來到了納國斯隆德，悄悄摸進了廢墟裡。他把廳堂中的寶物全部據爲己有，坐在廳中把玩那些黃金珠寶，捧起它們，再讓它們從他指尖流洩下去；由於對格勞龍的記憶與對牠幽靈的恐懼，無人膽敢前來此地，因此也就沒有人會來

①葛理忽因（Glirhuin），辛達語。另見索引347。

奪取他的財寶。但是，如今來了一個人，站在大門口；密姆出來命令他報上前來的目的。然而胡林說：「你是誰，竟敢攔阻我進入芬羅德．費拉剛的家？」

於是矮人說：「我是密姆；在那些驕傲自大的精靈渡海而來之前，矮人住在努路克奇司丁②的廳堂中。我只不過回來取回屬於我的一切；我乃是我們族人中僅存的一位。」

「那麼，你享受不了多久你所繼承的遺產了。」胡林說：「因爲我是高多的兒子胡林，從安格班歸來，我兒子名叫圖林．圖倫拔，我想你不會忘記這個人；是他殺了惡龍之祖格勞龍，而你現在大剌剌坐著的廳堂就是格勞龍所毀的。我也非常清楚，是誰出賣了多爾露明的龍盔。」

在極度的驚恐中，密姆懇求胡林儘管帶走所有他想要的財寶，但求饒他一命。胡林絲毫不理會他的哀求，在納國斯隆德的大門前揮劍殺了他。然後他進入廳中，在那陰森恐怖的廳堂裡待了一會兒，那些從維林諾帶來的奇珍異寶，在黑暗中散落滿地，隨著時間腐朽。據說，當胡林從納國斯隆德的廢墟中出來，再度站在穹蒼下時，他從堆聚如山的財寶中只帶了一樣東西出來。

現在胡林往東前進，他來到了西瑞安瀑布上方的微光沼澤；他在那裡被看守多瑞亞斯西邊邊界的精靈逮捕，然後被帶到了千石窟宮殿的庭葛王面前。庭葛看著他，既驚訝又難過，他知道這個蒼老嚴酷的人是魔苟斯的囚犯，胡林．沙理安。庭葛問候他，待他以上賓之禮。胡林一句話也沒說，只從外套下拿出他從納國斯隆德帶出來的東西——那條矮人打造的項鍊，諾格萊迷爾；那

---

②努路克奇司丁（Nulukkizdîn），矮人語。另見索引600。

是諾格羅德城與貝磊勾斯特堡的巧匠在許久之前為芬羅德．費拉剛王打造的，是古代所有矮人作品中最著名的一件，當年芬羅德認為這件寶物在他所有的珍藏中排名第一。胡林把項鍊扔到庭葛的腳前，口出狂傲悲憤之言。

「拿去，這是你的報酬。」他喊道：「答謝你好好招待了我的孩子與妻子！這就是精靈與人類皆知的諾格萊迷爾，我從黑暗的納國斯隆德中拿來給你，你的親戚芬羅德與巴拉漢的兒子貝倫一同出發去完成多瑞亞斯王庭葛所要求的任務時，把它留在寶庫中。」

庭葛看著那件偉大的珍寶，曉得它確實是諾格萊迷爾，也完全明白胡林的意思；但是因著心中的憐憫，他克制了自己的怒氣，忍受了胡林對他的譏諷。不過美麗安卻開口了，她說：「胡林．沙理安，魔苟斯扭曲了你；不論你願不願意，你都是透過魔苟斯的眼睛來看事情，因此你所見到的每一件事都經過了他的扭曲。你的兒子從小在明霓國斯長大，如同王的兒子一般，深受寵愛，也為眾人所尊敬；他之所以離開多瑞亞斯一去不返，完全不是王、也不是我的意思。後來，你的妻子與女兒來此尋求庇護，也同樣受到眾人的尊敬與照顧；我們確實盡了一切努力來勸阻莫玟不要前往納國斯隆德。如今，你是以魔苟斯的聲音來譴責你的朋友。」

聽完美麗安的話，胡林呆立在那裡，久久凝望著王后的雙眼；在明霓國斯，因著美麗安環帶的抵禦，敵人的黑暗無法入侵。胡林從王后的眼中看見了所有真相：魔苟斯給他的一切災難，他終於嚐盡了。他不再提起過去的事，上前一步從庭葛的椅前拾起諾格萊迷爾，將項鍊交給王說：「我王，現在請你從一個一無所有的人手中收下矮人的項鍊，就把它當作對多爾露明之胡林的紀念。如今我的命運已經應驗，魔苟斯的目的也達成了；但我不再是他的奴隸了。」

於是他轉身離開，走出了千石窟宮殿，所有見到他的人都從他面前退開；沒有人想攔阻，也沒有人知道他往哪裡去了。但是，據說，胡林已經不想活了，在失去一切目的與希望之後，他最後跳下了西邊的大海；人類中最偉大的一位戰將就此結束了。

胡林離開明霓國斯之後，庭葛不言不語在大殿上坐了許久，凝視著膝上那件令人意亂情迷的寶物；他心裡漸漸起了一個念頭，他要命人重新打造它，把精靈寶鑽鑲嵌在項鍊上。隨著時間過去，庭葛的思緒已經晝夜都在費諾的寶石上，跟它緊緊綁在一起了，他甚至不願把寶石放在他最深處的寶庫裡，不論醒著睡著，他一心只想把它帶在身上。

在這段日子裡，矮人仍然會從他們位在林頓山脈的城堡中遠來貝爾蘭，他們從薩恩渡口越過吉理安河，循著古道來到多瑞亞斯。他們在金屬與石材方面的技術十分卓越，明霓國斯的殿堂十分需要他們的手藝。但是他們現在不像過去是以小隊行動，而是大群人馬全副武裝，好保護自己通過位在埃洛斯河與吉理安河之間那片危險的區域；他們會在明霓國斯的一些廳堂中住上一段時間，那些地方都爲他們設有冶金的工具。彼時，正巧有一大隊諾格羅德城的巧匠來到多瑞亞斯，於是庭葛召見他們，宣佈他的意圖，認爲他們的本領如果眞有那麼偉大，他們應當可以重造諾格萊迷爾，並且將精靈寶鑽鑲在項鍊上。當眾矮人注視著他們祖先所打造的偉大作品，並且充滿驚嘆地看著費諾那閃亮的寶石時，心中紛紛起了極大的貪念，想要把這兩件珍寶據爲己有，將它們帶回他們位在深山中的家鄉。不過他們當時掩蓋住那念頭，答應庭葛會完成這項工作。

他們辛勤工作了許久；庭葛時常獨自深入到他們位在地下深處的工作場所，坐在他們當中觀看他們工作。終於，有一天，他的願望實現了，精靈與矮人所個別創造出來的最偉大的作品，被結合在一起打造完成了。它那奪魂攝魄的美是如此驚人，諾格萊迷爾上那數不盡的各類寶石，在正中央精靈寶鑽光芒的照射下，反射出無窮無盡的、絢爛奪目的色彩。獨自處在矮人當中的庭葛，打算伸手拿起項鍊戴在自己的頸項上。就在那一刻，矮人握住了項鍊不給他，命令他要把項鍊讓給他們，說：「精靈王憑什麼宣告有權擁有諾格萊迷爾？它乃是我們祖先為芬羅德．費拉剛王打造的，而他早就已經死了。你之所以得到它，是透過多爾露明的人類胡林的手，胡林像小偷一樣從黑暗的納國斯隆德中將它摸出來。」但是庭葛看穿他們的心思，淸楚知道他們貪圖精靈寶鑽，卻要找一個漂亮的藉口來遮掩自己眞正的意圖；在驕傲與憤怒之中，他沒有意識到自己處境的危險，反而譏諷他們說：「你們這群蠢笨的種族，居然膽敢命令我交出我的東西，我乃是貝爾蘭的王，埃盧．庭葛；遠在你們這群發育不良之人的祖先醒來以前，我就在庫維因恩的水邊存在了。」他高大又驕傲地站在他們當中，用羞辱的字眼命令他們立刻兩手空空地離開多瑞亞斯。

矮人的貪心在王的辱罵中轉燃為怒火，他們衝過來將他團團圍住，一起出手，毫不留情地將他殺害了。多瑞亞斯的王，埃爾威．辛歌羅，就這樣死在明霓國斯的地底深處；他是伊露維塔的兒女中，唯一一位與埃努結合的；他也是所有被遺棄的精靈當中，唯一一位見過維林諾雙聖樹光芒的，而他的最後一眼是凝視著精靈寶鑽。

於是矮人們帶著諾格萊迷爾匆匆離開明霓國斯，向東穿過瑞吉安森林飛奔而逃。但是消息很快傳遍了整座森林，他們一大群人中只有少數幾名逃過了埃洛斯渡口，絕大部分的人在尋路往東逃跑時都被追殺至死。諾格萊迷爾被追回來，送到了悲痛萬分的王后美麗安手中。但是有兩名殺害庭葛的矮人逃過了東邊邊界上的追殺，最後回到了他們位在藍色山脈的家中；他們在諾格羅德城對所發生的事說了另一個故事，他們說精靈王下令殺害了在多瑞亞斯的矮人，這樣就不必付給他們辛苦工作的報酬了。

這事在諾格羅德城中引發極大的哀悼與憤怒，矮人對他們的同胞與巧匠遭到殺害，無不捶胸頓足，撕扯著鬍子大聲哭號；他們思索良久，想要復仇。據說，他們尋求貝磊勾斯特堡的幫助，貝磊勾斯特堡的矮人不但拒絕他們，還勸他們打消主意；可是這樣的勸說無效，沒多久，大隊的矮人便離開了諾格羅德城，越過吉理安河，朝西向貝爾蘭前進。

多瑞亞斯這邊已經發生了極大的變動。美麗安久久坐在庭葛王的身旁，不言不語，她的思緒飛回到那只有星辰存在的年代，他們在遠古時在艾莫斯谷森林的夜鶯歌聲中，首次相見的情景；她知道自己與庭葛的別離，是一場更大別離的預兆，多瑞亞斯的末日已經臨近了。美麗安原是與維拉相同的神聖族裔，她是擁有大能力與大智慧的邁雅，因著埃爾威・辛歌羅對她的愛，她取了與伊露維塔首生兒女模樣相同的形體，因著她與庭葛的結合，她的肉身永遠與阿爾達束縛在一起了。她在這形體中生了露西安・緹努維兒；她也在這形體中獲得一個超越阿爾達一切物質的力量，靠著美麗安的環帶，多瑞亞斯千年來抵禦不受外界邪惡的侵害。但是如今庭葛死了，他的靈魂已經前往曼督斯的殿堂中；他的死也為美麗安帶來了變化。在那一刻，她的力量從尼多瑞斯森林與瑞吉安森林消退了，那條有魔力的伊斯果都因河從此發出了不同的聲音，多瑞亞斯整個敞開在敵人的面前。

隨後，美麗安只召見了梅博隆，吩咐他看管精靈寶鑽，並且快快送話去給住在歐西瑞安的貝倫與露西安；然後她就從中土大陸消失了，去到大海彼岸維拉的疆域，在羅瑞安的花園中沈思她的悲傷；她離去之後，這故事就不再提到她了。

因此，諾格羅德城的大軍越過埃洛斯河後，毫無攔阻地進入了多瑞亞斯的森林；沒有人擋得住他們，因爲他們人數極衆，又十分兇狠，灰精靈的首領們混亂又絕望，東奔西走不知所措。但是矮人們一路不停往前進，通過大橋進入了明霓國斯；在那裡，發生了遠古諸多事件中，最令人遺憾又悲傷的一件。千石窟宮殿中發生了大戰，許多精靈與矮人都命喪其中；這件慘劇永遠烙印在雙方族人的心靈裡，無法抹去。但是最後矮人獲得了勝利，庭葛的宮殿被搜刮洗劫一空。梅博隆在宮殿的大門口倒下，諾格萊迷爾墜落在地；精靈寶鑽三度易手。

彼時，貝倫與露西安還住在嘉蘭島上，這座翠綠的小島位在阿督蘭特河中；從林頓山脈上流下注入吉理安河的六條河中，它是最南的一條。他們的兒子迪歐．埃盧希爾娶了多瑞亞斯王子凱勒鵬的親戚寧羅絲③，凱勒鵬娶了凱蘭崔爾公主④。迪歐和寧羅絲的兒子是埃盧瑞⑤與埃盧林⑥；

---

③ 寧羅絲（Nimloth），辛達語，意思是「雪白盛放的花」。另見索引587。
④ 凱勒鵬與凱蘭崔爾的故事收錄在《未完成的故事》中。
⑤ 埃盧瑞（Eluréd），辛達語，意思是「埃盧的繼承人」。另見索引269。
⑥ 埃盧林（Elurín），辛達語，意思是「埃盧之紀念」。另見索引270。

他們還有一個女兒，名叫愛爾溫，意思是「星光四射」，因爲她生在一個繁星滿天的夜裡，星光照在她父家旁的藍希爾・拉瑪斯⑦水泉中，散發出璀璨的光芒。

大群矮人全副武裝從山脈下來，在碎石渡口越過了吉理安河的消息，在歐西瑞安的精靈之間迅速傳開。這些消息也很快就傳到了貝倫與露西安那裡；與此同時，多瑞亞斯也來了一名使者告訴他們家鄉發生的慘事。於是，貝倫動身離開了嘉蘭島，召喚他兒子一同向北前往阿斯卡河；與他們同去的還有許多歐西瑞安的綠精靈。

就這樣，當諾格羅德城的矮人從明霓國斯凱旋而歸時，人數已經大減，他們在薩恩渡口遭到了突襲；當他們背負著從多瑞亞斯掠奪來的大批財寶爬過吉理安河的河岸時，突然間，周遭的森林中充滿了精靈的號角聲，箭矢從四面八方對準他們飛來。有許多矮人在這第一波攻擊中喪命；不過一些逃過埋伏的矮人聚集在一起，往東逃向山脈。就在他們拼命爬上多米得山的長坡時，遇上了一群樹的牧人，這些樹人將他們全都趕到了林頓山脈幽暗的森林中；因此，據說，他們當中再無一人踏上返回家鄉的長路。

貝倫在薩恩渡口打了他生平的最後一仗，他親手殺了諾格羅德城的王，從對方手中奪回矮人的項鍊；但是矮人王在死前咒詛了所有的財寶。貝倫極其詫異地瞪視著他親手從魔苟斯的鐵王冠上挖下來的寶石，現在正鑲在矮人巧手打造的一堆黃金珠寶當中；他彎身在河中洗去了沾染在項

---

⑦藍希爾・拉瑪斯（Lanthir Lamath），辛達語，意思是「回聲瀑布」。另見索引464。

鍊上的濃稠血跡。當戰事結束後，所有多瑞亞斯的財寶全都沈入了阿斯卡河底；從那時候開始，河的名字就改了，變成拉斯羅瑞爾，「金色的河床」。貝倫帶著諾格萊迷爾回到了嘉蘭島。諾格羅德城的王以及許多矮人已經殺人償命的消息，並未使露西安心中的悲痛減少。不過，歌謠流傳說，露西安戴上了那條項鍊，那神聖的寶石在離開維林諾之後，首次散發出它至極的美與榮耀；因此，有一段時間，那塊「生與死之地」變成了維林諾的一個倒影，中土大陸再無一處地方像它那般美好、豐盛、充滿了燦爛的光輝。

庭葛的繼承人迪歐隨後辭別了貝倫與露西安，帶著妻子以及年幼的兒女：埃盧瑞、埃盧林與愛爾溫，一同離開了藍希爾·拉瑪斯，前往明霓國斯定居。辛達族精靈充滿歡欣地迎接他們，從失去親人與國王，以及王后離去的悲傷黑暗中重新振作起來。迪歐·埃盧希爾決定自己要重振多瑞亞斯王國的光榮。

在秋天的一個深夜裡，有人前來敲響了明霓國斯的大門，要求見王。門外站著的是一位從歐西瑞安趕來的綠精靈貴族，守門衛士於是引他入廳去見迪歐。在寂靜的廳堂上，他交給王一個箱子，隨即告退。迪歐打開箱子，裡面是那條矮人的項鍊，正中鑲著精靈寶鑽。迪歐看著項鍊，明白這是貝倫·艾爾哈米昂與露西安·緹努維兒離世的記號，他們一同踏上人類得以超越這世界之限制的命運。

迪歐久久凝視著精靈寶鑽，那是他父母在毫不可能的情況下從魔苟斯的恐怖中取來的；他的悲傷極深，他沒想到死亡如此迅速地臨到了他們。但是智者說，是精靈寶鑽加速了他們的死亡；

當露西安配戴它時，她的美使它散放出太強的光輝，令凡俗塵世無法承受。

迪歐起身戴上了諾格萊迷爾；那使他成爲世上衆兒女中最美麗攝人的一位，他身上融合了三個種族的血統：伊甸人、艾爾達精靈、以及「蒙福之地」的邁雅。

如今，庭葛的繼承人迪歐配戴著諾格萊迷爾的傳言，散播在分散四處的貝爾蘭精靈當中，他們說：「費諾的一顆精靈寶鑽再度於多瑞亞斯散放光芒了。」於是，費諾衆子所發的誓言，再度醒來。當露西安配戴那條矮人的項鍊時，沒有任何精靈敢攻擊她；但是當多瑞亞斯的復興與迪歐自豪的消息傳出，費諾七子在荒野中再次聚集，並且派人送信給迪歐，宣佈他們對寶石的所有權。

迪歐沒有給費諾衆子任何答覆；於是凱勒鞏挑動他的兄弟，準備攻擊多瑞亞斯。他們在深冬趁衆人不備之際來到，在千石窟宮殿中與迪歐大打出手；於是，精靈殘殺精靈的慘劇，再度發生。迪歐殺了凱勒鞏，而庫路芬與黝黑的卡蘭希爾也都命喪當場；但是迪歐與他妻子寧羅絲也都遭到了殺害，凱勒鞏殘酷的部屬抓了迪歐的兩個兒子，將他們拋棄在森林裡，要讓他們活活餓死。梅斯羅斯後來對此十分懊悔，他曾在多瑞亞斯各處森林中搜尋他們許久，卻都徒勞無功；埃盧瑞與埃盧林的命運再也無人得知。

多瑞亞斯就這樣毀滅了，從此再也沒有復興。但是費諾衆子搜遍宮殿都找不到他們所要的寶石；混亂中有一小群殘存的精靈抱著迪歐的女兒愛爾溫逃出了魔掌，他們躲過了追殺，帶著精靈寶鑽順著西瑞安河而下，不久之後來到了臨海的西瑞安河口。

第二十三章　圖爾[1]與貢多林的陷落[2]

如前所述，胡林的弟弟胡爾在「無數的眼淚」戰役中陣亡，那年冬天，他妻子瑞安在米斯林的荒野中產下一子，取名爲圖爾；躲藏在那些山林中的灰精靈收養了這個嬰孩。如今圖爾已經十六歲，精靈們打算離開長久以來所居住的山洞安卓斯③，秘密前往位在遙遠南方西瑞安河口的海港；但是他們在出發之前，遭到了半獸人與東來者的襲擊；圖爾被擄，作了希斯隆東來者首領羅干④的奴隸。他忍受了三年的苦役，但最後他還是逃脫了；回到安卓斯洞中，獨自住在那裡。他不時前往村中偷襲東來者，造成他們極大的損失，羅干因此高價懸賞他的人頭。

---

① 關於圖爾的故事，同樣的，一個相當詳盡卻未完成的版本，收錄在《未完成的故事》中。
② 〈貢多林的陷落〉（The Fall of Gondolin）詳細的版本收錄在《失落的故事：二》當中。
③ 安卓斯（Androth），辛達語，意思是「很大的」。另見索引44。
④ 羅干（Lorgan）；另見索引483。

圖爾像亡命之徒般獨居了四年後，烏歐牟讓他起了一個要離開父祖家鄉的念頭；因爲烏歐牟已經選定他做自己計畫的執行者。圖爾再次離開了安卓斯山洞，向西穿越了多爾露明，找到了安農・因・葛利斯⑤，「諾多隧道之門」；這條隧道是當年特剛還住在內佛瑞斯特時，他的百姓建造的。隧道深入山脈底下，穿越了寧尼阿赫裂口，「彩虹裂口」，一條湍急的河流從這裂口奔往西邊大海。就這樣，圖爾逃離了希斯隆，沒有任何人類或半獸人知情，因此也就沒有任何消息傳到魔苟斯的耳中。

圖爾來到了內佛瑞斯特，當他見到貝烈蓋爾海時，不禁完全被迷住了；從此之後，大海的聲音與對大海的渴望，始終存留在他心裡，縈繞在他耳際；最後，他心中的騷動終於使他乘船深入了烏歐牟的疆域。不過這時他在內佛瑞斯特居住了一段日子，那年的夏天過完了，而納國斯隆德的厄運也臨近了。秋天來臨時，一日他望見有七隻大天鵝往南飛去，他明白那是告訴他已經耽延過久的記號，於是他沿著海岸跟隨牠們往南行。就這樣，他來到了塔拉斯山下廢棄的凡雅瑪，他進入凡雅瑪的廳堂，發現了許久之前特剛在離去時烏歐牟命他留下的盔甲、寶劍與盾牌；他穿戴盔甲，配上長劍，隨後來到了海邊。這時從西方吹來了一陣大暴風雨，在風暴中，衆水的主宰烏歐牟破浪而出，充滿威嚴地向站在海邊的圖爾說話。烏歐牟吩咐他離開該地，前去尋找隱藏的王國貢多林；他並賜給圖爾一件大斗篷，可將圖爾全身覆罩在陰影中，避過所有敵人的耳目。

---

⑤安農・因・葛利斯（Annon-in-Gelydh），辛達語。另見索引60。

到了早晨，暴風雨過去後，圖爾遇上一名精靈站在凡雅瑪城牆外。他是亞仁威⑥的兒子沃朗威，來自貢多林，奉特剛之命駕著最後一艘船航向西方。當他們自絕望中回航，中土大陸已經遙遙在望時，海上起了極大的風暴，烏歐牟在衆水手中獨獨救起他，將他拋在臨近凡雅瑪的海岸上。當沃朗威知道圖爾從衆水主宰之處接獲的命令後，驚奇萬分，於是同意帶他一同前往隱藏之城貢多林。因此，他們一同離開凡雅瑪出發，在已從北方向他們直撲而來的寒冬中，冒著風雪辛苦地沿著陰影山脈的邊緣向東跋涉。

一段時日後，他們好不容易來到了艾佛林湖，望著已經被惡龍格勞龍玷污的湖水，都忍不住感到悲傷。就在他們凝望著湖時，兩人看見有一名身穿黑衣的高大人類，背負著一把黑色的長劍，匆匆地往北奔行。他們不知道他是誰，也不知道任何南方所發生的事；他經過他們眼前，他們也沒開口招呼他。

最後，因著烏歐牟加在他們身上的力量，他們終於來到了貢多林隱藏的大門前，一同穿過隧道抵達了內門，卻遭到守衛的逮捕。他們被押著經過了七道門，來到廣闊的歐發赫．埃柯爾⑦深谷，然後一路往上爬到了路的盡頭，來到守著最內一道大門的將軍「湧泉」艾克希里昂的面前；於是圖爾脫下了他的斗篷，從他身上所穿凡雅瑪的盔甲與武器，可以證明他眞是烏歐牟派來的使

---

⑥ 亞仁威（Aranwë），昆雅語。另見索引69。

⑦ 歐發赫．埃柯爾（Orfalch Echor），辛達語，有「圓形」之意。它位在倘拉登平原的西南方，是進入貢多林的最後一道關卡。另見索引612。

者。圖爾從高處往下望著美麗的倘拉登平原，覺得它彷彿是擺在環抱群山中的綠寶石一般；然後他望見了遠處平原中央高高的岩石山丘葛威瑞斯，以及建在其上偉大的貢多林城。那城有七個名字，所有住在中土大陸的精靈所作的歌謠中，以它的聲名與榮耀最豐隆浩大。在艾克希里昂的吩咐下，大門的高塔上吹起了響亮的號角，號聲在群山之間迴盪；隨即從遠方傳來清晰的回應號聲，從貢多林城的白牆上響起，隨著黎明在平原上迴盪。

如此，胡爾的兒子策馬馳過倘拉登平原，來到了貢多林城的城門前，穿過城中層層上升的寬闊階梯，最後被領到了王的高塔前，看見了按照維林諾雙聖樹之形像所造的兩棵樹。終於，圖爾來到了諾多的最高君王，芬國盼的兒子特剛面前；在王右邊站著的是他外甥梅格林，左手邊坐著的是他女兒伊綴爾．凱勒布琳朵。凡是聽到圖爾說話之人無不驚奇，覺得不像出自人類這種會死亡種族之口，因爲他所宣告之言乃是衆水主宰透過他的口說話。他警告特剛，曼督斯的咒詛如今正在加快它完全應驗的腳步，所有諾多精靈的成就將全部毀於一旦，從此煙消雲散；他吩咐特剛動身，放棄他所造這座美麗又宏偉的城市，沿西瑞安河到海邊去。

特剛對烏歐牟的話思索良久，他想起當年烏歐牟在凡雅瑪對他說過的那番話：「切勿太愛汝心所成之謀，汝手所造之工；千萬切記，諾多的眞希望乃在西方，來自大海的彼岸。」但如今特剛已變得十分驕傲，貢多林一如記憶中精靈的提理安城那樣美麗，他仍然信任它的隱密與固若金湯的力量，即使有維拉不這麼認爲；而且，自從尼南斯．阿農迪亞德大戰後，這城的百姓就再也不想跟外界的精靈與人類有任何瓜葛，也不想經由可怕又危險的大海回到西方去。雖然特剛還得逃避魔苟斯的追殺，躲在這無路可入又有群山保護的山谷中，他們不怕有人會闖進來，外界的消息對他們而言遙遠又飄渺，他們也很少去注意。安格班奸細對他們的搜尋始終徒勞無功；他們居住之地像一則傳說，沒有人能找出這個秘密。

梅格林在王的面前極力反對圖爾所言，他的話似乎更有份量，更能打動特剛的心。因此，他不遵守烏歐牟之命，但卻開始擔心百姓背叛，於是下令封死進入環抱山脈的隱藏入口，從此之後，只要貢多林存在一日，沒有任何人可以離開這城前往執行戰爭或和平的任務。大鷹之王索隆多帶來了納國斯隆德遭到攻陷的消息，隨後，是庭葛與他繼承人迪歐遭到殺害，多瑞亞斯毀滅的消息；但是特剛塞住耳朵，不聽外界所發生的任何災難，並且發誓絕不會出兵去幫助任何一個費諾的兒子，他也禁止百姓翻越山嶺外出。

圖爾在貢多林住了下來，這城的歡樂與美麗，以及城中百姓的智慧，在在使他著迷；他的身量與心智與日具增，成爲一名大有力量的人，深入學習了這些流亡精靈的許多學問。於是，伊綴爾愛上了他，他也愛她；而梅格林內心秘密的憎恨暴漲，他想得到伊綴爾勝過一切，她是貢多林王的唯一繼承人。然而圖爾是如此獲得王的喜愛，他在城中住了七年，特剛沒有拒絕他任何事，甚至包括他女兒的終身大事；雖然他不願意聽從烏歐牟的勸告，卻看出諾多精靈的命運是與烏歐牟派來的這名青年交織在一起的。同時，他也沒有忘記當年貢多林的大軍撤離「無數眼淚」的戰場時，胡爾在衆人面前所說的那番話。

於是，城中舉行了一場歡慶至極的大宴會，因爲除了梅格林以及一些秘密跟隨他的人之外，圖爾早已贏得了全城百姓的心。就這樣，精靈與人類第二度結合。

隔年春天，圖爾和伊綴爾・凱勒布琳朵的兒子，半精靈⑧埃蘭迪爾在貢多林城出生；這時距離諾多精靈返回中土已經過了五百零三年了。埃蘭迪爾生得俊美過人，他臉上的光輝猶如天上的光輝，他不但擁有艾爾達的美麗與智慧，也擁有古時人類所具有的堅韌與剛強；如同他父親，大海的聲音總是在他心頭與耳際縈繞。

貢多林的日子仍然充滿了歡樂與和平；沒有人知道，隱藏王國的位置因著胡林的呼喊已被魔苟斯知悉，那時胡林站在環抱山脈之外的荒野裡，在找不到入口的情況下，絕望地大聲呼喊特剛。從那時開始，魔苟斯的思緒便日日夜夜盤桓在西瑞安河上游與阿那赫通道之間的群山中，他的爪牙從未去過該地；然而在大鷹的警戒下，從安格班來的任何奸細或鳥獸仍然無法接近該地，魔苟斯的計謀仍受到阻撓無法完成。不過，伊綴爾・凱勒布琳朵既有智慧又有遠見，她內心始終有股莫名的不安，不祥的預感像烏雲盤據在她的心靈裡。因此，她在日子依然太平時就找人預備了一條秘密通道，從葛威瑞斯山往北的方向，自城下方往外從地底隧道穿過平原直通到城牆外相當遠的一段距離；她策劃這件工作，只有少數幾人知道，沒有走漏絲毫風聲到梅格林耳中。

當埃蘭迪爾年紀尚幼之時，有一段時間，梅格林突然不見人影。如前所述，他喜愛採礦與採石勝過冶金以及其他一切的巧藝；他也是那群離城甚遠在深山中工作之精靈的領導者，他們一直不斷爲各樣用途的金屬鍛造找尋原料。但是，梅格林時常帶著少數幾名跟隨者離開山嶺到外地

⑧原文是 Halfelven。

去，王並不知道他的命令遭到了違抗。因此，事情就如命中注定的發生了，梅格林被半獸人俘虜，帶到了安格班。梅格林既非孱弱之輩，也不是懦夫，但是他在那裡所遭受到的酷刑，確實削弱了他的心智；最後，他以揭發貢多林的確實位置以及可循的進攻路線，向魔苟斯換取他個人的性命與自由。魔苟斯大喜若狂，承諾將來把城攻下後，梅格林可代他治理貢多林，並且佔有伊綴爾．凱勒布琳朵爲妻。對伊綴爾的渴望與對圖爾的憎恨，令梅格林更加輕易地做出背信忘義之舉，這是遠古歷史中最臭名昭彰的背叛。魔苟斯將他送回貢多林，以免有人起了疑心，同時梅格林也可在攻擊行動展開時，從中內應。他回到王的宮中，繼續過著笑裡藏刀與心懷鬼胎的日子；然而伊綴爾心中的陰影卻愈發深重了。

當埃蘭迪爾七歲那一年，魔苟斯終於預備好了，他向貢多林送出了大批的炎魔、半獸人、以及惡狼；這批大軍還有格勞龍的惡龍子孫同行助陣，如今這群惡龍不但數量衆多，並且恐怖兇殘。魔苟斯的大軍從北方山嶺而來，那邊的山勢最高，警戒也最少，他們在大節慶前夕的夜晚悄然掩至。那天貢多林全部的百姓都佇立在城牆上等候日出，當太陽上昇時他們會大聲歌唱頌讚；這場日出的盛會他們稱之爲「夏至」⑨。但在這天，火紅的光芒上升自北方，而不是東方；敵人的大軍毫無攔阻地直開到了貢多林的城牆下，全城被圍，毫無希望。關於王室、貴族、他們的勇士以及圖爾在絕望中英勇奮戰的各樣事蹟，在〈貢多林的陷落〉一文中有詳細的記述：「湧泉」

⑨原文是Gates of Summer，意思指的應當是「夏天敞開大門來到」。另見索引336。

艾克希里昂與炎魔之首勾斯魔格就在王的廣場上激戰，彼此殺了對方；特剛的家臣與近衛隊奮力守住王的塔樓，直到高塔被攻陷坍塌；塔樓傾倒時聲勢極其驚人，特剛隨著高塔殞落於廢墟之中。

圍城遭到攻破時，圖爾在亂軍之中搜尋搶救伊綴爾，但是梅格林已經先一步逮住了她和埃蘭迪爾。圖爾和梅格林在城牆上方展開你死我活的拼鬥，最後他將梅格林拋下了城牆，梅格林的身軀在墜落時三次撞擊在葛威瑞斯山丘的岩石上，最後跌落入底下的一片火海中。於是圖爾帶著伊綴爾，以及他們在一片煙硝火光的混亂中所能聚集到的貢多林百姓，一同進入伊綴爾所預備的密道。安格班的將領們不知道密道的存在，他們不會料到，逃難之人會走一條向北的路，必須經過最高的山嶺，又最靠近安格班的勢力範圍。大火燃起的濃煙，以及貢多林美麗的噴泉在北方惡龍噴火燒乾中騰起的大片水霧，將整個倘拉登平原籠罩在一片悽慘的迷濛中；也因此，圖爾及其殘餘的百姓得以逃過一劫，因爲從隧道出來之後，還要在開敞之地走很長一段路才能來到高山底下。無論如何，他們終於抵達了山腳，在絕望與悲慘的景況中開始攀爬；他們當中有許多受了傷的人，還有許多的婦孺，眼前不但山勢險峻，而且十分寒冷。

在山的高處有一條可行的危險狹道，叫做索隆阿赫裂口⑩，「大鷹的裂口」，那是在峰頂陰影下大自然劈出的一條窄路；它的右邊是一片高聳的懸崖，左邊是深不見底的萬丈深淵。這群逃

---

⑩索隆阿赫裂口（Cirith Thoronath），辛達語。另見索引169。

難的人排成一列緩緩前進，不料遇上了埋伏在該處的半獸人，而且還有一隻炎魔助陣；魔苟斯已經在整個環抱山脈佈下了天羅地網，不容滴水走漏。他們的情勢眞是千鈞一髮，在索隆多及時趕來援助之前，若不是貢多林金花貴族家的首領，金髮的葛羅芬戴爾英勇對抗炎魔，他們大概就都滅亡了。

葛羅芬戴爾在巨石山巔上與炎魔決鬥的事蹟，有許多的歌謠傳唱；他們雙雙跌落深淵之中。大鷹趕來圍攻半獸人，呼嘯著驅逼他們，該群半獸人若不是被殺，就是被趕落深淵；因此，貢多林有人逃脫之事，很久很久之後才傳到了魔苟斯的耳中。索隆多隨後將葛羅芬戴爾的屍體自深淵中帶回，他們將他葬在狹道旁，以石頭堆了一座墳塚；在這寸草不生的荒山上，他的墳上長起了青草，並且盛開黃色的小花，直到世界變遷改換。

就這樣，在胡爾之子圖爾的帶領下，貢多林殘餘的百姓翻過了山嶺，下到了西瑞安河谷；他們在疲憊與危險中往南趕路，最後來到了「垂柳之地」，塔斯仁谷，烏歐牟的力量仍奔馳在大河中，一路保護著他們。他們在塔斯仁谷停留了一陣子，療傷與休息，但是他們的悲傷卻無法止息。在一年將盡之時，他們在塔斯仁谷的垂絲柳樹下舉行了一場追悼會，紀念貢多林城，以及在圍城陷落中不幸身亡的精靈、妻小、以及王的勇士，他們還唱了許多歌紀念衆人所愛的葛羅芬戴爾。圖爾在那裡爲他兒子埃蘭迪爾作了一首歌，有關衆水的主宰烏歐牟從前在內佛瑞斯特海岸顯現的事；對大海的渴望在他心中，也在他兒子的心中甦醒過來。因此，伊綴爾與圖爾帶著孩子離開了塔斯仁谷，往南沿河到了海邊；他們在西瑞安河口住了下來，與隨行的百姓一同融入了稍早之前帶著迪歐之女愛爾溫逃來此地的灰精靈當中。當貢多林城陷落與特剛身亡的消息傳到巴拉爾島後，芬羣的兒子愛仁尼安・吉爾加拉德繼位，成爲中土大陸諸多精靈的最高君王。

另一方面，魔苟斯認爲他終於全面獲勝，大功告成了。他根本不把費諾的兒子放在眼裡，也不把他們的誓約放在心上；那則誓約不但從未傷到他一根毫毛，還屢屢倒過來幫了他不少大忙。對此他那黑暗的心思大是暢快，一點也不懊惱自己失去的那顆精靈寶鑽，他認爲那顆寶石將會幫他掃除中土大陸上最後殘存的一批艾爾達碎屑，讓他從此高枕無憂。這期間即使他確實得知過西瑞安河口那群精靈的存在，也沒有採取任何行動，而是等候誓約與謊言自動生效。在西瑞安河口與海邊，精靈人口漸漸多了起來，都是多瑞亞斯與貢多林殘存的百姓；巴拉爾島上瑟丹的水手也來到他們中間，教他們造船與乘風破浪；所有的人都盡量居住在阿佛尼恩⑪地區的海岸旁，處在烏歐牟大手的保護下。

據說，那時烏歐牟曾離開深海返回維林諾，向眾維拉陳明精靈的處境與需要，力勸維拉原諒他們，拯救他們脫離魔苟斯大能的掌控，贏回精靈寶鑽，那寶石至今依然盛放著歡樂年日中的光芒，彼時雙聖樹仍然閃耀在維林諾上。但是曼威不爲所動，他內心所思考的，還有什麼故事能夠訴說？智者曾說，時候未到，只有當一人親自前來爲精靈與人類說話，爲他們所做的錯事請求原諒，爲他們所遭的災難懇求憐憫，眾神的心才會被打動；或許，即便是曼威也無法解除費諾所發的毒誓，那誓言必要運作到它的終點，到費諾的兒子放棄他們曾經冷酷宣告過的對精靈寶鑽的所

---

⑪ 阿佛尼恩（Arvernien），辛達語。另見索引88。

有權。因爲寶石中所閃爍的光輝本是維拉造的。

隨著時間過去，圖爾感覺衰老漸漸爬上了他的身體，他內心對大海的渴望更加強烈了。於是，他建造了一艘大船，將船命名爲伊雅瑞米⑫，「大海的翅膀」；然後帶著伊綴爾·凱勒布琳朵一同出海，向著日落的西方航行而去，所有的歌謠或故事從此再也沒有記述他們的消息。但是在許久之後，有歌謠說，凡人當中唯有圖爾被算在那支首生的種族內，成爲他所愛的諾多族百姓之一；他的命運也與其他凡人的命運分開。

⑫ 伊雅瑞米（Eärrámë），昆雅語。另見索引230。

第二十四章　埃蘭迪爾的遠航與憤怒之戰

之後，聰慧的埃蘭迪爾成了西瑞安河口附近一切百姓的領導者；他娶了美麗的愛爾溫爲妻，她爲他生了愛隆與愛洛斯①，這兩個孩子被衆人稱爲半精靈。埃蘭迪爾的心卻始終停不下來，他在中土大陸沿岸的航行已經無法舒緩他心中的躁動了。有兩件事一直盤桓在他心裡，這當中還摻雜了他對廣闊海洋的渴望：他想要揚帆遠颺，出去尋找一去不返的圖爾和伊綴爾；他還想或許他能找到那終極之岸，在他死前將精靈與人類的處境送達西方維拉的面前，也許他們會因此受到感動，憐憫中土大陸的悲傷。

埃蘭迪爾與造船者瑟丹建立了極好的友誼，瑟丹與他那些逃過貝松巴及伊格拉瑞斯特海港的

---

①愛洛斯（Elros），辛達語，意思是「星之泡沫」。他在第一紀元結束時選擇了歸屬人類，被維拉指定爲努曼諾爾王朝的第一任皇帝，他總共活了五百歲，努曼諾爾皇族的長壽始於他身上的精靈血統。另見索引266。

戰爭掠奪的百姓，如今居住在巴拉爾島上。在瑟丹的幫助下，埃蘭迪爾建造了威基洛特②，「浪花」，歌謠中最美麗的一艘船；金色的船槳，白色的船身，木料來自寧白希爾③的樺樹林，它的大帆宛如銀白的月亮。在〈埃蘭迪爾之歌〉④中敘述了許多它在大海上以及杳無人跡之地的冒險，它曾航行在衆海之間，在無數島嶼上登岸。但是愛爾溫並未與他同行，她悲傷地坐在西瑞安河口等候他。

埃蘭迪爾始終沒有找到圖爾與伊綴爾，他的航行也從未抵達維林諾的海岸，總是一次又一次被陰影與魔法擊退，被狂風驅逐；直到他開始想念愛爾溫，他才轉頭回航，朝貝爾蘭的海岸前進。那時，突然有一股恐懼落到他心上，他的心催促他加快速度，偏偏，之前與他迎面相抗阻擋他的風，現在又不如他所期盼地快快吹送他的帆。

愛爾溫持有精靈寶鑽住在西瑞安河口的消息第一次傳到梅斯羅斯那裡時，他沒有採取任何行動，因他深爲毀滅多瑞亞斯之事感到後悔。然而隨著時間過去，他們尚未實踐誓言的認知開始不斷折磨他和他弟弟，於是，他們從各自漂流狩獵的情況中回頭聚集在一起，然後送信到河口港，一方面宣佈他們的友善之意，一方面堅持取回他們的所有物。但是愛爾溫與西瑞安的百姓不肯交出寶石，因它是貝倫所贏得又是露西安所配戴過的，何況俊美的迪歐爲它喪失了性命；尤其不該

② 威基洛特（Vingilot），昆雅語，完整的昆雅語寫法是Vingilótë。另見索引782。
③ 寧白希爾（Nimbrethil），辛達語，意思是「白樺樹」。另見索引585。
④ 埃蘭迪爾之歌（Lay of Eärendil），敘述埃蘭迪爾的生平與航海，在《魔戒》中比爾博曾提過。

的是，對方是趁他們的領袖航海未歸時前來強行索取。在他們看來，精靈寶鑽有醫治他們、爲他們的家室與船隻帶來祝福的功效。於是，最後一次，也是最殘暴的一次，精靈殘殺精靈的事件還是發生了；這是那則受咒詛之誓約所達成的第三樁大惡事。

費諾尚存的兒子們突然來到貢多林與多瑞亞斯殘存流亡的百姓中，除滅他們。在打鬥中，有些百姓避在一旁採取中立的態度，有少數貴族背叛投向費諾眾子，卻被支持愛爾溫的百姓所殺（臣屬殺害自己的主人，這樣的悲劇是那段日子中艾爾達族內心的悲傷與混亂所導致的）；梅斯羅斯和梅格洛爾贏得了那天的攻擊，但是他們也成了費諾七子中僅存的兩人，安羅德和安瑞斯都在攻擊中被殺了。瑟丹和最高君王吉爾加拉德領著船隊趕來援助西瑞安的精靈，卻到得太遲，愛爾溫不見了，她的兩個兒子也不見了。剩下少數未在攻擊中喪命的精靈都投靠了吉爾加拉德，隨他乘船去了巴拉爾島；他們說愛隆與愛洛斯遭到了俘虜，愛爾溫胸前戴著精靈寶鑽投海消失。

就這樣，梅斯羅斯和梅格洛爾依舊沒有得到寶石；但是寶石也未失落。烏歐牟自大浪中捧起愛爾溫，將她化爲一隻白色的大海鳥，當她在波濤上飛翔找尋她摯愛的埃蘭迪爾時，精靈寶鑽在她胸口閃爍如明星。在一個夜裡，當埃蘭迪爾在船上掌舵時，看見她猶如明月下一朵迅速飄動的白雲，又如大海上一顆軌道奇特的星星，又像暴風翅膀上一抹蒼白的火焰，飛快朝他衝來。歌謠中說，她從半空中跌落在威基洛特的甲板上，暈了過去，因爲她飛得太急，幾乎斷了氣；埃蘭迪爾將她捧起抱在懷中。第二天早晨，當他睜開雙眼時，驚訝地發現他妻子躺在他身旁，正在熟睡，她的秀髮散落在他臉上。

對於西瑞安河口港遭到攻擊毀滅，以及兩個孩子被擄，埃蘭迪爾與愛爾溫極其悲傷，他們非常害怕孩子會慘遭殺害；不過這事並未發生。因爲梅格洛爾憐憫愛隆與愛洛斯，相當疼惜他們，很少人會想到，愛在他們彼此間增長；另一方面，梅格洛爾內心對那則可怕誓言所帶來的重擔，愈來愈感到疲憊與厭惡。

如今埃蘭迪爾看出中土大陸是全然無望了，在絕望中，他再次轉向，不返航了；他要帶著愛爾溫一同再次尋找維林諾。現在他幾乎無時不刻都站在威基洛特的船首，精靈寶鑽就綁在他額上；當他們愈靠近西方，它的光芒就愈燦爛輝煌。根據智者所言，正是因爲聖寶石的力量，他們終於來到了那片除了帖勒瑞族之外從無任何船隻到過的海域；他們來到了魔法島嶼，逃過了其中的迷咒；他們來到了陰影海域，通過了它的陰影；他們看見了孤獨的伊瑞西亞島，卻不敢多加逗留；到最後，他們將錨拋在艾爾達瑪海灣。帖勒瑞族精靈看見有船自東方航行而來，無不驚訝萬分，他們遠遠瞪視著精靈寶鑽的光芒，那眞是太燦爛奪目了。於是，埃蘭迪爾，活人中的第一位，在不死之地登岸了。他在那裡對愛爾溫，以及三名陪伴他一同航行過所有海域的水手：法拉薩爾⑤、伊瑞隆特⑥和艾仁第爾⑦告別。他說：「由此開始，我當一人獨自前去，以免你們都落在維拉的震怒之下。爲了兩支親族的緣故，我願意獨自去冒這個險。」

但是愛爾溫說：「如此一來，你我的路就永遠分開了；然而不論你要冒多大的危險，我都必

---

⑤ 法拉薩爾（Falathar），辛達語，意思是「海岸的」。另見索引308。

⑥ 伊瑞隆特（Erellont），辛達語。另見索引297。

⑦ 艾仁第爾（Aerandir），辛達語，意思是「大海漫遊者」。另見索引7。

與你同去。」於是她從船上跳下海灘，踏著白色的泡沫朝他奔去。但是埃蘭迪爾很悲傷，他害怕西方眾主宰的憤怒會落在所有膽敢踏上阿門洲之人身上。他們在海岸上向三位同行的友伴揮手告別，而他們也從此再沒見過踏上海岸的兩人。

隨後，埃蘭迪爾對愛爾溫說：「妳在此等我；只有一個人可以把信息帶去，而那是我的命運。」於是他獨自向內陸走去，進入了卡拉克雅，但周遭是如此寂靜，不見任何一人。一切正如多年前魔苟斯與昂哥立安闖入時一樣，埃蘭迪爾在一場盛大的節慶中來到，幾乎所有的精靈都去了維利瑪，或聚集在泰尼魁提爾山上曼威的廳堂中，只剩下少數幾名留守在提理安的城牆上。

因此，有人遠遠就看到他走過來，並且身上散發出極大的光芒；他們立刻趕往維利瑪去通報此事。然而埃蘭迪爾爬上了翠綠的圖納山丘，發現空無一人，於是他走進提理安城中寬闊的街道，同樣每一條街道都是空蕩蕩的；他的心情沈重起來，擔心邪惡是否也已經侵入到「蒙福之地」了。他走在毫無人跡的提理安城裡，發現沾在他衣服與鞋子上的塵埃是鑽石的塵屑，當他沿著白色的階梯一路往上爬，他周身都是亮晶晶的。他大聲用精靈以及人類的各種語言呼喊，卻沒有半個人回答他。到最後，他只好往回走，要回海邊去。不過，就在他踏上通往海岸的路時，有人站在山丘上大聲喊他的名字，說：「你好，埃蘭迪爾，最著名的水手，在眾人未查之際來到，在渴望中衝破絕望來到！你好，埃蘭迪爾，身負日月上升之前的光芒！壯麗的大地兒女啊，猶如黑暗之中的明星，日落時分的寶石，光輝燦爛的黎明！」

那宏亮的聲音是出自曼威的傳令官伊昂威，他自維利瑪趕來，召喚埃蘭迪爾前去見阿爾達的主宰。於是埃蘭迪爾踏入了維林諾，來到了維利瑪的殿堂，從此再未涉足凡人之地。眾維拉聚集商議，他們也將烏歐牟自深海中召來；埃蘭迪爾站在他們的面前，傳達了兩支親族的口信。他爲諸多族懇求原諒，求諸神憐憫他們無法言喻的悲傷，願諸神對人類與精靈伸出慈悲之手，在他們的需要上加以援助。他的祈求得到了應允。

精靈之間流傳說，當埃蘭迪爾離去找尋他的妻子愛爾溫後，曼督斯開口論及他的命運；曼督斯說：「凡人活著涉足不死之地，豈還容他活著不死？」但是烏歐牟說：「他生來正爲達成此事。請告訴我：埃蘭迪爾究竟是人類哈多家族的圖爾之子，還是精靈的芬威家族，特剛的女兒伊綴爾之子？」對此曼督斯回答說：「等同諸多之命運，他們任性剛愎踏上流亡之路，永遠不得歸返此地。」

當衆神都說完了，曼威下了判決，他說：「在這件事上，命運的判決在我。埃蘭迪爾涉險，爲的是他對兩支親族的愛，因此他不當有性命之危，他妻子愛爾溫也不當受懲，因她是爲愛他而涉入險境；但是他們將不容再踏上彼岸，置身精靈或人類當中。我對他們的裁決如下：埃蘭迪爾與愛爾溫，以及他們的兒子，都個別得以自由選擇他們的命運，他們選擇歸屬哪支親族，就在那支親族的命運之下受裁決。」

當埃蘭迪爾走了許久都不見返回，愛爾溫開始孤單害怕起來；她獨自沿著海岸行走，來到了澳闊隆迪附近，那裡停放著許多帖勒瑞的船隊。帖勒瑞精靈待她十分友善，他們聽她述說多瑞亞斯與貢多林的故事，以及貝爾蘭的悲傷事蹟，無不充滿了同情與驚奇。埃蘭迪爾在天鵝港前找到了她。不過沒多久，他們就一同被召喚前往維林諾；在那裡，大君王向他們宣佈裁決。

於是埃蘭迪爾對愛爾溫說：「妳先選吧，如今我對世界感到十分疲倦。」因爲露西安的緣故，愛爾溫選擇歸屬伊露維塔首生的兒女，受精靈命運之裁決；而埃蘭迪爾因爲愛她的緣故，選擇了同樣的命運，雖然他內心比較傾向人類與他父親百姓的結局。隨後，在維拉的吩咐下，伊昂威前往阿門洲的海岸，埃蘭迪爾的三位同伴還停留在該處等候消息；伊昂威取了另一艘船，將三位水手放上那船，於是維拉用一陣大風將他們吹回東方去。維拉取了威基洛特，封它爲聖，帶它經過維林諾來到了世界的最邊緣；威基洛特在那裡穿過了「黑夜之門」，被舉升到天堂的海洋中。

那艘船如今眞是光彩奪目，散發出陣陣波動的光焰，精純又明亮；「航海家」埃蘭迪爾坐在舵前，周身閃爍著精靈寶石的光輝，精靈寶鑽就綁在他額上。他駕著那艘船遠颺四處，甚至深入沒有星辰的漆黑虛境中；他最常在清晨或傍晚時分爲人望見，在日出或日落時閃爍於天際，那是他從世界的疆界外返回維林諾的時刻。

愛爾溫沒有陪伴他一同遠航，因爲她承受不住高空的寒冷與虛境的黑暗無路，她比較喜歡大地與吹過山丘和海洋的微風。因此，在「隔離之海」⑧的海岸上有一座爲她建造的高塔，大地上所有的海鳥隨著季節在那裡築巢。據說，愛爾溫學會了各樣的鳥語，她自己也曾經一度化身爲鳥；那些海鳥教她飛翔的本事，她的翅膀是雪白與銀灰相間。有時候，當埃蘭迪爾返航接近阿爾達時，她會如同許久之前，當她從大海中被救起，化身爲鳥時所做的一樣，振翼飛去與他相會。

⑧隔離之海（Sundering Seas），指位在阿門洲與中土大陸之間的貝烈蓋爾海，這名詞多半在第一紀元時使用。

那些住在「孤獨島」上目光銳利的精靈，會看見她像一隻白色的大鳥，被夕陽染成閃閃發亮的玫瑰紅，快樂地翱翔於天際，歡迎威基洛特從天邊歸來。

當威基洛特首次航行於天空中的海洋時，其閃爍上升的燦爛光芒，完全出乎人們的意料之外；中土大陸的子民遠遠望見它，無不充滿了驚奇。他們將它當作一個記號，稱它是吉爾・伊斯帖爾⑨，「大盼望之星」。當這顆新星在傍晚出現時，梅斯羅斯對他弟弟梅格洛爾說：「你看，那肯定是精靈寶鑽，正在西方閃爍著。」

梅格洛爾回答說：「如果那真是精靈寶鑽，是我們見到投入海中而今被維拉的力量舉起的話，那麼，讓我們歡喜快樂吧；因爲它的光輝如今可被許多人看見，同時又安全地遠離了一切邪惡。」於是所有的精靈仰望那顆星，不再感到絕望；但是魔苟斯對此內心充滿了疑慮。

據說，魔苟斯沒有料到西方會動員前來攻擊他；他的威勢與驕傲大到一個地步，以爲從此再也沒有任何人敢公開發動戰爭對抗他。此外，他認爲他已經永遠將諾多族與西方的主宰隔離開來，而維拉們住在自己充滿歡樂的疆域裡，不會再注意外面這片由他統治的王國；對殘酷無情的他而言，憐憫之舉不但怪異，而且他從來無法想像那是何物。但是維拉的大軍開始準備出戰；在他們雪白的旗幟下，跟隨前進的是英格威的子民：凡雅精靈，以及那些從來沒有離開維林諾的諾多精靈，他們的領袖是芬威的兒子費納芬。帖勒瑞精靈只有少數願意參戰，他們沒有忘記天鵝港

⑨吉爾・伊斯帖爾（Gil-Estel），辛達語。另見索引341。

的殘殺慘劇，也沒有忘記被奪的白船；但是他們聽了自己的親人，迪歐・埃盧希爾的女兒愛爾溫的進言，派遣了大批水手駕船送維拉的大軍過海前去東方，只是他們都留在船上，沒有一人踏上彼岸的中土大陸。

維拉的大軍向中土北方進軍的事，存留下來的記載極少；因爲他們當中沒有任何一位是住在「這一地」又經歷其間苦難的，而記載這些歷史又流傳給後人的，是中土大陸的精靈們。北方戰爭的消息，在許久之後他們才從居住在阿門洲的親族口中得知。總之，維林諾的大軍最後離開了西方，伊昂威挑戰的號聲響徹天際；整個貝爾蘭充滿他們壯盛軍容所散發出的燦爛光輝，維拉的大軍鮮衣怒馬，奪目懾人，群山在他們的腳下顫動。

這場西方大軍與北方大軍的會戰，被稱爲「最後之戰」⑩或「憤怒之戰」⑪。魔苟斯權勢下的力量全部列陣相迎，其勢驚人難以形容，連安佛格利斯都無法容下，整個北方都捲入了戰火。

但是這些大軍一點都幫不上他的忙。炎魔很快就都被摧毀了，只有兩三隻逃過一死，躲到了地底深處無人可及的洞穴中；無數的半獸人軍團⑫像遇到大火的稻草般迅速被毀滅，要不就像枯

---

⑩ 原文是 Great Battle。

⑪ 原文是 War of Wrath。

⑫ 原文的用字是 legions，這字一般用來指古羅馬軍團，通常一個軍團由三千至六千名步兵，輔以數百名騎兵組成。

葉遇上狂風被掃蕩得一乾二淨。少數殘存未死的，日後又起來為禍世界。此外，三支精靈之友的人類祖先家族，雖然人數稀少，也與維拉並肩作戰；他們為巴拉岡與巴拉漢，高多與剛多，胡爾與胡林，以及許多其他在那些年日裡喪命的領袖報得了大仇。但是另外有一批人類的子孫，不知是烏多的百姓或東方其他的新來者，他們隨從敵人的大軍出戰；精靈可沒忘記這個事實。

魔苟斯在看到他的大軍被消滅，力量被驅散後，開始畏懼了，但是他自己絕不敢出戰。他對敵人發動最後一波早已預備好的絕望攻擊，從安格班的地底洞穴中飛出了一大群有翼的惡龍，這些龍是從前無人見過的。突如其來的恐怖大隊的進攻，造成不小破壞，維拉的大軍暫時被驅退了，這群惡龍會噴出閃電、暴雷，以及火焰的風暴。

但是周身閃爍著白焰的埃蘭迪爾趕來了，聚集跟隨在威基洛特四周的是天空中所有的大鳥，索隆多是牠們的領袖；於是天空中展開了另一場激戰，由白晝持續到黑夜。黎明前，埃蘭迪爾殺了惡龍大軍中最強大的「黑龍」安卡拉剛⑬，牠自高空中墜落，跌在高聳的安戈洛墜姆山上，於是安戈洛墜姆隨牠一同崩塌傾倒了。旭日東升，維拉的大軍佔了優勢，幾乎所有的龍都被消滅了；所有魔苟斯的地洞坑道都被掀開搗毀，大能的維拉降貴紓尊下到了地底深處。膽戰心驚的魔苟斯一直逃到礦坑的最深處，非常沒種地躲在最深的坑洞中求和與求饒。但是他被一腳踢倒在地，黑臉吃進土裡；隨後他被捆上了從前戴過的鐵鍊安蓋諾爾，他的鐵王冠被他們一拳打成了他

---

⑬「黑龍」安卡拉剛（Ancalagon the Black），辛達語，意思是「粗魯的硬顎」。另見索引41。

的鐵項圈，他只能緊緊把頭縮在兩膝之間。魔苟斯還擁有的兩顆精靈寶鑽被從鐵王冠上取了下來，它們在晴空下閃爍著無瑕的光輝；伊昂威取過寶石，嚴密看守。

位在北方的安格班的勢力就如此結束了，邪惡的王國被掃蕩淨盡；被囚在地底深處無數的奴隸在絕望中重新得見天光，他們見到的是面目全非的世界。西方大軍的憤怒是如此猛烈，這世界西部的北方地區在戰爭中被踐踏得支離破碎，海水倒灌湧入許多裂罅中，發出驚人的巨響；河流若非斷絕消失，就是改道而行，高山被踏碎，谷地卻隆起；西瑞安河也不存在了。

於是，身爲大君王傳令官的伊昂威，召喚所有的精靈離開中土大陸。但是梅斯羅斯與梅格洛爾不聽，雖然他們對那則誓約已經感到極度疲憊，內心也充滿了強烈的厭惡，他們卻依然預備要在絕望中實踐他們的誓言；如果他們遭到拒絕，即使是要孤身對抗得勝的維拉大軍，或甚至對抗整個世界，他們都要爲得回精靈寶鑽奮戰到底。因此，他們送信去給伊昂威，命令他交出那些他們父親在遠古之時所打造，後來被魔苟斯盜走的寶石。

但是伊昂威回覆說，費諾之子在誓約的蒙蔽下所行的許多惡事，尤其是殺害迪歐與攻擊西瑞安河港這兩件，使他們喪失了對父親傑作的所有權。精靈寶鑽的光輝如今應當歸回西方，回到它起初所出之處；而梅斯羅斯與梅格洛爾也必須一同返回維林諾，在那裡等候眾維拉的裁決；唯獨在維拉的命令下伊昂威才會交出所看管的寶石。對此梅格洛爾非常願意服從，因爲他內心盛滿了太多的悲傷，因此他說：「誓言中並未提及我們不能等候我們的良機，或許，在維林諾，所有一切都能獲得饒恕與遺忘，我們也能得到我們自己的安息。」

但是梅斯羅斯說，如果他們返回阿門洲，維拉將會收回對他們的恩惠，如此一來，他們的誓言依舊存在，卻毫無完成的希望；他說：「如果我們在那些大能者的土地上違抗他們，或甚至在那塊聖地上發動戰爭，誰能說我們將遭遇到怎樣可怕的命運？」

然而梅格洛爾仍然猶豫：「如果曼威和瓦爾妲都不承認我們在眾人面前所立下的誓約有完成的必要，我們就算完成它不也是一場空嗎？」

於是梅斯羅斯說：「那我們的聲音要如何達到遠在世界範圍之外的伊露維塔那裡呢？我們在瘋狂中乃是指著伊露維塔的名起誓，發誓我們若不持守自己的誓言，將落入永無止境的黑暗中。到時候，誰還會來拯救釋放我們？」

「如果沒有人來拯救釋放我們，」梅格洛爾說：「那麼，無論我們是否守住誓言，墮入永恆的黑暗確實會是我們的命運；但是，毀棄誓言不完成它，豈非能少作一些惡事？」

但是他到最後還是順從了梅斯羅斯的意志，兩人一同商量要如何奪回精靈寶鑽。他們經過一番改裝，在夜間來到伊昂威的營帳，偷偷潛入精靈寶鑽被看守之處；他們殺了守衛，將寶石奪到了手。然而整個營區都騷動起來，要捉拿他們，他們也準備好要拼至最後一口氣。但是伊昂威不允許眾人殺害費諾的兒子；於是他們帶著寶石遠遠逃離，沒遭到任何攔阻。他們兩人各取了一顆精靈寶鑽，說：「雖然我們失去其中一顆，還有兩顆存留下來，我們也是兄弟中僅存的兩人，因此，命運顯然是讓我們平分父親的遺產。」

然而寶石燒灼梅斯羅斯的手，到了他無法忍受的地步；於是他明白了伊昂威先前所說的話，他對寶石的所有權已經落空了，那則誓約也同樣落空了。在極度的痛苦與絕望中，他跳下了大地的裂縫，墜入熊熊的火焰中，他就這樣被吞噬了；他所懷有的那顆精靈寶鑽從此被收納在地球的核心之中。

據說，梅格洛爾也無法忍受精靈寶鑽折磨他的痛苦，因此他最後將寶石拋入了大海，從此之後他總是在海邊徘徊，在痛苦與懊悔中於波浪旁吟唱。梅格洛爾是古代最偉大的歌者，聲名僅次於多瑞亞斯的戴隆；梅格洛爾再也沒有回到精靈子民當中。就這樣，精靈寶鑽找到了它們最後的歸宿：一顆在高天之上，一顆在深海之中，還有一顆在世界核心的火焰裡。

在那段期間，西邊的海岸旁有無數船隻興建完成，於是，有許多的艾爾達族乘船航向了西方，從此再未回頭踏上這片傷心戰亂之地。凡雅族在他們雪白的旗幟下返航，將勝利的號聲帶回維林諾；但是他們勝利的喜悅因著沒有帶回魔苟斯王冠上的精靈寶鑽而黯淡，並且他們知道，除非世界被打碎重新塑造，那些寶石將永遠無法被尋回重聚在一處。

當他們來到西方，貝爾蘭的精靈都住在「孤獨島」伊瑞西亞上，那島讓他們可以同時望見西方與東方；等候時機從島上前往維林諾。他們在維林諾獲得了曼威的承認與愛，眾維拉也原諒了他們；帖勒瑞精靈饒恕了他們在古時所行的遺憾。於是，落在他們身上的咒詛止息了。

不過，也不是所有的艾爾達精靈都願意放棄他們多年居住與受苦的這片土地；他們當中還有一些在中土大陸繼續徘徊了許多年。這當中包括了造船者瑟丹，多瑞亞斯的凱勒鵬以及他的妻子凱蘭崔爾，她是帶領諾多精靈流亡貝爾蘭的王族中僅存的一位。在中土大陸另外還住著最高君王吉爾加拉德，跟他住在一起還有半精靈愛隆；愛隆選擇了歸屬艾爾達族，也獲得了認可；但是他弟弟愛洛斯選擇了與人類同住。從這兩兄弟，精靈的血統，以及在阿爾達存在之前就有的神靈的血統，融入了人類的血統中；因爲他們倆人是愛爾溫的兒子，愛爾溫是迪歐的女兒，迪歐是露西安之子，而露西安出自庭葛與美麗安；他們的父親埃蘭迪爾是伊綴爾·凱勒布琳朵的兒子，而她是貢多林王特剛的女兒。

魔苟斯被維拉帶到「世界的邊牆」外，被推出了「黑夜之門」，落入永恆的虛空當中；在邊牆上永遠設了警戒，埃蘭迪爾在天空的防禦壘中來回巡曳。但是，該被咒詛的大能者米爾寇，魔苟斯·包格力爾，「恐怖與憎恨的力量」，他在精靈與人類的心靈中所播下的謊言，是一顆尚未死亡又無法毀滅的種子；它不時地重新發芽，結出黑暗的果實，直到世界最後的日子。

精靈寶鑽的故事在此結束。如果它曾從至高至美之處墜入黑暗與毀滅，那是阿爾達在古時遭受破壞的結果；如果有任何改變會發生，破壞能夠獲得補救與改善，曼威與瓦爾妲或許會知道；但是他們尚未將它揭示出來，而曼督斯的審判也還沒宣告。

AKALLABÊTH
努曼諾爾淪亡史

艾爾達精靈傳說，人類是在魔苟斯陰影籠罩大地的年代裡來到這世界的，而人類也很快就落入他的掌控下；他派了許多奸細混在人類當中，人類聽從他邪惡又狡詐的話，他們崇拜黑暗，又懼怕黑暗。但是有些人類轉離了邪惡，離開他們出生之地，向西遷移；因爲他們聽說西方有陰影無法遮蔽的大光。魔苟斯的爪牙痛恨並追趕這群人，他們西行的路眞是漫長又艱苦。然而他們最後還是來到了大海旁的那片土地，在精靈寶鑽爭奪戰的年代進入了貝爾蘭。這群人類在辛達語中被稱爲伊甸人，他們成了艾爾達精靈的朋友與盟邦，在一同對抗魔苟斯的戰爭中，立下了許多豐功偉蹟。

他們的後裔出了一位聰明又俊美的埃蘭迪爾，在〈埃蘭迪爾之歌〉中描述了他如何在魔苟斯幾乎大獲全勝的情況下，建造了那艘人類稱之爲羅辛希爾①，而精靈稱之爲威基洛特的白船，航向無人去過的海域，找尋維林諾；他想要做兩支親族的代表，向西方諸神陳情，希望維拉會同情他們，對他們迫切的需要伸出援手。他經歷許多危險與艱難，達成了這項任務，因此精靈與人類又稱他爲蒙福的埃蘭迪爾；維林諾的西方主宰們派出了討伐的大軍，但是埃蘭迪爾從此再未回到他所愛的這片土地。

在「最後大戰」中，魔苟斯終於被推翻，安戈洛墜姆也崩塌；當時有許多人類爲魔苟斯作戰，唯獨伊甸人站在維拉這一邊，與他們並肩殺敵。在西方主宰戰勝之後，那些沒被消滅的邪惡

---

①羅辛希爾（Rothinzil），阿督納克語，意思是「浪花」。另見索引661。

人類都逃回了東邊，在東邊還有許多同種的人類在那沒有開墾的大地上遊蕩，野蠻無文，他們既拒絕魔苟斯，也不聽維拉的召喚。等邪惡的人類去到他們當中，在他們當中投下懼怕的陰影，使這些人類稱他們爲王。因此，維拉遺棄了中土大陸上那些拒絕他們召喚又接受魔苟斯的朋友作王的人類。於是人類住在黑暗中，深受魔苟斯在其統治時期所發明的各種邪惡東西的侵害與騷擾，如惡魔、惡龍、畸形怪獸，以及扭曲伊露維塔之兒女所造出來的骯髒半獸人。人類的命運變得相當不幸。

但是曼威懲罰了魔苟斯，將他關在遠離世界之外的虛空中；只要西方主宰的統治存在一日，他就無法回到世界，以可見的形體出現。但是他所播下的種子依舊生長發芽，只要有人照顧，還是會結出邪惡的果實。因爲他的意志仍然存在，繼續引導他的爪牙，影響他們反抗維拉的意願，摧毀順從維拉的生靈。對此，西方諸神相當清楚。當他們將魔苟斯丟出世界後，接下來討論未來該怎麼做。他們召喚艾爾達精靈返回西方，那些聽從召喚的精靈居住在伊瑞西亞島上；他們在島上建造了亞佛隆尼港②，它是所有城市中最靠近維林諾的一座，當有水手航行過遙遠的大海，最後接近「不死之地」時，亞佛隆尼的高塔是第一個落入他們眼裡的景物。對於那三支忠心的人類祖先家族，維拉給了他們豐厚的報償。伊昂威來到他們當中教導他們，維拉賜給他們比其他人類種族更高的智慧、更強的力量、以及更長的壽命，並且特別造了一塊陸地給伊甸人居住，既不是

②亞佛隆尼港（Avallónë），昆雅語，意思是「靠近維林諾的」。另見索引97。

在中土大陸，也不是在維林諾，而是在比較靠近維林諾的大海中。它是歐希自深海中舉起的陸地，奧力奠定了它的根基，雅凡娜將它妝點得豐富美麗；艾爾達精靈也從伊瑞西亞島上帶來了許多鮮花與噴泉。維拉稱這片土地為安多爾③，「禮物之地」，當埃蘭迪爾之星在西方燦爛閃爍，就是一切都準備好了的記號，也是船隻航行在大海上的引導；人類充滿驚奇地望著它在太陽的軌道上發出銀色的光芒。

於是伊甸人啓航深入大海，跟隨那顆星前進；維拉也使大海風平浪靜了許多天，讓陽光照耀，讓風吹動船帆，於是伊甸人眼前所見的是粼粼閃爍、波平如鏡的大海，他們船首所劃破的浪花猶如燦爛的飛雪。羅辛希爾是如此明亮，即便是到了早晨，人類仍可見到它在西方的天空中閃爍，在夜裡它看起來像獨自在發光，別的星辰都黯然失色。伊甸人對準它的方向航行，在越過迢遙的茫茫大海後，他們遠遠望見了那塊為他們預備的「禮物之地」安多爾，閃爍在金黃色的薄霧中。當他們踏上陸地，發現它美麗又豐饒，人人都十分歡喜。他們將那地取名為艾蘭納④，意思是「星辰之地」；另外又稱它為亞納督尼⑤，意思是「西方之地」，用高等精靈語來說，就成了「努曼諾爾」。

---

③ 安多爾（Andor），昆雅語。另見索引42。
④ 艾蘭納（Elenna），昆雅語，意思是「向著星辰的」。《魔戒》中譯為伊蘭納。見索引259。
⑤ 亞納督尼（Anadûnê），阿督納克語。另見索引37。

他們就是灰精靈語中稱之爲登丹人⑥——也就是努曼諾爾人，「人類中王者」的源起。但是他們並未逃過伊露維塔定給所有人類的死亡命運，雖然他們十分長壽，在死亡的陰影落下之前也沒有任何病痛，但是他們還是會死的凡人。他們變得極有智慧與光榮，在一切的事上，他們比人類其他任何支系都更像首生的精靈；他們的身材十分高大，遠遠超越中土大陸上最高大的人類子孫；他們眼中的光芒明亮如星辰。但是他們在那地的人口增長非常緩慢，雖然他們有兒有女，這些兒女也都長得比他們的先人更美，但是他們孩子的人數依然很少。

努曼諾爾的主城與海港一直位在西邊海岸的中央，稱之爲安督奈伊⑦，因爲它面對著日落的方向。但在這塊陸地的中央有一座陡峭的高山，稱之爲米涅爾塔瑪⑧，「天堂之柱」，在山頂最高開敞無頂之處設有一如．伊露維塔的聖壇，除此之外，努曼諾爾人沒有其他的神殿或神廟。山腳下則蓋有歷來諸皇帝的陵寢，山丘上建有最美的城市雅米涅洛斯⑨，埃蘭迪爾的兒子愛洛斯在那裡建了高塔與城堡，愛洛斯是維拉所指定的第一任登丹人皇帝。

愛洛斯和他哥哥愛隆是伊甸人第三支家族的後裔，但是他們身上又擁有艾爾達精靈與神靈邁

---

⑥登丹人（Dúnedain），辛達語，意思是「西方的伊甸人」。在此沿用《魔戒》中的譯名，但發音比較接近的翻譯是「督內代人」。另見索引217。

⑦安督奈伊（Andúnië），昆雅語，意思是「西邊」。另見索引46。

⑧米涅爾塔瑪（Meneltarma），昆雅語。另見索引518。

⑨雅米涅洛斯（Armenelos），昆雅語，意思是「皇家的天堂堡壘」。另見索引80。

雅的血統；因爲貢多林城的伊綴爾與美麗安的女兒露西安是他們的祖先。由於維拉不能收回伊露維塔賜給人類的禮物：死亡，因此對於半精靈伊露維塔又給了另一項裁決；埃蘭迪爾的兒子可以選擇自己所要歸屬的命運。愛隆選擇了歸屬首生的子女，獲得了精靈長生不老的生命。但是愛洛斯選擇了成爲人類的王者，不過他仍被賜予長壽，他的生命比中土大陸的人類長了許多倍；而所有他的後裔，所有的皇帝與皇室貴族，也都擁有依努曼諾爾人的標準來看十分長久的壽命。愛洛斯活了五百歲，統治努曼諾爾帝國四百一十年之久。

歲月流逝，當中土大陸的人類文明與智慧持續退化時，登丹人卻因維拉的保護與艾爾達的友誼，在身材與心智上都繼續增長。雖然這群百姓仍然使用自己的語言，但是他們的皇帝與貴族都能使用精靈語，那是他們在過去同盟的歲月當中學來的，也因此他們能與伊瑞西亞島或中土大陸西岸地區的精靈溝通。他們當中的博學大師甚至學會了「蒙福之地」的高等精靈語，該語言保存了自開天闢地以來的許多故事與歌謠；這些學者作了文字、卷軸、書籍，寫下他們帝國興盛時期的各樣智慧與奇事，但是這一切如今都已失落了。就這樣，所有努曼諾爾的貴族，除了自己的名字之外，都還擁有一個精靈語的名字；而他們在努曼諾爾島上以及中土大陸海岸上所建立的城市或偉大建築，也都一樣有兩種不同語言的名稱。

登丹人在工藝上的本領極強，如果他們有心，在戰爭與製造兵器上絕對可以輕易超越中土大陸那些邪惡的王；但他們生性和平。在他們所學的一切技藝中，造船與航海是他們最喜愛也最登峰造極的藝術，他們成了人類歷史上空前絕後的航海家，這世界再也看不見那樣的情景，因這世界已經衰微了。在他們年輕時的輝煌歲月中，航行征服遼闊的大海，是他們當中剛強之人的首要功績與冒險。

不過西方主宰禁止他們往西航行到看不見努曼諾爾海岸的海域；對此登丹人有極長一段年日都遵守，雖然他們不完全明白這項禁令的目的。曼威的目的是，努曼諾爾人不當企圖尋找「蒙福之地」，也不當不顧設在他們歡樂上的限制，迷上維拉與艾爾達所居住的不死之地，那地一切的事物都不會腐朽。

彼時，維林諾仍存在這世界上，肉眼可見，伊露維塔允許維拉們在地球上保留一處居所，做爲紀念，如果魔苟斯沒有用陰影籠罩這世界的話，世界原來應當是那樣子的。努曼諾爾人對此知之甚詳；有時候，當空氣清朗，太陽在東邊照耀時，他們可以看見在西邊極遠之處，有一座白色的城閃爍在遙遠的海岸上，那城有很大的港口和高塔。在那些年代，努曼諾爾人的視力絕佳；不過，即便如此，他們當中也仍然只有目光最銳利之人才可能從米涅爾塔瑪山上，或從西岸出航至他們可到之合法範圍的高船上，看見那景象。那時他們還不敢打破西方主宰所下的禁令。不過智者知道，那片遙遠的海岸不是「蒙福之地」維林諾，而是艾爾達在伊瑞西亞島上的海港亞佛隆尼，不死之地的最東岸。那時精靈仍不時駕著無槳船，像白鳥從日落之處飛來，抵達努曼諾爾。他們給努曼諾爾帶來許多禮物：會唱歌的鳥兒，芳香的花朵，以及各種調味和治療的藥草。他們還帶來了生長在伊瑞西亞島上的白樹凱勒博恩的小樹苗；凱勒博恩是圖納山上的白樹佳拉西理安的後裔，佳拉西理安是雅凡娜按著聖樹泰爾佩瑞安的模樣所造，送給「蒙福之地」艾爾達的禮物。那棵樹苗在雅米涅洛斯的王宮前生長茁壯，盛開繁花；它被取名爲寧羅斯，在傍晚時開花，使整個夜晚都充滿了它的香氣。

因著維拉的禁令，登丹人在這些年代中的航海都是往東行，上至黑暗的北方下至熾熱的南方，甚至越過南方抵達了「黑暗之底」⑩；他們甚至航行到各個內海，繞過中土大陸，從他們的船首眺望極東之處的「清晨之門」⑪。登丹人也會不時來到中土大陸的沿岸，他們對遭到遺忘的這片大地十分同情，於是努曼諾爾的貴族親王們，在人類的黑暗年代中再度踏上了大陸的西邊海岸，那時還沒有任何人敢抵擋他們。那年代絕大部分落在陰影下的人類，都變得十分衰弱與恐懼。努曼諾爾人來到他們當中教導他們許多東西。他們帶來玉米和酒，教導人類撒種與碾穀，又教他們伐木採石，以及在這死亡迅速臨到又毫無歡樂之大地上各樣維生的本事。

於是，中土大陸的人類開始有了比較好過的日子，西邊海岸上的荒地變少了，人類擺脫了魔苟斯所留給他們的重擔，棄絕他們對黑暗的恐懼。他們尊敬與緬懷高大的海上之王，當這些王離去時，他們稱這些王爲神，希望他們會再回來；彼時，努曼諾爾人從不在中土大陸上停留太久，也不在岸上爲自己建立任何的居住地。他們必須向東航行，但他們的心總是歸向西方。

隨著時間流逝，努曼諾爾人對西方的渴望愈來愈強；他們渴望那座自己遠遠望見的不死之城，心裡愈來愈想得到永恆的生命，避免歡樂的終止與死亡。他們的力量與光榮愈強盛，就愈不

⑩黑暗之底（Nether Darkness）。在第一與第二紀元時，阿爾達最南邊日月照不到的一塊區域。如果該區域是陸地的話，雖可航海抵達，很可能也是一片荒涼不毛之地。

⑪清晨之門（the Gates of Morning）。這個位在阿爾達最東邊的「黑夜牆垣」上的大門，是太陽在早晨進入照耀大地的入口。

願意面對死亡。雖然維拉賜給了登丹人極長的壽命，他們還是不能免除最後必然臨到的衰老、死亡，即使身爲埃蘭迪爾子孫的皇帝們亦不例外。他們的生命在艾爾達精靈的眼裡實在非常短暫。因此，有一股陰影落到了他們身上：或許，這是魔苟斯存留在世上的意志還在運作的原故。努曼諾爾人開始悄悄抱怨，首先是在心裡，然後是公開說出來，他們要反抗人類的命運，尤其反抗不准他們航向西方的禁令。

他們彼此說：「爲什麼西方的主宰可以坐在那裡永享平安，而我們卻得死亡，離開我們的家園與一切我們所造的事物，去一個我們不知道的地方？而艾爾達卻不會死，連那些背叛過諸神的精靈也都還活得好好的。既然我們已經縱橫過所有的海洋，沒有什麼遼闊的水域和洶湧的波濤是我們的船不能征服的，爲什麼我們不能前往亞佛隆尼去問候我們的朋友呢？」

還有一些人說：「我們爲什麼不直接去到阿門洲，在那裡住上一天，品嚐品嚐諸神的歡樂？我們豈不早就成爲阿爾達上最偉大的人類了嗎？」

艾爾達精靈把這些話告訴了維拉，曼威對此很傷心，他看到烏雲開始聚攏在努曼諾爾的盛世上。他派了使者去見登丹人，切切向皇帝、以及所有肯聽之人進言，論及世界的命運與其運作的方式。

「世界的命運，唯獨那獨一的創造者能夠改變。」他們說：「就算你們確實避開一切的障礙及陷阱航行到了『蒙福之地』阿門洲，對你們也沒有好處。因爲不是曼威的疆域讓居住其間的人不死，而是不死的居住者使那塊地變成了聖地；你們在那裡只會衰老枯萎得更快，就像飛蛾處在恆久不變的強光下一樣。」

但是皇帝說：「可是我的祖先埃蘭迪爾豈非仍然活著？還是他根本不住在阿門洲？」

對此他們回答說：「你知道他的命運有別於你，他已被裁決歸屬不死的精靈族；與此同時，他也被判定永遠不得返回凡人之地。但是你與你的百姓卻不是首生的兒女，伊露維塔從一開始就造你們是會死的人類。如今你們似乎想要佔盡雙方的好處，高興的時候就駛往維林諾，想家的時候就回來。這是不可能的。而維拉也無權拿走伊露維塔的禮物。你們說，艾爾達沒有受到懲罰，即使是那些背叛者也都還活著。但不死對他們既非獎賞，也非懲罰，他們生來就是如此，他們必須活著，無法逃離不死的命運，只要這世界存在一天，他們就跟它綁在一起，永遠不得脫離，因爲世界的生命就是他們的生命。你們還說，你們是因爲自己根本沒參與的人類背叛，而遭受到必須死亡的懲罰。但是死亡從一開始就不是懲罰。你們藉由死亡得以脫離這個世界，不受它的束縛，不論它是充滿希望還是逐步衰殘。所以，你說到底誰該羨慕誰？」

努曼諾爾人回答說：「我們爲什麼不該羨慕維拉或甚至永生不死？我們被迫盲目相信橫在我們眼前全然未知的命運，毫無確據的希望。況且，我們也熱愛地球，不願失去它。」

於是使者回答說：「伊露維塔心中對你們有些什麼樣的計畫，維拉確實不知道，伊露維塔並未揭示未來的一切。但我們確實相信，這裡不是你們的家，阿門洲也不是，整個世界的範圍內都不是。人類必須離開的命運是伊露維塔從一開始就賜下的禮物。死亡之所以變成人類的悲傷，只因爲它落在魔苟斯的陰影之下，因此人類面對死亡時看到自己彷彿被包圍在極大的黑暗中，這令他們感到萬分恐懼；於是那些剛愎又驕傲之人便不肯順從死亡，直到他們的生命遭到剝奪⑫。我們這些背負隨光陰而加重之擔子的人，確實不明白這一點；但是如果你們說死亡的悲傷又回來困擾你們了，我們就害怕那是陰影再度崛起，又在你們心中出現之故。因此，雖然你們是人類當中最優秀的登丹人，是勇敢抵抗那古老陰影又逃出他掌握的人，我們仍然要對你們說：當心！一如的旨意是不能被否定的；維拉誠懇地囑咐你們不要拒絕相信你們的召命，以免死亡很快又會變成束縛你們的枷鎖。你們最好懷抱你們的渴望必會有圓滿結果的希望。你們對阿爾達的愛是伊露維塔放在你們心裡的，而祂行事計畫不會毫無目的。然而，在那目的揭曉之前，人類將已度過無數世代；到那時，祂將會對你們，而非對維拉，揭曉祂的計畫。」

這些事情是發生在「造船王」塔爾．克亞單⑬以及他兒子塔爾．阿塔納米爾⑭的時代；他們

---

⑫ 在托爾金的這個神話世界裡，努曼諾爾人是可以選擇自己死亡的時刻的。他們可以避免活到身體衰敗、心智昏愚的時刻，而在感覺衰老來臨之時選擇安靜地長眠不醒。在《魔戒》中，亞拉岡在與亞玟結婚，治國一百二十年後，在他兩百歲時選擇了這樣的死亡。

⑬「造船王」塔爾．克亞單（Tar-Ciryatan the Shipbuilder），昆雅語。Tar 在昆雅語中有「高的、高貴的」的意思，Ciryatan 的意思就是「造船王」。他是努曼諾爾的第十二任皇帝，在《魔戒》中譯為塔爾．色雅單。另見索引701。

⑭ 塔爾．阿塔納米爾（Tar-Atanamir），昆雅語，意思是「穿金戴玉之人」。由於努曼諾爾在他的時代福樂達於顛峰，因此他又被稱為塔爾．阿塔納米爾大帝。在《魔戒》中譯為塔爾．阿塔那馬大帝。另見索引699。

是高傲的人，切求財富，他們要中土大陸的人類納貢，從給予者變成了收取者。曼威的使者是在塔爾．阿塔納米爾當政的時候來到；而他是努曼諾爾的第十三任皇帝，當努曼諾爾帝國傳到他手上時，已經存在超過兩千年了，就算帝國的威勢尚未達到最顛峰，福樂也已達極點。但是阿塔納米爾對使者的進言十分不悅，並且不加以理會，而絕大部分的百姓都跟從他；他們還是希望能在自己在世時就逃脫死亡，不必等候什麼渺茫的希望。阿塔納米爾活到極長的歲數，緊緊抓住他的生命，直到失去一切的福樂；他是第一個這麼做的努曼諾爾人，拒絕離世，直到自己昏庸怯懦之時，還拒絕把他的盛世王權交給兒子。努曼諾爾皇族在他們悠長的生命中，向來習慣晚婚，他們會在自己的孩子全都長大成人、心智成熟之後，交付統治管理之權，然後離世。

當阿塔納米爾的兒子塔爾．安卡理蒙⑮登基爲帝後，其想法作風一如其父；努曼諾爾人在他的時代開始分裂。佔大多數的一邊稱之爲「皇帝的人馬」，他們愈來愈驕傲，並且開始疏遠艾爾達與維拉。另外較少的一群人被稱爲艾蘭迪利⑯，「精靈之友」；他們依舊效忠皇帝與愛洛斯家族，卻希望與艾爾達保持友誼，並且聽從西方主宰的規勸。然而即使是他們這群自稱爲「忠實者」的努曼諾爾人，也無法完全逃離他們百姓的痛苦，他們仍被死亡的恐懼所困擾。

因此，這群西方人的福樂開始減少了；但是他們的威勢與國力仍在增加。他們的皇帝與百姓尚未拋棄自己的智慧，就算他們已經不愛維拉了，至少也還心存畏懼。因此他們的高桅大船依舊

⑮ 塔爾．安卡理蒙（Tar-Ancalimon），昆雅語，意思是「偉大的光輝」。另見索引697。

⑯ 艾蘭迪利（Elendili），昆雅語。另見索引257。

駛向東方，他們還不敢公然反抗禁令，航行超過所規定的西邊界線。但是死亡的恐懼在他們身上愈來愈強烈，他們也想盡一切辦法來拖延它。於是他們開始爲自己的死亡興建巨大的陵墓，而他們的智者則不斷努力想要發現召回生命的秘密，或至少找出延長人類壽命的方法。但是他們只達到了保存死人屍身不會朽爛的本領，於是他們遍地建築死寂的墳墓，將死亡的恐懼奉祀在黑暗的墳裡。而活著的人更迫切縱情於狂歡宴飲，渴望得到更多的貨財；在塔爾・安卡理蒙的時代，將初熟的果實獻給一如的祭祀遭到了忽略，人們幾乎不再登上全地中央的米涅爾塔瑪山，前往位在高處的聖壇。

終於，努曼諾爾人開始在那塊古老大地的西岸大肆興建他們的住所；他們自己的家鄉在他們眼裡似乎萎縮了，他們在那裡再也得不到滿足與安息。如今他們渴望富裕，既然他們不能前去西方，他們便要控制中土大陸。他們興建了巨大的港口與堅固的高塔，有許多人在其中定居下來；他們如今的態度是要求納貢與聚斂的王侯家主，不再是幫助者與教導者了。努曼諾爾人的大船乘風東航，然後滿載而歸，他們王侯的聲威與權勢大漲；他們穿金戴銀，日夜縱酒宴樂。

所有這一切，精靈之友很少參與。他們如今更常獨自前往北方吉爾加拉德的王國，保持他們與精靈之間的友誼，幫助精靈對抗索倫；他們在安都因大河的河口興建了佩拉格港⑰。但是皇帝的人馬遠航至南方；他們所建立起來的威勢與堡壘，在人類的傳奇故事中留下許多痕跡。

---

⑰佩拉格（Pelargir），辛達語，意思是「皇家船隻的圍場」。另見索引627。

正如其他史書所記載，在這個紀元，索倫又自中土大陸崛起，勢力增強，開始按魔苟斯對他的教導回來行惡，變成大魔頭。早在努曼諾爾的第十一任皇帝塔爾．米那斯提爾⑱在位時，他就開始在魔多⑲地區大興土木，在那裡興建了巴拉多塔⑳，從此之後他便致力於掌控中土大陸，要成爲衆王之王，要做人類的神。索倫痛恨努曼諾爾人，因爲他們的祖先曾與艾爾達站在同一陣線，立下豐功偉蹟，也因爲他們對維拉忠誠；他也念念不忘當他鑄成至尊魔戒，對住在伊利雅德的精靈發動戰爭時，塔爾．明那斯特給予吉爾加拉德的援助。現在，當他知道努曼諾爾的皇帝威勢高漲，聲威豐隆，他就更恨他們；但是他也畏懼他們，怕他們會侵略他的領域，奪取他在東方的統治權。有很長一段時間，他遠離海岸避在內陸，絲毫不敢挑戰那些海上之王。

但是索倫極其狡詐，據說，他以九戒誘惑到手的人類君王中，有三名正是努曼諾爾的貴族。當他的僕役烏來瑞㉑，也就是「戒靈」崛起時，他對人類的恐怖統治與威勢達到頂點，於是他開始攻擊努曼諾爾人建立在海岸上的堅固堡壘。

在這段歲月裡，努曼諾爾人心中的陰影變得更加深濃了；而且，皇帝與愛洛斯家族的壽命，

⑱塔爾．米那斯提爾（Tar-Minastir）昆雅語，意思是「高塔的監視」。在《魔戒》中譯爲塔爾．明那斯特。另見索引703。

⑲魔多（Mordor），辛達語，意思是「黑地」。另見索引540。

⑳巴拉多塔（Tower of Barad-dûr），辛達語，意思是「黑塔」。另見索引106。

㉑烏來瑞（Úlairi），昆雅語，意思是「沒有的」。另見索引751。

因著他們的背叛開始縮短，但是他們的心卻因此變得更加剛硬，更加反抗維拉。當第十九任皇帝繼承其父的皇位時，他拋棄了精靈語的稱謂，以阿督納克爾㉒，也就是「西方之主宰」的封號登基，他並且禁止衆人在他面前說精靈語。但是在記載帝王史蹟的卷軸中，他的名字仍是高等精靈語的希如努門㉓，因爲這是他們自古以來的傳統，歷任皇帝都不敢打破這項規矩，以免招來厄運。然而他所取的這個自比爲維拉的封號，在忠實者看來實在太過驕傲；這一小群人內心十分痛苦，爲了效忠愛洛斯家族與對維拉的尊敬而掙扎。但是更糟糕的還在後頭。第二十二任皇帝亞爾．金密索爾㉔是忠實者的死對頭；在他的年代，白樹無人照顧，開始凋零；他完全禁止百姓使用精靈語，懲罰那些接待伊瑞西亞來船的人，當時精靈仍會悄悄前來努曼諾爾的西岸。

絕大部分的艾蘭迪利都住在努曼諾爾的西邊，但是亞爾．金密索爾將所有他能查出來的這黨人，全部遷到東邊去，而且派人監視他們的生活。因此，後來忠實者主要都居住在羅門納㉕港口附近；他們當中有許多人航行前往中土大陸，在北方海岸找尋與吉爾加拉德王國的精靈說話的機會。皇帝知道這件事，也沒有阻止，那些艾蘭迪利最好是去了都別回來，皇帝們一心希望百姓跟伊瑞西亞的精靈斷絕一切關係，他們將精靈視作維拉的奸細，而他們不要西方主宰知道他們的圖

㉒阿督納克爾（Adûnakhor），阿督納克語。另見索引2。
㉓希如努門（Herunúmen），昆雅語，意思是「西方之主宰」。另見索引408。
㉔亞爾．金密索爾（Ar-Gimilzôr），阿督納克語。另見索引77。
㉕羅門納（Rómenna），昆雅語，意思是「向東的」。另見索引660。

謀與事蹟。不過，皇帝們做的每一件事，曼威都很清楚，衆維拉對努曼諾爾皇帝的作爲都很憤怒，從此再也不給他們建議，也不保護努曼諾爾。伊瑞西亞的船再也不從日落的方向前來了，安督奈伊港變得空寂荒涼。

皇室之外，貴族中地位最高的是安督奈伊親王；他們是愛洛斯的直系子孫，始自努曼諾爾第四任皇帝塔爾．伊蘭迪爾㉖的女兒希爾瑪瑞恩㉗。歷代親王都效忠皇帝，並且尊敬他們；安督奈伊親王一直都是皇帝最主要的顧問。但是他們也從一開始就對艾爾達懷有特別的愛，並且非常尊敬維拉；當時局變壞，陰影加重時，他們盡一切可能幫助忠實者。不過他們從來沒有公開言明自己的意向，總是巧妙地勸導在上掌權者，期望改變他們的心意。

金密索爾皇帝娶了印希爾貝絲㉘爲妻；印希爾貝絲是有名的美女，她母親林朵瑞依㉙是伊雅仁督爾㉚的妹妹，當亞爾．金密索爾的父親亞爾．薩卡索爾㉛在位時，伊雅仁督爾是安督奈伊親王。印希爾貝絲一點都不喜歡這樁婚姻，因爲她在母親的教導下內心其實是一位忠實者；但是皇帝及其兒子的高傲已容不得任何人拒絕他們的欲望。亞爾．金密索爾和皇后之間沒有愛，跟兒子

㉖ 塔爾．伊蘭迪爾（Tar-Elendil），昆雅語，意思是「熱愛星辰的人」。另見索引702。

㉗ 希爾瑪瑞恩（Silmarien），昆雅語。另見索引678。

㉘ 印希爾貝絲（Inzilbêth），阿督納克語，意思是「花朵」。另見索引440。

㉙ 林朵瑞依（Lindórië），昆雅語。另見索引474。

㉚ 伊雅仁督爾（Eärendur），昆雅語，意思是「大海的朋友」。另見索引226。

㉛ 亞爾．薩卡索爾（Ar-Sakalthôr），阿督納克語。另見索引86。

之間也沒有。他們的長子印西拉頓㉜不論外貌或內心都像母親，但是他們的幼子金密卡得㉝則像父親，並且在驕傲與剛愎上更是有過之而無不及。如果法律許可，亞爾‧金密索爾其實比較想把皇位傳給幼子而不是長子。

當印西拉頓登基之後，他又照往例以精靈語爲自己取了封號：塔爾‧帕蘭惕爾㉞，因爲他在目力與心智上都很有遠見，就連恨他的人，也怕他那具有眞知卓見的言語。他讓忠實者有一段平安的日子可過；並且在收成季節來臨時，再度前往米涅爾塔瑪山上獻祭給一如，那是前任皇帝亞爾‧金密索爾棄置不行的。他也再次好好照顧白樹，同時說下預言，當白樹滅亡時，皇帝的血脈亦將告終。但是他爲努曼諾爾人所做的悔悟已經太遲，無法緩和維拉對其父祖的傲慢無禮所產生的憤怒，同時絕大部分的百姓依然是死不認錯。另一方面，金密卡得變得勢力龐大而蠻橫，他在那群所謂皇帝的人馬中取得了領導權，大膽公開反對他哥哥，同時在私底下做得更多。因此，塔爾‧帕蘭惕爾在位的日子又被悲傷所掩蓋了；他經常前往西邊，登上安督奈伊附近歐羅密特㉟山上古時皇帝所建的高塔米那斯提爾㊱，渴切地凝視著西方，盼望或許能看到有船駛來。但是再也

㉜印西拉頓（Inziladûn），阿督納克語，意思是「西方的花朵」。另見索引441。

㉝金密卡得（Gimilkhâd），阿督納克語。另見索引343。

㉞塔爾‧帕蘭惕爾（Tar-Palantir），昆雅語，意思是「有遠見的」。另見索引707。

㉟歐羅密特（Oromet），昆雅語，意思是「最後的山」（last mountain）。另見索引618。

㊱米那斯提爾（Minastir），昆雅語。另見索引529。

沒有任何船隻從西方來到努曼諾爾了，安督奈伊整個籠罩在烏雲裡。

金密卡得在還差兩年就滿兩百歲時去世（這在愛洛斯家族中，即便是在其衰頹的年代裡，仍然算是早死），他的死並未給皇帝帶來太平。金密卡得的兒子法拉松㊲對財富與權力比他父親更加貪得無厭；他經常出海，帶領努曼諾爾人攻打中土大陸的沿岸地區，想辦法擴張他們對彼岸人類的統治；因此，他稱雄海陸兩方，變成了大有威勢的領導者。當他聽聞父親的死訊，回到努曼諾爾後，百姓的心都轉向他，因爲他爲他們帶來極多的財富，有一陣子他對群衆都是有求必給。

終於，塔爾．帕蘭惕爾因爲悲傷而衰老，也崩殂了。他只有一個獨生女，沒有兒子，他以精靈語將女兒取名爲密瑞爾㊳；按照努曼諾爾法律的規定，她有權繼承皇位。但是法拉松一不做二不休，藐視國法，強娶堂妹爲妻，順便奪過皇位。這樁婚姻在努曼諾爾帝國中是不合法的，即便是皇室，也同樣禁止二等親內的婚姻。他們結婚之後，奪得皇位的法拉松登基時的封號是亞爾．法拉松（精靈語是塔爾．卡理安㊴），他並且將皇后更名爲亞爾．辛菈菲爾㊵。

自努曼諾爾立國以來，歷任坐上大海之王龍椅的皇帝中，「黃金大帝」亞爾．法拉松是權勢最巨大也最驕傲的一位；在他之前一共有二十三位皇帝與女皇，他們如今躺在米涅爾塔瑪山下的

㊲法拉松（Pharazôn），阿督納克語，意思是「黃金」。另見索引85與632。

㊳密瑞爾（Míriel），昆雅語，意思是「珠寶般的女子」。另見索引534。

㊴塔爾．卡理安（Tar-Calion），昆雅語。法拉松從來沒用過這個名字。另見索引700。

㊵亞爾．辛菈菲爾（Ar-Zimraphel），阿督納克語。另見索引89。

皇陵中，睡在黃金棺木裡。

現任皇帝充滿光榮威勢坐在雅米涅洛斯城中玉石雕成的大龍椅上，內心暗暗籌謀著戰事。他已經得知索倫王國的聲勢在中土大陸上愈來愈強，而且索倫痛恨他們這群西方人。如今那些從東方回來的船長都報告說，自從亞爾·法拉松離開中土大陸後，索倫的勢力更加強盛，他甚至開始奪取沿海的城鎮；索倫現在自封為「人類的主宰」，宣稱他的目的是要把努曼諾爾人趕下海去，如果可能的話，他甚至要毀掉整個努曼諾爾帝國。

亞爾·法拉松聽到這些消息，氣得七竅生煙，長久以來他一直秘密盤算，內心充滿了無限的權力慾，想要獨自一統天下。他決定不徵詢維拉的意見，也不要他人作軍師，一意孤行，認定人類主宰的稱號非他莫屬，他要迫使索倫臣服於他之下；他高傲地認定沒有任何王的聲威可以超越埃蘭迪爾的子孫。因此他在那段時期大規模製造武器，興建許多戰艦，上面載滿他的武器；當一切都準備好之後，他御駕親征，帶領大軍浩浩蕩蕩航向東方。

沿海的人看見從日落之處駛來如此一支浸沐在殷紅與閃爍金光裡的龐大艦隊，無不嚇得飛奔而逃。艦隊最後在昂巴㊶靠岸，那是除了努曼諾爾人外無人能興建得起的大海港。當大海之王的大軍在中土大陸上向前邁進時，所經之地鴉雀無聲，人人噤若寒蟬。因此法拉松旗幟招展號聲不斷地行軍七日，來到了一座山丘，他上到山頭紮營，擺設他的王座；他就如此坐在大地的中央，

㊶昂巴（Umbar）：位在哈拉德地區，在《魔戒》中昂巴已成為海盜的大本營。另見索引760。

大軍的營帳在他周圍四面八方一字排開，帳棚有藍、有金、有白，一眼望去彷彿田野中盛開了無數的長莖花朵。於是他派出傳令使者，命令索倫前來對他宣誓效忠。

索倫乖乖來了。他從雄偉的巴拉多塔安靜前來，無意開戰。他看出大海之王的威勢與力量遠遠超過了人們口中所傳的，他就算派出自己最厲害的僕役，恐怕也是凶多吉少，所以他認爲收拾登丹人的時機還沒到。他非常狡猾，明白不能力敵的可以用智取，而他在這方面是佼佼者。於是他恭順地來到亞爾．法拉松面前，鼓起三寸不爛之舌好好奉承一番；凡是聽見他話的人無不詫異，因爲他的話聽來既順耳又有道理。

不過亞爾．法拉松沒那麼好欺騙，他聽著聽著心裡起了個念頭，要監管索倫，維持他效忠之言的有效性，最好的辦法是把他帶回努曼諾爾當人質，如此他在中土大陸的勢力便會投鼠忌器，不敢妄動。對此索倫表面上彷彿是被迫答應，心裡卻是樂不可支，因爲皇帝此舉完全正中他的下懷。於是索倫渡海來到了努曼諾爾帝國，抵達了處於全盛時期的雅米涅洛斯城，帝國的燦爛榮光令他瞠目結舌，大爲驚駭，但他內心卻因此更加嫉妒與憎恨他們。

索倫的心思與口舌同樣狡詐，他隱藏意志的力量更是驚人，整整三年的時間，他從人質變成皇帝最親近的秘密國師，各類諂媚阿諛的甜言蜜語不絕於口，他有太多知識是人類根本不知道的。看到索倫在皇帝面前受寵，除了安督奈伊親王阿門迪爾㊷之外，皇帝所有的顧問無不巴結奉

㊷ 阿門迪爾（Amandil），昆雅語，意思是「熱愛阿門的人」。另見索引23。

承索倫。慢慢地，整個國家開始發生了變化，精靈之友的內心十分痛苦，他們當中有許多人因爲恐懼而離開，留下來的依然自稱是忠實者，不過他們的對頭卻稱他們是叛徒。如今，抓住衆人注意力的索倫運用各種詭辯來否定所有維拉的教導；他要大家想想這個世界，在東方，甚至在西方，還有許多蘊藏著無數財富的海洋與大地等著他們去征服。如果到最後他們眞的行遍了全地與海洋，在那之外還有自古以來便存在的黑暗。「世界就是從黑暗中創造出來的。唯獨黑暗值得崇拜，那住在黑暗中的主宰或許還會創造其他的世界給事奉他的人，因此這些人的權勢可以繼續無限擴展。」

於是亞爾・法拉松說：「誰是黑暗的主宰？」

索倫迴避衆人關上門，對皇帝撒下瀰天大謊，說：「他的名字現在無人提起；關於他的事，維拉把你們騙得死死的，還拿出一如來冒名頂替，一如根本就是他們捏造出來欺騙你們的幻影，想要藉此綑綁人類，使人類永遠受他們奴役。維拉是這位一如的傳聲筒，不過所傳的盡是他們自己的意思。但是這位黑暗主宰比他們強上萬倍，他會將你們從那幻影中解救出來。他名叫米爾寇，『萬物的主宰』、『自由的賜予者』，他會把你們變得比維拉更強壯。」

於是亞爾・法拉松回過頭來崇拜黑暗，從此尊米爾寇爲主宰；剛開始他是暗暗地拜，但沒多久就在百姓面前公開進行；於是絕大多數的百姓都隨從他而行。但是，如前所述，國中仍有剩餘未離的忠實者，大多居住在羅門納及其附近的村莊，還有一些散居全國各地。在這黑暗的年代，他們所仰望能帶領與鼓勵他們的領袖是皇帝的顧問阿門迪爾親王，以及他兒子伊蘭迪爾㊸；伊蘭迪爾有兩個兒子，在努曼諾爾人算來正處於意氣風發的少年時期，他們是埃西鐸㊹與安那瑞安㊺。阿門迪爾與伊蘭迪爾都是偉大的船長；雖然他們不是住在雅米涅洛斯城中，坐在皇帝位子上統治國家的家族，他們仍是愛洛斯‧塔爾‧明亞特㊻的直系後裔。阿門迪爾和法拉松兩人在年輕時感情很好，雖然阿門迪爾是精靈之友，他仍作皇帝的顧問，直到索倫來到。如今他已遭到罷黜；在全努曼諾爾，索倫最恨的就是他。但是由於他地位十分高貴，又是大海上大有能力的船長，因此許多百姓依然很尊敬他，這讓皇帝和索倫都不敢對他動手。

阿門迪爾退隱到羅門納，將他依舊信任的忠實者都秘密召喚到該處，他害怕邪惡將會急速增長，所有的精靈之友都將落入極大的危險中。這事果然很快就應驗了。在這段年日裡，米涅爾塔瑪山上的獻祭完全荒廢；不過就連索倫也不敢上去玷污那地，皇帝則禁止任何百姓上山，包括那些將伊露維塔放在心中的忠實者，否則就處死。索倫進一步催促皇帝砍倒長在宮廷前的白樹寧羅斯，因爲那樹是對艾爾達與維林諾之光的紀念。

皇帝起初不同意，因爲他相信皇室的運勢就如塔爾‧帕蘭惕爾所預言，是跟白樹緊繫在一

㊸ 伊蘭迪爾（Elendil），昆雅語，意思是「熱愛星辰的人」或「精靈的朋友」。另見索引256。

㊹ 埃西鐸（Isildur），昆雅語，意思是「月亮的」。另見索引446。

㊺ 安那瑞安（Anárion），昆雅語，意思是「太陽的」。另見索引39。

㊻ 塔爾‧明亞特（Tar-Minyatur），昆雅語，意思是「第一位君王」。另見索引704。

起。他的愚昧，讓他在痛恨艾爾達與維拉的情況下，徒然堅守努曼諾爾過去忠誠所留下的影子。當阿門迪爾聽到索倫惡毒計畫的傳言，內心十分傷痛，他知道索倫最後一定會如願的。於是他將維林諾白樹的故事講給他兒子伊蘭迪爾與兩個孫子聽。當時埃西鐸什麼也沒說，但那天晚上他出去作了一件日後名聞遐邇的事。他改裝獨自前往雅米涅洛斯，去到如今禁止忠實者接近的王宮前；他偷偷溜往索倫下令禁止任何人靠近的白樹，那樹現在日夜都有索倫的衛士看守。那段日子寧羅斯十分黯淡，不再開花了，那是深秋時節，它的寒冬已經快要來臨了。埃西鐸躲過守衛從白樹上摘下一顆果實，轉身就走。但是守衛發現了他，立刻群聚圍攻，他殺出重圍，全身多處受創；他逃過了追捕，又因爲他改了裝扮，所以守衛不知道染指白樹的是誰。埃西鐸最後勉強回到了羅門納，將果實交給阿門迪爾後便倒地不起。果實被秘密種下，並且受到阿門迪爾的祝福；春天來臨時，它開始生長發芽。當它長出第一片葉子時，一直躺在病床上性命垂危的埃西鐸康復了，他身上的傷迅速痊癒。

這件事作得剛剛及時；在攻擊事件後皇帝聽從了索倫的要求，砍倒了白樹，完全背離了他祖先自古以來的忠誠。索倫還要求在雅米涅洛斯這座金城的中央山丘上興建了巨大的神廟；神廟的基座是圓形的，直徑五百呎，牆厚五十呎，高五百呎，頂上覆蓋一個巨大的拱頂。整個拱頂鋪銀，在陽光下閃爍生輝，遠遠就可望見；但是那光芒很快就不見了，因爲銀子都變黑了。在神廟中央有一座獻火祭的祭壇，在拱頂最高處的中央開有天窗，不時冒出巨大的濃煙。那座祭壇第一次獻祭時索倫燒的正是被砍下的寧羅斯，白樹被火吞噬，完全燒成灰燼；百姓驚訝萬分地看著它冒出驚人的濃煙，全地被籠罩在陰暗中長達七日，直到那煙慢慢往西飄去。

從此之後，壇上的火與煙就從來沒停過；索倫的力量日益增強，在神廟裡進行的是極其血腥殘暴的惡事，活人被當作祭物獻給米爾寇，求他救他們脫離死亡。絕大部分被抓來燒死的受害人是忠實者；他們遭到控訴的罪名從來不會明言是因爲他們不拜「自由的賞賜者」米爾寇，而是控告他們因爲恨惡皇帝陰謀叛國，或者散佈謊言與毒計謀害自己的同胞。這些罪名絕大多數都是捏造的；在這充滿苦恨的日子裡，仇恨帶來了更多的仇恨。

所有這一切，並未讓死亡離開他們，死亡現在反而以更猙獰的面貌來得更快更頻繁。從前人們衰老得十分緩慢，當他們最後對世界感到疲乏之時，他們便躺下進入永遠的沈睡，但是現在他們遭到疾病與瘋狂的侵襲，而這使他們更加恐懼死亡，害怕進入他們自己所選擇那位主宰所統轄的黑暗中；他們在極大的痛苦中咒詛自己。人們開始攜械在身，爲了細故拔刀互相砍殺；他們已經變成一群暴躁的百姓。索倫，以及那些受他挾制的人，在全國各地的人群中挑起爭端，於是百姓喃喃抱怨他們的皇帝和領主，或反對一些根本與己無關之事，而那些有勢力的人更是隨時殘忍地報復他人。

不過，努曼諾爾人一直都覺得他們很富裕，現在就算他們的生活沒變得更幸福快樂，卻變得更強盛，富人也變得更富。在索倫的幫助與建議下，他們所擁有的財富以倍數增加，他們發明了引擎，建造了更大的船。他們現在全副武裝航向中土大陸，早已不再是幫助與賜予者，甚至也不是統治者，而是四處攻城掠地的好戰者。他們追殺中土大陸的人類，搶奪他們的貨財，奴役他們，還有許多人被他們殘酷地宰殺在祭壇上；在那段時期，他們在自己的堡壘中建起神廟與巨大的墳塚。中土大陸的人懼怕他們，對於古代仁慈帝王的記憶從這片大地上消退了，取而代之的是許多恐怖的故事。

於是，「星辰之地」的皇帝亞爾·法拉松成了這片大地上繼魔苟斯之後威勢最強的暴君，不過，背後其實是索倫在統治。隨著年日過去，皇帝開始感覺到死亡陰影的逼近，他內心充滿了恐懼與憤怒。索倫長久以來所預備與等候的時機終於來臨了。索倫向皇帝進言，如今皇帝的力量已經強大到一個地步，應該可以隨心所欲，不再聽從任何的命令或禁令。

索倫說：「維拉自己佔據著那塊沒有死亡的大地；他們盡可能地欺騙你有關那塊地的事，不讓你知道眞相，這都是因爲他們貪婪，害怕人類的君王會從他們手中奪取不死之地，取代他們統治全世界。當然，長生不老這項禮物不是人人都能得的，而是只給那些值得的人，那些家世輝煌高貴的大人物；但是如今這事居然違反一切正義，這項萬王之王亞爾·法拉松大帝當得的禮物，竟然不賜給他，皇上乃是地球上有史以來最偉大的人類子孫，只有曼威差可比較，如果他敢比的話。偉大的君王不會容忍拒絕，而是勇往直前，爭取他們當得的。」

於是，因著昏庸，因著走在死亡的陰影下，亞爾·法拉松聽從了索倫，他知道自己的拖延不死已經快要到盡頭了。他開始在內心籌畫要如何興兵攻打維拉；對此他已預備良久，雖然他從來不曾公開提及，但這事也沒瞞過所有人的眼睛。阿門迪爾意識到了皇帝的打算，他在震驚之餘充滿了極大的恐懼，他知道人類是不可能以戰爭來擊敗維拉的，如果不阻止這場戰事，這地一定會遭到毀滅。因此，他召來了自己的兒子伊蘭迪爾，對他說：

「時局昏暗，忠實者所剩不多，人類已經沒有希望了。因此，我決定再做一次我們祖先埃蘭迪爾在古時所行的壯舉，不顧禁令駕船航向西方，向維拉陳情，如果可能的話，甚至親口向曼威懇求，在事情太遲之前求他伸出援手。」

「如此一來你豈不就背叛了皇上？」伊蘭迪爾說：「你明知他們長久以來一直控告我們是背叛者與奸細，可是直到如今那一切都是捏造的。」

「如果我認爲曼威需要使者讓他得知眞相，我會背叛皇上。」阿門迪爾說：「人的內心只能忠於一個王，否則無論他有多少理由都不得赦免。不過，我要陳情的是，求維拉憐憫人類，救人類脫離『說謊者』索倫的手；畢竟，人類當中至少有部分是始終忠心不貳的。關於破壞禁令，我個人會承受一切的懲罰，以免我的百姓都淪入罪中。」

「但是，我親愛的父親，你似乎沒有想到，萬一此舉被人知悉，你將爲你家人招來何等的禍患？」

「這件事絕對不能走漏風聲。」阿門迪爾說：「我會秘密準備我要離去的事，當船離開港口那天我會先往東航行，然後，如果風向與機會許可的話，我會再往北或往南繞回頭，往西前進，去找尋我所要找的。我兒，關於你與你的百姓，我建議你準備好你們的船，然後將你們心裡所捨不下的一切都裝上船去；當船隻都預備好之後，你當召聚所有你的人等在羅門納港，當你看見時候到了，就跟隨我的腳步同樣航向東方。阿門迪爾對那位坐在皇位上的親戚而言已經不重要了，如果我們要離去，不管理由是什麼，他都不會感到難過的。但是你要注意，不要讓他覺得你會帶走很多人，否則他會不高興的，因爲他現在所計畫發動的那場戰爭，將會需要他所能召聚到的一切兵力。你要找尋那些至今依然眞正忠心的人，如果他們贊同你的計畫，願意跟你一起走，切記他們得秘密參與你的行動。」

「那個計畫是什麼？」伊蘭迪爾說。

「採取旁觀，切勿插手戰爭之事。」阿門迪爾答道：「在我這趟回來之前，我無法多說。但最可能的情況是，你們將在沒有星光引導的情況下逃離星辰之地；因為這地已經被玷污了。如此一來，你在找尋一塊流亡之地時，將失去一切你所愛的，在生命中預先嚐到死別的滋味。但是，無論往東往西，唯獨維拉知道。」

於是，阿門迪爾如同一個將死之人向所有的家人道別。他說：「你們很可能再也見不到我了。我也不可能像埃蘭迪爾在古時所做的，給你們一個清楚的記號。但是你們要隨時準備好動身，我們向來所知的世界末日，如今已是近在眼前了。」

據說，阿門迪爾帶著三名最貼心的僕人，在夜間駕著一艘小船出發，先航向東，然後回頭往西航去。從此，這世上再也無人得知他們的下落，也無任何故事猜測他們最終的結局。人類不可能第二次藉由這樣的使者獲救，對於努曼諾爾的背叛，不可能輕易赦免。

另一方面，伊蘭迪爾作了所有他父親所吩咐的事，他的船隻都停泊在東邊的海港；忠實者將他們的妻子、兒女、傳家寶、以及大批的物資糧食都送上了船。有許多東西既美麗又有力量，是努曼諾爾人在其智慧全盛之時所發明創作的，各樣的器具與珠寶，大批用紅墨與黑墨記載著各種學問的卷軸。他們還有艾爾達所贈的七顆晶石，而埃西鐸的船上守護著寧羅斯的後裔，那棵小白樹。就這樣，伊蘭迪爾準備好了隨時可以動身，不跟這些日子裡的邪惡行徑有任何牽扯。他一直等著看是否有任何的記號出現，卻始終沒有。由於他深愛父親，在滿心悲傷與渴望的情況下，他冒險偷偷潛往西邊海岸，眺望大海。但他遠遠望見的，除了亞爾・法拉松聚集在西邊海港的龐大艦隊外，沒有任何其他的跡象。

過去，努曼諾爾島的天氣始終適合人類的需要：雨水總是不多不少剛剛好，陽光普照，不冷不熱，和風時時自大海吹拂而來。尤其當風是從西方吹來時，許多人都會嗅到空氣中充滿盪漾人心的輕甜香味，彷佛是人間喚不出名字的花朵盛開在永不枯萎的草地上。可是如今一切都變了；天空總是陰沈，暴風雨隨時颳來，冰雹不時降下，狂風時常呼號；努曼諾爾的大船不時傳出沈沒的消息，這樣的慘劇是自星芒之島上升以來從未發生過的。如今在傍晚時分西方會不時飄來巨大的烏雲，形狀彷佛老鷹，雙翼伸展由南遮蔽到北；它會陰森森地逼近，遮蔽整個落日晚霞，直到黑夜整個籠罩了努曼諾爾。有些巨鷹的翅膀底下夾帶著閃電，雷聲迴盪在大海與烏雲之間。

百姓開始害怕，他們大聲喊道：「看啊！西方主宰的巨鷹！曼威的大鷹籠罩了努曼諾爾了！」他們都嚇得趴在地上，遮臉躲避。

有少數百姓因此懊悔了，但絕大多數對此更是硬心，他們跑到港口對空揮拳，說：「西方主宰陰謀對付我們，他們率先出手攻擊。接下來就該我們還擊了！」這些話是皇帝說的，在背後指使的當然是索倫。

如今閃電頻繁，打死在山丘、田野、以及城中街道上的人；一道充滿火光的霹靂劈在神廟的圓頂上，火花四射，圓頂燒了起來。但是神廟不動分毫，索倫爬上神廟的尖頂，完全無懼於劈下的雷電，並且毫髮無傷；在那一刻，百姓異口同聲稱他爲神，俯伏聽命行他一切意欲之事。因此，當最後一個惡兆來臨時，無人予以理會。大地開始在他們腳下震動，彷佛雷聲夾雜著翻騰的大海在地底怒吼，濃煙從米涅爾塔瑪山頂冒出。這一切，都讓亞爾．法拉松更加加緊準備他的軍隊。

那一陣子，努曼諾爾的艦隊黑壓壓地布滿了整個西邊的海域，彷彿這海域佈滿了成千上萬的小島；他們密密麻麻的桅杆猶如群山之上的森林，片片風帆好似鋪滿天空的雲朵；他們的旗幟是金黑色的。萬事具備，只等亞爾・法拉松一聲令下。索倫退入神廟最內層的中心，人們已爲他帶來火焚獻祭的犧牲者。

西方主宰的大鷹在日暮時分來臨，牠們列陣在天彷彿預備開戰，前進的行列遠不見底，張開的翅膀幾乎攫住了所有的天空。整個西方在牠們背後燃燒得一片通紅，牠們在熾熱的天空下彷彿一團團憤怒的火焰，整個努曼諾爾被這悶燒的怒火照得又紅又亮；百姓彼此對望，看見他們同伴似乎個個怒得滿臉通紅。

亞爾・法拉松硬下心腸，登上他巨大的指揮艦奧卡龍達斯㊼「海上的城堡」，金黑色的船上有無數的桅杆與划槳，正中央設著亞爾・法拉松的龍座。他穿上全副的盔甲，戴上皇冠，升起旗幟，然後下令全軍拔錨開航；努曼諾爾的號角在這一刻萬聲齊發，勝過雷響。

就這樣，努曼諾爾的艦隊頂逆著西方的威脅出發了；海上無風，但是他們有無數強壯的奴隸在揮舞的皮鞭下奮力划槳。太陽完全沈沒了，天地一片死寂。在世界等候它即將降臨的命運中，黑暗籠罩了陸地，大海靜止不動。艦隊慢慢駛出了港邊觀望者的視線，船上的燈火一一逝去，黑

㊼奧卡龍達斯（Alcarondas）；另見索引17。

夜吞噬了他們；到了早晨，已經望不見他們了。夜裡一陣從東方颳來的強風將他們往前吹送，他們打破了維拉的禁令，駛入了禁止的海域，為了抵擋死亡而發動戰爭，要從維拉手中奪過這世界上的永恆生命。

亞爾・法拉松的艦隊橫過大海，包圍了亞佛隆尼與整個伊瑞西亞島，精靈們很悲傷，因為西沈夕陽的光輝整個都被努曼諾爾的船艦遮斷了。亞爾・法拉松最後終於來到了「蒙福之地」阿門洲，停泊在維林諾的海岸上；天地仍然一片死寂，命運懸於一髮之間。在最後這一刻，亞爾・法拉松動搖了，他幾乎調頭回去。當他望著一片死寂的海岸，抬頭看見閃亮的泰尼魁提爾山，比雪更白，比死亡更冷，沈默、不變，猶如伊露維塔光芒的陰影一般恐怖，他內心開始懷疑。但是驕傲控制了他，最後他還是下船踏上了海岸，並且宣佈如果沒有人敢來迎戰的話，這塊地就屬於他了。部分的努曼諾爾大軍開上了圖納山丘紮營，居住在那裡的艾爾達已經全部逃跑了。

於是，曼威在高山上呼求伊露維塔，眾維拉在這一刻放下了他們對阿爾達的治理權。伊露維塔出面展現了祂的力量，世界的面貌從此完全改變了。祂讓努曼諾爾與不死之地中間裂開深淵，海水急速洩下，這巨大瀑布所形成的喧囂巨響與迷霧直衝上天，世界劇烈震動。努曼諾爾整支龐大的艦隊都墜入了深淵㊽之中，永遠被吞滅了。但是踏上阿門洲的亞爾・法拉松大帝與他的將士

㊽原文是abyss，這字的另一個解釋是「地獄」。

們則被倒下的大山活埋：據說，他們如此被囚在無人得知的深洞裡，直等到「末日終戰」來臨。

同時，阿門洲與精靈所居住的伊瑞西亞島都被挪往人類永遠無法到達之處。而「禮物之地」安多爾，皇帝們的努曼諾爾，埃蘭迪爾之星的艾蘭納，也整個被毀滅了。因爲它就位在裂開之深淵的東邊邊緣上，地基整個崩塌，全島墜入了無盡的黑暗裡，永遠不復存在。地球上如今已無任何地方是曾經沒被邪惡沾染過的。伊露維塔將貝烈蓋爾海丟擲回中土大陸的西邊，在大陸的東邊出現空曠無人的大地，另外又有許多新地新海被造出來；但是世界變得黯淡無光了，因爲維林諾與伊瑞西亞島被挪到隱藏事物之域去了。

這場劫難在人們沒有料到的時刻來臨，那時艦隊已經離港三十九天了。突然間，米涅爾塔瑪山噴出大火，狂風大作，大地怒吼，天空搖晃，群山滑動，努曼諾爾與其上的孩童、婦女、以及高傲美麗的貴夫人與小姐們，一同沈沒大海。它所有的瓊樓玉宇，陵墓財富，金銀珠寶與綾羅綢緞，以及一切典藏的智慧學問，全都永遠消失了。碧綠冰冷的如山巨浪噴吐著白沫攀上大地，吞噬了比白銀、象牙、珍珠更美的皇后塔爾．密瑞爾；她拚命地爬上陡峭的米涅爾塔瑪山前往聖壇，但是太遲了，大水漫過她，她的慘叫聲消失在猛烈的狂風中。

另一方面，無論阿門迪爾是否確實抵達了維林諾，或曼威是否聽了他的懇求，總之，伊蘭迪爾跟他兒子以及他們的百姓，因著維拉的恩慈而逃過了那天的大毀滅。伊蘭迪爾始終待在羅門納，拒絕皇帝前去參戰的召喚；他也逃過了索倫派來捉拿他的士兵，躲過被拉到神廟裡去燒死的命運，他上了船，遠離海岸，泊在大海上等待。當大海裂開將所有的艦隊吞落深淵時，他因隔著努曼諾島逃過第一場巨變，隨即而來的狂風又擋住他接近崩塌的努曼諾爾島。但是接下去他很可能會被崩塌所掀起的滔天巨浪所吞噬，如此一來，他們的悲慘跟滅亡者也差不了多少，這世間再無任何生離死別的痛苦與失落能與那天發生的情況相比。但是一陣從西方呼嘯而來的狂風吹向他，那風的猛烈超過任何人類的想像，他的船隊被一掃而飛；狂風撕裂了他們的帆，折斷了他們的桅杆，把這群不幸的人像大水中的稻草一般拋來拋去。

他們一共有九艘船：四艘屬於伊蘭迪爾，三艘屬埃西鐸，兩艘屬安那瑞安；他們逃離了劫難來臨時昏暗中的黑色暴風，但卻落入了另一個黑暗的世界裡。大海在他們底下暴怒翻騰，排山倒海而來的巨浪噴著白沫的頂峰將他們舉到殘破的雲端，數日之後將他們全部拋上中土大陸的海岸。當時整個西邊海岸地區遭到極大的破壞與改變；海水倒灌淹沒了陸地，海岸坍塌，古代的海島都沈沒了，新的海島升起；山川移位，大地變貌。

伊蘭迪爾與兩個兒子日後在中土大陸建立了新王國；雖然他們的學識本領相較於索倫來到之前的努曼諾爾已是夕陽餘暉，但在中土大地上的野蠻人類看來，仍是偉大驚人。伊蘭迪爾的後裔在未來年日中所立的事蹟，記載在別的故事中，他們與索倫的對抗還沒結束。

面對維拉的暴怒以及一如判給海洋與陸地的災難，索倫嚇破了膽。這跟他所預期的相差太遠了，他只想看到所有的努曼諾爾人與他們驕傲的皇帝送命而已。當亞爾・法拉松吹響他出戰的號角時，索倫坐在神廟中心的黑色大椅上哈哈大笑；當他聽見遠方風暴發出的如雷巨響時，他再度大笑；第三次，就在他想到自己如今永遠自世上除掉伊甸人而浸淫在無上的喜悅中大笑時，他連人帶椅帶神廟一同墜入了深淵中。不過索倫不是血肉凡軀，雖然他在這場毀滅中喪失了曾藉以行大惡的形體，讓他從此再也無法以姣好的面貌在人間出現，但他黑色的靈體卻衝了出來，像黑風中的一個陰影飄過了大海，回到他在中土大陸的魔多老家。他在巴拉多塔中再次戴上他的至尊戒，消聲匿跡在黑暗中，直到他再次爲自己打造出新的裝扮，一個凡人肉眼可見的凶神惡煞；而索倫恐怖的魔眼幾乎無人能夠抵擋。

但那些事都沒有記載在努曼諾爾滅頂的故事裡，這故事現在已經說完了，就連那片土地的名稱都湮滅了。

從此之後，人類不曾提起艾蘭納，不曾提及那被拿走的禮物安多爾，也不曾提說努曼諾爾位在世界的那個地方。但是那些被大海沖上岸的流亡者，如果他們內心因爲渴望而轉向西方時，會提及那被巨浪吞沒的瑪．努．法爾瑪[49]，沈淪的故事〈阿卡拉貝斯〉[50]，那塊精靈語稱之爲亞特蘭提[51]的大地。

在流亡者中，有許多人相信「天堂之柱」米涅爾塔瑪山的峰頂並未完全淹沒，它仍豎立在波濤中，變成大海上一座渺茫的孤島；因爲它是一處被封爲聖的地方，即便是在索倫得勢的日子裡，它也不曾被任何人玷污過。埃蘭迪爾的後裔日後曾經有人找尋它，因爲根據博學大師所言，

---

[49] 瑪．努．法爾瑪（Mar-nu-Falmar）另見索引511。

[50] 阿卡拉貝斯（Akallabêth），阿督納克語，意思是「敗亡沈沒的」。另見索引15。

[51] 亞特蘭提（Atalantë），昆雅語，意思是「完美的沈沒」。另見索引92。

古時目光銳利之人可從米涅爾塔瑪山上曾見不死之地隱約的微光。縱使一切都毀滅了，登丹人也明知世界已經改變了，他們的心依然朝向西方，他們說：「亞佛隆尼已自地球上消失，阿門洲也已經被挪走了，在目前這個黑暗的世界裡，它們是找不到的。但是它們曾經存在這世上，因此它們也還會在，眞實完整如同起初世界剛被造好時的模樣。」

登丹人相信，即使是會死的凡人，如果眞有福氣的話，可以盼望在今生之後的某個時間裡看見它。他們始終渴望逃離他們流亡的陰影，並以某種方式望見那不滅之光；對於思及死亡所喚起的悲傷，仍自大海的深處追趕著他們。因此他們當中那些偉大的水手仍會在茫茫的大海上不斷搜尋，希望能夠登上米涅爾塔瑪山，並從那裡望見過去曾經存在過之事物的景象。但是他們一直沒有找到。那些航行到最遠之處的人只來到新的大陸，並且發現一切都跟舊大陸一樣，死亡依然存在。而那些繼續往西航行的人，發現他們最後是在地球上繞了一圈，身心俱疲地回到了他們起初出發之處。於是他們說：「所有的航道現在都變彎了。」

因此，日後靠著航海與觀星的學問，人類的君王知道世界確實是圓的了；但是唯獨艾爾達，如果他們願意，仍被允許離開這地前往古時的西方和亞佛隆尼。因此，人類的博學大師說，一定有一條「筆直航道」[52]存在，只有那些仍蒙允許的人可以找到它。他們教導說，當你踏上這條路時，這新世界便被遠遠拋在腳下，那條古老的記憶中通往西方的航道繼續向前，彷彿一座看不見

---

[52] 筆直航道（Straight Road，Straight Way），另見索引689。

的大橋橫越可容飛翔的天空（因爲世界變彎了，因此空中飛翔的航道也變彎了），然後經過肉身凡軀需要保護否則無法抵擋其寒冷的伊爾門，最後來到「孤獨島」伊瑞西亞，或甚至更遠的維林諾，衆維拉仍然居住在該處，觀看著世界的故事一一在他們眼前展開。於是各樣的故事與傳說在大海的沿岸流傳，論及那些孤獨倘佯在大海上的水手或人們，因著運氣，或因著維拉的恩惠，踏上了筆直航道，看見整個世界在他們眼前下沈，然後一路來到了燈光燦爛的亞佛隆尼碼頭，或最後眞正抵達了阿門洲的海岸，在那裡，在他們死前，得以瞻仰那座美麗又可畏的雪白大山。

OF THE RINGS OF POWER AND THE THIRD AGE

魔戒與第三紀元

索倫在遠古之時本是一位邁雅，居住在貝爾蘭的辛達精靈稱他爲戈索爾。在阿爾達初創之時，米爾寇誘他加入自己的陣營，於是他成了米爾寇最信賴、最得力、又最危險的副手，因爲他可以變換許多不同的形貌，長久以來，他可隨心所欲展現出尊貴又俊美的樣子，除了最謹愼的人，其餘衆生都被他騙了。

當安戈落墜姆崩塌而魔苟斯被推翻後，索倫又變回俊美的外型向曼威的傳令官伊昂威求饒，發誓棄絕過往一切的惡行。有些人認爲，索倫起初不是裝模作樣，而是眞的願意改過自新，他除了對西方主宰的暴怒感到恐懼，更對魔苟斯的失敗錯愕不已。不過伊昂威對擒獲的俘虜並無赦罪之權，他命索倫返回阿門洲去接受曼威的裁決。索倫深受羞辱，不願在這種顏面喪盡的情況下回去接受維拉的刑罰，他很可能必須付上多年的勞役來證明他的向善之心；他在魔苟斯手下可是大權在握的主帥。因此，當伊昂威離去時，他隱藏在中土大陸未走，隨即又墮回邪惡之中，因爲魔苟斯加給他的束縛太強了。

在「最後大戰」與安戈落墜姆崩塌的大混亂中，大地震動崩毀，貝爾蘭四分五裂成爲廢墟；北邊和西邊許多陸地沈入貝烈蓋爾海中。位在東邊的歐西瑞安，隆恩山脈斷裂，形成一個朝南的巨大缺口，湧入的海水形成了海灣。隆恩河①改變了河道流入這海灣，因此它被稱爲隆恩灣。那

①隆恩河（River Lhûn），辛達語。另見索引471。

片鄉野在古代被諾多精靈稱爲林頓，至今不變，仍有許多艾爾達居住其間，徘徊流連，還不願意捨棄他們曾經辛苦奮戰與建設的貝爾蘭。芬鞏之子吉爾加拉德是他們的君王，與他同在一處的還有航海家埃蘭迪爾的兩個兒子，半精靈愛隆，以及他的弟弟努曼諾爾的開國皇帝愛洛斯。

精靈們在隆恩灣的海岸旁興建了他們的海港，這些海港統稱爲米斯龍德②；他們在這深水良港中停泊許多船。艾爾達精靈不時由灰港岸啓航出海，逃離地球上那段黑暗的年日；因著維拉的慈悲，首生的精靈如果願意，依舊能夠脫離東西相連的海洋，循著「筆直航道」歸回他們親族所居住的伊瑞西亞島和維林諾。

在艾爾達之外，早期有其他的精靈越過了隆恩山脈進到內陸地區。這當中有許多是多瑞亞斯與歐西瑞安兩地存活下來的帖勒瑞精靈；他們在遠離海洋喜居深山林間的西爾凡精靈③中建立了家園，西爾凡精靈的心從來不渴望海洋。在隆恩山脈的東邊，諾多精靈唯獨在伊瑞詹④，也就是人類稱爲和林⑤的地區建立了據點。伊瑞詹靠近矮人古時所興建的偉大都城凱撒督姆，精靈稱其

---

② 米斯龍德（Mithlond），辛達語，意思是「灰色的海港」。另見索引537。
③ 西爾凡精靈（Silvan Elves），能力與智慧次於艾爾達精靈的精靈族群，數量龐大，喜歡居住在森林中，對海洋毫不嚮往；又稱爲森林精靈（Wood-elves）。另見索引680。
④ 伊瑞詹（Eregion），辛達語，意思是「冬青林地」。另見索引295。
⑤ 和林（Hollin）；另見索引422。

爲哈松隆德，日後又被稱爲摩瑞亞⑥。從精靈所建的城歐斯．因．埃西爾⑦築有一條通往凱撒督姆西邊大門的路，精靈與矮人之間開始建立友誼，這是其他地方從來沒有的事，雙方也因此都獲益良多。在伊瑞詹，有一群珠寶冶金家⑧開創了自費諾以降最超凡絕俗的精巧手藝；他們當中本領最高的是庫路芬之子凱勒布理鵬，就如〈精靈寶鑽爭戰史〉所記載的，他棄絕了他父親的行徑，當庫路芬和凱勒鞏被逐出納國斯隆德時，他留了下來。

中土大陸各地太平了許多年；但是，除了貝爾蘭居民前往居住之地，其餘的廣袤大地仍是蠻荒無人。事實上，那些無人之地是有不少精靈住在其中，如同過去無盡的歲月裡一樣，他們自由地漫遊在遠離海洋的內陸荒野裡；他們是亞維瑞精靈，貝爾蘭的事蹟對他們而言只是一則傳說，維林諾更是一個渺遠的地名。另一方面，人類以倍數在南方及遙遠的東方增長；因著索倫的運作，他們絕大部分都變邪惡了。

看見世界荒涼無人開墾，索倫心中自忖，維拉在推翻魔苟斯之後再度忘記中土大陸了；因此他的驕傲急速高漲。他痛恨艾爾達，對那些不時駕船前來中土大陸的努曼諾爾人也十分忌憚；但是他一直隱藏自己的想法，隱藏他在內心盤算出來的黑暗計畫。

---

⑥ 摩瑞亞（Moria），辛達語，意思是「黑暗的坑道」。另見索引543。

⑦ 歐斯．因．埃西爾（Ost-in-Edhil），辛達語，意思是「精靈的城市」。另見索引623。

⑧ 珠寶冶金家（Gwaith-I-Mirdain），辛達語。另見索引379。

索倫發現，地球上所有的人種當中以人類最容易左右。但他長久以來一直嘗試說服精靈爲他效力；他知道那群首生的子民擁有更強的力量。他遍行各地深入他們當中，彼時他的形貌依舊俊美，又有智慧。他唯獨不敢涉足林頓，吉爾加拉德和愛隆對他的俊顏巧詞始終抱持懷疑，雖然他們不知道他的眞實身分，但還是不准他踏入林頓一步。而其他各地的精靈都很歡迎索倫，只有少數精靈聽從林頓使者叫他們要小心的警告。彼時索倫自稱安納塔⑨，「天賦宗師」，精靈剛開始時確實從這份友誼中獲得不少好處。索倫對他們說：「唉！偉人的弱點眞是令人惋惜啊。吉爾加拉德是大能的君王，愛隆是博學多聞的大師，但是他們卻不肯爲我的勞心勞力幫一點忙。難道他們不想看見其他地方像他們的王國一樣歡樂美好嗎？難道任憑中土大陸永遠黑暗荒涼嗎？精靈不能將這地變得美如伊瑞西亞，或甚至像維林諾嗎？雖然你們可以回去，但是你們沒這麼做，因此我知道你們深愛中土大陸，我也是啊。難道，我們不應該同心協力將這地變得更豐富美好，讓所有漫遊在這地未受大海對岸之知識與力量啓蒙的所有精靈都興盛起來，超越彼岸？」

索倫的提議在伊瑞詹最受歡迎，那裡的諾多精靈極其渴望提升技術，好讓他們的作品能達到更精妙的地步。此外，他們因爲拒絕返回西方而內心始終不安，他們既想待在自己確實深愛的中土大陸，又想享有那些返回該地之精靈所能享有的福樂。因此他們聽從索倫之言，也從他那裡學到許多事物，因爲他的知識極其廣博。伊瑞詹的珠寶冶金家在那些年日裡技藝精進，作品超越過

⑨安納塔（Annatar），辛達語。另見索引59。

往他們一切的發明；於是，他們採納了建議，製造了「力量之戒」⑩。由於索倫指導他們創作，所以他知道他們所作的一切東西；他一心想在精靈身上加上一道枷鎖，讓他們處在他的監控之下。

如今精靈製造了許多戒指；但是索倫秘密製造了能控制眾戒指的至尊戒，眾戒指的力量都被它綁住，完全臣服於它，它的存毀也決定了它們的存毀。由於精靈諸戒的力量十分強大，想要控制它們就必須鑄造出一個凌駕其上之物；於是索倫在「陰影之地」的火山中鑄造了至尊戒，並且將他大部分的力量與意志灌注其中。當他戴上至尊戒時，他能知悉藉由其他小戒所做成的一切事情，並且可以看見與控制諸戒持有者的思想。

但是精靈也沒那麼容易上當。當索倫戴上至尊戒的那一刻，他們驚覺了；他們知道了他是誰，也看出他將會控制他們，奪走他們的作品。他們在憤怒與恐懼中脫下了手上的戒指。索倫發現精靈沒有上當而自己遭到背叛時，氣得暴跳如雷；他向他們公開宣戰，命令他們交出所有的戒指，因爲若無他的傳授指導，精靈工匠絕對做不出如此高超的作品。但是精靈聞風而逃；精靈救出了諸戒中的三枚，這三枚戒指逃過魔掌被隱藏起來。

這三枚最後完成的戒指蘊藏了最大的力量。它們是鑲著紅寶石的「火之戒」納雅⑪，鑲著鑽

---

⑩ 力量之戒（Rings of Power），精靈鑄造了十九枚，索倫鑄造了一枚。另見索引652。

⑪ 納雅（Narya），昆雅語，意思是「火的」。另見索引568。

石的「水之戒」南雅⑫，以及鑲著藍寶石的「氣之戒」維雅⑬。精靈諸戒中，索倫最想得到這三戒，因爲擁有它們的人可抵擋並延遲時間與世界所帶來的疲憊衰老。但是索倫找不到這三戒；這三戒交到了智者的手中，他們藏起戒指，只要索倫握有「統御之戒」一天，他們就不戴上三戒。因此，三戒始終未被玷污，因爲它們是凱勒布理鵬獨力製造的，索倫不曾染指；但是它們仍然受到至尊戒的宰制。

從那時起，索倫與精靈之間的戰爭從未停止過；伊瑞詹毀棄，凱勒布理鵬被殺，摩瑞亞大門緊閉。半精靈愛隆在那時建立了精靈的避難要塞伊姆拉崔⑭，人類稱爲瑞文戴爾⑮，這處要塞存在了許久。其餘所有的力量之戒統統被索倫奪到手；他將這些戒指拿來跟中土大陸上那些希望自己擁有秘密力量好超越統治自己同胞的人作交易。有七枚戒指他給了矮人，人類獲得了九枚；再度證明人類是最容易受他意志左右的種族。索倫控制的衆戒指都被他扭曲了，由於他曾參與鑄戒過程，它們被下過咒詛，因此扭曲甚易，所有擁有戒指的人到最後都被戒指出賣了。不過矮人確實證明了他們的堅韌難馴；他們厭惡受到他人控制，他們內心的想法很難測透，身體也無法被轉變成黑暗的幽靈。他們只用戒指來聚斂財富；不過他們內心逐漸燃起的莫名憤怒與對黃金的無盡

---

⑫南雅（Nenya），昆雅語，意思是「水的」。另見索引579。

⑬維雅（Vilya），昆雅語，意思是「空氣的」。另見索引781。

⑭伊姆拉崔（Imladris），辛達語，意思是「很深的裂谷」。另見索引437。

⑮瑞文戴爾（Rivendell）；另見索引655。

貪婪，就爲索倫帶來許多好處了。據說，古代矮人王的七個藏寶庫都是奠立在一枚黃金戒指上；但是所有的藏寶庫早就都被惡龍奪走佔據了，那七枚戒指有的被惡龍的火所銷毀，有的被索倫重新得回。

人類證明了是最容易誘騙的。那九名使用戒指的人類，在他們的時代裡成爲君王、魔法師及強而有力的武士。他們獲得極大的財富與光榮，也招致他們自己的毀滅。在人看來他們彷彿長生不老，但生命對他們而言卻變得愈來愈無法忍受。他們可以在白晝日光下行走而不被凡人肉眼看見，還可看見凡人看不見之世界中的事物；但他們最常看見的是索倫的魅影與幻覺。他們按著原本天生的能力與起初爲善或爲惡的意念，一個接一個都落入了自己所戴戒指的奴役，受到索倫至尊戒的支配。他們變成除了統御魔戒持有者之外，無人可見的幽靈，進入了陰影的國度。他們變成了納茲古⑯，「戒靈」，索倫最可怕的僕役；黑暗緊隨著他們，他們呼喊著死亡的聲音。

索倫的貪婪與驕傲不斷高漲，他決定要當中土大陸上萬物的主宰，消滅所有的精靈，甚至，可能的話，將努曼諾爾帝國完全整垮。他不能忍受別人有自由，更受不了別人與他對立；他自命是地球的主宰。彼時他那張俊美的臉還在，只要他想，他仍可戴上美麗又聰明的相貌來欺騙人類。不過只要可能，他寧可用武力和恐懼來統治；看見他的陰影散佈全地之人稱他爲「闇王」，是良善一方的大敵。他聚集統管了當年魔苟斯麾下尚存於世或潛藏地底的所有邪惡生物，半獸人

⑯ 納茲古/戒靈（Nazgûl, Ringwraiths），黑暗語（Black Speech），nazg 的意思是「戒指」，gûl 的意思是「幽靈」。另見索引571與654。

聽命於他，像蒼蠅般以倍數繁殖。

於是，「黑暗年代」開始了，精靈們稱那段時期是「逃亡的歲月」。

許多中土大陸的精靈在那時逃往林頓，由林頓渡海西去，再也沒有回來；還有許多精靈被索倫及其爪牙給消滅了。但在林頓，吉爾加拉德的力量仍在，他還獲得了努曼諾爾人的援助，因此索倫還不敢越過隆恩山脈，也不敢襲擊海港地區。其餘各地都落入了索倫的統治，那些在森林或山中要塞避難的人，仍然受到恐懼的追擊。

居住在東方及南方的人類幾乎都在索倫的控制之下，他們在那段時期強盛起來，建了許多圍有石牆的城鎮，他們人數極多，在戰場上十分凶猛，人人配戴鐵刃鐵甲。對他們而言，索倫是王也是神，他們非常怕他，因爲他用烈火環繞他的居處。

索倫對西邊地區的猛烈攻擊有一陣子停了下來。這在〈阿卡拉貝斯〉中提過，他遇到了努曼諾爾帝國的挑戰。

彼時努曼諾爾人的威勢如日中天，索倫的爪牙根本不敢抵擋他們；心知無望力敵而想智取的索倫於是暫離中土大陸，前往努曼諾爾帝國做皇帝塔爾・卡理安的人質。他乖乖住著，直到他以本事腐化了絕大部分的人心，讓他們向維拉宣戰，完成了他長久以來毀滅努曼諾爾的夢想。

只不過，那場毀滅的恐怖與劇烈遠遠超過他的預期，他忘了西方主宰大發烈怒時會產生何種後果。深淵裂開，吞滅努曼諾爾，海水淹沒一切，索倫自己也墮入了無底深淵中。不過他的靈體在千鈞一髮之際脫殼逃出，隨著一陣黑風逃回中土大陸，找尋棲身之所。他發現吉爾加拉德在他不在的這些年間變得更強盛，力量已經擴展到整個西邊和北邊地區，甚至越過了迷霧山脈與大河，擴展到了巨綠森林⑰的邊緣，愈來愈接近他曾經一度安居的堡壘。於是，索倫悄悄退回陰影之地，盤算再度挑起戰火。

那段期間，就如〈阿卡拉貝斯〉所記載的，有一群被救離毀滅大難的努曼諾爾人向東逃到了這地。他們的領導者是長身伊蘭迪爾和他兒子埃西鐸與安那瑞安。他們是皇帝的親戚，愛洛斯的直系子孫，但是他們不理會索倫的花言巧語，拒絕向西方主宰宣戰。他們和一群仍然忠心的人在毀滅前夕離開了努曼諾爾。他們都是身強力壯的非凡人類，他們的船也十分巨大堅固，但是海上的暴風雨攫住他們，滔天巨浪將他們的船拋向半空，當他們在中土大陸靠岸時，猶如狂風暴雨中落難的鳥兒一般。

伊蘭迪爾被大浪衝上了林頓的海岸，吉爾加拉德向他伸出了援手。隨後他穿過隆恩河，在隆恩山脈的另一邊建立了他的王國，他的百姓在伊利雅德四處沿著隆恩河與巴蘭都因河⑱定居；他

---

⑰ 巨綠森林（Greenwood the Great），位在安都因河流域上一片十分廣大的森林。另見索引367。

⑱ 巴蘭都因河（Baranduin），辛達語，意思是「金褐色的河流」，在《魔戒》中已改稱為烈酒河（Brandywine）。另見索引110。

們的首都安努米那斯[19]位在南努爾湖[20]旁。另外在北崗[21]的佛諾斯特[22]、卡多蘭[23]，以及魯道爾[24]的山丘，也都有努曼諾爾人居住；他們在貝瑞德丘陵[25]和蘇爾山[26]建立了雄偉的瞭望塔；那些地方至今仍有許多古塚和已成廢墟的塔樓，而貝瑞德丘陵上的高塔依舊望向大海。

埃西鐸和安那瑞安被大浪打往南邊，他們最後將船隊駛入了安都因河，這條河流經羅瓦尼安[27]後在貝爾法拉斯灣[28]注入西邊大海。他們在這地區建立了日後稱爲剛鐸[29]的王國；北方的王國稱爲雅諾[30]。努曼諾爾的水手早在帝國興盛的年代就在安都因河口建港築城，一點都不把緊鄰在東邊陰影之地的索倫放在眼裡。在帝國晚期，這處港口只有努曼諾爾的忠實者會來，臨海地區的

---

⑲ 安努米那斯（Annúminas），辛達語，意思是「西邊的高塔」或「日落之塔」。另見索引61。

⑳ 南努爾湖（Lake Nenuial），辛達語，意思是「微光湖泊」。另見索引578。

㉑ 北崗（North Downs）；另見索引599。

㉒ 佛諾斯特（Fornost），辛達語，意思是「北方的堡壘」。另見索引326。

㉓ 卡多蘭（Cardolan），辛達語，意思是「紅色山丘之地」。另見索引156。

㉔ 魯道爾（Rhudaur），辛達語，意思是「東邊的」。另見索引648。

㉕ 貝瑞德丘陵（Emyn Beraid），辛達語，意思是「多塔的山丘」。另見索引276。

㉖ 蘇爾山（Amon Sûl），辛達語，意思是「風的山丘」。在《魔戒》中譯爲阿蒙蘇爾。另見索引32。

㉗ 羅瓦尼安（Rhovanion），辛達語，是對大河與迷霧山脈之間整片區域的統稱。另見索引647。

㉘ 貝爾法拉斯灣（Bay of Belfalas），辛達語，意思是「海岸的」。另見索引119。

㉙ 剛鐸（Gondor），辛達語，意思是「岩石之地」。另見索引355。

㉚ 雅諾（Arnor），辛達語，意思是「皇家之地」。另見索引82。

居民或多或少都是精靈之友的親戚朋友，也多半是伊蘭迪爾的百姓，因此他們很歡迎他兒子的來到。南方王國的首都是奧斯吉力亞斯㉛，安都因大河穿城而過；努曼諾爾人建造了跨河巨橋，橋上有美麗的高塔與石屋，所有白海上前來的大船都在城中的碼頭泊港。

他們在橋的兩端興建了雄偉堅固的城市：位在東邊陰影山脈山坡上威脅著魔多的是米那斯伊希爾㉜，「月升之塔」；位在西邊明都路安山㉝腳下的米那斯雅諾㉞，「日落之塔」，則像一面防護盾擋住山谷中的野蠻人。埃西鐸的家在米那斯伊希爾，安那瑞安的家在米那斯雅諾，他們一同治理王國，兩人的王座左右並列在奧斯吉力亞斯城的雄偉宮殿裡。

這些城市是努曼諾爾人在剛鐸的主要居住地，但在隨後國勢豐隆的年代，他們也在其他地區如亞苟那斯㉟、愛加拉隆㊱及伊瑞赫㊲興建了壯麗驚人的景觀；他們也在安格林諾斯特㊳，也就是

㉛ 奧斯吉力亞斯（Osgiliath），辛達語，意思是「星辰的城堡」。另見索引620。

㉜ 米那斯伊希爾（Minas Ithil），辛達語。另見索引525。

㉝ 明都路安山（Mindolluin），辛達語，意思是「藍色的高頂」。另見索引531。

㉞ 米那斯雅諾（Minas Anor），辛達語。另見索引524。

㉟ 亞苟那斯（Argonath），辛達語，意思是「國王的巨石像」。另見索引78。

㊱ 愛加拉隆（Aglarond），辛達語，「閃閃發光的洞穴」。另見索引11。

㊲ 伊瑞赫（Erech）；該地有巨石，亞拉岡由此踏上「亡者之道」。在《魔戒》中譯爲伊瑞奇。另見索引287。

㊳ 安格林諾斯特（Angrenost），辛達語，意思是「鐵的要塞」。另見索引53。

人類稱爲艾辛格[39]的圓場上，建造了鋼鐵不摧的歐散克尖塔[40]。

流亡的努曼諾爾人攜出了許多的貨財與珍貴的傳家寶；其中最著名的是「七晶石」與「白樹」。這棵白樹長自寧羅斯的果實，寧羅斯在被索倫焚燬前，長在雅米涅洛斯的皇宮庭院中。寧羅斯源自提理安城中的白樹，那棵白樹是雅凡娜按遠古時維拉王國中銀樹泰爾佩瑞安的模樣造給精靈的。埃西鐸冒著九死一生自毀滅中救出的白樹，種在他位於米那斯伊希爾的王宮前，紀念著艾爾達精靈與維林諾的光；但是七顆晶石卻分散在各處。

伊蘭迪爾取了三顆晶石，他兩個兒子各有兩顆。伊蘭迪爾的三顆晶石分別放置在貝瑞德丘陵的高塔上，蘇爾山的瞭望台中，以及安努米那斯城內。他兒子擁有的晶石分別放在米那斯伊希爾和米那斯雅諾，還有歐散克塔和奧斯吉力亞斯城。

這些晶石的珍貴處在於，它們能使望向晶石內部的人看見時間與空間上的遙遠事物。它們所能顯示的大多是最近那顆晶石所在之處發生的事，它們彼此間會互相呼應；但有強烈意志心靈的人，則可透過晶石看見遙遠時空的事物。因此努曼諾爾人知道許多敵人想要達成的計謀，在他們強盛的年代裡，敵人的動向很少逃過他們的警戒。

據說，貝瑞德丘陵上的高塔其實不是流亡的努曼諾爾人建的，而是吉爾加拉德建給他的朋友

---

[39] 艾辛格（Isengard），洛汗語，意思是「鐵的圍場」。另見索引444。

[40] 歐散克尖塔（Pinnacle of Orthanc），辛達語，意思是「叉狀的高頂」。另見索引619。

伊蘭迪爾的；貝瑞德丘陵上的瞭望晶石安放在最高的愛洛斯提理安塔㊶上。伊蘭迪爾時常前往該地，當思鄉之情在他心中翻騰時，他常透過晶石望向大海；有人相信他有時甚至可以望見遙遠伊瑞西亞島上艾佛隆尼的白塔，因爲主晶石始終安放在該處。當索倫的陰影籠罩整個努曼諾爾，艾爾達精靈不再前往拜訪該島時，他們將這些晶石送給伊蘭迪爾的父親阿曼迪爾，做爲對忠實者處身黑暗年代的安慰。這些晶石被稱爲帕蘭提瑞㊷，意思是「可從遠處望見」；不過所有攜至中土大陸的晶石，在許久之前就都失落了。

就這樣，努曼諾爾的流亡者在雅諾和剛鐸建立了王國；但是沒有多久，他們就發現大敵索倫也回來了。如前所述，他悄悄回到了他古老的王國魔多，躲在緊鄰著剛鐸東邊的都阿斯山脈㊸，「陰影山脈」的另一邊。在戈堝洛斯谷㊹中建有他巨大堅固的要塞巴拉多，「邪黑塔」；那地還有一座精靈稱之爲歐洛都因㊺的火山。正是因爲有這火山，索倫才會在多年前定居該地，他利用地心噴出的火焰修煉他的妖術與鍛造，他在魔多的心臟地帶鑄成了統御魔戒。現在他蟄伏在那黑

㊶ 愛洛斯提理安塔（Elostirion），辛達語，意思是「星辰的守望」。另見索引264。

㊷ 帕蘭提瑞（Palantíri），昆雅語，意思是「遠見者」。單數是palantír。它們是諾多精靈在艾爾達瑪所製造的水晶球。另見索引626。

㊸ 都阿斯山脈（Ephel Dúuath），辛達語，意思是「黑暗陰影的外層圍籬」。另見索引285。

㊹ 戈堝洛斯谷（Gorgoroth），另見索引358。

㊺ 歐洛都因（Orodruin），辛達語，意思是「發出紅色火焰的山」。另見索引616。

暗裡，直到他修練出一個新的形體；他的新貌極其恐怖，當他隨著努曼諾爾島被擲入深淵時，他那俊美的形體已經一去不返，永遠毀滅了。他重新戴上大魔戒，以可怕的力量裝束自己；從此，連精靈與人類的勇者都無法抵擋索倫那惡毒的巨眼。

如今，索倫準備好要向艾爾達以及西方來的人類開戰了，沈寂的火山再度甦醒。人們看到歐洛都因開始活躍冒出濃煙，明白索倫已經回來了；於是努曼諾爾人將那座火山取名爲安馬斯山㊻，「末日山」。索倫從東邊及南邊召聚了大批強而有力的人來爲他效力，其中有不少是擁有高貴血統的努曼諾爾人。當索倫逗留在努曼諾爾的日子裡，幾乎所有島民的心都轉向了黑暗。在那段時期東航前來在中土大陸沿海築堡定居的人，都早已聽從他的意志，至今依舊愉快地服侍著他。但是由於吉爾加拉德的威勢，這些大有力量又邪惡的背叛貴族們，大多遠遠避居在南方；其中赫魯莫㊼與富努爾㊽兩位貴族在哈拉德人㊾中掌握了大權，人數龐大性情殘酷的哈拉德人居住在安都因河口對岸，魔多以南的大片荒野上。

當索倫看見時機成熟，就發動大軍攻擊新的剛鐸王國，攻下了米那斯伊希爾，燒掉了埃西鐸

㊻安馬斯山（Amon Amarth），辛達語，意思是「厄運山」或「末日山」。在《魔戒》中譯爲。另見索引26。

㊼赫魯莫（Herumor），昆雅語，意思是「黑暗的領袖」。另見索引407。

㊽富努爾（Fuinur），昆雅語，意思是「黑暗的」。另見索引329。

㊾哈拉德人（Haradrim），辛達語，意思是「南方的人」。另見索引394。

種在城中的白樹。埃西鐸帶著白樹的果實與妻兒乘船自安都因河逃離，他們順著安都因河出海，往上航行找尋伊蘭迪爾。與此同時，安那瑞安守住了奧斯吉力亞斯對抗敵人，隨後把他們趕回山裡去；但是索倫重整實力，預備再次進攻，安那瑞安知道這次若無援軍，王國必會滅亡。

在北邊，伊蘭迪爾和吉爾加拉德會面共商對策，他們看出索倫太強大，若他們不聯合對抗，將會被他一一擊破。因此他們組成了史稱「最後聯盟」的聯合大軍，在往東朝中土大陸邁進時召聚了大批的精靈與人類；他們曾在伊姆拉崔暫停整軍。據說，聚集在伊姆拉崔的大軍，其壯麗恢弘的軍容，在中土大陸上已成絕響，自維拉點召大軍討伐安戈洛墜姆之後，再未見過這樣的陣容。

他們自伊姆拉崔兵分多路越過了迷霧山脈，沿著安都因大河往前邁進，最後抵達了索倫黑暗之地大門前的達哥拉㊿，「戰爭平原」。那日，除了精靈全部都跟從吉爾加拉德之外，全地凡有氣息的生物，包括鳥獸在內，都各選其主，互相對峙。少數參戰的矮人也是兩方陣營都有，不過住在摩瑞亞的都靈[51]的後裔都加入了反索倫的陣營。

吉爾加拉德和伊蘭迪爾的大軍旗開得勝，精靈的力量在那些年日裡依舊強大，努曼諾爾人又

㊿ 達哥拉（Dagorlad），辛達語。另見索引186。

[51] 都靈（Durin），他是矮人的七位祖先中最老也最有名的一位；他興建了凱薩督姆，的子孫在他的子孫在第三紀元中扮演了重要的角色。另見索引219。

高又壯，發怒時十分可怕。吉爾加拉德的神矛伊洛斯[52]無人能擋，伊蘭迪爾手中閃爍著日月光華的聖劍納希爾[53]更令半獸人與其他人類喪膽。

於是吉爾加拉德和伊蘭迪爾領軍攻入魔多，包圍了索倫的要塞；他們一共圍城七年之久，敵人源源不絕的火焰與箭矢令他們在圍城期間傷亡慘重，索倫不時派出部隊突圍襲擊。伊蘭迪爾的兒子安那瑞安以及其他許多人都陣亡在戈堝洛斯山谷中。到最後，因爲圍困極緊，索倫終於被逼親自出馬；他跟吉爾加拉德及伊蘭迪爾纏鬥，終至二人雙雙被殺，伊蘭迪爾的聖劍也在主人倒下時斷成數截。但是索倫也被推翻了，埃西鐸抓住納希爾的斷劍砍下了索倫的手，將統御魔戒據爲己有。失去戒指的索倫被擊敗了，他拋棄了肉身，逃脫的靈體銷聲匿跡躲藏在荒涼之地；千年過去，他始終凝不成人形。

世界的第三紀元由此開始，遠古時期與黑暗年代都過去了；那段日子充滿了希望與歡笑，艾爾達的白樹在人皇的王宮前盛開了許多年，埃西鐸在離開剛鐸前將白樹的果實種在米那斯雅諾，紀念他弟弟。索倫的敗軍雖然被驅散，卻未被完全消滅；他們當中雖有許多人棄暗投明，爲伊蘭迪爾的子孫效力，但有更大部分的人還在心中懷念索倫，繼續痛恨西方人類所建的王國。邪黑塔被夷爲平地，但它的地基仍在，也未被遺忘。事實上，努曼諾爾人在魔多設立了警戒崗哨，但無

---

[52] 伊洛斯（Aeglos），辛達語，意思是「雪亮尖峰」。另見索引4。

[53] 納希爾劍（Narsil），昆雅語，意思是「日月」。另見索引566。

人敢在那地居住，因為對索倫的恐怖記憶還在，而火山離巴拉多塔也不遠，況且戈堝洛斯山谷中遍滿屍骨灰燼。有許多精靈、努曼諾爾人，以及許多同盟的戰友，都戰死在平原與圍城中；伊蘭迪爾與精靈的最高君王吉爾加拉德也都不在了。世間再也不見那樣的大軍聚集，精靈與人類的聯盟已成絕響；自伊蘭迪爾之後，這兩支種族日漸疏遠。

年深日久，時移事往，統御魔戒被遺忘了，就連當時的智者也不復記憶；但是它還沒被銷毀。當時埃西鐸不肯將戒指交給一旁的愛隆和瑟丹，他們苦苦勸他將戒指丟入近在眼前的歐洛都因，它是在那裡鑄成的，也只能在那裡被銷毀，如此索倫的力量就會自此永遠喪失，變成一個只能在荒野中飄盪的怨毒幽靈。

但是埃西鐸拒絕了他們的建議，說：「我要將它當作索倫對我父親與弟弟之死的賠償。難道不是我砍下了戒指，將敵人送終嗎？」他將戒指拿在手中把玩，愈看它愈美麗，也就愈捨不得毀掉它。因此，他帶著戒指先回到了米那斯雅諾，種下白樹紀念他弟弟安那瑞安。隨後他將南方王國託付給安那瑞安的兒子米涅迪爾[54]，給姪兒一些建議，然後就帶著戒指離開，決定將它當作傳家寶；他沿著當初伊蘭迪爾領軍南下的路線北上。他放棄了南方王國，決定遠離黑暗之地的陰影，前往統治他父親遺留在伊利雅德的王國。

不料，埃西鐸一行人遭到一大群埋伏在迷霧山脈的半獸人的襲擊；半獸人在他疏於警戒時突

---

[54] 米涅迪爾（Meneldil），昆雅語，意思是「熱愛天堂之人」。另見索引516。

擊他在大河與巨綠森林之間暫歇的營地，那裡靠近洛格・寧格洛隆[55]，也就是格拉頓平原[56]，他太志得意滿，以為所有的敵人都已經被除滅了，因此安營時未設警戒。幾乎所有隨從他的人都被殺了，其中包括他三個大兒子，伊蘭都爾[57]、亞瑞坦[58]和齊爾揚[59]；不過他在上戰場前將妻子與幼子維蘭迪爾[60]留在了伊姆拉崔。魔戒故意讓埃西鐸逃過襲擊，讓他套上戒指消失在眾人眼前；但是半獸人藉由氣味與足跡追蹤他，他被追到大河邊下水潛逃。在大河中魔戒出賣了他，為自己的主人報了一箭之仇；它在埃西鐸游泳渡河時滑脫他的手指，沉落到水底。岸上的半獸人看到正在奮力泅水的埃西鐸，立刻萬箭齊發將他射死。埃西鐸的部屬中只有三人僥倖逃脫，他們跋山涉水，多次迷途；三人中有一名是埃西鐸的貼身扈從歐塔[61]，他歷盡艱辛將伊蘭迪爾聖劍的碎片送到了伊姆拉崔。

就這樣，納希爾聖劍交到了埃西鐸之子維蘭迪爾的手中；然而劍身已經斷成數截，劍上光芒已經熄滅，千年來它始終未被重鑄。愛隆大人預言，除非失落的統御之戒復出，索倫再度歸返，

---

[55] 洛格・寧格洛隆（Loeg Ningloron），辛達語，意思是「金色水花的池塘」。另見索引476。

[56] 格拉頓平原（Gladden Fields），是位在安都因河與格拉頓之間的一片沼澤地。另見索引348。

[57] 伊蘭都爾（Elendur），昆雅語。另見索引258。

[58] 亞瑞坦（Aratan），昆雅語，意思是「皇族的人」。另見索引70。

[59] 齊爾揚（Ciryon），昆雅語，意思與「船」有關。另見索引171。

[60] 維蘭迪爾（Valandil），昆雅語，意思是「熱愛維拉的人」。另見索引768。

[61] 歐塔（Ohtar），大概是辛達語，意思是「武士」。另見索引604。

聖劍不會重鑄；然而所有的精靈與努曼諾爾人都希望這事永遠不會發生。

維蘭迪爾前往安努米那斯定居，但是他的百姓卻衰微了，如今那地還活著的努曼諾爾人和伊利雅德人已經少到不足以維持當年伊蘭迪爾所興建的每一座城鎮了；在達哥拉、魔多和格拉頓平原上戰死的人實在太多了。當王國從維蘭迪爾傳到第七任皇帝伊雅仁督爾㉜時，這些西方來的人類，俗稱北方的登丹人，又分裂成幾個不同的小團體，各擁其主，他們的敵人遂一一將之蠶食吞滅。他們逐年凋零，直到所有的光榮都消逝，剩下草原上一堆堆的青塚。時光流逝，王國滅沒，荒野中多了一支神秘遊蕩的奇怪子民，其他人不知道他們是哪裡來的，也不知道他們旅行的目的地；除了在伊姆拉崔的愛隆家中，他們的祖先已經被遺忘了。然而，世世代代以來，聖劍的碎片仍被埃西鐸的子孫珍藏著；他們的血脈，自父及子，代代未絕。

南方的剛鐸王國存立了下來，並且威勢漸長，在它衰落之前，其聲威與國勢直逼當年努曼諾爾帝國的盛世。剛鐸的百姓興建了高塔與堅固的城池，以及容納許多船隻進出的大港；戴著有翼皇冠的歷代人皇受到全地各族人民的敬畏。種在米那斯雅諾王宮前的白樹，茂盛生長了許多年，它的種子是埃西鐸在努曼諾爾陸沈之前搶救出來的，努曼諾爾白樹的種子是來自艾佛隆尼，而艾佛隆尼的白樹則來自古老的維林諾，彼時世界初創，萬物尚新。

但是到了最後，在中土大陸飛逝時光的消耗下，剛鐸衰頹了，安那瑞安之子米涅迪爾的血脈

㉜伊雅仁督爾（Eärendur），昆雅語，意思是「大海的朋友」。另見索引227。

終究是斷絕了。努曼諾爾人的血統跟許多其他人類種族的血統混雜，他們的力量和智慧衰退，壽數縮短，對魔多的監視也鬆懈了。當由米涅迪爾傳下的第二十三任皇帝泰勒納㊈在位之時，東方吹來的黑風帶來一場席捲全國的大瘟疫，皇帝及其子女，以及國中許多人民都因此被奪走了性命。於是，設立在魔多邊境上的碉堡廢棄了，米那斯伊希爾變成空城；邪惡再度悄悄潛回黑暗之地，戈堝洛斯遍野白骨被陣陣陰風吹得窣窣抖動，黑暗的陰影開始在那地聚集。據說，那確實就是烏來瑞，索倫稱之爲納茲古的九名戒靈，他們隱藏了許久，如今回來爲主人做準備，索倫已經開始凝聚成形了。

當伊雅尼爾[64]在位時，戒靈發動了第一次攻擊；他們趁黑夜離開魔多，越過了陰影山脈，佔領米那斯伊希爾爲根據地；他們把那城弄得十分恐怖，無人敢多望一眼。從此之後，那地方被改名爲米那斯魔窟[65]，「妖術之塔」；米那斯魔窟從此不斷對西方的米那斯雅諾發動攻擊。接著是奧斯吉力亞斯，由於人口大量減少，城市逐漸荒涼，到最後也成了無人居住的鬼域。不過米那斯雅諾撐了下來，被重新命名爲米那斯提力斯[66]，「守望之塔」；過往歷任皇帝在這城中興建了一座高美的白塔，從塔上放眼望去，可遍查全地。米那斯提力斯始終傲然挺立，白樹也依然在皇帝

---

[63] 泰勒納（Telemnar），昆雅語。另見索引714。
[64] 伊雅尼爾（Eärnil），昆雅語，意思是「愛海的人」。另見索引228。
[65] 米那斯魔窟（Minas Morgul），辛達語。另見索引526。
[66] 米那斯提力斯（Minas Tirith），辛達語。另見索引528。

的宮廷前茂盛生長了一些年；殘存的努曼諾爾人仍然守住過河的通道，抵擋米那斯魔窟的恐怖侵襲，以及半獸人、怪獸、並邪惡人類對西邊的攻擊。因此，安都因河以西之地仍然受到保護，倖免於戰亂跟毀壞。

在伊雅尼爾的兒子伊雅努爾[67]，剛鐸的最後一任皇帝離去後，米那斯提力斯依然穩穩站立。伊雅努爾單槍匹馬前往米那斯魔窟赴會，接受戒靈之王跟他一對一的決鬥；可是他被騙了，戒靈將他綁入城中折磨至死，活人之地再也不見他的歸來。伊雅尼爾沒有子嗣，當皇帝的血脈斷絕，剛鐸的宰相，忠心的馬迪爾[68]家族撐起了大局，繼續統治著米那斯提力斯城與逐漸縮小的王國。另一方面，羅希林人[69]，「北方的牧馬人」，遷到了原屬剛鐸北邊國土的卡蘭納松[70]，也就是後來稱爲洛汗[71]的大草原上定居，並且不時出兵幫助米那斯提力斯的城主抵禦外敵。再往北去，越過拉洛斯瀑布[72]與亞苟那斯峽，有另外一處抵禦邪惡的據點，他們的力量古老到幾乎沒有人類知

[67] 伊雅努爾（Eärnur），昆雅語，意思是「大海的朋友」。另見索引229。

[68] 馬迪爾（Mardil），昆雅語，意思是「皇室的朋友」。另見索引510。

[69] 羅希林人（Rohirrim），辛達語，意思是「擅於牧馬的百姓」。在《魔戒》中譯爲驃騎國。另見索引659。

[70] 卡蘭納松（Calenardhon），辛達語，意思是「綠色的區域」。在《魔戒》中譯爲卡蘭納宏。另見索引151。

[71] 洛汗（Rohan），辛達語，意思是「馬之地」。一個更接近的發音是「羅罕」。另見索引658。

[72] 拉洛斯瀑布（Falls of Rauros），辛達語，意思是「翻騰的泡沫」。另見索引643。

道他們的來歷，邪惡的生物十分忌憚該地，一點也不敢越界，直到時機成熟，闇王索倫捲土重來時，他的爪牙才敢對那地展開攻擊。在索倫回來之前，戒靈在伊雅努爾之後的年代裡，也從不敢以人類可見的形貌離開他們的城，越過大河進行攻擊。

在吉爾加拉德殞落之後，整個第三紀元，愛隆大人定居在伊姆拉崔，他的家中聚集了許多精靈，以及中土大陸一切有智慧又有力量的各族子民，他保存了歷世歷代以來所有美好的事物。因此，愛隆的家成了疲憊與受欺壓者的避難所，是良善與智慧的薈萃之地。在這個避難所裡，住著埃西鐸的子孫，他們在此被撫養長大，也在此終老，因為他們是愛隆自己的血親，並且愛隆深奧的智慧讓他知道，這條血脈將會誕生一人，這人將為這紀元立下大事。在那日來臨之前，當登丹人沒落成一支在荒野中漂流的百姓時，伊蘭迪爾聖劍的碎片被託給愛隆保管。

在伊利雅德，伊姆拉崔是高等精靈最主要的住處；但在林頓的灰港岸，也還住有精靈王吉爾加拉德殘存的子民。他們有時候會遊蕩到伊利雅德來，不過絕大部分還是居住在海濱，建造與維修精靈的船，讓那些對這世界感到疲憊的精靈可以從此地啓航前往極西之地。造船者瑟丹仍是這些海港的王，亦是智者中大有能力的一位。

智者從未公開談論過那三枚精靈保存下來，未遭邪惡沾染過的戒指，即使是艾爾達精靈也只有極少數知道這三戒託給了誰。在索倫失敗之後，這三戒的力量開始運作，三戒所在之處再度傳出歡笑，所有的事物也不受時間流逝的摧殘。因此，在第三紀元末，精靈們看出藍寶石戒指是在瑞文戴爾的美麗山谷中，由愛隆保管，他家上空的星星總是特別明亮。而鑽石戒指是在羅斯洛立安[73]，那裡住著凱蘭崔爾公主，她是森林精靈的女皇，是多瑞亞斯凱勒鵬的妻子，她是諾多族精靈，擁有對遠古之時維林諾的記憶，她是所有仍然住在中土大陸的精靈中，力量最強也長得最美麗的一位。第三枚紅寶石戒指卻依然隱藏，除了愛隆、凱蘭崔爾與瑟丹之外，在一切結束之前，無人得知它託給了誰。

因此，在第三紀元尚存之時，在伊姆拉崔和羅斯洛立安，精靈們的歡樂與美好依舊持續不衰；羅斯洛立安隱藏於凱勒伯安特[74]與安都因大河之間，那裡的樹盛開金色的花朵，沒有任何半獸人或邪惡的爪牙膽敢踏入一步。但是精靈之間有許多人預言，如果索倫再度崛起，不論是他先找到失落的統御魔戒，還是他的對手有幸捷足先登並將之摧毀；任何一種結果都將導致精靈三戒失去力量，所有依靠三戒之力所維繫的事物，也必凋零衰殘，精靈將消逝於微光中，世界將開始由人類統治。

事情的結果確如所測：至尊戒、七戒與九戒遭到了毀滅；三戒也渡海而去，第三紀元隨著它們結束，中土大陸上艾爾達的故事接近了尾聲。那是凋零衰微的年代，在那些年日裡，大海以東精靈最後的繁盛步向了寒冬。彼時中土大陸仍可見到諾多精靈的身影，他們是這世界的兒女中最美麗也最有力量的一群，他們的語言仍在世間流傳。那時大地上仍存有許多美妙的事物，不過邪惡與恐怖的事物也同時並存：半獸人、食人妖、惡龍和兇殘的野獸都在，森林中還有一群古老又

---

[73] 羅斯洛立安（Lothlórien），辛達語，意思是「盛開花朵的夢土」。另見索引489。

[74] 凱勒伯安特（Celebrant），辛達語，意思是「銀色的水道」。另見索引160。

充滿智慧的奇怪生物，無人知道他們的名稱；矮人依舊在山裡忙碌，耐心打造金屬、開鑿石穴，他們的技術如今世間無人能及。但是人類的統治已是大勢所趨，所有的事物都在改變，直到最後，闇王再度在「幽暗密林」中崛起。

那座森林在古時稱爲巨綠森林，它廣大的面積與無數的林間小徑是各種野獸與歌聲嘹亮鳥兒的棲息地；精靈王瑟蘭督伊⑮在橡樹林與山毛櫸樹林間建立了他的王國。多年過去，就在第三紀元接近尾聲時，有個暗影從南面慢慢爬進了森林，恐懼開始在林隙間的陰暗處蔓延；兇殘的野獸出沒其間狩獵，邪惡兇狠的生物也在林中四處設下陷阱。

於是，森林被更名爲幽暗密林，毒龍葵在其間攀爬蔓延，除了北方瑟蘭督伊的子民有能力把邪惡阻擋在外，其他地區已經無人膽敢行過。沒有人知道那股黑暗是幾時前來的，在智者發現之前它就已經存在許久了。那是索倫的陰影並他東山再起的徵兆。他從東邊的荒野裡偷偷潛入森林的南邊定居，在那裡重新緩緩凝聚他的形體。他在一座黑暗的山崗上建造了住處來修練妖術，所有的人都害怕那住在多爾哥多⑯的妖術師，但他們起初並不知道自己的危險有多大。

就在幽暗密林第一次充滿陰影時，中土大陸的西邊也出現了埃斯塔力⑰，人類稱他們爲巫

---

⑮ 瑟蘭督伊（Thranduil），辛達精靈，森林地區的精靈王，《魔戒》遠征小隊中勒苟拉斯的父親。另見索引725。

⑯ 多爾哥多（Dol Guldur），辛達語，意思是「妖術山丘」。另見索引199。

⑰ 埃斯塔力（Istari），昆雅語，他們在第三紀元的一千年左右時被維拉派來中土大陸。另見索引447。

師。彼時除了灰港岸的瑟丹，無人知曉他們是幾時來到的，而瑟丹也只向愛隆及凱蘭崔爾吐露，他們是從大海那邊來的。日後，精靈之間流傳說，他們是西方主宰派來抗衡索倫力量的使者，如果索倫再度崛起，他們要推動精靈、人類以及一切善良的種族立下勇敢的事蹟。他們以人類的模樣出現，年老卻充滿活力，在歲月流逝又肩負重擔的情況下，他們卻不見衰老與改變；他們擁有極深的智慧，身心也具有許多力量。他們行走四處，深入精靈與人類當中，甚至能與鳥獸交談；中土大陸的居民給他們取了許多不同的名字，因為他們從未說出自己的眞名。他們當中為首的兩位，精靈稱之為米斯蘭達⑱和庫路耐爾⑲，不過住在北邊的人類稱他們是甘道夫與薩魯曼。他們當中年紀最長也最先來到的是庫路耐爾，隨後來的是米斯蘭達和瑞達加斯特，還有其他一些埃斯塔力進入了中土大陸的東方，沒有被記載在這些故事中。瑞達加斯特是所有鳥獸的朋友；庫路耐爾最常與人類來往，他不但能舌燦蓮花，也擅長一切冶金之術。米斯蘭達最親近愛隆和精靈，凡事與之磋商；他遊走四處，深入北邊與西邊各地，從未在任何一處定居。但庫路耐爾前往東方，他歸來後定居在艾辛格圓場中心的歐散克塔，那是努曼諾爾人在全盛時期所興建的。

他們當中最有活力的是米斯蘭達，他也是最疑心幽暗密林中那股黑暗的人，雖然許多人認為那不過是戒靈在作怪，但他卻擔心那是索倫捲土重來的第一個陰影；於是他去了多爾哥多，妖術師聞風而逃，那地方於是平靜了很長一段時日。不過，陰影最後還是又回來了，而且力量大增；

---

⑱ 米斯蘭達（Mithrandir），辛達語，意思是「灰袍朝聖者」。另見索引538。

⑲ 庫路耐爾（Curunír），辛達語，意思是「有巧藝之人」。另見索引179。

就在那段時期，智者第一次成立了議會，這個被稱爲「聖白議會」的成員有愛隆、凱蘭崔爾、瑟丹以及其他的艾爾達王者，另外就是米斯蘭達和庫路耐爾。庫路耐爾（也就是白袍薩魯曼）被選爲議會的領袖，因爲他是最深入研究索倫的發明的人。事實上，凱蘭崔爾原本屬意的議會領袖是米斯蘭達，庫路耐爾對此暗妒在心，因爲他的驕傲及統御的欲望愈來愈強；不料米斯蘭達拒絕了該項提議，因爲他除了差他來者之外，無意效忠於任何人或受任何力量約束，故他不在任何地方定居，也不接受任何的召喚。此後薩魯曼開始研究與「力量之戒」相關的一切知識，了解它們的歷史與鑄造技術。

如今那陰影愈發壯大，愛隆與米斯蘭達的心也愈發沈重。於是，米斯蘭達再次冒著極大的危險前往多爾哥多探索妖術師的洞穴，他發現自己的惡夢成眞，只好逃離。

當他回到愛隆的住處後，他說：「唉！我們猜對了。那不是長久以來衆人所以爲的烏來瑞，乃是索倫自己，他已再度凝聚成形，如今正在急速壯大；他已經再度握有所有的戒指，並且不斷四處打探至尊戒與埃西鐸後裔的消息，如果他還有子孫活著的話。」

對此愛隆回答說：「當埃西鐸取得戒指又不肯交出的那一刻，這結果就已經註定了，索倫必要東山再起。」

「但至尊戒仍然下落不明，」米斯蘭達說：「只要我們能在它還沒出現之前盡快聚集我們的力量，不要耽延過久，我們就能控制敵人。」

聖白議會隨即召開；米斯蘭達催促衆人盡快採取行動，但是庫路耐爾反對，勸衆人再等候觀察一些時日。

「我不認爲至尊戒還會在中土大陸上出現。」他說：「它落入安都因河已經數千年了，我認爲它已經被沖入大海，將在海中一直躺到最後，當這世界崩毀、深淵遷移之時。」

就這樣，那次會議沒有達成採取任何行動的結論。但愛隆內心始終不安，他對米斯蘭達說：「我一直預感至尊戒會被找到，然後戰亂再起，這個紀元將在大戰之後結束。事實上，它將在第二場黑暗中結束。除非，有某種我目前無法看見的奇異機緣能將我們從這當中解救出來。」

「這世界上有許多奇異的機緣，」米斯蘭達說：「當智者兀自猶疑不決時，幫助往往來自弱者之手。」

因此，智者繼續處在不安當中，不過無人看出庫路耐爾的思想已經轉向黑暗，他的心已經背叛了衆人：他渴望自己會找到至尊戒，然後駕馭戒指號令天下順從他。長久以來他努力研究索倫的方法，希望擊敗他，但是現在他把索倫當作一個可羡的對手，而非恨惡索倫所作的事。他也認爲，索倫獨力鑄造的至尊戒會在索倫再次顯現時，主動復出找尋它的主人；但索倫若被驅除，它將再次隱匿。因此，他願意鋌而走險，坐等索倫壯大，希望憑著自己的本事能搶在朋友和敵人之前，在戒指出現時捷足先登。

他在格拉頓平原設了警戒，隨即發現多爾哥多的爪牙在那地區沿著大河四處搜索。於是他明白索倫已經知道埃西鐸的下場，他在恐懼之餘退回了艾辛格，加強防衛，並且更加深入探究「力量之戒」的學問及鑄造之法。他沒有對聖白議會提起這事，心裡仍然暗自希望自己會是第一個得知至尊戒下落的人。他召聚了許多密探，其中包含許多飛鳥；因爲瑞達加斯特仍然不疑有他，提供他援助，以爲這是對敵人採取緊密監視的需要。

然而幽暗密林中的陰影愈來愈重，各地的邪物也在多爾哥多的授命下開始在各個黑暗地區大興土木；他們再度在一個意志下聯合，他們的毒恨是針對精靈和殘存的努曼諾爾人而來。因此，聖白議會再度召開，有關魔戒的知識在會中引起劇烈的辯論；米斯蘭達在會議中說：「至尊戒不是非得找到不可，只要它還存在這世界上未被銷毀，它所蘊含的力量就始終活著，索倫就會擁有希望並且繼續壯大。精靈與精靈之友的力量已經大不如前了。他很快就會強過你我衆人，即使沒有至尊戒也一樣；他手中控有九戒，另外七戒他也收復了三枚。我們一定得反擊。」

這次庫路耐爾同意了，他希望索倫能被逐出相當靠近大河的多爾哥多，如此一來他就無法繼續在大河流域中搜索了。因此，最後這次他幫助議會，聚集衆人之力出擊；他們攻擊多爾哥多，將索倫逐出他的要塞，幽暗密林再次獲得了短暫的平靜。

不過，他們的攻擊其實已經太遲了。因爲闇王已經預料到，並且早就作了遷移的準備；他那九位得力助手，九戒靈，已經先他一步前去預備他的歸來。因此，他的敗逃是裝的，他旋即在智者還沒來得及防備前重新入主他的王國魔多，重新興建他的黑塔巴拉多。那一年聖白議會召開了最後一次會議，而庫路耐爾隱入艾辛格，不再與任何人諮商或聽取建議。

半獸人集結成軍，遠處東方和南方的野蠻人也開始整軍經武。在集結中恐懼與戰爭的謠傳四起，愛隆的預言成眞，而至尊戒也確實已經被找到了，其機緣巧合之奇，甚至連米斯蘭達都料想不到；庫路耐爾和索倫也全然不知。早在各方展開搜尋之前，它就已從安都因大河中被一個住在河邊的小漁人拾起，時間大約是在剛鐸皇室的血脈斷絕時；拾獲者將它帶入無人可及的深山地底洞穴裡，藏匿在不見天日的黑暗中。它就待在那裡，直到多爾哥多遭受攻擊那年，它離開了所在之處，被一個遭到半獸人追捕逃入地底深處的旅人拾得，將它帶到了遙遠的鄉間，到了佩瑞安納斯人[80]，「小種人」，又稱為「半身人」的土地上，他們住在伊利雅德的西邊。直到那日來臨之前，精靈與人類都不重視他們，除了米斯蘭達，沒有任何智者，包括索倫在內，曾將一絲心思擺在他們身上。

靠著運氣和充沛的活力，米斯蘭達比索倫早一步得知至尊戒的下落，不過他在震驚之餘還是抱持著懷疑。那枚戒指的邪惡力量之大，遠超過任何智者能夠駕馭，除了像庫路耐爾這種想要抓住機會成為暴君和闇王的人，才會打它的主意；但是它既無法永遠被藏著不讓索倫知道，也無法被精靈的本領摧毀。於是，米斯蘭達在北方登丹人的協助下於佩瑞安納斯人的四境設下防衛，等候他的良機到來。但是耳目眾多的索倫很快就聽到了至尊戒的傳言，那是全天下他最想得到的東西，他立刻派出戒靈去奪取。於是，戰火燃起，第三紀元如出一轍，在對抗索倫的大戰中結束。

彼時那些看見諸事如何成就，看見許多勇敢和奇妙事蹟之人，開始四處傳講「魔戒爭奪戰」的故事，述說戰爭是在怎樣未曾預料到的勝利，以及早已預知中的悲傷裡結束。在此且說一段埃西鐸的繼承人在那段日子在北方興起，他拿起伊蘭迪爾聖劍的碎片，在伊姆拉崔重鑄；然後他成

---

[80] 佩瑞安納斯人（Periannath），辛達語，意思是「半身人」。另見索引630。

為人類的偉大領導者，踏上戰場。他是亞拉松[81]之子亞拉岡[82]，埃西鐸的第三十九代直系子孫，卻比他任何一位父祖更像伊蘭迪爾。在洛汗國所打的一仗，推翻了叛徒庫路耐爾，攻破了艾辛格；在剛鐸都城前原野上的另一場慘烈戰爭中，索倫的大將魔窟之王被消滅了；埃西鐸的繼承人領著西方大軍來到了魔多的黑色大門前。

在最後這場背水一戰的西方大軍中有米斯蘭達，愛隆的兩個兒子，洛汗的國王，剛鐸的貴族們，以及埃西鐸的繼承人與跟隨他的北方登丹人。但是索倫的力量實在太強，西方的聯軍最後被擊敗了，眼看就要全軍覆沒，所有的英勇壯烈都將成空。在那一刻，米斯蘭達先前所言得到了印證，當智者兀自猶疑不決時，幫助卻來自弱者之手。誠如日後許多歌謠所傳唱的，是那住在山坡旁與水邊草原上的小佩瑞安納斯人，為他們帶來了拯救。

據說，半身人佛羅多在米斯蘭達的吩咐下，親身擔起那個重擔，他帶著小僕人一同穿過重重危險與黑暗，最後來到了索倫毫無防範的末日山；他將那枚由火山烈焰所鑄成的大魔戒擲入了它起初生成之地，就這樣，戒指銷融，它所蘊藏的邪惡也被消滅了。

於是索倫失敗了，他被徹底擊潰，像一個怨毒陰影隨風飄逝；在他們的潰敗中大地震動怒吼，巴拉多塔崩塌成為廢墟。和平再度降臨，大地重啓新春；埃西鐸的繼承人加冕為剛鐸與雅諾兩國的皇帝，登丹人的力量再度受人尊崇，昔日光榮再現。在米那斯雅諾的宮廷前，白樹再度繁

---

[81] 亞拉松（Arathorn），昆雅語，有「皇室」之意。另見索引72。

[82] 亞拉岡（Aragorn），昆雅語，意思是「皇室的樹」。另見索引65。

花盛開，被米斯蘭達於明都陸安山的雪地中找到的這顆幼苗在剛鐸的都城中長得又高又白；只要它存在一天，世世代代皇帝的心中就不會完全忘記古時的日子。

如今這一切事情之所以得到成就，絕大部分是靠米斯蘭達的判斷與活力，在最後那幾日，他顯露受人尊崇的王者本相，一身白衣騎赴戰場；但是直到他離去的那一刻，眾人才知道長久以來他一直是紅寶石火戒的守護者。這枚戒指當初是託給了海港之王瑟丹，但他後來將戒指給了米斯蘭達，瑟丹知道他幾時來到，也知道他將歸回何方。

「現在請收下這枚戒指吧。」他說：「因爲你的辛勞與擔子極重，但它的力量會始終支持你，爲你擋住疲憊的侵襲。這是火之戒，運用它，或許你能在一個逐漸冰冷的世界裡重新在人心中點燃古時的英勇。至於我，我的心緊繫於大海，我將住在這灰色的海岸旁守護這些海港，直到最後一艘船啓航。所以，我將在此等候你。」

那艘船極其潔白，是耗費多年興建而成的，之後又等了許多年，直到瑟丹所說的結局來到。當這一切事都完成，埃西鐸的繼承人重掌人類的王權，西邊的統治權交到他手中後，情況顯示三戒的力量也同樣消逝了，對首生的精靈而言，世界變得灰暗與衰老。那時，最後一批諾多精靈從港口揚帆出海，永遠離開了中土大陸。最最後，三戒的持有者騎赴海港，愛隆大人從瑟丹手中接過早已預備好的船，在秋日的微光中駛離了米斯龍德，直到它把弧形世界的海洋遠遠拋在下方，不再受到圓頂穹蒼的風所干擾，乘著高空的氣流翱翔於世界上方的雲霧中，來到了遠古時的極西之地，而艾爾達精靈的故事與歌謠也在此落幕。

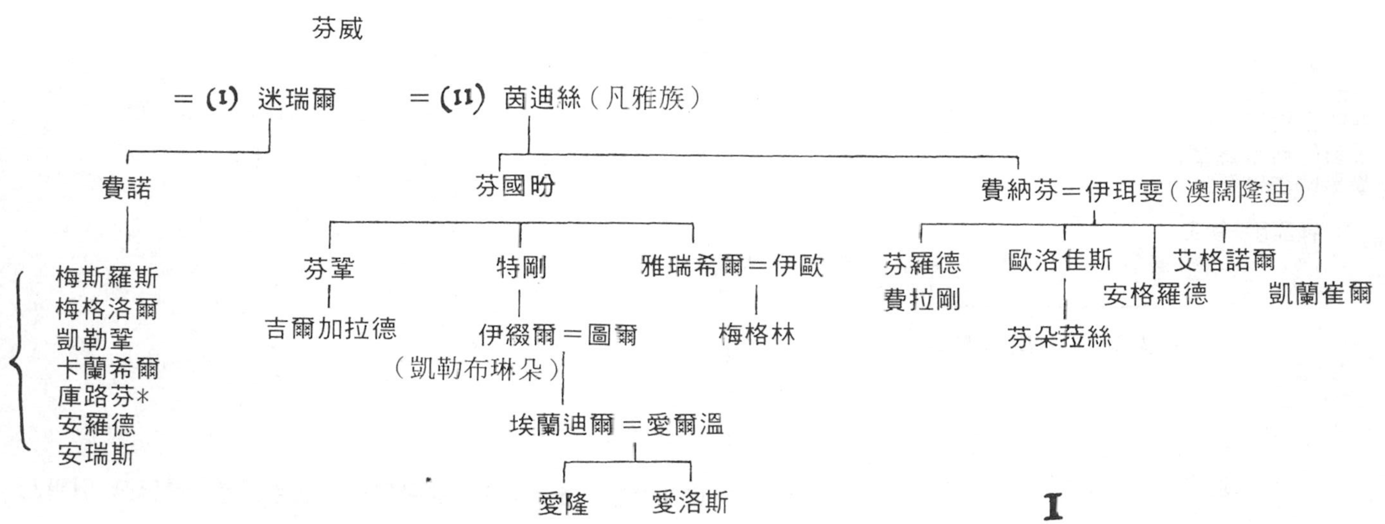

I

芬威的家族以及愛隆與愛洛斯的諾多族先人

*凱勒布理鵬的父親

II

歐威與埃爾威的後裔

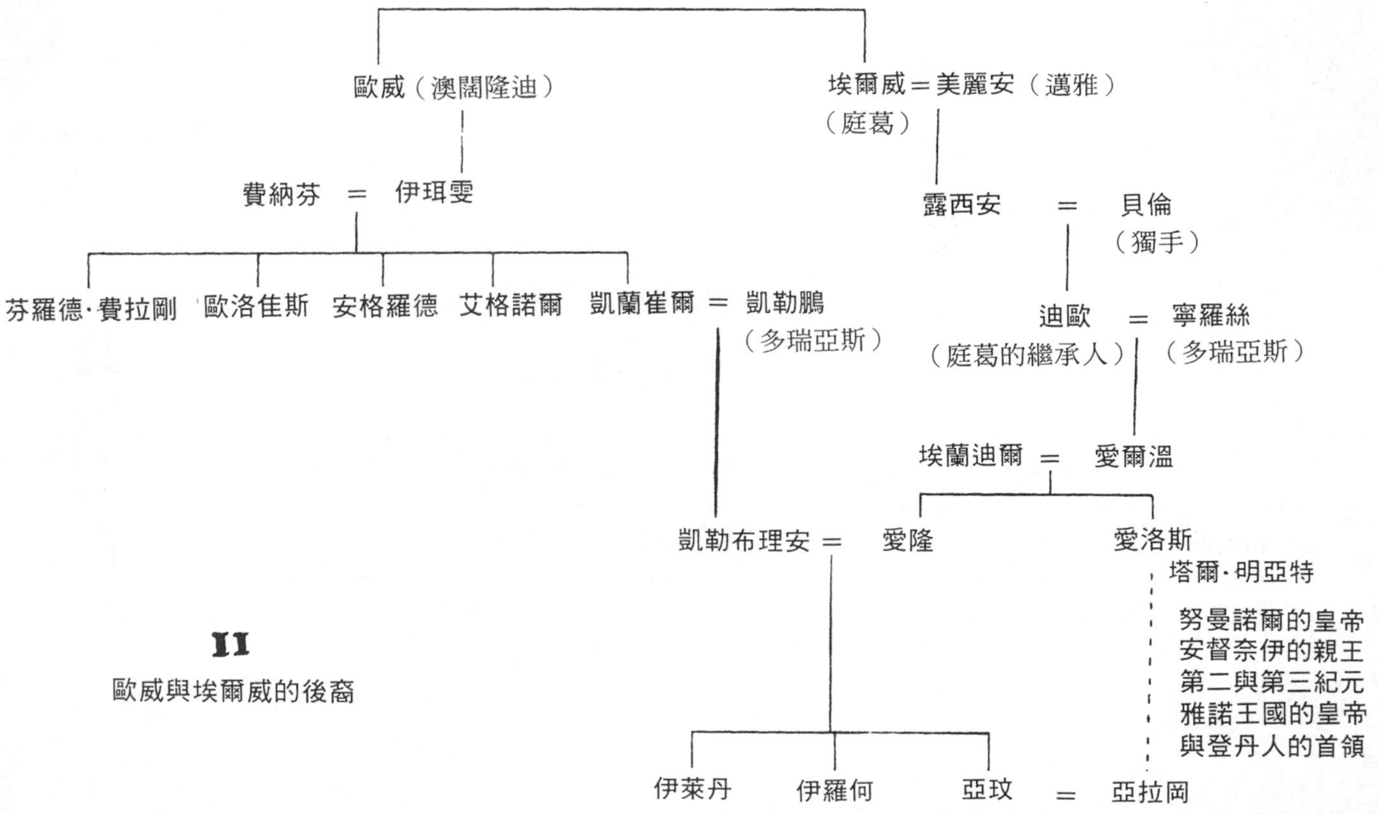

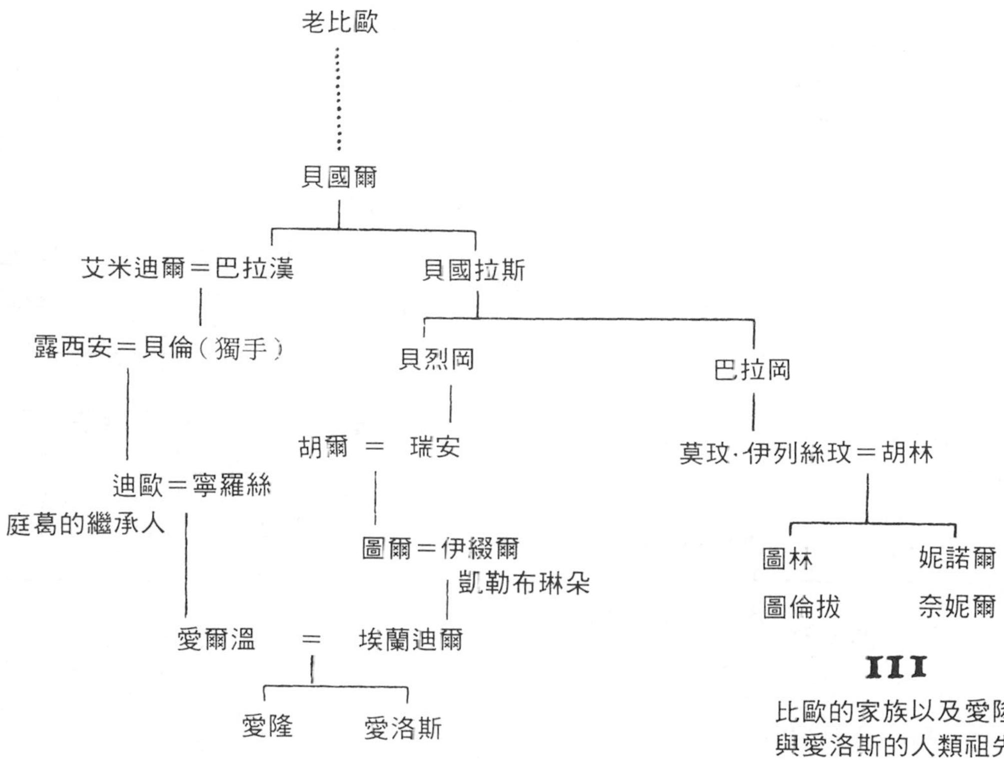

III

比歐的家族以及愛隆
與愛洛斯的人類祖先

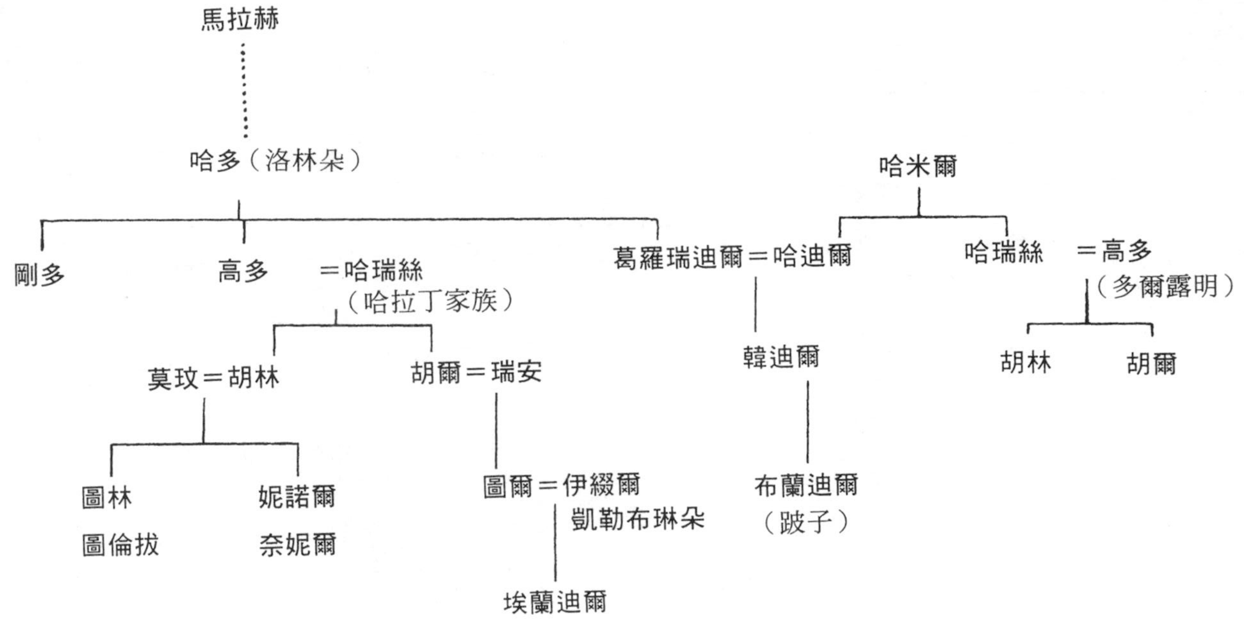

IV

多爾露明的哈多家族

V

哈麗絲的族人

（貝西爾的哈拉丁家族）

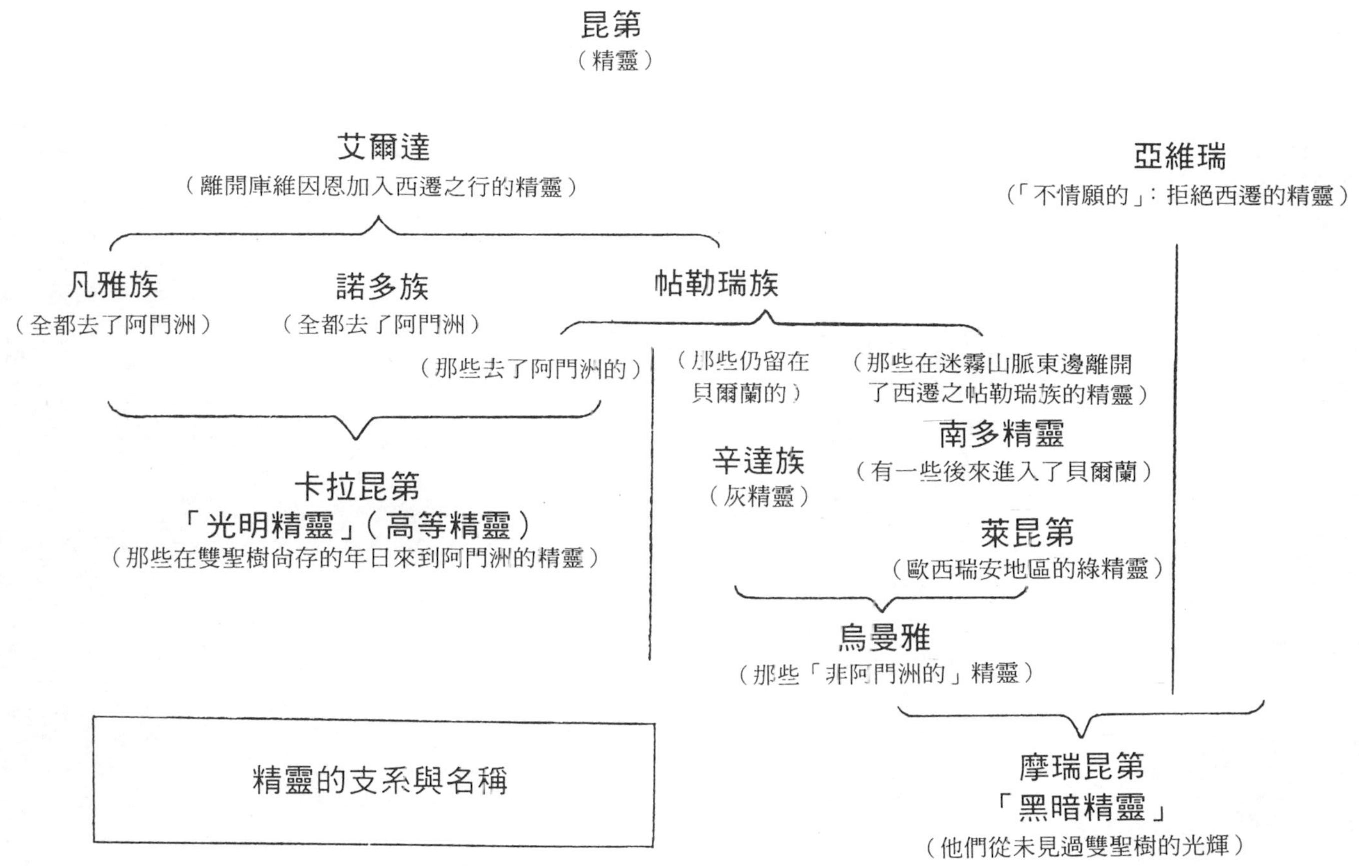
昆第
（精靈）
艾爾達
（離開庫維因恩加入西遷之行的精靈）
亞維瑞
（「不情願的」：拒絕西遷的精靈）
凡雅族
（全都去了阿門洲）
諾多族
（全都去了阿門洲）
帖勒瑞族
（那些去了阿門洲的）
（那些仍留在貝爾蘭的）
（那些在迷霧山脈東邊離開了西遷之帖勒瑞族的精靈）
南多精靈
（有一些後來進入了貝爾蘭）
辛達族
（灰精靈）
卡拉昆第
「光明精靈」（高等精靈）
（那些在雙聖樹尚存的年日來到阿門洲的精靈）
萊昆第
（歐西瑞安地區的綠精靈）
烏曼雅
（那些「非阿門洲的」精靈）
摩瑞昆第
「黑暗精靈」
（他們從未見過雙聖樹的光輝）
精靈的支系與名稱

附錄一
發音的說明

以下這份說明只是簡單澄清精靈語中一些主要名詞的發音，絕對不夠完備。關於完整的說明，請參照《魔戒》中的附錄五。

子音

C	永遠是發 k 的音，絕對不發 s 的音；因此，Celeborn 是「Keleborn」而不是「Seleborn」。在本書中有少數幾個名稱是直接用 k 拼出來的，如 Tulkas, Kementári。
CH	永遠都是發蘇格蘭語中 loch 或德語中 buch 的 ch 音，絕對不發英語中 church 的音。例子有：Carcharoth, Erchamion。
DH	永遠都發爲英語中有聲的th（輕聲），就如 then 中的 th，而非 thin 中的 th。例子有：Maedhros, Aredhel,Haudh-en-Arwen。
G	永遠都是發英語中get 的音；因此 Region，Gregion 不是發爲英語中 region 的音，而 Ginglith 要發如英語中的 begin，而不是如 gin。

重複的子音要發長音；因此，Yavanna 要發英語中 n 的長音，如：unnamed, penknife，而不是短音的 n，如：unaimed, penny。

母音

AI	要發英語中 eye 的音；因此 Edain 的第二個音節要發像英語中的 dine，而不是 Dane。
AU	要發英語中 town 中 ow 的音；因此 Aulë 的第一個音節要發爲英語中的 owl，而 Sauron 的第一個音節要發成英語中的 sour，而不是 sore。
EI	如在 Teiglin 中要發爲英語中 grey 的音。
IE	不應當發成英語中的 piece，而是要同時將 i 與 e 的母音連著發出來；因此Ni-enna 不可發爲「 Neena 」。
UI	Uinen 是發成英語中 ruin 的音。
AE	例如在 Aegnor，Nirnaeth，以及 OE 在 Noegyth，Loeg 中時，都是個別母音 a-e，o-e 的合併，ae 可以 ai 的方式來發音，oe 可發成英語中的 toy。
EA 和 EO	兩個音不會一起發，而是構成兩個音節；因此它們合併時的寫法是 ëa 和 ëo（當它們是人名時，會寫成 Eä 和 Eö，如：Eärendil，Eönwë）。
U	在 Húrin，Túrin，Túna 這些名詞中應當發成 oo 的音；因此 Turin 是發成「 Toorin 」，而不是發成「 Tyoorin 」。
ER，IR，UR	在子音前（如 Nerdanel，Cirdan，Gurthang）或在一個字的最後（如 Ainur）時，不應當發成英語中的 fern，fir，fur，而是應當發成英語中的 air，eer，oor。
E	當出現在一個字的字尾時，永遠發出明顯有聲的母音，在此情況下它會寫成 ë。同樣出現在字的中間時也都發音，如：Celeborn，Menegroth。

音調符號（circumflex accent）的標示，在辛達語中是強調某個單音節的字要特別發長母音（如 Hîn Húrin）；但是在阿督納克語（努曼諾爾語）和卡斯都語（矮人語）中，音調符號只是單純用來標示長母音。

索引

由於書中的人名、地名極其繁多，這份索引提供了每個人名、地名的簡短說名，方便讀者查看。這些說明不是簡述所有書中的內容，故事中大部分中心人物的說明尤其簡短；雖然我用了各種方法來縮減索引的內容，但它看起來還是免不了有點龐大。

簡列索引過程中的一項主要考慮爲，精靈語的英文翻譯事實上在故事中也常獨立使用；譬如，精靈王庭葛所居住的地方，在書中同時被稱爲**明霓國斯**和「千石窟宮殿」(有時甚至兩者同時出現)。碰到這樣的情況，我絕大部分的作法是將精靈語的名稱和它的意譯一同並列出來。另外，若有獨立出現的英文譯名我也分別列出，不過說明的部分則簡述爲參照原精靈語。說明中用引號括起來的部分是該名詞的翻譯；這在故事中也常出現(例：**伊瑞西亞島**的意思是「孤獨島」)，不過書中許多沒有加以翻譯解釋的名詞我都加上了意譯。一些沒有翻譯的名詞的資料，記載在附錄當中。

有許多只在英文中出現而沒有說明精靈原文的稱謂和正式頭銜，像是「the Elder King」(譯註：「大君王」，指曼威)和「the Two Kindreds」(譯註：「兩支親族」，指精靈與人類)，我只選擇性地列出一些最常出現的稱謂。相關參考資料，除了少數幾個像**貝爾蘭**及**維拉**這種反覆不斷出現的名稱，其餘都刻意列得完整(有時還只列出頭銜而沒出現名字的稱謂)；此

外，某些諾多族王子所發生的事件名稱，若只關係到其子或其家族的，則省略不載。

與《魔戒》相關的參考資料則列出部名、卷名和章名。

1	Adanedhel	亞達尼西爾	「精靈人」，圖林在納國斯隆德時別人對他的稱呼。
2	Adûnakhor	阿督納克爾	「西方之王」，努曼諾爾第十九任皇帝的自稱，這是努曼諾爾語中第一次出現這樣的稱謂；他的名字在昆雅語中稱爲西如努門。
3	Adurant	阿督蘭特河	位在歐西瑞安地區吉理安大河的第六條支流，也是最南邊的一條支流。這名稱的意思是「雙支流」，意指它的河道分岔環繞著嘉蘭小島。
4	Aeglos	伊洛斯	「雪亮尖鋒」，吉爾加拉德的神矛。
5	Aegnor	艾格諾爾	費納芬的四子，他和弟弟安格羅德統管著多索尼安高地的北邊地區；他在班戈拉赫戰役中被殺身亡。這名字的意思是「猛烈的火焰」。
6	Aelin-uial	艾林優歐	「微光沼澤」，埃洛斯河流入西瑞安河的河口地區。
7	Aerandir	艾仁第爾	「大海漫遊者」，三名陪同埃蘭迪爾航海的水手之一。
8	Aerin	艾玲	胡林在多爾露明的女性親屬；嫁給東方人伯達爲妻；在尼爾南斯．阿農迪亞德戰役後不時援助莫玟。
9	Aftercomers	繼之而來者	伊露維塔後造的兒女，也就是人類；是精靈語「希爾多」一詞的翻譯。
10	Agarwaen	阿加瓦恩	「殺人流血的」，圖林來到納國斯隆德時給自己取的名字。

11	Aglarond	愛加拉隆	「閃閃發亮的洞穴」，位在尼姆拉斯山脈的聖盔谷中(見《魔戒》二部曲)。
12	Aglon	艾格隆狹道	「狹道」，位在多索尼安高地與通往辛姆林西邊高地之間。
13	Ainulindalë	埃努林達利	「埃努的大樂章」，又稱爲「偉大的樂章」或「偉大的歌曲」。這名字是遠古時住在提理安的盧米爾所取的，敘述天地的創造是在樂曲的譜成當中一一出現的。
14	Ainur	埃努	「神聖的使者」(單數爲Ainu)；是伊露維塔最先創造的有生命的靈體，他們的種類又可分爲維拉和邁雅，他們在物質宇宙被創造之前就已經存在。
15	Akallabêth	阿卡拉貝斯	「淪亡之國」，這是一個阿督奈克語(努曼諾爾語)，意思等同於昆雅語中的亞特蘭提。這詞同時也是指努曼諾爾淪亡的歷史。
16	Alcarinquë	奧卡琳奎依	「光輝燦爛的」，星辰的名字。
17	Alcarondas	奧卡龍達斯	亞爾·法拉松用來航向阿門洲的巨艦的名字。
18	Aldaron	奧達隆	「百樹之王」，主神歐羅米的昆雅語名字；參看Tauron。
19	Aldudénië	奧都迪耐伊	「雙聖樹的輓歌」，由凡雅精靈艾倫米瑞所作。
20	Almaren	奧瑪倫	在對米爾寇展開第二次攻擊之前，維拉在阿爾達的第一個居住之處；它是中土大陸中央一個浩瀚大湖中的小島。
21	Alqualondë	澳闊隆迪	「天鵝港」，是帖勒瑞族精靈在阿門洲海岸上所建立的主要城市與海港。
22	Aman	阿門洲	「神聖、被祝福的，免於邪惡的」，在越過大海後極西之處一

			片大陸的名稱，維拉在離開奧瑪倫之後就居住在此。經常被稱爲「蒙福之地」。
23	Amandil	阿門迪爾	「熱愛阿門的人」；在努曼諾爾島上的最後一位安督奈伊親王，愛洛斯的直系子孫，伊蘭迪爾的父親；揚帆出海尋找維林諾，從此再也沒有回來。
24	Amariё	雅瑪瑞伊	芬羅德·費拉剛所深愛的凡雅族精靈，她不肯離開維林諾跟他一起去中土大陸。
25	Amlach	安拉赫	印拉赫的兒子，馬拉赫的孫子，後來對自己的言行感到後悔，投到梅斯羅斯麾下服侍。
26	Amon Amarth	安馬斯山	「末日山」，在索倫從努曼諾爾島返回之後，歐洛都因火山又開始活躍起來，於是精靈將它命名爲末日山。
27	Amon Ereb	伊瑞伯山	「孤山」(有時簡稱爲伊瑞伯)，位於藍達爾和東貝爾蘭的吉理安河之間。
28	Amon Ethir	伊西爾山	「偵察丘」，芬羅德·費拉剛在納國斯隆德東邊入口所堆起的山丘。
29	Amon Gwareth	葛威瑞斯山	貢多林就建立在這座山上，它位在倘拉登平原的中央。
30	Amon Obel	歐貝爾山	位在貝西爾森林中央的一座山丘，上面築有布蘭迪爾圍欄。
31	Amon Rûdh	路斯山	「光禿禿的山」，單獨拔地而起位在貝西爾南邊的高山；密姆與兒子住在山上的洞穴裡，是圖林與逃亡的同黨所躲藏的巢穴。
32	Amon Sûl	蘇爾山	「風之山丘」，位於雅諾王國內(在《魔戒》中稱爲「風雲頂」)。
33	Amon Uilos	幽洛斯山	歐幽洛雪的辛達語名稱。
34	Amras	安瑞斯	費諾最小的兒子，安羅德的雙胞

			胎弟弟；在攻擊西瑞安河口埃蘭迪爾的百姓時，兄弟雙雙被殺。
35	Amrod	安羅德	見Amras。
36	Anach	阿那赫通道	從戈堝洛斯山脈最西邊的多索尼安下來的一條棧道的名稱。
37	Anadûnê	亞納督尼	「西方之地」：努曼諾爾人用阿督納克語(努曼諾爾語)稱呼自己所居住的努曼諾爾島。
38	Anar	雅納	昆雅語中的太陽。
39	Anárion	安那瑞安	伊蘭迪爾的次子，努曼諾爾島陸沈時與父親及哥哥埃西鐸一同逃出，在中土大陸建立了努曼諾爾人的流亡王國；他是米那斯雅諾的君主，在巴拉多圍城攻防戰中被殺。
40	Anarríma	安拿瑞瑪	星宿的名稱。
41	Ancalagon	安卡拉剛	魔苟斯手下的有翼巨龍中最厲害的一隻，被埃蘭迪爾所殺。
42	Andor	安多爾	「恩賜之地」，也就是努曼諾爾島。
43	Andram	安德蘭	「很長的牆」，一座橫越貝爾蘭的連綿山脈。
44	Androth	安卓斯	米斯林山脈中的洞穴，圖爾在此被灰精靈撫養長大。
45	Anduin	安都因河	「長河」，位在迷霧山脈的東邊；又被稱爲大河。
46	Andúnië	安督奈伊	努曼諾爾島西邊的城市與海港。
47	Anfauglir	安佛理爾	巨狼卡黑洛斯的別名，翻譯出來的意思是「飢渴的大嘴」。
48	Anfauglith	安佛格利斯	阿德加藍平原被魔苟斯在「突襲烈焰之戰」中燒爲焦土後，便被改名爲安佛格利斯；翻譯出來的意思是「令人窒息的煙塵」。參Dor-nu-Fauglith。
49	Angainor	安蓋諾爾	奧力打造來綑鎖米爾寇的巨大鐵鍊。

50	Angband	安格班	「鐵的囚牢、鐵的地獄」，魔苟斯位在中土大陸西北方的巨大堡壘與監牢。
51	Anghabar	安格哈巴	「鐵的鑽挖」，貢多林平原四周的環抱山脈中，一處礦坑的名稱。
52	Anglachel	安格拉赫爾	伊歐給庭葛的寶劍，由流星中的鐵所打造，庭葛將這劍送給了畢烈格；這劍後來在圖林手中時重新打造，被命名為「古山格」。
53	Angrenost	安格林諾斯特	「鐵的要塞」，努曼諾爾人所興建的要塞，位在剛鐸的西邊國界上，日後成為巫師庫路耐爾(薩魯曼)的住所；見Isengard。
54	Angrim	安格林	「鬱鬱寡歡」的高爾林的父親。
55	Angrist	安格瑞斯特	「切鐵者」，諾多精靈鐵爾恰所打的刀，貝倫從庫路芬處奪來，用這刀從魔苟斯的鐵王冠上挖下了一顆精靈寶鑽。
56	Angrod	安格羅德	費納芬的三子，與哥哥艾格諾爾共守多索尼安的北邊坡地，在班戈拉赫戰役中被殺。
57	Anguirel	安格威瑞爾	伊歐的寶劍，與安格拉赫爾是同樣的材質。
58	Annael	安耐爾	米斯林的灰精靈，圖爾的養父。
59	Annatar	安納塔	「天賦宗師」，索倫在第二紀元時自取的名字，那時他還以美麗的形貌遊走在中土大陸的艾爾達精靈當中。
60	Annon-in-Glydh	安農・因・葛利斯	「諾多隧道之門」，多爾露明山脈西邊一處地下河流的入口，可通達寧尼阿赫裂口。
61	Annúminas	安努米那斯	「西方之塔」(例：西方之地，努曼諾爾)；雅諾的皇帝建在南努爾湖旁的都城。

62	Anor	雅諾	見Minas Anor。
63	Apanónar	阿佩諾納	「後出生的」，精靈語的「人類」。
64	Aradan	亞拉丹	馬拉赫的兒子馬列赫的辛達語名字。
65	Aragorn	亞拉岡	埃西鐸的直系第三十九代繼承人；在「魔戒爭奪戰」之後登基爲雅諾與剛鐸兩國的皇帝；他娶了愛隆的女兒亞玟爲妻。常被稱爲「埃西鐸的繼承人」。
66	Araman	阿瑞曼	阿門洲海岸邊的荒地，夾在佩羅瑞山脈與大海之間，向北一直延伸到西爾卡瑞西海峽。
67	Aranel	亞蘭尼爾	庭葛的繼承人迪歐的別名。
68	Aranrúth	阿蘭路斯	「王的怒火」，庭葛寶劍的名稱。阿蘭路斯逃過了多瑞亞斯的毀滅，爲努曼諾爾的皇帝所擁有。
69	Aranwë	亞仁威	貢多林的精靈，沃朗威的父親。
70	Aratan	亞瑞坦	埃西鐸的次子，在格拉頓平原被殺。
71	Aratar	雅睿塔爾	「尊貴崇高的」，擁有最強大力量的八位維拉的稱號。
72	Arathorn	亞拉松	亞拉岡的父親。
73	Arda	阿爾達	「疆域」，地球最初的名稱，屬於曼威所管轄的王國。
74	Ard-galen	阿德加藍平原	這名字的意思是「綠色的區域」，指位在多索尼安高地北邊的廣大草原。在荒涼廢棄後，又被稱爲「安佛格利斯」和「多爾努佛理斯」。
75	Aredhel	雅瑞希爾	「高貴的精靈」，指貢多林的特剛的妹妹，她在艾莫斯谷森林中被伊歐所騙，爲他生了一個兒子梅格林。她又被稱爲雅芬妮爾，

			諾多的白公主，或貢多林的白公主。
76	Ar-Feiniel	雅芬妮爾	見Aredhel。
77	Ar-Gimilzôr	亞爾・金密索爾	努曼諾爾的第二十二任皇帝，是精靈之友的迫害者。
78	Argonath	亞苟那斯	「皇帝的石像」，這兩座皇帝的柱像刻的是埃西鐸與安那瑞安，位在進入剛鐸北邊國境的入口處（見《魔戒》首部曲第二章第九節）。
79	Arien	雅瑞恩	她是一位邁雅，被維拉選爲太陽飛船的導航者。
80	Armenelos	雅米涅洛斯	努曼諾爾皇帝的都城。
81	Arminas	亞米那斯	見Gelmir(2)
82	Arnor	雅諾	「君王的領土」，努曼諾爾人在中土大陸北方的王國，爲伊蘭迪爾在逃出陸沈的努曼諾爾島後所建立的。
83	Aros	埃洛斯河	多瑞亞斯南邊的河流。
84	Arossiach	埃洛西阿赫	埃洛斯河的渡口，靠近多瑞亞斯的東北角。
85	Ar-Pharazôn	亞爾・法拉松	「黃金」之意，努曼諾爾人的第二十四位，也是最後一位皇帝；他的昆雅語名字是塔爾・卡理安；他俘擄了索倫，卻被索倫誘騙，帶領大隊船艦前去攻打阿門洲。
86	Ar-Sakalthôr	亞爾・薩卡索爾	亞爾・金密索爾的父親。
87	Arthad	亞薩德	巴拉漢在多索尼安的十二名同伴之一。
88	Arvernien	阿佛尼恩	中土大陸的海岸地區，位在西瑞安河口的西邊。參比爾博在在瑞文戴爾所唱的歌：「水手埃蘭迪爾要出航，耽擱在阿佛尼恩的故

			鄉……。」(見《魔戒》首部曲第二章第一節)。
89	Ar-Zimraphel	亞爾·辛菈菲爾	見Míriel (2)。
90	Ascar	阿斯卡河	吉理安河在歐西瑞安(後來又被稱爲瑞斯羅瑞爾)地區最北方的一條支流。這名字的意思是「湍急、奔騰的」。
91	Astaldo	阿斯佗多	維拉托卡斯的別名，意思是「驍勇善戰」。
92	Atalantë	亞特蘭提	「大覆滅」，是昆雅語「阿卡拉貝斯」的同意詞。
93	Atanamir	亞塔納米爾	見Tar-Atanamir。
94	Atanatári	亞塔納泰瑞	「人類的祖先」；另見Atani。
95	Atani	亞塔尼	「第二種子民」，也就是人類(單數爲Atan)。在貝爾蘭地區，由於長久以來諾多精靈和辛達精靈只認識屬於精靈之友的三大家族的人類，因此這個名稱(辛達語的單數稱爲「亞單」：Adan，複數稱爲「伊甸」：Edain)變成特指這三大家族的人類，而很少用在後來來到貝爾蘭的人類或住在山脈東邊的人類身上。不過當伊露維塔提及亞塔尼時，祂是指「所有的人類」。
96	Aulë	奧力	維拉，八位「雅睿塔爾」中的一位，金屬鍛造與工藝的大師，雅凡娜的配偶，矮人的創造者。
97	Avallónë	亞佛隆尼港	艾爾達在伊瑞西亞島上的海港與城市，之所以取這名字，根據〈阿卡拉貝斯〉中的說法是「它是全地的城市中最靠近維林諾的」。
98	Avari	亞維瑞	「不願意的，拒絕者」。指所有

			拒絕從庫維因恩起行，向西展開長途跋涉的精靈。另見Eldar以及Dark Elves。
99	Avathar	阿維塔	「陰影」；阿門洲的海岸，位在艾爾達瑪海灣的南方，處於大海與佩羅瑞山脈之間，是一片荒涼廢棄之地。
100	Azaghâl	阿薩格哈爾	貝磊勾斯特堡的矮人王；在第五戰役中重創格勞龍，也被格勞龍所殺。
101	Balan	巴蘭	老比歐在前往服侍芬羅德之前的原名。
102	Balar	巴拉爾灣	位在貝爾蘭南方的大海灣，是西瑞安河的出口。海灣中有一海島，據說是伊瑞西亞島破損留下的東邊角；瑟丹和吉爾加拉德在第五戰役後居住在這島上。
103	Balrog	巴龍格(炎魔)	「力量強大的惡魔」，這是辛達語，昆雅語稱之爲「維拉歐寇」(Valarauko)。它們是一群聽從魔苟斯差遣的火焰的惡魔。
104	Barad Eithel	伊希爾塔	「泉塔」，諾多精靈位在西瑞安泉旁的要塞。
105	Barad Nimras	寧瑞斯塔	「白角塔」，爲芬羅德・費拉剛建在伊葛拉瑞斯特西邊岬角上的高塔。
106	Barad-dûr	巴拉多塔	索倫位在魔多的「黑塔」。
107	Baragund	巴拉岡	胡林之妻莫玟的父親；他是巴拉漢的姪兒，是巴拉漢在多索尼安的十二名同伴之一。
108	Barahir	巴拉漢	貝倫的父親；他在班戈拉赫戰役中救了芬羅德・費拉剛一命，精靈王於是將王戒送給他；他在多索尼安被殺。巴拉漢的這枚戒指，後來成爲埃西鐸家族的傳家

			寶；請參看《魔戒》的附錄一。
109	Baran	巴仁	老比歐的長子。
110	Baranduin	巴蘭都因河	「棕河」，位在伊利雅德，在藍色山脈南邊入海；在《魔戒》中稱為白蘭地河。
111	Bar-en-Danwedh	巴・恩・堂威斯	「贖金之屋」，小矮人密姆將他位在路斯山上的住處交給圖林時，給那住處所取的名字。
112	Battles of Beleriand	貝爾蘭的戰爭	第一場大戰見第10章。第二場大戰（星光下之戰）見Dagor-nuin-Giliath。第三場大戰（光榮大戰），見Dagor A glareb。第四場大戰（瞬間烈焰之戰），見Dagor Bragollach。第五場大戰（無數眼淚戰役），見Nirnaeth A rnoediad。「最後大戰」見第二十四章。
113	Bauglir	包格力爾	魔苟斯的別名之一，意思是「壓迫者」。
114	Beleg	畢烈格	多瑞亞斯邊界守衛隊的大隊長，也是名偉大的弓箭手；旁人又稱他為「庫薩理安」，意思是「強弓」；是圖林的朋友與夥伴，卻不幸為圖林所誤殺。
115	Belegaer	貝烈蓋爾海	西邊的「大海」，位在中土大陸與阿門洲之間，經常被簡稱為「大海」、「西邊的海」或「大洋」。
116	Belegost	貝磊勾斯特堡	「大堡壘」，矮人在藍色山脈中所建的兩座城市之一。這是辛達語，譯自矮人語的「嘎比嘎梭爾」。
117	Belegund	貝烈岡	胡爾之妻瑞安的父親；巴拉漢的姪兒，也是巴拉漢在多索尼安的十二名同伴之一。
118	Beleriand	貝爾蘭	這名字是表示「巴拉爾灣的腹

			地」，一開始時是指西瑞安河口周遭面向巴拉爾島的區域。後來這名稱變成泛指古代包含專吉斯特狹灣以南中土大陸西北方的整個沿海地區，以及希斯隆以南並往東直到藍色山脈山腳下的整片內陸地區，由西瑞安河分隔為東、西貝爾蘭。貝爾蘭在第一紀元結束時，因為大戰而山崩地裂，陸沈到大海中，只剩下歐西瑞安(林頓)還在。
119	Belfalas	貝爾法拉斯	剛鐸南邊的沿海地區，面對著貝爾法拉斯灣。
120	Belthil	貝爾西爾	「神聖的光輝」，特剛在貢多林按聖樹泰爾佩瑞安的模樣所造的一顆銀樹。
121	Belthronding	貝爾斯隆丁	畢烈格·庫薩理安的大弓，陪他一同埋葬。
122	Bëor	比歐	常被稱為「老比歐」；他是第一批進入貝爾蘭的人類的領袖；後來做了芬羅德·費拉剛的扈從。他是比歐家族的祖先；他的家族又被稱為「人類最古老的家族」，或「伊甸人的第一家族」。另見Balan。
123	Bereg	貝列格	老比歐之子巴仁的孫子(這在文中沒有提及)；在伊斯托拉德的人類中帶頭提出反對意見，並領了一部分人回頭越過山脈進入了伊利雅德。
124	Beren	貝倫	巴拉漢的兒子；他從魔苟斯的王冠上挖下了一顆精靈寶鑽做為娶庭葛的女兒露西安的代價，被安格班的巨狼卡黑洛斯咬傷而死；但他是人類當中唯一死而復生之人，隨後與露西安居住在歐西瑞

			安的嘉蘭島上，曾在薩恩渡口對矮人展開大戰。他是半精靈愛隆與努曼諾爾人諸王的祖先愛洛斯的曾祖父。
125	Black Land	黑暗之地	見Mordor。
126	Black Sword	黑暗之劍	見Mormegil。
127	Black Years	黑暗的年代	見本書最後一章〈魔戒與第三紀元〉。
128	Blessed Realm	蒙福之地	見Aman。
129	Blue Mountains	藍色山脈	見Ered Luin和Ered Lindon。
130	Bór	玻爾	東來者的領袖之一，他和三個兒子一同跟隨了梅斯羅斯和梅格洛爾。
131	Borlach	玻拉赫	玻爾的兒子；與他的兄弟在第五戰役中被殺。
132	Borlad	玻拉德	玻爾的兒子，見Borlach。
133	Boromir	波羅米爾	老比歐的曾孫，是貝倫父親巴拉漢的祖父；爲拉德羅斯的第一位領主。
134	Boron	波隆	波羅米爾的父親。
135	Borthand	玻山德	玻爾的兒子，見Borlach。
136	Bragollach	班戈拉赫	見Dagor Bragollach。
137	Brandir	布蘭迪爾	又被稱爲「跛子」；他在父親韓迪爾死後成爲哈麗絲百姓的統治者；迷上了奈妮爾，爲圖林所殺。
138	Bregolas	貝國拉斯	貝烈岡與巴拉岡的父親；在班戈拉赫戰役中被殺。
139	Bregor	貝國爾	巴拉漢與貝國拉斯的父親。
140	Brethil	貝西爾	位在泰格林河與西瑞安河之間的森林，爲哈拉丁人(哈麗絲的百姓)居住的地方。
141	Bridge of Esgalduin	伊斯果都因橋	見Iant Iaur。
142	Brilthor	貝爾梭河	「閃耀的急流」，吉理安和在歐西瑞安地區的第四條支流。

143	Brithiach	貝西阿赫渡口	位在貝西爾森林北方，越過西瑞安河的渡口。
144	Brithombar	貝松巴	貝爾蘭沿海地區法拉斯北方的海港之一。
145	Brithon	貝松河	在貝松巴流入大海的河流。
146	Brodda	布洛達	在第五戰役後居住在希斯隆的東來者，娶了胡林的親戚艾玲爲妻，後爲圖林所殺。
147	Cabed Naeramarth	卡貝得・納瑞馬斯	泰格林河上一處很深的峽谷，圖林在這裡殺了格勞龍，妮諾爾在這裡跳河自殺。
148	Cabel-en-Aras	卡貝得・恩・阿瑞斯	「恐怖命運的一躍」，在妮諾爾從卡貝得・納瑞馬斯跳河之後，該地就改爲這名字。
149	Calacirya	卡拉克雅	「光之裂口」，穿越佩羅瑞山脈的唯一通道，綠丘圖納就位在當中。
150	Calaquendi	卡拉昆第	「光明精靈」，指那些住在或曾經住在阿門洲的精靈(他們又被稱爲高等精靈)。另見Moriquendi以及Dark Elves。
151	Calenardhon	卡蘭納松	「綠色的區域」，當洛汗國的國土還是屬於剛鐸北邊一部分時的名稱。
152	Camlost	侃洛斯特	「空手的」，當貝倫從安格班回來見庭葛，手中卻無精靈寶鑽時，他爲自己取的名字。
153	Caragdûr	卡拉督爾	葛威瑞斯山(貢多林所在的山丘)北邊的懸崖，伊歐被從這裡拋下去處死。
154	Caranthir	卡蘭希爾	費諾的第四子，別號「黑暗」；他是兄弟中最無情最容易發脾氣的一個；統治撒吉理安，在攻擊多瑞亞斯中被殺。
155	Carcharoth	卡黑洛斯	安格班最巨大的一隻狼，牠咬下

			了貝倫抓著精靈寶鑽的手；牠在多瑞亞斯被胡安咬死。這名字的意思是「紅色的胃」。牠又被稱爲安佛理爾(Anfauglir)。
156	Cardolan	卡多蘭	伊利雅德的南邊地區，屬雅諾王國的一部分。
157	Carnil	卡尼珥	一顆紅色星辰的名字。
158	Celeborn（1）	凱樂博恩	「銀樹」，伊瑞西亞島上白樹的名字，是提理安的白樹佳拉西理安的後裔。
159	Celeborn（2）	凱勒鵬	多瑞亞斯的精靈，庭葛的親戚；他娶了凱蘭崔爾，在第一紀元結束後，他們仍然留在中土大陸。
160	Celebrant	凱勒伯安特	「銀脈礦」，從鏡影湖(Mirrormere)流經羅斯洛立安的河流，注入安都因河。
161	Celebrimbor	凱勒布理鵬	「銀手」，庫路芬的兒子，當他父親被逐出納國斯隆德時，他決定留下來。他在第二紀元時成爲伊瑞詹最偉大的金屬巧匠，並秘密打造了精靈三戒，後來被索倫所殺。
162	Celebrindal	凱勒布琳朵	「銀足」；見Idril。
163	Celebros	凱勒伯斯溪	「銀色泡沫」或「銀色的雨」，貝西爾的一條小溪，在泰格林渡口附近注入泰格林河。
164	Celegorm	凱勒鞏	費諾的三子，又被人稱爲「帥哥」。在班戈拉赫戰役之前，他跟弟弟庫路芬一同統治著辛姆拉德地區；戰後兩人住在納國斯隆德，曾經囚禁露西安；他是神犬胡安的主人；被明霓國斯的迪歐所殺。
165	Celon	克隆河	爲埃洛斯河的支流，從辛姆林山往南流。這名字的意思是「從高

			處往下流的河」。
166	Children of Ilúvatar	伊露維塔的兒女	又稱為「一如的兒女」，是Híni Ilúvataro與Eruhíni的翻譯；指的是首先誕生的精靈與繼之而來的人類。他們又被稱為「地球的兒女」或「世界的兒女」。
167	Círdan	瑟丹	「造船者」；帖勒瑞精靈，法拉斯(貝爾蘭西邊的海岸)的領主，在第五戰役中海港遭到破壞後，他帶著吉爾加拉德逃到了巴拉爾島。在第二與第三紀元時，他是隆恩灣灰港岸的守護者。他信任前來中土大陸的米斯蘭達，將精靈三戒中的火戒納雅交給了他。
168	Cirith Ninniach	寧尼阿赫裂口	「彩虹裂口」，圖爾經由此裂口來到了西方大海邊。另見Annon-in-Gelydh。
169	Cirith Thoronath	索羅納斯裂口	「鷹的裂口」，貢多林北方山脈山巔高處的一條通道，精靈格羅芬戴爾在那裡大戰炎魔，後來落入了深淵之中。
170	Cirth	色斯文	符文，首先是由多瑞亞斯的戴隆所發明的。
171	Cìryon	齊爾揚	埃西鐸的兒子，在格拉頓平原被殺。
172	Corollairë	克洛萊瑞	「綠色的山丘」，維林諾雙聖樹的所在地；又稱依希洛哈。
173	Crissaegrim	克瑞沙格林群峰	貢多林南邊的一群山峰，是巨鷹索隆多的巢穴。
174	Crossings of Teiglin	泰格林渡口	位在貝西爾森林的西南邊，是從西瑞安通道下來後往南走的古道要通過泰格林河的地方。
175	Cuiviénen	庫維因恩	「甦醒之水」，位在中土大陸的湖泊，是精靈首先醒來之處，也是歐羅米找到他們的地方。

176	Culúrien	庫露瑞恩	聖樹羅瑞林的別名之一。
177	Curufin	庫路芬	費諾的第五個兒子，又被稱爲「巧藝者」；凱勒布理鵬的父親。有關他名字的起源，見Fëanor，關於他的故事見Celegorm。
178	Curufinwë	庫路芬威	見Fëanor。
179	Curunír	庫路耐爾	「有巧藝的人」，薩魯曼的精靈語名字。
180	Cúthalion	庫薩理安	「強弓」，見Beleg。
181	Daeron	戴隆	精靈王庭葛手下最有學問的大師與吟遊詩人；發明了色斯文(符文)；愛戀露西安，兩次出賣了她。
182	Dagnir	達格尼爾	巴拉漢在多索尼安的十二名同伴之一。
183	Dagnir Glaurunga	格勞龍的剋星	圖林的別號。
184	Dagor Aglareb	阿格烈瑞伯戰役	「光榮戰役」，是在貝爾蘭發生的第三場大戰。
185	Dagor Bragollach	班戈拉赫戰役	「突然烈焰之戰」(也簡稱爲班戈拉赫)，發生在貝爾蘭的第四場大戰。
186	Dagorlad	達哥拉	「戰爭平原」，位在魔多的北邊，是發生大戰的戰場，在第二紀元結束時，精靈與人類的最後聯盟大軍在此與索倫發生大戰。
187	Dagor-nuin-Giliath	努因吉利雅斯戰役	「星光下的戰爭」，在貝爾蘭發生的第二場大戰，是在費諾來到中土大陸之後發生的，發生地點在米斯林。
188	Dairuin	戴路因	巴拉漢在多索尼安的十二名同伴之一。
189	Dark Elves	黑精靈	在阿門洲的語言裡，將所有沒渡海前去阿門洲的精靈都稱爲黑精靈(摩瑞昆第)，這詞使用時多半

			是這個意思。但是當卡蘭希爾稱庭葛是黑精靈時，他是故意貶庭葛，因爲庭葛確實去過阿門洲，「不屬於黑精靈」。但是當諾多精靈流亡來到中土大陸後，這詞通常變成是指諾多族與辛達族之外的精靈，到最後這詞等同於亞維瑞。不過辛達族精靈伊歐也被稱爲黑精靈，特剛的意思顯然是說伊歐是一名摩瑞昆第。
190	"Dark Lord, The"	闇王	這詞先是指魔苟斯，後來又指索倫。
191	Days of Flight	逃亡的年代	見〈魔戒與第三紀元〉。
192	Deathless Lands	不死之地	見Undying Lands。
193	Deldúwath	歹都瓦司	多索尼安(浮陰森林)在晚期時的名稱，意思是「暗夜陰影的恐怖」。
194	Denethor	丹耐索	藍威的兒子；南多精靈的領導者，他帶領部分百姓翻越了藍色山脈，在歐西瑞安地區定居下來；在參與貝爾蘭發生的第一場大戰中在伊瑞伯山上被殺。
195	Dimbar	丁巴爾	位在西瑞安河與明迪伯河之間的地區。
196	Dimrost	丁羅斯特	在貝西爾森林中凱勒伯斯溪的瀑布，在文中被翻譯爲「多雨的階梯」。後來又更名爲吉瑞斯瀑布。
197	Dior	迪歐	別名亞蘭尼爾，又稱爲埃盧希爾，意思是「庭葛的繼承人」；他是貝倫與露西安的兒子，他女兒愛爾溫是愛隆的母親。他在庭葛死後從歐西瑞安來到多瑞亞斯，在貝倫與露西安死後繼承了精靈寶鑽；後在在明霓國斯被費諾的兒子所殺。

198	"Dispossessed, The"	失去一切	指費諾家族。
199	Dol Guldur	多爾哥多	「妖術山丘」，位在幽暗密林的南邊，是索倫在第三紀元時的住處。
200	Dolmed	多米得山	「濕頭」，是隆恩山脈中的一座高山，靠近矮人的兩座城市：諾格羅德城與貝磊勾斯特堡。
201	Dor Caranthir	卡仁西爾地區	「卡仁西爾之地」；見Thargelion。
202	Dor Daedeloth	戴德洛斯地區	「恐怖陰影之地」，指魔苟斯位在北方的領土。
203	Dor Dínen	多爾迪尼	「寂靜之地」，位在埃洛斯河與伊斯果都因河上游之間的一處區域，沒有任何人住在那裡。
204	Dor Firn-i-Guinar	斐恩・伊・古伊納地區	「生與死之地」，位在歐西瑞安，是貝倫與露西安從死亡中返回後所居住的地區。
205	Dor-Cúarthol	多爾庫爾索	「弓與盔之地」，爲畢烈格與圖林所保護的路斯山一帶地區。
206	Doriath	多瑞亞斯	「圍籬之地」(Dor Iâth)，指的是美麗安環帶所籠罩的區域，從前這地區稱爲伊葛拉多；爲庭葛與美麗安在尼多瑞斯森林與瑞吉安森林中所建立的王國，他們住在伊斯果都因河旁的明霓國斯，從該處統治整個王國。多瑞亞斯又稱爲「隱藏王國」。
207	Dorlas	多拉思	貝西爾的哈拉丁人；他與圖林及杭索爾一同前往攻擊格勞龍，半途卻因害怕而退縮，後爲布蘭迪爾所殺。多拉思妻子的名字在文中並未提及。
208	Dor-lómin	多爾露明	位在希斯隆南方的一片區域，爲芬鞏的領土，後來做爲采邑賜給了哈多家族；爲胡林與莫玟的家。

209	Dor-nu-Fauglith	佛格理斯地區	「充滿令人窒息煙塵之地」；見Anfauglith。
210	Dorthonion	多索尼安	「松樹之地」，位在多瑞亞斯邊界北方的森林高地，又稱爲Taur-nu-Fuin。《魔戒》二部曲中樹鬍所唱的歌就提到了多索尼安：「在冬天，我爬上了多索尼安的高地松林中……。」
211	Dragon-helm of Dor-lómin	多爾露明的龍盔	哈多家族的傳家寶，圖林戴它出戰；它又被稱爲哈多的龍盔。
212	Dragons	惡龍	主要見第二十章與二十四章的敘述。
213	Draugluin	卓古路因	被胡安在堝惑斯島上所咬死的巨狼，貝倫後來假扮成這隻巨狼潛入安格班。
214	Drengist	專吉斯特狹灣	一道深入露明山的狹長海灣，爲希斯隆的西邊防線。
215	Dry River	乾河	一條從環抱山脈底下往外流的河，源自山脈內的一個古湖，湖乾之後，在日後成爲貢多林的倘拉登平原。
216	Duilwen	杜爾溫河	吉理安河在歐西瑞安地區的第五條支流。
217	Dúnedain	登丹人	「西方的伊甸人」；見Númenóreans。
218	Dungortheb	蕩國斯貝	見Nan Dungortheb。
219	Durin	都靈	凱薩督姆(摩瑞亞)的矮人王。
220	Dwarf-road	矮人路	從貝磊勾斯特堡與諾格羅德城下到貝爾蘭的路，在薩恩渡口越過吉理安河。
221	Dwarrowdelf	德洛戴爾夫	「矮人的挖掘」：凱薩督姆(哈松隆德)的翻譯。
222	Dwarves	矮人	指第二十一章的小矮人，也指矮人的七位祖先。關於矮人的項鍊請看Nauglamîr。關於矮人的七戒

			請看 Rings of Power。餘見 Naugrim。
223	Eä	一亞	物質宇宙，世界；「一亞」在精靈語中的意思是「它是」或「讓它存在」，它是由伊露維塔的話語所造成的，世界從這話語中開始它的存在。
224	Eagles	大鷹	見第二、六、十三、十四、十八、十九、二十二、二十四章，以及〈努曼諾爾淪亡史〉。
225	Eärendil	埃蘭迪爾	他的稱號有「半精靈」、「蒙福的」、「聰慧的」、「航海家」等；他是圖爾與特剛之女伊綴爾的兒子；逃出貢多林城的毀城大難，後來在西瑞安河口與迪歐的女兒愛爾溫成婚；他與愛爾溫一同航往阿門洲，懇求諸神幫助他們對抗魔苟斯；後來他駕著他的船威基洛特航行在天空中，身上戴著貝倫與露西安從安格班盜出來的精靈寶鑽。這名字的意思是「大海的情人」。
226	Eärendur（1）	伊雅仁督爾	努曼諾爾的安督奈伊親王。
227	Eärendur（2）	伊雅仁督爾	雅諾的第十任皇帝。
228	Eärnil	伊雅尼爾	剛鐸的第三十二任皇帝。
229	Eärnur	伊雅努爾	伊雅尼爾的兒子，剛鐸的最後一任皇帝，安那瑞安的血脈到他就斷了。
230	Eärrámë	伊雅瑞米	「大海之翼」，圖爾的船名。
231	Eärwen	伊珥雯	庭葛的兄弟，澳闊隆迪的歐威的女兒，嫁給諾多族的費納芬。從她所生的芬羅德、歐洛佳斯、安格羅德、艾格諾爾以及凱蘭崔爾都帶有帖勒瑞族精靈的血統，也因此後來得以進入多瑞亞斯王國。

232	Easterlings	東來者	又被稱為「黝黑的人類」；在班戈拉赫戰役後由東方來到貝爾蘭，在第五戰役中分別參與兩方的作戰，戰後魔苟斯將希斯隆分給他們做為居住地，讓他們壓迫哈多家族殘餘的百姓。
233	Echoing Mountains	回音山脈	見Ered Lómin。
234	Echoriath	艾可瑞亞斯	「環抱山脈」，環繞在貢多林平原的四周。
235	Ecthelion	艾克希里昂	貢多林的精靈貴族，在城被攻破時與炎魔之首勾斯魔格大戰，最後同歸於盡。
236	Edain	伊甸人	見Atani。
237	Edrahil	艾德拉西爾	納國斯隆德的精靈大將，陪同芬羅德前去完成貝倫的任務，死在堝惑斯島上的地牢中。
238	Eglador	伊葛拉多	多瑞亞斯在尚未被美麗安的環帶圍起來之前的名字，這稱呼可能跟Eglath有關。
239	Eglarest	伊葛拉瑞斯特	貝爾蘭的海岸的法拉斯海港的南邊地區。
240	Eglath	伊葛拉斯	「被遺棄的百姓」，當大部分的帖勒瑞族精靈啓程前往阿門洲時，那些因為找尋埃爾威(庭葛)而被留下的帖勒瑞精靈，便自稱是伊葛拉斯。
241	Eilinel	伊莉妮爾	「鬱鬱寡歡」之高爾林的妻子。
242	Eithel Ivrin	艾佛林泉	「艾佛林的井」，位在威斯林山脈下，是納羅格河的源頭。
243	Eithel Sirion	西瑞安泉	「西瑞安的井」，位在威斯林山脈的東邊，建有芬國盼與芬鞏的大要塞。
244	Ekkaia	伊凱亞海	外環海的精靈語名稱，環繞著整個阿爾達；又稱為「外洋」(Outer Ocean，Encircling Sea)。

245	Elbereth	伊爾碧綠絲	「星辰之后」，瓦爾妲的辛達語名字。
246	Eldalië	艾爾達利伊	「精靈族子民」，等同於艾爾達。
247	Eldamar	艾爾達瑪	「精靈的家」，精靈在阿門洲所居住的區域，該地的大海灣也同樣是叫這個名字。
248	Eldar	艾爾達	根據精靈的傳說，艾爾達：「星辰的子民」這個名字是維拉歐羅米為精靈族取的。後來，這名稱變成只用在三支(凡雅族、諾多族、帖勒瑞族)離開庫維因恩加入西遷行列的精靈身上(不論他們後來是否離開了中土大陸)，以此有別於亞維瑞。所有住在阿門洲的精靈，以及那些曾經住在阿門洲的精靈，都被稱爲「高等精靈」(Tareldar) 或「光明精靈」(Calaquendi)；另外請參考Dark Elves，Úmanyar。
249	Eldarin	艾爾達語	指艾爾達精靈所用的語言。原則上指的是昆雅語，見Quenya。
250	Elder Days	古老的年日	指第一紀元，有時又稱爲「最古老的年日」。
251	Elder King	大君王	曼威。
252	Eledhwen	艾列絲玟	見Morwen。
253	Elemmírë (1)	以琳彌瑞	星辰的名字。
254	Elemmírë (2)	艾倫米瑞	凡雅族精靈，寫作了「雙聖樹的輓歌」。
255	Elendë	艾蘭迪	艾爾達瑪的別名。
256	Elendil	伊蘭迪爾	努曼諾爾的最後一任安督奈伊親王阿門迪爾的兒子，又稱爲「長身」伊蘭迪爾；他是埃蘭迪爾與愛爾溫的直系後裔，但不是皇帝的家族；在努曼諾爾島陸沈時帶

			著兩個兒子埃西鐸與安那瑞安逃出來，在中土大陸建立了新的努曼諾爾王國；在第二紀元結束時，於對抗索倫的戰爭中，與吉爾加拉德同死於索倫之手。這名字的意思可以解釋成「精靈之友」或「熱愛星辰的人」。
257	Elendili	艾蘭迪利	「精靈之友」，指那些從塔爾·安卡理蒙皇帝之後，不肯跟精靈斷絕來往的努曼諾爾人，這群人又被稱爲「忠實者」。
258	Elendur	伊蘭都爾	埃西鐸的長子，在格拉頓平原被殺。
259	Elenna	艾蘭納	努曼諾爾的昆雅語名稱，意思是「向著星辰的」，因爲在第二紀元開始時，伊甸人是跟從埃蘭迪爾的引導航行到了努曼諾爾。
260	Elentári	埃蘭帖瑞	「星辰之后」，瓦爾妲創造繁星之後所獲得的名稱。凱蘭崔爾在洛立安的歌中提起她的名字，(見《魔戒》首部曲第二章第八節)。參Elbereth，Tintallë。
261	Elenwë	埃蘭薇	特剛的妻子，在橫渡堅冰海峽時喪生。
262	Elerrína	伊麗瑞納	「眾星環繞的」，泰尼魁提爾山的別名。
263	Elf-friends	精靈之友	指比歐、哈麗絲與哈多三支人類家族的百姓，統稱爲伊甸人。在〈阿卡拉貝斯〉與〈魔戒與第三紀元〉中，指的是那些不肯跟精靈斷絕來往的努曼諾爾人；在全書的最後一章中指的是剛鐸人與北方的登丹人。
264	Elostirion	愛洛斯提理安塔	貝瑞德山丘上最高的一座塔，裡面擺了一顆眞知晶石。
265	Elrond	愛隆	埃蘭迪爾與愛爾溫的兒子，他在

			第一紀元結束時選擇歸屬於精靈族，在中土大陸住到第三紀元結束才離開。他是伊姆拉崔的主人，也是「氣之戒」維雅的持有者，吉爾加拉德將這枚戒指給了他。他常被稱爲愛隆大人或半精靈愛隆。他名字的意思是「星辰穹頂」。
266	Elros	愛洛斯	埃蘭迪爾與愛爾溫的兒子，他在第一紀元結束時選擇歸屬於人類，成爲努曼諾爾的第一任皇帝(封號是塔爾・明亞特)，活了極長的歲數。他名字的意思是「星辰泡沫」。
267	Elu	埃盧	埃爾威的辛達語名字。
268	Eluchíl	埃盧希爾	「埃盧的繼承人」，貝倫與露西安之子迪歐的名字。
269	Eluréd	埃盧瑞	迪歐的長子，在費諾眾子攻擊多瑞亞斯後失蹤身亡。這名字的意思是「埃盧的繼承人」。
270	Elurín	埃盧林	迪歐的次子；與他哥哥命運相同。他名字的意思是「紀念埃盧(庭葛)」。
271	Elvenhome	精靈的家	見Eldamar。
272	Elves	精靈	見第一、三、九章以及〈阿卡拉貝斯〉。另外請參考Children of Ilúvatar，Eldar，Dark Elves等。
273	Elwë	埃爾威	辛歌羅(灰斗篷)的姓；他跟他兄弟歐威帶領帖勒瑞精靈離開庫維因恩加入西遷的行列，直到在艾莫斯谷森林中迷路爲止。他後來成爲辛達族精靈的王，與美麗安一同統治多瑞亞斯；又從貝倫手中獲得一顆精靈寶鑽；在明霓國斯被矮人所殺。他的辛達語名字是庭葛。參Tingol。

274	Elwing	愛爾溫	迪歐的女兒，從多瑞亞斯逃出來，後來在西瑞安河口與埃蘭迪爾成婚，並隨夫一同航行前往維林諾；她是愛隆與愛洛斯的母親。她名字的意思是「星光散射」。
275	Emeldir	艾米迪爾	巴拉漢之妻，貝倫之母，又被人稱爲「有男人的心」；她帶領比歐家族的婦孺在班戈拉赫戰役後離開多索尼安。(她本身也是比歐的後裔，她父親的名字也是貝倫；這在本文中並未提及)。
276	Emyn Beraid	貝瑞德丘陵	「高塔丘陵」，位在伊利雅德西邊；見Elostition。
277	Enchanted Isles	魔法島嶼	維拉設在伊瑞西亞島東邊大海上的一連串小島，以隱藏維林諾。
278	Encircling Mountains	環抱山脈	見Echoriath。
279	Encircling Sea	外環海	見Ekkaia。
280	Endor	恩多爾	「中間的土地」，也就是中土大陸。
281	Engwar	英格沃	「生病的」，精靈給人類取的名字之一。
282	Eöl	伊歐	又被稱爲「黑精靈」；住在艾莫斯谷中的偉大冶金家，娶了特剛的妹妹雅瑞希爾爲妻；他是矮人的朋友，安格拉赫爾劍(古山格)的鑄造者，梅格林的父親；在貢多林被處死。
283	Eönwë	伊昂威	大有能力的邁雅之一；被稱爲「曼威的傳令官」；在第一紀元結束時領導維拉的大軍攻擊魔苟斯。
284	Ephel Brandir	布蘭迪爾圍欄	「布蘭迪爾圍起來的牆籬」，是貝西爾人在歐貝爾山上的住處。
285	Ephel Dúath	都阿斯山脈	「陰影圍籬」，橫在剛鐸與魔多

			之間的山脈，又稱爲「陰影山脈」。
286	Erchamion	艾爾哈米昂	「獨手」，貝倫逃出安格班後所取的名字。
287	Erech	伊瑞赫	剛鐸西邊的山，埃西鐸的巨石位在該地。(見《魔戒》三部曲第五章第二節)。
288	Ered Engrin	英格林山脈	「鐵山山脈」，位在遙遠的北方。
289	Ered Gorgoroth	戈堝洛斯山脈	「恐怖山脈」，位在蕩國斯貝谷北邊。
290	Ered Lindon	林頓山脈	它的另一個名稱是「隆恩山脈」，也就是「藍色山脈」。
291	Ered Lómin	露明山脈	「回音山脈」，是希斯隆的西邊屏障。
292	Ered Luin	隆恩山脈	「藍色山脈」，又稱爲「林頓山脈」。在第一紀元結束時的崩毀中，隆恩山脈形成中土大陸的西北邊的海岸地區。
293	Ered Nimrais	寧瑞斯山脈	白色山脈(nimrais：「白色號角」)，爲迷霧山脈從東延伸到西南那一大段山脈的名稱。
294	Ered Wethrin	威斯林山脈	「陰影山脈」，位在阿德加藍(安佛格利斯)平原西邊，整條山脈轉了一個大彎，是希斯隆與西貝爾蘭的屏障。
295	Eregion	伊瑞詹	「冬青之地」(人類稱之爲和林)，位在迷霧山脈的西邊山腳下，是諾多精靈在第二紀元時的主要居住地，精靈的魔戒在此鑄造而成。
296	Ereinion	愛仁尼安	「王的後裔」，芬鞏的兒子，他的姓氏：吉爾加拉德，比較爲眾人所知。
297	Erellont	伊瑞隆特	陪同埃蘭迪爾西航的三名水手之

			一。
298	Eressëa	伊瑞西亞	見Tol Eressëa。
299	Eriador	伊利雅德	位在迷霧山脈與隆恩山脈之間的大片區域，雅諾王國就位在其中(哈比人的夏爾也在這裡)。
300	Eru	一如	「獨一的」，「祂是獨立自足的」，也就是伊露維塔。
301	Esgalduin	伊斯果都因河	多瑞亞斯中的河流，隔開了尼多瑞斯森林與瑞吉安森林。這名字的意思是「遮著面紗的河流」。
302	Estë	伊絲緹	維麗之一，伊爾牟(羅瑞安)的妻子，她名字的意思是「歇息」。
303	Estolad	伊斯托拉德	艾莫斯谷南邊的一片區域，跟隨比歐與馬拉赫前來的百姓在越過隆恩山脈後便居住在這裡；在文中翻譯爲「紮營之地」。
304	Ezellohar	依希洛哈	維林諾上生長雙聖樹的綠色山丘；又稱爲Corollairë。
305	Faelivrin	費麗佛林	葛溫多爲芬朵菈絲取的名字。
306	"Faithful, The"	忠實者	見Elendili。
307	Falas	法拉斯	貝爾蘭的西邊海岸，位在內佛瑞斯特南邊。
308	Falathar	法拉薩爾	陪伴埃蘭迪爾西航的三名水手之一。
309	Falathrim	法拉斯瑞姆	指居住在法拉斯的帖勒瑞精靈，他們的王是瑟丹。
310	Falmari	佛瑪瑞	大海的精靈；指那些離開中土大陸去到極西之地的帖勒瑞族精靈。
311	Fëanor	費諾	芬威的長子(芬威與迷瑞爾的獨子)，是芬國昐與費納芬的同父異母哥哥；最偉大的諾多精靈，叛變的領導者；發明了費諾的書寫文字，又造了精靈寶鑽；在努因吉利雅斯戰役中受重傷死於米斯

			林。他的本名叫庫路芬威(curu的意思是「巧藝」)，他把這名字給了他第五個兒子庫路芬；他母親將他取名爲費雅納羅(Fëanáro)意思是「火焰的魂魄」，這名字用辛達語念就成了費諾。
312	Fëanturi	費安圖瑞	「靈魂的主人」，指內牟(曼督斯)與伊爾牟(羅瑞安)兩位維拉。
313	Felagund	費拉剛	在納國斯隆德奠定之後，芬羅德王被大家稱爲費拉剛；這原來是矮人的語言(felak-gundu)「洞穴挖鑿者」，但在文中翻譯爲「洞穴的主人」。
314	Finarfin	費納芬	芬威的三子，費諾的異母弟弟中小的一位；在諾多精靈展開流亡後，留在阿門洲沒有，繼續在提理安統治剩下的諾多族。諾多族中唯獨他與他的後裔會有金髮，那是源自他母親，凡雅族精靈茵迪絲。
315	Finduilas	芬朵菈絲	歐洛佳斯的女兒，葛溫多很愛她；在納國斯隆德遭到毀滅時被擄，後爲半獸人在泰格林渡口旁所殺。
316	Fingolfin	芬國盼	芬威的次子，費諾的異母弟弟中大的一位；是諾多精靈在貝爾蘭的最高君王，住在希斯隆；在與魔苟斯一對一的決鬥中被殺。
317	Fingon	芬鞏	芬國昐的長子，別號是「英勇的」；他將梅斯羅斯救下安戈洛墜姆；在他父親死後繼任爲諾多族的最高君王；在第五戰役中被勾斯魔格所殺。
318	Finrod	芬羅德	費納芬的長子，別號是「忠實者」與「人類之友」。他是建立納國斯隆德的王，此後被人稱爲

			費拉剛；在歐西瑞安遇見越過隆恩山脈的第一批人類；在班戈拉赫戰役中爲巴拉漢所救；他後來以陪伴貝倫去完成任務來償贖他對巴拉漢所發的誓言；爲保護貝倫死在堝惑斯島上的地牢中。
319	Finwë	芬威	是諾多族離開庫維因恩西遷時的領導者；在阿門洲時是諾多族的王；他是費諾、芬國昐和費納芬的父親；在佛密諾斯爲魔苟斯所殺。
320	Fírimar	費瑞瑪	「會死的」，精靈爲人類所取的名稱之一。
321	"Firstborn, The"	首生的	伊露維塔的大兒女，精靈。
322	"Followers, The"	繼之而來者	伊露維塔的小兒女，人類。
323	Ford of Stones	碎石渡口	見Sarn Athrad。
324	Fords of Aros	埃洛斯渡口	見Arossiach。
325	Formenos	佛密諾斯	「北邊要塞」，位在維林諾的北邊，費諾與其子被判離開提理安後所建的地方。
326	Fornost	佛諾斯特	「北邊的要塞」，努曼諾爾人在伊利雅德的北崗所建的城。
327	Forsaken Elves	被遺棄的精靈	見Eglath。
328	Frodo	佛羅多	攜帶至尊戒的哈比人。
329	Fuinur	富努爾	努曼諾爾人中的叛徒，在第二紀元末成爲哈拉德人的王。
330	Gabilgathol	嘎比嘎梭爾	見Belegost。
331	Galadriel	凱蘭崔爾	費納芬之女，芬羅德・費拉剛之妹；諾多族背叛維拉的領導者之一；與多瑞亞斯的凱勒鵬成婚，在第一紀元結束後與他一同留在中土大陸；水之戒南雅的持有者，住在羅斯洛立安。
332	Galathilion	佳拉西理安	生長在提理安的白樹，爲雅凡娜按照聖樹泰爾佩瑞安的形像造給

			凡雅與諾多精靈的。
333	Galdor	高多	又被稱爲「高大的」高多；哈多・洛林朵的兒子，繼哈多成爲多爾露明的領主；胡林與胡爾的父親；陣亡在西瑞安泉。
334	galvorn	勾沃恩	伊歐所發明的金屬。
335	Gandalf	甘道夫	人類對米斯蘭達的稱呼，埃斯塔力(巫師)之一；參看Olórin。
336	Gates of Summer	夏至	貢多林的大節慶日，貢多林城在這日的前夕遭到魔苟斯武力的攻擊。
337	Gelion	吉理安河	位在東貝爾蘭的大河，發源自辛姆林山與瑞萊山，流經歐西瑞安時有六條發源自隆恩山脈的河流注入其中。
338	Gelmir (1)	吉米爾	納國斯隆德的精靈，葛溫多的兄弟，在班戈拉赫戰役中被擄，後來在第五戰役中被當作人質殺害在西瑞安堡壘前。
339	Gelmir (2)	吉米爾	精靈，屬安格羅德的百姓，他與亞米那斯一同前往納國斯隆德警告歐洛佳斯即將臨到的危險。
340	Gildor	吉爾多	巴拉漢在多索尼安的十二名同伴之一。
341	Gil-Estel	吉爾・伊斯帖爾	「希望之星」，埃蘭迪爾戴著精靈寶鑽駕威基洛特航行在天空時，精靈看見後用辛達語所取的名稱。
342	Gil-galad	吉爾加拉德	「輻射的星光」，芬鞏的兒子愛仁尼安日後爲人所知的名字。特剛死後，他是中土大陸諾多精靈的最後一任最高君王，第一紀元結束後居住在林頓；與伊蘭迪爾組成精靈與人類的「最後聯盟」前往討伐索倫，與伊蘭迪爾同死

			於索倫之手。
343	Gimilkhâd	金密卡得	亞爾・金密索爾與印希爾貝絲的次子，是努曼諾爾最後一任皇帝亞爾・法拉松的父親。
344	Gimilzôr	金密索爾	見Ar- Gimilzôr。
346	Ginglith	金理斯河	西貝爾蘭的河流，在納國斯隆德上方注入納羅格河。
347	Glirhuin	葛理忽因	貝西爾的一名吟遊詩人。
348	Gladden Fields	格拉頓平原	是Loeg Ningloron的部分譯名；位在安都因河旁，長有大片的蘆葦與鳶尾花。
349	Glaurung	格勞龍	魔苟斯的第一隻惡龍，又稱為惡龍之祖，參與了班戈拉赫戰役，第五戰役，以及攻打納國斯隆德；牠對圖林與妮諾爾都下過咒語；在卡貝得・恩・阿瑞斯被圖林所殺。又稱為「魔苟斯的大蟲」或「大蟲」。
350a	Glingal	葛林高	「懸掛的火焰」，特剛在貢多林按照聖樹羅瑞林的模樣所造的樹。
350b	Glóredhel	葛羅瑞希爾	多爾露明之哈多・洛林朵的女兒，高多的妹妹，嫁給貝西爾的哈迪爾。
351	Glorfindel	葛羅芬戴爾	貢多林的精靈，在城破逃離時，於索隆納斯裂口與炎魔大戰，雙雙墜入深淵。這名字的意思是「金髮」。
352	Golodhrim	諾多精靈	Golodh是辛達語，也就是昆雅語中的Noldo(諾多)，-rim是名詞的複數字尾。
353	Gondolin	貢多林	「隱藏的岩石」(見Ondolindë)，特剛所建的秘密城市，位在環抱山脈當中。
354	Gondolindrim	貢多林人	住在貢多林的精靈。

355	Gondor	剛鐸	「岩石之地」，努曼諾爾人在中土大陸南方所建立的王國，爲埃西鐸與安那瑞安所建。
356	Gonnhirrim	剛希林人	「岩石大師」，矮人的辛達語名字。
357	Gorgoroth (1)	戈堝洛斯山脈	見Ered Gorgoroth。
358	Gorgoroth (2)	戈堝洛斯谷	魔多的平原，位在陰影山脈與灰燼山脈(Mountains of Ash)之間。
359	Gorlim	高爾林	別號「鬱鬱寡歡的」；巴拉漢在多索尼安的十二名同伴之一，他被妻子的幻影所騙，向索倫吐露出巴拉漢的藏匿地點。
360	Gorthaur	戈索爾	索倫的辛達語名字。
361	Gorthol	高索	「可怕之盔」，圖林在多爾庫爾索地區所用的名字。
362	Gothmog	勾斯魔格	炎魔之王，安格班的大將，他殺了費諾、芬鞏以及艾克西里昂。(第三紀元時，米那斯魔窟的大將也叫這個名字；見《魔戒》三部曲第五章第六節)。
363	Great Lands	大地	中土大陸。
364	Great River	大河	見Anduin。
365	Greater Gelion	大吉理安河	吉理安河的支流之一，發源自瑞萊山。
366	Green-elves	綠精靈	翻譯自萊昆第，指歐西瑞安的南多精靈。
367	Greenwood the Great	巨綠森林	迷霧山脈東邊的大森林，後來又被稱爲幽暗密林。
368	Grey Havens	灰港岸	見(The) Havens, Mithlond。
369	Grey-elven	灰精靈	見Sindar。
370	Grey-elven tongue	灰精靈語	見Sindarin。
371	Greymantle	灰斗蓬	見Singollo, Thingol。
372	Grinding Ice	堅冰海峽	見Helcaraxë。
373	Grond	葛龍得	魔苟斯的大鐵鎚，他拿這鎚與芬國昐打鬥；又稱爲「陰間的鐵

			鎚」。這名字後來用在攻打米那斯提力斯城門的那根攻城槌上(見《魔戒》三部曲第五章第四節)
374	Guarded Plain	監視平原	見Talath Dirnen。
375	Guarded Realm	防禦疆土	見Valinor。
376	Guilin	高林	吉米爾與葛溫多的父親，納國斯隆德的精靈。
377	Gundor	剛多	多爾露明領主哈多・洛林朵的幼子；在班戈拉赫戰役中與他父親一同陣亡在西瑞安堡壘。
378	Gurthang	古山格	「死亡之鐵」，畢烈格的寶劍安格拉赫爾在納國斯隆德重鑄之後，圖林給寶劍所取的新名字，圖林因爲這把劍而被人喚爲摩米吉爾。
379	Gwaith-i-Mírdain	珠寶冶金家	對伊瑞詹之巧匠的稱呼，他們當中最偉大的是庫路芬的兒子凱勒布理鵬。
380	Gwindor	葛溫多	納國斯隆德的精靈，吉米爾的兄弟，在第五戰役中被擄至安格班，逃離的半途遇見畢烈格的幫助，後來與畢烈格一同救了圖林，將圖林帶到了納國斯隆德；他非常愛歐洛隹斯的女兒芬朵菈絲；在淌哈拉德戰爭中身亡。
381	Hadhodrond	哈松隆德	凱薩督姆(摩瑞亞)的辛達語名字。
382	Hador	哈多	又被稱爲洛林朵(意思是「金色的頭」)，或「金髮哈多」；多爾露明的領主，芬鞏的家臣；是高多之父，胡林的祖父；於班戈拉赫戰役中陣亡於西瑞安堡壘。哈多家族又被稱爲伊甸人的第三家族。
383	Haladin	哈拉丁	第二支進入貝爾蘭的人類家族；

			後來被稱爲哈麗絲的百姓，居住在貝西爾森林中，因此又被稱爲貝西爾人。
384	Haldad	哈達德	哈拉丁人在薩格理安遭到半獸人攻擊時的領袖，在戰鬥中被殺，是哈麗絲的父親。
385	Haldan	哈丹	哈達爾的兒子，在哈麗絲死後繼承爲哈拉丁人的領袖。
386	Haldar	哈達爾	哈拉丁人哈達德的兒子，哈麗絲的兄弟；與父親一樣死在半獸人對薩吉理安的攻擊中。
387	Haldir	哈迪爾	貝西爾之哈米爾的兒子；娶了多爾露明哈多的女兒葛羅瑞希爾爲妻；在第五戰役中被殺。
388	Haleth	哈麗絲	又被稱爲哈麗絲小姐；是哈拉丁人在離開薩吉理安之後的領袖，此後哈拉丁人又被稱爲哈麗絲的百姓。
389	Half-elven	半精靈	是辛達語Peredhel(複數是Predhil)的翻譯，主要是指愛隆和愛洛斯。
390	Halfings	半身人	是Periannath的翻譯，也就是哈比人。
391	Halls of Awaiting	靜候大殿	曼督斯的廳堂。
392	Halmir	哈米爾	哈丹的兒子，哈拉丁人的領袖；在班戈拉赫戰役後，與多瑞亞斯的畢烈格一同抵禦穿過西瑞安通道南下的半獸人。
393	Handir	韓迪爾	哈迪爾與葛羅瑞希爾的兒子，跛子布蘭迪爾的父親；哈迪爾死後成爲哈拉丁人的領袖，在貝西爾與半獸人的戰鬥中被殺。
394	Haradrim	哈拉德人	位在魔多南方的哈拉德(意思就是「南方」)的人類。
395	Hareth	哈瑞絲	貝西爾之哈米爾的女兒；嫁給多

			爾露明的高多，是胡林和胡爾的母親。
396	Hathaldir	哈索迪爾	又被稱爲「年少的」哈索迪爾，是巴拉漢在多索尼安的十二名同伴之一。
397	Hathol	哈索	哈多・洛林朵的父親。
398	Haudh-en-Arwen	雅玟墓塚	「仕女墳」，哈麗絲的墳墓，在貝西爾森林中。
399	Haudh-en-Elleth	伊列絲墓塚	芬朵菈絲的墳墓，靠近泰格林河的渡口。
400	Haudh-en-Ndengin	恩登禁墳丘	「陣亡者墳丘」，位在安佛格利斯沙漠中間，是所有死在第五戰役：尼南斯・阿農迪亞德中的人類與精靈的屍體所堆疊起來的墳丘。
401	Haudh-en-Nirnaeth	尼南斯墳丘	「眼淚的墳丘」。
402	"Havens, The"	海港	首先是指貝爾蘭海岸地區的貝松巴與伊葛拉瑞斯特；在第一紀元末時指的是西瑞安河口地區。後來指位在隆恩灣的灰港岸(米斯龍德)。澳闊隆迪，「天鵝港」有時也單稱海港。
403	Helcar	西爾卡	位在中土大陸最北方的內海，曾經一度聳立著設置巨燈伊露因的高山；精靈第一次甦醒時的庫維因恩根據形容是這內海的一處海灣。
404	Helcaraxë	西爾卡瑞西海峽	位在阿瑞曼與中土大陸之間的海峽，又稱爲堅冰海峽。
405	Helevorn	海倫佛恩湖	「黑色明鏡」，位在薩吉理安北邊的瑞萊山腳下，卡蘭希爾的居住地。
406	Helluin	希露因	天狼星。
407	Herumor	赫魯莫	努曼諾爾人中的叛徒，在第二紀元時成爲哈拉德人中的王。

408	Herunúmen	希如努門	「西方的主宰」，是亞爾·阿督納克爾的昆雅語名字。
409	Hidden Kingdom	隱藏的王國	指多瑞亞斯也指貢多林。
410	High Elves	高等精靈	見Eldar。
411	High Faroth	法羅斯高地	見Taur-en-Faroth。
412	High-elven	高等精靈語	見Quenya。
413	Hildor	希爾多	「跟隨者」，「繼之而來者」，人類的精靈語名稱，人類是伊露維塔的小兒女。
414	Hildórien	希爾多瑞恩	位在中土大陸的東方，人類在這裡甦醒。
415	Himlad	辛姆拉德	「寒冷平原」，凱勒鞏與庫路芬的駐地，位在艾格隆狹道南邊。
416	Himring	辛姆林	位在梅格洛爾豁口西邊的一座大山，梅斯羅斯的要塞建在這山上；在文中稱爲「永遠寒冷」之地。
417	Hírilorn	希瑞洛恩	長在多瑞亞斯的巨樹，有三根分叉的樹幹，露西安曾被囚禁在這樹上。
418	Hísilómë	西斯羅迷	「迷霧之地」，希斯隆的昆雅語名字。
419	Hithaeglir	希賽格利爾	「迷霧尖峰陵線」，也就是迷霧山脈。
420	Hither Lands	那一地	中土大陸，（又稱 the Outer Lands)。
421	Hithlum	希斯隆	「迷霧之地」，它的東邊和南邊圍繞著威斯林山脈，西邊是露明山脈。
422	Hollin	和林	見Eregion。
423	Hollowbold	中空的堅固城	諾格羅德城的翻譯。
424	Huan	胡安	歐羅米在維林諾時送給凱勒鞏的巨大獵狼犬；是貝倫與露西安的朋友與幫助者；最後與卡黑洛斯同歸於盡。這名字的意思是「大

			狗，獵狗」。
425	Hunthor	杭索爾	貝西爾的哈拉丁人，陪同圖林前往卡貝得．恩．阿瑞斯攻擊格勞龍，被從峽谷落下的大石頭打死。
426	Huor	胡爾	多爾露明高多之子，瑞安的丈夫，圖爾的父親；與哥哥胡林一同去過貢多林；在第五戰役中被殺。
427	Húrin	胡林	又稱爲薩理安，意思是「堅定的」、「強壯的」；多爾露明的高多之子，莫玟的丈夫，圖林與妮諾爾的父親；多爾露明的領主，芬鞏的家臣。與弟弟胡爾一同去過貢多林；在第五戰役中被魔苟斯俘虜，囚禁在安戈洛墜姆山上許多年；在獲釋後於納國斯隆德殺了小矮人密姆，將諾格萊迷爾帶到多瑞亞斯給庭葛王。
428	Hyarmentir	黑門提爾	維林諾南方最高的一座山。
429	Iant Iaur	舊橋	在多瑞亞斯北邊邊境橫越伊斯果都因河；又稱爲伊斯果都因橋。
430	Ibun	伊邦	小矮人密姆的兒子之一。
431	Idril	伊綴爾	又稱爲凱勒布琳朵，「銀足」，特剛與埃蘭薇的獨生女；圖爾的妻子，埃蘭迪爾的母親，城破時與丈夫兒子一同逃到了西瑞安河口，後來與圖爾一同西航。
432	Illuin	伊露因	奧力所造維拉的巨燈之一，立在中土大陸的北方，在被米爾寇推倒之後，該地區形成了希爾卡內海。
433	Ilmarë	伊爾瑪瑞	邁雅，瓦爾妲的侍女。
434	Ilmen	伊爾門	繁星所在的外太空。
435	Ilúvatar	伊露維塔	眾生萬物之父，也就是Eru。

436	Imlach	印拉赫	安拉赫的父親。
437	Imladris	伊姆拉崔	「瑞文戴爾」(按字面翻譯是「很深的裂谷」),愛隆位在迷霧山脈中的住處。
438	Indis	茵迪絲	凡雅族精靈,英格威的近親;她是芬威的第二個妻子,芬國盼與費納芬的母親。
439	Ingwë	英格威	凡雅族精靈的領導者,凡雅族是三支離開庫維因恩西遷的艾爾達中的第一支。在阿門洲他住在泰尼魁提爾山上,是所有精靈族的最高君王。
440	Inzibêth	印希爾貝絲	安督奈伊親王家的公主,亞爾·金密索爾的妻子。
441	Inziladûn	印西拉頓	亞爾·金密索爾與印希爾貝絲的長子,登基時的封號是塔爾·帕蘭惕爾。
442	Irmo	伊爾牟	維拉,通常大家用他的居住地羅瑞安來稱呼他。這名字的意思是「欲望」或「欲望的主宰」。
443	Iron Mountains	鐵山山脈	見Ered Engrin。
444	Isengard	艾辛格	洛汗語,譯自精靈語的安格林諾斯特(Angrenost)。
445	Isil	伊希爾	月亮的昆雅語名稱。
446	Isildur	埃西鐸	伊蘭迪爾的長子,他和父親及弟弟安那瑞安逃過了努曼諾爾的滅亡,在流亡中於土大陸建立了努曼諾爾人的新王國;爲米那斯伊希爾的王;他從索倫手上砍下了至尊戒;在安都因河中因爲至尊戒滑脫他的手,被半獸人發現後射死。
447	Istari	埃斯塔力	巫師。如甘道夫、薩魯曼等。
448	Ivrin	艾佛林湖	位在威斯林山脈下方,是納羅格河的發源處。

449	kelvar	奇爾瓦	精靈語中的「動物，凡是會動的活物」，出現在本書第二章中雅凡娜與曼威的對話中。
450	Kementári	齊門泰芮	「大地之后」，雅凡娜的頭銜。
451	Khazâd	凱薩德人	矮人以自己的語言稱自己是凱薩德人。
452	Khazad-dûm	凱薩督姆	都靈及其子孫在迷霧山脈中所興建的大城；又稱爲哈松隆德或摩瑞亞。
453	Khîm	奇姆	小矮人密姆的兒子，被圖林那幫亡命之徒所射殺。
454	King's Men	皇帝的人馬	對艾爾達與精靈之友懷有敵意的努曼諾爾人。
455	"Kinslaying, The"	殘殺親族	諾多族在澳闊隆迪殘殺帖勒瑞族的慘劇。
456	Ladros	拉德羅斯	多索尼安的北邊地區，爲諾多君王送給比歐家族的居住地。
457	Laer Cú Beleg	大弓之歌	圖林在艾佛林湖畔爲紀念畢烈格所作的歌。
458	Laiquendi	萊昆第	歐西瑞安的綠精靈。
459	Lalaith	菈萊絲	「歡笑者」，胡林和莫玟的女兒，三歲時死於瘟疫。
460	Lammoth	攔魔絲	「大回聲」，位在專吉斯特狹灣北邊，因魔苟斯被昂哥立安絞殺時發出的巨大呼喊而命名。
461	Land of Shadow	陰影之地	見Mordor。
462	Land of the Dead that Live	生與死之地	見Dor Firn-i-Guinar。
463	Land of the Star	星辰之地	努曼諾爾島。
464	Lanthir Lamath	藍希爾．拉瑪斯	「回聲瀑布」，爲迪歐在歐西瑞安的住處，他女兒愛爾溫因此瀑布而命名。
465	Last Alliance	最後聯盟	第二紀元末時吉爾加拉德與伊蘭迪爾共同組成的對抗索倫的聯軍。

466	Laurelin	羅瑞林	「金色的歌」，維林諾雙聖樹中年紀較小的一顆。
467	Lay of Leithian	麗西安之歌	有關貝倫與露西安之生平的長詩，本書中所記載的兩人的故事爲此詩歌的摘述。Leithian的翻譯是「從囚禁中得釋放」。
468	Legolin	里勾林河	吉理安河流經歐西瑞安時的第三條支流。
469	lembas	蘭巴斯	艾爾達之行路乾糧的辛達語名稱，昆雅語是coimas：「生命糧」。
470	Lenwë	藍威	南多精靈的領導者；西遷的帖勒瑞精靈中在走到迷霧山脈時有一群拒絕再往前，藍威帶領他們離開眾人；丹耐索的父親。
471	Lhûn	隆恩河	伊利雅德的河流，注入隆恩灣。
472	Linaewen	林內溫湖	「群鳥之湖」，位在內佛瑞斯特的一個大沼澤。
473	Lindon	林頓	歐西瑞安在第一紀元時又稱爲林頓；在第一紀元結束的崩毀後，林頓指的是藍色山脈西邊殘留在海面上的區域。
474	Lindórië	林朵瑞依	印希爾貝絲的母親。
475	Little Gelion	小吉理安河	吉理安河的兩條源流之一，發源自辛姆林山。
476	Loeg Ningloron	洛格・寧格洛隆	「金色水花的池塘」。見Gladden Fields。
477	lómelindi	夜鶯	昆雅語對夜鶯的稱呼，意思是「在昏暗中歌唱者」。
478	Lómion	盧米昂	「微光之子」，雅瑞希爾爲梅格林所取的昆雅語名字。
479	Lonely Isle	孤獨之島	見Tol Eressëa。
480	Lord of Waters	眾水的主宰	見Ulmo。
481	Lords of the West	西方的主宰	見Valar。
482	Lórellin	洛瑞林	位在維林諾的羅瑞安的湖泊，維

			拉伊絲緹白日在此睡覺。
483	Lorgan	羅干	在第五戰役後，來到希斯隆的東來者的領袖；奴役圖爾的主人。
484	Lórien（1）	羅瑞安	維拉伊爾牟的住處與花園的名稱，伊爾牟常被他人稱爲羅瑞安。
485	Lórien（2）	羅瑞安	凱蘭崔爾和凱勒鵬所統治，位在凱勒白藍特河與安都因大河之間的一大片領域。這片領域原來的名字很可能是被精靈改掉了，他們用昆雅語稱它爲羅瑞安，用以紀念維林諾上維拉伊爾牟的花園。辛達語稱此地爲羅斯洛立安（Lothlórien），辛達語以loth開頭的都帶有「花」的意思。
486	Lórindol	洛林朵	「金色的頭」，見Hador。
487	Losgar	羅斯加爾	位在專吉斯特狹灣的灣口，費諾在此燒了帖勒瑞精靈的白船。
488	Lothlann	洛斯藍平原	「寬闊空蕩」，位在梅斯羅斯防線北邊的大平原。
489	Lothlórien	羅斯洛立安	「盛開花朵的羅瑞安」。
490	Luinil	路尼珥	星辰的名字，這顆星發藍色的光。
491	Lumbar	蘭拔爾	星辰的名字。
492	Lúthien	露西安	庭葛王與美麗安之女，她完成了收復精靈寶鑽的任務，並在貝倫死後選擇了凡人的生命，好與他有同樣的結局。
493	Mablung	梅博隆	多瑞亞斯的精靈，庭葛的大將，圖林的朋友；這名字翻譯出來就是他的別號「強手」（the Heavy Hand）；在明霓國斯爲矮人所殺。
494	Maedhros	梅斯羅斯	費諾的長子，又稱爲「高大的」梅斯羅斯；被芬鞏從安戈洛墜姆

			山上救下；掌控辛姆林山與附近地區；組成「梅斯羅斯聯盟」發動第五戰役；在第一紀元結束時取得一顆精靈寶鑽，帶著寶石自殺身亡。
495	Maeglin	梅格林	「閃爍銳利的目光」，伊歐與特剛之妹雅瑞希爾的兒子，出生在艾莫斯谷森林中；在貢多林中成爲大有力量的精靈，卻將貢多林的地點出賣給魔苟斯；城破時爲圖爾所殺。
496	Maglor	梅格洛爾	費諾的次子，偉大的吟遊詩人與歌者；其駐地又稱爲梅格洛爾的豁口；在第一紀元結束時與梅斯羅斯奪得兩顆仍存留在中土大陸的精靈寶鑽，後來將他所得的那顆拋入了大海中。
497	Maglor's Gap	梅格洛爾的豁口	位在大小吉理安河之間的區域，那裡沒有任何山脈可做爲抵擋北方的屏障。
498	Magor	馬國樂	馬拉赫・亞瑞丹的兒子；帶領馬拉赫的族人進入西貝爾蘭。
499	Mahal	馬哈爾	矮人對奧力的稱呼。
500	Máhanaxar	麥哈納薩爾	位在沃瑪爾門外的「判決圈」，設有眾維拉會商時的寶座。
501	Mahtan	瑪哈坦	諾多族的偉大冶金家，是費諾的岳父。
502	Maiar	邁雅	比維拉次一級的埃努，單數是Maia。
503	Malach	馬列赫	馬拉赫的兒子，他的精靈語名字是Aradan。
504	Malduin	莫都因河	泰格林河的支流；這名字的意思大概是「黃河」。
505	Malinalda	梅利納達	「金樹」，羅瑞林的名稱之一。
506	Mandos	曼督斯	維拉內牟在維林諾之居住地的名

			稱，他很少被眾人稱爲內牟，大家都稱直接他爲曼督斯。內牟的意思是「審判者」。
507	Manwë	曼威	維拉之首，阿爾達的統治者與大君王，又稱爲甦利繆。
508	Marach	馬拉赫	進入貝爾蘭的第三支人類家族的領袖，哈多・洛林朵的祖先。
509	March of Maedhros	梅斯羅斯防線	吉理安河流源頭的一片開敞區域，是梅斯羅斯與弟弟們駐守的地區，避免東貝爾蘭遭受襲擊。又稱爲「東方的防線」。
510	Mardil	馬迪爾	又被稱爲「忠心的」馬迪爾；治理剛鐸的宰相。
511	Mar-nu-Falmar	瑪・努・法爾瑪	「波浪下之地」，沈沒後的努曼諾爾的名字。
512	Melian	美麗安	邁雅，離開維林諾來到中土大陸，後來成爲多瑞亞斯庭葛王的王后，她在多瑞亞斯四周佈下了迷咒環帶，也就是美麗安的環帶，阻擋邪惡的入侵；露西安的母親，愛隆與愛洛斯的高祖母。
513	Melkor	米爾寇	起初他是最偉大的埃努，後來變成維拉中最大的背叛者，步向邪惡，這是他的昆雅語名字；後來他又被稱爲魔苟斯，包格力爾，大敵等。米爾寇這名字的意思是「他起初是大有能力者」。
514	Men	人類	見第一、七、十二、十七章以及〈阿卡拉貝斯〉。另參Atani，Children of Ilúvatar，Easterlings。
515	Menegroth	明霓國斯	「千石窟宮殿」，庭葛與美麗安位在多瑞亞斯的隱藏王宮，地點在伊斯果都因河畔。
516	Meneldil	米涅迪爾	安那瑞安之子，剛鐸的皇帝。
517	Menelmacar	米涅爾瑪卡	「天空中配劍的人」，指獵戶星

			座。
518	Meneltarma	米涅爾塔瑪	「天堂之柱」，努曼諾爾島中央的大山，山頂有伊露維塔的聖壇。
519	Meres of Twilight	微光沼澤	見Aelin-uial。
520	Mereth Aderthad	雅德薩德宴會	「團圓宴」，芬國昐在艾佛林湖畔舉行的大宴會。
521	Mickleburg	米克勒堡	貝磊勾斯特堡的翻譯，意思是「大堡壘」。
522	Middle-earth	中土大陸	位在貝烈蓋爾海東邊的陸地；又稱爲the Hither Land，the Outre Lands，the Great Land以及Endor。
523	Mîm	密姆	小矮人，圖林在當亡命之徒時住在他位於路斯山上的家，密姆後來又將住處出賣給半獸人；在納國斯隆德爲胡林所殺。
524	Minas Anor	米那斯雅諾	「日落之塔」，後來改稱爲米那斯提力斯；安那瑞安的城，位在明都路安山下。
525	Minas Ithil	米那斯伊希爾	「月升之塔」，後來被稱爲米那斯魔窟；埃西鐸的城，建在都阿斯山脈的山坡上。
526	Minas Morgul	米那斯魔窟	「妖術之塔」，是米那斯伊希爾被戒靈佔領後的名稱。
527	Minas Tirith（1）	米那斯提力斯	「守望之塔」，爲芬羅德·費拉剛所建，位在西瑞安島上。
528	Minas Tirith（2）	米那斯提力斯	米那斯雅諾後來的名稱，又稱爲剛鐸的都城。
529	Minastir	米那斯提爾	見Tar-Minastir。
530	Mindeb	明迪伯河	西瑞安河的支流，位在丁巴爾與尼多瑞斯森林之間。
531	Mindolluin	明都路安山	「高高的藍頂」，位在米那斯雅諾後方的大山。
532	Mindon Eldaliéva	明登·艾爾達	「艾爾達的高塔」，英格威建在

		麗瓦	提理安城的高塔。
533	Míriel (1)	迷瑞爾	芬威的第一個妻子，費諾的母親；她在生完費諾後就過世了。她又被稱爲希倫迪，意思是「擅於刺繡的女子」。
534	Míriel (2)	密瑞爾	塔爾·帕蘭惕爾的女兒，被迫嫁給亞爾·法拉松，被他封爲亞爾·辛菈菲爾；又稱爲塔爾·密瑞爾。
535	Mirkwood	幽暗密林	見Greendwood the Great。
536	Misty Mountains	迷霧山脈	見Hithaeglir。
537	Mithlond	米斯龍德	「灰港岸」，精靈位在隆恩灣的海港。
538	Mithrandir	米斯蘭達	「灰袍朝聖者」，甘道夫的精靈語名字，爲埃斯塔力(巫師)之一。
539	Mithrim	米斯林	是位在希斯隆東邊的大湖，也是隔開米斯林與多爾露明的山脈。這名稱原來指的是住在該地區的辛達精靈。
540	Mordor	魔多	「黑暗之地」，又稱爲「陰影之地」；索倫位在都阿斯山脈東邊的王國。
541	Morgoth	魔苟斯	「黑暗大敵」，米爾寇的別名，在他奪走精靈寶鑽之後費諾給他取的名字。
542	Morgul	魔窟	見Minas Morgul。
543	Moria	摩瑞亞	「黑色深坑」，凱薩督姆在後來的名稱。
544	Moriquendi	摩瑞昆第	「黑暗中的精靈」，見Dark Elves。
545	Mormegil	摩米吉爾	「黑劍」，圖林當納國斯隆德大軍的將領時的別名。
546	Morwen	莫玟	貝倫之父巴拉漢的姪子巴拉岡的女兒，胡林之妻，圖林與妮諾爾

			的母親；又稱為伊列絲玟和多爾露明的女主人。
547	Mount Doom	末日山	見Amon Amarth。
548	"Mountain of Aman, of Defence"	阿門洲的山脈	見Pelóri。
549	Mountain of East	東方山脈	見Orocarni。
550	Mountain of Fire	火山	見Orodruin。
551	Mountain of Iron	鐵山山脈	見Ered Engrin。
552	Mountain of Mist	迷霧山脈	見Hithaeglir。
553	Mountain of Mithrim	米斯林山脈	見Mithrim。
554	Mountain of Shadow	陰影山脈	見Ered Wethrin和Ephel Dúath。
555	Mountain of Terror	恐怖山脈	見Ered Gorgoroth。
556	Music of the Ainur	埃努的大樂章	見Ainulindalë。
557	Nahar	納哈爾	維拉歐羅米的駿馬，艾爾達精靈大概是因為牠的聲音而給牠取了這個名字。
558	Námo	內牟	維拉，雅睿塔爾之一；通常大家都以他的居住地稱他為曼督斯。這名字的意思是「審判者」。
559	Nan Dungortheb	蕩國斯貝谷	在文中翻譯為「恐怖死亡谷」。這山谷位在高聳的戈堝洛斯山脈與美麗安的環帶之間。
560	Nan Elmoth	艾莫斯谷森林	這座森林位在克隆河東邊，埃爾威(庭葛)在此遇見美麗安，迷了路。這森林後來是伊歐的住處。
561	Nandor	南多精靈	據說意思是「那些回頭的」，指那些離開庫維因恩進行西遷但在拒絕越過迷霧山脈的帖勒瑞精靈；但有一部分後來在丹耐索的帶領下，在許久之後越過了迷霧山脈，來到了歐西瑞安定居，被稱為綠精靈。
562	Nan-tathren	塔斯仁谷	「柳樹谷」，也可譯為「垂柳之地」，位在納羅格河流入西瑞安河處。在《魔戒》二部曲第三章

			第四節中樹鬍所唱的歌提到這裡。
563	Nargothrond	納國斯隆德	「納羅格河旁的地下大堡壘/要塞」，爲芬羅德．費拉剛所建立，被格勞龍所毀；納國斯隆德王國則包括納羅格河流域的兩岸地區。
564	Narn i Hîn Húrin	胡林子女的故事	是一首長敘事詩，本書第二十一章乃摘述自這首長詩；爲埃蘭迪爾年間住在西瑞安河口的詩人迪哈維爾(Dírhavel)所寫，他在費諾之子的攻擊中身亡。Narn是一種以詩的句構所寫的故事，只可讀，不可唱。
565	Narog	納羅格河	西貝爾蘭最大的一條河流，發源自威斯林山脈下的艾佛林湖，在塔斯仁谷注入西瑞安河。
566	Narsil	納希爾聖劍	伊蘭迪爾的聖劍，爲諾格羅德城的鐵爾恰所打造，在伊蘭迪爾與索倫決鬥身死時斷裂；斷劍後來爲亞拉岡重鑄，重新命名爲安都瑞爾。
567	Narsilion	納熙立安	日月之歌。
568	Narya	納雅	精靈三戒之一，又稱爲火戒或紅戒；持有者先是瑟丹，後爲米斯蘭達。
569	Nauglamír	諾格萊迷爾	「矮人的項鍊」，是矮人打造給芬羅德．費拉剛的項鍊，被胡林從納國斯隆德帶去給庭葛，結果造成庭葛後來死於非命。
570	Naugrim	諾格林人	「發育不良的人類」，矮人的辛達語名稱。
571	Nazgûl	納茲古/戒靈	見Ring-wraiths。
572	Necklace of the Dwarves	矮人的項鍊	見Nauglamír。
573	Neithan	尼散	圖林在亡命之徒當中自取的名

			字，可翻譯爲「作錯事的」(字面解釋是「被剝奪的人」)。
574	Neldoreth	尼多瑞斯森林	巨大的山毛櫸樹森林，構成了多瑞亞斯王國的北邊部分。在《魔戒》二部曲第三章第四節中樹鬍所唱的歌裡被稱爲 Taur-na-Neldor。
575	Nen Girith	吉瑞斯瀑布	「戰慄之水」，丁羅斯特瀑布的新名字，它是貝西爾森林中凱勒伯斯溪的瀑布。
576	Nénar	奈娜爾	星辰的名字。
577	Nenning	南寧格河	西貝爾蘭的河流，在伊葛拉瑞斯特港入海。
578	Nenuial	南努爾湖	「微光之湖」，位在伊利雅德，巴蘭都因河發源自此湖，安努米那斯城建立在此湖畔。別名伊凡丁湖。
579	Nenya	南雅	精靈三戒之一，水之戒，持有者是凱蘭崔爾，又稱爲鑽石戒。
580	Nerdanel	諾丹妮爾	又被稱爲「有智慧的」，鐵匠瑪哈坦的女兒，費諾的妻。
581	Nessa	妮莎	維麗之一，歐羅米的妹妹，托卡斯的妻子。
582	Nevrast	內佛瑞斯特	位在多爾露明的西邊，越過露明山脈，是特剛在搬遷到貢多林之前的居住地。這名稱的意思是「這一岸」，原本指的是中土大陸的整個西北方海岸。
583	Nienna	妮娜	維麗之一，也是雅睿塔爾之一；是同情與哀悼女神，爲曼督斯與羅瑞安的妹妹。
584	Nienor	妮諾爾	「哀哭的」，胡林與莫玟的女兒，圖林的妹妹；在納國斯隆德中了格勞龍的魔咒，在遺忘過去所有一切的情況下，在貝西爾森

			林中以奈妮爾之名嫁給了圖林；最後跳下泰格林河自殺。
585	Nimbrethil	寧白希爾	樺樹林，位在貝爾蘭南方的阿佛尼恩。參比爾博在在瑞文戴爾所唱的歌：「水手埃蘭迪爾要出航，耽擱在阿佛尼恩的故鄉……。」(見《魔戒》首部曲第二章第一節)。
586	Nimloth (1)	寧羅斯	努曼諾爾的白樹，埃西鐸在這樹被砍倒之前從樹上摘下一顆果實，種成後來米那斯伊希爾的白樹。Nimloth的意思是「盛開白花的」，是辛達語，昆雅語是Ninquelótë。
587	Nimloth (2)	寧羅絲	多瑞亞斯的精靈，嫁給庭葛的繼承人迪歐爲妻；爲愛爾溫的母親，在費諾眾子攻擊明霓國斯時被殺。
588	Nimphelos	寧佛羅斯	庭葛送給貝磊勾斯特堡矮人的大珍珠。
589	Níniel	奈妮爾	「淚水姑娘」，圖林在不知眞相的情況下爲他妹妹妮諾爾所取的名字。
590	Ninquelótë	寧魁羅提	「盛開白花的」，聖樹泰爾佩瑞安的名字之一。
591	niphredil	寧佛黛爾花	露西安出生時，盛開在星光燦爛的多瑞亞斯的白花。這花在羅斯洛立安的克林・安羅斯(Cerin Amroth)也可見《魔戒》首部曲第二章第六、八節。
592	Nirnaeth Arnoediad	尼南斯・阿農迪亞德戰役	「無數的眼淚」，在貝爾蘭所發生的第五場大戰，精靈慘敗，魔荀斯大獲全勝。
593	Nivrim	尼佛林	多瑞亞斯的一部份，位在西瑞安河的西岸。

594	Noegyth Nibin	諾吉斯・尼賓	「小矮人」。
595	Nogrod	諾格羅德城	矮人位在藍色山脈上的兩座城之一；這是辛達語的翻譯名稱，矮人語是Tumunzahar。
596	Noldolantë	諾多蘭提	「諾多族的墮落」，費諾之子梅格洛爾所作的哀歌。
597	Noldor	諾多族精靈	又稱為知識淵博的精靈，從庫維因恩西遷的第二群艾爾達，由芬威所領導。這名稱（昆雅語是Noldo，辛達語是Golodh）的意思是「有智慧的」（但這裡的智慧指的是擁有知識，而不是擁有睿智，這聽起來有點批判的味道）。關於諾多族的語言，請參照Quenya。
598	Nóm, Nómin	努萌，努明	「智慧」（Wisdom）和「有智慧的」（Wise），比歐一族的人類用自己的語言給芬羅德取的名字。
599	North Downs	北崗	位在伊利雅德，其上建有努曼諾爾人的城市佛諾斯特。
600	Nulukkizdîn	努路克奇丁	矮人語的納國斯隆德。
601	Númenor	努曼諾爾	（完整的昆雅語寫法是Númenórë）「西方的」或「西方之地」，是維拉在第一紀元結束後為伊甸人所預備的大島。又稱為Anadûnê，Andor，Elenna，the Land of the Star，後來在它沈沒後又稱為Akallabêth，Atalantë，以及Mar-nu-Falmar。
602	Númenóreans	努曼諾爾人	努曼諾爾的百姓，又稱為登丹人。
603	Nurtalë Valinóreva	努爾塔力・維林諾瑞瓦	維林諾的隱藏。
604	Ohtar	歐塔	「武士」，埃西鐸的貼身護衛，他將納希爾聖劍的碎片帶到了伊

			姆拉崔。
605	Oiolossë	歐幽洛雪	「永遠雪白的」，艾爾達最常用這名稱來稱呼泰尼魁提爾山，辛達語則成了幽洛斯山。不過在〈維拉本紀〉中，這名稱指的是「泰尼魁提爾的最尖峰」。
606	Oiomúrë	歐幽幕瑞	西爾卡瑞西海峽附近一處充滿濃霧的地區。
607	Olórin	歐絡因	邁雅，埃斯塔力之一；見Mithrandir，Gandalf，另參《魔戒》二部曲第四章第五節：「歐絡因是我年輕時在西方所用的名字，我都忘記了。」
608	olvar	歐瓦	精靈語中「一切有根生長在地的植物」，出現在本書第二章中雅凡娜與曼威的對話中。
609	Olwë	歐威	他跟他兄弟埃爾威(庭葛)帶領帖勒瑞族離開庫維因恩西遷；爲帖勒瑞族在澳闊隆迪的王。
610	Ondolindë	昂督林迪	「岩石之歌」，貢多林的昆雅語名稱。
611	Orcs	半獸人	魔苟斯的爪牙。
612	Orfalch Echor	歐發赫，埃柯爾	穿越環抱山脈的峽谷，是通達貢多林的路。
613	Ormal	歐爾莫	維拉奧力所造的巨燈之一，豎立在中土大陸的南方。
614	Orocarni	歐羅卡尼	位在中土大陸東方的山脈(名稱的意思是「紅色山脈」)。
615	Orodreth	歐洛隹斯	費納芬的次子，西瑞安島上米那斯提力斯塔的守護者；在他哥哥芬羅德死後繼任爲納國斯隆德的王；芬朵菈絲的父親，在淌哈拉德戰爭中被殺。
616	Orodruin	歐洛都因	「火焰熾烈的山」，位在魔多，索倫在此鑄成了統御魔戒；又稱

			爲Amon Amarth「末日山」。
617	Oromë	歐羅米	維拉，雅睿塔爾之一；偉大的狩獵者，帶領艾爾達離開庫維因恩，薇娜的配偶。這名字的意思是「吹響號角」或「號角之聲」。在《魔戒》中曾提及他的辛達語名字Araw。
618	Oromet	歐羅密特	在努曼諾爾島西邊靠近安督奈伊的一座山丘，上面建有塔爾·明那斯特的高塔。
619	Orthanc	歐散克塔	「叉狀高頂」，努曼諾爾人建在艾辛格圓場上的高塔。
620	Osgiliath	奧斯吉力亞斯	「星辰堡壘」，剛鐸古代的都城，橫跨安都因大河。
621	Ossë	歐希	邁雅，烏歐牟的臣屬，他常與烏歐牟一同潛入阿爾達的水源中；喜愛帖勒瑞精靈，是他們的啓蒙師傅。
622	Ossiriand	歐西瑞安	「七河之地」(吉理安河加上六條發源自隆恩山脈的支流)，爲綠精靈的居住地。另參《魔戒》二部曲第三章第四節中樹鬍所唱的歌。
623	Ost-in-Edhil	歐斯·因·埃西爾	「艾爾達的堡壘」，精靈在伊瑞詹所建的城。
624	Outer Lands	外地	中土大陸。
625	Outer Sea	外環海	見Ekkaia。
626	Palantíri	帕蘭提瑞(眞知晶石)	「可從遠處望見的」，是伊蘭迪爾和兒子從努曼諾爾帶出來的七顆晶石，爲費諾在阿門洲所造(見《魔戒》二部曲第三章第二節)。
627	Pelargir	佩拉格	「皇家船隊的庭園」，努曼諾爾人位在安都因河口三角洲上方的港口。
628	Pelóri	佩羅瑞	「高高的防禦圍牆」，又稱爲阿

			門山脈或防禦山脈，維拉們在其奧瑪倫的住處被毀壞後，遷來阿門洲時所築起當作圍牆的山脈；由北延伸到南，靠近阿門洲的東邊海岸。
629	People of Haleth	哈麗絲的百姓	見Haladin和Haleth。
630	Periannath	佩瑞安納斯人	半身人(哈比人)。
631	Petty-dwarves	小矮人	為Noegyth Nibin的翻譯。
632	Pharazôn	法拉松	見Ar-Pharazôn。
633	Prophecy of the North	北方的預言	諾多的厄運，為曼督斯在阿門洲北方所發佈的。
634	Quendi	昆第	精靈最初以自己的語言自取的名稱(包括所有的精靈支係名稱)，意思是「那些能用聲音說話的」。
635	Quenta Silmarillion	精靈寶鑽爭戰史	〈精靈寶鑽的歷史〉。
636	Quenya	昆雅語	古老的語言，是所有精靈間的共通語言，被帶到維林諾，又被流亡的諾多精靈帶回中土大陸；後來卻被他們放棄做為日常用語，特別是在庭葛王禁止之後。本書中並未直接提及這名稱，而是稱之為「高等精靈語」或「維林諾語」等。
637	Radagast	瑞達加斯特	埃斯塔力(巫師)之一。
638	Radhruin	拉斯路因	巴拉漢在多索尼安的十二名同伴之一。
639	Ragnor	拉格諾爾	巴拉漢在多索尼安的十二名同伴之一。
640	Ramdal	藍達爾	「牆壁的尾端」，橫隔貝爾蘭的山地在此結束。
641	Rána	瑞娜	「漫遊者」，諾多精靈對月亮的稱呼。
642	Rathlóriel	拉斯洛瑞爾河	「金色河床」，多瑞亞斯的財寶

			沈沒在阿斯卡河後，河的新名稱。
643	Rauros	拉洛斯瀑布	「翻騰噴沫的」，安都因河上的大瀑布。
644	"Red Ring, The"	紅戒	見Narya。
645	Region	瑞吉安森林	構成多瑞亞斯王國南部的濃密森林。
646	Rerir	瑞萊山	位在海倫佛恩湖北邊的高山，大吉理安河的發源地。
647	Rhovanion	羅瓦尼安	「荒野之地」，迷霧山脈東邊的荒涼野地。
648	Rhudaur	魯道爾	伊利雅德的東北部區域。
649	Rían	瑞安	貝倫的父親巴拉漢的姪子貝烈岡之女，胡爾之妻，圖爾之母；胡爾死後，因爲悲傷死在眼淚墳丘上。
650	Ring of Doom	判決圈	見Máhanaxar。
651	Ringil	璘及爾	芬國昐的寶劍。
652	Rings of Power	力量之戒	包括至尊戒、精靈三戒、矮人七戒與人類的九戒。
653	Ringwil	林威爾溪	在納國斯隆德注入納羅格河的溪流。
654	Ring-wraiths	戒靈	人類，九枚魔戒的奴隸，索倫的大將，又稱爲Nazgûl或Úlairi。
655	Rivendell	瑞文戴爾	伊姆拉崔的翻譯。
656	Rivil	瑞微爾河	從多索尼安北邊流下的溪流，在西瑞赫沼澤注入西瑞安河。
657	Rochallor	羅哈洛	芬國昐的馬。
658	Rohan	洛汗國	「駿馬的家鄉」，爲剛鐸王國北方國土卡蘭納松後來的名稱。
659	Rohirrim	羅希林人	洛汗人，「牧馬大師」。
660	Rómenna	羅門納	努曼諾爾島東邊的海港。
661	Rothinzil	羅辛希爾	埃蘭迪爾的船威基洛特的阿督納克語(努曼諾爾語)名字。意思同樣是「浪花」。

662	Rúmil	盧米爾	住在提理安的諾多族哲人，首先發明了書寫文字(參《魔戒》附錄五)；他也寫了〈埃努的大樂章〉。
663	Saeros	西羅斯	南多精靈，庭葛在多瑞亞斯的主要顧問之一；在明霓國斯攻擊圖林，後來被圖林追逐不幸摔死。
664	Salmar	索瑪爾	隨烏歐牟前來艾爾達的邁雅，爲烏歐牟造了大號角。
665	Sarn Athrad	薩恩渡口	「碎石渡口」，從貝磊勾斯特堡與諾格羅德城下來的矮人路在此穿過吉理安河。
666	Saruman	薩魯曼	「身懷巧藝者」，人類對庫路耐爾的稱呼；他也是埃斯塔力(巫師)之一。
667	Sauron	索倫	「可憎的」(辛達語稱爲「戈索爾」)；魔苟斯最得力的助手，本是一位邁雅。
668	"Secondborn, The"	次生的	伊露維塔的小兒女，人類。
669	Seeing Stones	眞知晶石	見Palantíri。
670	Serech	西瑞赫沼澤	西瑞安通道北邊的一處大沼地，瑞微爾河從多索尼安流下在此注入西瑞安河。
671	seregon	西列剛草	「血石」，生長在路斯山頂上一種開深紅色小花的植物。
672	Serindë	刺繡者	見Míriel(1)。
673	Seven Fathers of the Dwarves	矮人的七位祖先	見Dwarves。
674	Seven Stones	七晶石	見Palantíri。
675	Shadowy Mountains	黯影山脈	見Ered Wethrin。
676	Shepherds of the Trees	樹的牧人	恩特人(Ents)。
677	Sickle of the Valar	維拉的鐮刀	見Valacirca。
678	Silmarien	希爾瑪瑞恩	努曼諾爾第四任皇帝塔爾・伊蘭迪爾的女兒；第一位安督奈伊親

			王的母親，是伊蘭迪爾與兩個兒子埃西鐸及安那瑞安的祖先。
679	Silpion	希爾皮安	聖樹泰爾佩瑞安的名字之一。
680	Silvan	西爾凡精靈	又稱爲森林精靈。他們是那些從來沒有越過迷霧山脈的南多精靈，始終留在安都因河谷與巨綠森林中。
681	Simarils	精靈寶鑽	費諾在雙聖樹被毀之前所造的三顆寶石，寶石中蘊藏著聖樹的光芒。
682	Sindar	辛達精靈	灰精靈。這名稱應用在諾多精靈返回時在貝爾蘭遇見的所有帖勒瑞精靈身上，歐西瑞安的綠精靈不包括在內。諾多精靈之所以這樣稱呼他們，很可能是諾多精靈首先是在北邊地區灰色的天空下與迷霧籠罩的米斯林湖旁遇見他們之故；但也有可能灰精靈一詞是因爲他們既非維林諾的光明精靈，又非黑暗的亞維瑞精靈之故；而他們是「微光中的精靈」。但它也可能跟埃爾威的名字庭葛(意思是「灰斗篷」)有關，因爲庭葛是這群百姓的王。辛達精靈自稱是艾希爾(Edhil)。
683	Sindarin	辛達語	貝爾蘭的精靈所用的語言，衍生自古時共通的精靈語，因爲長時間的分隔，跟維林諾的昆雅語有很大的差別；諾多族來到貝爾蘭後也採用了辛達語。
684	Singollo	辛歌羅	「灰斗篷」或「灰袍」；見Sindar，Thingol。
685	Sirion	西瑞安河	「大河」，從北流向南將貝爾蘭分爲東西兩半的大河。
686	Sons of Fëanor	費諾的眾子	梅斯羅斯、梅格洛爾、凱勒鞏、卡蘭希爾、庫路芬、安羅斯與安

			瑞斯。
687	Soronúmë	梭洛奴米	星座的名稱。
688	Stone of the Hapless	不幸之碑	泰格林河畔圖林與妮諾爾的墓碑。
689	"Straight Road, Straight Way"	筆直航道	越過海洋抵達古代眞正的西方的通道，在努曼諾爾島陸沈與世界改變之後，唯有精靈的船可以經由此道路航行離開世界。
690	Strongbow	強弓	庫薩理安的翻譯，畢烈格的名字。
691	Súlimo	甦利繆	曼威的名字，在〈埃努的大樂章〉中解釋爲「阿爾達之呼吸的主宰」（字面解釋是「呼吸者」）。
692	Swanhaven	天鵝港	見Alqualondë。
693	Swarthy Men	黝黑人類	見Easterlings。
694	Talath Dirnen	德能平原	「監視平原」，位在納國斯隆德北邊。
695	Talath Rhúnen	盧寧平原	「東谷」，薩吉理安早期的名稱。
696	Taniquetil	泰尼魁提爾	「白色尖頂」，佩羅瑞山脈最高的一座山，也是阿爾達上最高的一座山，山頂上是曼威與瓦爾妲的住所；又稱爲白山、聖山、曼威的山等。
697	Tar-Ancalimon	塔爾・安卡理蒙	努曼諾爾的第十四任皇帝，他在位期間，努曼諾爾人分裂成兩個敵對的陣營。
698	Taras	塔拉斯山	在內佛瑞斯特尖角上的高山；山下建有凡雅瑪城，是特剛在遷到貢多林前的住處。
699	Tar-Atanamir	塔爾・阿塔納米爾	努曼諾爾的第十三任皇帝，維拉的使者在他在位期間前來。
700	Tar-Calion	塔爾・卡理安	亞爾・法拉松的昆雅語名稱。
701	Tar-Ciryatan	塔爾・克亞單	努曼諾爾的第十二任皇帝，「造

			船王」。
702	Tar-Elendil	塔爾・伊蘭迪爾	努曼諾爾的第四任皇帝，伊蘭迪爾的祖先希爾瑪瑞恩的父親。
703	Tar-Minastir	塔爾・米那斯提爾	努曼諾爾的第十一任皇帝，幫助吉爾加拉德對抗索倫。
704	Tar-Minyatur	塔爾・明亞特	努曼諾爾第一任皇帝，半精靈愛洛斯的登基封號。
705	Tar-Míriel	塔爾・密瑞爾	見Míriel(2)。
706	Tarn Aeluin	艾露因湖	多索尼安上的小湖，巴拉漢及其同伴的躲藏處，他們也都在那裡遭到殺害。
707	Tar-Plantir	塔爾・帕蘭惕爾	努曼諾爾的第二十三任皇帝，他對前幾任皇帝的所作所為深感懊悔，因此用昆雅語名登基，名字的意思是「遠見者」。
708	Taur-en-Faroth	法羅斯森林	位在納羅格河西邊，納國斯隆德上方的高地森林。
709	Taur-im-Duinath	都因那斯森林	「兩條河流之間的森林」，安德蘭南方的荒野，位在西瑞安河與吉理安河之間。
710	Taur-nu-Fuin	浮陰森林	「夜暗籠罩的森林」，多索尼安後來的名稱。
711	Tauron	托隆	「森林的主宰」，歐羅米在辛達精靈中的名字。
712	Teiglin	泰格林河	西瑞安河的支流，發源自威斯林山脈，流經貝西爾森林的南邊。
713	Telchar	鐵爾恰	諾格羅德城最有名的鐵匠，是寶刀安格瑞斯特與納希爾聖劍的鑄造者(見亞拉岡在《魔戒》二部曲第三章第六節所言)。
714	Telemnar	泰勒納	剛鐸王國的第二十六任皇帝。
715	Teleri	帖勒瑞精靈	艾爾達離開庫維因恩西遷中的第三支也是最大的一群精靈，由埃爾威(庭葛)與歐威領導。他們自稱為林達(Lindar)，「歌者」；

			帖勒瑞的意思是「最後來的」、「遲疑的」，是那些比他們先到的精靈給他們取的名字；辛達精靈與南多精靈原本都是帖勒瑞精靈。
716	Telperion	泰爾佩瑞安	雙聖樹中年紀較長的一顆。
717	Telumendil	帖魯米迪爾	星座的名稱。
718	Thalion	沙理安	「堅定的」、「強壯的」。見Húrin。
719	Thalos	沙洛斯河	在歐西瑞安注入吉理安河的第二條支流。
720	Thangorodrim	安戈洛墜姆	「暴虐之山」，魔苟斯在安格班上方豎立起來的三座山，在第一紀元結束時的大戰中倒塌。
721	Thargelion	薩吉理安	「吉理安河那邊的地」，位在瑞萊山與阿斯卡河之間，是卡蘭希爾的駐地。
722	Thingol	庭葛	「灰袍」、「灰斗篷」(在昆雅語中是Sindacollo，Singollo)，是帶領帖勒瑞精靈西遷的埃爾威在當了多瑞亞斯的國王後，在貝爾蘭爲人所知的名字。
723	Thorondor	索隆多	「大鷹之王」，參《魔戒》三部曲第六章第四節：「老索隆多，當中土大陸尚年輕時，牠在不可觸及的環抱山脈尖峰上築巢。」
724	Thousand Caves	千石窟宮殿	見Menegroth。
725	Thranduil	傳督爾	辛達精靈，爲巨綠森林(幽暗密林)北方之西爾凡精靈的王；魔戒遠征小隊員勒苟拉斯的父親。
726	Thuringwethil	瑟林威西	「神秘陰影的女人」，索倫在堝惑斯島上的使者，有大蝙蝠的外型，露西安化妝成她的模樣進入了安格班。
727	Tilion	提里昂	邁雅，駕駛月亮者。

728	Tintallë	婷托律	「點燃者」，瓦爾妲因創造繁星而得的別名。凱蘭崔爾在洛立安曾提及這名字(參《魔戒》首部曲第二章第八節)。
729	Tinúviel	緹努維兒	貝倫為露西安所取的名字：是夜鶯的詩化名稱，意思是「微光的女兒」。
730	Tirion	提理安	「偉大的瞭望塔」，精靈在圖納山丘上所建的城。
731	Tol Eressëa	伊瑞西亞島	「孤獨島」，凡雅、諾多，以及隨後的帖勒瑞精靈，都登上這座島，由烏歐牟拉過海洋抵達阿門洲；這島後來豎立在阿門洲海岸旁的艾爾達瑪灣中。帖勒瑞精靈在搬到澳闊隆迪之前在這島上居住了許久；在第一紀元結束後，島上住了許多的諾多與辛達精靈。
732	Tol Galen	嘉蘭島	「綠島」，位在歐西瑞安的阿督蘭特河中，是貝倫與露西安自死亡中返回之後的居住地。
733	Tol Morwen	莫玟島	在貝爾蘭陸沈之後，豎立在海上的一座小島，其上有紀念圖林、妮諾爾與莫玟的石碑。
734	Tol Sirion	西瑞安島	在西瑞安通道上方，西瑞安河中的小島，芬羅德在上面建了米那斯提力斯塔；被索倫佔領後更名為堝惑斯島。
735	Tol-in-Gaurhoth	堝惑斯島	「狼人之島」，西瑞安島被索倫佔領後的名稱。
736	Tulkas	托卡斯	力氣最大，立下最多英勇事蹟的維拉，他也是最後來到阿爾達的維拉；又被稱為阿斯陀多。
737	Tumhalad	淌哈拉德谷	位在納羅格河與金理斯河之間的谷地，納國斯隆德的大軍在此被擊敗。

738	Tumladen	倘拉登谷	「寬敞的山谷」，位在環抱山脈當中的隱藏山谷，中央建有貢多林城。
739	Tumunzahar	塔姆薩哈爾	見Nogrod。
740	Túna	圖納	在卡拉克雅中的一座綠色山丘，其上建有精靈的提理安城。
741	Tuor	圖爾	胡爾和瑞安的兒子，被米斯林的灰精靈撫養長大；帶著烏歐牟的口信進入貢多林城；娶了特剛的女兒伊綴爾爲妻，城毀時帶著妻子與兒子埃蘭迪爾逃到了西瑞安河口；最後駕船西航。
742	Tûr Haretha	土爾・哈列莎	哈麗絲位在貝西爾森林中的墳墓。
743	Turambar	圖倫拔	「命運的主宰」，圖林在貝西爾森林中爲自己取的最後一個名字。
744	Turgon	特剛	又被稱爲「有智慧的」；芬國盼的次子；住在內佛瑞斯特的凡雅瑪，後遷至貢多林，統治該成直到城毀身亡；是伊綴爾的父親，埃蘭迪爾的外祖父。
745	Túrin	圖林	胡林與莫玟的兒子；〈胡林子女的故事〉中的主角。他有許多的名字，見Neithan、Gorthol、Agarwaen、Mormegil、Wildman of the Woods、Turambar。
746	Twilight Meres	微光沼澤	見Aelin-uial。
747	Two Kindreds	兩支親族	精靈與人類。
748	Two Trees of Valinor	維林諾的雙聖樹	主要見第一、三、五、六、七、八以及十一章。
749	Uinen	烏妮	邁雅，大海的女神，歐希的配偶。
750	Union of Maedhros	梅斯羅斯聯盟	梅斯羅斯召聚精靈抵抗魔苟斯的聯盟，在第五戰役後結束。

751	Úlairi	烏來瑞	見Ring-wraiths。
752	Uldor	烏多	又被稱爲「該受咒詛的」，烏番格的兒子；在第五戰役中被梅格洛爾所殺。
753	Ulfang	烏番格	又被稱爲「黑人」；東來者的領袖，帶著兒子投效卡蘭希爾，在戰爭中背叛精靈。
754	Ulfast	烏法斯	烏番格的兒子，在第五戰役中被玻爾的兒子所殺。
755	Ulmo	烏歐牟	維拉，雅睿塔爾之一，又被稱爲「大海的主宰」或「大海之王」。這名字在艾爾達的翻譯是「降下大水者」、「下雨者」。
756	Ulumúri	烏露慕瑞	邁雅索瑪爾爲烏歐牟製造的大號角。
757	Ulwarth	烏沃斯	烏番格的兒子，在第五戰役中被玻爾的兒子所殺。
758	Úmanyar	烏曼雅	那些參與西遷之行卻沒有抵達阿門洲的精靈。
759	Úmarth	烏瑪斯	「命運乖舛的」，圖林在納國斯隆德時給他父親的稱號。
760	Umbar	昂巴	天然大港，位在貝爾法拉斯灣南邊，努曼諾爾人在此建有堡壘。
761	Undying Lands	不死之地	阿門洲與伊瑞西亞島。
762	Ungoliant	昂哥立安	巨大的蜘蛛，跟米爾寇一起毀了雙聖樹。在《魔戒》中的屍羅是「昂哥立安最後一名繼續困擾這不幸世界的孩子」(見《魔戒》二部曲第四章第九節)。
763	Urthel	烏西爾	巴拉漢在多索尼安的十二名同伴之一。
764	Urulóki	烏魯路奇	惡龍的昆雅語，意思是「噴火大蛇」。
765	Utumno	烏塔莫	米爾寇所興建的第一座堅固堡壘，位在中土大陸的北方，被維

			拉所毀。
766	Vairë	薇瑞	「編織者」，維麗之一，內牟．曼督斯的配偶。
767	Valacirca	維拉科卡	「維拉的鐮刀」，大熊星座。
768	Valandil	維蘭迪爾	埃西鐸的幼子，雅諾王國的第三任皇帝。
769	Valaquenta	維拉本紀	「有關維拉的記事」，有別於〈精靈寶鑽〉的一個短篇。
770	Valar	維拉	「那些具有大能力者」，「大能者」，單數是Vala，指那些在時間開始之時進入宇宙的偉大埃努，他們建造並治理阿爾達。又被稱爲「阿爾達的統治者」或「西方的主宰」。
771	Valaraukar	維拉歐卡	「大有力量的惡魔」，這是昆雅語，也就是辛達語中的炎魔。
772	Valaróma	維拉羅瑪	維拉歐羅米的號角。
773	Valier	維麗	「維拉中的王后們」。
774	Valimar	維利瑪	見Valmar。
775	Valinor	維林諾	維拉在阿門洲的居住地區，在佩羅瑞山脈後方。
776	Valmar	沃瑪爾	維拉在維林諾中的城，有時又稱爲維利瑪。凱蘭崔爾在洛立安曾提及這名字(參《魔戒》首部曲第二章第八節)。這名字有時候也等同於維林諾。
777	Vána	威娜	維麗之一，雅凡娜的妹妹，歐羅米的配偶，又被稱爲「永遠年輕的」。
778	Vanyar	凡雅精靈	離開庫維因恩西遷的第一支精靈族群，由英格威所領導。這名稱的意思是「明亮美麗的」，意指他們有閃亮的金髮。
779	Varda	瓦爾妲	「高貴的」、「高大的」；又稱爲「繁星之后」。最偉大的維

			麗，曼威的配偶，與曼威一同居住在泰尼魁提爾山上；她的其他名字有 Elbereth，Elentárin，Tintallë。
780	Vása	維沙	「融蝕者」，諾多精靈給太陽取的名字。
781	Vilya	維雅	精靈三戒之一，氣之戒，持有者先是吉爾加拉德，後是愛隆；又稱爲藍寶石戒指。
782	Vingilot	威基洛特	(昆雅語是Vingilótë)。「浪花」，埃蘭迪爾的船；參看Rothinzil。
783	Vinyamar	凡雅瑪	特剛位在內佛瑞斯特塔拉斯山下的家。意思可能是「新家」。
784	Voronwë	沃朗威	「堅定的」，貢多林的精靈，是第五戰役後出航的七艘船中，唯一的生還者；他在凡雅瑪碰到了圖爾，將圖爾帶到了貢多林。
785	Westernesse	西方之地	見Anadûnê, Númenor。
786	White Council	聖白議會	在第三紀元時智者們所組成對抗索倫的議會。
787	White Mountain	聖白山	見Taniquetil。
788	White Tree	白樹	見 Telperion，Galathilion，Nimloth(1)。
789	Wildman of the Woods	林中野人	圖林第一次遇見貝西爾人時的自稱。
790	Wilwarin	威爾沃林	星座的名稱。在昆雅語中這名字的意思是「蝴蝶」，有可能是指「仙后座」。
791	Wizards	巫師	見Istari。
792	Woodland Elves	森林精靈	見Silvan Elves。
793	Yavanna	雅凡娜	「百果的賞賜者」；維麗之一，也是雅睿塔爾之一；奧力之妻，又被稱爲齊門泰瑞。
794	Year of Lamentation	慟哭之年	發生尼南斯·阿農迪亞德戰役那一年。

附錄三

昆雅語和辛達語名詞的組成要素

這份附錄是編纂給那些對精靈語有興趣之人看的，當中有許多例子是取自《魔戒》。這些例子都很簡短，目的不在給讀者一個百分之百的最後定論；這些例子都是隨手選來的，選擇時除了顧及長度，當然也是因爲編者的認識有限。以下每個小標題的列舉，並未有系統地按照字根或昆雅語和辛達語的分別來排列，而是比較隨意，目的在盡量列出那些已經可以辨認之名詞的構成要素。

adan	（複數是 Edain），在 Adanedhel, Aradan, Dúnedain 當中。字意與其歷史請參看索引中的 Atani。
aelin	在 Aelin-uial 當中有「湖，池塘」的意思；另外請參照 lin（1）。
aglar	在 Dagor Aglareb, Aglarond 當中有「光榮，光彩，光耀」的意思。其昆雅語的拼法 alkar 是在子音上有了變化，等同於辛達語的 aglareb，如 Alkarinquë。其字根 kal- 的意思是「閃耀」。
aina	在 Ainur，Ainulindalë 當中有「神聖的」的意思。
alda	「樹」（昆雅語），如 Aldaron, Aldudenië, Malinalda，等同於辛達語的 galadh（參照 Caras Galadon，以及羅斯洛立安的 Galadrim）。
alqua	「天鵝」，如 Alqualondë（辛達語是 alph）；從字根 alak-「奔騰」也在 Ancalagon 出現。

amarth	在 Amon Amarth, Cabed Naeramarth, Úmarth 當中有「厄運」的意思；在圖林的辛達語名字 Turamarth（昆雅語是 Turambar）中的意思則是「命運的主宰」。
amon	「山丘」，在辛達語中出現在許多名字的前面；複數是 emyn，如 Emyn Beraid。
anca	「下頷」，如 Ancalagon（這名詞的另一個要素見 alqua）。
an（d）	「長的」，如 Andram, Anduin；以及在剛鐸的 Anfalas，安都因河中的小島 Cair Andros（「泡沫很長的船」），以及 Angerthas，「一長排的古文字」。
andúnë	「日落、西邊」，如 Andúnië，在辛達語中則變成 annûn，參 Annúminas，以及在伊西立安的 Henneth Annûn「日落之窗」。這些字的古老字根 ndu 的意思是「從高處落下」，在昆雅語中也有 númen「日落的方式，西邊」，在辛達語中 dûn「西邊」，參 Dúnedain。阿督納克語的 adûn 在 Adûnakhor 中，Anadûnê 是從精靈語中借來的。
anga	「鐵」，辛達語是 ang，如 Angainor, Angband, Anghabar, Anglachel, Angrist, Angrod, Anguirel, Gurthang 等；angren「鐵的」如 Angrenost，複數 engrin 則出現在 Ered Engrin。
anna	在 Annatar, Melian, Yavanna 當中有「禮物」的意思；Andor「禮物之地」也源自同一詞幹① 。
annon	在 Annon-in-Gelydh 中是指「巨大的門」，複數是 ennyn；參 Morannon 是魔多的「黑色大門」，以及摩瑞亞的 Sirannon「溪流之門」。
ar-	在 Araman「阿門之外的」中可能有「在旁的，在外的」的意思（昆雅語中的 ar「和」，在辛達語則變成 a）；參（Nirnaeth）Arnoediad「（眼淚）無法計算的」。

①語言學中的專有名詞；在拼音語言中，字詞的構成可簡分爲字首（prefix）、字尾（roof）以及詞幹（stem）。

ar (a)-	出現在許多的名字中，有「高貴的、皇家的」之意，如 Aradan, Aredhel, Argonath, Arnor 等；延伸詞幹 arat- 出現在 Aratar 中，以及在 aráto 中有「冠軍，出類拔萃之人」的意思，例如 Angrod 出自 Angaráto, Finrod 出自 Findaráto；另外還有在 Aranrúth 中的 aran「君王」。吉爾加拉德的名字 Ereinion「王的後裔」是 aran 的複數形式；參 Fornost Erain 是在雅諾王國中「皇帝的 Norbury」。阿督納克語中努曼諾爾皇帝名字前的字首 Ar- 源自於此。
arien	（駕馭太陽的邁雅）源自字根 as-，似乎是昆雅語中的 árë「陽光」。
atar	在 Atanatári（見索引中的 Atani）以及 Ilúvatar 中是「父親」的意思。
band	在 Angband 中是「囚禁，脅迫監禁」的意思，其原來的字源是 mbando，這在昆雅語的 Mandos 中出現（辛達語的 Angband = 昆雅語的 Angamando）。
bar	在 Bar-en-Danwedh 中有「居住」之意。古字 mbár 的意思是「家」（昆雅語是 már，辛達語是 bar），包括群體與個人的家，因此它出現在許多地名中，如 Brithombar, Dimbar（這字的字首有「悲傷，陰鬱的」之意），Eldamar, Val (i) mar, Vinyamar, Mar-nu-Falmar。統治剛鐸的第一任宰相 Mardil，名字的意思是「投入這個（皇帝的）家」。
barad	在 Barad-dûr, Barad Eithel, Barad Nimras 中有「塔」的意思；複數在 Emyn Beraid 中。
beleg	「大有力量的」，如 Beleg, Belegaer, Belegost, Laer Cú Beleg。
bragol	在 Dagor Bragollach 中是「突然的」意思。
brethil	可能是「銀色樺樹」的意思，參位在阿佛尼恩的樺樹林 Nimbrethil，以及某位樹人之妻的名字 Fimbrethil。
brith	在 Brithiach, Brithombar, Brithon 中有「悲傷的」之意。

（許多由 C 開頭的名詞，請參看 K）

calen (galen)	通常是辛達語中的「綠色」，如 Ard-galen，Tol Galen，Calenardhon；以及在安都因河旁的 Parth Galen（「綠劍」），在剛鐸的 Pinnath Gelin（「綠色邊緣」）。見 kal-。
cam	（源自 kamba）「手」，特指手上握著東西或伸手接受東西，如 Camlost，Erchamion。
carak-	這個字根在昆雅語中似乎寫成 carca「尖牙」，辛達語的 carch 出現在 Carcharoth，以及 Carchost（「尖牙堡壘」，魔多入口處如一排牙齒的堡壘中的一座）。參 Caragdûr，Carach Angren（「鐵顎」，在魔多要進入 Udûn 的四圍防衛牆上），以及 Helcaraxë。
caran	「紅色」，在昆雅語中寫成 carnë，如 Caranthir，Carnil，Orocarni；以及 Caradhras，源自 caran-rass「紅角」，迷霧山脈上的山峰，以及樹鬍歌中的山梨樹 Carnimírië「紅色珠寶」。Carcharoth 在文中翻譯爲「紅胃」，一定是跟這個字有關；見 carak-。
celeb	在 Celeborn，Celebrant，Celebros 都作「銀色」講（昆雅語寫成 telep，telpë，如 Telperion）。Celebrimbor 的意思是「銀色拳頭」，源自形容詞 celebrin「銀」（不是「銀做的」，而是「在價值上如銀一般的」）以及 paur（昆雅語寫成 quárë）「拳頭」，通常是指「手」；如昆雅語中的名字 Telperinquar。Celebrindal 是 celebrin 加上 tal，dal「足」。
coron	在 Corollairë 中爲「丘陵」（又稱爲 Coron Oiolairë，後一字的意思是「夏天」，參 Oiolossë）；另參羅斯洛立安中的大山丘 Cerin Amroth。
cu	「弓」，見 Cúthalion，Dor Cúarthol，Laer Cú Beleg。
cuivië	在 Cuiviénen（辛達語是 Nen Echui）中是「甦醒」的意思。另一個同源的字根是 Dor Firn-i-Guinar; coirë，春天的第一個開始，辛達語寫成 echuir，見《魔戒》的附錄四。coimas「生命糧」，昆雅語的 lembas。
cul-	在 Cúlurien 中是「金紅色」。
curu	在 Curufin (wë)以及 Curunír 中是「巧藝」之意。
dae	在 Dor Daedeloth，以及 Daeron 中爲「陰影」之意。

dagor	「戰鬥」；字根是 nadak-，參 Haudh-en-Ndengin。另一個字源是 Dagnir（Dagnir Glaurunga「格勞龍的剋星」）。
del	在 Deldúwath 是「恐怖」之意，在 Dor Daedeloth 是「憎恨、憎惡」之意。
din	在 Dor Dínen 是「沈默」之意，參 Rath Dínen 是米那斯提力斯城中的「寂靜街」，而 Amon Dîn 是剛鐸王國的烽火臺之一。
dol	在 Lórindol 中是「頭」的意思；經常應用在山丘或山脈上，如 Dol Guldur，Dolmed，Mindolluin（以及 Nardol，剛鐸王國的烽火臺之一，以及 Fanuidhol，摩瑞亞山脈中的一座山）。
dôr	「土地」（相對於海洋的乾地），源自 ndor；它出現在許多辛達語的名詞中，如 Doriath, Dorthonion, Eriador, Gondor, Mordor 等。在昆雅語中，這個詞幹跟一個意思很不相同的字 nórë 意思是「百姓」混合在一起出現；Valinórë 在開始時是精確地指「維拉的百姓」，而 Valandor 是「維拉的土地」，類似的還有 Númen (n)orë「西方的百姓」，而 Númendor 是「西方之地」。昆雅語的 Endor「中土大陸」是源自 ened「中間」以及 ndor；這在辛達語中成了 Ennor（參 A Elbereth Gilthoniel 頌歌中的 ennorath「中土」）。
draug	在 Draugluin 中是「狼」的意思。
dú	在 Deldúwath, Ehel Dúath 中是「夜，昏暗」的意思。源自更早的 dome，在昆雅語中寫成 lómë；因此辛達語中的 dúlin「夜鶯」與 lómelindë 一致。
duin	在 Anduin，Baranduin，Esgalduin，Malduin，Taur-im-Duinath 中是「（長）河」之意。
dûr	在 Barad-dûr，Caragdûr，Dol Guldur 中有「黑」的意思；以及 Durthang（魔多中的城堡）。
ear	在昆雅語 Eärendil, Eärrámë，及其他一些名字中是「大海」的意思。辛達語中的 gaer（在 Belegaer 中）顯然也是出自同源。
echor	出現在 Echoriath「環抱山脈」以及 orfalch Echor；參 Raas Echor「外環的高牆」，環繞米那斯提力斯外的佩蘭諾平原。
edhel	在 Adanedhel，Aredhel，Glóredhel，Ost-in-edhil 中是「精靈」（辛達語）的意思；另見 Peredhil「半精靈」。

eithel	在 Eithel Ivrin，Eithel Sirion，Barad Eithel 中是「井、泉」的意思；以及 Mitheithel，伊利雅德的河流 Hoarwell。見 kel-。
êl，elen	「星辰」。根據精靈的傳說，ele 是一個精靈第一次看到星辰時所發出的原始驚嘆聲「看哪！」從這個起源產生了古字 êl 以及 elen，意思是「星辰」，它的形容詞 elda 以及 elena，意思是「星辰的」。這個字出現在許多的名字當中。日後所用的 Eldar 一字，請參看索引。辛達語中等同 Elda 的字是 Edhel（複數是 Edhil）；其精確的相關構成字是 Eledh，出現在 Eledhwen。
er	在 Amon Ereb，Erchamion，Eressëa，Eru 中是「一個，獨自」的意思（參 Erebor，孤山）。
ereg	在 Eregion，Region 中是「刺，冬青」的意思。
esgal	在 Esgalduin 中有「維幕，隱藏」的意思。
falas	在 Falas，Belfalas 中是「海岸，浪的邊緣」的意思；另見剛鐸的 Anfalas。參 Falathar，Falathrim。另一個同字根的字源是昆雅語的 falma「浪（冠）」，見 Falmari，Mar-nu-Falmar。
faroth	源自一個意思是「追獵」的字根；在「麗西安之歌」之歌中說到納國斯隆德上方的法羅斯高地森林被稱為「獵人的山丘」。
faug-	在 Anfauglir，Anfauglith，Dor-nu-Fauglith 中有「裂開」之意。
fëa	在 Fëanor，Fëanturi 中是「魂魄」的意思。
fin-	在 Finduilas，Fingon，Finrod，Glorfindel 中是「頭髮」的意思。
formen	在 Formenos 中是「北方」（昆雅語）的意思；辛達語的 forn（以及 for，forod）出現在 Fornost。
fuin	在 Fuinur，Taur-nu-Fuin 有「昏暗，黑暗」的意思，昆雅語是 huinë。
gaer	在 Belegaer 是「海洋」之意（辛達語中歐西的名字是 Gaerys）。其詞幹源自 gaya「可畏的，可怕的」，後來當艾爾達第一次來到貝烈蓋爾海邊時，因其浩大可怕而將這詞幹拿來取了海洋的名字。
gaur	在 Tol-in-Gaurhoth 中是「狼人」之意（源自這個字根 ngwaw-「狼」嚎）。
gil	在 Dagor-nuin-Giliath Osgiliath（giliath「一大群的星星」）；Gil-Estel，Gil-galad 中都是「星辰」的意思。

girith	在 Nen Girith 中是「戰慄」之意；另參 Girithron，辛達語中一年最後一個月的名稱（見《魔戒》的附錄四）。
glîn	在 Maeglin 中是「閃爍」（特別是指目光）。
golodh	是辛達語中對昆雅語的 Noldo 的寫法，見 gûl。複數是 Golodhrim 以及 Gelydh（如 Annon-in-Gelydh）。
gond	在 Gondolin，Gondor，Gonnhirrim，Argonath，seregon 中是「岩石」的意思。特剛的隱藏城市的名字，是他發明自昆雅語中的 Ondolindë（昆雅語的 ondo ＝ 辛達語的 gond，以及 lindë「唱歌，歌」）；但這城在傳說中總是用辛達語說成 Gondolin，或許這是詮釋自 gond-dolen「隱藏的岩石」。
gor	在 Gorthaur，Gorthol 中是「恐怖」之意；goroth 有同樣的意思，特別是當 gor 重複出現時，如 Gorgoroth Ered Gorgoroth。
groth	「挖掘的，地底的住處」，如 Menegroth，Nogrod（或許 Nimrodel「白色岩洞中的女士」也有這意思）。Nogrod 起初是 Novrod「挖空的」（因此翻譯成 Hollobold），但是在 naug「矮人」的影響下發生了改變。
gûl	在 Dol Guldur，Minas Morgul 中是「法術、妖術」之意。這個字源自相同的、出現在 Noldor 的古老詞幹 ngol-；參昆雅語的 nólë「長期研究，學問，知識」。但在辛達語中的意思變壞了，因為它常和 morgul「黑色的詭計」復合使用之故。
gurth	在 Gurthang 中是「死亡」的意思（另見索引中的 Melkor）。
gwaith	在 Gwaith-i-Mirdain 中是「百姓、人民」的意思；參 Enedwaith「中間的人民」，指那些住在灰河（Greyflood）與艾森河（Isen）之間地區的百姓。
gwath, wath	在 Deldúwath，Ehel Dúath 中是「陰影」的意思；以及伊利雅德中的灰河 Gwathló。相關的詞彙還有 Ered Wethrin，Thuringwethil。（這個辛達語的字指的是光線昏暗，而不是有陰影遮蔽了光，有陰影遮光是 morchaint「黑色的形狀」）。
hadhod	在 Hadhodrond（Khazad-dûm 的翻譯）中是把 Khazâd 發成辛達語的音而成的。
haudh	在 Haudh-en-Arwen，Haudh-en-Elleth 等當中是「墳墓」的意思。

heru	在 Herumor，Herunúmen 中是「王、主人」的意思；辛達語寫成 hîr，如 Gonnhirrim，Rohirrim，Barahir；híril 則是「小姐、女士」之意，如 Hírilorn。
him	在 Himlad（以及 Himring？）中是「寒冷」之意。
híni	「孩子」，Eruhíni 是「一如的孩子」；以及 Narn i Hîm Húrin。
hith	在 Hithaeglir，Hithlum（以及安都因河的一個湖 Nen Hithoel）中都是「霧」的意思。Hithlum 是辛達語，取自流放的諾多精靈用昆雅語取的名字 Hísilómë（昆雅語的「霧」是 hísië，參 Hísimë，一年的第十一個月，見《魔戒》的附錄四）。
hoth	「一大群」（其意總是指不好的），如 Tol-in-Gaurhoth；還有 Loss（h）oth，佛羅赫爾的雪人（見《魔戒》的附錄一）以及半獸人的別名 Glamboth，意思是「喧鬧的一大群」。
hyarmen	在 Hyarmentir 中是「南方」（昆雅語）的意思；辛達語的寫法是 har-，harn，harad。
iâ	在 Moria 中是「空虛，深淵」的意思。
iant	在 Iant Iaur 中是「橋」的意思。
iâth	在 Doriath 中是「圍籬」的意思。
iaur	在 Iant Iaur 中是「老的，舊的」的意思；參龐巴迪的精靈語名字 Iarwain。
ilm-	這個字幹出現在 Ilmen，Ilmarë，以及 Ilmarin（「高空中的廳堂」，曼威和瓦爾妲在聖山上的住處）當中。
ilúvë	在 Ilúvatar 中是「全部」的意思。
kal-（gal-）	這個字根的意思是「發光」，出現在 Calacirya，Calaquendi，Tar-calion；galvorn，Gil-galad，Galadriel（凱蘭崔爾）等字中。後面這兩個名字跟辛達語中的 galadh「樹」沒有關連，雖然 Galadriel 常被拿來作這樣的牽連，在那情況下該名字會變成 Galadhriel。在高等精靈語中，她的名字是 Alatáriel，源自 alata「燦爛發光，光芒輻射」（辛達語爲 galad）以及 riel「花環女士」（源自字根 rig-「用花纏繞成花環」）：整個的意思是「冠上燦爛發光花環的女士」，指的是她的頭髮。calen（galen）「綠色」是語源學上的「明亮」之意，也是源自這個字根；參看 aglar。

káno	「將軍，下達命令者」，這個昆雅語的字是構成 Fingon 和 Turgon 這兩個人名的原始第二要素。
kel-	在 Celon 中是「走開」或水「流逝，流下」的意思。從 et-kele 又導出「水的源頭，泉水」等意，子音的變化在昆雅語中有 ehtelë，在辛達語中有 eithel。
kemen	在 Kementári 中是「地球、大地」之意；這個昆雅語的字是指大地是 menel「天空」之下一個可站立的平面。
khelek-	在 Helcar Helcaraxë 中是「冰」，（昆雅語的 helka 是「冰，冰冷」）。但是在 Helevorn 一字中的第一個構成要素是辛達語的 heledh「明鏡」，取自 Khuzdul 中的 kheled（參 Kheled-zâram「鏡池」）；Helevorn 的意思是「黑色明鏡」（參 galvorn）。
khil-	在 Hildor，Hildórien，Eluchil 中是「跟隨」的意思。
kir-	在 Calacirya，Cirth，Angerthas，Cirith（Ninniach，Thoronath）中有「切開，裂口」之意。而有「快速穿過」的感覺是源自於昆雅語中的 círya「有尖銳船首的船」（參英文中的 cutter「截切器」），這個意思出現在 Círdan，Tar-Ciryatan，以及埃西鐸之子 Círyon 的名字中。
lad	在 Dagorlad，Himlad 中有「平原，谷地」之意；imlad 是指兩旁有陡峭山壁的狹窄山谷，如 Imladris（另參 Ehel Dúath 中的 Imlad Morgul）。
laurë	「金的」（只光線和顏色，不是指黃金），如 Laurelin；辛達語的寫法出現在 Glóredhel，Glorfindel，Loeg Ningloron，Lórindol，Rathlóriel 當中。
lhach	在 Dagor Bragollach 中是「跳躍的火焰」，在 Anglachel（伊歐用流星所造的寶劍）中可能也有這個意思。
lin（1）	在 Linaewen，Teiglin 中是「水塘，沼澤」之意，（Linaewen 包含了 aew「小鳥」，昆雅語是 aiwë）；參 aelin。
lin-（2）	這字根有「唱，發出音樂之聲」的意思，出現在 Ainulindalë，Laurelin，Lindar，Lindon，Ered Lindon，lómelindi 等字當中。
lith	在 Anfauglith，Dor-nu-Fauglith 中是「灰燼」之意；以及構成魔多北邊邊界的 Ered Lithui「灰燼山脈」，以及這山脈山腳下的 Lithlad Lithui「灰燼平原」。

lok-	在 Urulóki 中是「彎曲」之意，（昆雅語的 hlókë 是「蛇」，辛達語寫成 lhûg）。
lóm	在 Dor-lómin, Ered Lómin 中是「回聲」之意；相關的字詞還有 Laoth Lanthir Lamath。
lómë	在 Lómion, lómelindi 中有「昏暗」之意；見 dû。
londë	「連著海港的土地」，如 Alqualondë；辛達語寫成 lond（lonn），見 Mithlond。
los	「雪」，如 Oiolossë（昆雅語 oio 是「始終」加上 lossë「雪，雪白的」）；辛達語是 loss，見 Amon Uilos 以及 Aeglos。
loth	在 Lothlórien, Nimloth 中是「花」；昆雅語的寫法是 lótë，見 Ninquelótë, Vingilótë。
luin	在 Ered Luin, Helluin, Luinil, Mindolluin 中是「藍色」的意思。
maeg	在 Maeglin 中是「銳利，刺透」的意思，昆雅語是 maika。
mal-	在 Malduin, Malinalda 是「金的」；還有在 mallorn 中，以及 Cormallen「可麥倫平原」：意思是「金色的圓圈」，取這名字是因爲那地長有一種樹叫做 culumalda（參 cul-）。
man-	在 Aman, Manwë 中「善的，被祝福的，未被糟蹋的」；Amandil, Araman, Úmanyar 則是源自 Aman。
mel-	在 Melian 中是「愛」的意思，Melian 源自 Melyanna「寶貝禮物」；這個詞幹似乎也在辛達語的 mellon「朋友」中出現（在摩瑞亞的西門上）。
men	在 Númen, Hyarmen, Rómen, Formen 中是「方法」的意思。
menel	在 Meneldil, Menelmacar, Meneltarme 中是「海港」的意思。
mereth	「宴會」，如 Mereth Aderthad，以及米那斯提力斯城中的宴會廳 Merethrond。
minas	在 Annúminas, Minas Anor, Minas Tirith 等當中是「塔」的意思。這個詞幹出現在其他字中時，指的是「孤立的、顯著的東西」，例如：Mindolluin, Mindon；可能跟昆雅語的 minya「第一」有關，見努曼諾的第一任皇帝愛洛斯的封號 Tar-Minyatur。

mîr	「珠寶」（昆雅語是 mírë），如 Elemmírë, Gwaith-i-Mírdain, Míriel, Nauglamír, Tar-Atanamir。
mith	在 Mithlond, Mithrandir, Mithrim，以及伊利雅德的 Hoarwell 河，都是「灰色」的意思。
mor	在 Mordor, Morgoth, Moria, Moriquendi, Mormegil, Morwen 等當中是「黑暗」的意思。
moth	在 Nan Elmoth。中是「昏暗」的意思
nan (d)	在 Nan Dungortheb, Nan Elmoth, Nan Tathren 中是「谷，流域」的意思。
nár	在 Narsil, Narya 中有「火」的意思；這也同樣呈現在 Aegnor 的原始字形中（Aikanáro「銳利的火焰」或「凶猛的火焰」），以及 Fëanor（Fëanáro「火焰的魂魄」）。辛達語的寫法是 naur，如歐洛都因山中充滿火焰的房間 Saath Naur。源自同一個古老字根的字還有太陽的名字(a)nar，昆雅語寫成 Anar（在 Anárion 亦是），辛達語寫成 Anor（參 Minas Anor，Anórien）。
naug	在 Naugrim 中是「矮人」之意；另見 groth 中的 Nogrod。辛達語中另一個關於「矮人」的字是 nogoth，複數是 noegyth（Noegyth Nibin「小矮人」）以及 nogothrim。
-(n)dil	這是一個常見的人名字尾，如 Amandil, Eärendil（縮寫是 Eärenil）, Elendil, Mardil 等等；它指的是「完全投入」，「無私的愛」（見 bar 中的 Mardil）。
-(n)dur	在人名 Eärendur（縮寫是 Eärenur）中的意思跟 -（n）dil 中的相同。
neldor	在 Neldoreth 中是「山毛櫸樹」；但這似乎是那棵有三個樹幹的大樹 Hírilorn 的恰當名稱（neldë「三」加上 orn）。
nen	「水」，用在湖、池塘、或小溪上，如 Nen Girith, Nenning, Nenuial, Nenya Cuiviénen, Uinen；在《魔戒》中也用在許多的名字上 Nen Hithoel, Bruinen, Emyn Arnen, Núrnen。Nîn「濕」用在 Loeg Ningloron 和 Nindalf。

nim	「白」（源自早期的 nimf，nim），如 Nimbrethil，Nimloth，Nimhelos，nihredil（nihred「蒼白、灰白」），Barad Nimras，Ered Nimrais。昆雅語的寫法是 ninquë；因此 Ninquelótë ＝ Nimloth。另參 Taniquetil。
orn	在 Celeborn，Hírilorn 中是「樹」的意思；參 Fangorn「樹鬍」，以及羅斯洛立安中的樹 mallorn，複數是 mellyrn。
orod	在 Orodruin，Thangorodrim；Orocarni，Oromet 中是「山」的意思。複數 ered 出現多處，如 Ered Engrin，Ered Lindon 等等。
os（t）	「要塞、堡壘」，見 Angrenost，Belegost，Formenos，Fornost，Mandos，Nargothrond（源自 Narog-ost-rond），Os（t）giliath，Ost-in-Edhil。
Palan	「又寬又遠的」（昆雅語），如 Palantíri，Tar-Palantir。
Pel-	在 Pelargir，Pelori 中是「環繞，圓圈」之意，以及米那斯提力斯的 Pelennor「圍起來的地」；還有 Ephel Brandir，Ephel Dúath（ephel 源自 et-pel「外籬」）。
quen-（quet-）	在 Quendi（Calaquendi，Laiquendi，Moriquendi），Quenya，Valaquenta，Quenta Silmarillion 中都是「說話，敘述」的意思。在辛達語中，qu 則寫成 p（或 b）；例如 pedo，quet-，lasto beth Laen，beth，quetta。
ram	在 Amdram，Ramdal，以及圍繞在米那斯提力斯帕蘭諾平原四周的 Raas Echor 中，是「牆」的意思（昆雅語是 ramba）。
ran-	在 Rána（月亮），Mithrandir，Aerandir，以及剛鐸的河流 Gilraen 中，有「漫遊、踟躕」的意思。
rant	在河流名稱 Adurant（adu 有「懷疑」之意），Celebrant「銀色源頭」。中有「河道」的意思。
ras	在 Barad Nimras，Caradhras「紅角」，以及迷霧山脈的 Methedras「最後的尖峰」中有「角」的意思；複數 rais 見 Ered Nimrais。
rauko	在 Valaraukar 中是「惡魔」之意；辛達語寫成 raug 或 rog，見 Balrog。
ril	在 Idril，Silmaril；以及亞拉岡的寶劍 Andúril 和摩瑞亞的密銀 mithril 中是「燦爛」之意。伊綴爾的名字的昆雅語寫法是 Itarillë（或 Itarildë），源自詞幹 ita-「閃爍發亮的」。

rim	「極大的數目，大量的」（昆雅語是 rimbë），通常用在集合複數上，如 Golodhrim，Mithrim（見索引），Naugrim，Thangorodrim 等。
ring	在 Ringil，Ringwil，Himring；以及剛鐸的河流 Ringló，還有昆雅語中最後一個月的名稱 Ringarë（見《魔戒》的附錄四）中都是「寒冷、寒涼」的意思。
ris	「裂口」，常與同意思的詞幹 kris-（源自字根 kir-「切開，裂口」）常合在一起出現；見 Angrist（以及 Thorin Oaskenshield 的寶劍 Orcrist「半獸人切割器」）Crissaegrim，Imladris。
roch	「馬」（昆雅語是 rokko），如 Rochallor，Rohan（源自 Rochand「牧馬之地」），Rohirrim；以及亞拉岡的馬 Roheryn「公主的馬」（參 heru），這馬之所以叫這名字，因爲馬是亞玟公主送給他的（《王者再臨》第五章第二節）。
rom-	這詞幹用在號角和喇叭的聲音上，出現在 Oromë 和 Valaróma 中；另參維拉 Béma，他的名字在洛汗語中翻譯成了盎格魯薩克遜文，出現在《魔戒》的附錄一：盎格魯薩克遜文 beme 是「喇叭」。
rómen	在 Rómenna（昆雅語）中是「上升，日出，東方」的意思。辛達語的「東方」寫成 rhûn（見 Talath Rhúnen）和 amrûn，也是出自同源。
rond	指圓形的拱頂，或有圓形拱頂的廳堂與房間；如 Nargothrond（見 ost），Hadhodrond，Aglarond。它也可以指穹蒼，因此 Elrond 這名字的意思是「星辰穹頂」。
ros	在 Celebros，Elros，Rauros；以及安都因河中小島 Cair Andros，都是「泡沫，水花四射」之意。
ruin	在 Orodruin 中是「火焰」的意思（昆雅語是 rúnya）。
rûth	在 Aranrúth 中是「憤怒」之意。
sarn	「（小）石頭」，見 Sarn Athrad（白蘭地河的 Sarn Ford 是這字的半個翻譯）；另見堆在安都因河上的 Sarn Gebir（「石釘」：ceber，複數 cebir「樁」）。另一個同源字是 Serni，剛鐸的河流名稱。
sereg	在 seregon 中是「鮮血」的意思（昆雅語是 serkë）。

sil-	（變化詞是 thil-）在 Belthil，Galathilion，Silion 中是「閃爍白或銀光」的意思，昆雅語寫成 Isil，辛達語寫成 Ithil「月亮」（如 Isildur，Narsil Minas；Ithil，Ithilien）。昆雅語中的 Silmarilli 是源自 silima，費諾用 silima 這種物質造了它們。
sîr	「河流」源自字根 sir-「流水」，如 Ossiriand（這字的第一個要素源自數字「七」，昆雅語寫成 otso，辛達語寫成 odo），Sirion；以及 Sirannon（摩瑞亞的「河流之門」）和剛鐸的河 Sirith（「一股水流」，如源自 tir 的 tirith「觀看」）。在字的中間時 s 會變成 h，這可在 Minhiriath「兩河之間」看見，它是位在白蘭地河與灰河之間的地區。在 Nanduhirion「隱約小溪的河谷」，Dimrill Dale（見 nand 和 dú）；以及安都因河口的三角洲 Ethir Anduin（源自 et-sîr）都可看見。
sul	在 Amon Sûl，Súlimo 中是「風」的意思；另參昆雅語中第三個月份的名字 súlimë（見《魔戒》的附錄四）。
tal（dal）	在 Celebrindal 中是「足」的意思；在 Ramdal 中是「結束」的意思。
talath	在 Talath Dirnen，Talath Rhúnen 中是「平坦的地，平原」的意思。
tar-	「高的」（昆雅語寫成 tára「高大的」），可在努曼諾爾皇帝封號的字首找到；Annatar 也是。陰性詞 tári「她在高位，皇后」可見於 Elentári，Kementári。參 Meneltarma 中的 tarma「柱子」。
tathar	「柳樹」；見 Nan-tathren 的形容詞 tathren，昆雅語寫成 tasarë，如 Tasarinan，Nan-tasarion（見索引中的 Nan-tathren）。
taur	在 Tauron，Taur-im-Duinath，Taur-nu-Fuin 中是「森林」的意思（昆雅語是 taurë）。
tel-	在 Teleri 中是「結束，最後的」之意。
thalion	在 Cúthalion，Thalion 中是「強壯，勇敢」的意思。
thang	在 Thangorodrim，以及在 Durthang（魔多中的城堡）都是「壓迫」的意思。昆雅語的 sanga 是「壓，刺」之意，在剛鐸有一個人的名字是 Sangahyando「刺開」（見《魔戒》的附錄一）。

thar-	「橫過、穿過」，見 Sarn Athrad, Thargelion；另見雅諾王國通往剛鐸的古道在 Tharbad（源自 thara-ata「十字路口」）越過灰河。
thaur	在 Sauron（源自 Thauron），Gorthaur 中都是「可憎惡」的意思。
thin (d)	在 Thingol 是「灰色」之意；昆雅語是 sinda 如 Sindar，Singollo（Sindacollo：collo「外套、袍子」）。
thôl	在 Dor Cúarthol, Gorthol 中是「盔」的意思。
thon	在 Dorthonion 中是「松樹」的意思。
thoron	「鷹」，如 Thorondor（昆雅語是 Sorontar），Cirith Thoronath。昆雅語可能也可應用在星座 Soronúmë 上。
til	在 Taniquetil, Tilion（角的）中是「尖端，角」的意思；摩瑞亞的山脈中有一座山叫 Celebdil「銀色尖端」，也是此意。
tin-	「閃爍，閃耀」（昆雅語 tinta「引起閃爍的，tinwë「閃亮」」，如 Tintallë；還有 tindómë「星辰的微光」（見《魔戒》的附錄四），因此 tindómerel 是「微光的女兒」，是夜鶯（辛達語的 Tinúviel）的詩化名稱。它也出現爲辛達語的 ithildin「星月」，摩瑞亞的西門上會發光的就是這種物質。
tir	在 Minas Tirith, Palantíri, Tar-Palantir, Tirion 中有「守望，全面觀看」的意思。
tol	在 Tol Eressëa, Tol Galen 等當中是指「島嶼」（聳立在海中或河中，有陡峭的面）。
tum	在 Tumhalad, Tumladen 中是「山谷」之意；昆雅語 tumbo（參樹鬍的 tumbalemorna「黑色深谷」，見《雙城奇謀》第三章第四節）。另見 Utumno，辛達語是 Udún（甘道夫在摩瑞亞中指明炎魔是「烏頓之火」），這名詞用來只摩瑞亞中位在摩拉南（Morannon）和艾辛口（Isenmouthe）之間的深谷。
tur	在 Turambar, Turgon, Túrin, Fëanturi, Tar-Minyatur 中是「力量，掌控主導」的意思。
uial	在 Aelin-uial, Nenuial 中是「微光」的意思。

ur-	在 Urulóki 中是「熱」的意思；參昆雅語的 Urimë 和辛達語的 Urui，一年中第八個月份的名字（見《魔戒》的附錄四）。相關的昆雅語字是 aurë「陽光，日子」（參芬鞏在尼南斯·阿農迪亞德戰役開打之前的呼喊），辛達語的 aur，在字首寫成 Or-是星期（哪一日）的名稱。
val-	在 Valar，Valacirca，Valaquenta，Valaraukar，Val（i）mar，Valinor 當中是「力量」的意思。其原始詞幹是 bal-，在辛達語中獲得保存，Vala 寫成 Bala（複數是 Belain），還有 Balrog。
wen	「小姐、女士」，常做爲字的結尾，如 Eärwen，Morwen。
wing	唯獨在 Elwing 以及 Vingelot 這兩個名字中作「泡沫，散射」之意。
yávë	昆雅語的「果實」，如 Yavanna；參 Yavannië：昆雅語的一年的第九個月份，以及 yávië「秋天」（見《魔戒》的附錄四）。

精靈寶鑽

2002年12月初版
2022年10月初版第二十七刷

定價：新臺幣380元

著者	托爾金
譯者	鄧嘉宛
責任編輯	顏艾琳
校對	莊安祺
封面設計	羅秀吉

出版者	聯經出版事業股份有限公司
地址	新北市汐止區大同路一段369號1樓
叢書主編電話	(02)86925588轉5305
台北聯經書房	台北市新生南路三段94號
電話	(02)23620308
台中辦事處	(04)22312023
台中電子信箱	e-mail:linking2@ms42.hinet.net
郵政劃撥帳戶	第0100559-3號
郵撥電話	(02)23620308
印刷者	世和印製企業有限公司
總經銷	聯合發行股份有限公司
發行所	新北市新店區寶橋路235巷6弄6號2F
電話	(02)29178022

副總編輯	陳逸華
總編輯	涂豐恩
總經理	陳芝宇
社長	羅國俊
發行人	林載爵

行政院新聞局出版事業登記證局版臺業字第0130號

本書如有缺頁，破損，倒裝請寄回台北聯經書房更換。 ISBN 978-957-08-2524-4 (平裝)
聯經網址 http://www.linkingbooks.com.tw
電子信箱 e-mail:linking@udngroup.com

國家圖書館出版品預行編目資料

精靈寶鑽 / 托爾金著．鄧嘉宛譯．初版．新北市．
聯經．2002年．552面．14.8×21公分．
含索引65面
ISBN 978-957-08-2524-4(平裝)
[2022年10月初版第二十七刷]

873.57 91019724

N
阿德加藍大草原
艾格諾爾
安格羅德
洛斯藍大草原
多索尼安
梅德羅斯
戈堝洛斯山脈
辛姆林
梅格洛爾
蕩國斯貝谷
辛姆拉德
凱勒鞏
和
庫路芬
薩吉理安
卡蘭希爾
庭 葛
明霓國斯
和
亞斯
美麗安
艾莫斯谷
蘭
爾
安羅德
和
安瑞斯
埃洛斯河
貝
東
吉理安河
諾多族和辛達族
精靈的王國

露明山脈
希斯隆
芬國昐
威斯林山脈
西瑞
專吉斯特狹灣
芬鞏
米斯林湖
多爾露明
歐洛
特剛
內佛瑞斯特
艾佛林湖
凡雅瑪
泰格林
西貝爾蘭
納國斯隆德王國
芬羅德
納國斯隆德
貝松巴
瑟丹
伊葛拉瑞斯特
納羅格河